101

論創ミステリ叢書

保篠龍緒探偵小説選Ⅰ

論創社

保篠龍緒探偵小説選Ⅰ

目次

創作篇

評論・随筆篇

凡　例

一、「仮名づかい」は、「現代仮名遣い」（昭和六一年七月一日内閣告示第一号）にあらためた。
一、漢字の表記については、原則として「常用漢字表」に従って底本の表記をあらため、表外漢字は、底本の表記を尊重した。ただし人名漢字については適宜慣例に従った。
一、難読漢字については、現代仮名遣いでルビを付した。
一、極端な当て字と思われるもの及び指示語、副詞、接続詞等は適宜仮名に改めた。
一、あきらかな誤植は訂正した。
一、今日の人権意識に照らして不当・不適切と思われる語句や表現がみられる箇所もあるが、時代的背景と作品の価値に鑑み、修正・削除はおこなわなかった。
一、作品標題は、底本の仮名づかいを尊重した。漢字については、常用漢字表にある漢字は同表に従って字体をあらためたが、それ以外の漢字は底本の字体のままとした。

創作篇

妖怪無電

五十銭銀貨

◇事務長の行方不明◇

明日の入港を控えて、暁の海を静かに走っている新洋丸。朝まだき波は東の空に薄紅《うすくれない》の光を浮べて、人はみな快よい暁の床《とこ》から離れようとしていない時、船長室の扉《ドア》をあわただしく叩いた。

「船長」

「おお」太い声がして扉の蔭からヌッと船長の顔が出た。

「何か？　朝飯の支度が出来たのか」

「いえ……」と若い船員の顔は不安の色を浮べながら「事務長室《パーサールーム》が鍵《ロック》してあるんです。いくら呼んでも返事がありません」

「寝ているんだろう」

「そんなはずはありません。昨夜《ゆうべ》十二時頃喫煙室《スモーキングルーム》にいたんですが、その後どこにも姿を見ないんです。寝ているって、もう八時ですから……」

「うん。行ってみよう」

船長はそのまま、事務長室へ出かけた。事務長室の前には二人の船員が不安らしい顔をして立っていた。

「返事がないか？」と船長が尋ねた。

「ハア。船内を捜したけれども、見えません」

「おい、事務長《パーサー》。……木村君！」船長は呼びながら扉を叩いた。

返事がない。彼は合鍵を出して扉を開けた。

「ヤッ！」一同は入口に棒立ちになった。

室内は誰れもいない。

船長はじめ入口に立ったまま狭い事務長室を呆然と見廻していた時、不意に船長の肩をポンと叩いたものがある。

「どうしたんです、船長さん」

船長がふり返って見ると、顔なじみの一等船客が立っていた。

「やあ、秋山さんですか。……いえ、何んでもないんです」

「何んでもなかあありませんね」と秋山がいった。彼は一等船客で秋山達之輔《たつのすけ》という快活な紳士で船長とは航海中懇意になっていた。「事務長が行方不明ですな」

「えッ！　ど、どうしてそれが……」と船長がきっとなった。驚いた船員達はまじまじと秋山の顔を見ている。

「解るって？　一目で解るじゃあありませんか……御覧なさいあれを……」と彼は平然として事務長の机の上を指《ゆびさ》した。

「鍵がある。事務長の鍵でしょう」と彼はつづけていった。「事務長が、鍵をあんな風に投げ出しておくはずがないじゃあありませんか」

「なるほど」と船長は感心しながら、指さされた卓子《テーブル》の上の鍵をとりあげようとした。

「お待ち下さい」と秋山が叫んだ。「私はこうした事件に多少関係して経験がありますが、下手に動かして肝心の物的証拠を失くしてしまっちゃあ困りますからね。……しかし、船長さん、とにかく、ここはこことしておいて、今一応事務長さんが船内にいないともかぎりませんから、その方も捜して頂いたらどうでしょう」

「そうですな。じゃあ、君達」と彼は船員に向って、「よく船内を捜してみてくれ」

「ハア！　承知しました」

「船長さん。何分の結果のわかるまで、この事は内分にしたらどうです」と秋山が注意した。

「そうです。では君達もその積りで、僕から指図するまで内分にしておいて、よく捜してみてくれ」

船員等は旨を含んで出て行った。秋山は静かに扉を閉めてじっと四辺《あたり》を見廻した。

「船長さん」と彼がいった。「突然飛び込んで来たので、かれこれ申して失礼しましたが、実は僕は以前警視庁にいた事があるので、多少探偵方面にも関係した訳なんです。少しは御手助けが出来ようかと思いましてね……」

「いや、有難う。全く不意の事で私も弱っていたんですが、是非一つ御力添を御願いします。……ところで事務長は……」

「金庫もやられましたな」と彼は話中途に突然こう叫んだ。

いわれて見ると金庫の扉が完全に閉っていないらしく、極く少しく浮いたようになっている。果然金庫は船長の手で音もなく開いた。が中は整然となっていて、別に取りみだした様子もなかった。

金庫内には主として船客から保管を依頼されている色々な貴重品が入れてあった。船長は抽斗《ひきだし》から保管品預控簿《あずかりひかえぼ》を出して内容の品を一つ一つ照合《チエツキ》した。

「別に異状がないようですね」と秋山が傍《そば》からいった。

「封書二通……A三二号……」

「これですね」と秋山が大きな袋へ入った封筒をとりあげた。

「今一通ありませんか……二通です」

「二通？……」

秋山と船長とは暫く捜してみたが発見されなかった。

「誰れです、預け人は？」

「米国貿易商大沢森二《もりじ》氏です。一等船客の……」

「ああ、ニューヨークの人ですな」

大沢氏から預った封書一通が見えない外は全部揃っていた。

「盗まれたのかな？」と秋山は考え込んだ。「それとも事務長が他へ出しておいたかな？」

船長と秋山達之輔とは無言のままじっと室内を見廻した。

事務長室といっても広からぬ部屋で、奥には事務長の寝室がつづいて、そこには窓もない。事務室は廊下に面した方に丸い小窓があいているが、人間の出入出来ない小さい空気抜に過ぎない。

唯一の通路になっている入口の扉《ドア》へ完全に鍵をかければ全く密閉した部屋である。その密閉した室内に入口の扉の鍵を残して、事務長の姿が見えぬ。金庫が開けてある。品物が一つ紛失している。

不思議な事件だ。

「鍵が卓子《テーブル》の上にあるのがおかしいですな」と秋山がいった。

彼は卓子の上をじっと見つめていた。鍵の置いてある近くに小さな傷がついていた。

「この傷は以前からありましたか？」

「さあ……」と船長がいった。「どうですかなあ。別にそんな事までは注意していませんが……」

「いや、前からあった傷じゃあない。どうも新しく出来た傷らしい」と秋山はしきりにその卓子の上の傷跡を気にして調べていた。そしてジロジロと室内を見廻して考えていた。

いくら調べても、見廻しても室内には別に異状がなかった。のみならず寝室には異状を発見する事が出来なかった。

「船長さん。ここにいた所が仕様がありませんから、あなたの部屋へ行って御相談しましょう」と秋山がいった。

船長は船員を呼んで鍵をかけた事務長室の戸口を厳重に監視させる事にした。

二人は船長室へ戻った。

「不思議な事件ですなあ」

暫くしてから船長が口を開いた。

「全く不思議といえば不思議です」と秋山が答えた。

「もし事務長が、自身であの袋を持ち出したとすれば、まだ船内のどこかにいるはずでしょうが……もし他人の手に盗まれたものとすると、事務長は殺されて、海へでも投げ込まれたと思わなければならない……」

「鍵はどうしてあんな所へ置いてあったのでしょう?」

「あれは置いたのじゃありません。投げ込んだのです」

「投げ込んだ? どこから?」

「丸窓から……鍵のあった卓子の上に傷がついていたでしょう。あれは窓から鍵を投げ込んだ時に出来た傷です。ですから事務長はまず誰れかに殺されるかどうかして、鍵を盗られた。鍵を取った奴は事務長の室《へや》へ入って、金庫を破り、目的物を盗んだ上、再び室の扉を閉めて、鍵を中へ投げ込んだのでしょう。が、とにかく問題は盗みの目的物たる封書の内容にあるんですからそれから調べたら、何か見当がつくかも知れませんね。……大沢という人物は全体どんな人です?」

「ニューヨークの貿易商で、かなりの富豪だそうだから、あの袋の中にはよほど高価のダイヤか何か宝石類でも入っているかもしれない……じゃあ、とにかく大沢君を呼んでみましょう」

船長はボーイを呼んで大沢氏に直ぐ来てくれと伝えさせた。

◇形身の銀貨◇

待つほどでなく、でっぷり肥った、立派な風采の紳士が入って来た。

「やあ、大沢さん。お呼び立てしまして失礼です……まあおかけ下さい」

大沢森二氏は、ふに落ちぬような顔をして腰をおろした。

「大沢さん。突然の事件《こと》なのですが、実は事務長が昨夜から行方不明なのです」

「エッ、行方不明? ……船の中で?」と大沢氏は少からず面喰った。

「と思われるのですが、ついては、事務長室の金庫も開けられた形跡がありましてね、取調べて見ました処、別段の紛失物もなかったのですが、たった一つ、見当らないものがあるのです……それはあなたから保管の御依頼になった封書の一つです。一つの方はこれですが、今一つの方が、どうしても見当らないのです。盗られたのではないかと思われます……」

「ハアー。そんな事がありましょうか？」と大沢氏はますます驚いた顔をした。「その他には別状ないんですね？……船長さん。何かの間違いじゃあないですか？」

「いや、丁度通りかかったこの秋山さんにも御立会いを願って調べて見たのですが、どうしてもその包みが一つ見当らないのです。……失礼ですが、あの包の中には何か高価のものでも御座いましたでしょうか？」

「高価の物？……」と彼は受取った包を見ながら「この残っていた分の方が幾百倍も高価です。この中にはダイヤその他の貴重品が入っていますが……小さい方……あの見当らない方は、実は私のものではなく、預りものなのです」

「預り物？……して中味は？」

「中味といっても、大したものではないんでしてね……ある人に宛てた手紙……勿論その内容は存じませんがね……とその外に銀貨が一つきりです」

「銀貨？」

「ええ、それも五十銭銀貨です」

「エッ、五十銭銀貨？」

船長と秋山達之輔とは、事の意外なのに、思わず顔を見合せた。

一座は暫く沈黙した。

事務長の行方不明と五十銭銀貨の盗難。いかにもそこに曰くがありそうである。

「ではその五十銭銀貨に特別な価値でもあるんですな」と船長が尋ねた。

「いや。五十銭は五十銭でしょう。形身の品ですから……」

「形身の品というと？」

「これにはちょっとした哀話があるのです。五十銭銀貨その物には別に大した価値があるとは思われませんが、とにかくそのお話を一通り申上げましょう」

「ちょっと。その袋の内容……つまり手紙と五十銭銀貨の入っているという事は事務長に御話になったのですか？」

「いいえ、何一つ話は致しません。誰れに話した事もなし、また私以外誰れも知らない事なのですから……」

「ではその五十銭の由来を承りましょう」

紐育《ニューヨーク》の貿易商大沢森二氏の談《かた》る所に依れば、大沢氏は四五年前から自己の商会の電気器具倉庫番に山下宗太《そうた》郎《ろう》という老人を雇い入れていた。この老人は至極実直な男で、今までにかなり苦労をしつづけて来たらしかったけれども、自分の経歴については決して人に談らなかった。ただ以前には相当な生活をしていたが事業に失敗した上、ある事情のために米国へ流れて来たとの事であった。

彼は電気に関しては意外に深い知識を持って、最近流行の無電機械類には特《こと》に精通し立派な専門家の資格があるらしかったけれども、それも秘《かく》すようにして薄給の倉庫番で黙々として地下室内に暮していた。

こうしている内に今年の春頃から身体の工合がわるくなって七月から床についてしまった。大沢氏も異郷に病む老人に同情して、医者の費用から薬用その他何くれと世話をしていた。

「丁度八月二日でした。山下の病気は重るばかりなので、見舞に行ったついでに、日本の親戚にでも電報なり手紙なりを出したらどうだと聞きますと、山下は、静かに頭を振って、『いえ、日本に親戚などはありません。親しい知人がありますが、知らした処が何にもなりません。ただ一人の娘が御座いますけれども、これも今更呼び寄せた処が致し方が御座いません。色々御世話様になりまして、このまま死ぬのですが、これも運命でしょう』というと淋しく笑っていました。そして私が帰ろうとしますと山下は急に私を呼び止めて、『私の寿命もそう長い事はありませんから、もし私が死にましたならば、この手紙と、そしてこの紙につつんだ五十銭銀貨とを娘に御渡し下さい』といいました。『娘には一度手紙を出してあります。この手紙は私の遺書です。そしてこの銀貨は娘と別れる時に、娘が始めて貰ったお給金の中から一つ、一番新しいのを私にくれたのでした。以来、私はこれを娘の形身と思って大切に保存して置いたのです。ですから、今度はそれを私の形身として、そしてまた、父娘《おやこ》が悲しい別れをした想出として、父故につらい勤《つとめ》に出た娘が自分の力で得た最初の金として、これを娘に渡して下さい』と老人は涙を流していいました。……」

「で娘というのはどこにいるのですか?」と黙って聞いていた船長がいった。

「娘さんは東京の丸ノ内ホテルに女中をしているそうです。山下美津子といいます……してその山下老人ですが、その日以来急に容態が悪くなって、八月四日に遂々《とうとう》死んでしまいました。……実に可哀想な事をしました」

と大沢氏は暗然として声を落した。

一座は深く沈黙して暫くは森《しん》となってしまった。

「こんな訳ですから」と暫くしてから大沢氏が言葉をつづけた。

「その遺書と形身の五十銭銀貨とは大切に保管して、私が日本へ参ります時にと思って、持参したのですが、それを盗まれては、私としても死んだ山下に申訳がない次第で、何とも困った事です」と吐息した。

「でその袋はどんな風に包んであったのですか」と秋山が口を開いた。

「大型の茶色の封筒に入れて、その上を堅く封蠟付《づけ》にしておきました」

「ではこちらの包とは全然別のものですね」

「さよう、こちらの包は持って見なくとも一目で御解りになる通り、土産物に使う宝石類を入れてありまして、時価二万円位は致しましょう」

「すると、犯人の目的としたのは最初から明かにその手紙なり五十銭銀貨なりで、宝石類と間違えて持ち出したとは想像出来なくなりますね……で誰れか、山下の臨終と貴下との関係を知っているものはないでしょうか?」

「誰れも無いはずです……いや一人山下の友人で医者だという男が時々見舞に来ていました」

「あなたが山下と会見していらっしゃる時に、その男がいましたか?」

「さあ……」と彼は考えていたが「……そう、そう、いました。五十銭銀貨を出して、私に話をしている時に、入って来た様子でした」

「どんな様子の男ですか?」

「その男は……そうですね……」

「シーッ」突然秋山は目顔で大沢の言葉を制して、じっと何事か様子を窺うらしかった。

とサッと立ち上るや、まるで風のような速さで音もなく扉口《とぐち》へ飛びつきざま、パッと扉《ドア》を開けた。

刹那、フッと黒い影が船具の蔭に消えたように彼の目に映った。彼はスルスルとその後を追った。怪しいと思った船具の蔭を曲ると、その先はもう甲板で、二人の婦人と二三人の紳士とがぶらりぶらり散歩をしているばかりであった。

彼はじっとその男達を物色したが、別に怪しいと思うものはいなかった。彼はそのまま引き返した。

「どうしたんです?」と船長がいった。

「いや、何んでもありません。誰れか立ち聴きをしていると思ったんですが、そんな気がしたのです、失礼しました」と彼は笑いながら答えた。「で、その男は？……」

「面長な、短い髭のある、オールバックにした三十歳位の青年でした。が、どうもはっきり覚えていません。……私と話をするときには、いつもうつむき勝ちでしたから……」

「いや、有難う御座いました」と船長がいった。

「どう致しまして、外に何か御用でも……」

「唯今の所、それだけ伺えば結構です。大変御迷惑をかけて、相すみません。極力捜査致しますから……」

「何卒《どうぞ》是非そう願います。自分の物ならば失いましても何んですが、何しろ右のような訳で、しかも形身の品ですから……して事務長さんはどうなったでしょうなあ……」

「さあ……」

と三人は不安の顔をそろえた。大沢氏は室を出て行った。

残された船長と秋山とは黙って顔を見合せていた。

「とにかく、船長さん。事務長の行方については極力船内を捜査して下さい。私は犯人……もし犯人があるとするならば、その方を調査致しましょう。……で船長さん。暫《しばし》の間私に一二等の船客名簿を拝借させて下さいませんか、研究してみますから……」

彼は船客名簿を借りて自室へ引きとった。

◇注射器の脅迫◇

自室へ引き取った秋山達之輔は、船客名簿について、一人一人の研究をしてみた。

彼はまず米国帰りの二人の青年と一人の婦人に目をつけた。一人は絹糸輸出をやっていたという男、一人は自動車輸入をやっているという男、今一人は船室内に引き籠って出て来ないという女、女の方は事務長室の直《じ》き傍にいる。その外一人二人変なのがいるらしかった。

第一の絹物輸出の青年に当ってみると存外絹物についての知識がないらしく、第二の自動車輸入の青年もまた自動車の部分品について詳しい事を知っていない。女の方は実際船酔いらしいけれども、食事は平素通り取っている。ここが疑問の点。

彼はこれ等の人物について船長に注意をし、監視方を依頼しておいた。

しかし明日に迫る上陸をひかえて、彼はじっとしていられなかった。上陸をしてしまったのでは、よしんば犯人がいた所で、虎を野に放つようなもので、最早致し方がない。彼はどうしても今日一杯に、目星だけをつけなければならないと、苦心し焦慮した。

苦心、焦慮、いくらやってみた処で、追いつかない。一方事務長《パーサー》の姿は依然として発見されない。

船長からは水上署の方へ無電で報告を出した。

秋山は最後の一策として乗客の目星しい連中と、片はしから話してみて、その中から何かしらのヒントを得ようとした。

その晩である。

最後の夕食は、明日の上陸祝いをかねて、お別れの酒にさんざめいたけれども、何分事務長の行方不明という怪事件が乗客の心を暗くしたためと、肝心こうした場合の主人役が居ないために、何となく一座の元気が引き立たず、妙な気分の内に散会してしまった。

乗客達は割合に早く部屋へ引きとって、それぞれ荷物の整理や上陸の準備にとりかかった。これも一つには、バールームやスモキング・ルームにいる事が、何となく不安だったからでもある。

彼は九時頃までサロンで彼方此方《あなたこなた》と探偵的物色に忙しく暮したが、段々人影が無くなったので、仕方なく自分の部屋に戻った。

「アーッ」と大きなあくびをした。「弱ったなあ。何とか目鼻をつけてやりたいと苦心したが、かいくれ解りゃあしない。糞ッいまいましいったらねえ」と独語しながら舌打をした。「仕方がねえ、こんな時には寝るにかぎる。寝る事、寝る事……寝たらまた何とか智慧も出るだろう……」

彼はそのままどっと寝台に腰をおろすや否や、

「ア痛！……」といって飛び上った。

飛び上って尻を押えた。

「チクッとしやあがった。針かな？」

彼は白い毛布をまくり上げて見た。トその顔色は見る見る変って憤怒の色を浮べた。

「畜生ッ！　やりゃあがったな」

いいながら小さい管《くだ》ようのものを引き出した。注射器だ。それにつづいて小さい紙片がぶら下がっている。

彼はそれを注意深く、つまみ上げて卓子《テーブル》の上へ置き、ぶら下っている紙片をひろげて見た。紙片には左手で書いたような拙《まず》い文字がある。

「吉例による脅迫状と御座いか……」秋山は苦笑しながらその文句を読んだ。

「下らぬおせっかいはせぬにかぎる。君のほうがあぶない。

けいさつへしらせる。か、またはちゅうしゃをします。これはみほんです」

「ウフッ。注射の見本を出しゃあがった」と彼は笑い出した。「さすがは米国仕込の医者だけあるわい……有難い。これで俺の方も安心して仕事が出来る訳だ。有難い。武士は相見互《あいみたが》いだ。こうして名告《なの》り合って、一つ大喧嘩をやるかなあ……」

彼は驚くよりも、むしろ安心した。犯人は船内にいる。そして自分がこの事件に関係している事を知っている。残る問題は、自分が犯人を知りさえすればいいのだ。それから後は犯人対自分の闘争である。

が、今朝からの苦心は？　その犯人を知るためではなかったか。しかも上陸は明朝に迫っている。しかも犯人の見当は皆《かい》くれついていない……

相手は黒暗にいて、自分は白光の下《もと》で躍っているのだ。こいつは困る。

彼は丁寧に注射器を手巾《ハンケチ》にくるんだ。

「いずれ、こいつは御返しをしなければならないからな」と考える。

それから注射器が隠してあった場所を調べた。ベッドの中程に穴をあけて、その中へ突き込んであったのだ。別にこれによって注射をしようとする意志があったのではない事は明瞭である。

「よしッ！」と暫く考えていてから彼は立ち上った。立ち上って船長室の方へ出かけて行った。

「どうです、船長さん？」

「いや、事務長の行方がちっとも解らないので困ってしまいました。あるいは殺されて海へでも投げ込まれたのではないかと思います。……すっかり船底まで調べたのですからなあ……してあなたの方は？」

「御同様です。しかし、上陸までには何とか目鼻がつきそうになってきました。……水上署の方へは通知しましたか？」

「ええ、明日《みょうにち》刑事が来て十分に取調べる事になっています」

「その際、勝手ですが、私が取り調べた事だけは御内分に願いたいのですが……実は刑事と別方面から探偵してみようと思いますので……」

「いや、承知しました。何分よろしく願います」

「ついてはちょっと無電を打たして下さい」

「さあ……どうぞ」

船長から頼信紙を貰って彼は電文を認《したた》めた。

ヘイオン、ソウチヨウツク、アンシン、ゴトウヘシラセ。クルマ二ダイテハイタノム。

「秋山さん。早朝入港しますが、取調べなどで手間取りますよ」と船長が注意した。

「いえ、何、構いません。早朝といっておけば、その積りで来ますから、出迎が遅れたり何かしないで、その方が都合がよう御座います」

「それも、そうですなあ」と船長が笑った。

秋山達之輔は船長室を出て自室へ戻った。彼は上機嫌であった。葉巻に火をつけて一息に吸うとその煙をフッと天井に向って吹き飛ばした。

吹き飛ばした刹那に、彼は船窓に光る二つの眼をチラッと認めた。

「来やがったな……様子見に……」

彼はさあらぬ体で便所へ行くように装いつつ扉《ドア》をあけて室外へ出た。と疾風の如く身を翻えして廊下を一躍した。

廊下の一端には黒い影がフッと消えた。彼はすかさず後を追う。中甲板へ降りようとする所で、

「待てッ」と低く唸って、飛びついた。

相手も去るものパッと身をかわして、思わず浮き上った弱腰をトンと突いてきた。突かれて二歩《ふたあし》ばかりよろめいたが、さすがに身をひねりながら素早く相手の延びた手先きを摑んだ。摑んでグイと引き寄せる。

「女だッ！」

と思う瞬間に敵の左手《さしゅ》からサッと光る匕首《ひしゅ》一閃。

「アッ！」

飛び退《す》さって身構えた。その寸隙《すんげき》に敵は階段をヒラリと軽く飛び降りた素晴らしい早業音もなくスルスルと走る。

秋山もつづいて階段をかけ降りて追いすがろうとする目の前にヌッと出た腕一本。

「またかッ」と彼はギョッとする。

「静かにしろ」

ピストルの口が鼻の先に光った。

「ウーム」と秋山は唸った。

「上へ昇《あが》れッ」

黒闇《こくあん》の敵は太い低い声で威圧するようにいった。「敗けた」と覚悟した秋山は周章《あわて》もせず無言のまま引き返すと、敵もピストルを背中へつけたまま階段を昇って来た。

「おい、秋山。今夜一晩だけはじたばたするな。明日は上陸だ。上陸したらどうとも勝手にしろ。いつでも相手になってやる。だが船の中だけは穏《おと》しくしていてもらおうぜ……」

秋山は無言のまま、覆面した相手の様子を窺った。隙があったらただ一撃と思うが、相手もよほどの奴と見え

て寸分の隙もない。じりじりと秋山を自室の方へ押し戻しながら、

「今夜の電報は、何というだらしなさだ。ヘイオン、ソウチヨウツク、アンシン、ゴトウヘシラセなんて、暗号にも何《なんに》もなってやしないぞ。名詞の前後を拾って、ヘンソウ、アンゴウとなるなぞは愚の骨頂だ。貴様が部下を呼んで挑戦するならするがいい。それは明日の上陸以後にしろ。上陸を合図に俺と貴様の腕競べ、智慧競べだ。解ったか。え、秋山、解ったら、今夜はおとなしく寝ろ」

覆面の怪漢は一人で喋って秋山の自室まで送って来た。秋山は無言である。暗中の敵がこうまで自分を怖れ、こうまで挑戦をしてくる理由が解らなかった。

「やい、俺が怖いか」と秋山は自室に入ってから唸った。

「怖くはない。満洲の復讐をするんだ」

「フフン。満洲の復讐？　俺には思い出せない。が思い出せなくてもいい。貴様の正体はいずれ明日の上陸までには洗ってやる。……用事はそれだけか……」

「まだある」

「何ッ？」

「室《へや》の鍵を出せ。帰るに必要だ」

「なるほど」彼は無造作に鍵を渡してやった。「じゃあ。明日までは穏しくしていろ」

「フフン。明日の上陸までに尻尾を握《つか》まれぬ用心でもしていろ。それまでは待《まっ》てやらあ」

「よしッ」怪漢は扉《ドア》の外へパッと出るや否や扉を閉めて外から鍵をかけた。鍵をかけて間もなく船窓からポンとその鍵を室内へ投げ込んで、曲者の影が消えた。

「味な真似をしやあがる」と彼は無関心に笑った。そしてそのままごろりと床《とこ》の上へ横になった。雨となるか風となるか、奇怪の兇漢が自ら求めてきた上陸時の一大挑戦。得体の知れぬ大胆不敵の曲者と、素性の解らぬ剛胆無比の秋山達之輔、怪奇を乗せた船は静かな夜の海を港へ向って最後の航走をつづけて行く。明日に迫る人間運命の一大波瀾も知らぬ気に……

怪事務室

◇闇の暗号燈◇

一脈の不安に一夜を明かした船は、薄暗《うすやみ》をついて横浜に入港して、港外所定の場所に停った。

秋山は四時頃、既に甲板に立って港内をじっと見詰めていた。彼が無雑作に肩にかけた外套の下には懐中電燈が忍ばせてあって、それを港内に向って点滅しているらしく、彼が立っている真下の海面に僅かに赤い波が光っては消え、消えては光る。

と見る港内の一端から青い光がサッと投げられて、ゆるゆる半円を描いたと同時に、それが忽ち赤い燈《ひ》に変って、激しくゆれながら近づいて来る。モーターボートの爆音が僅かに聞え初めると赤い燈が消えた。そして爆音は新洋丸を左舷に取って廻るらしい。

「フム。怪しいぞ、危険信号をしよる」と秋山が唸った。「後ろへ廻るらしい」

彼は静かに甲板を離れてモーターボートの爆音を聞きながら港外に面した方へ歩を移した。

ボー、ボー、ボ、ボ、ボー

モーターボートの警笛が鳴る。

秋山は足早に最前とは反対の側の甲板に出た。彼の外套の下の懐中電燈は激しく点滅し出した。

「船内で殺人事件が起った。犯人は俺に挑戦してきた。目下の処見当がつかぬ」と彼は暗号でいった。

モーターボートの船内でカンテラの燈が舵手の顔を照した。頑丈な三十前後の男で、鋭い眼を上げてニヤリと微笑した。微笑しながらそのカンテラを僅かに左右に動かし初めた。

「知ってる。右舷上甲板中央一等船室の窓から信号している奴がある。怪しいから取調べてみよ」

「よし。俺の合図をする奴の上陸を待って尾行しろ。来たのは誰れか?」

「警察から実。それから照《てる》、勝《かつ》、清《きよし》、信《しん》、亀。亀は連絡。他は自動車」

「照と勝は亀を乗せて尾行。他は待て。終り」

「O・K《がってん》」

怪しいモーターボートはこうした信号の終るや否や、再び港内に引き返して行った。

飛電一檄、四五人の部下と覚しきものを即座に呼び集める秋山達之輔。彼も決して、尋常《ただ》の鼠ではなさそうである。

彼は急いで上甲板へ廻った。

「占めたッ！　相手は解った。さあ、来い野郎共！」

◇屍体発見◇

夜が全く明け離れる頃に、水上署の検疫船が来た。船長からの報告もあった事とて水上署ばかりでなく、神奈川県警察部からも部長や刑事が加わっていた。

三十分余《あまり》も船長室へ入っていた一行が、間もなく事務長室へ入って詳細な取調べを開始したが、無論乗客は甲板上へ出るのを禁じられていた。船内は再び事務長の行方捜査のために船員及び刑事一行の手でくまなく捜索が行われ、いいしれぬ不安の裡に時がたって行く。

バタバタと人の走る音が急に起った。

「おい、見付かったぞ」

「何ッ、発見《みつか》った？」

「事務長《パーサー》の死体か？」

「どこで？」そうした声が潮《うしお》のように人々の耳に響いてきた。

また三四十分経った。——自室から出た秋山達之輔は通りかかった機関長をつかまえてきいてみた。

「事務長が発見ったのですか？」

「ええ、前部艙口《ホウワード・ハッチウェー》から落ちていたんです。頭と胸をひどく打ったらしく、惨《ひど》い死方をしていました」

「艙口《ハッチウェー》から？」

「前部艙口は平素《いつも》閉めてあるんでしてね。あそこには機械類もあるし、荷物も置いてあるんで、狭い所なんですよ。前晩《ぜんや》、ひどく蒸したんで艙口《ハッチ》の蓋をあけたんだそうです。が、暁方《あけがた》にまた閉めちまったんです。まさか、あんな所へ落ちているとは思いませんでしたからなあ……実に意外でした」

「何んだって、そんな所を通ったんでしょうな」

「さあ……」

「警察では？」

「あやまって墜落したんだろうと云んです」と話している時、大沢氏が親しげに近づいて来た。

「秋山さん。船長さんが私に来てくれといいますから貴所《あんた》も一所に行て下さいませんか」

秋山はそのまま大沢氏と一所に船長室へ出かけた。

船長室には死体を取りまいて例の通り警官や刑事が立

っていた。

「大沢さん」と船長が重々しく口を開いた。

「大沢さん。事務長《パーサー》木村君の死体が発見されました。所持品を調べました処例の包みが出てきました。これでしょう?」

彼は皺になった包みを差し出した。包みの封蠟はこわれていたが、大沢森二という札がついていてまがう方もない失われた封書である。

「アッ、確かにこれです」

「封蠟がこわれていますが、内容を御あらため下さい」

大沢は中から一通の手紙を引き出した。山下美津子宛になって、中には紙に包んだ五十銭銀貨が入っていた。

「確かに、相違ありません。しかし、何故事務長さんがこれだけを金庫から出して持っていられたのでしょう?」

「さあ、それは解りませんが、とにかく、事件はそれで片がつきました。木村君の死は何ともいたましい出来事ですが、御取調べを願った所艙口《ハッチウェー》に墜落されて亡くなられたのだそうです。行方不明となった貴下《あなた》の包みは御返し致す事が出来ました。不祥の出来事やら、また御心配をかけて誠に相すまん事でした」

と船長は暗然としていった。


「死因は何んですか?」と秋山が傍《そば》から船長にたずねた。

「墜死です」と死体の傍にいた若い警部がそれに答えた。

「後頭部と胸部を墜落時に強打したのが致死の直接原因らしいです。他に傷がありません。船長からも御話がありましたが、他殺とも思えないのです。が……」と彼は暫く考えてから、「……前後の事情もあり、墜落現場の関係もあり、かたがた死体は一応解剖してなお取調べる積りです」

「乗客はどうなりますか?」

「一応取調べがすめば直ぐ上陸許可をします。貴下《あなた》に何か御心当りでもありますか?」

「いえ……何も……」と秋山はこれ以上深くいわなかった。

彼は大沢氏と共に船長室を出た。

「どうも私には事務長の死因が怪しい」と秋山は途中で大沢氏にいった。

「何故あの包みを持っていたのでしょう?」

大沢氏は同じ質問を繰り返した。

「そこですよ。その手紙の内容は山下美津子さんを訪問してみれば解りましょう。……が、私の考えでは、どうしても他殺です。しかも犯人は二人以上……大沢さん、私は只今の五十銭銀貨が怪しいと睨んでいます……がとにかく、上陸の時に御目にかかります」

不安らしい大沢氏と途中で別れて秋山は右舷上甲板へ廻た。

◇怪しい老人◇

検屍やら取調べやらで暇取って上陸許可の出たのは十二時近くであった。

秋山達之輔は右舷上甲板の中央の室《へや》を人知れず狙っていた。

その室には五十近い老紳士とその秘書と見える二十五六歳の青年とがいた。

老紳士は底光りのする眼を持った頑丈な体格ではあるが、リョーマチスになやんで、歩行も困難らしかった。彼は青年に扶《たす》けられて甲板へ出て行った。上陸の準備らしい。

名を市山清久といって桑港《サンフランシスコ》の実業家であったのがリョーマチスを病《わずら》ったために帰国するという話であった。

青年は横川吾一という彼の秘書、上甲板での二人連れは彼等だけである。秋山はこの二人に目をつけた。

いよいよ上陸だ。賑かな埠頭、出迎の人々、秋山は甲板に立って、上陸する人、出迎の人々の出入する桟橋を張っていた。

埠頭の一端には部下の照、勝、清、信、亀などという連中が自動車を二台用意して暗雲《やみくも》に手をふっていた。誰を出迎えているのか解らない。よい加減にやっているらしい。が中で亀だけは秋山の一挙手一投足に鋭い注意の眼を向けている。彼が連絡係だ。

やがて市山老人が横川秘書の肩にすがって桟橋へかかった。出迎らしい二三人がそれを扶けている。

突如、秋山の右の手が相場師のように開いたり閉じたりし初めた。亀が振っている手も妙な恰好を初めた。

「桟橋を降りるリョーマチの老人と秘書らしい奴を尾行《つけ》ろ」と秋山が合図をした。

「O・K《しょうち》」

「今夜五時倶楽部へ集合。他は待ってろ。終り」

「O・K」

合図を終るや否や、彼は直ちに引き返し、市山清久のいた船室へ飛び込んだ。

彼は誰れもいないのを幸いに、室内を細心に調査し初めた。彼は拡大鏡を出して柱やベッドや、絨毯《じゅうたん》をのぞき廻った。かくて入口の片隅の柱に到って彼はニヤリと微笑した。そしてなおもよくその箇所を覗いて眺めていた。

それから、彼は懐中《ポケット》からブラッシュを取り出して寝台《ベッド》の上をはらった。つづいて絨毯の上を丁寧に掃除をはじめた。

床の上に曲《かが》み込みながら手早くブラッシュで細かい塵をサッサと掃き集めた。掃き集めた塵埃《ちり》を一とまとめにすると、それを紙の上へ丁寧に取って、包みながら懐中へ入れた。

「これでよしッ！　野郎驚くな」

彼は立ち上るとその足で船長室へ走って行った。

「やあ、船長さん、いろいろ御迷惑をかけました。さようなら」

「やあ、いよいよ御別れですな。いずれまた」と船長は忙《せわ》しげに答えた。

「船長さん、御別れの署名を一つ願いたいですな」と彼は笑いながらいった。そして最前の塵を包んだ紙包を四角に畳んだのを船長の前へ差し出した。

「紙がないからちょっとこれへ……」

船長は何の気もつかずにそれへ日附と署名をした。

「有難う。さようなら」

彼は船長と握手をしてその室を飛び出した。


最後の人々と共に桟橋を降りた秋山達之輔を、大沢氏が埠頭で待っていた。

「大沢さん。あなたはどちらへ？」

「ステーション・ホテルへ参ります。明日の朝山下さんを訪問するつもりです」

「では明朝ホテルへ御訪ねします。御一所に山下さんを訪問致しましょう」

「そう願えれば好都合です。あんな事になりましたから、どなたか御一緒に行って証明して頂かないと……」

「承知しました。ではいずれ明日《みょうにち》」

彼は大沢氏と別れた。大沢氏は友人二人と桜木町の方へ出て行った。

「おい、照に勝は出かけたか？」

「先生、御帰りなさい」と部下の一人が頭をさげた。

「吉田と大友は八木を乗せて老紳士を尾行しました」

「老紳士は自動車か？」

「ええ。秘書とそれから女が一人乗って行きましたぜ」

「女？」

「洋装したシャンです。船で一緒だったでしょう？」

「フーム。そうか……じゃあ、倶楽部へやってくれ」

「何です事件は？」

「何、妙な事件さ。相手は俺の素性をちっとは知ってる奴らしい。一つひっぱたいてやろうという訳さ……」

彼は自動車へ乗ってそのまま出発した。

◇俠血児龍伯《りゅうはく》◇

秋山達之輔の乗った自動車が桜木町を過ぎて横浜駅前のガード下に差しかかり、混雑のために徐行し初めた時、前方から来た一台の自転車に乗った商人体の男が、すれちがいざま自動車の中へポンと紙玉を投げ込んで行った。しかし両眼を閉じて半睡の状態にあった彼は少しもそれに気がつかなかった。ふと眼をさまして足下の紙玉に気がついた時は自動車は既に鶴見に入った時であった。

秋山は無意識にその紙玉を足で隅の方へはじいた。が、乗る時には確かにこんな品物がなかった事に気がついた。

彼はそれを拾い上げた。字が書いてある。

「その筋へ密告者あり、行動監視の尾行がつく手配《てくばり》になっている。注意を要す。実」

「何を密告しよったろうか?」と彼は考えた。「尾行どころか護衛をつけてもらわにゃあならない自分なんだが……当局なんて奴共は全く五月蠅《うるさ》い野郎共だ。だから日本へ帰るのがいやになる……」

彼は紙片《かみきれ》を引き裂いて六郷川へ投げ込んだ。そして、

「おい。照」と運転手を呼んだ。「照、今ね、実から注意があった。その筋へ密告した奴があって、我輩の行動監視だとよ」

「ヘエー。そうですかい」と運転手先生は別に驚いた様子もない。またかといった顔。

「家へ門番がつくと五月蠅《うるさい》から、市内へ入ったらグルグル廻してくれ」

「ようがす」

自動車は矢のように走り出した。

蒲田、大森、品川……品川を過ぎると果然運転手照の怪腕は自動車を東に北に見定めず曲折《くっせつ》し初めた。……

「大将、もうようがしょうなあ」と品川を入ってから一時間ばかりして照は笑いながらいった。

「よかろう」

自動車は忽ち一直線に、間もなく麴町の中心、永田町の一角を廻って、西洋館付の邸《やしき》の中へ辷り込んだ。

「先生、御帰りなさい」

四人許りの屈強の書生に出迎えられた秋山は、「やあ」と笑いながら家の中へ入った。

「亀から何か電話がかからなかったか?」

と彼は安楽椅子に腰をおろしながらいった。

「何も来ません。……ところが先生、夕刊に出ていますぜ」

と書生の一人が二三枚の新聞を持ってきた。彼は無雑作にそれを取り上げて見た。

「支那馬賊の首領龍鬼来る《りゅうききた》」と特号見出しで出ている。

「なるほど、早いな」と秋山は笑った。

「新洋丸事務長《パーサー》怪死事件と連関し、当局の眼は光る」

と小み出し付で、
北方支那における一大馬賊団の首領として全支に散在せる数万精鋭の部下を擁し絶大の勢力を握る龍鬼事《こと》黄龍伯《こうりゅうはく》は秋山達之輔と偽称して、今朝入港の新洋丸にて来朝したが、目下の関税会議及び米国との問題となりつつある天津《てんしん》無線電信問題等に関し何等かの目的を有するものの如く、なおまた別項記載の新洋丸船中における事務長怪死事件とも関聯し、当局の眼は一斉に龍鬼の身辺に光り、某方面よりの密報を得てにわかに緊張し、警視庁もそれぞれ、手配の上警戒中である。云々《うんぬん》
「ワッハハハハハ」と彼は哄笑した。「龍鬼事《こと》黄龍伯はよかった。黄大人《こうたいじん》は日本へ来ると盗賊扱いだ、アハハハハハハ」

果然、秋洋丸船上の怪人物、一電に数名の部下を呼び寄せて手足の如く駆使する怪紳士は、支那馬賊の首領であった。

奇策縦横、剛胆無比、南満北支に亘って隠れたる一大勢力を張る首領龍伯、奉天《ほうてん》の奇傑張《ちょう》将軍も、中央の怪物段《だん》総理も、彼を呼ぶに黄大人を以てする熱血男児龍伯、紛糾する対支対日問題の黒幕にあって大東洋のために策応する黄龍伯、玉の如き温情、秋霜の如き侠気、一度《たび》案ずればホルムスも及ばぬ深謀遠慮、一度立てばルパンをしのぐ神出鬼没、怖れるものはいう龍鬼、拝するものは呼ぶ黄大人！

それが彼である。

彼の生立は知らぬ。彼の経歴は知らぬ。ただ嘗《かつ》ては日露役の傑物華《か》大人の懐に抱《いだ》かれて北満の野《や》に眠ったともいう。また嘗ては欧米に流浪して将軍カランザの帷幕に長剣を撫《ぶ》したともいう。

過去は知らず、ただ一片愛国の侠血児黄龍伯は、不可解の日東男児である。

それが彼である。秋山達之輔という。日本へ来ては一介の支那浪人。

「ワッハハハハ。またしても警視庁の御厄介か……」

と哄笑している時、書生の一人が入って来た。

「先生、お風呂はいかがです」

◇三分の運命◇

秋山達之輔が風呂から出て来た時、既に五時を過ぎていた。

「亀はどうしたか」と彼は部下からの便りを待った。電話一つかかって来ない。

食事をすました。と電話が来た。

「ウム、俺だ……君は、あ清か」と彼は受信機を取り上げていった。「東京市内を引張り廻わされた。そうだろう。……ウム……帝国ホテルへ入ったのか……え？……何ッ？……リョーマチでもなんでもない？……そんな事じゃろう……ウム。若い奴が別れた……で信が尾行したのか……よしッ……でお前と亀が老人を張り込むんだな……ウム……だがね、ありゃあ老人じゃないよ。ホテルを出る時には変装が変るかも知れないから注意するように……八木にもよく話しておけ……御苦労々々……しっかり頼むよ……夕刊か、見たよ……アッハハハハでは頼む……」

彼はそのまま書斎に入った。そして船中から持って来た上甲板中央の室の塵埃《ごみ》を丁寧に調べ初めた。

七時になった。

「御召換《おめしかえ》になりませんか？」と書生が支那服を持って来た。

「そうさのう、まあ、このままにしよう」

八時になった。どこからも便りがなかった。

九時……十時……十時半……電話だ。

「モシモシ……ええ、私です……あんたは？……ああ来島《くるしま》君か……清が……何ッ！」と電話を受けていた彼の顔色はサッと緊張した。「何ッ？　やられた？　亀が？……傷は？……ウム。大した事のないのは何よりだ。どこで？　中野へ行く途中……ああ、清かい？　どうした。殴《や》られたってね。気の毒した！……ウム。中野の行者の屋敷の傍《わき》でか？　フーム。五六人が出て来て……大事にしてくれ。今直ぐ家の者をやる……信からは便りがない……そんな風だと信の方も危険だなあ……ウム、俺は家にいて信からの情報を待つ……来島が近くてよかった。傷を大切にせい……」電話を切ると同時に、

「おいッ」と彼は書生を呼んだ。

「八木と河合とが中野で暴漢に襲われて殴《や》られたそうだ。今新宿の来島の家にいる。大した傷ではないらしいが、一人自動車を雇って見舞に行ってくれ」

彼はそう命じてじっと考えていた。「こいつ手剛《てごわ》い奴

だが、信の方はどうだろうか?」

十一時過ぎた。新宿からは二人の傷は殴《や》られただけで大した事もないといって来た。殴っている間に怪老紳士は逃げてしまったらしい。

十一時半。信からは音沙汰がない。彼はやや不安になってきた。と十二時近く信が息せき切って飛んで来た。

「先生ッ!」とゼイゼイいいながらいった。「若い奴を尾行した処あっちこっちへ立ち寄るんで大困りでしたが、遂々《とうとう》丸ノ内十三号館へ入りました。……それにあの老紳士ってえ奴も今しがた来て十三号館へ入って入口を閉めちまいました……八木君などの姿が見えないんで途中撒かれたんじゃあないかと、大急ぎで飛んで来ました……」

「八木と河合は中野で一味の奴等に殴られてしまった」

「ヘエー」と信は目をまるくした。

「丸ノ内十三号館へ入ったんだな? よし俺が行く……君の自動車は?」

「近くで乗りすてて来ました」

素早く支度をした彼は横浜から乗って来た自動車に飛び乗り信を連れて出動した……

「この入口からです」と十三号館の前で信が囁いた。

入口には厳重に鍵がかかっている。

「君は少し離れた処で待っていろ」

一人になった秋山達之輔は一廻り十三号館を廻って地形を見定めた。古い赤煉瓦建で大震災後手入れをしたものだ。四辺《あたり》は深閑として十二時過ぎた丸ノ内には人っ子一人通らない。街燈の光も暗く、うす気味の悪いほどだ。内部は暗黒でどこからも燈火が見えない。ひっそりとしている。

彼は四辺を一通り見廻した後、スルスルと地下室の窓の方へ辷り込んだ。と思うと、コツコツと彼は闇の中で仕事を初めた。十分二十分。やがて地下室の窓が音もなく開いた。彼はスルリと室内へ忍び込んだ。

いつの間に用意をしたのか、彼は靴の上へ特殊のスリッパを覆せて、猫の如く音もなく地下の廊下を歩いていた。

「入ったと見せて、野郎は逃《ず》らかったかな?」

彼は一階から二階へと昇った。三階四階、どこにも人の臭いがしなかった。

失望した彼は再び地下室へ降りた。降りてジッと闇の中に立ちすくんで、無念無想。針一つ落ちても彼の耳からのがさないほどに耳と心とを澄ました。

とどこからか人の気配が鋭敏な彼の心に感じて来た。彼は自己催眠によってスルスルと地下の一隅へ進んで行く。

と突き当りが扉《ドア》。その向うから今度は確かに人の声が洩れて来る。

じっと様子を窺う。扉には皆鍵がおりている。彼は隣の室の前に立った。暫くすると彼の身体は室内の暗《やみ》に音もなく吸い込まれた。

中では人の話声が次第に高くなった。何かしら言い争っている様子。と忽ちガタンという音がした。続いて激しい物音。激しい足音。争っている。喧嘩だ。格闘を初めたらしい。

暗中に耳を澄ました。秋山の頰には、ニヤリと凄い微笑が浮んだ。

激しい格闘。アッという悲鳴が聞えた瞬間、パッと秋山の忍び込んでいた室に光が流れる。彼は隣室の扉を開けて突立った。

バタリと人の倒れる音。

「やいッ！」と叫ぶ秋山の声。

秋山は悲鳴を聞くと等しく、扉を開けて、アッと驚いて叫んだ。

老人の姿そのままに物凄く短剣をふり上げた市山清久。その足下に血に染って倒れている秘書の横川吾一。室内は格闘の跡を乱して落花狼藉《ろうぜき》！


「やいッ、市山ッ！」

大喝一声スックと立った秋山の姿に、ハッと驚いたのは怪老人である。サッと振り上げた殺人の血の短剣をそのまま、キッと身がまえた。

「ウーム。来たな龍伯！」

終らぬ内に秋山の身体は弾丸の如く飛ぶ。

ヒラリと市山が軽く身をかわした。

「アッハハハハ市山、ふざけた真似をするな」と龍伯が笑った。

「余けいなおせっかいをしやあがって……やい市山、事務長殺しのみならず、横川まで殺しよったな」

「殺したがどうする？」と市山は平然として油断なく身構えている。

「フン。貴様。そんな恰好で、この龍伯の手を逃れられると思うか。アッハハハハ観念しろ、え、観念せよ。

「アッハハハハ」と市山が哄笑した。「おい龍伯ここは建物は俺の部下で取りまいてるぞ」

東京だぜ、満洲や支那とは違うぞ。この市山の身体にさわれるなら触ってみろ。血染の短剣は達《だて》じゃあねえ」

「何をッ！」

「何をがどうする？」

「こうするッ！」

と言いも終らぬ内ドンと一発、秋山の手から火花が散った。

散った刹那「アッ」という悲鳴の瞬間。

室内の電燈がパッと消えた。バタンという音。

「失敗《しま》ったッ」と秋山が闇で叫んで、隣室の扉へ後退《あとずさり》した時は已《すで》に遅い。

室内にはパッと再び電燈がついた。同時に最前飛び込んだ隣室の扉は自動的に閉じられていて、しかも室内からは市山の姿が消えていた。

「ドンデン返しの抜け穴か」と秋山は呟いた。

「アッハハハハどうだ龍伯。アッハハハハ」

どこからともなく市山の声がした。

「大馬鹿野郎。満洲の山猿がお江戸へ飛び出しゃあがって。なんてえ真似をしゃあがるんだ。見ろその醜体《ざま》は……アッハハハハハ」と壁からしみ出るような市山の声のみが悪鬼の如く響いた。

「この室から出られるなら出てみろ。特別仕掛の鉄壁の事務室だ。千疋屋《せんびきや》の店先の籠の猿よりはみじめだぜ……おい……殺人龍鬼！……待て待て今警視庁へ電話をかけるから……俺の罪まで背負《しょ》ってくれるなざあ、飛んだ満洲侠客だ。……いや市山清久、有難く御礼を申上げる……」

「……」秋山は黙然として突立っていた。

「モシモシ……」電話をかける声が再び聞えて来る。

「モシモシ……モシモシ……あ警視庁……刑事課へ大至急大変です大変です。こちらは、丸ノ内十三号館の宿直ですが……只今強盗が入りました……事務員が殺されたのです……え？　ええ室内に入っているのを外から鍵をかけました……至急御出動を……」

「どうだ龍伯……もう三分もすれば刑事が来る……殺人鬼黄龍伯……ワッハハハ」

惨忍極まる哄笑が嘲ける如く暗に消えた。

快侠秋山。血みどろの死体を前にして今は袋の鼠である。怪事務室に幽閉されて殺人の汚名！

今三分間……刑事が来る。……入京早々、この大失敗、満洲で鳴らした馬賊団長黄大人も、今は袋の鼠となって、しかも殺人の名の下に縄目の汚辱を受けんとしている。今僅かに三分間の運命……これが神出鬼没の龍鬼の姿か？　奇策縦横の龍伯の運命か？

彼はジロリと四辺を見廻した。そして腕時計を見た。

一時三十二分！

怪婦人

◇闇の爆音◇

午前一時三十二分！　後三分すれば刑事共の自動車が来る。一時三十五分！　よしんばそれが辜罪《こざい》であったにしろ、この一夜は警視庁の留置場で明かさなければならない。

が、まして深夜に他人の家へ忍び込んだ身、しかも黄龍伯といえば天下に知られた満洲馬賊の大首領、たといそれが大帝国の利益保護のため、朔北《さくほく》の野に剣を按じて奔馳《ほんち》するとはいえ、警視庁の目が身辺に光るは理の当然、事は自然に面倒となる。

のみならず彼は明日の朝大沢氏を訪問し、共に山下の娘を訪ねる約束がある。

今夜の処はどうしても、何とかして、切り抜けなければならない。

彼は最前市山清久の消え去った場所へ行って釦《ボタン》を押してみた。動かばこそ。再び隣室の扉口へ戻ろうとすると倒れていた秘書横川が急にウウウンと唸った。

ハッとした彼は横川の傍《そば》へ寄ってその身体に手をかけた。

「おい、横川君、確《しっ》かりしろ」

いいながら龍伯はその半身をグッと持ち上げた。と彼はアッと叫んだ。持ち上げた身体の下に、血にぬれて光る五十銭銀貨一ッ！

ウウウ……横川は断末魔の唸きを上げた。

「……ウウウ……双橋《そうきょう》……鍵を……図面……図面……図面……ウウウ……百万円……ウウウ……」

末期《まつご》の苦しみに夢中で叫ぶ怪しげな言葉。かすれかすれに聞きとりがたいながら夢見る如くに叫ぶ囈言《うわごと》。唸り声は次第に細って最後の痙攣。死だ。

彼は抱いた身体を再び横たえながら、血染の五十銭銀貨を拾い上げた。

「二人を殺してまで争った五十銭銀貨だ！」

彼はチラと眺めたままでポケットの中へ入れた。横川の身体を調べたならば、何かしら手懸りは得られよう。しかし今はそれ所ではない。寸刻を争う。

時計を見た。残り一分二十秒。

龍伯は隣室の扉口の鍵穴の処へ懐中電燈を差《さし》つけて覗

いた。鍵はかかっていない。しかも押せどもつけども扉《ドア》は厳として微動だもしない。恐ろしい仕掛けだ。

不思議！　といっても考えている暇はない。さすがの彼も進退谷《きわ》まった怪事務室の中。あと一分しかない。

彼は室内にジッと突立って一点を凝視した。

「占めたッ！」と彼は叫んだ。

叫ぶとひとしく彼の身体は室の一隅に飛んで片隅にあった長椅子を引き出して隠れ場所を作った。卓子《テーブル》も椅子の前へ引き寄せた。

そして彼は小さい椅子を足場にして天井の電燈に手をかけ、間接照明のシェード・グラスを取りはずした。中には電球が二つあった。龍伯はその電球をとりはずしにかかった。

と、かすかに自動車の爆音が聞える。

「来やがったな」と彼は呟いた。

廊下に人声がする。龍伯の手は激しく動く。と、忽ちパッと燈《ひ》が消えて室内は黒暗々。龍伯の姿は闇に呑まれてしまった……

「ここです……」と廊下の足音につづいて、忍びやかな声が起った。

「中は暗黒《まっくら》だぞ」

「気をつけろ……」と、刑事らしい囁が交される。

廊下の内と外。森閑《しんかん》として物凄い静けさがみなぎる。廊下には遠くの方にある電燈が僅かに光を投げてただ黒い影が四ツ五ツ動くに過ぎない。

カチリという鍵の音。

サッと扉が開く。闇を貫く懐中電燈の光り一條。刑事が二人素早く室内に辷り込む。

間一髪、パンという激しい爆発の響が室の一隅から起った。

懐中電燈の光二ツ、サッと音のした室の一隅へ飛ぶ。浮き出したように卓子と椅子と長椅子の防禦陣地。カタリと長椅子が動いた。犯人は正しく椅子の影にひそんで抵抗の気勢。

「ソレッ」というと必死の刑事はドカドカと室内に雪崩《なだれ》込んだ。その足下でパンと激い爆発の音。アッという叫び声。

「御用ッ」

「ヤイッ！」

と、ドッと長椅子の蔭を目当てに刑事がふみ込んだ。

刹那に、人気のない扉口から這うようにしてスルリと抜け出した人の影。扉の横手に呆《ぼん》やり中の様子を覗いていた男がウンといって倒れる下から、暗い廊下を音もなく走る。人は龍伯。

「居ないッ！」

「逃げたッ！」

「入口だッ」

混乱の声と廊下に人の倒れる音とが同時に起った。バタバタと走り出した血眼《ちまなこ》の刑事、左へ右へ跡を追う……。時には既に素早く危地を脱した龍伯の姿は最初忍び込んだ地下室の窓から半身を現わしていた。

四辺の様子に人なしと見るや脱兎の如く道を横切って向う側の小路の闇へ辷る。

バタリという足踏みの音。

ふり向くと十一号館の蔭から信が手招きをしている。指《ゆび》さす方へ向って龍伯は信のあとから走った。

建物の蔭に隠してあった自動車の中へ飛び込むや否や、車は東京駅の方へ向って走り出した。駅前から方向一転濠端へ出て日比谷へ向う頃には、龍伯は葉巻へ火をつけて紫の煙をフーッとふき出していた。

◇窓の手◇

大沢氏の都合で怪偉黄龍伯の秋山達之輔同道、丸ノ内ホテルに山下美津子を訪ねたのは翌日の午後三時。

支配人に会って一通りの話をした上、通されたのが五階の小さい客室。待つ程もなく山下美津子が紅茶を持って入って来た。瓜実顔《うりざねがお》にすっきりとしたエプロンをつけ、丸い眼が涼しく光る。

「あの、私に何か御用で……」

「実は支配人さんまでちょっと御耳に入れておきましたが、私は紐育《ニューヨーク》の大沢森二と申します」と大沢氏がいった。「こちらの方は秋山達之輔さんといって船の中で御知合いになった方です……実はあなたの御父様の事について、誠に御気の毒な次第で……」

「はあ、存じています。父もいろいろ御世話様になりまして誠に有難う御座いました」と彼女は丁寧に頭を下げた。がその様子が何となくよそよそしい。

「御存じですか、御父様の御亡くなりになった事を？」と大沢氏はいささか意外に思った。

「はい、承っています」

「……そうですか、実は御父様が御亡くなりになる節、貴女へといってこの手紙とそしてこの五十銭銀貨を渡されました……もっともこれにつきましては船中で意外の出来事がありましてね、証明かたがた秋山氏を御同道願ったような次第です」

大沢氏は大体船中の怪事件を話した。しかし美津子は別段驚いた表情もなく、ややうるんだ眼に大沢氏の顔をじっと見詰めていた。

「……で結局事務長の死体と共に発見されましたのがこの五十銭銀貨と手紙ですが、とにかく貴女に御渡し致します」

彼は銀貨と手紙とを少女に渡した。

少女は五十銭銀貨をじっと見詰めていたが、そのままそれをエプロンの懐中《ポケット》に入れ、手紙の封を切って一渡り読んだ。読んでしまうと、そのまま手紙を大沢氏の前に突き出して、

「この手紙は父からのでは御座いません……封書は確かに父の筆蹟ですけれども、この手紙の終りの字は父の署名したもので御座いません。全然違っています……大沢さん、私の父のほんとうの手紙をどうなすったのですか?」

「いや……その……別にどうしたという訳では御座いません。今も申した通り船中で……」

「解っています。そしてその発見された手紙を……あなたは……あなたはすりかえたのです……お父様の片身もお父様の手紙も……」

たまり兼ねたか美津子のつぶらな眼からは急に涙があふれるように流れた。彼女は顔を押えて泣き出した。

あまりの意外さに呆気にとられた大沢氏はおろおろして秋山の顔を見た。秋山は黙って少女の様子を眺めていた。

暫くしてから突然秋山が底力のある声で、

「美津子さん。あなたは誰れからその事を聞かれましたか?　いつ聞かれましたか?」

「今朝承りましたわ」と彼女は漸く顔を上げて、秋山の鋭い声に、やや反抗の色を作《な》して答えた。

「今朝?　……フウ。では今朝、貴女を訪ねて来たのは若い婦人でしょう?」

今度は美津子が驚いたらしい。

「まあ……どうしてそれを?　……」

「事務長殺しの影には婦人がいます。犯人は市山清久という一等船客です、しかも彼女は昨夜、丸ノ内十三号館で仲間の男……船中では秘書といっていた男をも殺しました」

「エッ!　あの秘書を……殺した?」と大沢氏が飛び上って驚いた。

「さよう、私は市山が事務長殺しの犯人だと睨んだのみならず、私は市山から挑戦されています。偶然の事から私がこの事件の中へ関係するようになりました以上、私はある事情から市山が昨夜、横川という彼の秘書を殺

した事を知っています。しかもそれが、美津子さんの父さんの手紙と、この五十銭銀貨にからまる秘密からなのです。市山という奴は実に危険極まる人物です。兇悪無惨な悪漢です。山下さんのお父さんの五十銭銀貨には何等かの重大な秘密があるように思えます……そうした関係上私は失礼ながら、美津子さん、あなたの身もかなり危険ではないかと思われます。ですから及ばずながら、この秋山が貴女の身を保護して、亡くなったお父さんの秘密……なりなんなりを完全に貴女に御手渡し致そうと考えています」

　秋山はずばずばと一気に喝破した。

「では貴下《あなた》は……」と美津子が涙の目を見はった。

「さよう……新聞紙上にも出た通り、この秋山達之輔は満洲浪人です。馬賊というのは甚だ穏かではありませんが、多少の部下を持っている、満洲での名は黄龍伯といいます……で美津子さん。その婦人の名前は？……そしてまた何といいましたか？　一通り御話し下さい。私も馬賊といい條、多少名の知られた男ですから、決して貴女の不為のようなことは致しません」

「ええ」と彼女は躊躇した。

　躊躇するのも道理である。彼女は今朝からの事を考えてみた。突然に訪ねて来た米国帰りという婦人。しかも父の最後まで世話をして父の写真と父の遺髪まで持って来て慰めてくれた優しい婦人。その婦人から父の死の最後の様子も聞いた。大沢という実業家の話も聞いた。大沢氏が父を雇っていた関係上その遺書を持って帰朝する事も聞いた。しかもそれが船中の怪事件に関係して父の手紙をすり換えたという事も話された。そして大沢氏の友人というのが、怖ろしい満洲の馬賊団長である事も話された。

　何かと困った事があれば力添えになってあげると、女同志の同情《おもいやり》から、しんみりと親切に話して聞かしてくれた。

　そうして孤独の身を泣いていた矢先に大沢氏が訪ねて来た。馬賊団長も来た。手紙は果して偽物である。が自ら名告《なの》って黄龍伯、想像とはまるで違った立派な人である。力強い言葉、少ない言葉の裡にこもった真実。そして大沢氏としても巨万の富を有する実業家である。まさかにそうした天涯の孤児のものを盗むような人格でもない立派な紳士。それに父から来ている手紙にも大沢氏に非常な世話になっているという事は度々書いてあった。

　知らぬ異郷で死んだ父をとりまく不思議の数々。父はほんとうに死んだのやら殺されたのやら……尋ねてくれた人々の心々いずれが真、いずれが偽か。頼るに頼られぬ孤児の小さい乙女心に、彼は胸を抱いて悲しい運命に泣くより外はなかった。

彼女はただ悲しげにすすり泣いていた。

「え、美津子さん……泣いていては解りませんし、また泣いている場合でもありません……訪ねて来たという女の人の名は？」

と龍伯は暫くしてから優しく言葉をかけた。

彼女は答えない。

「え、美津子さん……」

と大沢氏も傍《そば》からいろいろ慰めた。

「中村千代子といいました」と彼女は顔もあげず答えた。

「中村千代子？　してお住居《すまい》は？」

「……」

暫く泣いていた後、彼女は僅かに身を起して懐中から紙入を出し、その中から小さな名刺を黙って差し出した。

中村千代子……東京府下中野町四〇八四温田方……

としてある。

「中村千代子……温田方……」と龍伯は考えていた。

「では美津子さん……この中村さんの宅を尋ねて、中村さんにお会してみれば……」といいかけた彼はハッとして窓方を見た。

とチラリと眼に映った人の手一つ。油断のない彼はツカツカと窓の方へ寄って下を見た。窓には非常用の階段が出来ている。その階段に白い人の影がスッと消えた。確かに立ちぎきをしていたらしく、階段から下の室へフッと消えた素早やさ。

「フフン」と彼は鼻で笑って去り気のない態。

「どうかしましたか？」と、大沢氏が不思議そうな顔をした。

「いや何んでもありません……美津子さん。この窓の非常階段は平素《ふだん》使用しますか？」

と彼は突然妙な事を訊ねた。

「いいえ。平素は使っていません……それが、何か？」

「いや、誰れか人がいたように思えたものですからね……で、美津子さん。どうです、その中村千代子さんを訪ねて、よく事情を聞いてみようじゃありませんか、そうすれば私達の立場もまた手紙をすり換えたとか何とかいう事も、よく解ろうと思いますから……ね、美津子さん、そうしましょう……」

◇怪行者邸◇

龍伯は美津子を訪ねて来た女がてっきり例の船中で捕えそくなった婦人に相違ないと睨んだ。そうして見れば怪婦人は市山清久一味である。随って女の家へ乗り込む事は市山一味の巣窟の一端を摑む事になる。龍伯にとっては逸すべからず好機である。

もし万一その婦人が何等無関係な女であったとしても、美津子の父と親しかった以上、そこから五十銭銀貨の秘密を摑む事が出来るかも知れない。

彼は昨夜殺された横川吾一の死体の傍から拾った五十銭銀貨を持っている。最初は美津子に会ってよく話を聞いた上で、その五十銭銀貨を渡す積りでいた。けれども、怪しげな婦人が先き廻りをして来て、何も知らぬ美津子に大沢氏を讒訴《ざんそ》した以上、今五十銭銀貨を出して昨夜の冒険を話した処が信用さるべきものでもないし、また問題の銀貨を少女に渡す事はせっかく奪取した宝をそのまま敵に奪い返えさすようなものである。まして怪しい窓の手、この室の会話を立ち聴きしようとしていた奴があるからには、敵の手は既に少女の身辺に網を張ったと見なければならない。

そうなれば彼が銀貨に附随した山下氏の遺書を敵の手から奪い戻すまでこの秘密の銀貨を自分の手で保管しようと決心した。

こうした決心の下に彼は美津子をうながしてとにかく中村千代子という女の家を訪ね、その女に会った上で臨機の処置をとろうと考えた。

ホテルの支配人の了解を得て三人がホテルを出たのは四時頃であった。

大沢氏は五時から他に約束があった関係上一切を龍伯に託して別れた。

黄龍伯の秋山達之輔は故意《ことさら》に駅前の自動車を雇って中野へ向った。

東中野の駅前で温田氏の家を聞いたら、

「ああ、あの行者さんですか」と苦もなく教えてくれた。

温田良策、中野の神様である。上流知名の士、政界の巨星に出入する怪行者として世上で問題の人物。中村千代子はそこに仮寓していた。

堂々たる大邸宅である。

中村千代子は在宅した。こちらへと案内されたが、それが幾つかの廊下を廻りくねった、奥の二階の一室。立派な応接間である。

待つ程もなく問題の中村千代子が出て来た。

「おや、秋山さんも御一緒ですか？　大沢さんは？」

果然、中村千代子は船中に乗り会わした女であった。しかも船酔と称して自室から殆ど出た事のなかった女、上陸に際して市山清久と同乗したトテ・シャンという洋装美人。

けばけばしい洋装に凄艶な微笑を湛えた彼女は、室に入るや否や秋山の名を呼んで、相手の胆を抜く先《せん》の先の一手。

「やあ、船中で御一緒でしたかなあ。これは失礼。大沢さんは都合があって一緒に参りません。来たら驚いたでしょう。アッハハハハハ」

と哄笑一番。龍伯は彼女の先手を軽く受け流した。

「今日、大沢氏と山下美津子さんを御尋ね致しました処、中村さんと仰る方が来られて色々の御話があったとの事、それでは美津子さんのお父さんの事も詳しく御存じの方であるに相違ないし、また山下宗太郎君と大沢氏との関係も御承知の方に相違ない。その方が来られて大沢氏に大変迷惑な御話があったのでは困るから、私が代理として一応その方に御目にかかってよくその間の事情も承ろう……とこう考えて、美津子さんと御一緒に伺ったような訳です」

「ああ、そうですか。でも、秋山さん、よくまあ昨夜、あんな大それた人殺しをして警察の手から逃げられましたねえ！」

「なにッ！」とさすがの龍伯は不意を突かれて駭然《がいぜん》とした。

「ホホホホそんなに驚かなくてもいいわよ。ちゃんと妾《わたし》、知っててよ……ですから今朝美津子さんの処へ伺って、いろいろ御話したんですわ……美津子さんには御気の毒ですけれども……こうしてね、秋山さん……じゃあない黄龍伯さんに宅まで来て頂きたかったんですわ」

嬌舌《きょうぜつ》に針を含んで、傍若無人の有様。

可憐の少女美津子の前、龍鬼と綽名《あだな》を取った馬賊団長秋山達之輔の前で、初対面の最初から女だてらに仮面《ノック》をかなぐり捨てて伝法な啖呵を切る怪美人。とても尋常一様の毒婦ではなさそうである。

「ワッハハハハ」と彼は再び哄笑した。「偉いぞ天津《てんしん》お千代……いやさ狼お千代……も一ついいかえれば白狼姫《はくろうき》……偉いぞ、偉いぞ、ワッハハハハ」

彼は手を叩いて笑った。笑い終って彼は美津子を顧みた。意外とも意外、美しい、優しい、頼もしい婦人、天涯の孤児となった自分の力とも思われる、姉とも思えた今朝会ったこの女が、数時間後の今の態度はどうだろう。何という怖ろしさ。何という物凄さ。狼の間に挟った羊の子のように、美津子は蒼白《まっさお》になってただ怖え《おび》、戦《おのの》いていた。

龍伯は優しい顔で、美津子に向って、

「美津子さん。大変驚いたでしょうが、決して御心配には及びません。決して怖がるには及びません。貴女の身は、この秋山がいや龍伯が命にかけても引き受けますから、決して心配なさるな……え、美津子さん。これで大抵この女の素性も御解りでしょうし、今朝の話が真か偽かも御解りでしょう……ついでに、この女の本体を御紹介しておきましょうか。この女は中村千代子といってこんな美しい顔はしていますがね、実は支那満洲から米国まで股にかけている女賊です。女盗賊《どろぼう》です。満洲では白狼姫といっていますし、支那では天津お千代、日本内地では狼お千代といって大した顔になっています。大変な代物です。……が美津子さん、私がいる以上、こんなお千代ずれに指一本さsさせやしませんから御安心なさい」といってから今度は千代子の方に向き直って、

「おいお千代。下らねえ真似をしたものじゃあねえか。俺に用があるならあるで手紙一本出すなり、電話をかけるなり、しりゃあ用がたりらい。何も知らない美津子さんまで巻添にするにゃあ当るめえ。お千代、あんまり卑怯な真似をするなよ。顔にかかわるぜ……フン、もっともそれ程の顔も持ち合わさなきゃあ、それまでよ。……で、おい、用事たあ何んだ」

「用事のあるなあ、俺だ。お千代じゃあねえ」

声がして隣室からヌッと現れたのは市山清久。

「ハハア、貴様か」龍伯は別に驚きもしない。「多分そんな事だろうと思ったぜ。中野の怪行者温田良策。それが一枚裏をかえせば市山清久。そのまた皮をはがせば狼お千代の情夫、都下を荒す一大強盗団長か！」

「お手の筋だ。漸く今解ったか？」

「いんや、今朝解った」

果然、中野の怪行者、堂々たる大邸宅の主、怪邸の主人公は市山清久、殺人強盗の一大巣窟である。

◇赤色《せきしょく》の乱舞◇

「それにしちゃあ早かったな」と市山は落ついている。

「それも昨夜《ゆうべ》のお蔭さ……がおい市山、それはともかく、用事は何だ？」

「まあ急ぐな」

「俺は忙しい、ことには美津子さんを連れている。用がなければ美津子さんだけは早く返してもらおう」

「美津子さんにも用事がある。心配するな。気ぜわしない野郎だ。落ちつけ落ちつけ……ところで昨夜は巧く逃げやあがったな。満洲の山猿だけがとこはある」

「フン。警察がドジなんだ。こんな強盗を中野の大名屋敷にかこっておく位だからよ」

「電球を引っぱずして、長椅子の蔭へ叩きつけ、刑事の注意をそっちへ向けておいて、後ろからスルリと脱けたなあ、龍伯一世の智慧か。ハッハ……大正の忍術だな……だが逃《ず》らかったのはいいが持ち逃げは困るぞ。おい龍伯」彼は急に声を強めて脅迫的口調に変った。「おいッ！　龍伯、拾ったものを返《けえ》してもらおう」

「何をさ？」と彼は平然。

「白ばっくれるねえ。横川の傍から拾ったものだ」

「フフン。五十銭銀貨か。お生憎様ながら持ち合さないね」

「何ッ！　持たねえ。ふざけるねえ。馬鹿。出せッ！出さねえかッ！」

「無いものは出せない。無い袖はふれねえって」

「フフン。出さなきゃあ、出すようにしてやらあ。おいお千代、美津子を……」

「馬鹿ッ！」と大喝一声。龍伯の身は三尺壁際に寄って、咄嗟に出したピストル一閃。「動くな。動けば用捨《ようしゃ》はしねえ。こうなりゃあ馬賊の龍鬼だ。覚悟しろ、野郎」

龍伯の眼は忽ち血走って物凄い形相。馬賊龍鬼の本体を現わして一か八か、動けばほんとうに射ち殺さんず勢い。

「ウーム」と市山が唸った。

「どんでん返しや、抜け穴は真平《まっぴら》御免を蒙る。お千代、貴様は市山から二尺離れろ、動けば承知しねえぞ」

龍伯は左手にもピストルを握った。二挺のピストルが市山とお千代を狙って引金の指に力が籠る。

「ウーム。今度は俺の札が悪い。今夜は二人共無事に返してやろう。この邸でピストルの撃ち合いは御免を蒙りたいからな」

案外彼はあきらめよく穏《おとな》しく出た。

「よしッ。美津子さん、怖い事はない。お千代のポケットからピストルを出して下さい」

彼はじりじりと市山の傍へ進んだ。美津子は仕方なく命のままに慄えながらお千代の傍へ来てポケットを捜し初めた。が慣れていない。怖ろしさにふるえながら無器用にポケットへ手を突っ込んだ。

「美津子さん。手を突込んでいては駄目だ。上から叩いてみるんだ。そうそう右の方から……無い、左は……」

とお千代の方へちょっと注意を瞬間、背後《うしろ》に猫のような人の足音を感じて、ハッと身をかわそうとする、かの時早く、この時遅い間一髪、

「アッ！」と龍伯が、悲鳴を挙げた。

刹那に感じた後頭部の猛烈な一撃、ドンと一発ピストルを放つや否や、立ちなおる力もなく彼の脚は無惨につぶれて、バッタリ床の上へ倒れた。

倒れながらも彼は、アレッという美津子の悲鳴を聞いた。

何の糞ッ！　と思う心も夢現《ゆめうつつ》混沌とした意識、四辺《あたり》は暗黒《まっくら》で、ただ眼前に赤色の輪が無数に乱舞する。赤色の輪の乱舞、乱舞、乱舞……彼の意識はそれに乱されて錯迷昏沌《こんとん》……龍伯は遂に人事不省に陥った。

ラジオの怪音

◇K・D・B……満洲土語◇

背後から猛烈な一撃を受けて、不覚にも昏倒した黄龍伯の秋山達之輔は数分間の後に漸く意識を回復した。

「またしても、してやられたか」

と思うと無念の怒気が湧々と心頭《しんとう》に発する。全身に走る憤激の闘意は彼をして打撃から受けた苦痛を忘れさせた。意識は急に明瞭になって来た。

彼は左手を下じきにしてうつ伏しに倒れていた。美津子はと見れば狼お千代と市山と彼を殴った部下の奴の三人のために猿轡《さるぐつわ》をはまされて、身動きならぬよう椅子へくくしつけられている所だ。

彼は考えた。彼の内懐中《うちかくし》には問題の五十銭銀貨がある。身体検査をされれば直ちに発見奪取されるに定《きま》っている。隠すならば今！

龍伯はそのまま左の手を働かせて、ポケットから五十

銭銀貨を摑み出した。……がさてどこへ隠そう？　左手を見ると傍《わき》に小さい喫烟卓子《きつえんテーブル》が立ってあって、下の段に何やら小さい箱がある。咄嗟の間に彼は左手を延ばしてその箱へ指を入れていた。指先で捜《さ》ぐると、それは巻煙草入れの箱で、二三十本の煙草がつめてあるらしい。龍伯は素早くその底の方へ五十銭銀貨を押し込んで、元《も》と通りの姿勢に手を引込めた。そして気絶した風を装った。と間髪を入れず市山と女とが彼の傍《そば》へやって来た。

「意久地の無《ね》え野郎だ。起きろッ！」部下の奴が手荒く彼を引き起して横面をいやというほど殴った。

龍伯が立ち上って部屋の真中へ引ずられた時には三人から已にピストルの包囲を受けていた。

「捜してみろ」と市山がお千代に命じた。お千代は巧みな手付きで龍伯の身体検査を始めた。時計、手巾、万年筆、手帳、紙入、紙幣《さつ》札、それから銀貨十数箇、そんなものを引っぱり出した。

「何か特別なものでも御座んしたかい？」と龍伯が冷然としていった。

「黙れッ！　白を切ったって知ってるぞ。さあ出せ。昨夜十三号館から持って逃げやあがったものを出せ。五十銭銀貨はどうしやあがったんだ？」

「そこにある」と龍伯はお千代が卓子の上へならべた十数箇の銀貨を顎でしゃくった。「八ツがとこならんで五十銭銀貨。選《よ》り取り一銭とはいわぬ。勝手にすきなだけ取ったらよかろう」

「戯《ふざ》けんねえ。俺はあの五十銭銀貨を知ってるんだ、ちゃんと印がついてるんだ。さあ出せ。どこへ隠した。美津子にゃあ何も話しをしなかったってえじゃあないか。貴様が持ってたって三文にもなりゃあしねえ。国家の重大事を握ってる五十銭銀貨だ。さあどこへ隠した」

「知らねえな。それほど大切《だいじ》なものなら、地下室へ血みどろにして投《ほう》り出しておくが事はあるめえ。……拾ったさ。拾ったが逃《ず》らかる時に落しちまったんだ。地下室の廊下にころがっているかも知れねえ。……俺は持っていないよ。無いものは無いね」

「偽《うそ》を吐《つ》け！　野郎。白状しなけれりゃあ、仕方がねえ、……さあ……これだ」

市山はピストルを龍伯のこめかみの処へ押しつけた。

「あッハハハ。死《しな》すか？　俺を殺せば五十銭銀貨が出て来ると思うのか。あッハハハ。俺の脳味噌の中に五十銭銀貨を隠してあるとでも思ってるのか？　こいつあ、面白い。代は見ての御戻りだ。白い血が出たらお目にかからねえアッハハハ」

龍伯は涙の出るほど笑い出した。

「ウーム野郎ッ！」と市山は真赤になって怒った。「おい、お千代。一筋縄じゃあいけねえ。痛い目を見せてやれ」

「痛い目？　お千代さん。どんな目だい。白い目か、赤い目か黒い目か茶色の目か？　……いやさ。そんな白い目をする事かい？」

洒々《しゃあしゃあ》たる龍伯の態度。市山と部下が龍伯秋山の両腕を捻じ上げて、狼お千代が無言のまま仕度のため室を出ようとした時、扉《ドア》の外に影があった。

「先生ッ！　畑中大将がお見えになりました。至急御目にかかりたいと申されます」

「何ッ、畑中大将？」

「ええ、例の双橋無電の件で……との事ですが……」

市山はちょっと躊躇したが、直ぐと、

「よし。直ぐ参りますと申上げい……おいお千代、畑中さんが来た。此奴《こいつ》の仕置きはあと廻しだ。縛《くく》し上げておけ……やい龍伯、俺の戻るまでよく考えておけ。つまらねえ目に会って、泣くよりも、素直に渡しちまえ！」

お千代が持ってきた縄で龍伯はぐるぐる巻にされた上傍《わき》の卓子へ厳重に縛りつけられた。

市山が出てしまった。

「おい龍鬼。いいかげんに往生したらどうだねえ。え、お前ばかりじゃあない。何も知らぬ美津子も痛い目に会うんだからねえ……」

狼お千代は毒々しく平手で龍伯の頬を叩いて、ポケットから巻煙草入を出したが、生憎中には煙草が一本もなかった。彼女は四辺《あたり》を見廻していたが、煙草卓《スモーキングテーブル》の煙草箱を見つけて、つかつかとその方へ行った。小箱をヒョイと取り上げて中へ手を入れた。

「危いッ」と口まで来たのを龍伯は漸くに堪《こら》えた。危い、僅かにに二列位《ふたならべ》の底には問題の五十銭銀貨がかくしてある。指の先で中をかきまわされたらばせっかくの苦心も水の泡！

「危い」と出かかった声をからくも飲み込んだ龍伯は、ジロリとこちらを見た鋭いお千代の視線に、

「おい、お千代、俺にも一本御馳走をしてくれ」と危い所で逃げた。

「ヘン。囚人に煙草の火は禁物だよ。それほど欲しけりゃあ、妾《あたし》の煙でも吸うがいいさ」

狼お千代が小箱を元の所へおいたのを見た、彼はホッと胸を撫でおろした。彼女は悠々煙草に火をつけて龍伯の傍《そば》へ来、一口吸った煙草をフーッと龍伯の顔へ吹きつけた。

が龍伯はそり身になって大口をあきながら吹きつけら

れた煙草を胸一杯に吸い込んで、微笑《えみ》をふくみながら、またそれを静かにはき出した。

「こりゃあ甘《うま》い。もう一服くれ。お千代新発明の吸いつけ煙草だ。アッハハハハハ」

剛壮な態度、赤い唇に浮かべた微笑《ほほえみ》。二服目を吸ったお千代の唇は怪しく慄えた。

「もう一服所望するぜ」

「あげるわッ！」と叫んだお千代は一服吸うや否や、ツト両手で龍伯の頭を抱えて驚く彼の唇へ、自分の唇を押しつけた。二秒、……三秒……四秒……

「ブッ！　冗談じゃあねえ」とさすがの龍伯も面喰って、煙にむせながら叫んだ。「ブッ、吸いつき煙草なざあ御免を蒙るぜ、おい」

底力のあるさびた龍伯の声が突きさすように室へ響いたが、情熱の眼でジッとその顔を見詰めたお千代の肩は激しく揺れていた。

この時最前の書生が入って来て、

「あの、……先生が御呼びです……私が代りますから……」

「いいよ。お前なぞ番をした処で仕様がない。それよりも扉《ドア》を堅く閉めておいたがいい……おい龍鬼、ちょっと行って来るがね、それまでラジオでも聞いて待っておいで……」

毒づきながら白狼姫狼お千代は室の一隅にあるラジオをかけて室の外へ出た。外からは扉に鍵をかける音がした。

「フン、命冥加な奴、出て行きおったわい」

と秋山が冷笑すると共に、不思議、十重《とえ》二十重《はたえ》、彼れを縛した縄は急にダラリとゆるんで来た。

「満洲で鳴らした俺の縄抜けを知りよらんと見ゆる」

彼は独語しながら身体を二度三度揺《ゆす》ぶると、さしもの捕縄《ほじょう》がずるずると解けてしまった。

ラジオは盛んに何やらオーケストラを始めている。

「美津子さん、さぞ恐かったでしょう。済みませんでした。もう大丈夫ですから……」と優しくいたわりながらしくしく泣いていた少女美津子の縛《いましめ》を手早く解いた。

縛を解いた彼は直ちに脱出すると思いの外、少女をそこに待たしたまま隣の室へ忍び込んで暫く何かごそごそやっていたが、暫《やが》て両のポケットをふくらませて戻って来た。

「お待ち遠様。さあ美津子さん、帰りましょう……いやなに、御心配御無用。大手をふって玄関から出ます。こちらへいらっしゃい」

龍伯が美津子を抱えるようにして隣室へ入ろうとした

時、彼はハッとしてふりかえった。

今まで賑かなオーケストラを奏していたラジオの中から突然異様の声が響いて来たのだ。

「……K・D・B……聞えますか。山宗《やまそう》……山宗……機械完成……山宗……山宗……K・D・B」

声は楽の音《ね》に交じって次第に高くなりまた次第に低くなって消えて行った。しかも明瞭に呼ぶK・D・B以下の言葉は奇怪、異様な満洲土語！

怪しいラジオ、満洲土語で呼ぶラジオの声に龍伯秋山が不審の眉をひそめた時折も折悪しく扉に鍵をはずす音がした。

◇命は貰うぞ◇

陸軍の一大勢力でありまた政界の一巨頭でもある畑中大将は奥まった怪行者邸の一室で市山清久事温田良策と対坐してしきりに密談していた。

「で、そういう訳じゃから五十万円許り君の方で都合してもらいたいがいかがじゃろう?」と将軍がいった。

「そうですな、すると閣下が政交会の総裁を劃する訳ですな。面白がしょう、一週間許りの間に都合つけましょう」

「総裁になればまた一芝居打てるからな。あれの方もどうせ最近に一騒動起るにきまっちょるからなハッハハ」

「ハッハハ支那といえば例の双橋無電はどうなったでしょう?」

「あれか……」と将軍は苦吟した。「わきで手をつけよったがな。策を設けて関係者を逐《お》い、我輩等の手に収めて、目下三井にやらしてはいるもののどうも工合がよくなくて、大いに困りよる」

「機械が悪くてですか?」

「いや、契約がスチーム・タービンなんじゃが、それの連接がうまく行かんのじゃ……がしかしあれが出来れば東洋一じゃからな」

「じゃが、この間御話した機械はどうです?　手に入る見込ですか……」

「うむ。技術部の話では不可能じゃといいよる。どうせ双橋を追った技師のやる事じゃから駄目じゃろう」

「そうですかな」と温田は考えて「あれをな、例の龍鬼が目をつけよるですよ。我輩もいささか弱りよりますがな」

「ふん。龍や鬼じゃあ、温田の行者の行力《ぎょうりき》もきかぬか。

ハッハハハ」

将軍は冗談にして笑った。

その時卓上の電話が鳴り出した。

「ああ……ウム。では萩の間に御通し申せ。そしてお千代に出るようにとな」

電話を切った市山の顔には得意の微笑が浮んでいた。

「閣下、上野和歌子さんが来られました。春の政変について御上の方をよろしく御願いしていいます」

「や、そうか、そりゃあ好都合じゃ。しかるべくやってくれ。余り旧交をあたためると若いのから問題が起るぞ。ワッハハハ。では失礼しようか」

「いや、閣下暫く。上野さんの御話の様子も申上げますから……」

と温田はそそくさと立って行った。面会に来たという上野和歌子、女流教育家の元老、畏《かしこ》きあたりへも召される人格者という、豊頰豊顔、年六十を越したとは見えぬ若々しさを持った当代の女流、それが人もあろうに恐ろしい仮面を持つ温田怪行者を来訪するという。彼をとりまく種々の人々、政治家軍人、富豪、壮士、女史、そこにこの家にかくれた秘密があり怪奇がなければならない、かくて社会の上流、有力者間に根強い勢力を有する大盗大奸市山が怪行者を相手にする龍伯、彼が満洲の勢力すら比すべくもない有様である。

畑中将軍が所在なさに煙草をくゆらせている時、カチャンと激しい音がして廊下の硝子《がらす》戸を破り、障子を突いて室内へ飛来した一箇の石、座敷の真中へころがった。石は紙で包んである。

ハッとして将軍がその石を拾い上げて、何やら書いた紙片《かみきれ》を拾い上げた。

閣下、人面獣心、近代の道鏡にも等しい怪行者売国奴にして殺人鬼温田如きに接近せらるるは断じて不可《ふか》なり近き将来のため忠告す。　　龍　鬼
「フフン」と将軍は微苦笑を洩した。

「どうして俺のここにいる事を知ったか。怪しい奴」

と呟きながら将軍は龍鬼の名の所だけを引裂き残りの紙片を袂に入れて石塊《いしころ》はそのまま畳の上へ投げ出しておいた。

十分ばかりして温田は得意の鼻をならしながら入って来た。

「閣下、上首尾じゃ。和歌子女史からしかるべく御心添を願うよう申上げた由です」

「時に、龍鬼という奴、この辺をうろつきよると見ゆるのう。注意せんといかん。石を投げよった」

「やっ、石を？……どうして龍鬼と？……」

「紙片がありよる」

「ウム。怪しいなあ」と彼は不審がった。間もなく将軍は座を立った。

将軍を見送るや否や彼は急いで龍伯を幽閉した室へ引き返した。堅く閉されたドアを開けると、暗い室内に縛された男女二人の黒い影。彼はホッと安心しながら、電燈のスウィッチを捻り、ツカツカと龍伯の傍へよるや否や、

「ヤッ」と驚愕の声を上げた。「どうしたおいッ！」

驚いたも道理、縛されたのは龍伯ならぬ自分の部下、当身を喰《くら》ったか人事不省に陥っている。

女は？　と見るとこれも意外。同じく人事不省に陥った狼お千代。情用捨なく高手小手に縛り上げられてグッタリとなっている。

彼はあわててお千代の縄を切った。しかしさすがに怪賊市山だけあって、それほどに周章《あわて》ない。

片手にお千代を抱えた彼は、その身体を膝に受けて「エイッ」と活を入れた。

「ウーム」とお千代が唸った。

「お千代、確かりしろッ！　どうしたこの醜体《ざま》は！」

パッチリ眼を開いたお千代が、我に帰ると共に、そこは女である。「口惜しいッ！」といって彼の胸にしがみついた。

「口惜しい所じゃあねえ、見ろ、あれを、今井もやられている」

彼と彼女とは龍伯の身代りに縛された部下の今井の縛を解いて、同じく活を入れた。今井は生気づいたものの未《ま》だ茫然としてしきりに後頭部を押えていた。

「馬鹿野郎ッ！　何んだその醜体は！　愚物《どじ》ッ」叫んだ市山が今井を蹴飛ばした。

狼お千代は一旦和歌子が来たので呼ばれて室外へ出、引き返して来て扉《ドア》を開けて入ると共に激しい当身を喰って倒れてしまったという。その後は何も知らない。今井の方はお千代の後に室内へ入ると、室内が暗い。電燈をつけようとした時に後頭部を撃打《うた》れてこれまた昏倒したという。

「貴様が龍伯を殴ったから、復讐されたんだ」と市山は口惜しがった。「それにしても、あの厳重な縄をどうして切りゃあがったろう？」

「あらッ！　御覧なさい壁を！」

指す壁面《かべ》に、万年筆で大書して曰く、

白狼姫事狼お千代並に

市山清久事温田良策

右国賊につき両三日中に自滅さすべき者なり

満蒙義団々長黄龍伯

「馬鹿な真似をしよる」と彼は嘲笑した。「今に見ろ。あべこべにしてやらあ……それにしてもどこから逃げたろう」

「玄関より外に出口がないんですがね……」

彼等は玄関に行って書生を調べた。

「ハア。最前いらした男の方と女の方とは上野様がお見えになると間もなく御帰りになりました。大分に客のようだが誰れだなどと仰いました」

「喋ったか？」

「ハア。つい畑中大将が……」

「この頓馬奴《とんまめ》ッ！」と彼は大喝して何も知らぬ玄関番子の横面を張り飛ばした。

「アッ痛」と玄関番は泣っ面になった。「そ、それから先生へこの手紙を……」

「何ッ手紙？　龍伯からか？」

「どなたか存じませんが、その女連れの方から……」

「見せろッ！」引奪《ひった》くるようにして封を切る。中から一枚の名刺、細々と書いてある。一目見た彼の顔色は見る見る変った。

温田君。生きた人間を縛る時は今少しく注意を要するね。殊に縄抜ではいささか鳴らした我輩の如きは……このままでは帰るまいと思ったが将軍及女史が来ているから邸内を騒がしても済まぬと思い今日は失敬する。失敬するついでに初めて来たのだからお土産を貰って行く。目録次の通り

一、隣室の手文庫中にあった往復文書一束、これはやや面白そうだから近々世上へ発表する。

一、邸内建築図数葉。これは時々参上の参考に我輩箇人として頂戴する。以上……

追伸、今日より我輩例の問題につき攻勢に転ずる事とするから予め御承知おきを願っておく。

「ウーム」さすがの奸賊市山も最後に到って思わず唸り出した。

秘密の往復文書、邸内秘密地図。

数分の油断に見事にしてやられた急所の一撃、彼は名刺を握ったままよろよろとして倒れかかった。

がしかし、彼はキッと踏み止まった。

「おいお千代。部下を呼べ。奴の命は貰わにゃあならん」と血走る眼《まなこ》物凄く血相変て怒鳴った。

◇両虎決死の格闘◇

山下美津子を連れて自宅へ引き上げた秋山達之輔は、美津子が余りの驚きと恐怖のため失神せんばかりになっているのを慰め、安静剤を与えて寝かした後、彼は初めてその日の夕刊を手にする事が出来た。

夕刊には特別見出しで、

全国数十余万のラジオ・ファンを驚かす妖怪無電

と題していずれの新聞も同じような記事が出ていた。

最近七時半乃至九時頃よりラジオ放送中異常なる怪音が全国のラジオ・ファンを驚かすようになった。

右の怪音は最初極めて底《ひく》く聞え、それが次第に明瞭となり、K・D・Bと呼ぶ後は不可解の支那語如きものを連続呼称し、再び幽霊の如く細れつつ消えて行く処から、一般には「妖怪無電」と称して不思議がられているが、この妖怪無電は東京放送局を始め大阪、名古屋放送局区内にも、同様の工合に聴えているのみならず、昨今に至っては東京放送局宛に千島樺太《からふと》より上海、支那内地、南洋方面よりも右妖怪無電を聴取せる旨電報を以て問合せて来るので、東京放送局においても非常に困惑し、目下極力調査中である。

右につき服部放送部長は語る。

「あの妖怪無電は一ケ月ほど前から八時半頃の無線電信発送の後に続いて同一波長でK・D・B符号を打っていたが最近には肉声で呼ぶようになった。あの無電が各地に聞えるのは発信時に波長を変更させるためであって、約二百五十米突《めいとる》から七百米突に及ぶ不可思議な発信で、決して単なるアマチューアの悪戯ではなく、発信時に波長の自由変更、及び低波長ながら非常に強い電波を有する驚くべき発信で、もし特殊な新発明とすれば実に世界的大発明ともなるべし。ラジオ界の革命であろうと思われる。発信地は東京の近くらしく、K・D・B局などは無論無い。発信語は満洲語らしく当局でも目下極力調査中で、各方面へ右の妖怪無電が聞えるか否やを問合せている云々」

妖怪無電！　龍伯は最前温田邸で聞いた怪しいK・D・Bの満洲土語を思い浮べた。

「山宗……山宗……機械完成……」彼は口なれた満洲土語でその口真似をした。そしてポケットから例の五十銭銀貨を出してつくづく眺めた。

彼は市山の秘書横川が瀕死の断末魔に叫んだ、「……双橋……鍵を……鍵を……図面……」という言葉を想い出した。そして今また妖怪無電から吐き出された謎のような満洲土語！

山宗……山宗……山下宗太郎……山宗……確かにそうだ。しかして血を以て狙われている五十銭銀貨。

この五十銭銀貨に妖怪無電の秘密が包まれているのではないか。

彼は当然すぎるほど当然の推理でかく考えた。考えてまた五十銭銀貨を眺めた。

打ち見た処何の変哲もない五十銭銀貨、ただ叩くと濁った音がするのは確かにこの内部に何物かが秘められてある証拠だ。がどうして開けよう？

問題はこの小銀貨の内部を見るにあるのみである。がしかし……中の物によっては壊すわけに行かぬ。切る訳には行かぬ。これを開く方法は？……

手紙だ。この銀貨についていた手紙だ。あの手紙の中に何事か書いてあるに相違ない。あの手紙を手に入れなければ随ってこの秘密の謎は解き難い……

その手紙は？……市山清久、温田怪行者の手に握られている。

よしッ！　奪取してやる。一刻も早く奪取してやる。時遅れればその手紙を隠滅される恐れがある。奪取するならばいつ？　いかなる手段で？……

彼は暫く沈思した。じっと一点を見つめて無表情のまま化石したかのように、眼を半眼にして老僧が禅定《ぜんじょう》に入ったかのように龍伯は沈思した。

十分、二十分、彼の唇はニタリとほころびた。半眼にした眼が闊《かっ》と開いた。一大冒険に出る時の龍伯の顔である。

「今夜だッ！」と彼は案を打って叫んだ。

彼は煖炉の前へ進んで、屈みながらその内側を押した。と同時に煖炉の左隅の床に小さい穴が開いた。彼は無雑作に五十銭銀貨をその中へ入れて、暫く穴の中へ手を突き込んだままがさがさしていた。

「今夜押込を喰わしてやろう。いかに市山も今夜は油断しよるじゃろうて。ハッハハハ」

彼は直ちに身仕度をした。抽斗からピストルを出しかけたが、

「いかん。飛道具は卑怯だ」と彼は笑った。そして部下を呼んだ。

「おい、信と、勝とを呼んでくれ」

腹心の部下である木下信一と大友勝太郎とが入って来た。

「例の船の上の事件なあ」と彼は快活にいった。「あの件で今夜中野の行者邸へ押込をかけようと思う。お前達

二人は一所に行ってくれ。今夜はちと荒ぽいからその積りでね」

「ハア承知しました」

「しかし飛道具は持っちゃあいかんよ。素手だ。……だが用心のためメリケンだけは持って行ってよろしい。格闘になるような事があっても相手に傷をつけてはいかん。それだけは心得ていてくれ」

「少しは殴《や》れますか?」と信が聞いた。「殴れれば八木と河合の敵討をします」

「ハッハハハ。しかし強いて荒立ててはいけない。じゃあ仕度をしてくれ」

間もなく仕度が出来た。

龍伯は残りの部下に向って、

「用心してくれ。反対《あべこべ》に先方から殴り込みがあるかも知れんぞ」

「承知しました。……御大切に」

三人を乗せた自動車は闇の町を中野をさして走り出した。

車中にあって龍伯は、最前盗み出した邸内図面を出して作戦を凝らした。

一行が怪行者邸の近くに自動車を停めた時には、二時を過ぎていた。


丁度この時温田良策は部下を集めて龍伯に対する対抗策を講じて、それが終った処だった。

秘密会議を終った彼は邸内の奥まった寝室に入ろうとしたがふと、何思ったか彼は神殿の中へ入って行った。

神殿、そこは怪行者が罪悪の遂行所である。何人も入るを許さぬ神殿、しかもその神殿の下には幾つかの室がある。

怪行者温田はその一室へ入った。室が西洋間で贅《ぜい》の限りを尽した立派やかさ。家具のきらびやかさ。彼は長椅子に身をうずめてじっと思案した。

コトリという音がする。

ハッとして彼は聞耳を立てたが、四辺《あたり》は森閑として針一つ落ちても解るほどの物静かさ。

「妖怪無電……何が妖怪か」と彼は独語した。「あの五十銭銀貨さえあれば何の苦もなくこの秘密は解るものを……龍伯ずれにしてやられたが残念じゃった……がしかし……」

彼は何かしら人の気配を感じた。四辺に気をくばったが、依然として、墓場の如き静寂と沈黙に包まれている。

「これがあってもなあ! ……」

彼は長大息をしながら立ち上って金庫の中から一片の書状を取り出した。

「山下宗太郎の遺書……いかな龍伯もこれが無ければ五十銭銀貨に指一本ふれられまい。壊せば駄目、切れば駄目、この方法を以てせずば絶対に開かぬ。秘密の金庫、さすが彼奴《きゃつ》は天才的な発明家じゃったわい……」

果然一片の書状は山下宗太郎が最愛の娘美津子へ宛た五十銭銀貨の秘密を語る遺書であった。

彼は感慨深い面地《おももち》でそれを眺めていたが、

「そうだ。なまじっか、こいつを持っていたら魔のような龍伯の奴に奪われる恐れがある。ことには邸内地図まで奪れた今は……そうだ、俺の胸に書き収めてこの紙は灰にしてやれ……」

彼は注意深くその手紙を読み返した。二度、三度。最後にそれをくちゃくちゃと片手で握りつぶして火鉢の中へポンと投げ込んだ間一髪！

パッと立つ黒い烟、あわや銀貨の秘密が一片の灰になろうとした危機一刹那！

ドアを蹴開いて弾丸の如くに飛び込み来った黒塊《こくかい》団。

アッと思う間に燃えあがる火の中へ手を突込んで件の紙玉を握る瞬間、曲者ッと見た温田は、一瞬の隙もなくむずとその曲者に組みついた。

パッと立つ灰神楽。二つの肉弾がバタリと激しい音を立てて床へ転んだ。

一転、また一転、猛烈な格闘がつづく。必死の格闘だ、上に下に、椅子を蹴返し、はねとばす、互に無言のまま団々として組んずほぐれつ……。

やがてドンと突き飛ばされた市山が一転して立ち上ると等しく、相手も瞬間にはね起きて、

「えいッ」と身を堅めた怪漢は、黄龍伯の秋山達之輔。

「来たな畜生ッ！」

火の如き呼吸《いき》を吐いて市山清久が低く唸った。

怪邸秘密の地下室で空手空拳、顔を会わした兇賊と豪侠龍伯のただ二人。

火の出るような眼と眼とを見合せて、互に隙を狙いつつ、身を堅めて睨み合った必死の格闘。

いずれが生か、いずれが死か、両虎相搏《あいう》つ肉弾決死の闘争が開始された……。

名探偵ハゲ鷹

◇一難また一難◇

　龍伯は機を見て地下室を飛び出そうとじりじりと退《さが》る。が相手の怪行者はさはさせじと一歩一歩つめよせる。とたんに温田の身体がサッと横に飛んでストーヴの傍《そば》へ移った刹那に、彼は電光の早業で傍にあった二尺許りの棒を摑んだ。摑むと等しく大上段にふりかぶって敵を睨む。

「危い」と考えた龍伯は左手の拳を突き出したまま右の手を背後《うしろ》のズボンに廻した。

「エイッ」鋭い気合と共に棒は宙に躍る。パッと龍伯は身を退《すさ》る。と見る棒の一部は音もなく飛んで、温田の手には既に白刃が電光の下でかがやいていた。仕込杖だ。

　血走る眼にニヤリと凄い微笑を浮べた怪行者は、

「龍伯、気の毒ながら命は貰ったぞ」

「未だやれねえ」

「フン。この剣先《きっさき》をのがれるつもりか……エイッ」と再び鋭く叫んで紫電一閃。また一閃。激しく切り込んで来た。

　が龍伯の身は右に左にサッと逃げ、パッとかわす。秒二十。

「ウーム……」と温田が唸った。唸ると同時に彼の構えは腰をしずめて、白刃を下段に取りながら、身体をややかがめて一歩一歩ずり進み出した。

「無念流、得意の突の一手だな、野郎」

　低く唸った龍伯は椅子をたてにして珍妙な型を取った。左足を前に、右足を退いて、腰をぐんと落し、左手をやや曲げて前方につき出し、丁度相撲の構を中腰で行《や》ったという形ち、琉球名物拳法の極意だ。

「さあ、来い野郎、突けるなら突いてみい……」

　珍妙な構えに左の拳を軽くふりながら、これまたジリジリと攻撃に出初めた。

「……」温田の怪行者は少からず驚いたらしかった。が無言のままジッと眼をすえる。

「……」龍伯もまた無言。

　龍虎、互に睨みあって、殆ど呼吸《いき》もつかぬ緊張さ。

　無言、無息の一分間。

「ヤッ」裂帛《れっぱく》一声、サッと刃《やいば》が光る一瞬転！　龍伯の右手が身体と一所に下からはね上り、カチッと激しい音がして、刃先きから火花が散るや否や、温田の突き出した白刃は空に躍り上って窓際にはねとばされた。

と同時に龍伯の左手が吸い込まれるようにくずれた温田の身体へ突きの一手。

「ウン！」

怪行者の身体は枯木を倒すようにバッタリと床の上に倒れた。

「……」龍伯はメリケンサックをつけた右手を半ば突き出したまま油断なく身構えつつ様子を覗《うかが》った。怪行者は全く気絶したらしい。

「ウーフ！　骨を折らせやあがった。がどうやらへたばったな」

と呟きながら彼は温田に近づいて羽掻締《はがいじめ》に抱き起し、左手で敵の帯を解いて両手と両足を縛り上げた。そして煖炉の前の椅子へ運んで腰をかけさせた。

彼は手袋をはめて散乱した椅子や卓子《テーブル》を元通りに直してから悠々傍にあった葉巻を一本つまみ上げて火をつけ、懐中から焼け残りの例の手紙を取り出し、灰にまみれ、皺苦茶になってたのを丁寧に引きのばし始めた。

とこの時コトリという音を廊下で聞いた。ハッとした龍伯は素早く紙片を懐中に隠し、じっと耳を澄した。誰れやら人の気配がする。彼は足音を忍ばせて扉に近づき外の様子を覗いながら、サッとそれを引き開けた。

廊下には誰れもいない。

「狼お千代でも来やあがったんじゃあないかな？」と彼は内心考えた。「が、とにかく人が来ては事面倒だ、退却としようか」

龍伯は薄暗い廊下をスタスタといそぎ足に進んだ。一曲りするとそこから先は殆ど暗黒だ。彼は別に躊躇することもなく三足四足進むと同時に、サッと風の如く横合から飛び出した黒《こく》怪物にグイッと喉を締めあげられた。

「ウヌッ」と思わず口走るより早く、相手の手が喉にかかった瞬間、彼の全身は丁度針でさされるような疼痛を覚えた。

「ア痛《ち》ッ」

さすがの龍伯も不意の襲撃と全身に亘って電気をかけられたようなしびれとに毒気を抜かれて、敵に摑まれたままヨロヨロとよろけた。

ヨロけながらも彼は敵の手から脱《のが》れようと身をもがいた。敵は大した力はなさそうだが、針で突くような全身不快の感じに思うように力が入らない。彼は暗中に争う事数十秒。

締め上げられた喉の腕を満身の力でふりほどくと共に、そのまま肩をひねって、背負投げの一手。

「アッ」と軽い声を立てて倒れた黒怪物の上をパッと飛び越して、いち早く逃げ出した。既に目的を達した上は長居は無用である。おまけに電気の化物見たような暗中の敵と長く争うは不利だ。曲者は誰れか？　彼は背負投の瞬間、咄嗟に敵の懐中物を抜いていた。いずれ解る。逃げるに如かず。と思った。

が不思議。投げ出された敵は別に後を追って来る気配がない。

龍伯は突き当りの階段を五ツ六ツ上って、扉に手をかけるとスーと苦もなく開いた。がフワリと扉を引いた風にあおられて眼の前に垂《さが》った幕。

「ヤッ。違った。最前《さっき》忍び込んだ処とは違っているぞ。途《みち》を間違えてしまったらしい。ままよ！」

彼は幕をくぐった。そこは一尺余りの余地を残して前は壁のようになっている。まるで寺の仏壇の裏手のような具合だ。

「ハハア。祭壇の裏だな」

彼は祭壇の裏を廻って室内へ出た。

「仕方がないから応接間の窓からでも出よう」

呟きながら龍伯は二ツの室を抜けて、正面玄関の廊下へ出るべく三ツ目の室の襖を開けると等しく、

「アッ！」という声が起った。

またしても難関！　その室には未だ寝もやらぬ五六人の壮漢が火鉢をかこんで何やら相談の真最中！

◇名探偵ハゲ鷹◇

「曲者ッ！」と低く唸った荒くれ男共は一斉に立ち上った。

「騒ぐな、静かにしろ」と龍伯の底力のある声が圧《おし》つけるように響いた。「俺は黄龍会の河野氏の密命で来たものだ」

「何ッ！」

「地下室で温田さんと密談中例の龍鬼が飛び込んで来やあがったから二人して漸く取り押えた。温田さんも多少負傷されたが、とにかく君達を呼んで来いといわれたので飛んで来たんだ」

「……」

「早く来てくれ。案内するから……祭壇裏の通路は君達はまだ知るまい……」

言い棄てて彼はすたすたと引き返した。出鼻を打たれて半信半疑の彼等は、それでも無言のままドヤドヤとあとからついて来た。

彼は祭壇裏の幕を挙げて、扉を開き、階段の上に降立って、片手で扉を押えながら、

「ここからだ。下は階段になっている。気をつけ給え。早く」

せき立てられた彼等は瞬間の出来事に疑う余地もなく階段を駆け降りた。と同時に龍伯は降りる風を見せてヒラリと室内へ身をひるがえし、扉をバタンと閉め、祭壇用の大きな机をグイと引き寄せて早速の錠に利用した。

中からワッという怒声が起った。

「馬鹿野郎共！　俺が龍鬼だ、温田は気絶しているぞ。早く介抱しろ。それから暗《やみ》の中に電気を持った黒装束の曲者がいるんだ。気をつけろ！」

いい棄てたまま彼は疾風の如く身をかえして廊下へ飛び出し、応接室から窓を開けて庭へ飛び降りた。

ヒューーッ！　細い口笛を吹く龍伯。ヒューーッ！　と右手の闇から。ヒューーッ！　と左手の闇から同じく口笛が細く洩れた。

ヒュ、ヒュ、ヒューーッ！　ヒュ、ヒュ、ヒューーッ！

彼は引上げの合図をした。

ヒューヒューー！　と両方の闇から答えた。

龍伯はそのまま庭を横切って横手の道路へ走った。

隠しておいた自動車の傍へ戻った時には闇の中へ配置しておいた部下の大友勝太郎と木下信一とがつまらなそうな顔をして待っていた。

「首領《せんせい》。首尾は？」

「上等。早くやってくれ」

「はいッ！」爆音一声、自動車は中野の闇をついて走り出した。

上機嫌な彼は車中で怪行者との格闘や、廊下の暗から飛び出した覆面黒装束の怪漢や部下の奴等を一杯はめた事などを話した。

「で温田の奴め問題の紙片《かみきれ》を焼こうとしよった。危い所で掴み取ったがな、お蔭で手を焼いたぞ。ハッハ……」

彼は問題の紙片を見せるべく、懐中《ポケット》へ手を差し込むや否や、サッと顔色が変った。額に寄ったへの字。引き緊《しま》った口。

「失敗《しま》ったッ！」

「エッ！」

「黒装束の奴に抜かれた。畜生ッ！　得体のわからねえ奴だが、電流の通じた腕で喉を締めやあがった時に、抜きおったか……」

「黒装束、覆面の奴にですか？」

「ウム。だが、そいつの懐中から手帳を抜いておいた

から、何とかなるだろう……」

言いながら別の懐中《ポケット》から、彼が相手を背負投げた刹那に、素早く敵の懐中《かいちゅう》から抜き取った小型の手帳を取り出した。黒皮の細長い手帳で、表紙に金文字で押刷《おしずり》した徽章と文字。

「ワッ！　警察手帳じゃあないですか？」と勝が叫んだ。

龍伯は手早く手帳を開いて見て、

「ウーム」と唸った。

手帳に記された文字は、「警視庁刑事岡島鷹太郎」！

「ハゲ鷹だ。名刑事ハゲ鷹！　ウーム」

彼は唸りながらじっと考え込んでしまった。

ハゲ鷹と異名を取った警視庁切っての名探偵岡島。数年前八人殺しの兇賊を捕えた時、賊の兇刃に小鬢を切られてからそこが禿げている。異名はそこから出てはいるものの、猛禽の王、禿鷹にも似たその俊敏鋭利な探偵手腕もそれにからませてある。鬼刑事ハゲ鷹！

その名探偵が何の目的あって温田の怪行者邸へ、賊に等しい覆面黒装束で忍び込んでいたか？

事務長殺しのためか？　丸ビル十三号館殺人事件のためか？

それにしても怪しいハゲ鷹が変装と武器！　何かしらそこに一大秘密事件があるのではないだろうか。龍伯は黙々として考え込む。自動車は既に市中を矢の如く走って彼の隠れ家へいそぐ。

麹町の自宅へ着いた彼は無言のまま書斎へ入って行った。勝と信とは自動車を車庫に入れてこれまた内玄関から、家の中へ入った。

この時である。人気のない自動車小屋にカタリと音がして、運転手台から半身をヌッと現わした美しい女の姿。女賊狼お千代の凄艶な顔である。

さすがは狼お千代の異名にそむかず、いつの間に忍び込んだか、大胆至極にも運転手台の小道具を入れるようになっているクッションの下の箱にひそんで、送り狼のそれならで、運転手の尻の下にしかれながら悠々龍伯の隠れ家へ乗り込んで来た不敵の振舞！

ニッコリ凄い笑いを洩した、白狼姫お千代は自動車から降りて四辺の様子をうかがった。

◇誘拐◇

黄龍伯の秋山達之輔が連日の疲労にぐっすり寝込んで目を醒ました時は既に昼近くであった。

風呂に入って食事を済した頃、すっかり元気を回復した山下美津子が来て、昨日の礼を述べた。秋山は昨夜の冒険の大要を話し、怪行者との格闘から、山下氏の遺書を手に入れ、それをまたハゲ鷹刑事にとられてしまった事を物語った。

美津子は「まあ！」とつぶらな眼を見開いていった。

「でこんな訳ですから、昨今問題になっている妖怪無電と、あなたの御父様の遺書とは何かしら関係があるものと思われます」

「ええ……」と美津子は考え深そうにいった。「ええ……あの父が亡くなります少し前に参りました手紙の中に、もし父に万一の事があった後、三国……何とかいう人がお前を訪ねて来たら、父に代っていろいろ相談するがいいというような事がありました。でも、私、三国……って方は少しも存じませんの」

「三国……何というんです？」

「三国……三国、ええ、光一郎とかいいました」

「で、その手紙は？」

「ホテルに御座います。……で、失礼ですけれども、私、今日これからホテルの方へ出なければなりませんから……」

「そうですか……がしかし……」

秋山は考えた。美津子をホテルに置く事はこうなった以上、美津子の身辺が甚だ危険である。山下宗太郎氏、五十銭銀貨、殺人、美津子、市山清久、怪行者、狼お千代、妖怪無電、そうした事件の中にあって美津子が悪漢《あくかん》輩《ばら》の渦巻きの中心になっている。必然的に彼女は五十銭銀貨の包む秘密、それに関聯してその銀貨を遺贈された美津子を狙うはずだ。美津子を人出入の多いホテルにおく事は猫の前へ鰹節を出しておくようなもので頗る危険、むしろこの秘密の解決するまで、怪事件の終結するまで、彼は自身の手で可憐の少女を保護してやらなければならない。といって黄龍伯、秋山達之輔が美津子を引取るとなれば事は一層面倒である。どうしよう？

彼は考えた。考えた結果山下宗太郎氏とは関係の深い大沢森二氏の名において美津子を保護するより外に途はない。

彼はそうした事情を美津子に話した。

頼る辺《よべ》ない孤児《みなしご》、しかも恐ろしい血の渦巻にまき込まれようとしている彼女、美津子は深く龍伯の厚意を謝してそれに同意した。

秋山はステーションホテルへ電話をかけて大沢氏を呼び出してその事情を話した。

「よろしい。私がホテルの方へこれから出かけて支配人に話をしましょう」

大沢氏は快諾した。

美津子は自動車で送られて大沢氏を訪ね、大沢氏と共にホテルへ行って今日中に荷物をまとめて引き上げる事にした。

美津子を送り出して間もなく、電話がかかって来た。

「あああ俺だ。誰れ？　何、来島君？　うん。部下を温田の家へ張り込ませておいた……うん。刑事が来た？　温田の家へかい。ああ、そうだ。実はね昨夜《ゆうべ》俺が殴り込みをやったんだ。何！　そんな事じゃあない？　ハゲ鷹が数人の部下を連れて自動車で乗り込んだのかい？　へぇー。温田の若い奴等が皆んな挙げられて行ったって？　温田は？　何、病気で召喚に応じられないって断ったって？　事件は何んだい？　解らない？　何とか捜《さぐ》れないか？　ああ、今少し捜ってくれ、主として事件の内容だね、新聞社の連中が騒ぎ出してるって。……そうか、そりゃあ好都合だ。じゃあ刑事の方と新聞社の方と両方をさぐってくれ……ああ、俺の方からも勝太郎を向けるから……照や亀は？　ああ、治ったのか、何ッ！　みんな捜りに出るんだって？　いや、いかん。大勢じゃったら、こっちの足取りをやられる。亀だけにしてくれ。ああ、ハゲ鷹だから油断がならんぞ。……じゃあさよなら……」

政界の一惑星、中野の行者温田良策の家へ警察の手が入る。大臣級あらゆる名士を後援に持つ大立物たる彼の邸へ手を入れ、部下を拘引し、本人までも拘引せんとするのは決して尋常の事件ではなさそうである。

しかも相手は名に負う名探偵禿鷹の岡島鷹太郎。昨夜の黒装束の主。

「こいつあ、油断がならねえが、しかし面白くなったわい。事務長殺しか、丸ノ内殺人事件か、それとも五十銭銀貨、妖怪無電の一件か？　近火だ、近火だ、ハッハ……」

彼は笑った、笑って考えた、彼の哄笑一番する時、彼の脳裡に電光の渦をまき起す時である。

暫くしてプイと彼は家を飛び出した。四時少し過ぎに秋山達之輔は再び戻って来た。

「美津子さんは戻って来たか？」と彼は部下に尋ねた。

「いいえ、まだ御戻りになりません」

「フーン」と彼は首を傾《かし》げた。「じゃあ早速丸ノ内ホテルを呼び出してくれ」

「大沢さんが御出になりました」と暫くしてから部下がいった。

「やあ、大沢さんですか。大変御世話をかけました。

そこに美津子さんがいますか?」

電話の声は答えた。

「美津子さん? 美津子さんはさっき御迎があったのでそちらへ行ったはずですよ。実はね、残した荷物をおいてきぼりにされたので困って待っているんですよ」

「おいてきぼり?」

「ええ。三時半頃。あんたの処からだといって迎いの自動車が来たでしょう。美津子さんが乗って、ボーイが荷物を運び込み、私が支配人にあいさつしている内に、まだ荷物が残っているのに、自動車が出かけてしまったのですよ。所番地は伺っていず、電話はわからず、大いに心配もし、困ってもいたのです」

と大沢氏は甚だ感情を害しているらしい。

「迎いの自動車? ……もしもし、大沢さん、私は迎いの自動車などを出しませんよ」

「自動車を出さない? でもあんたの名刺を持って来たんですよ」

「どんな男でした?」

「運転手とそして、二十一二の若いきれいな青年でした」

「そんな青年は私の宅にはいません……大沢さん、やられましたよ!」

「やられた? 何を?」

「美津子は誘拐されたのです!」

「誘拐?」

「そうです。誘拐されたんです。よろしい私は、これから直ぐそちらへ参ります。ちょっと待っていて下さい」

龍伯は直ちに電話を切った。怪しい迎いの自動車。若い青年。荷物を運びきらぬ内、大沢氏の隙を狙って美津子を誘拐したに相違ない。

彼は再び玄関へ飛び出そうとした。

その時電話がかかって来た。

「先生、電話です。女の声です」

龍伯秋山は受話機を取り上げた。

「ハイ。あなたは?」

「ホホ……。お解りにならない?」と耳の傍まで嬌声が伝ってきた。「あたしよ!」

「何ッ!」と龍伯は叫んだ。「お千代かッ!」

「そうよ。狼お千代よ。昨夜《ゆうべ》は凄かったわね。妾《わたし》、感心しちゃったわよ」

「馬鹿ッ! 美津子さんをどうしたッ!」

咄嗟に彼は一切を了解したのだ。

「おや、解ったの? さすがねえ」と嬌声は皮肉に笑う。「美津子さんは、妾お預りしたわ。心配なくってよ」

「ウーム」

「唸らなくてもいいわ。実はね、昨夜、あんたの自動車の運転手のお尻の下へ入って送り狼のお千代さんよ。今朝まで張ってたわ。……それから妾が男装して自動車で御迎いに行ってさ、いい所へお連れしたのよ。大丈夫よ。中野になんていないわ。ハゲ鷹の奴が来たんだもの怖いわ。当分美津子さんと共同生活だわ。妾だって、そんなに甘く見られちゃあしゃくよ。多少考えがあってよ。策もあってよ。市山のじじいとはちっと許り違う事よ。市山は市山、妾は妾よ。龍鬼さん、妾の家が解ったら迎いにいらっしゃい。御相談するわ。いずれまた御会いするわ。ハイ、さよなら……」

「……」

傍若無人！　電光石火狼お千代の早業！

龍伯秋山達之輔は黙って受話機をかけて突立っていた。狼の牙に掴れた小兎、その小兎の運命はいかに……。

◇夕暗《ゆうやみ》の自動車◇

僅かの油断から狼お千代ずれにしてやられたのみか、苦心して生死の間から奪い取った山下氏の遺書の破片はハゲ鷹にしてやられ、あまつさえ温田良策の中野の邸へは警察の手が入って、今では指一本もさせない状態になってしまった。すべての手懸りは一時に切れはて、ただ手に残るは血染の五十銭銀貨一つ。これさえあれば秘密の謎を解く事は出来ようけれども、これとてもそう易々と一朝一夕に解く事は難かしい代物。まして例の紙片を見たとはいい條、せっかく皺を延ばした処へ人の気配に気を取られて、内容を覚えるまでには至らない始末。

さすが俊敏をほこる龍伯秋山達之輔も思案に余って時計を見ると五時十分前。

彼は再び丸ノ内ホテルへ電話をかけて、そこに待っている大沢森二氏を呼び出した。

「大沢さんですか……秋山です。美津子さんを誘拐した奴は解りました。狼お千代という女賊です。……ええ勿論市山清久の同類ですがね……実はたった今その狼お千代から美津子さんを預ってますといったような嘲弄的な電話がかかって来たのです……で取り敢えずその方の手配をしなければなりませんし、それに外に面倒な事件が起りましたから只今直ぐには御伺い致し兼ねます。……ええ、美津子さんの方の件はホテルへもよく話をして、しばらく伏せておいて頂きます。警察？……いや、それも私から手続をしましたから早速私の知っている刑事に調べてもらうように取り計いました。……ですから、ホテルの連中には堅く口止めをしておいて、あなたはステーションホテルの方へ御引取り下さって、待っていて下さい。今夜御伺いしますから……またいずれ御目にかかりまして……ではよろしく……」

龍伯は電話を終ると、

「実《みのる》はまだ来ないのかなあ」と独語《ひとりごと》しながら傍の長椅子に腰をおろして静かに眼を閉じた。一文字に引き緊めた口、あるかなきかの如き呼吸、禅定に入ったように端然不動。しかもその脳裡には幾多の計画が浮んでは消え、消えては浮ぶ苦慮焦心。

暫くして静かに戸を叩く音がする。

「お入り」と龍伯は目を閉じたまま。

足音もなくスッと室内に入って来た若い男がある。

「実か？」と彼は依然たる姿体。

「ハイ」

青年は立ったまま無言、見た処短軀矮小《わいしょう》、田舎出の純朴な若者といった風。大きな口、濃い眉毛、風采は頗るあがらないが、ただ底光りのする眼ばかりが鋭い。

「男装した狼お千代が山下美津子を丸ノ内ホテルから自動車で誘拐した。行く先は解らない。五時十五分前頃お千代から電話をかけて来た。それを一つ調べてもらいたい」龍伯は静かにいった。「大沢氏はステーションホテルに居る。俺は今夜会う約束だ」

「承知しました、……最前、首領《せんせい》からの御話を承りましてハゲ鷹の手入れ一件を当ってみましたが、あれは他の脅迫事件からのようで、直接今度の両殺人事件とは関係がなさそうです」

「フム。事務長殺しと三菱の殺人はどうなった？」

「事務長の方はカラーから二人の指紋が取れました。一つは丸ノ内で殺された秘書のもの、今一つのは市山のらしいです。秘書横川殺しの方は皆目見当がつかず迷宮に行っています。十三号館の宿直小使は当夜麻酔剤をのまされて倒れていましたし、警視庁へ電話をかけ、また刑事を案内した奴はあのドサクサまぎれに姿を消してしまいました。恐らくそ奴《いつ》が犯人ではなかったかという事になっています」

「では俺の脱出《ぬけだ》したのは？」

「犯人が別にあるらしく見せたトリックだという説が高いのですが、ハゲ鷹だけはさすがに事件の影に他の男がいる。そいつが何等かの目的で来て、市山のために閉《しめ》込みを喰ったのではないか。恐らく閉め込みを喰った奴は龍鬼だろうという星です。何しろ適確な指紋はなし、第一刺し殺した短刀もありませんからね」

「短刀は俺が拾って来ている。それには明かに血染の指紋がある」

「そうですか」と実は龍伯の人為《ひととな》りを知ってるだけにその短刀を見せてくれとも、それを警視庁へ出せとも云わない。いずれ首領に、特殊の目的があり、何か考える処があるに相違ないと思っていた。

「ところで首領。あの温田という怪行者は真物《ほんもの》の市山清久なんでしょうか?」

「無論さ。普通の奴では俺を相手にして、あれだけの立廻りは出来ない」

「そこですよ。首領、実は私は首領から昨夜《ゆうべ》の御話を承りまして、怪《おか》しいなあと思ったので、少し洗ってみたんですがね、行者の温田良策という男は小才もきき、図々敷《ずうずうしい》には違いないが、そんなに腕の出来る男じゃあないらしいです。信者仲間から変だなあ、大変に性格や人格が変ったなあと気がつき初めたのは最近の事なんです。これは私の直覚ですが、温田良策という行者を市山がどうかしてしまって、市山自身が温田に変装していたんじゃあないでしょうか? まさかにあの行者が無念流の剣法に達していようとは思われませんからなあ」

「いや、人は見かけに依らぬものさ……まあいい、それよりもお千代の行衛をつきとめる方をやってくれ」

「ハア。では行って来ます」

「御苦労……俺は大沢氏に会って来る。そこまで一所に行こう。自動車の仕度をしてくれ」

部下が室を出ると、彼はやおら立ち上って戸棚からスートケースを一つ取り出し、中味を調べた。間もなく自動車の用意が出来た。

「今夜は帰らないかも知れん」

と留守のものに一言、龍伯は悠然と車に乗り込む。

二人を乗せた自動車は夕暗を突いて一直線に日比谷方面へ走り出した。

◇怪漢四人◇

東中野の駅を離れて十数丁、怪物温田良策の臨床訊問を終えたハゲ鷹刑事岡島鷹太郎が同僚の吉野刑事外一名を邸内監視に残して警視庁へ帰ろうと行者邸を出たのが夜の十一時を過ぎていた。

脅迫横領事件の告訴を受けて温田の身辺を内偵中、前夜地下室で怪しい男に飛び出され、その奴の懐中から何気なく抜きとった怪しげな焼け残りの紙片、何かしら秘密がありそうに思えるけれども、見当のつかぬ手紙の文句、今夜も温田に紙片をつきつけての厳しい訊問も相手は、知らぬ存ぜぬの一点張り。

「よし、それならば今夜中にこの手紙の種を洗ってみせる」と決意をして邸《やしき》を出ながら、彼は腑に落ちぬ行者の言葉の端々から、どうしても長い間行者生活をした男とは思えない所もある。

早速に取りかかる問題は怪行者の生い立ちと素性、それからまた焼け残りの紙片の秘密、温田対龍伯の関係、そこにはいかさま例の殺人事件の謎がひそんでいるようである。これを思いかれを考え、さすがの名探偵も内心の苦吟にともすれば嘆息を洩し勝ち。うつむき加減に思索にふけりながら暗い、人影のない建築中の大きな邸を右手に、左手は広々として貸地になっている道をスタスタと歩いた。

平素ならばそうした淋しい場所、犯罪の起りそうな場所には油断なく四辺の様子に気を配ろうものを、今日は怪行者問題で気も心も一杯になって、足元の石にさえもつまずき兼ねる程の心元なさである。

その油断、その放心の隙、そこに大きな危険のひそもうなどとは今のハゲ鷹に考えられようもない。

トタンに、突如、サッと音がして俯向きざまの眼の前を走った黒一線。ハッとした彼が無意識に飛び退《さが》って身構える間も遅く飛び退って宙に浮いた足は地につかず、そのまま強く後方《うしろ》に引かれて、身体のみが突きのめされたように前へ泳ぐ間一髪、アッという間もなく、彼は、声の出ぬほど地面へ叩きつけられた。

「失敗《しま》ったッ」

と思って起き直ろうとする足は、無残にも後方《あと》へズルズルと引ずられ、地を押した手の力でグルリと身体が一転して仰向きになる。

そこへ覆いかぶさるように飛びついて来た曲者一人、布呂敷《ふろしき》ようなものをパッと覆せて来た。

「ウヌッ」

一喝を入れて早速の寝業、そのまま、相手の手をとって左手へはねのけ、その勢いを調子に立ち上ろうとする足は宙に吊られて、無念、彼は再び地上に倒れた。がそれは左手の受身、右手で覆さった布呂敷をはねのける。

「誰れかッ！」

「……」無言のまま隙も与えず組みついて来た第二の曲者。心得たものか横から彼の頭の上に身を伏せて、顔を腹の下へ組みしく算段、恐らく声を立てさせぬ人身の猿轡。

振ろうとする右手へ一人、左手へは最初の曲者が投げられたままに棄て身になって組みついて来る。

いかに鬼と呼ばれた名探偵岡島氏も、かくなっては絶体絶命。またたく間に手も足もぐるぐる巻きにされ、棄てた布呂敷で頭も顔も、口も同じ運命に陥って呼吸も苦しい声になった。

「存外成功だった」

と低い声で近づいて来たのが覆面の男、最初にハゲ鷹の足をすくった投げ縄を手繰りながら、

「さ、早く担ぎ込め」

四人の怪漢は素早く刑事を担ぎ上げて新築中の邸の中の闇へスタスタと消えて行く。

と間もなく、邸の門の蔭の材料置場からヌッと首をつき出した黒い人影。四辺の様子を窺いながら、これまた四人の後を追うらしく、忍びやかにスルスルと闇へ吸い込まれた。……

◇部下の報告◇

昼間は家にひそんで、夜になると飛び出して歩るく、ほんに蝙蝠《こうもり》見たような黄龍伯の秋山達之輔、一晩中どこをどう飛び廻ったか翌朝十時頃飄然《ひょうぜん》として帰って来た。

「いやはや、日本ほど警察力の完備した処はないぞ。夜でもうかと歩けない」と彼は出迎えの書生に笑いながらいった。

「何か出ましたか？」

「夜鷹につかまってな。ハッハハハ」

「では例のハゲに？」

「いや、双橋無電の関係筋を一と廻りした帰りに、夜鷹を買って、例の四畳半に泊って来た」

「ヘエー。首領《せんせい》が留置場へ放り込まれたんですか？」

「ウン、酔って件の如しさ。警視庁の四畳半であの温田の部下の連中に会って来た……それはそうと誰れからも報告はないか？」

「亀吉が帰ってきてお待ちしています」

という所へ亀が出て来た。

「いや、御苦労。書斎の方へ来てくれ」

龍伯は亀をつれてそのまま書斎へ入った。

「首領《せんせい》。ハゲ鷹がやられましたぜ」

「岡島がか？　誰れに？」

「昨夜中野の温田の家へ張り込んでいますと、ハゲ鷹先生、思案顔で出て来ましたから、そっと跡を尾行《つけ》たんです。すると柿崎って相場師がありますね、……あの邸から二丁ばかり行った先きのやはり柿崎の地所になっていて、目下誰れかが堂々たる邸宅を新築中の所があります」

「ウン、前が原っぱになってる処だろう」

「ええ。そこまで来ると、突然《いきなり》、工事場の蔭から怪しい奴が飛び出して、投げ縄でハゲ先生の足をさらったんです。それからハゲが倒れると同時に三人妙な奴が素飛び出して格闘になりましてね、さすがの鬼刑事も足を縛られて引ずられていたものですから、可哀想にグルグル捲きでさあ。私もよほど飛び出して助けようと思ったんですが、何しろ相手は四人ですし、なまじな事をして却って事を破るよりは行衛を突きとめてやれと思って、今後《こんど》は四人の後を尾行たんです……ところが……」

「ところが、散《ま》かれたか？」

「ええ。それが不思議なんです。工事場を出て柿崎の邸の塀にそって廻る処は確かめたんですがね、追いかけて塀の角から覗いて見ると、連中はもう自動車に乗ってやあがるんです。無論燈《あかり》なざあつけていませんが、どうも乗っかってるのは三人らしいんでしたが、何しろ直ぐブブーと出ちまやあがったので解りませんが、確かに四人の内一人とハゲ鷹が見えない。あるいは一人が運転して、刑事を中へ叩き込んだのかも知れませんが、それにしては自動車へ乗り込みようが早いんです」

「自動車番号は？」

「一万三百〇八号……無論、早速自動車名簿を調べてみたのですが、廃車になって持主なしです。警視庁へ問合せてもみましたが、同様なんです」

「そうか、札を換えているんだ。自動車の型は？」

「ハドソンです」

といっている処へ実が帰って来た。

「首領《せんせい》。解りません。お千代の乗って行った自動車は五千六百二十一号で、これは東京駅前のタクシーですが、運転手の話によると東中野駅の先きまで行ったそうです。実地に当ってみたんですが、例の行者の宅から三丁ばかり手前の処で自動車を降りて、そのまま、林っていう相場師の新築工事中の方へ歩いて行ったらしいんです。だから、結局あの辺が臭いと思います」

「林っていうのは？」

「林富太郎といって大阪の相場師です。身柄は直ぐ問合せておきました。あの附近は相場師がかなり住んでいますからなあ。大山だとか、羽田だとか柿崎だとか……」

「フーム」と龍伯は暫く目を閉じて考えていた。

それから彼は実刑事に亀の昨夜《ゆうべ》見聞した大要を話した。

「でそういう訳だから、君は署に帰ってそれとなく岡島方の様子を見てくれ。もっとも岡島が昨夜襲われた事は秘密にしておく方がいい。生命《いのち》に別状はないだろうからな。それからあの附近に住む連中の身柄、家庭の様子、本人の経歴を片はしから洗ってくれ。特に相場師には充分注意して欲しいね。大至急にやってくれ。……それから亀は正午頃まで一寝入りするがいい。午後一時頃から出かける」

「では失礼します。寝むくてしようがありません、ハッハハハ」

亀は笑いながら出て行った。

「実。君は御苦労だが身柄調べを急いでくれ。それから急用が起らぬかぎり、一時頃、様子を知らせてくれ給え……おい、事によると、市山の奴、偽行者になりすましているぞ、真物《ほんもの》の行者は幽閉されているか、殺されたか、二つに一つだ……」

「承知しました。一時までに一度帰って来ましょう」

「では頼む。俺もそれまで一休みだ」

実を送り出すと同時に龍伯は長椅子の上にゴロリ横になった。

寝るのか、考えるのか、彼は静かに眼を閉じた。

◇三国光一郎？◇

一時間もした頃、書斎の扉をコトコトと叩く音がして、吉川が入って来た。

「首領《せんせい》、三国光一郎と仰る方が御面会です」

「三国て……」彼は考えた。

「山下美津子さんの事で先生に是非御目にかかりたいと仰います」

「ああ、そうか」

彼は思い出した。昨日美津子が、「父に万一の事があった節三国某が尋ねて来たら万事父に代って相談しろ」といったその男だ。その男がどうして俺を？　俺の住所を聞き出して尋ねて来たか？　第一に起る疑問である。が何はともあれ会ってみよう。

「こちらへお通し申せ」

待つ間もなく吉川に案内されて、おずおずと入って来た三国光一郎。四十年輩の田舎風のおやじ。頑丈な体格に、剃刀を当てない虎髯をモジャモジャはやして、ふけだらけの頭髪《かみ》には櫛の目も入れず、流行おくれの時代物の洋服を着ている。よくふんで田舎の小学教員といった風采の男である。目を伏せて入口の所で最敬礼をした。

「どうぞ御入り下さい」

「ハイ」

おどおどしながら龍伯の卓子の前まで入ってきた。

「私が秋山達之輔です」

「ハイ。私は三国光一郎と申します。山下宗太郎君とは幼友達の親友でして、今回山下君が……その死にました趣きで……誠にはや……」

呶々《くどくど》と口の中でいっている。太いふくんだような声だ。

「美津子さんに御会いですか?」

「いいえ。何んです。以前丸ノ内ホテルにいるからと承りましたので、昨日《さくじつ》そちらへ伺いましたが、生憎丸ノ内をやめたそうで……」

「私の処がよく御解りでしたね」龍伯の眼はジロリ鋭く三国にそそがれる。

「ええ……その……」

この時吉川は紅茶を入れて持って来た。暫く話が途切れる。

「ええ……その……ホテルの方から大沢さんという方の御住所を承りまして……それから大沢さんからこちら様の先生へ……といった訳で御座います」

「ああ、そうですか」と答えた龍伯の顔には、不思議な微笑が浮んだ。「で御要件は?」

「実は何んです、山下君から美津子さんへ贈られた品物につきまして、何やら色々な事件が起ったという事を聞きましたので……」

「ああ、そうですか。……で、全体山下君というのは何をしていた方なのです……何んでも双橋無電に関係したそうですし、なおまたあなたも、それに関係していたそうですね。それがどんな事になっているのですか?」

「ええ……」三国の顔には困惑の色がチラと浮んだ。が忽ちそれが消えると低い声で、「ええ……実は……」

とポツリポツリながら彼の語る所によると、三国光一郎は、山下宗太郎と共に双橋無電局の技師として設立に関係した。元来この無電局は日本政府と支那の海軍部との交渉から五百キロの無電局を設立する契約が出来たもので、それも原案がデンマーク人の設計になり、発電機の運転をするにスチーム・タービンを直結して、「イニシャル・コスト」と維持費も少くなるという事になっていた。

「何にしろ、スチーム・タービンの直結は世界初めての事でしてのみならず、ボイラー以外は全部和製のものを用いました……ところが……」

咄弁《とつべん》に談《かた》る三国は、談りながらジロリジロリと上目づかいに龍伯の顔を盗視《ぬすみみ》していた。龍伯は半眼を開いて黙って聞いている。

「ところが御承知の通り、無線用の発電機はフリークエンシイ（周波）の高いもので、普通の発電機の三十乃至六十であるのに、無電用のものは一万乃至一万八千というハイ・フリークェンシイのものであります。ですから、ある回転数に達しますと左右少しの変化に対しまして、このフリークエンシイに大きな差を及ぼし、キイをゼロからフルに動かす毎に――発信の度に――非常なロード・ショック（負荷の激動）が出来て来まして回転数により波の性質が変じ、完全な受信が出来ないようになります。……そんな事で最初の設計は全然失敗に終りまして、私も山下も責《せめ》を負うて辞職致しましたが……その後山下君はこのスチーム・タービン直結方法の研究に没頭し、私も山下君とその方の研究を致していました処が、山下君が死なれましたので……その研究材料のことを遺書に認めたと思われまするので……」

「なるほど」と龍伯は深い沈黙を破って答えた。「なるほど。すると、貴君《あんた》は山下君の研究の内容を知られているのですな？」

「ハア。大体承知しています。……山下君から送って来たという五十銭銀貨……あれには特別の装置がしてあるはずで御座いまして……失礼ですが、私でなければ、あの五十銭銀貨の秘密は解けないのです……でそれが、大沢さんの話に承りますと、その五十銭銀貨が先生の御手元にあるように承りましたので、それを拝見して……」

「五十銭銀貨を見れば、その秘密が解けるというんですな」

「ハイ。私だけには解っていますから、銀貨を見せて頂けば、それを解いて御覧に入れます……」

ジロリ三国は上目遣いに龍伯の答えを待った。

龍伯は無雑作に答えた。「別室に蔵《しま》ってありますから、只今持って来ます、ちょっと御待ち下さい」

彼は立ち上って戸口の方へ進んだ、三国光一郎はそれを聞くとホッと安心したらしく、満足そうな微笑を浮べて龍伯の後ろ姿を見送った。

が龍伯は戸口へ行くと突然、鍵を出して扉《ドア》の錠を下す

と同時に、クルリふり返って、

「おい。市山、下らねえ、芝居はよせやいッ」

と怒鳴りつけた。

◇仮面の姿◇

「えッ」と三国は驚いたらしく叫んだ。

「何んですか……それは……」

「ハッハハハ。市山清久が田舎爺《おやじ》に化けるのは初めて見た。が中々巧いぞ。がこの龍伯はそんな古い手では化かされねえ」

「……」三国は目をパチクリした。

「とぼけるねえ。貴様も存外抜けているぜ。三国光一郎はいいさ。思いつきさ。それで五十銭銀貨の秘密を見ようてのは上分別さ。だが、貴様はたった一つ忘れていた」

「……」相手の眼は異様に光り出した。

「大沢は俺の住所を知らんよ。誰れにも俺の住所は知らせてないよ。知ってるのは山下美津子。それから今一人狼お千代……この二人きりだ。おい市山。貴様はなぜ、ここへ来るまでに大沢の方を確かめなかったんだ? え? 市山にも似合わねえじゃあないか」

「なるほどね。アッハハハ。大縮尻《おおしくじり》だ」と三国は突然哄笑した。「アッハハハ。それからどうする。龍鬼、俺が市山なら、それからどうする」

俄然田舎爺の態度はがらりと変化して、ヨボヨボの身体がスックと延び、オドオドした眼はカッと輝き出した。

「どうもしねえ。まあ、市山、出直してもらおうか」

「フン。出直すもいいさ。だが錠が下りてちゃあね」

と市山は皮肉に冷笑した。

「ウフッ。それもさ出直すのがいやなら、先夜のつづきの活劇をやろうか。活劇をやるには外から邪魔の入らぬがいい。と思ってかけた錠さ。御心配御無用。いずれなりとも……」

「なるほど。それもよかろう。だが昼日中ドタバタ顔を赤くして騒ぎ廻るのも感心しねえ。家検分だけで御暇《おいとま》しようか……だがお茶一杯では愛想がなさすぎるぞ、龍伯」

「そうか。じゃあ、兇賊市山清久、まった偽行者温田良策に一杯飲ませてやるか」

彼は悠々立って戸棚からウイスキーの壜を取り出そうとした。その隙を狙って、市山の身体がキッと引き緊《しま》る。瞬間、龍伯はクルリふり向いて、

「駄目。そんな下劣の心掛けじゃあ、まだ物にならねえ。中野の暗仕合《やみじあい》、ハゲ鷹を引くくったとはちと相手が違うぞ」

「ウーム」と市山は唸った。

龍伯はウイスキーとチーズとを卓上にならべた。そして自らまず一杯毒味をして相手に差した。両者無言。

「ハゲ鷹狩りをよく知ってるな」と暫くしてから市山がいった。

「知ってる。投げ縄なざあ卑劣だぞ。それよりも、温田良策をどうした？　また殺したか？」

「それも知ってるか。ウーム。殺しはしねえ。昨夜《ゆうべ》入れ代りに戻しておいてやった」

「監禁していたんだな？」

「さよう。中野の行者温田良策はこんな大それた奴ではない。善良な行者だ。真面目な行者よ。俺が身代りになって即ち怪行者。温田良策の人格が違う」

「もっともだ。人殺しの行者と、人助けの行者と大した相違だ。ハッハハハ」

果然中野の怪行者とは市山清久の仮面の姿。真物の行者温田良策は一年に余る幽囚の身であったのだ。しかもそれが怪兇賊市山の積悪の汚名をきせられて自邸に投げ込まれている。

「大分身体を悪くしているから、当分起きられまい。まあ、そうした間に俺は俺で片をつけようというんだ」と市山は囁いた。

警察が後生大切《だいじ》に監視している温田良策。それは何も知らない無辜《むこ》の行者なのだ。真犯人は早くも影を消して悠々大道を濶歩している。

「美津子はどうした」

「俺が保護している」

「……」

「どうだ、龍伯、貴様と俺がこうして争ってみた所で仕方がない。どうだ、この辺で握手しないか」

「フン。血みどろの手と握手するには俺の手が余りに綺麗すぎらあ」

「何をッ？」

「握手は御免を蒙ろう。市山清久、どうせ長い命じゃあねえ。美津子さんもどうせ今夜一晩の御厄介だ。明日は俺の方から頂戴に上らあ」

「フン。俺の所へ美津子を貰いに来るか？」

「ついでにハゲ鷹先生も助けに行ってやらあ。それまでに、錠前を堅くして待ってるがいい」

「来るなら来い。俺の家でも酒の一杯位はふるまえる」

「酒でなくてピストル位はふるまってもらいてえ。ハッハハハ」

市山は立ち上った。龍伯も立ち上った。睨み合う事暫時《しばし》。

龍伯は扉の鍵をあけてサッと開いた。

「御免」

市山は悠然として廊下へ出る。龍伯は玄関まで送り出した。

「いずれ明日御目にかかる」

「フン。それもよかろう……だが来るなら……」

「行くなら？」

「命をかけて来い」

門外にはいつ用意したか、屈強の部下数名。自動車を擁して、待ち構えていた。

ニヤリ！　振りかえって凄い微笑と皮肉な微笑を龍伯にあびせてツイと門を出た。ガヤガヤという人声。やがて自動車の爆音……。

「ハッハハハ。市山の奴、大分によい事を教えてくれた。どりゃ、明日は市山の邸へ貰いに行こうか……」

と玄関を引き返す時、門の中へ辷り込んだ自動車一台。

「首領《せんせい》！」と実が飛びおりて来た。

「大変です、首領」彼の目色は変っていた。

「玄関じゃあ、話も出来ない。まあ中へ入れ」龍伯は落ちついてこういった。

生死の境

◇アッ首《せん》……◇

「首領《せんせい》！　木下君と八木君とが中野でさらわれました」

「何ッ？　亀と信とがさらわれた？」

腹心の部下、彼が両腕とも頼んでいた木下信一と八木亀吉とがさらわれたと聞いてさすがの龍伯も驚いた。

「中野へ張り込み中に襲われたらしいのです。無論聞き込みですが……」と山田実警部の話によると、彼が中野の相場師調査に出かけて近所の酒屋の御用聞きから聞いた話だった。

やはり兇行の場所は例の新築工事場で、二人の男を中心に五六人が喧嘩をしていた。最初は二人も中々猛烈にやっていたが、五分ばかりの内にどうしたのか声も立てなくグッタリと倒れてしまったのを、相手の連中が担いでいってしまったそうである。

酒屋の小僧は喧嘩が面白かったから見ていたという。殴られた二人の男の様子がどうしても亀と信一らしいので、山田警部は大急ぎで引き返して来た。

「市山の奴、怪行者邸に寝ていやあがって何をするかしれませんぜ。首領も要心して下さい」

黙ってその話を聞いていた龍伯はそうかといったきりであった。暫くして、

「実。お前の方こそ注意しないといけないぞ。市山清久は中野の行者邸に寝てなんかいないぞ。大手を振って大道を濶歩しよる」

「……」実は呆気にとられて首領の顔を見ていた。

「現に、たった今、俺の所へ尋ねて来た」

「エッ！　市山が？」

「部下を連れよってな。丁度君と入れ違いに帰った処だ……しかし実」と、龍伯は言葉を改めた。「真物の温田良策が戻って来ているはずだから、早速中野へ行って、その口から幽閉されていた場所、室の模様等を出来るだけ詳細に聞いて来てくれ」

「ハア」といいささか面喰っている。

「そして、俺が指図するまであの邸から出てはいけない。出ると信や亀同様やられるからなあ」

実部長は龍伯から詳細の指図を受けて再び出動した。


彼は一旦警視庁へ戻って、強行犯係長と智能犯係長に自分の意見と大体の経過とを報告して、今夜一応温田良策を訊問してみたいからと申出た。

「君に何か見込みでもあるのか？」と智能犯係長が訊ねた。

「何とか口をわらせてみます。……がそれよりも岡島さんの消息は解りましたか？」と、彼は話頭を他にそらした。

「皆目見当がつかぬので弱っている。何か捜査上の都合で他出したなら報告がありそうなものだし、無い所から推すと何か兇変でも起ったのではないかと、極力調べているんだが……何んでも当夜柿崎の建築現場附近で人が争っていたというような話も聞いている」

「実はその方も少し星がついて来たんです。私の考えでは例の丸ビル殺しや新洋丸事件と同一犯人の手にかかったんじゃあないかと思われます……とにかくそれ等も温田良策から針を入れてみる事にします……」

「では岡島君の代りを今吉村にやらせているが、君が主任になってやってくれ」

「承知しました」

それから専門的に彼等は打合せをすました。そして警視庁の自動車で中野へ向った。

中野の邸には吉村警部が刑事を連れて張り込んでいた。山田警部の来る事は既に警視庁からの電話で承知していたと見えて、

「やあ。俺一人で実際弱っていたんだ。君が来てくれて助かった、頼むぜ」といった。

「様子はどうだい？」

「昨夜《ゆうべ》から変なんだ。妙に眠らされちまってなあ……で肝心の温田がまたすっかり衰弱して口がきけなくなっちまったんだ。一応は本署に急報しておいたがね……調べるにも調べようがないんで、係長の指揮を仰ごうと思っていたんだ」

山田は吉村警部から委細の話を聞いた。吉村は刑事一人を残して本署へ報告のために山田の乗って来た自動車で帰る事にした。

吉村が帰って間もなく、殆ど入れ違い位に一台の自動車が来た。と思うと取次の刑事が名刺を持って来た。

予審判事下島共一郎とある。

「一人で来るのは怪しいなあ」と山田は内心で考えた。

「君、僕が判事に会っている内に運転手を調べてくれ。ほんとうに裁判所から来たかどうかをね？」

彼は下島判事を応接間へ通した。

「私が係りの山田警部です」

「下島判事です。突然単独で書記も連れずに参りましたが、実は今また警視庁の方から刑事麻酔事件の報告があり、温田の様子も変ったとの事でしたから、早速出ようと思いましたが、何しろ新聞社の眼がうるさいものですから、今時分ひそかに参上しました」

三十五六の若い判事で、短い髪と鼻眼鏡の中の鋭い目とが特長なだけであった。やや丸顔の愛嬌がある男だ。

暫くの間は今朝からの顛末について色々質問していた。と刑事が来て山田を呼び出した。

「どうだ？」

「自動車番号は裁判所のものです。運転手もやはり裁判所の非常線証明書、身元証明書等を所持しています。偽物ではなさそうです」

話している時下島判事が声をかけた。

「刑事さん。すみませんが、自動車はどうか人目につかぬ所で待っているように御取計い下さいませんか……」

かくて下島予審判事は温田良策の臨床訊問をする事になった。

奥二階十畳の間へ案内すべく山田警部が先に立って廊下をあるいて行った。階段を上りかけた中頃で後からついてきた下島判事がグイと山田の尻をついた。驚いてふ

りかえる山田の鼻の先へ判事の口が来て、

「実、俺だ」と低い声。

「あっ首……」

「叱《し》ッ！」

山田はあわてて口を押えた。

◇幌の火花◇

山田警部と判事に変装した黄龍伯秋山達之輔が温田良策の枕頭で、発語不能の病人を相手に克明な訊問をしている頃、秋山達之輔の隠宅でも奇怪極まる訊問が始まっていた。

場所は龍伯の書斎。長椅子に悠然腰を据えているのは、覆面もせぬ剛胆無比の兇賊市山清久。その傍に無念の歯を喰しばっているのが龍伯の部下で、留守を承っていた照と清の二人。

「おい。若《わけ》えの。信公と亀公の二人は腕節《うでっぷし》が余りに強過ぎるから俺ン所《とこ》に暫くの間居候《いそうろう》をさせてあるんだぜ。……俺が今日訪ねて来たなあ何のためだか知ってるかい？　……貴様達のような猪武者の痩浪人には解るまい。え？　こうしておけば、人一倍えらがりの龍伯の野郎がのこのこ探偵に出かける。その隙を狙うためなんだ。見ろ、龍伯の野郎は、俺ン家《ち》の様子を知るために中野へ出かけていやあがるんだ。自動車を運転した部下の奴を車ぐるみ縛り上げておいて御出張に及んだんだ……え、おい、口惜しけりゃあ俺の向う脛へでも喰いついてみろ……」

彼は足を挙げて照と清との頬を蹴飛ばした。

「ざまあ、見やがれ。何が龍鬼だ。ヘン支那の山猿が人間面や親分面が聞いてあきれらあ……やい、見ろ。龍鬼の奴が後生大切《だいじ》の五十銭銀貨は今夜俺が貰って行くんだ。……何ッ？　何んてえ面をしやあがるんだ。……解るめえてえんか？　龍鬼の奴は要心深い野郎だ。何日何時《いつなんどき》、命のとりやりをするか解らねえ身体へ、五十銭銀貨をつけているものか……この書斎の中に隠してある事はちゃーんと睨んでるんだ……見ろ……俺の探偵振りのあざやかさを後学のために見ておけやいッ！　それから龍伯の野郎が帰《けえ》って来たら、見たままを報告するんだ。よく眼をあけて見てろッ！」

彼は連れて来た部下三名にそれッと合図をした。彼等は命令一下、広くもない書斎を中心から三分して細心に調べ始めた。全く慣れたものである。

「中心点から次第に手をひろげて調べろ。二度捜すと時間がかかるぞ。今一時間の内だ」

市山は指揮を始めた。鶏が小虫をさがして土を掘るように室の中央に三方へ向って尻をそろえた彼等は床の上を這うようにしてコツコツと素晴らしい敏捷さをもって仕事にかかった。

照と清とはじっとその様子を眺めるより外に仕方がない。

しかしその見物に廻らせられた照と清の顔色。それをまたさりげない風を装いながら鋭く観察しているのが市山だ。

さすがは兇者《しれもの》。無意味に照や清を引き出したのではなかった。単に自己の虚勢と自己の満足のために引き出したのではなかった。少くとも室内の秘密を捜《さぐ》ろうとする場合、この秘密を知っているものを眼前に据えておけば、いくら鉄石の男でも、今将《まさ》に秘密の鍵に手が触れんとする瞬間には、何等かの心の動揺があるべきである。その心の動揺、それを瞬間に摑もうとするのが市山の方寸である。彼は捜索の指揮よりも、照と清の顔色の考察という大切な任務を持っている。

「急《せ》くなよ。あわてるなよ。愚図々々するなよ。今日の機会を逃がしたら百年目だぞ。明日は我が身が調べられるんだぞ。確《しっ》かりやれ！」

彼はしきりに部下をはげましていた。とこの時、書斎の窓の下から僅かに光る二《ふたつ》の眼が現れた。

怪しく光る二つの眼！　忍びやかに室内の様子を窺う一人の男。龍伯の部下ならば飛び込んで騒ぐなり、首領《せんせい》に急を報ずるなり、自由の身体の取るべき、手段があるはずである。はたまた市山の部下ならば、何も忍びやかに様子を狙う必要が無いはずである。もし警察の者ならば警視庁に急報してこの大魚を一網に捕えるはずである。がただじっと室内の様子を覗く怪しの男。敵か味方か、いずれにしても唯者ではなさそうである。

照と清とは敏速に延びて行く探索の手を見詰めている。市山は部下の行動と照と清との顔色をうかがうに専念している。鹿を狙う猟師、猟師を狙う狼、狼を狙う……？

怪《あや》しの影！

床の上を終った彼等は壁の取調べにかかった。一人はストーヴに全力をそそぎ出した。

「ストーヴを気をつけろ。そいつが一番肝心だぞ！」

市山は威嚇を兼ねて声をかけながら、ジロリと清の顔を見る。

「拡大鏡で見ろ。石のつぎ目、木のつぎ目、ボタンが隠してないか。押してみろ、叩いてみろ！」

ジロリ彼は照の顔を盗む。

窓の闇に光る怪しい男の眼はいよいよ据って来た。

「内部だ！　懐中電燈で確かり調べろ。決《きっ》とある……何かある」

市山がいった。額に流れる汗を片手でこすりながら、部下はストーヴの中へ身を入れて内部を右手の方から巨《こ》細《さい》に調べ出した。中央から左手へ……捜索の指と懐中電燈の一寸に満たぬ丸い円が動いて行く……

「あッ！　占めたッ！　小さい釦《ボタン》があるッ！」

と叫んだ。

「何ッ！」と市山がその方へ飛びつく。

と同時に窓の眼はサッと消えた。怪しの黒い影が裏手の壁の下を音もなく風のように押し開いて飛び出した。とそこには一台の小型の自動車がある。

自動車の中へ弾丸のように飛び込んだ、運転手マスクをかけた怪しの男は自動車のエンジンをかけると同時に、何かしら手早く仕度をして、小さいマイクロフォン様のものを取り出した。

不思議、自動車の屋根の片隅から蒼白い小さなスパークがビチビチと音を立てて出た。彼は丸い蓮根《れんこん》様のものを口にあてて低い声でいい始めた。

「K・D・B……K・D・B……こちらは二の橋放送局です……警視庁へ急報します……K・D・Bの秘密が今盗まれます。妖怪無電の秘密が盗まれます……山下宗太郎の五十銭銀貨事件……その犯人が今五十銭銀貨を盗んでいます。警視庁の方々……早く来て下さい……場所は……場所は……麹町区平河町三ノ二一……八木亀一方です……麹町区平河町三ノ二一……八木亀一方です、早く来て下さい……K・D・B……K・D・B」

奇怪……この男が妖怪無電の正体か？　K・D・B……K・D・Bと叫ぶ怪しの運転手！　闇につつまれた小型自動車の幌の一端からは盛んに火花が散る……

◇ここにいるッ！◇

K・D・B……問題の妖怪無電を受けて驚いたのは放送局ばかりではない、それにもまして警視庁が驚いた。悪戯にしろ、嘘にしろ、問題の無電である。まして謎の怪事件五十銭銀貨である。事の真偽を論じている場合でない。それッというので刑事の一隊が平河町へ馳《か》けつけた。が馳けつけた時は、既に遅い。

広い邸内には吉田照次郎ただ一人が縛られたまま倒れていた。いるべきはずの河合清の影が見えない。吉田は刑事の取調べを受けたが五十銭銀貨事件については何事も知らぬといった。ただ四人強盗が押し入って現金五百円許りを盗まれたと申し立てた。

警視庁は迷った。何人《なんびと》が叫んだ無電か？　人騒がせにしても、強盗の入った事をどうして知ったか？　謎である。少くとも警視庁としては謎の事件である。

無論……妖怪無電の急報は中野の怪行者邸にいる山田警部へも報じられた。

「首領《せんせい》……大変な事になりました」と山田は青くなった。

「何。市山が押し込んだのか。多分そんな事だろうと思った。信と亀がやられたと聞いた時にわかってたよ……」と龍伯は別に困った顔も驚いた顔もせず平然といってのけた。「五十銭銀貨なぞは惜しくもないさ……それより清はどうしたろう？……」

彼は部下の身を案じた。

山田に旨を含めると共に彼は飄然として中野の邸を出て行った。

「何事も明日の事にする。俺は当分平河町へ帰らぬよ。来島病院を本拠にするからそのつもりでいてくれ」

彼は出がけにそういって行った。……

翌日の新聞は大変な騒ぎであるべき処を、その筋から記事差止命令が出たためか一行半句も報じていなかった。


が世間の評判は大したものであった。

が、そんな世間の騒ぎをどこ吹く風かとばかり、贅を極めた十畳西洋室の中央に腹心の部下三名を集めて、悠然葉巻をくわえた市山清久は満足らしく朝からウイスキーの満を引いていた。

「首領。巧くいきましたね」と部下の一人がいった。

肥った獰猛《どうもう》の顔をした奴だ。

「しかし、警察の野郎共が来たには驚いたね。どうして知りゃあがったろう？」とやせぎすな鋭い眼をした奴が合づちを打った。

「けれども、龍鬼も馬鹿だよ。あんな処へ大切の大切の五十銭銀貨を入れておくなざあ、よくよく満洲猿だね」

第三の背のひくい男がいった。

「親分。そろそろ宝物《ほうもつ》拝見と出かけませんか？」

「ウム！」鷹揚にうなずいた市山は懐中の紙入から丁寧に包んだ五十銭銀貨を取り出した。「こいつがよ。見ればただの五十銭……ウイスキー一杯の御値段しか無《ね》えんだが……こいつに何百万円の宝が入《へ》えっていると思うとなあ……」

彼はグッとウイスキーを飲みほした。そして右手の人差指と拇指《おやゆび》とにはさんで、明るい太陽の差し込んで来る窓の方へすかすように持ち上げて眺めた。

「何百万円の値打があると思やあ、テヘッ！　五十銭銀貨でも御光《ごこう》がさしてまぶしいや！」

と痩せぎすな男が眼をパチパチした。

「馬鹿。当棒《あたぼう》よ。お太陽《てんとう》様の方を向いて見りゃあ、誰れだってまぶしいやな。アッハハハハ」

「アッハハハハ」

四人は期せずして大笑《おおわらい》した。

「見ろ」と市山が暫くしてから三人に向っていった。

「見ろ。ここによ……五十銭銀貨の表に鳳凰《ほうおう》が二疋いるだろう。こいつの眼を見ろ……穴があいてるだろう」

「ウヘッ！　細かい細工をしやあがったものだなあ……この穴が何んですかい……中が空虚《からっぽ》になってるんですかい？」

「ウン。この穴へ……あの細い線を入れてさ……ちょっと持って来い。入れてみるから……」

「よしきた」

背の低い奴が身軽に立って窓際の卓子の抽出《ひきだ》しから絹のように細い針金を持って来た。

「レシーバーへ接続するんですね」と肥った奴が心得顔にテレフンケンのレシーバーを持ち出した。

「この一番上の菊の御紋章の真上のギザギザの中に今一つ穴があるんだ。こいつがアンテナよ……それから一番下の菊の葉の尖端《さきっぽ》の先きにまたアースの穴がある……」

「ヘエー！　偉い事をしやあがるなあ……こいつア妖怪無電でなきゃあ解らねえや……ハッハハハハ」

市山が細い針金をもって鳳凰の眼をつついていたが、どうしても針金が入らない。

「こんなはずはないが……一分《ぶ》以上入るんだ……」

彼は一生懸命で針金を入れようとする。が一分は真直な穴らしく、直ぐ曲ってしまう。

彼は拡大鏡を取り出して、五十銭銀貨の穴をのぞいていた。と見る見る顔色が変って、

「畜生ッ！　偽物だ！」

「エッ！」

「見ろ。穴だけあけときゃあがった……畜生ッ！」

市山は唸った。三人の部下は顔を見合せた。

四人とも激情の余り沈黙してしまった。一分……二分……

「糞ッ！」

市山は五十銭銀貨を床の上へ叩きつけた。

「最早《もう》、勘弁ならねえ……龍伯の野郎をふん捕まえて生命《いのち》と一緒に貰ってやらなきゃあ……」

「畜生ッ！　よくも偽物をつかませやあがったなッ！　糞ッ、面白くもねえ……」と肥った奴も釣り込まれて怒鳴った。

「行こう……龍伯の野郎、どこにいる？」と三人が一斉に立ち上った瞬間。

「ウハッハハハここにいる」

大喝一声。押しつけるような爆発笑いと同時に奥の洋服戸棚がサッと開《あ》いて、ヌッと現れた黄龍伯の秋山達之輔！

◇一大爆発◇

「どうした、市山？　昨夜《ゆうべ》は御苦労様。アッハハハハ怒るな市山！」

先手を打って、度胆を抜いてニヤリニヤリと笑って立った秋山達之輔。両手をポケットに突込んだまま。呆気にとられた四人の悪漢は呆然として突立ったままである。

「昨日の約束があったから、見ろ。こうして堂々と参上した。市山清久が柿崎正隆だ位、解らねえ満洲猿でもないさ」

「……」

漸く我に帰った四人は拳を握って突立ったままで静かに龍伯を睨みつけた。龍伯は平然として無言のまま龍伯を睨みつけた。龍伯は平然としていう。

「ハゲ鷹の襲撃。俺の部下の襲撃。まった山下美津子の姿が消えた所……すべてが相場師柿崎正隆の邸つづきの新建築場附近だ。……え？　これで解らなきゃあ馬鹿か頓馬か、明き盲《めくら》だ……俺？　俺が忍び込んだが不思議？　馬鹿野郎共だ。俺は昨夜、貴様達が帰って来た時一緒に忍び込んでいる。無論邸の左手の忍びの塀の下からさ……ハゲ鷹先生を担ぎ込んだ塀の下の秘密通路からさ……ウフッ！　満洲猿は木へばかり昇っていねえぞ。たまには地の下もくぐるんだ……」

「……」

四人の兇賊は龍伯の態度に気を飲まれながらもジリジリと四方から包むようにして押し迫って来た。単身乗り込んで来たのを幸い、ひっくるんで叩きのめしてしまう積り。それといわねどお互の胸から胸へ、期せずしてジリジリと攻勢になってくる。が龍伯は涼しい顔。

「おい。生な真似をするなよ。見ろ、戸外《そと》を！　……」

ツと身をひるがえすと窓際へよって戸外を指《ゆびさ》した。

「見ろ。俺の部下と警察の連中が十重二十重だ。俺が一つ合図をすれば、五分とかからない。二三十人の男がここへ飛び込んで来るぜ……おい市山。まあ静かにしろ。悪党は悪党だけの作法があらあね」

指す方を見れば怪しげな人足や人夫や魚屋や屑屋が三々伍々……邸の周囲をあるいている。

「フン。それでどうする？」

市山が冷かにいった。

「外でもない。貴様が暴力で幽閉した全部の人間を解放しろ。そしてこの事件から手を引け」

「何をッ？」

「その方が貴様のためだ。俺の忠告を聞くなら、今日の処は貴様を見逃がしてやる。さもなけりゃあ……」

「さもなけりゃあ？」

「監獄の飯を食わせてやる許りだ。まず命がないとあきらめろ」

「なるほど。龍伯のいいそうな、脅迫《おどし》文句だ。そんな文句にゃあ驚かねえ。貴様こそ手を引け！」

「何ッ？」

「手を引く代りに真物の五十銭銀貨を置いて行け。……そうすれば女も探偵も貴様の部下の二人の命も、それから貴様の命も助けてやらあ……」

俄然市山清久は猛烈な勢いで反対に脅迫して来た。

「フフン。面白い事をぬかしたな。まあそんな空元気《からげんき》はよしたがいい。相手が悪いぞ、満洲の龍鬼だ……さあ、四人を幽閉してある地下室の鍵を出せ」

「空元気？　フン。笑せやあがる。じゃあ龍鬼。ここを見ろ。この床の上を！　この釦を見ろ。こいつを一つ足で押せばこの家は火になるんだ……何ッ笑ってやあがる……嘘だと思ってるんだな。見ろ、ここを、この釦を押せばこの室が水になるんだ！　見ろッ！」

と一声終らぬ内に片足で水の釦を押すや否や、室の四方からサッと迸る滝吹雪！

「ブルッ！　なるほど！」と身じろぎ一つしない龍伯がいった。室内の五人は水を浴びて濡れしょぼる。「こいつあ弱った！」と彼は笑いながらいった。

笑いながらいうものの、実際彼も内心では弱った。火になる釦。満ざらその場逃れの方便でもなさそうである。血走った市山清久の眼光。決死の色に青ざめた四人の態度。いざとなれば全く死物狂いで何を仕出かすか解らない。のみならず火を出されては地下室に幽閉されている四人はどうなる。厚いコンクリートの蓋をした地下室の入口。火中にあって生やさしい事で開くものでもない。上部の火事なら平気でもあろうが、万一地下室内も火にならぬとは誰れが保証しよう？

「やいッ！　龍伯何を考えていやあがるんだ。俺は命がけだぞ。見ろ、貴様のいう通り昼日中俺は刑事に包囲されている。俺は命を棄てるか、貴様の膝を抱いて命を助けてもらうか二つに一つだ。やい龍伯。俺は貴様の膝を抱けねえ。こうなりゃあ一か八だ。俺は家に火をかけて、逃れるだけは逃れてみせる。が地下の四人、背に腹はかえられねえから、死ぬなり生きるなり、勝手次第だ。俺は今人の命まで考えちゃあいられねえんだ。え、龍伯。さあ、出せ。五十銭銀貨を出せ。そして素直に四人の捕虜を連れて退散しろ……さもなけりゃあ……やいッ！　返事をしろ。出すか？　……出さぬか？」

龍伯の虚につけ込んで決死の形相凄まじく兇賊市山清久が迫ってきた。

それほどの深さとしらずに飛び込んで龍珠を奪還しようとした鮫鰐《こうがく》の淵！　魔の淵は意外に深く、さすがの向う見ずの龍伯の身体は谷《きわま》った。

が今更躊躇する場合でない。相手が決死なら、こちらも決死である。いずれか二人死中に活を求めなければならない。九死に一生を得なければならない。彼か俺か？

「よしッ！　負けた。四人の命を俺に渡してくれ」

龍伯は頭を下げて旗を巻いた。

「出せッ！　五十銭銀貨を？　……偽物なぞをつかませやあがって！　今度はその手を喰わねえぞ！　さあ出せッ！」

寸隙を与えず迫ってくる敵の強烈さ。

龍伯は静かに首にかけた金鎖を手繰って肌につけた五十銭銀貨を引き出した。

「五十銭銀貨はこうして持っている。……が四人のものを連れて来い。引換えだ」

「よしッ！　動くな」

市山の合図に一人の部下、痩せた奴が市山から地下室の鍵を受取って入口へ進む。双方無言。間一髪の隙もない緊張した命の瀬戸際。

今し、鍵を持った男が入口へ進もうとして二歩三歩あるき出して、龍伯との距離が四尺位になった刹那。

「エイッ！」

と裂帛の気合と共に、龍伯の身体がパッとその男の方へ飛ぶ。間一髪。轟然一発の銃声。アッ！　という悲鳴。倒れたは龍伯か市山か。

一瞬の混乱、五ツの人体がワッと叫んでもつれる危機一発！

グワン！　と凄じい音がして一大地震の如く家屋が揺れるや否や、眼を覆うに暇もなく猛烈な火焔がサッと室内に迸って、四辺《あたり》は黒烟濛々《もうもう》！

ワッという雷《らい》のような悲鳴と叫喚が同時に邸の内外に

起った。

爆発！　広大な邸、柿崎正隆の邸は爆弾一発の下にけし飛んで黒い烟、紅蓮《ぐれん》の焰に包まれた！　敵も味方も男も女も、すべて皆一所に包《くる》んで……

火花四散

◇火焰をくぐって◇

死中に活を求むる黄龍伯秋山達之輔の非常手段、彼は市山の部下が地下室の鍵を持って眼前三尺の所を通る瞬間、パッと飛びつくや否や、片手で市山の足を狙って一発打ち放した。かくて相手を突き飛ばして鍵を奪った刹那には爆発一撃、家中は紅焰と黒烟に包まれていた。

「やったなッ」と思う隙もなく激しいピストルの音が烟の中に起って耳をかすめて弾が飛ぶ。

「危いッ！」

咄嗟の早業、彼は相手を三四尺敵の方に向って叩きつけるや否や、寝たままゴロゴロと床の上を転って二間《けん》許り奥へ逃げた。逃げて鼠を狙う猫のように烟をすかして敵の動静をうかがう。

「おいズキが廻ってるぞ。愚図々々するな引き上げろッ！」

市山の唸るような声が聞えた。烟硝の臭が鼻をつく黒と白との烟の渦巻の中に、悪蛇の舌のような火焰に照らされて市山一味の黒い影が見えかくれした。

「この機会だ。殺人鬼を殺《や》っちまえッ」と龍伯は思わず知らずピストルを握りしめた。がしかし……人殺し！　俺はまだ嘗《かつ》て人を殺さない。邦家《ほうか》の哀れな人のためには幾度か俺の血を流したが俺はまだ人を殺した事がない。殺人？　龍鬼は人を殺さないんだ。それが俺の主義だ！　いかなる場合も、俺が殺されても、俺は人を殺しはしない。兇鬼市山、天譴《てんけん》で死ねば死ね。逃《のが》れらば逃れよ。俺は殺さない。俺の主義にもとる。……彼は身を震わせてピストルを腰にさした。

さすと同時に、美津子は？　ハゲ鷹は？　部下は？　そうだ！　地下室！

むせるような硝薬の烟を払って、彼は床の上を脱兎の如くに隣室に飛び込んだ。がここもまた一面の猛火。

アッと思ったが一瞬の躊躇もなく彼は扉《ドア》を蹴破って廊下に出た。廊下は各室から吹き出す烟だけで火の気がない。占めたッ！　と許り彼は矢のように突進して階段をかけおりて地下室へ急ぐ。

丁度この時には爆発とピストルの音と、黒烟と紅蓮とに驚いた作事場にいる市山の部下、龍伯の旨を受けて張り込み中の実警部の部下がワッと許りに雪崩を打って邸内へ飛び込んで来た。

が何分にも猛烈な烟と火勢とに建物の中へ飛び込みはしたもののいかんともする事が出来ない。階下の黒烟の中、市山の部下は市山等の逃走を計ろうとして無茶苦茶に騒ぎ立て走り廻って刑事等の仕事をさまたげようとする。刑事等は龍伯や岡島刑事や美津子を捜す一方市山を逃《の》がしてはと必死の活動をする。そこに期せずして両方の間に喧嘩が起り、争闘が始まった。火焔渦を巻く中に亜修羅《あしゅら》の渦を巻く大格闘……

龍伯はワッという人声をすさまじい吹焔《すいえん》の響の中に聞きながら火と烟とを突き分けて奥八畳の物置のような秘密室まで駈け込んだ。ここはまた四方が壁になっているためか扉を蹴開いて飛び込んだ時には烟も火の気もなかった。急いで入口の扉を閉めて火気を防ぎながら彼はホッとした。ホッとしたが休む隙もなく片隅の敷物をバッとまくった。と見るそこは畳半畳ばかり四角に床を切って、一隅に鍵穴があいている。彼は手にした鍵束の鍵をそれに突き込んで暫く合うのを捜した。カチッという小さい音がする。床へ切り込んである取手を引き起して龍伯は力まかせにその床を引き上げた。

パッと開くと同時に白い烟がムッと上ってワーッという人の叫び声が聞えて来る。

「助けてッ！　……誰か来てッ！」

「オーイッ！　……」

吹き上げる烟の下にほの見える階段。龍伯は躊躇なくその中へ突進した。

「助けてッ！」

という女の悲鳴。四辺の火も烟も彼はもう考えなかった。半ば夢中で声のする方へ海老のように身体をまげ、息を呑んで一気につき進んだ。とドシンと突き当った牢格子。彼ははずみを喰って倒れた。倒れてハッと正気づいて起き上ると手早く鍵を使って牢格子の扉を開く。開いて中へ飛び込んだ。

「美津子さんッ！」

一面の烟に何も見えない。見えないのではなく彼は眼を開く事が出来なかったのだ。声も出ない。息も出来ない。突伏して這いながらそれでも懸命に眼を開いてすかして見た。チラチラと蛇の舌の如き焔の光に黒いかたまりの倒れているのを知った。

龍伯は倒れている女を抱きかかえた。美津子だ。

「美津子さん。しっかりなさいッ！」

しゃがれた声で彼は勢一杯に叫んだ。叫んで気絶したようになっている美津子を引きずりながら牢外へ這い出した。

右か左か……解らなくなってしまった。龍伯は眼を閉じて細い息をしつつそこに突伏したままムーッと唸った。一秒二秒三秒……彼が生死の境に処して乱れに乱れる心気を静める唯一の手段、坐禅から会得した静気《せいき》の法である。四秒……五秒……丹田《たんでん》に力を入れて無念無想。

「エーイッ」

満身の力を込めた気合の一喝を吐き出すと同時にパッと眼を開いて、火焔の中にすッくと突立った。

突立って咄嗟にまた身を沈めた。そして右手に向って曲り畑の闇を細長い廊下にそって走った。彼は最初に忍び込んだ地下道から逃れようとするのだ。

三四間走るとふと見ると左手の上に空気抜の小窓がある。しかもその小窓の厚い硝子を破って中へ入ろうとしている男がある。男は運転手風の皮の外套に、飛行帽のようなのをかぶっていた。

「誰れだッ！」

龍伯は咄嗟にピストルを握って怒鳴りつけた。

「早くッ！」と男が叫んだ。「ここから御出《おい》でなさいッ！　早くッ！」

彼は女を抱えた龍伯の姿を見て、

「あッ！　秋山さんですな。私は警視庁須田刑事です。山田警部の命令で来ています……早く、……その女は？」

「山下美津子」

須田刑事は少年団で使用するような結び目のついた速成綱梯子を窓から投げ込んだ。

「手を貸してくれ。気絶している」

しゃがれた声で叫んだ龍伯は美津子を抱き上げて差し出した。

上からは須田刑事が半身を中へ突込んで彼女を受取った。龍伯は縄にとりついて窓から首を出してホッと一息ついた。そして新しい空気を大口に吸い込んだ。そしてヒラリと外へ出ると美津子に活を入れた。

「ウーン」と彼女が唸り出した。

「自動車を運転して来ています。連れて行きましょう」と刑事がいった。

四辺に人影がない。奥庭の奥らしく左手の方に当って人々の叫び声と猛烈な火勢を聞いた。

「女の手当を頼む……俺はまだ用事がある……岡島を救うんだ」

「エッ岡島警部がいますか、私も行きましょう」

「いや俺一人でやる。早く誰れか呼んで来てくれ」

刑事はピリピリッと呼笛《よびこ》をふいた。龍伯は再び火焔と烟の地下室へ飛び込んだ……

◇あっ解った◇

焔と烟の渦巻く中、死生の境へ再び身を挺して乗り込んだ黄龍伯は半死半生になっている信と亀の二人を漸くに救い出した。

「今一息だ」

と彼は血走る眼を据えてハゲ鷹の座敷牢の前へ進んだ。信も亀も這うようにして龍伯のあとをついて来た。

扉を開けて中を覗うと人気がない。

「岡島君ッ！」

彼はひからびた喉からしぼり出すように叫んだ。返事がない。

「岡島警部ッ！」

三人は牢の中へ這い込んだ。

「誰れかッ！」

突然彼等の背後で大きな声がした。

「秋山だ」

「何ッ！　秋山ッ！　有難う。俺は大丈夫だ……美津子はどうした？」

さすがは鬼警部ハゲ鷹である。この生死の大火中にあって少しも取り乱した風もなく、矢つぎ早に質問しながら這い寄って来た。

「助けた」

「そうか有難い！　早く出よう！」

彼は龍伯の手を緊《しか》と握りしめた。

かくて四人は小窓から庭へ出た。

庭には五六の刑事が窓をとりまいていた。

「水をくれ」

さすがの龍伯も殆ど聞きとれないような声をして叫んだ。刑事の一人が水筒を差し出した。

「山下美津子は？」

「美津子？」

と不審そうに聞き返した。

龍伯はハッと思うと見る見る顔色をかえた。

「失敗《しま》った……さらわれたかッ！」

「どうしたって？」とハゲ鷹が問い返した。

龍伯は口早に須田刑事に渡した事を話した。

「フーム」とハゲ鷹警部は考えていた。そして四辺を見廻した。と見る急に彼は馳け出した。

三四間《けん》馳け出して大きなつつじの小枝へひっかかっている小さい紙片《かみきれ》を握《つか》んで引き返して来た。

「秋山君、見給え」

差し出された紙片を見ると彼は再びアッと驚いた。黄大人と大きく書いて、後の文句は漢文で書いてある。

黄大人
一味の眼が恐ろしいから美津子さんは私が保護して
安全に隠しておきます。いずれあとから委細。

敬鄭敏《けいていびん》
「ウーム」と龍伯は唸り出した。

「漢文で書いてあるじゃあないか。何んだい文句は？」とハゲ鷹が聞いた。

「市山一味の眼が恐ろしいから美津子は当分あずかるという意味らしい」

話している中に火の手はいよいよ盛んになって来た。半鐘が鳴る。消防が来る。非常な混乱だ。

「秋山君、こんな場合だ。礼は言葉で尽せない。有難う。いずれまた御会いしてゆっくり……」彼は手を差し出した。

「いや。命拾いをした。いずれまた」

混乱の中に名刑事ハゲ鷹と侠血児龍伯とは固い握手をして、そのまま人波の中に別れた。

龍伯秋山達之輔は信と亀とを連れてもえさかる火事を跡に裏通りへ出た。と背後《うしろ》から、

「おーいッ！」と呼びながら馳けて来るものがある。振り返って見ると山田警部だ。

「無事でしたか、御怪我は？」と彼は涙を流した。

「今岡島から聞きました。自動車が向うの角に廻してあります……」

「市山は？」

「残念です。取り逃がしました……」

「よしッ！　いいとも。あとを頼むよ！」

忙《せわ》しげに彼は信と亀を連れて自動車の処まであるいた。自動車には勝が待っていた。

「首領《せんせい》、御無事で……木下君も……あ、八木君も……」

「首領の御蔭で助かった……」

彼等は互に手を握りあった。嬉し涙がハラハラと落ちた。

烟のために真赤に充血した眼をしばたたきながら、彼は自動車の中へ入った。

「おい、尾行がつくといけないから注意しろ。来島へ寄って行く。信と亀とは麴町へ帰るんだ」

自動車は動き出した。

「それまで俺は寝るよ。眼がいたんでいかん」

彼は自動車の中へ横になった。

「おい、新宿の来島へ寄るのは秘密だぞ。そのつもりでおれは寝ている事にして麹町へ運ぶんだ。家へ帰ったら門を閉めさせてから車を降りるんだぞ。きっと尾行がつくからな」

果然、自動車が東大久保の駅を過ぎる頃から怪しげな自動自転車《オートバイ》が跡からやって来た。

「ヘン。馬鹿野郎、ここまでおいでだ」

勝は笑いながら速力を早めた。オートバイもかなりな距離を保ってあとからついて来る。

暫くはオートバイに追われながら勝はあっちこっち故意に道をまがった。やがて新宿堀ノ内間の大通りへ出ると再び快速力を出した。オートバイもおとらずついて来る。

「おい、いい加減にして先へやっちまえよ」

と信がいった。

自動車は停った。故障らしく勝は車をおりた。オートバイは速力をはやめて過ぎて行く。

三分ばかりしてから、勝は急に運転を初めた。そして二三丁進むと大きな貨物自動車の三台ばかりある自動車屋の店前《みせさき》へズルズルと入れて巧みに貨物自動車の蔭にかくしてしまった。

「今にオートバイが引返してくるよ」

待つ事五分。案の定オートバイがボツボツと様子見に引き返して来たが、最前の場所にいないのを見て急にあわて出したらしく再び右や左のまがり角に注意を払って新宿の方へ戻って行った。

十分間停車した後、彼は乗合自動車のあとをついて進行しはじめた。

「ヤッ！　野郎あんな所にいやあがる」

新宿のガードの横に待っていた。が勝は巧みに乗合自動車の横に車体をかくして進んだ。

それまで眼を閉じてジッと動かなかった龍伯はパッと眼を開いてニヤリと笑った。

「解った」

「何がです?」と信が驚いた。

「いや、満洲土語で置手紙をして美津子をさらって行った男の名前がさ」

「ハァ……」

敬鄭敏の本名がさ……あいつは鄭の肩ににごりが打ってあったんだ。変だなと思って考えていたが、何の事だ、K・D・Bよ。馬鹿々々しい話しさ」

「K・D・B?　あの妖怪無電の?」

「ウム。妖怪無電のK・D・Bさ、その発信の本人だ。

アッハハハ」

「妖怪無電の本人ですって？」

「ウン。ありゃあ、山下宗太郎の友人だ。アッハハハ。解った。解った……」

彼は無雑作に笑った。……

◇おいてきぼりの狼◇

市山邸の爆発事件の蔭を巧みに活躍して、黄龍伯秋山が決死火中から救い出した山下美津子を預った須田刑事と名乗った男は、殆ど昏酔の状態にある彼女を抱いて暫く考えていたが、表の方から馳けて来る人の気配に、ハッとしたらしく、そのまま奥手の方へ馳け出した。

かくて裏庭の切戸を開けた彼は女を抱きかかえたまま一二丁走って、小型の自動車の中へ入れた。入れると扉《ドア》を堅く閉め、手帖を出して何事か認《したた》めると再び切戸から奥庭へ入ったが、この時既に窓の附近に人影を見たので、彼は庭木にそれをさしたまま姿を消した。

怪しの運転手が切戸の方へ引き返すや否や傍《かたわら》の壁の蔭からツと走り出た女がある。彼女は美津子の乗せてある自動車に走ってその扉を開けようとしたがどうしても開かなかった。

「チェッ！　特別の錠を下してありゃあがる……口惜《くや》しいねえ」

と独語《ひとりごと》した。女は……いつの間にか邸内から抜け出した女賊狼お千代！

人の来る気配に彼女は再び身をひるがえして片々の露路へ走り去った。

余りの恐怖と連日の心労に困憊《こんぱい》した美津子は呼吸《いき》を吹き返したとはいい條、殆ど無意識裡に昏酔をつづけていた。

引き返して来た怪しの男はそのまま自動車を運転し初めて、どこともなく走り去った。

と間もなくその自動車を追う自動車が横合から飛び出した。車上の人は狼お千代。

「何んでもいいからあの前の自動車の跡へくっついて行ておくれ。はぐれたら大変だよ」

彼女は車中から叫んだ。

運転手は心得たものである。「ハイ」といいながらどこまでもと自動車の跡を尾行する。

二台の車は中野駅を過ぎて、広い田舎道を一直線に走る。

「どこまで行くんですか？」

運転手がきいた。

「どこへ行くか知らないんですよ。でも何んでもいいからあの自動車を追っておくれ。チップはうんとはずむからね」

高円寺を過ぎた。阿佐ケ谷を過ぎた。阿佐ケ谷から先方《さき》の自動車は右に切れた。それから細い道を左になり右になり、尾行者ありと見てか極端に曲りくねり初めた。

「チェッ！　仕様がないねえ」

車中のお千代はいささか苛々《じりじり》して来た。三十分たち四十分過ぎる。道をどう廻ったか、今走っている所はどこか、皆目見当がつかなくなった。非常な困難な追跡に一時間余を費した。

かくて漸くの事で森を越して向うに国道らしい広い道が見え初めた。かなり離れた先方の自動車はその国道を左に所沢方面へ走るらしい。国道へ出た先の自動車は暫くするとパンと激しい音を立てて急に止ったらしい。

「占めたッ！　パンクしたらしいよ。この間に早く追いついておくれ！」

森へさしかかったお千代は車中で大声を上げた。

トタンに自動車は激しくゆれてこれまた急に停車した。

「アラッ！　どうしたの？」

と驚くお千代の目の前へヌッとピストルが差し向けられた。差しつけたのは黙々として命に従って走っていた運転手だ。

「おい狼のお千代さん」と運転手がいった。

「エッ！」

「静かにしてもらいましょう。俺は龍鬼の部下だ。河合清ってんだ。昨日の晩は市山の野郎共、よくも俺達を嘗《な》めやあがったな。口惜しかったからあの晩以来命がけでつけまわしていたんだ」

果然、行衛不明の河合清だ！　口惜しい。首領《せんせい》に申訳がない。この失敗は何とかして返さにゃあおかない。と無念と復讐の一念から怨を残して彼は市山一味の跡を追っていたのだ。

「フン。それがどうするんだよ」とお千代は澄ましていた。さすがは大胆不敵の女賊である。こんな事にはなれ切ったものか平気の平座だ。

「お前をどうしようてんじゃあねえ。俺はあの自動車に用事があるんだ。お前が乗っていたんじゃあ邪魔だから この辺で降りてもらうんだ」

「……」

狼お千代はこれを聞くとさすがに無念そうに歯を食いしばった。

河合は油断なく身構えながら自動車の中へ入って来た。

「お千代さん。すまないが、飛道具だけは預けてもらいましょう」

「そうかい。仕方がないさ。小僧の割にしては芝居が出来すぎたね。前《さき》ばかり急いで、妾《あたし》が足元の見境いをつけなかったのがドジさ。仕方がないから、今日はこのままお前に功名を譲って上げよう。ホラよ」

女賊は悪びれもせず、帯の間にはさんでいた小型のピストルを出して河合に渡した。

「何んだって妾をこんな所まで引っ張り出したんだい？」

「何さ。狼は森の中へ住むもんだからね」

「フフン」

いう間に先方の自動車の修理が出来たらしく出発し初めた。

「さあお千代さん。おりてくれ」

「あいよ」と素直に降りた。「おい、清さんとやら。今日の出来はほめて上げるよ。帰ったら龍鬼によろしくいって上げるよ。まあ、撒かれないように行っておいで……」

何の未練もなく自動車から降りた狼お千代。

遠ざかり行く二台の自動車を見てじっと立ちすくんだ。この女賊、何でやみやみ河合青年如きに自動車から降されて、やみやみテク付いて暗《やみ》の道を戻るものか。

転んでもただは起きない稀代の女賊狼お千代。スタスタと森を出て一軒の百姓屋差して急いだ……

かくて市山の怪邸の爆発を中心に火花は四散した。龍伯はK・D・Bの正体を捕えてかくれ家へ、ハゲ鷹名探偵は警視庁へ、美津子と怪しの男はどこともなく自動車を飛ばし、白狼姫お千代は森の中から百姓家へ、そして怪賊市山は烟のようにどこかへ姿をかくした。四散した火花。果していつ、どこで落ち合う事であろう？

怪邸の焼跡

◇銀貨の幻◇

黄龍伯秋山達之輔は新宿にある第二の隠れ家、来島病院へ帰って、火熱にただれて充血した眼の手当を受けながらベッドに横わって眠ろうとした。

眠ったというよりはむしろ夢うつつの間に彼の脳裡に映滅する五十銭銀貨の幻に悩まされた。

解きがたい謎を秘めた五十銭銀貨！　いくら考えても解けぬ謎である。大きくなったり小さくなったり、一つになったり、百千万の多数になったり、彼の静かに閉じた眼の底には五十銭銀貨の幻が消えては現われ、現われては消える。……現われた時、彼は何かしらその銀貨の中まで透視出来るように思える。満身の力を瞳に籠めて、眼底に映し出した銀貨の中のうすい、もやのよう物影を摑もうとする……摑めそうだ、ある物の形……それが消えかかって消えず、今にも明かな姿となって自分の眼に見えそうだ……見える……と思うとその怪しの物形はスーッと消えてしまい、銀貨の影も霧のようになくなってしまう……無くなったかと思うと今度は無数の銀貨が自分を押しつぶすように天から降りそそいで来て、それが視覚全体を占領する……占領したと思うと激しく、目まぐるしく、恐ろしい勢いで旋回し初める。……ああッ！眼がずきずきと痛くなる。熱湯のような涙が眼の底からにじみ出して来る。と見る無数に躍る銀貨の影が忽ち消えて美しい美津子の泣きしおれた顔になる……美津子！さらわれた美津子……と思うとそれがまた狼お千代の妖艶な皮肉な微笑となり、また一転して怖ろしい殺人魔市山清久の物凄い哄笑に変って行く……とハゲ鷹の顔に、信に亀に清に……銀貨と人と顔とが幻の中に恐ろしい渦を巻く、渦を巻く、渦を巻く……

眼がずきずき痛む……

看護婦が眼の手当に来た。ヒヤリとした冷い布《きれ》を両眼に当てる。と一切の幻は夢のように消えて、心地よい爽やかさが眼から頭に、全身に足の先まで洗い流すように走る……。

「おい、君。寝苦しくていかぬ。催眠剤を持って参れ……一睡りするからね……」

彼は看護婦にそういった。

「ハイ。院長さんにそう申しましょう」

看護婦が出て行くと間もなく来島院長がやって来た。

「どうだい君。工合は？」

「眼がズキズキして不愉快だ。二三時間眠りたいね」

「何しろ硝烟でひどく刺戟したからなあ。眠るのがいいかもしれない」

催眠剤を飲んで彼は全く昏睡した。……

夕方になって彼は目をさました。眼の痛みは殆ど拭ったようにとれていた。ただ何かしら眼の底が重苦しく熱っぽい気がするだけになった。

夕食をとってから、彼は殆ど平常のように元気を回復した。

灯ともし頃、彼は静かな病室のベッドの上で今後の方策について考えた。考えてはみたものの五十銭銀貨の謎がいかにしても気になってたまらなかった。平素《ふだん》ならそんな事もないのに、今日に限って実に不思議だ。ままよ、今夜一晩五十銭銭貨の謎をといてみよう。

とはいうものの、彼の頭に五十銭銀貨問題のこびり附いたのも決して理由のないことではない。

怪敵市山の秘策の裏をかいて、まんまと偽五十銭銀貨を摑ませた上、彼龍伯は敵の本城に忍び込んで、市山が五十銭銀貨に関して知り得た山下宗太郎氏の遺書の内容を摑もうとした作戦はまんまと図に当って、カーテンの影から洩れ聞いた言葉。

「恐ろしいじゃあねえか。この五十銭銀貨が妖怪無電のレシーバーになってやあがるんだ!」

という会話の一ふし。

菊の御紋章がバリオメーターに、鳳凰の眼がレシーバー線に……

薄いとも薄い、五十銭銀貨が妖怪無電の受話機であるという。実に驚くべき装置である。

アンテナ線の取付口も、アース線のそれも、レシーバー線の差込口もある……

実に不可思議な装置である、といっても外国には大豆大の受話機もあるほどだから、無論五十銭銀貨でもそれ等の装置が出来ないはずはない……

がしかし? 電波は? 果して妖怪無電から来るか? 妖怪無電の秘密電波を受けて、この銀貨の謎が解けるか?

なるほどK・D・Bの不可解な満洲土語はある一定時にはどこともなく伝わって来る。がしかし? 彼の胸には何かしら一点の疑念がかかって晴れようともしない。

この絶大の秘密を、……大秘密があるらしい自己一身上の遺書を何人にも聴取し得る無電で……しかも他人から発する無電で解かせようとする。考えると何かしら疑問が湧く。

しかも、K・D・Bはいう。

「山宗……山宗……機械完成……聞えますか?」と。

K・D・Bの発信者と山下宗太郎と既にこの五十銭銀貨の秘密が結ばれているほどの間柄ならば、何の物ずきから敢て秘密を五十銭に封じる必要があろうか? のみならず、発信者K・D・Bの言葉は山宗の死も知らぬげである。……してみれば? ……その間果してどれだけの聯絡があろうか?

考えて来ればいくらでも怪むべき疑念が湧いてくる。

怪奇な五十銭銀貨。単に妖怪無電の受話機としてでなく、そこに五十銭銀貨が独自の秘密を持っているべきはずではなかろうか？

　銀貨の中にひそめられた秘密は、他のこれに聯関せる特殊な方法と手段とで開かるべきものではなかろうか？

　龍伯はこうした疑念から、その秘密の真相を摑もうとあせった。鍵だけは聞いた。受話機、K・D・B、妖怪無電……この公式から彼は五十銭銀貨が持たなければならぬ単独の、独自の秘密を摑み出し得なければならないはずだと考えた。

　ベッドの上で考えた。実験をする前に彼は得心の行くまで考えた。夜は更けて行く……

◇灰の中◇

　警視庁は怪邸の爆破に際して刑事連の活動の邪魔をした連中を片はしから検束捕縛して来たので、それ等の取調べに夜を徹してしまった。

　その工夫や人足の多くは大阪方面から駆り集められて来た連中で何等の要領も得られない。工事請負人は山一組というので、大阪中の島に事務所があるという。

「土木請負人山一組を取調べられたし」という電報が大阪へ飛ぶ。

「山一組なるものの所在なく、似寄りの名称もなし」

という返電だ。

　ハゲ鷹岡島刑事は、

「駄目だ。こんな奴等をいくらしばき上げた処で何も摑めるものじゃあない」

といってこの方の取調べを一渡り済ますとそのまま警視庁を飛び出して行ってしまった。

　警視庁を出たハゲ鷹名探偵の姿は怪邸の焼跡に現れた。彼は一晩中焼跡の中をうろつきながら張込をしていた。

　翌朝になると彼は早速警視庁へ電話をかけた。

「僕は岡島だが、山田警部はいるか？　あ、山田君か。至急五六人寄越してくれ。君？　柿崎の焼跡の捜査をやるんだ。昨夜《ゆうべ》誰れか来やしまいかと張り込んでみたが、さすがは市山だけに中々尻尾を出さないよ。え？　私服？　無論だ。人夫になって来てくれ。それから僕の人夫服も一着持たして寄越してくれ……何？　昨夜挙げた連中は一切泥を吐かないって？　そうだろう。あんな奴等をいくらしばき上げたって物にはならない。ほんのエクストラだからね。主役は今頃絹布団で寝ていやあがるだろうさ。じゃあ早速頼むぜ」

　間もなく一同が集って来た。

「この邸の柿崎正隆というのは例の市山清久という怪

犯人だ。で捜査の目的は市山というのも恐らく偽名に相違ないから、市山が他の偽名は何といっていたか。また市山との交際、または市山との連絡関係を摑むに足る証跡を捜し出すのだ。だから名刺とか書類とか書簡類とかいったもの。あるいはまた金庫……は見当らないようだが、手提金庫とか靴類、そんなものの中はたとえ焼けていても、灰になっていても原形さえ保っているものだったら材料になる。そうした次の取扱は十分気をつけてやってもらいたい。焼けて文字は読めなくても、読み得る方法はあるんだから……」

　ハゲ鷹は刑事達を集めて細かしい注意を与えた。

　彼等は真黒になって活動を開始した。……

「よく焼いちまやあがったなあ！」

　一時間余りの熱心な捜査にやや飽きの来たらしい刑事の一人がつぶやいた。到る処鼻を刺すような硝薬の臭いがしていた。

「焼けていない処には紙一枚ありゃあしねえし、焼けている処には金具一つ残っていやあがらねえ」

「重要書類には皆火薬を仕かけて置きゃあがったんだね」

「そうらしい。それにしてもこの火の中をどこから逃《ず》らかったんだろう？」

「無論、地下室の抜け穴があるには相違ないんだろうが、まだ地下室には火気が籠ってるから踏み込めないぜ」

「いや、火気のねえ抜け穴があると思うね」

「岡島さんの出た窓ってのから地下へは這入れねえか？」

「俺もそう思って覗いては見たがね、何しろ烟が一杯だし、熱くてとても駄目だ」

「フーム。じゃあ俺は書類なぞより、奴等が抜け出した穴を捜してみる。その方が面白そうだ」

「面白いって奴があるか」

「じゃあ趣味がある」

「馬鹿、何が趣味だい……ハッハハハ」

「ハッハハハ」

　そろそろ飽きがきた連中はこんな話をしながら、それでも熱心に捜し廻った。

　二時間、二時間半、少しもむくいられない努力をつづけている内に、

「ヤッ、名刺入があったぞ！」

と一人の刑事が印度《インド》人のような顔を挙げて叫んだ。

「名刺入れ？」

　飽き飽きしている連中はホッとした気持になって一斉

に顔を上げた。

「だが、岡島さん。ボロボロに焼けているんで……」

差し上げた名刺入れなるものは拇指大《おやゆび》の大さに僅かに真中頃が皮と一所に残っているにすぎない位の代物だ。

「ウワッ！ 焼けてる処か、焼けすぎてやあがる」と仲間の一人が叫んだ。

「どれどれ」とハゲ鷹刑事が近づいて大切そうにボロボロの名刺入れを受取った。

小さい名刺入れに名刺が二十枚位も入っているらしいが、それも四方がすっかり焼けて満足なのはその真中頃だけだ。

彼は丁寧に注意しながら掌の上にのせた名刺入れの皮をはいでみた。

残っている部分も殆んど黒こげになっている。がそれでもどうやら一字や二字は読めそうだ。

三四枚名刺をはぐって見ると、結局沢木……か沢森らしく読めた。

「フーム」と名探偵は考えた。「何んとか材料になるだろう」

彼は丁寧にそれを木の小枝に挟んで動かぬように圧付《おしつ》けてポケットへ入れた。

とまた向うの方にいた刑事が、

「おい、素晴らしいものがあったぞ。手提金庫だ。秘密の鍵だ！」と大仰《おおぎょう》に怒鳴った。「まだ熱があるらしく、少しあついぞ。焼き立ての金庫だ！」

手提金庫と聞いてハゲ鷹刑事は大喜びで飛んで行った。

「や、いけない。中まで火が通っている。駄目らしいな」

と手提を取り上げて触ってみた彼は失望らしく呟いた。

「蓋は開きませんか」と拾い上げた刑事が残念そうにいった。

「鍵がおりているらしい……」と岡島が蓋を引っぱりながらいった。「それにエナメルがとけて密着してしまっているからちょっとでは開かないな。……しかし中味は焼けてはいるが黒こげになっているだろう。原型だけは保存されているだろうから、これは芝浦の高等工芸へ持ち込んで写真にとってもらえば、文字が読めない事はあるまい」

「灰になった紙の文字が写真にとれますか？」

「ああ、大震災当時黒こげになった帳簿の写真を撮ったが、特殊な方法で紙は黒こげになってしまって書いた文字は見えなくても明瞭に写真に撮し出すことは出来るんだ。高等工芸の鎌田教授に頼んだら何とかなろう……」

「へエー。なるほどね」

これに気を得た刑事達は再びセッセと灰の中を掻き廻しつづけた。と三十分ばかりして、岡島刑事はふと異様の物音に聞き耳を立てた。

コツン！　コツン！　ガサガサ……

どこからともなく物を叩いたり、引っぱったりするらしい極く微かな物音！

「おい。皆《みんな》、ちょっとまってくれ。妙な音がするぞ。静かにしてみろ」

と彼は怒鳴った。

コツン！　コツン！　ザー……

殆んど聞きとれぬ位ではあるが確かに聞えてくる怪しい物音だ。しかもそれが彼のいる附近からだ。

「聞える！　どこからだ?」

「なるほど、聞えますね。どうも地下らしいぜ」

「確かに地下だ」

それッ！　とばかり異常の緊張を見せた刑事一同は微かな地下の怪音をたよりに、焼跡へ耳をすりつけて音の正体をさぐり始めた。

コツン！　……コツン！　……ザー！　……

◇明夜集合◇

さすがは名探偵ハゲ鷹。早くも怪しい物音に気づいて部下を集めると共に音の強弱を計って、怪音の聞える範囲に円陣を作らせた。そして音をたよりにその円陣を次第にちぢめて行った。

「ここらしいぞ」

場所は邸の北側の真中頃。コツン！　コツン！　という音がかなり明瞭になって来た。

「おい二人ばかり東側と西側の道路の方へ廻って張り込め！　よしッ！　地下の抜穴だ！　こっちから掘ってみろ」

命令一下。ハゲ鷹は真先になって焼け落ちた材木や壁を取片づけにかかった。

コツン！　ザー！　ザー！　……

相変らず無気味な怪音が続いている。

「誰れか中に人間がいるぞ！　気をつけてやれ」

賊か？　賊にしては大胆至極である。あるいはまた抜け穴から逃げおくれた奴が出口をふさがれた苦しまぎれに夜昼の区別がつかなくなって脱出を計っているのか？

それならば意外の捕物である。

いずれにしても只者ではない。焼跡の地下室に穴を掘る奴！

刑事達は一生懸命になって附近の取片付を初めた。

取片付を終ると鋪石が現れた。鋪石の真中に円い鉄扉《てっぴ》がある。

「それだ。地下室の入口だ。気をつけろ！」

が、ここまで来ても怪音は依然としてつづいている。

「怪しいぞ。地下は二重になっているんだ。構わず蓋をあけろ」

刑事連はそれでも油断なく身構えながら、二人がかりで漸く鉄扉を持ち上げた。

と、ムッとする硝煙が立ち上って、地下の穴は黒闇々《こくあんあん》。

僅かに五六段の階段が見える。

ハゲ鷹刑事は恐れ気もなく真先きにその穴へ飛び込んだ。

刑事連もつづいて入る。

階段を降り切ると土砂の壁にぶっつかった。故意に地下室を爆破して通路をふさいだと覚しく天井や四壁の土や石が穴をふさいでいる。

「掘れッ！」とハゲ鷹は命令した。

三人の刑事が鶴嘴《つるはし》を振って土砂をくずしにかかった。

二分……三分……割合に容易にくずれて行く。

発止《はっし》！　三本の鶴嘴が最後の当りを見せると共にザラザラと土がくずれてポカリと穴が開いた。

と見る眼前の闇の中に立つ黒い人影。

相手もきっと身構えたらしい。がその隙もなく気早な刑事の一人が土をとび越えて無言のまま闇の男に組みついた。

が、組みつくと同時に刑事の身体はサッと闇に泳いで穴の中へバッタリ倒れる。と第二の刑事が組みついた。が一人は再び見事に地上に叩き倒され、一人は利腕をとられて「ア痛ッ！」

「誰れだッ！　騒ぐなッ！」

意外！　底力のこもった声が初めて闇中の曲者の口からほとばしり出た。

「誰れかッ！　貴様は？　出て来い！」

とハゲ鷹がおうむ返しに叫んだ。

「やあ、岡島君か……俺だ！」

相手の曲者は土の穴からツカツカと出て来た。

「誰れかッ！」

とハゲ鷹が再びキッと身構えながら叫んだ。

「ワッハ……。俺だよ！　秋山だよ龍伯だよ！」

アッ！　意外！　怪地下室から単身現れてきた怪物は

黄龍伯の秋山達之輔！

「ヤッ！　秋山君か。どうも聞いたような声だと思った。どうしたんです。こんな穴から……」

「まあ、外へ出て話をしよう」

力こぶの入れ損、気合を抜かれた刑事連はがっかりして後について地下室から上って来た。

「いやどうも失敬した」と秋山は刑事達に挨拶をした。

「しかし、乱暴だよ。ああ不用意に飛びかかっては危険だぜ。闇中《まっくら》だ相手がどんな得物を持っているやら解らんからね。第一にヤッと気合なり、声なりかけておいて、相手がそれを受けるなり、どうなりしてから飛びかかるのが法だからなあ」

「いやどうも……」刑事は頭をかいた。

秋山の肉体はキチッとした洋服の上へ職工用のナッパ服を着ていた。手には衣服らしいものを一抱え抱えていたが。それを左手に持ちかえて、

「岡島君、昨日は失礼」

「いや、昨日は有難う。忙しいんで御礼にも出なかった」

「礼に来られてはちと困るがね。ハッハハハ」

「何んだい、その持っているのは？」とハゲ鷹は早速目をつけた。

「これかい？　穴の中で拾ったんだ。市山一味が逃げ出す時に着換えて棄てて行ったんだ。まあ君の方へ進呈しよう」

抱えていた着物を岡島刑事に渡した。彼はそれを受取ると、

「この着物をよく調べてみてくれ」

といって部下の刑事達に一つずつそれを分けて配った。

「で、君は、どうして地下の抜穴を知ったんだい？」

「地下の抜け穴？　いや、名探偵ハゲ鷹としてはいささか手ぬかりだね。隣の家を調べたかい？」

「調べた。それが？」

「隣の家の裏とこの邸の裏との間の塀がピッタリ合っていない所があるはずだ」

「ウム。三角洲のようになって下水流しになっている」

「その下水流しの溜《ため》の横に消火栓があるだろう」

「ある……それが？」

「それが抜け穴の出口だ！」

「アッ！」

「見給え。あの火事騒ぎに附近の消火栓は皆抜いたはずだ。いやかなり遠くの消火栓まで抜いて使用しているはずだ。ところがどうだ。発火現場に一番近い消火栓を抜かないはずがないじゃあないか。まさか消防が消火栓

の所在を知らない訳がない。ところが、あの消火栓には手がつけてないんだ」

「なるほど」

「手のつけてない消火栓、消防隊が知らない消火栓。……即ち消火栓でないもの、即ち消火栓らしく見せたものでなければならないだろう？」

「ウーム」

「だから怪しい消火栓だと気がついたんだ。開けて見ると消火栓どころか立派な抜け穴だ！　火事騒ぎの間に、彼奴《きゃつ》等はあの地下道から抜けて、降り口を爆破しておき、中で衣服《きもの》を着換えて変装なり、何なりして悠々逃げたんだね」

「ウーム。そいつあ大失敗だった」

とさすがのハゲ鷹も一代の失敗に唸り出した時、

「岡島さん。ポケットの中にこんなものがありましたよ」

と着物調べをやっていた刑事の一人が一枚の紙片《かみきれ》を差し出した。

「(13)明夜集合」

と手帳を裂いての走り書き。

「(13)明夜集合……何だろう……」とハゲ鷹は首をかしげた。

「あッ！　これは市山の筆蹟だ」と龍伯の秋山が紙片を見て叫んだ。「恐らく、脱出の途中穴の中の打合せを書いて渡したのだろう」

「でもあの騒ぎでは口でいっても解りそうなものじゃあないか」

「いや、上の騒ぎが大きいので、小声では話が聞えない。といって大声を出せば穴の中だから消火栓から外へもれる恐れがある……とも考えられない。まあ外へ出て部下のものにでも渡す気であったかも知れない……」

「しかし逃出《にげだし》当時に書いたとは？」

「普通の場合手帳など裂いては書かないね」

「しかし(13)は？」

「フム」と龍伯も考える。

「解った！」とハゲ鷹が叫んだ。「(13)は丸ノ内十三号館だ……横川吾一殺しのあった場所……」

「なるほど」と秋山は感心したらしくいったが、まさか(13)の見当がつかぬ程でもないが、丸ノ内十三号館は彼にとってはいささか鬼門だった。

「丸ノ内十三号館。どうも俺はあそこがくさいと思っていた。明夜というから、今夜だ。よしっ！　今夜網を張ってやる！」

と彼は得意になって叫んだ。

時、丁度通りがかりの屑屋が物珍らしげに焼け跡や刑事達の様子を見ていたが、この声を聞くと等しくギロリと眼を光らしたのには刑事達誰れ一人気がつかなかった。

「屑うい！　屑やおはら――い！」

怪しげな呼声をしてかの屑屋はあるき出した。

ハゲ鷹のいう丸ノ内十三号館の夜襲。果してうまく行くかどうか。龍伯秋山達之輔は心持ち微笑を浮べてあらぬ方を見ていた。

屑屋の姿は町の角をまがって行く。そしてその刹那ジロリと再びこっちをふりかえった。

時、何の心もなく四辺《あたり》を見ていた龍伯はふと屑屋の一瞥を見た。そしてキラリッとその眼が光った。

「岡島君。僕《ぼか》ァこれで失礼する……」

卒然として彼はいった。

夜魔跳梁

◇策対策◇

「屑うい……屑うーい……屑はいらねえ……か……」

曲り角で低く捨言葉《すてぜりふ》を残して怪しの屑屋は呼声も立てずにそのますたすたと足をはやめた。

とその背後《うしろ》からは、さりげない態で焼跡を飛び出した黄龍伯が追いかける。

「野郎。市山の部下だな。焼跡の様子の張込みに来やあがったんだ。丸ノ内十三号館夜襲の一件を聞き込みやがったに相違ない。畜生！　貴様ずれにかぎ出されてドジを踏む龍伯と思うか、今に見ろ……」

彼は早くも屑屋を臭いと見ての尾行である。が尾行をしてどうする？　彼には未だ第二段に取るべき手段を考えていなかった。屑屋が果してどんな行動をとるか。第一それによって対策を立てなければならない。まさかに昼日中、屑屋を暴力で誘拐する訳にも行かず。さりとてこのまま敵の元へ帰せば一切がバレる怖れがある。のみならず、彼は十三号館の秘密を知らない。市山程の奴、ただ暗雲に現場へ飛び込んだら、どんな仕かけがしてあるかわからない。まるで丈三千の断崖である。一足あやまって落ち込んだら金輪奈落《こんりん》。その断崖の上に忽然と現われたのが一疋の蜘蛛、スルスルと糸を垂れて降りて行こうとする。占めた、その蜘蛛の糸を手繰ってやれ！……と咄嗟に思いついたのが黄龍伯。ジリジリと狙ったくもに近づいて、折さえあればムンズと摑んで離すまい覚悟。

と知るや知らずや平気で急ぐ屑屋。

「屑やさあん！」

一二町も行くと突然黄色い声が起った。

「へい」

屑屋は立ち止る。大きな邸から女中風の女が出てきた。

「あの屑をもって行って頂戴な」

「へい。……だが今日はちょっと用事が御座いまして、商売の方は……へへへ……明日御伺い致しまするで……」

「アラ……」と女中は四辺を見廻す。

遠くでチラとこの様子を見た龍伯が、ふとふり向いた女中の顔を見てアッと驚いた。

「狼お千代！……」

そのままスイと身をかわして傍《そば》にあった左手の露路へ曲って様子を伺う。

見すました女中は、

「旦那。龍伯が尾行《つけ》てますぜ」と囁く。

「もう尾行やあがったかい？」と屑屋がふり向いた。

「してお前は、どうしてこの邸の女中に？」

「女中じゃあないわよ。今朝やっと田舎から戻ったばかしよ。あんたの居所は解らないしさ。下手にうろうろすれば刑事《でか》の目が光るし、どうせ焼跡にいたら誰れか来るだろうと網を張ってたのよ。すると驚いたわ、おん大将わざわざの御出張だからさ……」

「長ばなしも出来ねえ。今夜丸ビルさ。手は入《へえ》るらしいが夕方から来てくれ。何大丈夫だ」

「そう。じゃあこの屑を持って行っておくれな」

目顔で知らせて持ち出した屑の籠。渡すと見せて丸めた紙玉。女の手から屑屋の手へ……

屑屋はそのままますたすたとあるいて行く。女は邸の中へ入ったが、暫くすると門を出て平気な顔をして屑屋とは反対の方向へあるき出した。そして龍伯が曲った露路を曲る。

「早いわねえ。もう姿を消しちまったよ」

と口の中でつぶやきながらお千代はなおも龍伯を捜してキョロキョロ四辺を見廻しながら細い露路を真直ぐに行く。お千代の姿が突きあたりを右に折れて暫くすると、露路から四軒目、空屋と見える家のくぐりを開けて大工らしい身仕度の四十男、汚い鳥打帽子を真深にかぶり、布呂敷包をぶらさげてヌッと出てきた。

「フン、骨を折らせやあがる」

忽ち変る龍伯の変装。お千代の去った方をふり返って、

「お千代の奴め、どこから来やあがったか。いやな女がまた現れやあがったが、しかし、龍伯、そんなに甘かあねえ。洋服を一皮むけば、れっきとしてお職人。……チェッ！　お千代さん。また会おうぜだ……」

彼はいそいで本通りへ出て、再び屑屋の後を尾行《つ》ける。

◇夜襲◇

夜の七時を過ぎると丸ノ内のビルディングの灯《あかり》も一つ消え二つ消えて、黒い魔のような建物の姿が夕暗に浮くようになる。濠端を走る電車の音、中通りを走る自動車の唸り。その外は建物と建物の間に、行人の影がまばらになって、たまに通る人の足音がコツリコツリと鋪石《しきいし》に響くばかし。東京駅や、日比谷のにぎやかさに比べてこれまた別天地のような静まり方をする。

八時が過ぎて九時。いよいよ行人が途だえ勝ちになり、三つ四つと点いていたビルディングの階上の燈火も殆ど消えてしまう頃。その暗《やみ》、この暗、物かげにかすかに動く人の気配。赤煉瓦建の丸ノ内十三号館を中心にとりまいて早くもハゲ鷹刑事の網の手が張り廻わされる。

ここは大震災にも焼け残った赤煉瓦建。名探偵ハゲ鷹の見事な手配に三重に張った非常線。第一線は十三号館を直接に取りまいて、三間おきに二人の刑事、指揮は岡島自身の采配。第二線は山田刑事が承って目的地から二丁離れた一帯を包み、第三線はいざという用意の一団、帝劇と中央郵便局と邦楽座と目的地を中心に三角形の陣を布いた。

ハゲ鷹が鷹の目を据えて宵からの監視にもかかわらず十三号館の燈《ひ》が消えて二時間、誰れ一人館内へ入るものがない。

「怪しいなあ。また奴等は土鼠《もぐらもち》のように地の底をくぐってあるいているのかしら……それとも感づいて会合を中止したかな？」

疑問は中野の怪邸の例にもある通り地下秘密の通路である。両隣りと裏の建物にも已に刑事を配置してその方

の出入も厳重に張り込んである。

「誰れも入らないか?」

「十四号館も十五号館も出入がありません。ひっそりしています」

伝令の刑事が報告に来る。時計は十時を指して来た。

「半になったら、有無にかかわらず踏み込んでみるとしよう」

彼は決心した。

丁度この頃、十三号館三階の物置の戸が音もなくスーッと開いて怪しげな男が現れた。四辺の様子に気をくばる。そしてそのまま廊下を音もなく歩き出し、部屋々々の扉口に耳を澄まして中の様子をさぐろうとする。三階を一廻りして二階へおりた。二階を一廻りして一階へ。一階の廊下でチラと外を見た。

「や、ハゲ鷹先生やりおるな、だがいつ頃ふみ込むか知れんが下手をするとドジをふむぞ。俺のように初手から建物の中に入っていて仕事をしないでは駄目の皮だ。また地下室からおさらばさらばをきめられるぞ」

独言《ひとりごと》をする怪人物。戸外のうす明りでその顔を見れば、例の龍伯秋山達之輔。

龍伯はこんな忍び込みには慣れ切っていた。一階を一亘りすますと、

「さあ地下室だ。例の鉄壁仕掛の室で密談をやりおるだろう。さすれば一かたまりに押えつけてやる」

彼は闇の中に立って怪鬼市山はじめ数人の荒くれを縛りあげ、思う存分皮肉をあびせてやる快感を想像してニヤリと微笑んだ。

龍伯はそのまま地下室に降りた。まず最初は秘書横川吾一の殺された問題の秘密室へ近よって、そっと中の様子を窺う。森閑として音もない。鍵穴から覗いて見た。中は闇で人の居る気配もない。

「おやッ。居ないぞ」

彼は大胆にその秘密室へ入って行った。そして暫くゴソゴソやっていたが「こうしておけばハゲさん驚くだろう……」と低く呟きながら出て来た。

彼は他にも秘密室がありはしないかと地下室をさがし廻った。どこの室も真闇《まっくら》で鼠一疋居そうにない。

「こりゃいけない。市山の奴、早くも知って風をくらったかな、否々《いやいや》、そんなはずがない」

彼は今日一日中屑屋の後を尾行廻《つけ》して最後に屑屋がこの十三号館の裏口から入った処まで突きとめておいたはずである。狼お千代の会合といい、何かしら今夜この建物の中であるべきは多年の経験から来る彼の第六感が暗示をしている。何かある。決《きっ》とある。彼はこう自信して

いた。

　龍伯は地下室から一階へ、一階から二階へ上った。二階に対して第二回目の捜査を開始した。彼は考えた。もし万一警官隊の手が入った時、逃げるに一番都合の悪いのは第一階である。そうしてまたもし秘密の通路がありとするならば地下室である。さもなければ秘密があり得ないと思われる二階もしくは三階に何等かの退路があるのが当然。とすれば敵は地下室に居なければ二階乃至三階にいる。が三階では少し地上から距離がありすぎる。だから要は地下室と二階にある。そこで彼は二階に主力をそそいでみた。

　二人でも三人でも四人でも、人が集って居ればそこに何等かの動きがなければならぬ。人の気配、暗中にあって頭上三寸に咄嗟に閃く剣気と同じである。苟《いやしく》も心身を滅却して無念無相の境地にあれば必ず心から心へ感応するはず。彼は剣を無念流に学んで自ら剣客を以て任じているし、禅は故宗演老師に参じて印可を受けている。闇中浮動する人間不穏の気が知れぬはずがない。と彼はこう考えた。

　が龍伯、自慢自負は暫くおいて、二階の闇中、廊下を辷るように過ぎても何等彼の心境に反応するものがない。剣も禅も、頗る怪しげな心境である。

　こうなると迷う。悟も人の頭もあったものでない。彼は廊下の真中に立ってじっと沈思した。一分、二分……森閑とした一瞬時が過ぎる。彼の心は正に水の如く澄んでいた。

　とこの時、一二間先きの室の扉《と》が音もなく開いた。ハッと思と龍伯は反射的に身を沈めた。開いた扉《とびら》の中から黒い人影がスーッと出て来る。

「ヤッ！　居たな野郎！……しかしこの闇《くら》い室の中で何をしていやあがったんだろう？」

　彼は考えると等しくスルスルと壁づたいに開かれた扉《と》の方へ進んで行く。闇の男は無関心に便所へ入って行った。龍伯は扉口から室内をのぞいて見たが、中には人気がない。こうなったら大切な手づるだ。彼は何等の躊躇なく室内へ忍び込んだ。待つ間もなく男は帰って来た。そして扉《とびら》に錠を下しながら、

「ハゲ鷹の奴、すっかり手配しやあがった。もうそろそろ殴り込みをかけるだろうが、全体親分はどうする気なんだろう？」

　男は立ったまま低くつぶやいた。龍伯はじっと眼を光らせて耳をすます。

　暫く沈黙がつづく。とヂヂヂ……卓上の電話のベルが鳴り出した。

「や。いよいよ親方から退去命令だな。どうも無気味な闇の中にじっとしているなあ、余りいい気がしねえ」

男は手さぐりで電話に近づいた。

「ウームッ！」

突如男は唸った。忽然と身を起した龍伯が男に飛びつくや否や得意の当身。バッタリ倒れて来るのを左手でささえてそのままそっと床の上へ寝かすと急いで電話の受話機を取り上げた。

「もしもし……」

太い底力のある声が耳へ流れて来た。市山の声だ！

「もしもし。皆な聞いてるな！……」

暫く沈黙。

「……今暫くすればハゲ鷹がここへ飛び込んで来る。入口をこわして入って来るを合図に、皆は室から室へ渡って例の第一号室のストーヴから戸外へ出ろ。但し気をつけないと張り込みがあるぞ。第二号室の勘助は第一に様子を見ろ。万一の場合は勘助と陽太郎と太一とが犠牲になるんだ。外の連中は戸外へ出たら各々《めいめい》タクシーに乗って例の家へ集れ。最後に出る合図を待って俺は二十号館の前に呼んであるタクシーに乗って新宿へ行く。それから帰るから、委細は帰ってから話をする……それから龍伯が今日から俺を尾行ていやあがったから今夜あたり決と来るから、気をつけろよ。ハゲ鷹は問題じゃあないが、龍伯だけには気をつけろよ。間誤々々《まごまご》すると危いぞ。よいか解ったか？　じゃあ、俺もそろそろ仕度をする……お前達も仕度をしろ。音を立てたら駄目だぞ。じゃあ出かけろ……それから最前話した通りの方法で今夜から明日へかけて最後の一撃だ。皆しっかりやってくれ！……じゃあ、さようなら、気をつけて行けッ！」

電話が切れた。驚いたのは龍伯だ。

「畜生ッ！　考えやあがった。電話で会合をしていやあがる。こいつあ新式だ。してみると市山の奴は電話室にいやあがるんだ。部下の奴等は、この各室に一人ずついやあがってそれで用事をたしているんだ。畜生、考えやあがった。名案だ！」

と龍伯は心から何とはなしに可笑《おか》しくなった。

とその時奥の左手の扉が音もなく開いた気配。彼ははっとして卓子の蔭に身をかくす。一味の奴らしいスルスルと、室内へ入ってきて通り抜けようとする。

咄嗟。龍伯は横合からグワンと得意の当身。

「ウーン」とのけぞる。

抱き止めて床へ倒す。とそのまま辷るように隣室へ飛び込んで、次に来る奴もまた一当て。もろくも倒れる。また隣室へ行って来る奴を一当て……また次の室……彼は四人を倒した。

そして最後とおぼしい奴の後から音もなく尾行した。男は悠々六つの室を通り越して突き当りの部屋のストーヴの傍へ行った。鏡板についた呼鈴を押すと不思議、ストーヴの底が自然に動いて穴があく。彼は、無雑作にその中へ入って行った。

床の上に腹這いになってこの有様を見ていた龍伯。

「なるほど。ストーヴが階段になっているなざあ考えたものさ。この調子だと三階へも地下室へも通じているんだな。占め占め俺も一つ仲間入をして、お相伴《しょうばん》にあずかろう……

がしかし、……それにしてもこの穴ばかりはハゲ鷹先生に知らしておきたいな……」

彼は闇中に立って暫く考えていた。瞬間、ハッとして彼は眼がグラグラと廻ったように思った。無意識にピタリ壁際に飛びのくと、

「ウフフ……」

さすがの龍伯も思わず微笑した。驚いたのも道理、今まで真の闇であった室々へパッと電燈が点いたのだ。

「やッ。ハゲ鷹が殴り込んだかな?」

と考える。「否《いや》。そうじゃあない。市山の奴が退却まぎわにハゲ鷹に対する挑戦のスウィッチを入れたんだ。面白い。戦え！　戦え！　双方負けるな。しっかりやれ。だが市山。ハゲ鷹には俺がついてるぞ。生意気な真似をしやあがりゃあ、この龍鬼が承知しねえ」

彼は暫く考えていたが、ツカツカと廊下の扉口へ行ってその扉《とびら》へ鍵をかけ、また引き返して隣室への通路の扉へも鍵をおろし、机の上でサラサラと手帳へ何か認めるとピッと引裂いてそこに残し、椅子を摑むと、いきなり電燈を叩きこわしてしまった。……

電燈が点くや否や外では人の乱れた足音が聞え初めた。バタバタと扉《と》の開く音。ワッという人の声々。

ハゲ鷹、岡島探偵はいよいよ最後の乗り込みの手配《てくばり》をつけていざという時に十三号館の上下各室にパッと電燈がついたのを見て、ハッと驚くと同時に、寸刻を待たず入口の扉《とびら》へ飛びついた。

鍵のかかっている事なぞは彼の眼中にない。既に用意をしている合鍵で何の苦もなく扉《と》を開けてドッと十数人の刑事が飛び込む。岡島刑事は前の横川吾一殺害事件でこの建物の内部は知っている。怪しと見てとった地下の電燈室へ彼は一直線に走った。

彼が地下室の階段を駆けおりて、電燈配線室の方へ走り出した頃、不思議や再び全建物の電燈はパッと消えて真の闇になった。

不意を喰って刑事は周章てた。バタバタバタと廊下を飛び廻る。

「早く電燈を……電燈を……」

いうまでもなく岡島刑事は電気室へ馳け込んだがそこには人影がなかった。彼は懐中電燈を照らして見た。各室のスウィッチは皆入っているが、メーン・スウィッチのヒューズを切断してあった。彼は大急ぎでそこにあり合せた電線を拾ってヒューズ代りに入れた。再び電燈が点く。

彼は引き返して本能的に秘書殺しのあった室へ入った。

「アッ！」

と見る卓子の上には物凄い短刀が一枚の紙片の上に突きささっている。血潮に汚れた処が赤くさびて柄頭《つかがしら》にまざまざと残る兇手の指紋。

「岡島君。我輩は今この建物の中に忍び込んで市山を捜し廻っている、これは秘書横川吾一を殺害した血染の短刀で、偶然の機会から我輩が手に入れたものだ。市山に対する闘争上の必要から今日まで所持していたが、いよいよ我輩対市山最後の一大闘争に移る際、君に進呈する。この指紋を見れば市山の犯行素性はあるいは明瞭になるはずである」

紙片にはこう書いてあった。

ハゲ鷹は手紙と短刀とをジッと見くらべて立ちすくんだ。……

「部長さん。岡島さん！……」

かくて地下を捜査中のハゲ鷹の処へ部下の一人が馳けつけて来た。

「岡島さん。二階で死んでる奴がいます」

「何ッ！」愕然とした岡島はそのまま足を空に二階へ馳け出した。

二階には闇中龍伯のために当身を喰わされた奴等が一人、二人、三人、四人……

「活を入れろ！」

「水を持って来い」と大騒ぎ。

「部長さん、部長さん……」

第一号室からまたしてもただならぬ刑事の声。

ソレッ！と室へ入れば電燈がこわれて骨葉微塵《こっぱみじん》。卓上に同じく怪しの紙片。

「岡島君。漸く敵の所在をつき止めた。市山は電話室にあって、部下は二階。命令は室内電話で打合せていた。四人ばかり倒しておいたからそいつの口を割れば一切わかる。我輩はこの室のストーヴの秘密通路から敵の跡を追って新宿方面へ行く。ストーヴの上の呼鈴を押せ。

龍伯」

◇敵の本陣へ◇

十三号館のこうした騒ぎの最中を他所《よそ》に市山はどこをどう抜けてきたか二十五号の裏口から悠然姿を現した。

「おい大沢のタクシーか?」

「ハイ」と運転手が運転台でうつ向き勝に答えて、左の手を廻してドアを開ける。

爆音一声。ガソリンの煙を長く街上に引いて車は走り出す。

「新宿駅までやってくれ」

市山は平然として葉巻をくゆらせていた。

十二時近くの新宿駅はまだ往来《ゆきき》の人が絶えなかった。

終電を待つような風をしていた部下二人が自動車がとまって、市山が車から降りると集って来た。

「どうした?」

「皆、帰ったんだろう存じます……」

「あれは?」

「あそこにいます……」

部下の連中はそのまま離れて行く。

と入れちがいに狼お千代が近づいて来る。

運転手は自動車からおりて反対の側に立って何気なく煙草をふかしていたが、その眼が凄くジロリと光って男女《ふたり》の様子にそそがれる。その運転手、いつの間にどうすり変ったか黄龍伯。

あのハゲ鷹の重囲をまんまとすり抜けた市山清久も市山だけの怪手腕なら、ストーヴの抜け穴をすり抜けて、マンマと市山の雇ったタクシーの運転手に変《ば》けた秋山達之輔も満洲龍鬼の名に恥じぬ電光石火の早業である。ストーヴから龍鬼の早変りは異とするに足らない。ストーヴから地下を抜けて十九号館の裏手へ出た彼はそのままボンヤリ待っているタクシーの傍へ行き、岡島鷹太郎の刑事名刺を示し、百円の金をあずけて言葉巧みに自動車を徴発してしまっただけの事。奇策縦横の龍伯にとってはこんな事は朝飯前の仕事であった。

市山と狼お千代とは何かひそひそ話をしていたが、「ホホホホ」と彼女が高笑いをするのをきっかけに二人は戻って来て再び自動車に乗った。

「気の毒だが東中野までやってくれ」

「ハイ」

自動車は静かに走り出した。

「それで、あれは解ったのか?」と市山がお千代に話しかけた。

「龍鬼の部下のホラ、清って小僧ね。あれが先晩の事を口惜しがって火事騒ぎにつけ廻していたんですとさ」

「フーム」

「でね。例の無電ね。あの男が美津子を連れてさ、逃げ出すんでしょう。妾《わたし》ァ大急ぎで追っかけた自動車は清って奴が運転なのさ……それから所沢近くの森の中で狼は森の中に住むもんだなんて生《うぶ》な文句《せりふ》で捨てられちまったわよ」

「おやおや。だらしが無いね」

「全くさ。……それからなんだよ」

「フム」

「妾ァ大きな百姓家があったからね。そこへ行って自転車を借りたのさ」

「よく自転車なぞがあったねえ」

「あの辺は不便だろう。だから買物やなんかに百姓だって自転車を使わあね……え……勿論よ。それから……」

二人の話は途切れ途切れになってよく解らないが、言葉言葉を想像して龍伯は考えてみた。……

狼お千代は百姓家から自転車を盗み出すと自動車の後を追うて走り出した、しかし自転車と自動車では問題にならない。

さすがは女賊で鳴らしたお千代。まんざら東京附近の地図に暗くもない。彼女は道を切れて近道を取った。畑の中、田の小道。自転車ならば却って都合がよい。怪自動車の行手に先き廻りしようという魂胆。計画は見事に当って、二十分ばかりすると完全に先手になった。

彼女は県道の道路工事中なのを幸い、四辺にあった木材を道に引張り出して河合清の自動車の道をふさいだ。

「ヤッ！　畜生ッ！　尾行を知って飛んでもない事をしやあがる」

神ならぬ身の知る由もなく、狼お千代にまんまと復讐した喜びと、美津子を連れて行く怪しの自動車を捕《と》え得た喜びに、前途の獲物のみに気を取られた河合は自動車を止めてヒラリと飛びおり、路上の木材を持ち上げてズルズルと土手の方へ引張って来た。

「アッ！」

と清の口をついて出た悲鳴！

木材と共にバッタリ倒れた。とまたその頭上に発止、丸太が飛ぶ。

「ウーン」

彼はそのまま気絶した。

「もろいわねえ」

土手の蔭にかくれていた狼お千代。その名にそむかぬ猛烈な荒療治。

復讐の復讐を見事になしとげて、月下にすごくセセラ笑った。

「ホホホ……これでやっと溜飲がさがったわよ」

「それからどうした？」と市山。

背後の話に気をとられた龍伯、悪路に車輪を引っかけてガタンと車が一揺れ。

「アッ」

とお千代は市山にすがりついた。その女の身体を市山はグッと抱きしめて二人の頬と頬……

「それから清を縛り上げてさ、……」

と暫くしてから彼女がいった。

「自動車に乗っけて、先の車を追っかけたのよ。先方だってウスウス感づいたらしいわ。猛烈な追かけよ。ホホホホ」

「逃がしたか？」

「逃がす処かね、このお千代ちゃんが見込んだんだもの……ところが驚いたじゃあないの……その美津子を連れ出したのが一件ものよ……」

「うん。手紙にあったK・D・Bか」

「ええ……苦心して突きとめたから、そのまま引きかえして清って小僧は家の物置につないでおいたわ……でも小僧は途中で生気づいて、一切の様子を見ていたんだもの……逃せないわ……といって料理《りょう》ってしまう事も出来ないしね……」

「アッ！　運転手、その道を右へ廻るんだ……突き当ったら左へ……」

「ハイ」

龍伯は初めて行衛不明になった清の運命を知った。それよりも耳よりなは美津子とK・D・Bの所在が解った事だ。

「占めたッ！」

まるで一石三鳥を打ち落した今夜の首尾。彼は躍る胸を押えてブーブー！

「おいこの先で止めてくれ！」

暗い道で自動車を止めた市山と狼お千代は車から降りた。……

二人の姿が闇の中に消えて行く。車上からジッと目を光らせて黄龍伯。

「よしッ！　今夜は奴等の居所を襲って、清を助け出し、K・D・Bへ見参してやるんだ。今に見ろ、市山！　見ろ狼！　この龍鬼が今夜どんな離れ業の芸当をするか。……」彼はキッと睨み返した。

無電の怪

◇暗号電話◇

自動車を捨てた男女の影がもつれ合うようにして細い屋邸《やしき》町の小路《こみち》を歩いていくのが、黒い暗の中に影を浮かせている。運転手に変装した龍伯秋山達之輔はすぐにも二人の跡を尾行てその隠れ家を突きとめたかったが、

「待て。今ここで後を尾行たりなどしたら百日の説法屁一つだ。敏感な市山、針のように鋭いお千代に直ぐ悟られてしまう。こいつ困った。うっかり手が出せないが、さりとて見す見す……」

彼は暫く考えていたが、思案を定めたと見えて、故意に警笛を鳴らし、スパークの音を激しくして自動車の向きをかえ、そのままひた走りに引き返した。

東中野の駅前で車を停めて傍《かたわら》の自動電話へ飛び込んだ。

「四谷五八三六番……来島さんですか、先生をどうぞ……」

彼は新宿の来島病院長を呼び出した。

「来島君？ ……俺だ、秋山だ……例の一件でね東中野駅前にいる……ああそうだ。でね自動車を一台大至急廻してもらいたいんですがね……」

彼は直ぐ傍《そば》に交番があって巡査がいるため余り詳細を話す訳にはいかなかった。のみならず、電話の工合が悪くって大声を出さなければ先方へ聞えぬらしい。今夜市山の本拠を襲って部下を助け出し、妖怪無電の秘密を捜るんだなぞとはまさかに交番の前で怒鳴る訳には行かない。

彼は咄嗟に鉛筆を出して送話機の縁を叩いた。

コ、コ、コツ、コツ、コ、コ、コ……

誰れが見て、誰れが聞いてこれが秘密の暗号と思えよう。先方の話を聞きながらの悪戯に叩き廻しているとより見えない。

コツ、コツ、コツコツ、コココ……

……丸ノ内十三号館に手入があった。タクシー自動車の運転手の換玉になって市山とお千代の跡をつけた。奴等は今夜美津子をさらったK・D・Bの隠れ家を襲う。直ぐ快速力のルノオを廻してくれ。俺は市山の家へ乗り込んで清を救い出す。車は中野の第二ふみ切り

の先きの方へ置いて待っていてくれ。それから自転車を二台積んで来い。……借りた自動車はタクシーへ返せ。大至急手配してくれ。部下の連中は来なくていい。別に知らせる必要なし。……

コ、コ、コツコツ、コツコツ、コ、コ、コツ……

「ではね、そういうように願います。至急にどうぞ……さよなら」

彼は出鱈目の口実で、交番へ断りをいって自動車を一隅へ置きぱなしたまま、大急ぎで元と来た途へ引き返した。

彼は市山と狼お千代の通った細い小路へ入ったが、四辺は森閑として更けた夜のしじまの中に包まれているばかり、どれが敵の牙城か、隠れ家かさっぱり見当がつかなくなってしまった。一軒々々標札を見てあるいた処で、どうせ変名で住んでいる彼等の邸が解ろうはずがない。龍伯は静かに四辺を見廻して、とある大きな邸の小門の草叢の中へもぐり込んだ。

「こうしていれば姿を見られる心配がない。いずれ奴等は自動車で乗り出すに相違ない。目当は自動車の音を聞いてからの事にして、それまでは図上作戦でもやっておくとするか」

悠然と落ちつきはらっている。

彼は懐中から一束の図面を取り出した。それは龍鬼が一番最初に中野の怪行者邸へ美津子と一緒に乗り込み、狼お千代と顔を合わせた時、マンマと危地を脱したのみならず、行きがけの駄賃として盗み出した「邸内建築図数葉」であった。

邸内秘密地図、さすがの奸兇市山をして唸らしめた彼等が隠れ家の密図である。

「こいつは中野の行者の邸の図面だ……これは爆破させた柿崎正隆の邸と……それからこれが丸ノ内十五号館だな……するとこれが……そうだ、これが第四の隠れ家だ……ウーム」

龍伯は僅かに差し込む門燈の薄明りで第四の隠れ家の秘密図面を睨めていた。玄関……応接間……書斎、母屋……離屋《はなれ》……湯殿……物置……しかもその間に引かれた赤線や点線や……彼の目前には複雑を極めた怪邸の秘密通路や、秘密室が手に取るように浮んできた。

十分と経ち、二十分と過ぎた。森々として更けて行く夜空の郊外の邸町には、犬の遠吠すらも絶えて、時折新宿駅の汽笛が鋭く沈み切った夜気をふるわして聞えるばかり。

「まだかな?」

彼は図面から眼を上げて四辺を見廻した。

丁度この時、深沈たる夜気を破って底力の籠った自動車の爆音が鋭く彼の耳朶を打った。

「占めたッ！　いよいよお出でなすったなッ！」

龍伯の身体は電気に打たれたようにピリピリと引緊った。と同時に彼の身体は既に道路の中にころがり出ていた。そして地上に耳をつけて一秒二秒。立ち上るや否や中腰になったまま音のする方へ猫の如く足音も立てずに走り出した。十字路を左に折れると十四五間、三間巾位の道へ出る。とその右手の堂々たる大邸宅。伊太利《イタリー》製の自動車、極めて低いエンジンの唸りを立てている。

龍伯はそこから地上を這うようにして、開いた大門の片隅から邸内の植込へころころといもむしのように転がり込む。

「仕度はいいか？」と市山の声がした。内玄関から悠然とおり立った市山清久。目深にかぶった帽子の下から凄い目をぎろりと光らしながら靴のひもを結ぶ。

「いよいよ今夜は妖怪無電の秘密を摑めるのね」と狼お千代の声。「だが、美津子を連れ込んできて変な気を起すと承知しないよ」

「ハッハハハ。今から焼かれりゃあ世話はねえ」

「釘を差しておかねえと、人目も恥ずに大それた真似をするからね」

いいながら現われたお千代。これはしたり鳥打帽に、黒の背広、すっかり男装をしている。

「おい」と市山が後から来た数人の部下をふり向いていった。

「今夜は丸ノ内で四五人ハゲにやられているんだ。いいか、あんな猟犬みたいな奴だから遅かれ早かれ嗅ぎつけるに相違ない。だから今もいった通り、明朝《あす》早くここを引き払って浜へ引越すんだぞ。俺は昼頃までに神奈川の方を廻って行く。いいか。あとは最前きめた手筈通りにするんだ」

「清って野郎は例の通りにしますかい？」

「物置へほっておけ……いや、後がうるさいから……そうだ。やはり前の通り鶴見か川崎附近でほうり出してしまえ。じゃあ、行くぜ」

「御大切《だいじ》に……」

悠々葉巻をくわえて自動車に乗り込む。男装のお千代は運転手台に助手の体で乗り、恐ろしく屈強の部下が二人、市山の左右に腰をおろした。

ギアを引く、辷るように自動車は動き出した。門内に残るガソリンの白い烟……

部下の一人が出て来て門を閉めた。玄関の火が消える。暗になったら最後、一秒の猶予もならぬ。龍伯はソッと身を起すとそのまま地上を這って裏手へ廻り初めた。二階に火がついて、それも忽ち消え、四辺はまた夜の静寂にかえった。

彼は勝手元の近くを通る万一の危険を思って庭の方へ辷り込んだ。

数寄《すき》をこらした庭をつき抜けて裏の物置小屋へ行こうとする背後《うしろ》から、ウーッ！　という唸り声。ハッと思ってふり返る間もあらばこそ、猛然として襲いかかった黒怪魔！

◇猛犬襲来◇

ウーッ！

失敗《しま》った、猛犬だ！　と思う瞬間、彼はサッと横にころがって一間。間髪を入れぬ早業。片膝立てて、左の拳を前へ、右の拳を胸の辺りまで引いて得意の拳法、防ぎの構え！

ウーッ！

五尺もあろうかと思われる真黒の猛犬が、牙を剝き目をいからせつつ、前足でジリジリと砂をかきながら迫って来る。

吠えられては百年目。秒を争うこの瀬戸際に最も仕末の悪い猛犬の襲撃。人ならば水月《すいげつ》の当身の一手、何の雑作もないが、猛獣に等しい獰猛果敢の番犬の襲撃。ワンワンと吠えもせで唸りながらジリジリと来る奴。一つ間違えば命の瀬戸。喰いつかれたら金輪奈落、身の破滅である。

「畜生ッ！」

彼は片膝を浮かせて、防ぎの一手は忽ち変って、乱暴至極な攻撃の構え。

猛犬の爪は砂を嚙んでジリジリと退る。呼吸《いき》を塞《つ》めた龍伯は左の手をやや開いて、さあ来いとさそいの隙。見せれば、そこが畜生！　考えるもへちまもなく、「ウォーッ！」と一声。砂を蹴って矢の如く飛びかかる。パッと左の手を引くと等しく右の手が延びて、敵の喉を一撃。

ギャッ！

悲鳴をあげると共に地上にコロコロと転がったが、再びパッと身を起してウォーッ！　と再度の攻勢。瞬転を待たず無二無三に飛びつく。タッ！　……タッ！　……と龍伯の身体が球《まり》のように転じて二度三度。

「ウヌッ！」

と低く唸った龍伯は四度目に飛びつく猛犬の前の片足

摑むと見る間に右手で畜生の喉を摑んでゴロリと転がる。

猛犬と人の猛烈な無言の大格闘だ。命がけの血みどろの闘争だ……

「ウーフッ」太息《といき》をついて龍伯は漸くに起ち上った。足下には口をギリギリと縛られ、四足も一束に縛られた狂犬が横わっていた。ウー、ウー、ウー、……猛犬は低く悲鳴を挙げていた。

彼は五間ばかり離れた処に犬小屋を発見すると、いきなり縛り上げた犬を抱えて、その犬小屋の中へ押し込んだ。

「静かにしていろ。騒ぐと殺しちまうぞ」

犬小屋の直ぐ傍に物置小屋があった。果然《はたして》、猛犬は囚人の番にしてあったのだった。

物置小屋は厳重に鍵がかけてある。しかし満洲龍鬼に鍵なぞは問題ではなかった。三分ばかりして鍵がはずれる。彼は腰につけていた水筒の水を戸のみぞへそそいだ。スルスルと戸が開く。

龍伯は中へ入ると用心深く戸を閉めた。懐中電燈がサッと室内を照す。懐中から出した図面を案じて、

「ハハア、地下室が出来ているな」

何の苦もなく床の引き蓋を開けると例の通りの階段。降りきると案の定鉄格子の牢、懐中電燈の光に照して中を見ると、手と足を鉄のくさりで縛られた河合清。大胆不敵にもごろり横にころがったまま眠っている。

「小気味のいい奴だ」

内心に思いながら彼は牢格子の扉の錠をはずした。

「おい、清！」

揺られてパッと眼を開いた河合。傍に覗き込んでいる黄龍伯の顔を見て、パッとはね起きざま、

「あッ！　首領《せんせい》！」

感極まって茫然自失。

「確かりしろ。俺が来りゃあ大丈夫だ。待て待て」

「首領！　有りが……」

彼の眼からは大粒な涙がハラハラと落ちた。

無言のまま龍伯は清の手の鉄鎖をはずしにかかった。手が自由になる。足が自由になる。

「首領。有りがとう御座います」

彼は涙に濡れた手で龍伯の手を摑んだ。

「急ぐんだ。歩けるか?」

「大丈夫です。ピンピンしています」

「じゃあ早く逃げ出すんだ。今夜、直ぐこれからK・D・Bの家へ行くんだ。市山の野郎共が襲撃に出かけた。大急ぎだ」

彼は牢から飛び出した。つづいて清。

一刻も愚図々々してはいられない。二人は戸外《そと》へ出ると共に走り出した。

「清。K・D・Bの家を知ってるか?」

「知っています。狼の畜生に、まんまとしてやられたんです。口惜しくてしようが無いんです!」

走りながら彼は答えた。

「今夜はその復讐だぞ。最後の復讐だぞ。今夜、市山の奴を逃がしたら最早、こっちの負けだ。勝つか負けるか。一か八かだ。命がけの勝負だぞ」

彼等は来島に電話で打ち合せた通り第二踏切の方へ走った。

自動車は待っていた。

「首領《せんせい》!」

「アッ! 河合君!」

「おッ! 信か? 御苦労!」

「やあ!」

信と清は抱き合うばかりにして喜んだ。

「首領に助け出されたんだ」

いう内に龍伯は運転手台でハンドルを握っていた。

「早くしろ。信は中へ入れ。清は俺の傍《そば》へ来い。出るぞ」

話している隙もない。二人はそれぞれに飛び乗った。


ビューッ! ……

猛烈な速力で自動車は走り出した。

◇危機一髪◇

深夜の郊外の一路上、風を起し、砂塵を捲いて風の如くに、弾丸の如くに猛烈な勢を以て走る一台の自動車。怪俠黄龍伯が火のような意志を乗せ、猛烈な全速力を出して闇を劈《つんざい》て走る一台の自動車。田も畑も森も、人も瞬転裡《しゅんてんり》に後へ後へと風を切って走る。走る、走る。猛烈なスピード。エンジンの唸り、車輪の旋風……

高円寺も過ぎた。阿佐ケ谷も通った、荻窪から道を国道に取って、速力は一層の猛烈さを加える。荒れ狂う夜の魔、車軸に火を吹いて、物すさまじい爆音!

「ウワーッ! 首領! 命が危い!」

車内にいる信は凹凸《おうとつ》路の反動にまりのように叩き上げられながら、両手を箱の柱に突張って悲鳴を挙げた。

上井草も、上石神井も関も一瞬の裡。田無の町へ入る。

「左へ。小平村の方へ!」

「よしッ!」

「交番がありますよ」

「よしッ！」

不意の爆音にアッ！　と交番の巡査の驚く間もあらばこそ、闇を貫く黒怪魔は早や数町の先を闇から闇へ、赤いテール・ライトが流星の如くに消えて行く……

野中新田から小川新田を過ぎると、

「首領《せんせい》。速力をゆるめて、小さい道を右へ……」

「よしッ！　どこから入るんだ」

自動車はギ、ギ、ギと速力をゆるめた。

「さあ？　……」

と清は困ったらしく考え出した。

「待ってろ。俺が見る」

龍伯は自動車を停めると、ヒラリと車から飛び出した。

暫く地上を見ていたが、

「タイヤの跡が明瞭《はっき》りしている。市山の奴等なんだ」

彼はまた車上の人となって徐行を初めた。暫く進むと太い明瞭なタイヤの跡が消えて細い道を右へ折れている。

「占めた、この道だ。おい、清。これからどの位だ？」

「約一哩《マイル》ぐらい」

自動車は細い道を徐行はじめた。半哩ばかり進んでから彼は傍《かたわら》の原っぱの中へ自動車を引き込んだ。

「この辺から先へ行ったら、自動車の爆音で敵に気づかれる。さあ今度は自転車を使うんだ」

用意周到な彼は、お千代が、農家から自転車を盗み出した事からヒントを得、かつ田舎道では自動車の通らないのと、爆音を立てるため敵の間近まで近よれないのを見越して自転車を持って来させてあった。

「自転車は二台持って来たろうな」

「三台持って来ましたよ。私の分です」

「よかろう！」

三人は自動車をすてて自転車に乗った。無論、星あかりをすかして無燈のままペダルを踏む。龍伯が先頭で、次が清、次が信の順序。彼はやわらかい地上に深く喰い込んだタイヤの跡をたよりに進む。

「見ろ！　自動車があるぞ」

三人共自転車を降りた。

音を立てぬように要心しつつ、自転車を田の畔の叢の中に隠すと、龍伯は二人をその場に停めておいて、単身、自動車の傍《そば》へ忍び寄った。

運転手台には誰れもいない。中を覗くと運転手の奴めクッションの上へ横になって呑気そうに居眠りをしている。

龍伯はガサガサと傍の立木をゆすぶった。パッと目を醒ました運転手は怪しの物音に耳をすました。

ピシリと枝の折れる音。

運転手はツとドアを開けて車外に首を突き出した刹那。

「アッ！」

低い唸り声。無手《むず》とばかりにその喉を摑まれた。バタバタともがくのに引きずられて龍伯の身体が現れる。

「ムーッ」

柔道の手で絞め落されてグッタリとなった。用意の細引で手足を縛って猿轡、活を入れるとパッチリ目を開く。

「静かに居眠りをしていろ」

信と清に手伝わせて左右の窓へ縛りつけてしまった。

「K・D・Bの家はどこだ？」

「あそこの森の中です」

指《ゆび》さす彼方《かなた》にこんもりと繁った森。三人は森を目ざして進んだ。……

森の中にある別荘風の洋館。所謂安い文化村の建物だ。

「信と清は裏手へ廻れ。俺は正面から乗り込む。注意しろ。音を立てたら最後の助《すけ》だぞ」

龍伯は息を殺して妖怪無電の本拠へ近づいた。

中からゴソゴソといい争う声が洩れて来た。窓下に忍び寄った龍伯が、ソッとカーテンの隙間から中を覗いた。

そこはK・D・Bの書斎と覚しく十畳間位の広さ。

高手小手に縛られた美津子。卓子《テーブル》の上にうつ伏しに横《よこた》えられている男。……恐らくK・D・Bだろう。

美津子は恐怖に蒼白《まっさお》になり顔をそむけている。その縄尻を取っているのが狼お千代だ。

卓子に伏臥《うつぶせ》になった男の両側に立っている荒くれた部下。男の髪の毛をつかんで血相をかえた物凄い市山清久。

「やいッ。もうこうなりゃあ仕方がねえ。さあ、図面を出せ。図面はどこにあるんだ。云えッ！」

「ウーム」と男は苦しげに唸った。

「云わねえかッ！　云わなきゃあア、今一度痛い目に合わすぞッ！」

「ウーム」唸りながら男は首を振った。

「畜生ッ！　いわねえなッ。やいッ、今一つ絞めてやれ！」

声に応じて一人の部下が腕を縛ってある大縄の間に棍棒を差し込んだ。

「そろそろ絞るぞ！」

としゃがれた太い声でいった。

「云うなら今の内だッ！」

「……」

棍棒の両端は荒くれ男の太い腕に握られてグイッと引き廻わされた。太い縄が見る見る緊張して肉を締めつける。ギリギリッ！　物凄い音を立てて二の腕の肉に喰い入る。

「ウーム……」

血を吐くような苦しみの呻き声が洩れた。見ていたさすがの龍鬼も冷水を浴びたようにあまりの惨忍さにゾッと身慄いした。

とこの時「ウームッー」呻き声が他の一方に起ると共に美津子はバッタリ床の上に倒れた。

「アッ！　気絶したわ」と狼の声。

「何ッ！」と市山が頭を上げた。

「水よ……水を」

棍棒を握っていた一人の部下がツと室を出て行ったが直ぐコップに水を持ってきた。

「紋めるのを待て」と市山が命令した。

「美津子を殺しちまったんじゃあいけねえ。介抱してやれ！」

◇最後の勝負◇

水だ、薬だ……美津子は間もなく正気附いた、あまりの恐ろしさに顔を上げ得ず泣き伏した。

「ウ……ウ……ウ……」K・D・Bは苦しそうに唸った。

市山は汗を額ににじませ、真蒼《まっさお》な顔をし、凄い眼を据えてじっと腕組をして突立っていた。

「おいッ！」と彼はしゃがれた声で咆《ほえ》るようにいった。

「やい、三国ッ！　どうしても白状しねえな。しなきゃあ、しねえでいい。見てろ。野郎。貴様の眼の前で美津子を痛めてやる。それでもいわねえなら……見てろッ！……」

彼は吠えるようにいって、「おい、お千代ッ！」と命令した。

「美津子を痛めるんだ。構わねえ、帯をとっちまえ、裸にしちまえッ！」

それッというと二人の荒くれがお千代に手伝って、美津子の帯に手がかかる。

「アレーッ！」と裂帛の悲鳴。

「静かにしろッ！　アレーもカレーもあるけえ」

面白ずくでか、荒くれは情用捨なく帯をといてぐいと片肌をはぐ。美津子は女ながらも必死に争う。がしかし荒鷲につかまれた小雀の今は気も力も尽きはてた……

この瞬間、室内の電燈が一度にパッと消えた。

「わあッ！」

「どうしたッ！」と闇の声。

これも瞬時。再び電燈がパッと点く。

と同時に、

「ワッハハハ……」

爆発したような哄笑の声が入口に起った。驚いて振り向いた四人の口をついて、

「ヤッ! 龍鬼!」

スックと入口に突立った黄龍伯。

両手をポケットに突込み、一同をジロリと睨《ね》め廻して哄笑一番。実以て不敵な面構である。

「騒ぐな市山! 見苦しいぞ」

彼は一歩室内に歩を踏み入れた。

「ウームッ! 来やあがったなッ! 畜生ッ。満洲猿! それッ!」

と部下に眼くばせをして今将《まさ》に必死の突撃を敢てしようとした殺人鬼市山を押えるように……

「騒ぐな。背後《うしろ》を見ろ」

落ちつき払った龍伯の声に、四人が見ると、いつの間に隣室から辷り込んだか左右の窓際に物凄く身構えた龍鬼の部下、清に信。両手にピストルを握っていざといわば一撃の下に撃ち殺し兼ねまじい有様。

「……」

さすがの彼等は天から降ったか地から湧いたか、誰れ知るまいと思う今夜の奇襲を、どうして嗅ぎ出したか、忽然と魔のように現れて来た黄龍伯の姿を見て呆然としてしまった。

「静かにしろ市山。もう今度という今度は百年目だぞ、驚くな、お千代。満蒙義団長黄龍伯の腕に隙はないぞ。ハッハハハ」

哄笑の終るか終らない内に無言の市山の身体がサッと動いた一刹那。ドン! という爆音二ツ。

「ア痛《ち》ッ!」と市山はよろめきながら右手を押えた。

白烟二條ゆらゆらと室内に立ち登る、一つは床の上に落ちた大型のピストルから、また一つは微動だもせぬ龍伯の右ポケットから……

「見苦しいぞ市山。この期《ご》に及んで……」

果然、龍鬼のポケットに突込んだ手には同じくピストルが握られていたのだ。市山清久が身を捻《ひね》ってピストルを打とうとする瞬間、油断のない龍伯が隠したピストルをポケット越しに射った。

が龍伯の言葉が終らぬ内に信と清とが市山の部下の荒くれ二人に飛びかかって縛り上げようとしたが、さすがは兇賊の部下、意外にも最後の土壇場に至ってすら信や清が龍伯の言葉に気を引かれた隙を狙って猛烈に抵抗した。二人と二人の猛烈な肉弾戦、大格闘を龍伯はただニヤリと笑って眺めていた。そしてジッとお千代と市山の

態度に鋭い監視の眼《まなこ》を光らす。寸分の隙のない構え方。

「おいッ！　未練がましいッ！　およしよッ！　為公ッ！　由ッ！」

甲高い鋭い叫びが狼お千代の口を突いて出た。鶴の一声に気分をくじかれたか、荒くれ男二人は観念の眼を閉じた。信と清とは二人を縛り上げてしまった。

「偉いわねえ龍鬼。さすがよ。お千代も最早かぶとを脱ぐワ」と彼女は莫連《ばくれん》らしくあきらめがいい。それから市山の傍《そば》へ来て「ねえ、市山さん。駄目よ。仕方がないわ。すっかり負けだわ！」

「ウーム」市山は無念そうに唸った。

「さあ、龍伯さん。立派に負けてあげるわ」彼女は自分の持っていたピストルを卓上《テーブル》に置いた。そして市山のポケットからも他のピストルと短剣とを出して、これも卓子に置いた。「どうなと、勝手になさい。降参するわ」

「龍鬼。俺の負けだ」

市山は苦しそうに初めてホッと太息《といき》を洩した。

「なるほど。女賊白狼姫、狼お千代だけある。そう出られりゃあ、龍伯も男。無茶な真似はしねえ……じゃあ二人共そっちの壁際へよってもらおう」

市山とお千代は壁際の長椅子へドッカリと腰をおろした。市山はハンケチを出して射たれた傷口の出血を縛った。

「美津子さん。もう今度こそは安心です。おい清……」と部下を呼んだ。「三国さんの縄をといて上げろ。……それから……信、お前はここに腰をかけてろ……市山、お千代さん。用心だけは作法通りするからね……」

彼は信に命じて兇賊二人の監視をさせた。

清は三国氏の縛を解く。龍伯秋山達之輔は、倒れている美津子を抱き起した。美津子はいきなり龍伯の胸にすがって激しく泣きじゃくった……

◇秘密の鍵◇

美津子の介抱、三国氏の介抱……それをじっと眺めていたお千代は十分ばかり無言のままでいたが、美津子も落ちつき、三国氏もブランデーに元気づいた頃、

「ねえ、龍伯さん。よく妾達《わたし》の家がわかって、清を救い出したのねえ」と感心したようにいった。どこまでも図々しい女だ。

「ハッハハハ、不思議でも何んでもない」と龍伯が答えた。「俺は十三号館に忍び込んでいた。電話で秘密命令なざあ意外だったぜ」

「ウーム」と市山がキッとして顔を挙げた。

「最初に温田邸で盗み出した図面が役に立ったんだ。……部下の連中は四人ハゲ鷹に渡して来た。……それから……」

「それから?」

「俺はタクシー運転手を買収して新宿から中野まで御両人を送っただけさ」

「じゃあ、あの時のタクシーの運転手……ホホホ……」

お千代は声を上げて笑い出した。市山は無言のままジッと龍伯に目をつけていたが、

「五十銭銀貨の秘密が解ったか?」

と突然唸るようにいった。

「五十銭銀貨はここに持参している。秘密を解くのは俺の役じゃあない。三国光一郎氏が知ってるはずだ」

彼は首にかけて肌につけていたメタルを引き出して、その中から謎の五十銭銀貨を取り出して美津子に渡した。

「私……私……ちっとも解らないのです……」

美津子は目を伏せて悲しそうにいった。

「では三国さん。この秘密を解いて頂きましょう……」

三国氏は慄える手で五十銭銀貨を受けとってなつかし気に、じっとそれを眺めていた。無量の感慨に打たれてか、見る見る彼の眼《め》からは大粒な涙がハラハラと湧き流れた。

「こ、こ、これです……」彼は二分も三分も泣いていた。「山下君! 山下君! ……君は、君は……僕アどんなにか君からの便りを待っていた事だったろう……K・D・B……低波長発信は僕が作った……タービン連結は……それも出来た……その図面……お互が命を投げ出しての研究も……山下君、……君と二人であの大きなタービンを廻してみる事が出来なくなったんだ……山下君……俺は……」

彼は何事かわけの解らない事を泣き喋りながら、身をもだえてひた泣きに泣いた。

「秋山さん!」十数分泣いてから彼は顔を上げて叫んだ。

「秋山さん。この五十銭には世界の秘密が包まれています。美津子さん見て下さい。これが貴女のお父さんが異境の土となって命にかえて発見した無電界の一大発明の鍵です……そうです鍵です……文字通りの鍵です……山下君が発明の一大図面を入れた箱の鍵です、それは……ああ、細い針を下さい……針を……あの抽出にある……」

清が抽出しから細い縫針を持って来た。

三国氏はそれを取り上げて五十銭銀貨の表の一部へ突き差そうとした。

「駄目です……駄目です。手がふるえて……」

「では私が代ってやりましょう」と龍伯がいった。

彼は二本の針を受け取るといきなり銀貨の表をかえして、それを鳳凰の眼へ押し込んだ。そして左手で二本の針を押しながら、右手で菊花の御紋章を廻しはじめた。

「五……十……四……十……三……」

彼は数えながら御紋章を廻した。カチッという音がした。

彼は注意深く五十銭銀貨をつまんで、二本の針に力を入れて裏側を押し出すようにした。

カサッ、小さい音を立てて五十銭銀貨の裏側はその周囲の……線を境にして抜け落ちた。

「こ……これが鍵です」と三国氏が叫んだ。

見よ。二つにわれた薄い五十銭銀貨の表には菊花の御紋章は裏側へついたまま抜けて菊花形の丸い穴があいている。

「この表が鍵です」と龍伯がいった。そして落ちた裏側には竹紙《ちくし》のような紙が畳み込んであった。龍伯は針の先でその紙片を引き出しながら、

「美津子さんこれがこの鍵の秘密です」

「どうして、この秘密が御解りですか」と美津子が涙の目を喜びにかがやかしていった。

「いや、考えたのです。市山の処でラジオのレシーバーと聞いたが、そんな事はあまりに非合理です。何等かの方法で簡単に五十銭銀貨を開かなければならないと考えました。私は第一に菊花の御紋章を考えた。御紋章、それは丁度金庫の数字合せと同じです。もしそうだとしたら……その数字は……菊花の数十六以下のものでなければならない。私はふと銀貨面の数字を見たら五十銭、それから明治四十三年……五……十……四……十……三……これだなと感づきました。直覚です。他に理由はありません」と龍伯は事もなげにいった。「それよりもこの紙片を御覧下さい」

引き出した紙片には実に細密な設計図が描いてあった。そしてその一端に、

「表の鍵は三国光一郎氏へ送付した小箱の鍵であって、本図の半面を収めあり。山宗」

と印が押してあった。

「その小箱は私が確かに御預りしています」

三国光一郎氏は立ち上って隣室へ行ったが、やがて、ヂ、ヂ、ヂ……と異様な音が聞え出した。

ガソリンがスパークする音、電動機の廻る音、やがて

カタンという音、……金庫を開けるらしい音……

間もなく三国氏は小箱を抱えて室に戻って来た。

「これがそうです。この五十銭銀貨の表をここの鍵穴へ入れるのです……」

といった時、表の方がにわかに騒がしく人々の乱れた足音が聞えた。

「やッ！」と龍伯は両手にピストルを握った。清も信も身構える。

「いや」と三国氏は落ちついていった。

「多分警察の方でしょう。私はこの市山達が襲ってきた時、直ちにK・D・Bのラジオで急を報じて救いを求めておきましたから……」

いう内にドヤドヤと室へ飛び込んで来た警官の一隊。

「ヤッ！」

「アッ！　龍鬼！」

先頭に立って驚声を上げたのはハゲ鷹名探偵岡島鷹太郎！

「またしても秋山君に先手を打たれたな。そして兇賊は？」

龍伯は無言で片隅を眼で知らせた。

そこには市山清久が首をうな垂れて腰かけている。狼お千代が顔を覆って泣いている。

「やッ！　泣いてるなお千代！」

龍伯もハゲ鷹もサッと顔色を変えた。恐ろしい予感だ。

「おいッ！　市山ッ！　いやさ大沢森二！」

とハゲ鷹が大声で呼《よば》わった。

「ウーム……」

市山は唸った。

「大沢森二！」と龍伯が驚いて叫んだ。

刑事は市山の肩に手をかけたが、

「大変だッ！　毒を仰《あお》った！」

「エッ！」

「駄目だ……龍伯……市山は……大沢森二……は……もう最後だ……構わずに死なしてくれ……」

血を吐くように彼は叫んだ。

「大沢森二？」と龍伯は再び叫んだ。

「いかにも。大沢だ」とハゲ鷹が死に垂《なんな》とする兇賊の肩へ手をかけたままで答えた。

「今夜。それが解った。怪邸の焼跡で拾った名刺と金庫。そこから出た焼けた紙片を高等工芸の鎌田教授に写真に撮ってもらって大沢森二が市山清久の変名である事がわかったんだ……十三号館の殺人犯、新洋丸事務長殺しの犯人……それが市山清久だ。大沢森二だった……」

双橋無線はスチーム・タービンの連結発電機を用いた五百キロの一大無電局である。

米国は千キロの無電を以てして日本のものを妨害しようとしている。

山下、三国両氏が命がけの発明はやがてこれ等の問題を解決する鍵である。その鍵は……その鍵は……今後どこで、そしてまたどういう風に発展されるか……私は将来については何事も談る事は出来ない……

× × × ×

天下を震駭させた妖怪無電事件は大体これで終局を告げることになる。結末をくだくだしくつける事は読者にも迷惑であろうと思う。簡単に結果だけを報告しておこう。

市山清久は大沢森二の化身である事は既に解った。彼は山下宗太郎を使用している内にその秘密を嗅ぎ出した。そして親切に世話をしてやると見せかけて最後の遺書と五十銭銀貨を預った。がそれを美津子に渡すまいがために計画した船中の陰謀がはしなくも龍伯のために関係づけられる事になってしまった。彼は市山清久の変装で、現わには大沢商会主の仮面をかぶって暗中飛躍を試みたが、それも今は一切身の破滅になったのだ。そして最後に五十銭銀貨の秘密も読者は知ったであろう。しかし山下宗太郎と三国光一郎との作った発明というのは？ また大沢即ち兇賊市山清久が命がけで奪おうとした大秘密は？

その内容を多く談る事の出来ないのは甚だ作者も残念に思う。それは世界に一つしかない支那の双橋無線電信を考えてもらいたい。日支米間の大問題となっている支那の無電事件を考えてもらいたい。

紅《べに》手袋

流血夜鬼

◇瀕死の努力◇

「み、み、……水……み、ず……み……みずを……水を……」

聞きとれない程かすれた声を途切れ途切れに絞り出しながら、泥酔者《よいどれ》のようによろめきつつ怪しげな男が向ケ岡弥生町の交番の前へ倒れた。

年の瀬も近々に押し迫った師走も半ば、突き刺すような筑波颪《つくばおろし》が都大路を吹きまくり、陰惨に曇った空一面に死の闇を引くるんで、夜も一時を過ぎた頃。

帝大と高等学校の間を貫く道、それが二またになってかなりな坂を作る、この間にはさまれた向ケ岡弥生町。大邸宅や勤人の大きな家ばかりの町通りには、軒燈がおびえたように燦《きら》めいて、人通りも頓《とん》と絶え、ただ、時折りに上野方面からと本郷大通り方面からと怪物の炬眼《きょがん》のようなヘッドライトをかがやかした自動車が、無気味な爆音を立てて疾駆するのみである。

「み、……みず……ず……」

男は地上に倒れたまま片手で半身をささえて片手を宙に摑むように振っている。

「どうしたんだ。え、おい、君!」

冬の夜の闇の寒さと所在なさに、じっと交番の中で腕組みをしながら過ぎて行く自動車の数を算《かぞ》えていた巡査がはじかれたように飛んで出てきて男の肩を押えた。

「どうしたんだ。病気か? 何?」

「……」

男は凍てついた地上に両手をついて苦しげに喘ぎながら、両肩を激しく波打たせていた。

「おい、市川君!」

巡査は同僚を呼んだ。

交替休息をしていた市川巡査は同僚のただならぬ声に驚いて出て来た。

「どうした。大矢君」

「急病人らしい。ちょっと手を貸してくれ」

大矢巡査が倒れた男を背後から抱き上げようとすると、男は急にはねるように飛び上って、その手をふりほどき、恐ろしい眼をして睨みつけ、何かしら襲われた者が、必死の力をこめて防禦の身構え。苦しさと恐ろしさに顔をゆがめて睨《ね》め廻していたがそれも束の間。堪えられなくなってか、

「水を……」

と叫ぶと等しくよろよろと体がくずれる。倒れかかったのを交番から出て来た市川巡査が危く抱き止めた。

「酔ぱらいか？」

と大矢巡査が渋面を作りながらいった。市川巡査は男の顔をのぞき込むようにして、

「いや。酒臭くない。……病気らしいぞ……とにかく中へ入れよう」

グッタリとなった男を引きずるようにして交番の奥へ連れ込んだ。連れ込まれながらも男は二度ばかり抵抗する如く身をもがいた。苦しいからのみではないらしく抱いている巡査の手へ爪の立つ程に力をいれてふりほどこうとする。

「アッ！　冷たい手だ」


漸くに抱き入れて上り畳の上へ腰をかけさせた。明るい電燈に照らされた男は三十近い中肉のしっかりした青年で、二重廻しの下に縞の着物がはだけて、所々に泥がついている。帽子はどこへ飛ばしてしまったか、髪は丸角にかり上げていて、職人ともつかず、番頭ともつかず、判別し兼ねる風采。

「ウーン……み……ず……」

引釣《ひきつ》って廻らぬ舌を無理に動かしてうめいた。

「さ、水だ。確《しっ》かりし給え、おいッ！」

大矢巡査が茶碗にくんで出した水を、彼はふるえる左の手で受けようとするが慄えていて受け取れない。巡査が口の処へ押しつけてやると夢中でゴクゴクと呑んだ。

「ウーム……ウーム……」

グッタリした彼は苦し気に唸った。血の気の失せた蒼白《まっさお》な顔は引釣りゆがんで、身体全体に時々激しい痙攣を起す。

市川巡査が救急箱を引き出して、メントール・ブランを呑ませた。それから宝丹《ほうたん》を出して呑ませた。

「ウーム……」

彼が暫くして一声立て苦悶に唸ったかと思うと、両手を激しくふって、身を前かがみにしながらカッと嘔吐した。

「ヤッ！　血！」

驚く間もあらばこそ正面に立っていた市川巡査のズボンから、男の膝へかけて無惨な血が一面に飛び散った。

血だ。吐血だ！　喀血だ！

肺病？　……

彼は苦しそうに喉を押えて、断末魔の苦しみ。

「医者だ！　君」市川巡査が叫んだ。

二人の巡査は一とまず男を畳の上に引き上げて寝かそうとした。外套をまるめて枕代りにし、胸をはだけると、首にかけた細いひもが巡査の指にからんでずるずると引き出された。

と見る、その紐の先きに結びつけたセルロイドの袋。

「アッ！　大変だ。刑事だ！」

一目で知れる刑事証。それには警視庁刑事巡査元山庸《よう》一郎《いちろう》！

「おい、君！　元山刑事だ！　早く、本署へ急報しろ。医者だ！」大矢巡査は叫んだ。

元山刑事だ。敏腕を以て斯界《しかい》に鳴る元山刑事。それがこの始末。肺病じゃあない。血を吐いたんだ。毒？　毒殺だ！　毒を呑まされたんだ。事件だ。恐ろしい事件だ。

……二人の巡査の脳裡には直ちに恐ろしい事件の予感が閃めいた。


市川巡査はドアを蹴飛ばして、電話機を激しく廻した。

「元山君！　確かりしろ！　どうしたんだ。元山君！」

耳元に口を寄せて大矢巡査が大声で呼んだ。

夢中で唸っていた男は、名を呼ばれてキッとなった。

「ウーム……」と高く唸る。

「元山君確かりしろッ！　元山君！」

「モシモシッ！　おいッ！　本署か？　……モシモシッ！」電話口で市川巡査が怒鳴った。「……弥生町の交番だ。市川巡査だ。唯今警視庁の元山庸一郎刑事が交番前で倒れて、血を吐いた。危篤だ。毒をやられたらしいんだ。事件だから、直ぐ来てくれ。生命危篤だ。え？　ウン。元山刑事だ。医者もね。一刻を争う……」

「元山君、確かりしろ！」

「ウーム……く……くるしい……誰れだ？」

「弥生町交番だぞ。元山君、確かりし給え、どうしたんだ！」

「事《じ》……けん……殺《さつ》……殺……陰謀……ウーム……苦しい。……今夜……殺……」

元山刑事の舌はこわばっている。彼は満身の力をふりしぼって何事か云おうとするらしいが、言葉が出ないんだ。彼は確《かた》く握っていた右の手を突き出して振った。何か握っているらしいが、手を開く事が出来ぬようだ。迫り来る死との恐ろしい絶望的の闘争だ！

市川巡査がその右手を摑んで、指を開けた。と中から現われた紅色の手袋。

「ウーム……紅……手袋……殺人の……十字……ウーム……殺人団の……」

一気に最後の力をふり絞って彼はもつれる舌でこれだけいった。いって再びグッタリとなってしまった。

「おいッ！　元山刑事！　確かりしろ」大矢巡査が耳に口をつけて怒鳴った。

「ウーム……ウー……」

痛ましい努力。死に瀕して、まだかすかに残る生の力を絞り出そうとするのだ。ゆがめた口を引つりながら動かしてする。手は何事かを示そうとする。いわんとしていい得ず、示さんとして示し得ぬ、苦悶と絶望のドン底から無理にもにじみ出させている断末魔の努力！　額ににじむ冷たい脂汗。空《くう》を摑む指先のおののき。刻々と迫る死と生の無惨な酷烈な、惨虐な抗争だ！

上ずった両眼に血をにじませて、彼は今最後の苦痛の中から何事かを訴えんとしている。何の秘密か？　何の事件か？　見るさえ惨酷の限りを尽した人間断末の最大努力。痛ましい苦悶！　……

激しい爆音がピタリと交番前に止るとドヤドヤと人声がして真先きに飛び込んで来た署長と医者と、刑事と……五ツの顔が狭い入口からパッと現れた瞬間。

「アッ！」

人々は目を覆った。血にまみれた男が極度の苦痛に、のた打ちまわる霊と肉が最後の苦悶悲痛！

彼はもう死の一瞬に生を救《もと》めている。血の油汗をふりしぼって、彼は紅手袋を振った。口を幾度か動かした。ゼイ、……ゼイ……という喉の奥から洩れる血と息との混合音。彼は左の手を挙げて空に十字を描いた、一度、二度……三度。右の手を振った、血に染んだ、紅手袋がハタハタと微かに音を立てる。

余りの凄惨に言葉もなく立ちすくんだ、警官達。咄嗟の猶予もなく必死の力で動かす手を医者が握った時、彼はバッタリと倒れた……全身に起る死の痙攣に身をふるわせて……

◇妖魔の声◇

脳髄と神経と意志とが、その肉体と精神の麻痺昏睡に対する惨烈《さんれつ》な争闘、瀕死の生命が死に対する恐るべき争闘、これほど悲壮惨酷を極むるものはない。眼を覆うてもなお堪えられない凄絶な光景である。

死の瞬間に、何事をか云わんとした彼れ元山刑事、今死なしてはと医者が署長が、手段の限りを尽しても、残り一分《ぶ》の玉緒《たまのお》さえもつなぎ止める事は出来なかった。

「どうしても駄目です」

医者は注射器を投げ出して吐息を洩した。

「ウーム。駄目かなあ！」署長の眼には涙が光った。

人々は無言のままじっと刑事の姿を見詰めた。深い長い沈黙が続く、木枯しの音のみが物凄く、そしてまたさびしそうに飄々《ひょうひょう》と鳴っている。

と自動車の爆音がした。ハッと人々が我に帰った時、ドヤドヤと十数名の人々の足音が乱れた。急報によって警視庁から馳けつけて来たのだ。が時既に遅い……

刑事元山庸一郎の死は明らかに変死である。変死も変死、毒殺されたのだ。誰れに？　何故《なにゆえ》？　どこで？

この三ツの疑問を解決すべく警視庁は勿論所轄の本郷署は署長以下必死になった。しかも三ツの疑問の外《ほか》に元山刑事が死の直前に残した他《た》の大きな謎がある。

彼が断末魔の苦しみの中《うち》に僅に残る生の息吹をふり絞って、堅く握りしめていた奇怪な手袋、紅手袋！　そしてまた瀕死の中に洩した言葉の数々。そしてまた最後の瞬間に空に描いた縦横の十文字！

誰が家《や》の佳人に握られたか紅手袋。いかなる艶《なまめ》かしいロマンスを秘めるか紅手袋！　果たまた外面如菩薩《にょぼさつ》、内心如夜叉《にょやしゃ》、惨虐の限りを尽す恐ろしい妖魔が殺人流血の血潮にけがれた物凄い爪を隠したか紅手袋！

刑事元山が無惨の死の謎を堅く秘めたこの手袋は、同僚の仇讐《かたき》を打つべく必死に猛る人々が唯一の手懸りとなったのは勿論である。

いうまでもなく、年少気鋭の敏腕な青年ではあったが、刑事元山庸一郎の身辺に女人関係の絶無であった事は同僚が等しく確信していた。しかも彼が苦悶の中からかろうじて洩した言葉は明かにこの紅手袋が彼の死の直接原因である事も明らかに推定出来る。しからば彼が毒殺された奇怪な犯行はこの一個の手袋から一切を解決すべきである。

捜査方針は第一に当夜における元山刑事の行動を探求する事と、そして次にこの紅手袋の出所《でどころ》を明かにする事とが二大要素となった。

「元山君は今日は非番だった」と瀬川刑事部長がいった。「直ぐ宿の方へ行って出先きを調べてくれ」

警視庁と本郷署の刑事が旨を受けて直ぐ飛び出した。

「取り敢えず附近一帯に非常線を張ったがいい」と本郷署長が命令した。

応急の所置は例の通り直ちに刑事連の出動に依って取る事が出来た。しかし交番に長く遺骸を止めておく訳にも行かない。一時間後には適法の手続をすまして、一とまず本郷署へ捜査本部を置く事にした。

「元山君の下宿について取調べた所、本人は今夜七時頃ブラリと、何ともいわずに出かけたというより外に皆目見当がつきません。只今元山君が平素《ふだん》行き来した友人その他について調査中です」

これが下宿方面調査の第一報である。

「元山刑事が弥生町の交番へ来るにはどの道を通ったか？」

当然起るこの疑問に対しての解答はさほど困難でない。西片町、森川町方面からなれば、道はただ一つ、大学と一高の間より外にない。しかも一高前には交番もある。何を苦しんで弥生町の交番までたどりつくに及ぼう。

そうすると残る処は二股になった二つの道だけである。一つは一高裏に当る根津須賀町、清水町方面から通じるもの。また一つは池の端七軒町から通じるもの。これだけである。さもなければ弥生町内において突発したか？

「地理的捜査範囲は極めて狭少だ。もし須賀町清水町方面で起ったとすれば、もっと近い交番へ飛び込むはずだし、七軒町だとしても同様。当然の帰結として事件は弥生町、しかも三番地内で起ったものと思われる」

誰れしもがこう考えた。

「三番地内とすれば一軒一軒調べたって手間隙《てまひま》はいらない」

「いや。しかし元山君は阪上から来ました」と交番詰の大矢巡査がいった。「阪の上から来たとすると、どうしても一高と大学の間の一本道を通ったとしか考えられません。さもなければ……」

「さもなければ？……」

「向うの阪を上って通って来たのです」

「しかしだ」と本郷署長がいった。「あの辺の居住者の身元や性行は皆立派な紳士で、官吏もしくは教授、または大会社の重役級の連中ばかりだからなあ」

「とすれば、自動車で運んで来て、投げ出して行ったんですな」と市川巡査がいった。

「それから帽子をかぶっていなかったから、帽子の行衛を突き止める必要が御座います」

こうした協議の内に暁方近くになって来た。

刑事部長、捜査課長、強力犯《ごうりきはん》係長、本郷署長、その他関係者が奇怪の事件に悩まされて協議の真中、卓子《テーブル》の上にはただ一つ残された謎の紅手袋がなまめかしく置かれてあった。

婦人持《ふじんもち》、淡紅《たんこう》色の細長い右手の手袋、白粉《おしろい》と香水の香《にお》いがかすかに残って、余り使い古したものとも覚えぬ。黙思と沈黙に落ちた人々の輝く瞳は期せずしてこの紅色の手袋にそそがれている。

この時この沈黙を破るように署長室の扉《ドア》を叩《ノック》して入って来た男がある。

「や。どうも遅くなって相すみません」彼は入口に立って軍隊式に直立しながら頭を下げた。

「やあ。宿島君。えらい事件《こと》が起ったね……」

「只今承りました。元山君が飛んだ事になったので……」

彼の眼は涙にうるんでいた。三十年輩ではあるがキリッとした美青年で、警視庁切っての名探偵といわれている警部宿島佐六である。

彼は殺された元山刑事とは親しい友人で、同じく非番であったのを急報に接して馳けつけて来た。親友の死にからまる秘密、彼は宿を出る時已《すで》に自分の手でこの難事件を解決すべく内心、異常な決意と亡き友に対する誓を立てて来た。大学を出てから内務省に奉職していたが、自己の探偵趣味に生きるべく、地方理事官になる栄達の途を棄てて、一刑事として警視庁へ飛び込んだ変り種。秀才として最高学府を出た智識と、学生時代に運動選手として、殊には柔剣術の名手として鳴らした頑健な体軀、それ等が自己の探偵的天才を助けて年余ならぬ内、警視庁屈指の名探偵の声誉を獲《え》さした。

「ハア。この手袋なんですね」と彼は一通りの話を署長から聞いてから卓上の紅手袋をつまみ上げた。「この女は中指に二つ、薬指に一つ、かなり大型の指輪をつけていましたね。二本の指の所にたるみが出来ていますから……」

「香水はなんだろう?」と瀬川部長。

宿島警部は暫くの間手袋を鼻の先で嗅いでいたが、

「特種の香りですなあ。多分自分で香水を調合している奴ですね……しかし……」

彼は鼻をクンクンいわせながら考えていた。

「可怪《おか》しいですよ。どうもクローホルムらしい香りがあります。ね浜田さん」

彼は傍にいた警察医に向っていった。警察医は手袋を受取って嗅いでいたが、

「確かに、どこかで香います。……そうです。元山さんの身体にふれた時、何かしらそんな香りがしたので、不思議に思っていましたが……一度魔酔されたものではなかったかとも考えられます」

「毒薬は?」と警部。

「今の処明確に申上げられません。明日大学で調べてもらう積りです……」

浜田警察医の言葉の終るか終らぬ内に、卓上の電話がけたたましく鳴った。

「あ、モシモシ」本郷署長が受話機を取り上げた。「え……本郷署です。……署長です。何ッ？　……」

署長の顔色はさっと変った。変ったも道理、電話は妖魔の声をのせて署長の耳を打った。

「刑事さんはほんとうに御気の毒でしたわね」電話の声は年若い女の嬌音《きょうおん》を伝える。

「刑事さん？」と署長がいった。

「ええ、殺された刑事さんよ」

「殺された？」

「あら？　御存じない？　嘘よ。今捜査会議をしていらっしゃるでしょう？　弥生町の交番でよ……」

「何ッ！　あなたは誰れです？」

「妾《あたし》？　妾は紅手袋の主なんですの」

「エッ！　紅手袋の？　……」

この署長の言葉を聞いた時、宿島警部ははじかれたように飛び上った。そして脱兎のように隣室へ突進した。

「今署長へかかってきた電話は何番です？」と彼は怒鳴るように電話係の巡査に訊ねた。

「ええ……小石川の十七番です」

「ちょっと電話を貸して下さい」彼は他の電話機へしがみついた。

「モシモシ。こちらは本郷警察署です。急用があるから、今小石川の十七番と話し中だが、それへかけている相手の電話番号を大至急調べて下さい。話が切れない内に早くッ！」

この間にも紅手袋の嬌音はやや蒼白になった署長の耳へ伝っていた。

「実はね、妾達のある重大な事が今夜ふとした事から刑事さんの耳に入ってしまったのです。ですから御気の毒でしたが犠牲になって頂いたのですの。済みませんわね。でも仕方がないわ。妾達はいま……えい、それは申しますまい。追々《おいおい》解る事なんだから……でね、罪のない……いえ、罪のない訳でもないわ、犠牲になってもいい理由があって第一の血祭にしたんだけれども……御気の毒だからせめての罪ほろぼしに香奠《こうでん》を贈ってよ……今ね、刑事さんを弔っているわ……ね。……」

歯を喰いしばった署長の耳へはかすかにオルガンの音《ね》が洩れていた。間のある旋律……讃美歌だ……

「でね。刑事さんの帽子はね、高等学校の裏においてあるわ……では、ごめんなさいね……お断りしておくけれども、妾達の目的を達するまでは手段を選ばなくてよ。邪魔をするものにはどこまでも戦うわ……よくって？　妾達は今夜誓ったわ。妾達は今夜から宣戦を布告するのよ。そして十二月二十四日にその最初の実行をするわ……さよなら……」

いうだけいって妖魔の声は断《き》れた。

紅手袋の主？　恐るべき殺人魔？　何事の陰謀か？　陰惨な気分が署長室を籠めた。

「署長、今の電話は浅草局管内の自働交換からです」

と宿島警部が戻って来た。……

◇覆面の首二ツ◇

元山刑事殺害事件は懸命の捜査裡に何等得る処もなく五日を過ぎてしまった。五日目の夜になった。

「どうも弱った。皆目、見当がつき兼ねてしまった」

と宿島警部は警視庁の刑事部で吐息を洩した。

「二十四日まで待つより仕方がないか？」と瀬川部長も悲憤の声をおとした。

「二千円の現金を帽子にくるんで高等学校裏に投げ出した手口といい、自動車で運んで来て人通りの絶無な一高と大学の道路へすてたらしい遣口、交番から引上げたのを知って署長へわざわざ電話をかけて来た犯罪心理から来る常套手段、さてはまた十二月二十四日と日を切っての暗示といい、決して生やさしい犯行じゃありませんね」

「ウム。よほど犯罪性を持った奴等の団体に相違ないが……」と瀬川部長は思案顔だ。

「ね、部長、讃美歌の音楽が聴えた事と元山君が空中に描いた死の十文字それから……二十四日、クリスマス前夜を切った所、何か事情がひそんでいはしないかと思いますな」

「僕もそう思う。……ところで、今本郷署長からいって来たがね、森川町に末次治平《すえつぐじへい》という富豪があるだろう？」

「ええ、相場《かぶとちょう》で有名な山叶《やまかのう》の主人ですね」

「ああ。その末次氏へ宛てて脅迫状が来たんだそうだ」

「フーム」

「がその脅迫状が変っているんだ。文句の要領は、贖罪《しょくざい》のため金五十万円也を慈善事業へ寄附する事を二十四日までに公表の上手続をとれ。さもなくば貴下の生命に危害を加える。もしこの事を警察へ密告すれば、三日以内に貴下の生命を奪う。とこういうんだ」

「で差出人は」

「無い。ただ赤ン坊の掌《てのひら》が血判してあるんだ」

「赤ン坊の？」

「ウン。生後間もない赤ン坊の可愛らしい掌。しかもそれが羊の血をつけてあったそうだ」

「羊の血？　……で差出局は？」

「自宅のポストへ投げ込んであったそうだ」

「末次氏の意見は？」

「別に恨を受けるような事もないし、第一贖罪などという意味がわからない。罪なんてものは、他人に迷惑らかけた事がないんだからというんだ」

「なるほど。例の主義者一味じゃないんですかな！」

「どうも、そうらしくない。第一文字が女の筆蹟……」

「女の筆蹟？　……女の？　……」

宿島警部はじっと考えていた。

「部長。なるほど変っていますねえ。どうでしょう。僕一つ行って調べてみましょうか？　これから……」

「これから……でも八時過ぎているぜ」

「何、構わない。早い方がいい。電話をかけましょう」

彼は本郷署へ電話をかけて一応断りをいうと共に事情を聞いた上、末次治平氏宅へも電話をかけた。そして在宅を確かめて警視庁を出た。


森川町一番地、ムネツキ坂へ行く手前、堂々たる大邸宅を構えた末次治平。会って見れば五十近い立派な恰幅。先年妻君に死なれて、子供のない彼は女中二人を使ってのやもめ暮し。二三の妾宅を構えていて、自宅へ寝泊りの場合はこうした女を連れて来る。相場で叩き上げたらしくどこか太っ腹で、眼中人なき様子もほの見えるが、しかし至って愛想よく、感じのいい紳士であった。

宿島警部が彼の生い立ちから波瀾に富んだ経歴、周囲の交渉事情や、商売の関係、そんな事を事細かに聞いている内に十二時を過ぎてしまった。別段これと睨むような脅迫関係筋の見当もつかず、大して得る処もなく、警部は腰を上げた。自動車で送るというのを強いて断って、邸《やしき》を出た。

月のない寒夜、まして邸町に人通りのあるべくもなく、ほの暗い電燈の影、ややともすると足元が暗《やみ》になりかける。

末次の邸を左に折れると先方《むこう》から二人の酔漢がフラフラと千取足でやって来た。邸の塀際寄によけて通ろうとする宿島警部へ酔漢の一人がドンと故意らしく突当った。

「何をするんでい。馬鹿ッ！」

「や。失敬」警部は穏《おとな》しく行き過ぎようとする。

「何をッ！　やいッ！　待てッ！」酔漢が唸って、いきなり警部の襟首を掴んだ。

「何をするかッ！」と警部は一喝してその手をふりほどいた。

「静かに帰り給え」

「何ッ！　生意気なッ！」彼は今度は拳をふり上げてパッと打って来た。宿島はツと身をかわした。

「よ、よせったら」と他の男が相手の友人を止めようとして却って宿島の首へ手をまきつけて柔道の手で絞めかかった。

「こらッ！　何をするッ！」

「やっちまえッ！」第一の男が飛びかかって来る。

宿島は酔漢と見た二人の男に酒気のないのを感じた。

「不良だな！」と思うや否や、彼は首をしめにかかった男の手首を掴むと、「やッ！」体を沈めて背負投《しょいなげ》の一手。

「アッ！」といって男の身体は一間《けん》近くも投げ出された。

「エイッ！」

底力のある低い気合。ハッと思う瞬間、チラッと光った夜光一閃。

「ヤッ！」

宿島は無意識に飛びすさった。と眼前をサッと流れる紫電の光《きらめき》。

「ウヌッ！　抜いたなッ！」本能的に宿島の身体はピタッと構えがつくと一足前へ進んで、攻撃を取った。一人の男を投げつけた刹那、その手から抜けて残った手袋の片方を右手に掴んで、敵の構えた仕込《しこみ》刀の隙をうかがい、それを投げつけ相手の気分の脱した一瞬に飛び込んで縛り上げよう方策。ジリジリと進む。

ピューッ！　風を切って石が飛んで来た。横へ飛ぶ。ピューッ！　第二の石。右へかわす。ピューッ第三の石！　危いと身を沈めておいて、そのまま敵に突進しようとする時、背後にあたって激しい自動車の爆音。サッと右寄によけると自動車はかなりの速力で進んで、グイッと彼の前で車体を一ゆり、その隙に相手の男も道の左右へ自動車をさけたが、パッといなごのように車体に取りつくと、自動車は全速力。

「アッ」

宿島が驚く間もあらばこそ、軽業師《かるわざし》のような早業で、敵は既に一町の先き。

「残念だった」と呟きながら手早く読んだ自動車番号。それを手帳へ書きつけようとすると、右手に握っていた手袋。

「やッ。手袋！」

塀寄りの電燈の下で、その手袋を調べて見るべく近よって、ふとその裏側を見ると、

「アッ！　紅手袋だッ！」思わず叫んだ。

見ればただの男の手袋。だがしかし、裏をかえせば、目のさめる紅絹《べにぎぬ》の裏付。生々しい真紅《まっか》の色！　あれだ！紅手袋！

「失敗《しま》った」と我を忘れて紅絹《もみ》の裏に見入ったその瞬間。

サッ！　と頭上から落下した砂ぼこりの雨。

「アッ！　アッ痛《ち》……」

宿島探偵は手袋を捨てて両手で両眼を押えてうずくまった。同時に激しい咳！　プンと胡椒《こしょう》の香りが四面《あたり》に籠める。

「アッ痛……」

と言葉の終らぬ内、またしても第二の災難。

「ウアッ」と悲鳴をあげて、彼は塀の上から頭上へ激しく叩きつけられた大きな袋と共に地上に転がって人事不省……と塀の上へは、ヌッと現れた覆面の首が二ツ……

蛇《じゃ》の道お銀

◇ただの鼠？◇

塀の上から、ヌッと出た覆面の首は無言のまま四辺《あたり》を見廻した。

「到頭、まいったらしいな」と一人の覆面。

「ウム。紅手袋でおびきよせてよ。サッと胡椒の雨が降ろうたあ、お釈迦様でも御存知あるめえ……」と相手。

「プッ！　声色所《こわいろどころ》じゃあねえ。早く片付けないと、張込みに見つかって、こちとらが、喰い込むぜ」

「何んだい。語呂合せか。よせい。その張込も、さっきマアちゃんが、しかるべくやって、今頃は白河夜舟……」

「やったか？」

「やったわ！」

覆面の首二つは芝居もどきに塀の内へ首を引き込めた。

……

その後《うしろ》は丁度裏庭になっていた。彼等は植込の樹《こ》の間を縫って裏木戸の方へ廻るらしい。木戸は裏庭から丁度反対の側にあって、広い邸内かなりの距離がある。忍びやかに無言に黒い影が地を這う。

「張込は二人だというが、二人ともやったのか?」

「ウン。女中がお茶を出してから一時間半ばかりして、マリ子さんが張込の刑事の処へコーヒーとお菓子を運んだというものさ。無論コーヒーの中へは粉薬が入れてある寸法……」

「マリ子さんの顔を知られたろう?」

「何んの、その辺はメーキアップを巧くしてあるから大丈夫さ」

「それにしても、あの宿島に飛び込まれたのは我々の仕事の上に大打撃だね。僕ア彼奴《あいつ》の姿を見た時にはすっかりくさっちまったよ」

「全く。それにしてはさすがに首領。女ながらも疾風迅雷式のあの襲撃計画は素晴らしいね。だが、何故《なぜ》、元山のように殺《ば》らしてしまわないんだ?」

「元山は何しろ本拠へ飛び込んできて、陰謀《プロット》の目的を摑んじまったんだし、あの男が例の島原の同心の子なんだからどっち道手にかけなきゃあならなくなったんだね」

深閑とした寒夜、冬空に星のみが慄えている。そしてどこからか遅く家路へいそぐらしい自動車の響を伝える。

曲者二人は口を噤《つぐ》んで闇をいそいだ。やがて木戸にたどりついて、そっと軽く叩くと音もなく開いて、一人が四方《あたり》の様子を見定め覆面をとってヌッと出る。彼等は外套の襟を立て、襟巻を深く、帽子に顔の上半をかくして足早に塀にそって歩き出した。歩く事五十歩。塀を左へ曲るや否や、

「おやっ?」

「ヤッ!」

叫び声が二人の口を突いて出た。

街燈の下、そこに倒れてころがっているはずの、当然そう予期していた宿島警部の影も形もなくなっていた。

思わず走り寄った青年二人は無言のまま顔を見合せた。

「どうしたんだろう?」と暫くしてからいった。

「ウーム。彼奴《きゃつ》、動けるはずがないんだが、それとも死んだふりをしていて、早速に消《ふ》けたかしら?」

「否《いや》。馬鹿な、これだけの重みのものを頭から叩きつけられて平気じゃあいられないぜ」

彼は地上に転がっている袋を指した。

「これだけの重さの砂嚢《さのう》だ。しかも切石をつめた嚢《ふくろ》なんだからな。これを頭へ受けた日にはたまったものじゃ

ないや。ほら見給え、ここに……血が流れているだろう。勿論まかり違えば死ぬ。死なぬまでも裂傷は負うにきまっているんだ。それが僅か一分か二分で逃げようったって逃げられやあしない。見ろ向うもこっちも見通しの一本道……」

彼等は再び顔を見合わせた。彼等は目つぶし代りに胡椒を頭からあびせ、そのひるむ隙に用意してあった切石をまぜた重い砂嚢を塀のよこから落下させたのであって、無論、警部に打ってかかった酔漢も同類なれば紅絹裏の手袋を宿島の手に残したのも、刑事を街燈の下へさそう手段であった。もし宿島警部が塀に向って道路の方から立っていたならば、敵の計画は恐らく失敗に終ったであろうけれども、しかしこうした場合、不用意に街路を背にして電燈の下に立つような事はしない。まず、背後から襲われぬよう、塀に身を寄せるにきまっている。敵はその心理を利用したに過ぎない。

がしかし、恐ろしい石嚢《せきのう》を頭上に叩きつけられて人事不省に陥った刑事が、まるで煙《けむ》のように消えるはずがなく、いかに彼が剛気でも、それまでの力はなかったに相違ない。宿島刑事がどうして姿を消したか。これを突き止めないでは不安であるしまた今後の対抗方針に大きな影響を及ぼす。

二人は呆然としながらも、四辺の様子をじっと、見廻していた。

暫くの間血の流れた附近を見ていた男が、

「解った！」と叫んだ。

「どうして？」

「見給えこれを！」彼は曲《かが》み込んで地上を指した。「この辺が宿島の倒れていた所で、砂や胡椒の粉がかき乱されているが、その他には胡椒の粉はそのままに平らかに撒かれている。が、見ろ、ね。これは自動車のタイヤだ。胡椒の粉の上に走った事は誰れの目にもわかるだろう。見ろ、ここに撒かれた粉の上に足跡らしいのが二ツ三ツ四ツ位は微かに解る……」

「フム。すると僕等が裏木戸へ廻った後に自動車が通ったな」

「通って倒れているのを見て連れて行ったんだ。ね、ほら、靴と草履の跡があるじゃないか、一つは運転手の靴の跡だし、も一つの丸形の草履は乗っていた奴……」

「しかも、それが女の草履らしい！」

「さては！……」

「いや違う。今夜々行で二三人を連れて大阪京都へ第三人目の復讐計画に出発したはずだから」

「すると？」

「恐らく通りがかりの人だろうが……もし交番へでも届けられると」

「非常線物だ。おい、もう用事は済んだんだ、本部へ引き上げよう、愚図々々《ぐずぐず》してはいられない」

二人は現場《げんじょう》をそのままに、いそぎ足でムネツキ坂の方へあるき出した。とその時二人の姿が、坂の中途にかからぬ内に、塀向うの家の露路、塵箱の影から怪しげな目がピカリと光った。そして、そろりそろり這い出して来た男。警部じゃあない。汚い労働者。それもキリッとした身ごしらえで、

「ケッ！　ひでえ事をしやあがる。が……ちっと凄え野郎共だ。何をたくらんでいやあがるかしら……ただの鼠じあねえ事は解ってるが……こいつあ一つ物になろうぜ……」

恐れ気もなく、身軽に飛び出して来て様子を見廻した。がこの男、こいつもただの鼠ではなさそうである。

「でも、殺《や》られたなあ刑事だが、それにしても塀の上の奴《やっこ》さん何んとかいったっけな」と独り言をいった。

「……ウム……そうそう紅……紅……紅手袋……そいつは、俺が……フ、フ、面白《おもしれ》えや……」

◇紅水仙◇

洒落た作りの座敷八畳。床に歌麿の艶《えん》な浮世絵。白魚の手を胸懐《むねふところ》につと差し込んで、読みさしの草草紙《くさぞうし》ももうあきたらしい思案顔の美女一人、ふけて廓の夜の思出か、待つ身につらき置炬燵《おきごたつ》、その上に何も無心の小猫が一疋《ぴき》、あたたかそうに寝ている軸物。床置《とこおき》も軸にふさわしい美人達磨《だるま》、生けた水仙は紅水仙。違い棚のあしらい、丸窓のつくり、行燈《あんどん》まがいの吊電燈も、四辺すべてが粋《いき》で、なまめかしい座敷八畳。その真ン中へ淡紅色《ときいろ》の絹夜具布団ふくよかにのべて、横向に寝かされた男、枕は水枕、頭一面に真白い繃帯。微かな寝息を立てながらも、時々はウームと唸る男の顔は、和やかな絹行燈の電燈に映《て》らされて、見れば、意外、さっき兇賊の一撃に倒れて、行衛不明になった警部宿島佐六のやや蒼白な顔である。

枕元の大きな桐火鉢に片手をついて、その顔を覗き込むのはこの家《や》の主《ぬし》か、歌麿の筆から抜けたような艶《なまめ》かしい姿の持主。年は二十三四に見える女盛り。洋髪に派手なお召《めし》の粋を見せて誰が目にも只者ならぬそれ者《しゃ》とうなずかれる。引しまった眼元に、愛嬌《あいきょう》えくぼ。抜けるよう

に白い頸《うなじ》から、肩への曲線の艶々《つやつや》しさ。

「まあ、もう大丈夫よ。すっかり落つかれたわ」

と座敷の片隅につつましやかにひかえた女中を顧みてニコリとした。

丁度この時廻り椽《えん》の彼方《あなた》に軽いすり足の音がして、硝子《ガラス》障子越しに浮き出した人の影。二十位《はたちぐらい》のこれも美しい女中がツと廊下へ腰をかがめて硝子越しに覗き込みながら無言の眼合図。主《あるじ》の女も無言無表情。ただ二重瞼がパタリと閉じた瞬間の受答え。そのまま音もなくスと立ち上ると猫よりも軽くスルスルと畳を辷り、女中とは反対の側の襖を音もなく開けて次の間へ……出がけに座敷の女中へ片目信号一ツ二ツ三ツ……女中も心得たか片目をパチリ。そしてツツーと主のいた処へ進み寄った。

粋な美人は座敷とはやや畳廊下をへだてた六畳、それを通ると次が四畳半の茶の間。茶の間の奥隅においたタンスの横、三尺ばかり、戸棚との境のあきまの壁唐紙。それを押すと、廊下つづき。でその先きに六畳の奥の間。それをグルリと廻れば廻椽《まわりえん》づたいに座敷へ出られるらしい。が最前座敷の廊下へ来た女中の姿はどこへ行ったか、そこには無くて紫檀《したん》の机に艶っぽい炬燵。目のさめるような花模様の座布団へベッタリ坐った彼女は、手を延ばして傍《そば》の呼鈴を取った。と見る奇怪!

用箪笥がくるり壁の中へ一廻りして中からぬっと出てきた男一疋。

四角ばって炬燵の前へすわって、ペコリとおじぎをした商人体。

「姐御《あねご》、夜更けてどうも……」

いった男を見れば更に奇怪!

森川町末次治平氏の邸の塀の向い側から紅手袋一味の男二人の後を見送った怪しの労働者の顔である。

「どうしたえ、留公。何か事件《こと》かい?」と、それ者らしい美人にしてはやけに伝法な口のきき振り。

「姐御」といわれるからにはこの女もまた、ただの鼠じゃあない。れっきとした女親分。それも何の誰某《たれがし》と肩書のつきそう。

「実はね。今夜本郷森川町の末次の邸の横手で……」

「末次の?」

「ええ。妙な事件を見たもんですからね。ちと急に姐御へ御相談を申上げたいと思いやして……それに……」

「それに何さ?」と女は金口を一本フーッと輪に吹く。

「それに、どうやら姐御がその事件に玉を拾われたらしいんで……」

「ああ、あれかい、拾ってきたよ。大変なものをさ」

「どうも自動車で、通りすがりながら、塀の前に倒れていた男を拾われたなあ姐御らしいと思いました」

「ああ、お前見ていたんかい。そいつあ知らなかったね。何ね、通りすがると倒れているじゃあないの、どうしたんだろうと思って見ると驚いたよ、例のだろう。誰れのやった事か、しゃれた真似をすると思ったから、とにかく拾って来たんだよ……で、何かい、お前、始めから見ていたのかい」

「いいえ。俺ア《あっし》小路を抜けて来ると人声がするんでね、おやっと思って見ると塀の上から変な野郎が二人首を出しゃあがってべろべろ芝居もどきに喋ってやあがる……そこから見たり聞いたりしていたんでさあ。その時ア、もう人事不省って奴で倒れていましたっけ……で、俺ア飛び出してみようかなと思って、塵箱《ごみばこ》の蔭にひそんでると、自動車でしょう。おやっと思ってると、止る。金兄いらしいのが降りる。女が出る、姐御さあね。おやおや妙な廻り合せだなって、考えて見てると拾い上げる。声をかけようとするとそのままブーでしょう。俺ア《おら》、奴等があとどうするかと思って見ていたんです」

「何か聞き込んだかい?」

「ええ、そのよく解りませんがね……これなんで……」

留公が懐中から手袋を出した。

「なんだい、そりゃあ」

「紅手袋なんで」

「紅手袋……お見せ……」

「うらを返すと紅絹《べに》裏付《うらつき》……これで」

留公は手袋の裏を返して見せながら手袋を女に渡した。

「紅手袋? これがどうしたのさ」

「そいつ落ちてましたからね……末次と関係がありそうなんで……」

「そうかい。まあそれで大体の当りはついたよ。何ね、最前、宿島の手帳やら何やら調べたんだよ。すると紅手袋何々とやら書いてあったんで考えていたんだがね……まあ見当だけはつくだろうよ。面白いわね」

「ヘエー。もう宿島の懐を見たんですかい。さすがは紅水仙の姐御だけありまさあ……」

「馬鹿。いいかげんにおしよ……でね、まあ一杯やっていておくれ、ちょっと用事があるから……」

と紅水仙の姐御がいった。紅水仙の姐御。それである。只者でないも道理、彼女もまた宿島警部等が必死の目を光らせる恐ろしい斯道《しどう》の大親分。刑務所の飯を一度でも喰った奴に、知らぬもののない紅水仙の姐御。それが彼女である……。

◇四人車座◇

クレオパトラの妖美を持てど、妲妃《だっき》のお百ほどの惨忍さを欠く紅水仙の姐御というこの女性。自らは奴《やっこ》の小万《こまん》を意気にして女だてらに俠客三昧、とはいえど乾分《こぶん》の五十の百のというがあるからにはただに妾、手かけで立てすごしが出来るものでない。そこで他人の懐を当てにするやくざ商売の自分からは仕立屋銀次を育ての親とした心持で、紅水仙の姐御という奇麗な名前の渋皮を今一枚剝げば、蛇の道お銀の二つ名の持主！

といえば生活《たつき》振りも想像がつくであろう、この本職は掏摸《すり》の大親分。時には色仕掛、時には詐偽。万引もちょっとやれば、いざとなれば殴り込みの押借《おしがり》強盗。盆茣蓙《ぼんござ》の一か八か、社会と人生を勝負事の遊戯と心得て、新聞で読みかじりの社会学に、講談本の長脇差《ながわきざし》の思想を加えて、他人のふんどしで相撲をとって、万年町から鮫《さめ》が橋、喰うに困る、薬代に困る、困る困ると浮き世に沈んで、ドン底生活のせっぱつまれば、姐御の袖にかくれて、とにかくも雨露を凌がしてもらえるという、言葉をむずかしくいえば「弱者の味方」それを己れの本分と信じて、ある所から無い所への融通の仲立位に考えているのが蛇の道お銀の思想である。

といってもこの姐御、「今日《ボンジュール》は《ムシュー》」「御機嫌いかが《ハーアーユー》」「私知《イヒワイス》らないわ《ニヒー》」位のことは何んとかごまかして行こうという大変な代物で、年は三十に手がとどきそうな大年《おおどし》増《ま》、今が今までにさんざ運命とやらに流されたり流したりした平生の波瀾曲折、それはまあそれとして、関西切っての大親分、八ツ橋の長《ちょう》親分には娘分の杯、中京名古屋を押える武島とは兄妹《きょうだい》、東京一帯で立てられている鉄太郎親分とは飲み分けの杯をとってあるのがこの紅水仙の姐御、またの名は蛇の道お銀姐《ねえ》さんである。

紅手袋を拾ってきた留が一杯御馳走になってトロンとした頃にはもう夜もあけかけていた。

名探偵として仲間から恐れられる宿島警部の危難を救って自宅へかつぎ込んだお銀の腹の中は料《はか》り兼ねるが、あの元気な宿島佐六が今朝もまだ昏々と睡って夢うつつの有様、いかに後頭部を強打されたといってもちと不思議である。……

「おい留公！　お起きったら」

お銀にゆり起された留公がまだ睡そうな目をあける間もなく、

「大急ぎだよ。繁さんと秀さんと富を呼んでおいでよ。

え、おい、何んだね、だらしが無いじゃあないか。留ッ！」

「ヘイッ！」

立てつづけに耳元で怒鳴られて留公ビックリして起き上った。

「仕事に出ちまうといけないからちょっと行って呼んでおいでよ。至急《いそぎ》の用事が出来たからってね……」

「ヘイ」

留公は間誤々々《まごまご》しながらも気軽く飛び出した、例の戸棚の蔭から……

彼女はそれから身仕度をはじめた。女中を呼んで食事をすませると、

「宿島さんは、どうだえ、御様子は？」

「ハイ。お薬がよくきいています」

「そう。じゃあ今の内よ。病院へ運んじまおう。仕度をしておくれ。何んぼ何んでも、刑事《でか》も刑事、鬼刑事を家へおいたんじゃあ、危くって仕様がない、君沢さんの所へ運ぶから、自動車をね……」

「ハイ」

女中が立って茶の間へ出て行った。間もなく昨夜の運転手と乾分が一人、茶の間から入って来た。

「お早う御座います」

「あ、御苦労。あのお客ね。あれを君沢病院へ運んでおくれ。でね。もう一時間もすれば薬がさめるから、さめたら直ぐ君沢から警視庁へ電話をかけるようにってね。あとは電話で話をするからってね」

「ハア。心得ました」

心得たものである。八畳の座敷から二人して宿島を担ぎ出し、六畳の居間から戸棚の抜け道へ男三人の姿が消えた。……

暫くしてから彼女は立って戸棚をあけた。立派な仏壇がある。正面の観音様をチョイと横に開くと中から電話機が出てきた。

「あ、小石川の三三三番……もしもし君沢さん……先生にどうぞ……こちらは花村……先生？ ……あたしよ。……昨夜《ゆうべ》の一件ね、宿島さ。今送らせましたからね、よろしく願いますよ。ええ……警視庁の方もね。どうせ刑事共が馳けつけて来るだろうが……宿島の報告や、連中の話を取っておいて下さいよ……本郷の末次治平に関した事よ。ちょっと一もうけ出来るわ……え、早い方がいいから、今日ね、思い切ってやっちまおうと思ってるのさ、繁と秀と富とを呼びにやったんさ。それに留公がね現場で見ていたって、妙な手袋を拾って来たのよ。種がそろっているからね。棄っちまうには勿体ないやね……

じゃあ頼みますよ……え？　……え？　相手が宿島だからって？　……ホホ……何ね、蛇の道は蛇さね……ホホホ……さよなら……」

電話を元通り観音様の背後《うしろ》にかくすと彼女は化粧を始めた。

近代式なハイカラな洋髪はバラバラにくずれて、漆黒の髪が純白の肉づきのいい丸味がかかった肩から背へパラリと垂れた。

女中を手伝わせて彼女の髪が忽ち変った銀杏《いちょう》返し。鬢を痛い程につめて目尻をグッと吊り上げ、口からふくみ綿を吐き出して、ふくよかな顔を凄いまでに変えて行く変装の妙。大抵なキネマ女優が足元へも寄りつけ得ぬメーキアップ振りである。

それがどうやら終る頃、どこからともなく遠くの方で自動車の警笛に似た異様の音が二度三度……

「誰れか来たね。繁か富だろう……呼んでおいで……」

女中は心得て立つ。例の所から男が二人入って来た。

「おやッ！　早かったね繁に秀かい」

「姐御、御早う御座います。丁度秀兄いが来合わせていたんで好都合でした……」

二人共職人風の粋な作り。腹がけのドンブリには何が入っているやら。窮屈な膝頭へチョコナンと拳を当てている。

「留公からお聞きかも知れんが急に仕事が出来てね」

とお銀は顔の仕上をやりながらいった。

「大体、承りましたが、大変な拾い物をなすったそうで……」

「宿島かい？　あれは君沢の方へ廻したよ……富も呼んであるんだがね……まあ膝をおくずしよ」

「御免を蒙ります」

世間話の内に時間が経って留公と富とが来た。

四人車座になった……

◇脇腹のピストル◇

兜町《かぶとちょう》、山叶《やまかのう》の店先へ一台の自動車が止った。中から出た和服二重廻しの男。吸いさしの両切をポンと棄てて、店へ入った。

「御主人は御出《おい》でですか？」

「ハア……」

と店員はケロリと相手を見る。相手によっては主人忽ち留守である。

「末次さんがいらしたらちょっと御目にかかりたいの

ですがね」といって四辺を憚るように低い声で「私は警視庁から来たものです」

「アッさようで。暫くお待ちを……」

店員はあわてて奥へ飛び込んだ。と間もなく引き返して、

「こちらへ、どうぞ……」

奥の方の応接間へ案内した。

待つ間もなく末次治平氏が悠然と入って来た。

「私が末次です」

「私は……」と彼は名刺を出した。細長い刑事名刺。「警視庁刑事課勤務。刑事巡査大川勇」とある。

「実は例の件につきまして、手懸りを得ましたので、ちょっと恐れ入りますが役所まで御出《おいで》を願いたいと存じまして参りました」

「ハア」

「宿島警部が参るのですがその方の取調べをやっていますし、……刑事課長が是非一度御目にかかって御話を承りたいと申しますから……」

「ああ、そうですか、御手数を煩して恐縮です。今直ぐですか?」

「ええ。直ぐ御出を願いたいのですが、御都合は?」

「構いません。では御同道致しましょうか」

「恐れ入ります。では自動車で御待ち致します」

「私の自動車《くるま》がありますが?」

「いえ。あなたのですと自動車番号から世間にも知れ易い、新聞記者の目にもつき易いですから、どうぞ、役所ので……」

「それもそうですね。ではちょっと失礼」

末次氏は自動車に乗った。車内には今一人の刑事が待っていた。

「恐れ入りますが、課長は太平署《たいへい》の方にいますから、そちらへ参ります」

「どうぞ……」

自動車はかなりな速力で走り出した。

三人を乗せた自動車は四方に窓掛をおろしてしまって非常な勢いで走っている。車上の末次氏は今どこを走っているかも知らず、ただ彼等を信じてその行くべき所へ行きつくのを待っていた。

十五分、二十分……三十分……この自動車の速力では、最早太平署につく頃である。がしかし自動車はただやみくもに走るのみである。末次氏はやや不安になって四辺を見廻した。

「まだですか?」

「え、もう直ぐです」

両者無言。警笛の音と、エンジンの唸りのみが響く。十分とたち、十五分と過ぎた。……

「可怪《おか》しいですな。どこです、今通っているのは？……」

はずがないです、どこです、

彼は手を延ばしてツと窓掛を上げて見た。とその眼に映ったのは左手に大きな川の流れ。隅田川だ。そしてハッとして右手の窓掛を上げるとそれは既に町をはずれた田舎道！

「ヤッ！違ってる！ど……どうしたんですか？」

と彼は反射的に腰を上げた。と同時にその両肩は太い手でグッと摑まれて再びクッショシの上に引き戻された。

「静かになさい」

という声が同時に左右の男から発せられた。それと共に彼の目の前には左右から恐ろしい拳銃《ピストル》の口が突き出されていた。

「静かにしろ。声を立てれば、命は貰う事にする。ためにならねえぞ」

凄い脅迫の言葉が刑事の口を洩れた。

「失敗った。此奴《こいつ》、偽刑事か。さては？……」

と末次氏が感じた時は既に遅い。ピストルの黒い口穴が彼の胸を蛇のように狙っていた。

「フム。脅迫か。……まあ行く所まで連れて行くさ」

さすが、相場町できたえ上げただけ、さあとなれば度胸が据る。胸に擬せられたピストルの口は静かに両方に引き込められて、それでも二重廻しの下から彼の左右の脇の下へピタリとついている。

果然偽刑事の乗り込んだ誘拐自動車は隅田河畔の一本道をひた走りに走る。竹屋を過ぎた。言問《こととい》を過ぎた。白鬚へかかる。

がこの偽刑事達も、彼等が山叶の店を出る時以来どこからともなく現れた二人の男に尾行されている事には気がついていなかった。

二人の男は山叶の店の前にうろうろしていた、そして末次氏が自動車に乗るや否や、近所のバラック建の家の横手に隠しておいたエバンス型自動自転車に飛び乗って怪自動車の尾行を始めていた。彼等の二人は自転車屋の店員が自動自転車の試乗をしているような風采をしていた。これもまた決して普通の者共ではない事は明瞭である。

「何んだい。変なのが飛び出して来やがったなあ。警察の連中じゃあないに相違ないが、事によると昨夜《ゆうべ》俺達を尾行《つ》けた奴の一味かも知れないぜ」

と自転車の一人がいった。昨夜末次氏の壁の上から宿島刑事に石俵を叩きつけた男共二人だ。

「ウン。白昼、誘拐たあ大胆至極だが、変な奴が飛び込んで来やあがったなあ。うるさいぜ」

と相棒が答える。

「何をしていやあがるんだろう？」

「幌を下してしまやあがったから、見当がつかないが。つまらねえ邪魔立をすりゃあただじゃあすまさねえ許りよ。だが、まあ行く所まで行くさ」

自動車は行く所まで行く。それは白鬚神社を左に見て梅若神社と木母寺《もくぼじ》の間を左へ折れ、水神の森の方へ切れた。

そして水神の森千五百番地附近、別荘風の邸の前で自動車を止めると、ドヤドヤと末次氏を真中に二人が降りた。そこをエバンスの自動自転車が何か笑いながら過ぎて行く。……

三人は家の中へ入った。

末次氏は奥まった洋風の室《へや》へ通される。二人の男から一通り身体検査をされると、そのままそこへ残されて二人の男は室を出て行った。外から鍵をかける音がする。蒼白《まっさお》な顔色をした末次治平氏は観念したらしくドッかとソファーへ腰を降した。

待つ事暫く。突然背後《うしろ》の壁が音もなく開いて、スッと現れた女性一人。毒婦そのままの姿をした紅水仙の姐御である。蛇の道お銀が妖艶な姿だ！

彼女は音もなくスッと末次氏の背後《うしろ》へ迫った。ピストルの狙いは彼の頭上三寸にある。が末次氏は知らない。ジッと前方を見つめて考えている。

殺意か脅迫か。女賊蛇の道お銀の眼は異様の光を発して、ピストルを持った右の手がジリジリと末次氏の右顳《こめ》顬《かみ》に迫って来る……

延び行く魔手

◇喉輪攻め◇

緊張し切った一分時。凄い目をした蛇の道お銀のピストルは末次氏の顳顬《こめかみ》一寸の処でピタリと止った。末次氏はじっとして微動だもしない。撃つか？　殺すか？　銃声一発の下にサッと飛ぶ血潮、人間一人、三寸息絶えんとする刹那の緊張……

「……脅迫か……」

底力ある一声。巨大な末次氏の唇を洩れて死の沈黙を破った。

「ホホホ……」

嬌唇《きょうしん》、ほころびて甲高い笑声《わらいごえ》と共に、お銀の身体は飛鳥《ひちょう》のようにクルリと一回転すると見る間もなく、プンと香水の風を起して末次氏と真向いに立つ。

「ホホホホ……ご免なさいね。ちょっとお芝居よ」

事もなく云って向い合いに腰をかけた。

「用事は?」

「まあ、気の早い。……御紹介致します。妾《わたし》はね、花村ぎんと申します。何卒《なにとぞ》御見知りおきを。そしてまたの名を蛇の道お銀……」

「エッ! 蛇の道お銀! あの! ……」

とさすが剛気の彼も愕然色を作《な》した。

「ええ。女だてらに肩書付。今一つの名は紅水仙!」

「何ッ! 紅水仙! ……ではあの、紅手袋の……?」

と二度驚いたのも無理がない。紅水仙と紅手袋。お銀はニッコリ、凄い眼元に妖艶な微笑を含んだ。怪俠女賊を以て鳴る蛇の道お銀、それが今男一疋を苦もなく誘拐した本人である。しかもなお一皮むいたその名は紅水仙、さすがの末次氏が紅手袋の主と思い込んだも無理のない所である。と共に「紅手袋」という言葉を聞いたお銀の方でも「こいつ、迂闊に口がきけないわい」と考えた。名探偵宿島を襲った一味、末次氏にからまって何か因縁のありそうな怪賊団紅手袋、此奴《こやつ》の種《ねた》を割るには丁度の幸《もっけ》い、末次氏の思い違いを利用して、この方から誘《おび》き出すに越した事はない。咄嗟に最初の目算《もくろみ》を変えたお銀は相手の口裏を引こうと決心した。がしかしいい出しようがないからただ嫣然《にっこり》笑っておいた。

「何んのために俺《わし》をこんな処へ誘拐したんだ?」

とややあってから末次氏が口を切った。

「少し用事がありましてね、……理由《わけ》はあんたの胸に御座んしょう」

「俺は脅迫される理由なぞ少しもない。五十万円を慈善事業に寄附しろの、さもないと危害を加えるのと……そんな脅迫をさる覚えがない――」

「なるほどね」

「……金が欲しいんなら欲しいといえ。次第によっては出さん事もない。がしかし末次治平脅迫されて金を出す事は断じて断る」

「おや、大変な見幕ね。……そんなら何故、探偵なんぞを呼込んで相談なんぞなさるんです?」

「良民を脅迫し、無辜《むこ》の者に危害を加えるような奴等は一日だって社会へ置く訳にはいかないからさ」

「ごもっとも……、ところがね、その探偵がさ、しかも鬼刑事の宿島の旦那がさ、あんたの家を出るや否や襲われて半死半生……」

「エッ！　宿島刑事が？　……」三度彼は意外の言葉に愕《おどろ》かされた。

「それで警察が当になるのかねえ」

「偽《うそ》だ！」

「偽じゃ御座んせんよ……証拠を御覧に入れましょうかね。ほら、この手帳は誰れんのです？　え？　警察手帳ですよ。しかも血がついているんですよ……」

血がにじんだ警察手帳をずいと突き出した。見れば、まがう方もない刑事宿島佐六の署名。

「ウーム……」

蒼白の顔に眼を据えて末次治平はじっとその警察手帳を見詰めていた。とたんに彼の手はサッと延びて差し出していたお銀の手を摑むや否やグイッと前方に引く、はずみを切っかけに彼の身体は肥ったにも似ず球《まり》のように敏捷に飛んで油断をしてるお銀の身体を覆い、またたくまに腕は既にお銀の首を捲き、逆手を取って、押えて、絞め込みにかかった。

「……」

お銀は無言、不動。大鷲に捕えられた小雀のようにズルズルと末次氏の術中に引き込まれて行く。

「ウヌ、悪魔ッ！　こうなりゃあ、腕ずくだ。覚悟しろッ！」

必死の形相すさまじく、荒くれた相場社会の荒波に、もまれもまれた末次治平、胆《きも》ずく、腕ずくの場数もふんでいる。彼は相手の油断を見すまして咄嗟に攻勢に出た獅子奮迅の勢。身体相当の膂力《りょりょく》もある上に、身軽い飛込みの具合喉を絞めにかかった動作、かなりに柔道できた男でなければ出来ない早業であった。

アッという間もなく、敵に右手を逆にねじまげられ、しかも喉を絞め込まれた蛇の道お銀、有名《なうて》の女賊も一歩をあやまって絶体絶命。意気地なくも摑みつぶされるか。今にももろくも絞め落されてしまうと見えた一分時。

「まだまだッ」

押されて絞められて、多少声はにごってはいるが、それでも別に苦にならないらしい、嬌声一語、意外にもお銀の口からも洩れた。

「まだまだ！」

◇消える長椅子◇

内にこうした必死の争闘があるとも見えぬ声静閑とした水神の森の一構え。暫く前に末次氏を誘拐した自動車が通った道を矢のように走って来る二台の自動車。梅若神社と木母寺の間を左へ折れる頃には、車内に鮓詰めになっていた屈強の男共がバラバラと飛び降りて、まるでいなごのように田の畔を右に左に一散走り。しかもその怪自動車の先頭に立つのは最前紅水仙一味の自動車の後をつけたらしいエバンス自動自転車乗りの二人！

説明するまでもなく目ざす処は別荘風の一構、お銀の隠れ家である。

エバンスの男が手を挙げた。自動自転車が止る。自動車が止る。

ドヤドヤと自動車から降りた十人あまり。最後に箱からガチャリと佩剣《はいけん》の音を立てて飛び出した警部二人。警官だ。刑事だ。

刑事は二手に分れてバラバラと家の周囲を取りまく。

「ここか？」と警部の一人。

「この家へ入ったのです。二人の男が一人の男へピストルをつきつけて入って行ったんです……」とエバンス乗りの一人が答えた。警部二人は顔を見合せた。

「末次氏だよ、きっと……」

「紅手袋一味だ。それッ！」

彼等は閉じられた門を開けようとした。

開かない。……

「駄目だ。君は裏へ廻れ」

正服警部の一人が剣鞘《けんしょう》を押えて勝手門へ走る。……

モーターの響、エンジンの唸り。組み合った男女二人の耳へもかすかに聞えた。

「おやッ！」

とお銀が聞耳を立てる刹那、

「ヂ……ヂ……ヂ……」

室の一隅から非常報知のベルがにぶい音を立てた。

「手が入ったんだよ、末次さん。愚図々々しちゃいられない。一緒にいらっしゃいよ。話しがあるから……」

絞められて身動きもならないながら、何の勝算あってか、心にくい程の落ちつき振り。

「何をッ！」

手が入った。救《すくい》が来たと聞いて末次氏の勇気は一層に加わった。頸骨《くびぼね》も折れよと許りに絞めあげたまま、ズルズルと引きずって扉口《とぐち》の方へ後退《あとずさり》。

引きずられながらお銀の左の手は静かに延びて首を絞めにかかっている相手の腕へからまる。

「よござんすか?」

女の声に力が入った。

「ア痛《ち》ッ!」

不思議、逆に女の右手を捻じまげていた男の右の手がサッと離れる。

「エイッ!」

裂帛《れっぱく》の気合、末次氏の巨軀は美事宙に躍って、女の背を躍り越えた背負い投げのあざやかさ!

お銀の身体は奥の壁際へサッと飛びのく。

「ホホホ。駄目よ、そんな事じゃあ」と毒舌一語。

いつの間に持ち出したか右手の指にはさんだ三寸余りの針一本。

「これでついたの! 痛いわよ!」

「何ッ!」

投げられても素早く起き上った末次氏が再び猛然と女に躍りかかる、捨身の猛襲。

再度お銀を摑んで組みあった二人、よろよろとして側の長椅子の上へ倒れかかる。

ドシンと末次氏の身体が女を摑んだまま仰向けに長椅子に押し倒れた瞬間! 長椅子ははずみを喰ってグルリッと転《ひっく》りかえる。

「アッ!」

という末次氏の声のみ残って、不思議、奇怪、倒れたはずの長椅子は元のままに、男女二人の姿は室から消えてしまった。……

丁度この頃、身軽い刑事の一人は正門をヒラリと飛び越えて中に入る。門が開く、バラバラと四五人が馳け込んだ。

玄関の格子戸にも錠がおりている。

「勝手元へ」

いうまでもなく勝手元へは裏口からの二三人が飛び込んで来た。ここにも錠がかけてある。

「留守か?」

「怪しい、こわして入れ」

南京錠を苦もなく壊して両方からどやどやと屋内へ躍り込んだ刑事連。

「居ないぞ! 居ないぞ」

「誰れもいないぞ!」

刑事連は人ッ子一人居ない部屋々をのぞき廻った。戸棚をあける、美しい絹夜具を引き出す……

「おいッ! ここの洋室の扉が開かないぞ」

「こわせ!」

「誰れもいないのに壊すわけには行かない」

「外から廻ってみろ」

二人ばかり庭へ飛び出した。

「駄目だ。庭は廊下になっていて、硝子戸が閉めてある」と暫くして引き返して来た。

「じゃあ廊下の口があるはずだ」

騒いでいるが廊下の入口は見つからない。……

十分余りもこの騒ぎの間に過ぎた。まだ疑問の洋室へ入る事が出来なかった。

「解った解ったッ！」

湯殿の方から声がした。刑事連がそちらに馳け出した。

「ここから行けます！」エバンスに乗って来た男が二尺許りの壁を指していた。

「これを押すと開くんです。見ると廊下です……」

押した。壁と見たのは襖である。スーと苦もなく開いた。

室には全部カーテンがおろしてある。廊下への出口の扉は直ぐ開いた。サッと雪崩《なだれ》込むと内は空《から》！

「ヤッ！　絨氈《じゅうたん》が踏みにじってある！　気をつけろ。皆んな室外へ出ろ」

警部の一人が怒鳴った。

ドヤドヤと刑事達は外へ出た。

警部と、そして二人の刑事が中へ入って調べ初めた。

「確かに格闘した跡だ」

と警部がいった。

「吉岡さん。この長椅子が怪しいぜ」

「どれ？」

「つくりつけでさ。……床ごと動く……」

刑事がユサユサゆすぶって見せる。

「ウム。向う側へ倒して見ろ」

「よしッ！」

二人の刑事が長椅子の背を掴んで、

「一、二の三ッ！」

押すや否や、

「アッ！」

力あまってはずみを喰った刑事二人の姿は椅子と共に消えて、グランと一回転して同じ形、同じ色の長椅子のみが、まるで手品のように依然として据っている。

「ウワーッ！」

室外の刑事等はあまりの事に驚きの叫び声を上げた。

「どんでん返しだ！　それッ！」

◇またしても血染◇

「地下室だ！」誰れしもがそう直覚した。

「入れッ！」

警部がそう怒鳴った。がしかし入口がない。表裏同型の長椅子がクルクルと車備《くるまぞなえ》川中島の陣形のように回転しているのみである。地下室内部の様子がわからない。敵がいるか？　犯人がひそんでいるか？　あるいはまた何等か特別な目的のための陥穽《かんせい》でもあるか？　敢て飛び込もうというものもない。

一同はじっと耳を澄ました。何の音も聞えない。床に耳をつける。少しの音もしない。ただ気のせいか遠くの方で物を叩くような響が微かに伝わって来た。

「回転する長椅子を途中で止めてみろ」と警部がいった。「が、気を付けろ、正面から行くと椅子にはねられるぞ。両方へ二人ずつだ」

警部や刑事やエバンスの男等が長椅子の両側へ手をかけて、

「一ッ二ッ三ッ！　……ウーム」

グルリと回して途中で止めようと力を合せた。が駄目だ。恐ろしい力で、椅子は瞬間に転換した。そしてはずみを喰って四人の男は両方に投げ出されてしまった。

「モーター仕掛だ。機械力だ。人手が足りない」

「じゃあ、皆さんを呼んで来ます」エバンスの男が早くも室を馳け出した。

一分、二分……一人来た。二人来た……それだけだ。

「どうしたんだ。他の連中はどうしたんだ。……吹け、呼笛《よびこ》を」

ピリ、ピリ、ピリリリ、ピリ……

激しい呼笛が鳴る。

「おーいッ！　集れ」

ドヤドヤと人の走る足音がする。

「どうした？　居たか？」

「構う事はない。飛び込んでみろ。四五人一緒に入れッ！」

勇敢な、そして気早な刑事が決死の勢いで長椅子へ飛びかかろうとした刹那。

「解ッたッ！　おいッ！」

「こっちだッ！」

恐ろしい大きな声が湯殿で起った。落ち込んだ刑事の声だ。

「こっちだッ！」

「それッ！」

廊下へ飛び出して湯殿へ走る。

地下室へ落ちた二人の刑事の一人が湯殿の左隅の瀬戸張りの一部が半開きになったのを一生懸命押えている。

「ここからだ。押えた手を離すと閉ってしまう……ウーム。手を借してくれ」

「よしッ！」

開かれた秘密扉。のぞけば足下《あしもと》に四五段の階段、中は暗黒である。

「中は？」

「誰れもいない。暗黒《まっくら》だ」

警部を先頭に階段を降りる。懐中電燈の光りが四辺を照らした。

室は八畳ばかり。鍵の手にまがっているらしい。何の装飾もない物置見たような地下室。西洋間の下には例の長椅子が天井に見える。上から押せばグルリ一回転して椅子に腰をかけたまま地下室へ投《ほう》り込まれるのだが、そこには巧みなバネのクッションの台が出来ていて、そのままコロリと送り出される仕掛になっている。

「電燈がある。……スイッチはどこだ？　入口の近くにあるべきだよ」

なるほど入口の近くに小さいスウィッチがある。

パッと室内が急に明るくなった。

「ヤッ！　人が！」

刑事の一人が呼んで指す方を見れば鍵形になった一番奥の方に縛されたまま横わっている男一人。

「ワッ！」

走り寄った刑事の口から叫声が起った。

「殺されてるッ！」

「何ッ！」

両手両足を軽く縛されたままうつ伏せに倒れている男の頸から生々しい血潮が四辺に流れて凄惨な血の臭いがプンと鼻をつく。

「殺されたんだ」

と警部がグイッと引き起した。

殺された男！　末次治平氏だ！　最前お銀とあれほど激しい格闘をやった末次氏。それが地下室に落ちて、手もなく縛られて、殺された。しかもお銀の姿は？

「頸動脈が美事に切られている！」と警部がいった。

「早くッ！　本署へ！」

彼が再び元の位置に末次氏の死体を置こうとした時、ふと倒れていた床の上を見ると、

「アッ！」

おびえたように叫んだ。

「手袋！」

血に染みにじんだ男用の右手の手袋一つ。つまみ上げて見た警部の顔は見る見る変った。

「大変だ！　おいッ！　見ろ。問題の手袋だ！　紅手袋だッ！」

男用右手の手袋。その裏には艶々しい紅絹《もみ》がつけてある。正しく紅手袋。

またしても殺人兇魔の影が動いた。兇悪無惨の紅手袋の魔手は瞬間に末次氏の身辺に延びて、匕首《ひしゅ》一閃、何の苦もなく巨大な富豪を白昼、しかも地下室に殺し去った。恐ろしい悪魔！　紅手袋！

「誘拐して殺したんだ！　おいッ！」

警部は興奮した眼をあげて怒鳴った。「おいッ！　犯人はまだ逃げてはいないぞ。非常線を張れ。本署へ急報しろ……」

刑事の二人三人、早くも地下室を飛び出して行く。

「それから……密告した本人はいないか？」と警部は四辺を見廻した。「密告した本人はどこへ行った？　至急呼んできてくれ。自動自転車に乗った男だ！」

心得た刑事がまた走り出す。洞然《がらん》とした室内は急に沈黙に陥った。手練《てな》れた警部や刑事達が無言のまま、早くも異常な緊張を以て活躍を始めた。

「どうにも見えません。何んでも自動自転車に乗って出かけたという話です……」

「何ッ！　どこかへ行っちまった？　……ウーム」

警部は唸った。

「そ、そいつが怪しい！　そいつも手配しろッ！」

密告をして、案内をした。西洋間への通路を湯殿で発見した。そして……そして大騒ぎの時に、いち早く姿をくらましてしまった。その男が怪しい！　と睨むは理の当然である。

白昼、水神の森の殺人事件、警部はじめ刑事達が色を作して騒ぐ。

「何事が起ったのか？」

近所の人々が集り始める頃には飛報はその筋々の四方に飛んだ……

がそれにしても蛇の道お銀、紅水仙のお銀はこの不意の襲撃を受けて、四辺四面を刑事に囲まれて、大して広くもない控家の中で、しかも巨漢末次氏と格闘をしたまま地下室へころがり込んだものが、末次一人を残しておいて、どこにどうして隠れたか？　はた逃れたか？

◇訪ねた女客◇

水神の森の殺人、紅手袋の殺人！

飛報は警視庁を驚倒させるに足りる。治安をほこる警視庁下、年末の迫った東京市で、一人は人もあろうに刑事が毒殺され、またしても、白昼、警官の襲撃裡に兇刃を振った殺人事件。これこそ聖代の奇怪事である。

君沢病院で手当を受けている名探偵宿島佐六氏の枕元へもこの奇怪な椿事《ちんじ》は即刻に知らせがあった。

君沢病院では宿島警部の気のついた時、前後の事情を聞いて、大あわてに驚いたらしい風を装って警視庁へ急報した。報を聞いて瀬川部長以下が馳けつけた。

「どうした?」

宿島は末次氏宅の訪問から襲撃を受けて昏倒するまでの経過を話した。

「いえね、朝がた一人の婦人がこの方を御連れして来られまして、本郷森川町を通りすがりに倒れていらしたから……という話で連れて来られました。ええ、その婦人ですか……名刺を頂いてあります」

「大場みち子、本郷区西片町一〇番地」という女名刺を出した。

宿島は何かしら不愉快で、気分がすぐれないので、一日だけ君沢病院で静養する事にした。

そして、何故か課長等へもあまり口を聞かず、課長等の帰った後からもじっと考えていた。

そこへ課長からの急電である。聞いた彼の顔は見る見る変った。

「紅手袋の殺人事件！」

彼は寝台からガバとはね起きた。後頭部の打撃は大した傷ではない。多少の裂傷は負うているが起きられない程ではない。ズキズキ底痛《そこやめ》がするのと、どうしても何かしら胸につかえたようで頭脳《あたま》がはっきりしないのだ。が今はそんな事を考えている場合ではなくなった。

「済みませんが、急用が出来ました。自動車を呼んで下さい」

院長や医員の止めるのも聞かず、彼は自動車に乗って取りあえず警視庁へかけつけた。

丁度瀬川部長が出動しようとしている所だった。

「ヤッ、宿島君か?　えらい事が起った」

「またしても紅手袋が……アッ……」

いい終らぬ内に彼はクラクラと目まいがして倒れかかった。

「やっ、危い！」

課長は驚いて宿島警部を抱きかかえた。抱えられてハッと気を取り直したが、ウームと唸ると共に激しい嘔吐を催した。

「おい、医者を呼べ」と課長が怒鳴った。

「何ッ！　何、大、大丈夫です。……御一緒に参りましょう」

「いや、いかん。駄目だ。そんな具合では到底駄目だ。いや、今日の処は僕が行って調べて来る。君は今日一日寝てい給え。……え、一休み、医務課で休んだら……家へ帰って静養していてくれ、明朝、都合によれば僕が行って詳細の話をするから……この際だ。大事を取ってもらわにゃあ大いに困る。……それにね、君」

課長は宿島警部の耳元で囁くように、

「京都警察から電報が来てね、山内京大教授の一人娘が今朝誘拐されて、それが上京したらしいから取調べ方を依頼して来ているんだ。……がこれも、話の様子では紅手袋の仕業らしく、紅色手袋が残してあったというんだ。……くわしくは明朝話すがね……」

「えッ！　京都でも紅手袋の誘拐？」

宿島は蒼白《まっさお》な顔を上げて目を光らせた。

「ウン。紅手袋の誘拐だ。……でとにかく、君は今夜一晩だけ静養してくれ給え。……静養にもならんが対策を考えておいてくれ給え……向島は僕が受持つ。頼むぜ……」

「では……残念だが……そうしましょう。実は昨夜からどうも不思議でならない事があって考えてるんですから……」

「じゃあ、また明朝」

言葉もせわし気に瀬川部長は部下と共に車上の人となって現場へ向った。

宿島警部は馳せつけた医務課の人々に介抱されて中へ入って行った。

宿島警部は猛烈に吐いた、そして発熱した。夕方まで医務課のベッドの上で苦しんでいたが少し気分もよくなったので、小石川の自宅へ自動車で送られた。

小石川林町のささやかな二階家、そこに警部宿島佐六は婆やを一人雇って学生時代から住っていた。

特に医務課から頼んでくれた附添の看護婦一人。婆やの心配で、彼は二階八畳の書斎に静かに横わった。

「もう大丈夫です。有難う」

夜の八時頃、一眠りからさめた彼は看護婦に微笑するだけの元気が出た。食事も存外好味《うま》く食った。彼は仰向に寝てじっと考えていた。

九時になった。十時になった。

課長がいった京都の紅手袋。向島で人を殺した紅手袋。自分を襲った紅手袋、親友元山刑事を殺した紅手袋、紅手袋、紅手袋、その紅手袋を眼前にちらつかせながら、彼はじっと考えていた。

「……俺が襲撃されて倒れた。……誰れか俺を抱きあげたような気がする……それから妙な薬の臭がした……君沢かしら……それから……俺は何んだか畳の上に寝かされたような気がする。女の声と男の声……夢だったかしら……担がれて……自動車へまた乗せられた……夢だったかしら……否、夢と思えないふしがある……怪しい……？……？……」

と十時半の枕時計が静かにチンと一つなった時、誰れやら来たらしい。

この夜更けに……？　来たな課長が……

下では婆やの声がする。やがてトントンと上る足音。

「課長なら、同僚ならすぐ一緒に来るはずだが……」

「あの旦那様……この方がいらして、是非御目にかかりたいと仰います」

「役所の方ではないのか？」

「ええ、病中ですし、何んですから、いつものように、御目にかかるには一切役所の方に願いたいと、お断り致したので御座いますが是非、一刻を争う急用だから……と仰いまして……」

「困るなあ。誰れだ……」

「女の方……若い美しい……」

「何ッ女？」

「御免遊ばせ」

突然、嬌声と同時に案内もなく、スーッと入って来た女性。

「御免遊ばせ、夜分に突然……」

声をかけてスルリと室内へ入る。

「アッ！」

思わず知らず宿島は驚きの叫び声を上げた……そして半身をガバと起した。

声に驚いて婆やはツと身を退《しりぞけ》る。と階段を足音せわしく看護婦が声に驚いて馳け上って来る。

闇仕合

◇人殺しはしない◇

「おやまあ！　大変御騒がせしてすみません」

女はしとやかに宿島の枕元へ坐って両手をついた。丸髷姿に黒襟、奥様風ではあるが、どこかにそれらしくもない身ずくろい。

「やあ！」と宿島佐六は暫くしてから平素の平静に復して快活にいった。「どうした？　お銀……」

お銀！　蛇の道のそれである。向島の重囲を脱して、所もあろうに方向違いの小石川、宿島佐六の自宅へ現れた。

「ええ、もう御気分はすっかり御よろしいんですの？」

「もう大丈夫だ。ところで……」

「急用が起ったんですのよ。でもう大急ぎで駆け込み訴《うったえ》をしに来たんですわ……極秘の事件よ……ね、すみませんが……」

お人払いの申出で、ある。宿島は考えた。

「蛇の道お銀は天下の御尋ね者である。そのお銀が、人もあろうに俺の所へ自分から飛び込んで来た。大胆至極の振舞であるが、しかし、そうするまでにはお銀ほどのもの、何かよくよくの事件が起ったに相違ない。まあいい一つ紅水仙の姐御と話してやろう」

腹がきまると、婆やと看護婦に向って、

「暫く要談があるから下へ行っていてくれ。婆や、お茶でも入れて来な。……いや、この人は変りものなんだよ。構わん構わん」

女賊と名探偵が、さて差向いになった。

「何んだい、用事は？」

「宿島さん。向島の一件は御承知でしょう？」

「ウム、聞いたよ」

「で、末次治平が殺されたんですって？」

「ウム。そんな話しだ」

「で、どうなったの」

「俺は知らんよ。部長が行ったから」

「そう？　末次さんを誘拐したのは、私よ。……でも殺したのは私じゃあなくって紅手袋よ。紅手袋と私と一所にされたんじゃあ、紅水仙甚だ心外だわ」

「その弁明に来たのか？」

「私の家で、あんな真似をされちゃあ、仲間へ顔向けも出来やしない。余り口惜しいし、それに……警察じゃあ、どうやら、私が人殺しをしたように思ってるらしいのも、剛腹だから、宿島さんだけにでも、一通り話しておこうと思うて来たのよ」

「そうか。聞いておこう」

「あんたが、末次の家でやられたでしょう？　それから君沢さんへ担ぎ込まれたでしょう？　……あれは、私がやったのよ」

「君が拾ってくれたのか？　……フーム。いや有難う。宿島、厚く御礼を申上げる……だが……君沢へ担ぎ込むにしちゃあ、時間が少し合わないね」

「ええ、合わないわ。私の家へ連れていったんですもの……」

「で、妙な薬を嗅がしたろう？」

「そう？　じゃあ一切話すわ」

話す方も、聞く方も、実に坦々たる襟懐《きんかい》である。刑事に魔薬をかがしたり、白昼富豪を誘拐したり、そんな大事件をまるで日常の茶話のようにやってのけている。

お銀は宿島を拾い上げて、自宅へ連れ込んで、紅手袋の一件を嗅ぎ出して、君沢病院へ担ぎ込んで末次治平誘拐の段取りまで、すらすらと話した。

「で末次が私に飛びついた時に刑事達が来たわ。すると度胆《どぎょう》甲斐もなく末次が得たりかしこしと暴れ廻るんで、仕方なしに手と足を縛っておいて、私達は逃《ず》らかったのよ」

「あの重囲をどうして逃げたんだい？」

「そりゃあお銀さんの秘密だわ。あんたがあの家へ行って見れば解るかも知れないけれど、そんな事よりもさ、私達が末次を誘拐した時変なエバンス自動自転車に乗った奴がついて来たってじゃないの。それが訴人したんだわね」

「ウン」

「それが案内したんでしょう？　その男はどうなって？　いないんでしょう？　……怪しいわ。それにあの西洋間の入口を発見《めっ》けたのは刑事さんなの？」

「いや。その男だそうだ」

「ね、そ奴《いつ》がさ、西洋間から地下室へ入ってさ、丁度幸い末次が縛られていたんで殺っちまったのよ。それから湯殿へ出て、刑事を呼んだんだわ。そ奴が紅手袋よ……」

「フーム。そうかも知れない」

「宿島さん。お銀はさきにも終りにも、人を殺した事はなくてよ。失礼ながら蛇の道お銀は人殺しだけは絶対にしませんよ。それだけお断りしておくわ」

「なるほど。紅水仙の顔に血を塗られちゃあ憤慨するだろうな。解った。宿島佐六も、それほど盲目《めくら》でもないさ」

「そう、安心したわ。でもお銀はまだお縄を頂けなくてよ。外《ほか》の事で縛られるなら仕方がないが、人殺しの嫌疑だけは、宿島さんにお願いしておいてよ御免を蒙るわ。でね、宿島さん、今一つ申上げておいてよ。お銀は今日から紅手袋をただじゃあおかないからね。時によればあんたの御用もこの一件だけについて務めさせてもらいます。御用があったら新聞の隅っこへでもちょっと「珍水仙買う」とやって下さりゃあ、蛇の穴から出て来ますからね。では御免なさいね……」

「もう帰るのか？」

「ええ。この辺に一件者がうろうろしていますから、あんたに御迷惑がかかるといけないわ、では御大切《おだいじ》に……」

お銀は立ち上った。いうだけ喋って帰ろうとした時である。

外に一台の自動車が止ってがやがやと人声がする。

「や、部長が来たな」と宿島が立ち上った。そしてチラリとお銀の顔を見た。心は、部長は向島事件の取調べから帰って相談に来たに相違ない。そこへ当の被疑者——どころか犯人の女賊蛇の道お銀が居たんじゃあ、ただではすまされない。どうしよう？

彼は咄嗟に困惑した。一時戸棚へでもかくすか？……職業的良心にやましい。といって顔を会させる事は……。

「では、裏口から失礼させて頂きます……」

とお銀は平気でニッコリと笑っている。

「でも、下駄は？ ……玄関にあるから……」

「いえ、ちゃんと懐中《ふところ》に蔵《しま》って置きますわ……蛇の道お銀、それほどに不用意は致しません。御安心遊ばせ」

悠々たるものである。トントントンと階段を降りると、そのままフイと勝手口へ、……入れ代って玄関では、

「やあ。どうだい……大丈夫らしいね」

瀬川刑事部長のほがらかな声がした。

◇谷中の墓地◇

向島事件の打合やら何やらで瀬川部長以下の帰った時夜も十二時になった。宿島佐六は元気を殆ど回復したので看護婦も部長一行と共に引き上げた。

婆やは下で片付物をして寝仕度にいそがしかった。

宿島は書斎の椅子に腰を下してじっと考えに沈んでいた。

向島の家は地下室以外別に何等得る処はない。指紋もあちこちに一杯ついていて一向に見当がつかぬ。エバンスの男二人の行衛も浅草方面へ行ったとのみで皆目わからない。ただ入口の郵便箱の中に警官を嘲弄した紙片が入っているに過ぎなかったのである。

京都の誘拐事件は山内教授の一人娘芳子が、朝登校の途中、何者かに掠《さら》われたらしく、夕方になって芳子の帰らぬ処から騒ぎ出した矢先へ、小包が来て、

「罪のつぐのいの日が来ました。その犠牲の小羊の代りに芳子さんをお貰いします」

とだけ。それも紅手袋の中から出たという。で京都府警察部が大捜索の結果、芳子らしい女と若い女とが昼頃より急行で上京したらしいとの手掛りのみで、それも果して芳子やら、改札の駅員の薄い記憶だから、当にはならない。

京都でも直ちに手配をして、各駅へ張り込ませてみたが、どうもそれらしいのが見当らないで、ただ念のため警視庁へ打電して来たに過ぎぬという。誠に心細いかぎりである。

こうして一つ一つの事件を考えてみてそこに何等の手懸りもないとしたならば、犯罪の動機、加害者と被害者との関係、特には被害者の身元を根本的に調べてみたならば、あるいは加害者の正体を摑める何等かのものが生れて来はしまいか?

殊には加害者がどうもある特定の人間を狙っているらしい、手口から見ても、殊にまたわざわざ紅手袋を残してゆく手口から考えても、そこに犯人の何事かを待った材料がなければならない。

宿島は残された証拠品により一つ一つの事件を探索してゆくよりも、事件全体を一丸として考えてこの中から捜査方針を摑み出そうとした。

そしてこれがために彼は今日まで起って来た犯罪の詳細な記録《レコード》を書き初めた。

一時を過ぎた……婆やも寝てしまったらしく、四辺は森《しん》として静かになった。宿島は未だ寝もやらずセッセと記録を作っていた。

とトントントン……誰れかが戸を叩く音がする。

彼はつと耳を立てた。

トントントン。「宿島さん……宿島さん」

「おう」

彼は立って階段を降りた。婆やはもう寝入ばならしく

起きそうになかったので、彼は戸の内から、

「誰れ?」と声をかけた。

「紅水仙からです。ちょっとお開けなすって。急用で御座います」

「紅水仙? ……あ、そうか。今開けてやる」

お銀から使? 怪しいなと思った。思うとさすがに油断せず、傍《かたわら》のステッキを右手に、鍵をはずして戸を細目にあける。人一人入れる位い。

「御免下さい」

外で声をかけてヌッと入ってきた男、襟巻を深くしてマスクをかけていた。

「御手紙を持って参りました」

懐中から手紙を出した。

彼は油断なく男を看視しながら、戸を閉めて鍵をかけ、差し出した手紙を受取った。

封を切ると、

(先刻は失礼、意外な手掛りから例の見当がつきました。深夜恐入りますが、私宅まで御足労を御願い致します。委細拝眉の上、あらあらかしく。　銀)

読み終って彼は考えた。真か偽か? お銀の筆蹟は彼は知らなかった。しかしお銀が変装してここまで訪ねてきた事は外に知るものがない。もし知っているとしたら紅手袋一味の奴等。

いずれにしても臭い手紙である。面白い。いずれにしても手懸りがなくて困っていた時だ。よし行ってやろう。

宿島は早くも決心をつけた。

「承知しました一所に参りましょう。ちょっと御待ち下さい」

この時には婆やも起きてきていた。戸を開けたり閉めたりした音に目をさまして起きてきたのだ。

「お出かけで御座いますか?」

「ああ、急用が出来たのでね。ちょっと出かけて来る」

「官服で?」

婆やは深夜の出動には馴れていた。

「いや、私服だ。背広を出してくれ」

宿島は手早く背広服に着かえた。そして二階へ上って必要品を懐中に入れた。小さい細身の十手も左の内懐中《うちぶところ》にかくした。そして最後に机の抽斗《ひきだし》から紙包を出して、両方のズボンの懐中《ポケット》へ入れた。

彼は両足をよく撫でて手をふり身体を動かして簡単なウォーミングアップをした。いざという時の身体のこなしの用意である。

「さあ、御待遠様」

男は先に戸外へ出た。彼は手頃のステッキを持って続

いて外へ出る。

「いっていらっしゃいまし。御大切《だいじ》に」

老婆の声を後に宿島と相手の男とは深夜の町を歩いていた。

丸山町の電車道の処に自動車が待っていた。

二人は自動車に乗った。使に立った男は運転手に、

「谷中の墓地の手前まで」

といった。自動車は、動き出した。

車中、使の男は全く無気味なほど無言であった。

谷中の墓地の手前で自動車を降りた。自動車は引き返して行った。

男は、

「こちらへ」

とただ一言。そのまま黙って暗黒な墓地内へ入っていった。

「おい。随分妙な処へ引っ張り出したね」

と宿島が、冗談まじりにいった。

「へい。墓地を突切って向うの通りへ出ます。近道ですし、それに……姐御がそう仰いましたから……」

「フン、そうか」

宿島は油断しなかった。臭いぞ。

それでも男は何の心配もなさそうに足元の危《あやう》い処をスタスタと先頭に立った。無気味な石墓《せきとう》が両側に揃《なら》んで、鼻をつままれても解らない中をコツリコツリと歩く。ともすると宿島がおくれ勝ちになる。少し離れると男は立ち停って宿島を待っていた。

「待っている位なら、お銀からかな？……でも出るならこの辺だがなあ……」

宿島は極度に緊張して四辺に気をくばった。

シュッ！

「アッ！」と声をたてて前の男はバッタリ倒れた。

シュッ！

ハッと思って体をかわす耳をかすめて石が飛んだ。

「野郎ッ」と宿島が身をかまった。

「敵だ！　宿島さん……眼をやられた！」

倒れた男が、ひくく叫んで傍の石墓の傍へ這った。

シュッ！

第三の石が鋭く警部の面上に飛んできた。サッと身をしずめる刹那、
サッと風を切る音が足下に……宿島の身体は、パッと横に飛んだ。

「アッ痛《ち》」と低い声。

石墓の影に身をひそましてジッと暗を伺う。

ビュッ！

横から棒が飛んで来た。

「エイッ！」

宿島はステッキを斜に切った。サッと飛びすさる音、闇に浮く人の影。

相手は二人だ。左右から何かしら獲物を持って打ち込んで来る気配である。長い棒だ。

「二人か。よしッ！」

宿島は身体を沈めて身構えたが、不覚にも最前石をよける時に払われた足が、飛びすさったはずだったが左の足をピシリ打ち込まれて、それがズキズキと身にこたえて痛んで来た。がこの場合、彼はそれ程にも思わなかった。

じっと相手の様子を見た。

「相当出来るな。油断がならんぞ」

彼はこんな間にもふと維新時代の剣刃《けんじん》の下の立廻りを思い浮べて思わず微笑した。

「大《おお》時代だな」

が油断がならぬ。相手も相当撃剣できたえたものらしい。

宿島は中段青眼に取って息をつめながら、ジッと相手の仕かけるのを待っていた。

見ると、一方は下段、一方は中段、竹刀と違って妙な構えである。

「棒を使やあがるんだな。弱ったな……勝手がわからない……」

六尺棒というものは名にこそ聞いていたが、まだ竹刀げいこでやった事がないし、今時分、そんなものを使う奴がいるとは夢にも思わなかった。

「エッ！」気合と共に中段の棒がサッと突いてきた。

「オッ！」受けてステッキで払う。払うと、間一髪飛び込もうとすると、敵も去る者。シュッと棒は手元に繰って槍のような構になった。

「ウーム」

「ウーム」

双方唸った。……シューッ！　石が飛んできた。狙いははずれてハッと思う時頬の傍《かたわら》をかすめる。

「危い」

と思うと下段の棒がサッと腰へ。

カン！　と受けて鳴ると共に、宿島の身体は反対側の方へ飛んだ。

エッ！　ヤ！

棒は相方から来た。その下をくぐってまた反対側へ飛ぶ。道が細い墓地の中である。仕事が頗るやり悪《にく》い。

彼は右側の奴の方が下手だなと思った。

「よし右を破ってやれ」

ジリジリ、ジリジリ彼は右へ右へとすり寄って行く。と右の相手は少しずつさがり始めた。左がそれにつれて一歩一歩、進んで来る。

宿島は左の方へ今度は攻勢を見せた。ジリジリと詰める。左の奴もさすがに押されて下る。

「やッ!」と一本、彼は一方に打《うち》を入れて、相手が棒ではねて突《つき》を入れて来る間一髪、サッと宿島は一尺を右に飛んで、横なぐりに捨身の胴を払った。

「アッ!」

手答えがあって相手がひるむ。

「占めた!」と今一本、得意の突きを入れた。

ドタリ! 倒れた。がしかし左の方から猛烈な打が入ってきた。パンと受ける。パンパンパン。

三度四度、激しい音が闇の中に響いた。左の男が浮腰になった。宿島は激しく打を入れて攻めた。

相手はジリジリと下る一方である。

「エッ」と力を入れて小手を打つ。パッと敵は飛びすさった。

宿島は敵を追い撃にグングン進む。

「ヤッ」と、最後の捨身で双手突《もろてづき》を入れようとした瞬間、

「アッ!」

と彼は思わず声を上げた。と共に前へバッタリ倒れた。とその頭上へ一撃。

最前石を目に叩きつけられたという男が、突然宿島の足へからみついたのだ。

「何をッ!」

彼は足へからみついた男を蹴飛ばして、倒れたままビュッと棒の男の足を払った。

蹴飛ばされた男は、いきなり彼の上へ獅嚙《しが》みついて来た。

「野郎ッ!」

剣の仕合は忽ち柔道の争いに変った。

三人の男が必死で争う時、少し離れた石墓の影でじっと様子を見ている黒い影があった。恐らく最前の石を投げた奴に相違ない。

一人の仲間が宿島の突を喰ってバッタリ地上に倒れて、今に起き上らないのを見ると、スルスルとその方へ音もなく進み寄った。

そして倒れている男の手を摑むとずるずると横へ引張り込んだ。

「大丈夫?」

意外黒い影の声は女である。

「ウーム」と男はうなった。

女はいきなり男を肩にかついで暗の中へ立ち上るや、軽々と背負ったまま、足音を忍ばせて歩き出した。

墓地の中を十間も歩いた頃、

「チョイと！　お待ちよ」

いきなり行手に立ちふさがった女がある。

男を担いだ女はハッとして立ち止ったと共に担いでいた男をつと傍へ投げ出した。

「何んなの？」

平気で答えた。

「ヘン、紅手袋にしちゃあ味な真似をおしだね」

「フン！　こっちの勝手よ」

「かも知れないがね、宿島の相手はあっちでしているがお前さんの相手がなくてお困りのようね。どう？」

「さすがは蛇の道ね、よく今夜の事を嗅ぎ出したのね。感心したわ」

「よくも、このお銀を嘗《な》めたね。お銀はね、憚りながら、まだ駆け出しのお前さん方には嘗められないよ」

「そう？　じゃあ喰いついて上げるわ」

「うるさいッ！」

女はお銀、江戸ッ子の気の早さ。いきなり相手の女に飛びかかった。スルリ！　相手はその袖の下をくぐって、「不足だわ。……でも仕方がない。さあお銀さん、一騎打よ」

きッと闇の中で身構えた。

まだ宿島等は必死の争闘をつづけているらしく、かすかに人の争う音が聞える。

蛇の道お銀と紅手袋の女。俠女と兇女は闇の中で睨み合った。

子持観音

◇催涙瓦斯《ガス》◇

ポ、ポ、ポポ、ポ、ポポ……
お銀と紅手袋の怪しい女とが闇の中で睨み合いながら今将《まさ》に物凄い格闘を演じようとした時、急に梟《ふくろ》の鳴くような笛の音が聞えてきた。

「お銀さん」紅手袋の嬌音が洩れた。「ちょいと都合があるから、今夜の出会は、これでチョンにしてよ。失礼だけれど……」

「卑怯な！　逃るね？」とお銀は肉迫して来る。

「引き上げよ。目的は達したからさ。またのお楽しみとしようよ。さよなら」

「これでもかい？」

お銀の延した手にはピストルが光った。

「アッ！　卑怯者！」

紅手袋の女はハッとして立ち停った。じりじりとお銀が近よる。相手はじりじりと退《さが》りながら逃げようとする。パッとお銀の足元から飛び上った黒い塊がいきなりピストルの手に獅噛みついた。

ズドン！　と一発闇に銃声が響く。手に獅噛みついた黒い影は空に躍ってバッタリ地上に飛《は》ねとばされた。間髪を入れず、紅手袋の女は飛鳥のようにお銀に飛びついてきた。スッという音がした。

「アッ痛《ち》！……」

女が一人地にうずくまる。とそれを飛び越え他の女の黒い影が音もなく闇に呑まれて行った……

バタバタバタ、三四人の乱れ飛ぶ足音が激しく起ったがそれもしばらくの間、淋しい墓地は、それこそ文字通りの墓場のような静けさに帰った。

暫くしてから倒れていた女は地上を這うようにして動き出した。片手を地につきながら、片手で眼を押えながら……。

それから二時間許りしてから墓地の一角から急に人声が起った。

「おいッ！　何している？」

サッと懐中電燈の光が闇に流れるとその光の下から、墓に腰をかけて両手で眼を押えている宿島警部の姿が浮き出した。

「誰れか、君は？」と宿島は静かにいった。

「何をしている？　泣いているのか？　これ？　おいッ！」

職人風の男が宿島の手をグイッと取った。

「私服だね、君は？　僕は警視庁の宿島警部だ」

「エッ！　宿島警部？　ど、どうしたんです？」

「眼をやられた。痛くてたまらん。そこまで連れて行ってくれ給え！　君一人か？　誰れか呼んでくれ。至急だ」

呼笛《よびこ》がけたたましく鳴った。

十数分に三四人の私服と正服とが馳けつけて来た。

「賊に襲われて格闘したが、非常線を張っても駄目だから、遺留品はないかこの辺をよく捜してくれ」

宿島は集った人々に細かい注意を与えて遺留品等の調査と四辺を現状のままに保存するよう言い残しておいて、

一人の正服の肩につかまりながら引き上げて行った。

紅手袋一味は逃げるに際して催涙瓦斯入のピストルを使用した。

宿島警部を襲った紅手袋団の目的はつまびらかでないが、一つは警部を働く事の出来ないようにやっつけるか、さもなくば、警部を誘拐するにあったらしいが、宿島が意外に強かったので、それもならず逃走してしまったらしい。

夜明を待って宿島はじめ警視庁から腕ききの連中が現場捜査に出かけようとした時、青山署から意外の急報が入ってきた。

「今朝、通行人が代々木なまこ山附近で、運転手風の男が殺害されているのを発見した旨届け出《い》であったので、取敢ず最寄の交番巡査が馳けつけた処、屍体の傍に紅裏の手袋が落ちていた旨、報告があり、只今署長以下急行したが、例の紅手袋事件と関係があるらしいから、至急御出張を御願い致したい」

紅手袋だ！　谷中に宿島を襲い、また代々木で殺人を敢てする。どこまでも手を延ばして、通り魔のように都下を荒す殺人兇鬼紅手袋！

さすがの宿島もベッドに横になったまま、

「ウーム」と唸り出した。


代々木ケ原殺人事件は一円均一「ミカド」自動車《タクシー》の運転手宮原進（二五）が出先きで客を拾って代々木まで行き、午前三時頃ナマコ山附近で絞殺されたらしく、問題の紅手袋が一つ残されてあるばかり、何等の手掛りも得られなかった。そして自動車は明治神宮傍《わき》に乗りすててあった。

一方また谷中墓地での現場捜査の結果はただ一つ銀の小型の十字架が泥にまみれて落ちていたまでで、これまた何等得る所はなかった。

ただ、紅手袋という不可解の兇賊一味が神出鬼没さを以て恐ろしい魔の手を四方に自由自在に延ばしているという事を知るに止《とどま》った。

警視庁も次々に突発する事件がことごとく迷宮に入ってしまうので、係りの刑事は捜査課長を始め宿島探偵以下日夜血眼《ちまなこ》になって、奔命に、命を賭して活躍するに過ぎなかったが、しかも、その懸命、必死の努力に報いられる所は？　……

こうして御大葬もすみ、世は春になってしまった。

◇子持観音◇

催涙瓦斯ピストルを喰《くら》って美事に相手にしてやられた蛇の道お銀は、いかにも心外でたまらなかった。部下の秀や繁や富に旨を含めエバンスに乗った男という記憶をたよりに毎日市外を根気よく捜し廻らせた。

しかし偶然を狙うこの種の捜査が、そうそう簡単に偶然にぶつかるはずがなかった。一月二月、さんざんに気をくさらせたお銀は三月初めに熱海へ遊びに出かけてしまった。

女一人熱海でブラブラと湯にひたってもいられないが、そこは蛇の道の名にそむかず、大阪の綿糸問屋大江礼三と湯の宿で親しくなった。

湯の宿で知り合になってから一週間ばかりして、二人はいささか退屈を感じ出して来た。春の陽を浴びたホテルのバルコニーで四方山《よもやま》の話の末、ふと話が骨董に移って行った時、大江は思い出したように、

「時にね、雪子さん骨董といえば、この間ちょっとした掘出しものをしましてね」

「マアア。何んで御座いますの?」

「不思議な観音像なんですよ。子持観音といいましょうかね。赤ん坊を抱いている観音様なんですよ」

「珍らしいんですのね」

「実は今、部屋に持っていますがね。何んなら御覧に入れましょうか?」

「ええ、どうぞ」

大江とお銀の雪子は大江の部屋へ行った。

「実は、こいつの出所が解らないものですから、余り人に見せられませんが……ホラ、これなんです」

トランクの底から取り出した小さな観音像、高さ二寸余り、掌の中に入る程の小さいもの、人間味のある顔をした観音様が、可愛らしい赤ン坊を両の手で胸に抱いた立像、巧妙に出来た逸品である。

「まあ、可愛らしい」

とお銀は手に取って眺めた。

「鬼子母神《きしもじん》の縁起にでもちなんで作ったものでしょうか、子を抱いているなざあ珍品でしょう」

「まるで、西洋のマリアのようね。どこから手にお入れなすって?」

「それがですよ。実は出入りの骨董屋から買ったのならば、何んの不思議もありませんが、東京で、先日、屑屋から掘り出したんですよ」

「屑屋から?」

「一月の末でしたっけ。根岸の宅にちょいちょい来る屑屋が来て、いろいろの話の末、『旦那、ちと金のいる事が出来たんですが、珍らしい観音様を買っては下さいませんか』というんさかい、『そら、品によっては買ってもいいがな』というとね、『じゃあ明日持て来ますから、見ておくんなさい』といった訳で、翌日《あくるひ》、これを持って来たんです」

「屑屋の家に代々あったものでしょうか?」

「いや、それが、屑屋の奴。最初は家代々のお守り様だっていっていましたが、どうも、話の様子が、怪しいので、根掘り葉掘り訊ねますとね、実は拾いものなんですとさ」

「まあ! どこで?」

「何んでも十二月の末にね、谷中の墓地の隅に落ちていたのを勿体ないといって拾ったんですがね、青銅《あかがね》の仏像をわざわざ警察へ届けるがことはないというんで、そのまま家へ持って帰って知らぬ顔の半兵衛さんや」

「あの……谷中の墓地で拾って? いつ頃?」

「さあね。朝早くだったそうですよ。何んでも刑事や巡査ががやがややっていたんで、何事か起ったか、人殺しでもあったんやかと、物数寄《ものずき》に見物に入って行くと、足元にころがっていたんやさかい、そのままな……」

「まあ!」

お銀はハッとした。谷中の墓地……巡査……刑事……紅手袋……

しかし紅手袋と観音様と、果してどんな関係があるか? ……何の見当もつかなかった。けれども、敏感な蛇の道お銀、脳裡にサッと流れた一脈の霊感、咄嗟に胸に浮んで来た紅手袋の女……お銀は紅手袋の女を憶い出して実に不愉快になってしまった。

「まあ、珍らしいものですこと! で、何んていう屑屋さんなんですの! この観音様を拾ったのは?」

「え――? 何んとかいいました……原田重吉……ではなし、それそれ、あの軍神の……」

「広瀬中佐?」

「そやそや、軍神と玄武門とを一所にしたような名前だっせ……そやそや、広瀬重吉、ハッハハハハ」

「ホホホホホえらい名前なのね」

「それが、軍神と勇士先生な、この観音様を拾ってから、どないにも間がようないよって、実はな早く売っちまったらとな……私の所へ持ち込んだ訳なんや、ハッハハハハ」

「じゃあ、余り縁起でもないのね?」

「じゃによってな、今度持ち帰ってな、花見時にお祭りをしてんかと思いますのや」

「観音様の?」

「お花見や。いつも桜時に一度はお花見をしてな、夜会を開く事になっているんやさかい、あんたも、どうどす、夜会に……いえ観音様のお祭りに来やはりまへんか?」

大江氏は上機嫌で喋り立てた。

「ええ、有難《ありがとう》、是非御伺いさせて頂きますわ」

それから三日、お銀の雪子と大江氏との間にどんな話が成立したか、大江礼三は美人君沢雪子と一所に大阪へ旅立った。

◇怪青年の秘話◇

関西の富豪、綿糸商で名を知られた大江礼三、蛇の道お銀が見込んで乗り込んだからにはそこにそれ、仕事というものがついて廻る事は、蛇の道本来の面目からいっても理の当然である。

がそこはあざやかなもの、大江氏をしかるべく綾なして、自分は、京都の顔役、八ツ橋の長親分の家へ、「今日は!」と飛び込んだ。

「やあ、お銀か、珍らしいのう……」

「陽気に浮かれて、ちょいと出て来たのよ。暫く居候《いそうろう》をさせてもらいますわ」

何んで出て来たかと訊ねもしなければ、いいもしない。関西切っての大親分、その娘分の紅水仙の姐御である。野郎共を煙管《きせる》の先で使って素呑気《すのんき》なもの……

四月、京は花時である。お室《むろ》に、嵐山に、桜の花時である。

「おい、お銀、大阪の大江さんてね、有名な綿糸問屋さんだがね、そこで明日、お花見の夜会があるって通知が来たんだ、行かないかい?」

八ツ橋の長親分が、お銀を誘った。

「ええ、行くわ! だがね、親分、あっちへ行ったら知らん顔よ」

「また、仕事か? そいつあ、困る。何しろ俺が連れて行くんだろう。それを知らん顔なんて出来ねえじゃあないか」

「アラッ!」とお銀は仰山《ぎょうさん》に目を見張った。「親分、あたし、行くわっていったけれど、連れてって頂戴なんていわなくってよ」

「おやッ! 此奴《こいつ》、からんで来たな。行くんなら行くがいいが、招待状がなければ邸の中へは入れねえぜ」

「ほらね！」

お銀は一通の手紙を長親分の膝の上へ投げ出した。長親分はそれを取り上げて読んでいた。

「ウフッ！　君沢雪子様、大江礼三か、……ウフッ！　甘《あめ》えもんだ」

「親分がかい？」

「馬鹿、大江の旦那がよ。ウハッハハハハ」

「ホホホホホ。ね、親分、あたしゃあ女だよ……」

「ちげえねえ、ウハハッハハハハ」

甲陽、香炉園の近く、堂々たる邸宅を構えた綿糸成金、大江礼三、年中行事の一つとしての観桜大夜会。京阪神の紳商は勿論、それぞれの関係筋から集って来る青年令嬢、さては花柳界の花形、あらゆる階級を網羅して、昼間は園遊会、夜は夜での盛大な大夜会、それが済んで老人や名士やが帰った後に残った紳商や花形や、そこにいとも華やかなダンスが夜を徹して歓楽境を現出する。

が特にこの、ダンスの呼物は十二時を過ぎてからにある。陽気な音楽に合わせて、軽く汗ばみながら、男と女とが手を身体をふれ合って、衣ずれの音、靴の音も賑やかにダンスの最中、皎々《こうこう》と昼をあざむくばかりに輝いていたホールの電燈が一時にパッと消される。一分、二分、三分、四分……ジリジリと合図のベルが鳴る事三十秒再びパッと電燈がついてダンスがつづけられる。

一曲中に一度ずつ、この瞬間的な暗《やみ》がある。暗から起るオーケストラのジャックの響、闇の中でつづけられるダンスのざわめき、実以て愉快極まるものである。

顔なじみの少い蛇の道お銀の洋装姿はそれでも昼間の園遊会で二十余人の知り合いを作ってしまった。

花電燈が広間に点いて、夕暗が広い庭の隅々から足音もなく這い寄って来る頃、春の夕《ゆうべ》の、いともなやましい頃である。夜会を待つ人々が、木蔭で、ベンチで、静かに物語る頃である。

お銀はやや上気した頬を夕風になぶらせながら、バルコニーの片隅で、広い庭を見晴らしていた。

「おやッ！」

不意に驚きの声が彼女の唇を洩れた。

バルコニーの真下を通りすがった二人の紳士、タキシード姿も似合う二十台《はたちだい》の青年二人、お銀はどこやらに見覚えがあった、どうしても見た事のある後ろ姿だ。彼女は考えながら見送っていた。がどうしても思い出せなかった。

「ままよ」

彼女は二人の青年の後を追った。

青年二人は人蔭のない庭の木《こ》がくれのベンチに腰をかけた。お銀は大きな石の影に身をひそました。

「で、君はどうする?」と一人がいった。

「俺は、電気の消えたのを切っかけに、像をさらう。君は?」

「俺の方は美奈子を絞めちまおう」

「時間は?」

「三時から三時半まで」

「OK。あとは例の通りだね」

「O・K」

「電気の方は?」

「吉川がO・Kだ」

二人の青年は立ち上った。

隠れて密語を聞いたお銀の眼は異様に光った。今夜は仕事どころの騒ぎじゃあない。えらい事が持ち上る。野郎、黄《きいろ》な嘴《くちばし》をしやあがって生意気な真似をしやあがる……とお銀の胸には一種の侠気が、むらむらと湧き起って来た。

像とは? 美奈子とは?

「二人の奴を尾行《あとつ》けて、よしッ、目に会わしてやろう」

蛇の道お銀の全身に流れる斯道の悪才と、持って生れた侠気とが、身体中に渦を巻いて、彼女は一種の冒険的快美にうつらうつらと酔うような気がした。

広い夜会場。賑かにさんざめいた。夜会が終った。人々は思い思いにカルタにトランプに興をやっていた。お銀は二人の青年から眼を放さなかった。それこそ蛇のようにつけまわした。美奈子! すぐそれと気がついた。

「あの美しい方は」

二九とはじらう断髪の令嬢風、その女を指して傍《かたわら》の人に訊いてみた。

「大江さんの弟さんの新妻ですよ」

「マア、美しい方ね」

それから彼女は八ツ橋の親分の傍《そば》へ行った。

「大江さんの弟さんね、あの人の奥さん。……ほら向うにいる断髪の美人よ……あれを今夜絞めようてのがいるのよ」

「ウーム」

「で、私まだ外に用があるの。あんたあの美人を気をつけておくんなさい。三時から三時半までの間、ダンス場でよ」

彼女は巧みに長親分の耳へ一件を囁いた。

「よしきた。引き受けた」

これでよし。あとは二人の青年を尾行てダンス場へ入ればよい。

十一時頃からダンス場が開かれた。雪崩入る女、男、女、男……もう手に手をとって、ジャッズのにぎやかさ。お銀はダンス場を一廻りして、アッと驚いた。

像！　読めた。これだな。

ダンス場の一隅に美しい大理石の上にかざられた例の子持観音！

ダンスをしない人々は珍らしそうに、それをとかく評して眺めていた。

「この像を盗むんだな？」お銀の第六感……いやあるいは第七感がそう感じさせた。

「この像は谷中の……するとあるいは？」

お銀の眼はますます緊張味を加えて来た。よしッ！覚えてろ。

十二時を過ぎた。ダンスは佳境に入る。人々は夢中だ。

電気が消える。キャア！　という女が大げさな悲鳴、笑い声、ジャッズ。キッス。……騒ぎだ！　大騒ぎだ！

また電気がついた。ゲラゲラ笑いながらダンスはクライマックスに登って行く。果しもなく、果しもなく……

三時になった。蛇の道お銀はやや汗ばんで来た。踊り疲れたらしく例の観音像の近くのソファーに倚っていた。

青年は左手のソファーに汗をふいて見る。ジロリと像を見た。

いよいよ狙っているな。美奈子は？　と見ると他の一人の青年と親しげに話をしている。親分は？　近くで他の芸者風の女と話をしている。

ジロリ、
お銀が合図の眼を送った。

ニヤリ！

八ツ橋の親分が微笑した。

ダンスが始まった。三時十分、二十分。

パッと電気が消えた。お銀の身体はバネのように飛び上って像の傍《かたわら》へ。ヌッと太い手が出て、像を掴む。と同時に、アッ！　低い声がした。お銀は素早く男の手を掴んだ。

「ウヌッ！」

「馬鹿な真似をおしでない！」

低く男の耳に囁いた。激しい格闘。バタリと倒れる音がした。

「やいッ！」

「アッ！」

闇をつんざいて場の真中から太い声が起った。

「電気をッ！」と怒鳴る。

「アレーッ！」と悲鳴。

バタリ！　バタリ！　激しい肉弾の響がした。

「電気をッ！　早くッ！」

と太い声が怒鳴った。長親分の声だ。続いて、

「逃げたッ！」

悲鳴。叫喚。

「電気！　！　電気をッ！」

ざわめきが続く。混乱がつづく。

十分、二十分！

電気がついた。

と見よ。その大混乱の中に！

首に細紐をくくしつけられて倒れている美奈子！　それを抱き上げて走る八ツ橋の長親分。

「水だ！」

とまた室の一隅に気を失って倒れているタキシードの青年！　彼の右手に緊《きっ》と摑《にぎ》った観音像。しかも左手の手袋が抜けて傍に落ちているのをふと見ると、紅絹《もみ》裏ついた、あの恐ろしい紅手袋！

「ここにも気絶している！」人々が騒ぎ出した。

どっと取りまく人々の群。その群を離れて、洋装美人のお銀は凄い笑をニヤリと洩していたのを誰れ一人気のつくものはなかった。

とこの時、

「電気室でも電気係が気絶している！」

飛報に三度人々を驚かした。

混乱だ！　大混乱だ。

「警察へ！　早く！」

春宵《しゅんしょう》一刻、価千金の春の夜の歓楽境は忽ち恐ろしい修羅擾乱《しゅらじょうらん》の夜と変ってしまった。

怪教会

◇逃走◇

大江邸のダンス最中《さなか》に三人の人が気絶をした。混乱は混乱を捲き起すだけであって水だ、薬だと騒ぐ人々の狼狽《あわて》さ加減。所謂紳士とか名流とかいう人々が多いだけに、誠に仕末がわるい。美奈子夫人が生気づいた頃には、観音像を握っていた青年も息を吹き返し、気絶していた電気係も唸り出していた。

「警察へ！」

漸くそんな事を思い出した。

「警察へ！」

しかし大江氏としてはこうした際に警察の手を煩し、世間の評判になるのは好ましからぬ事でもあったが、事情やむを得ないから、その旨を電話で届けた。

被害という程度のものもない場合、届出が極めて内輪に伝えられてあるから、殺人事件や強盗事件のようにソレッと許り自動車を飛ばせたり、非常線を張ったりする事はしない。

関西の富豪に敬意を表して、本署から係員が自動車で乗り込む頃には、こうした事件に係り合を恐れる夫人、令嬢、さては紳士や花柳界の花形など、皆いち早く退却してしまった。

「丁度、三時二十五分頃、急に電気が消えますと、いきなり美奈子の首へ紐ようのものを捲きつけたものが御座いますので……」と大江氏は警察官に説明した。「美奈子が悲鳴を挙げますと、殆ど同時に闇の中で格闘するらしい音が聞えはじめました。え？　何しろ闇の中の事ではあり、お客様方も騒いでおり、オーケストラも始まっていましたので、何が何やら、一向にわかりません。その内に電気がつきますと美奈子は驚きの余り気絶していますし、ホールの片隅に、青年が倒れていますし、電気室では電気係が気絶して……」

「電気係が？」

「ハア。私です」二十二三の若い男がいった。

「電気室でスウィッチの具合を見ていますと、室外でふと私の名を呼ばれましたので、室から首を出したとたんに首の処をこう……」彼は両手で自分の首を押えながら……「こう絞めつけられて、アッと思う間に気が遠くなってしまったのです。それから皆さんに介抱されて初めて気がついたという次第で御座います」

「どんな男に首をしめられたか？」

「それが、電気やさん！　と呼ばれて、オイと首を出す、トタンにもう首を掴まれてしまいましたので、目がくらくらッとする、一生懸命もがきましたけれども、四辺が全くくらくらなってしまっていて何も解りまへん」

「フーム。で、今一人の気絶していたという人は？」

と警部がいった。

「あちらの室にいましたから、呼んで来させます……」

呼びに行った男は間もなく引き返して来た。

「いやはりまへん」

「何？　いない？」

「いないはずはない、よく捜して御覧」

二三人が立って行った。暫くしてから皆引き返して来た。

「どこにもいやはりまへん。お帰りになったそうだす」

「そりゃあ困るな。その男の名前は?」

「私もよく存じません」と大江氏がいった。「誰れか知っているか?」

「……」

「存じまへん」

家中で誰れもその青年の名を知っているものはなかった。彼は無記名の案内状を持って来たものらしく、しかも客の帰る混雑にまぎれて帰ってしまったらしい。

大江氏としてはその青年が誰れであろうと問題ではなかった。ただただこんな事件が世間へ大きく伝わる事を恐れていた。従って、警察の調査に対する答弁も頗る簡単で、何か物取の目的か、あるいは一部の左傾分子が、ダンスなぞに反感を以て場内を騒がせたのだろう位に片づけにかかった。

阪神富豪の邸内の出来事ではあり、相当知名の人々の集りでもあったので、警察の方でも深い取調べもせず、どうやら、あいまい裡に引き上げて行った。

が、しかし、まんまと大江氏邸内を抜け出した青年をたった一人見逃さなかったものがある。

蛇の道お銀だ。

◇摑んだ男二人◇

青年が人々の介抱で生気づいて、あっちこっちへ礼を述べている頃から、人々の蔭にかくれて監視の眼を光らしたのは、お銀である。

彼が来客の帰るどさくさまぎれに巧みに人々の影を縫って玄関へ出、大江氏が来客の送り迎え用に集めておいた二十余台のハイヤーやタクシーの中の一台に何喰わぬ顔で乗り込んだのをチラリと見たお銀は、

「おやッ。自動車まで用意して来やがったね」と思った。

青年と運転手の態度、その眼と眼との交渉、そこに臭い所があった。

自動車は動き出した。

お銀も一台へ飛び込んで後を逐う。

自動車は阪神街道を三宮《さんのみや》指して全速力で飛んだ。

お銀の乗った自動車は室内に電燈も点さず、その後を尾行する。が、闇の街道、闇の自動車の中で、お銀は衣服をぬぎにかかっていた。

三宮へ入って間もなく、怪自動車は三宮神社の横手へ

切れた。

「この奥は自動車が通れないはずだ」とお銀は考えた。運転手に何やら耳打をすると、そのまま走って行く自動車からヒラリと飛びおりた。が飛びおりたのは洋装のお銀ではなかった。鳥打に黒のマントを着た若い男だった。無論、この深夜に洋装の美人がブラブラしていたら人目につくは必定《ひつじょう》、そこにぬかりのない彼女が美事な、素早い変装である。

果然、相手の自動車は境内に停っていた。

「オヤッ！」

お銀が驚いたも道理。気絶した青年一人がいると思っていたのに思いきや男二人、庭で密談をした例の男、美奈子を絞めて果たさず、長親分と格闘をして逃げ出した奴である。

二人の怪しげな青年は自動車の運転手と何やらヒソヒソ話をしていた。そしてそのまま神社の裏手の方へ廻った。

こうなれば蛇の道お銀、お手のものである。黒いマントに身を包んで同じく反対側から裏手の闇に姿を消してしまった。

静かな夜に怪自動車のエンジンが響を立てて、どこへか引き返すらしく、爆音は神戸方面へ次第に消えて行って、後は静かな闇のみが取り残された。……

×　×　×　×　×　×　×　×

怪青年の宿をつきとめて、そこの軒下に一夜を明かし、翌朝十時に阪神急行で大阪へ出、京都へ走ってその晩の二三等急行に相手の青年二人が乗り込むまで、尾行の苦心と秘術とは余りにこの事件に関係がうすく、かつまた余りにくだくだしいから省略する事として、要するに蛇の道お銀は、恐ろしい魔の手、紅手袋の一味と信ぜられる男二人を完全に自己の手に摑んで、金輪際《こんりんざい》放すまいと汗水垂して尾行し、それに成功した。

彼女が商売柄とはいいながら京都へ尾行《つ》けるまでの苦心は実に骨身を削る思いがしたが、京都へ入ってからはさすがにホッとした。

そこには八ツ橋の長親分がいるからだ。長親分はお銀からの電話で、その道かけての猛者《もさ》数名をお銀に貸してくれた。

夜を待つまで、お銀は京都駅近くのホテルで二日間の疲れをやすめて泥のように眠っていた。

汽車の尾行など庇の河童である。

朝、東京駅へつく頃には、秀公も繁も、富もプラットホームにブラブラしていた。

タクシーに乗った二人の男は繁と富が受け持つ事にして目に見えぬ糸に引張られるように飛び出して行った。

「姐御、どうしたんです？」

「紅手袋の一味へ当りがついたのさ。もうこうなれば、離しっこはないよ」とお銀は自動車の中で上気嫌だった。

「それにね。ホラ！」

お銀は懐中から紙に包んだものを取り出して、丁寧に紙を開き初めた。

「何んです？」

「ねただよ」

笑いながらお銀が紙を開いて、つまみ出した黒い立像！

あッ！　それは、あの大混乱を引き起す原因になった子持観音！　素晴らしい早業、さすがに名に恥じずいつの間にか盗み出して来た子持観音。

「こいつが、どうやら紅手袋の秘密を持っているらしいんだよ、あのね、谷中の一件さ、あの時相手の女か男かが落したものに相違がないんだ。この観音様のお蔭でどうやら、片がつきそうな。南無観世音《かんぜおん》大菩薩！　お前もよっく拝んでおおきよ。ホホホホ」

◇怪し唖爺《おしじじい》◇

「へエ、全くの処申訳がねえんで、野郎にすっかり撒かれました」

青年二人を尾行した富と繁とは実以て恐縮したらしく紅水仙の前で頭をかいていた。

もう十一時近い。青山三丁目の奥、見ればただ見越の松に数寄をこらした一構え。そこがお銀の本拠である。

お銀は派手な丹前に着換えて、部下二人の報告を聞いていた。

「先方で感づいたのかい」

「まさか、そんな風でもねえんですがね、お話しましょう」繁兄いがいった。

「野郎共の乗った自動車は一高前で停ったんでさあ。こちとらもね。その後を追っかけやした処が、二人はあれから西片町の方へ歩いてね、左へ切れて、誠之《せいし》小学校の右から、奥へ入ったんです。二人じゃあ具合が悪かろうってんで、富兄いにその先を突いてもらいました」

「がそれがあっしが抜かっちゃったんで、申訳がねえんです」と富が引きとった。

「申訳はどうでもいいじゃあないの、解ってるわ」

「へえ。するてえと、一人は横町を曲って、小さい教会に入ったんです」

「教会?」

「へえ。教会へ入るなんておかしいと思ったんですが、暫く待ってたんですが、出て来ねえんで、俺《あっし》ア、思い切って教会へ入って見ると、中はガランドオでさあ。人っ子一人居やあしねえ。仕方がねえから、繁兄いを呼んで二人して待っていたんだが、出て来ねえ……」

「困っちゃう? 野郎籠抜けかと思ったんですが、他に出口がねえから、丁度教会から出て来た小使に聞いたんです。これこれの男二人が入ったろうってね。するてえと、その小使の爺が唖ときてやあがるんで、ァ、ア、ア、ァ、ァアア……ウァーッてやあがる!」

「馬鹿ッ、唖の真似までしなくってもいいよ」とお銀は笑い出した。

「結局、そんな男は来ねえって、首をふるんで、そんなはずはねえ、今確かに来たんだってたら、唖の爺が、ァア、ア……」

「またかえ!」

「手を引張って、教会へ入り、横手へ抜けて指したのを見て、驚いたね」

「道が抜けてやあがるんでさあ」と富がいまいましそうにいった。「そこから裏の物置の横手廻り、御用聞の通る露路から、白山《はくさん》の方へ降りられるんでさあ。野郎やったなと思ったが、仕方がねえから引き返《けえ》したんですがね。しかし姐御、その物置なら、表通りから見通しなんですぜ。俺ア、じっとそこに立っていたんですから、裏道かけて籠抜をすりゃあ決して見逃しっこねえんです」

「と富はいいますがね、そりゃあちょっとした隙に抜けたんだろうと、あっしは思うんです」と繁。

「いや、そんなはずがねえんだ」

「はずがなけりゃあ、教会にいるんじゃあねえか」

「だってよ、俺《おれ》の目で見たんだから……」

「まあいいよ。どっちでも」とお銀が二人を止めた。

「で、その物置は大きいのかい?」

「かなり大きな洋風造りの立派な物置でさあ。それに唖の爺が、今日午後一時半から説教があるって教えてくれましたぜ」

「じゃあ唖じゃあないじゃないの?」

「いえ、教会の立看板を指でさしたんで。糞爺め、俺を信者だと思ってやあがる」

「ホ、ホ、ホ……大した信者だね」

笑いながらお銀はじっと考え込んでいた。

「私ア、これから教会へ行くよ」

卒然としてお銀がこういい出した。

「へえ？　姐御が？」

「ああ。青年二人が教会に入って、抜けたとして見ると、まあその近所へは再三行っていて、地理を知っていたんだね。それに籠抜けなら、何も、本郷くんだりの小さい教会でしなくてもよさそうなものさ。だから、その教会が臭いか、あるいは教会の近所に巣があるんだよ。まあ考える事もあるから行ってみようよ」

「お一人ですかい？」と秀がいった。

「そうね、秀に片棒かついでもらうかね。余り新顔がいくつも行くのは変だからね。秀は……そうね、学生におなりよ。あたしは、女給になるからね……女給と学生ならいいだろう？」

「ハッハハハハ、ちげえねえ」

三十分許りしてからお銀と秀とは学生と女給になって青山を出発した。……

繁と富とに地図を書いてもらってあるので骨を折らずに教会の前へ入った。二人はちょっと中の様子を見て、ツカツカと入っていった。

入口にいた唖の爺さんがジロリと二人の背《うし》ろ姿に鋭い視線を送ったが、ニヤリと微笑して、後は無表情の馬鹿見たような顔をして、ぼんやり外を眺めた。

三十人許りの青年男女や子供が集っていた。

説教をしているのはうら若い、美しい救世軍の女士官だった。奇麗に澄んだ声が心よく響いた。

「いい女だなあ。救世軍などになるからにゃあ、若いロマンスか失恋だろうが、惜しいもんだ」と秀公は女士官の顔にばかり見とれていた。

小一時間巧みな説教がつづいた。次に讃美歌が始まった。隅の方に陣取ったお銀は皆と一緒に讃美歌をうたった。

「ウヘッ！　姐御の小唄は幾度も聴いたが、讃美歌は始めてだ」と秀はモガモガ口を動かして歌ってるような風をしながらお銀の歌に耳を傾けていた。「巧えもんだが、蛇の道お銀、紅水仙の姐御の讃美歌なざあ、天下一品だね、ウフッ！　笑わしやあがる」

讃美歌が終って、今度は牧師風の若い男が立った。

彼はイエス・キリストが人々の罪を負って十字架にかけられた話しから、その昔、元和《げんな》八年九月十日、長崎立山で行われた切支丹《キリシタン》虐殺の話を初めた。

若い牧師は次第に熱して来た。自らの講演に興奮熱中して熱い涙が青ざめた頬にポツリポツリと流れ初めた。信者の中にも涙を流しているものもある。

お銀は目を閉《つぶ》り、首を垂れて熱心に聞いていた。

「チェッ、姐御は馬鹿に感動しちまった。何のために来たのか解りゃあしねえ。明日から商売《しょうべえ》を止めて、イエス・キリストになるなんて来た日にゃあ、目もあてられやしねえ」と秀公はやきもきし出した。

若い牧師の話も一時間許りつづいた。

「彼等がよく、この残虐な極刑に甘んじ、無心の幼児も自ら頭を伸べて刃《やいば》を受け、八十の老媼《ろうば》もよく二時間の熱火に堪えたという事は実に想像も及ばぬ奇蹟でありま す。私はその人々の悲しい、そしてまた教のために死ぬるという歓びの心持を今でもはっきり思い出す事が出来ます。私共祖先の悲しみ、怨み、歓びそれを私共は今想い出しました。『デウスに命を捧げんとするものは、デウスこれに無限の力を与え給う』と殉教の第一人者カルロ・スピーラの言葉を思い出します。皆さん、どうぞ、その人々のためにお禱《いのり》をささげて下さい……」

涙を流して若い牧師は壇の上に額《ぬか》ずいた。

「天にまします、我等の主よ、願くば主の広き御恵みによって……」

静かに、しめやかに禱の言葉が彼の唇から洩れた。

それから讃美歌があった。四時頃人々は教会から出た。

「驚いたね、姐御!」と秀が囁いた。

「何がさ?」

「何がってさ、姐御の讃美歌にゃあ笑わせられましたぜ。いつクリスチャンになったんですか?」

「フン」鼻で笑っている。

「あの美人士官も何んだか、若い男が泣いてやあがる。姐御は、一生懸命聞いている。どうも、こちとらの人生観が変りかけてきやがった」

「馬鹿!」お銀が強くはき出した。

「エッ!」

「あの若い牧師が、富と繁で尾行《つけ》廻して撒かれた男なんだよ」

「エッ! あれが?」

「神戸で美奈子さんの首をしめやあがった奴さ。それが鹿爪《しかつめ》らしく泣いてお説教をするんだからね、なるほど、こちとらの人生観が変らあね」

「冗、冗談じゃあねえ。ほんとうですかい?」

「秀さん」

「エ?」

「私《あたし》は今夜あの教会へ張り込むよ。お前は外廻りを頼むぜ」

「張り込む?」

「あの教会が臭いんだよ。それに啞の爺ね、あいつが大臭《おおくさ》さ。入りしなにちょいと鏡合せをして爺の様子を見たらね、お前は知るまいが、あの爺が私達の背ろ姿を見て、ジロリと眼を光らせたよ。それからさ、ニヤリと笑った目と顔の鋭さ。爺め、ただの鼠じゃあ、ねえんだよ。確《しっ》かりおしよ秀公」

「ヘエー！」秀公一言《いちごん》もなくまいってしまった。

◇地下の怪◇

一旦家へ引き上げて用意をしたお銀は灯《ひ》ともし頃に再び教会の附近へ姿を現わした。彼女は男装をしていた。

お銀は大体において教会の周囲を見廻って各方面から足場を研究した。研究しつつ隙をうかがっていた。第一洋館立《だて》はいろいろの意味で忍び込みに面倒である。何とかして教会の会堂内に入り込んでいて夜を待ちたかった。その意味で彼女は人の目にふれない隙をうかがって大胆にも堂々と教会の門をくぐって右手から教会を一廻《ひとまわり》しようとくわだてた。

丁度半廻して裏手へ廻った時、ふと人の来る気配がした。彼女は四辺を見廻したが、身をひそめるに適当な処がない。丁度幸い、物置小屋の扉《ドア》が少し開いていたので、その中へ飛び込んだ。

物置といっても相当に広かった。そして壊れた卓子《テーブル》や椅子やお祭りに使用する背景などが押し込んであった。お銀はこれ等の中をくぐって奥の方へ身をひそました。

間もなく男が物置へ入って来た。何かごとごとしていたがそのまま出て行った。出て行きがけに物置の扉を閉めて、鍵をかける音がした。

失敗《しま》った！と思ったがもう遅かった。箱をふせたような厚いコンクリの物置で、出るに出られなくなってしまった。こんな密閉された箱の中に一晩中いたら窒息してしまうかもしれない。さすがのお銀も途方に暮れてしまった。どうしよう。どうしてここを逃れ出よう。さりとは自分ながら浅薄《あさはか》な事をしたものだ！

不安と憂悶の中に長い時間が経った。何かしら息苦しいような気がして来た。頭がズキンズキンと痛み出した。窒息かしら？　死か？　恐ろしい死か？　紅水仙の姐御が、処もあろうに物置の中で野垂死《のたれじに》か？　蛇の道お銀が岩見銀山桝《ます》落しを喰った溝鼠《どぶねずみ》のように狂い死をするのか？

お銀は懐中電燈を出して四辺の様子を調べて見た。腕時計を見るとまだ八時半だ。

ふと足音が聞えた。耳を澄ますと、こっちへ近づいて来るらしい。

来たな！　占めた。此度《こんど》来たらば腕力に訴えてもここを飛び出してやろう！　お銀は芝居の背景《バック》に使った張物の蔭にかくれて待っていた。

鍵をはずした。女が――今日昼間説教をした美しい女士官が入って来た。そして物置の右隅にしゃがんで何かしている。お銀はその隙に物置から飛び出そうとして一歩外へふみ出した刹那、ハッとしてまた身をひそめて息を呑んだ。

見よ。女士官のしゃがんだ傍《そば》にはいつの間にか二尺四方位の穴があいているではないか！

地下室?!

こんな細工には慣れ切っているお銀は即座に直覚した。直覚すると持参の冒険心が湧々《むらむら》と起ってきた。

地下室がある。秘密がある。占めた、教会へ忍び込むより、この方が面白そうだ。と思うともう最前の不安も頭痛もきれいに消えてしまった。

女士官の姿が地下へ吸い込まれると同時に、お銀は首を出して戸外の様子を窺った。そしてソロソロと地下室の穴の方へ這い寄った。

穴をのぞいて見ると例によって階段だ。お銀は平気で、しかし深い注意をはらいながら、降りて行った。

十段ばかり降りると立ってあるける位の横穴がある。それを十間ほど進むと、お銀はハッとして闇の中に立ち停った。

トンネルとばかり思って来たお銀の前には広い室が開けたからだ。

奥の方に極くかすかに二燭位の電燈の光が洩れて、四辺をうすあかるくしている。室というよりはむしろ岩窟である。それも中央が八畳位で四方に小室があるらしく、横穴も見えれば、扉《ドア》も見える。

お銀は地に耳をつけて最前の女士官の足音を聞いた。がボソとも音がしなかった。

女士官は地下に吸い込まれたように消えてしまったのだ。お銀はいかに蛇の道といっても途方に迷った。迷って考えて立ちすくんだ。

立ちすくんでじっと考えながら耳をすますと、どこからとなく忍び泣く声が洩れて来るような気がした。細く、細く絶えて切れそうなすすり泣きの声である。幽鬼の悲しみに消えんとするような声が、彼女の耳の底へ伝わって来るような気がした。

彼女はその音をたよりに進もうと決心した。岩壁の根を丁度屋守《やもり》の這うようにして身を進めた。が進める前に彼女は全身をすっかり黒い特別な上衣で包んでしまった。

出ているのはただ二つの目だけである。お銀は小さい時に見たプロテア女探偵を真似てそうした服装をした。

ジリジリと彼女は静かに這い出した。忍び泣く音《ね》は絶えては続き、続いては絶える。それが壁に反響《こだま》して的確な方向を定めかねた。しかしお銀がただ六感をたよりにその方向と覚しき方に進んで、奥まった横穴の前まで来た時、バタバタと激しい足音が起った。ハッとして横穴の中へ身を伏せた。

バタバタと人の走る足音。

「待てッ！」と激しい男の叫び声。

「お待ちッ！」と女の甲高い声。

極くかすかな光にすかして見ると、左手の横穴から一人の老人がヨチヨチと走り出してきた。つづいて男が、そして最前の女士官が……。

「待てッ、此奴《こいっ》ッ！」

「ア、ア、ァ、ァ」

老人は奇声を発して広場の中程で倒れて、両手を合せた。

追って来た男——それも昼間涙を流して島原のキリスト教徒虐殺を話した牧師だ——は別人のような手荒さでむずと老人の襟首を摑んだ。

「ア、ァ、ア、ア、……」

老人は手を合せて、額を地にすりつけた。老人はお銀が怪しいと睨んだ啞の小使だった。

「馬鹿野郎！」と女が怒鳴った。

「もういい加減に啞の真似はやめたらいいだろう。犬ッ！　犬ッ！」

「ア、ァ、ァ」

「この野郎ッ！」

男は力まかせに老人を叩きのめした。

お銀は地上に這って怪しげな啞の老人と、偽牧師と、そして偽の女士官らしい妖婦との活劇の成行を見た。

どこからとなく前よりは力づよく女のすすり泣く声が聞えてくる。

老人は地に這いながら悲痛な奇声を挙げた。

男と女とは恐ろしい見幕で老人に詰め寄せて来た。

それ等の声と音とが、怪しい教会の地下岩壁の四壁に反響の渦を捲き返した。……

水地獄

◇唖の切檻《せっかん》◇

偽牧師と偽女士官に捕えられた唖の老人は、喉の底から絞り出すような苦しげな奇声を出して只管《ひたすら》に憐《あわれみ》を乞い願った。しかしそんな位に耳を傾けるような連中ではなかった。

「縄と鞭を持っておいで……」と女士官がいった。

男は押えていた手を離して元来た方へ走り去ったが、老人は別に動こうとしなかった。ガランとした洞窟の中にまだ腕たくましい老人と、繊弱《かよわ》い女、お銀は老人が猛然と女に飛びかかって、女を縛り上げる事を予期した。恐がしかし老人は依然としてじっとうずくまっていた。恐れているのか、力がないのか、あるいはまた何かしら考えているのか。

「……ええ、じれったい。そうだ、飛び出そう……」

とお銀は半身を起しかけたが、ふと上目使いにジロリと女を見上げた老人の凄い、鋭い眼光を見て、ハッとしてまた壁へ張りついた。

「何かしら、曰くがありそうな。洞穴のどこかで泣く女の声、唖ながら、凄く鋭い眼光を浮び出させる怪老人……そこに曰くがなくてはなるまい。面白い芝居だ。見てやれ、終りまで。それから悠々とこの蛇の道お銀さんが登場とするかな」

お銀はじっとして様子いかに固唾を飲んで待っていた。

偽牧師は間もなく太い縄と革の鞭とを持って戻って来た。

「ア、ァ、ァ、ァ……」

これを見ると唖の老人が悲惨な声をふりしぼった。手を合せて拝んだ。十字を切った。不具の老人が戦き慄れる有様は傍《そば》で見る目も気の毒な程であった。

女が鞭を受取った。老人は額を土にすりつけていたがヒューッと革の鞭の音を聞いて彼は真青になった。ガタガタ慄えながら、一層あわれっぽい声を喉が裂けるかと思われる程に出した。

「おい、爺さん、唖の真似もいい加減にしないと痛い目を見せるよ。どうせ妾達の秘密を知ったからにゃあ、ただはすまされないからね」と女がいった。

「やいッ！」

突然男が太い縄で老人を殴った。

「ヒーッ」

息詰まる悲鳴を挙げて老人は倒れてしまった。

ヒューッ！　鞭が老人の肩を打った。ピシーリッ！

縄が老人の背を打った。

「ヒーッ！」「ヒーッ！」

鞭と縄と交る交る打ち下された。老人は息も絶え絶えに地上にころげ廻った。怖ろしい折檻だ。とても見ていられない惨忍さだ。お銀の全身にはうずくような憤激が流れた。

「うぬッ！　人でなし、見ろ。どうするかッ！」隠し持ったピストルを握って今にも飛び出そうとした。

時である。ガヤガヤと人声が上の方から聞えてきて屈強な男が五人洞窟の中へ入って来た。

「あっ！　マリ子さん。どうしたんです」

彼等の一人が折檻の様子を見て叫んだ。

「この爺が怪しい怪しいと思っていたら、遂々《とうとう》この密室へ入り込だのよ。どうも今夜のあれを知ってそれを見極めに来たんじゃあないかと思われるのよ。此奴《こいつ》唖なんて偽だわ。だからこうして白状させているんだが、中々強情で……」

「いや、この爺さん全くの唖でさあ」と上からまた男がいった。「僕もね食うや食わずで救《たす》けてくれって教会へ飛び込んで来た当時から怪しいと思って、不意に呼びかけてみたり、不意に叩いてみたり、不意に突飛ばしてみたり、手を変え、品を変えて、皆して試して見たんですがね、どうしてもキー、キー、ァアーが出ない所を見ると全くの唖ですよ」

「でもこの洞《ほら》に入った以上はね」

「どうせ、飼殺しの小使ですもの、よくいい聞かせて同志の一人としてやったらどうです」

「でも、此奴は私達と素性が違いましょう。だから、同志には……」

「じゃあ、こうしましょう。当分の間ここへ監禁だ……」

「そうね……」

唖の爺さん、助けてくれと拝んで合した手そのままに縛り上げられて、隅の方へごろごろところがされてしまった。

これまで老人の折檻騒ぎで気がつかなかったが、それが静まると再び怪しいすすり泣きの声がどこからとなく聞えて来た。

お銀はジッと四辺を見廻した。虎穴《こけつ》である。ガランとした洞窟の中、そこには荒くれ六人と凄い女とがいる。

表は教会の士官であろうと牧師であろうと、こんな恐ろしい大秘密を東京の真中に持っているからにはどうせただの人間ではない。使っている小使が入って来たのですらこの折檻である。万一お銀のいる事が発見されたら最後の助《すけ》、命は無いものと思わねばならない。

男一人に女一人ならまだ何とかなろうけれども、こう大勢ではピストル一挺位では何とも致し方がない。どこか隠れる所を捜さなければならない。といって動く訳にも行かない。幸い手近い所の細い穴、蛇の道お銀はそこへズルズルと這い込んだ。

洞窟の真中では男女七人が何事かひそひそ相談をしていたが、

「では、今夜これから小羊を水で洗っていけにえにしましょう」と女がいった。

彼等は洞窟を真奥《まおく》に進んで行った。そして一番奥の壁に向って、何かしらすると、不思議、壁が静かに扉のように開いて、奥に一條の道がある。すすり泣きの声が一しお明瞭に聞えてきた。

彼等の影はその中へ吸い込まれるように消えてしまった。お銀は再びそろりそろりと洞窟へ這い出した。

「老人を助けたものか?」

お銀はちょっと躊躇して考えたが、今差し当って老人の命には別状がない。それよりも、あの道の奥に誰れかしら泣いているものがある。今彼等はその方へ行ったに相違ない。

「それなら、泣いている女……女らしい……の様子を見ましょう。そして彼奴《きゃっ》等のやってる事を捜ってやれ」

お銀は命がけの決心をして彼等の後を追った。

◇犠牲の小羊◇

黒衣のお銀は彼等の後から地を這って続いて行った。地階が五段、それを登ると一間に二間位の広さの洞、それにまた左右の道がある。突き当りが扉になっていて、彼等の前ににぶい音を立てて開いた。すすり泣く声はその扉の中から明瞭に聞えてきた。

七人の男女が扉の中の闇に消えると扉は中から閉された。鍵をおろすらしい音が物凄く響いた。

ポッと隙間から光が洩れた。燈《ひ》をつけたらしい。お銀は一とまず右手の穴に身をひそめて様子をうかがった。

中からは何事か低い声で話し合う人声が聞えて来た。

「では、身体を清めて、悲しく十字架の上で、氷のような牢獄の中で、恐ろしい温泉ケ嶽の熱湯で、もだえ苦しんで死んだ人々のために、私達は、この小さい小羊の犠牲《いけにえ》を祭りましょう」

女の声が厳かに、うるんで聞えた。

「我等の父、我等の母、その悩ましくも、苦しき日の追憶に、私達は鬼の心から、この怖ろしい復讐を思い立ちました。私達の心をあわれんで下さい。私達の罪を御ゆるし下さい。私達は今、この最後の清らかな小羊の血を、私達の心の鬼にそそいで、そうして私達の心の鬼の、その心を和げ私達の心のままに私達が誓い合った、大きな理想の世界を作るための首途《かどで》の祝福に致します。恨あるもの、それも今消えます。世の横暴な、残忍な、人の世界に呪あれ。その呪のために、私達罪の子の一人一人を犠牲にして、そしてまた罪深い彼等をもまた、私達の呪いに消して、私達の理想の世界を新しく建設致そうとします。私達は明日から、大きな世界の建設のための基石《いしずえ》となり、私達の血と骨と、そして、罪深い彼等の骨と血とを以て清らかな殿堂の礎《いしずえ》を作ります。これからは、私達の恨の血に濡れた紅手袋をすっぽりとぬいで、私達は私達の理想のための新しい紅手袋をつける事に致します。赤い色、赤い色、それは私達の理想で御座います。そしてそのために、私達の手袋は礎を作るために一層赤い血で染めねばなりません。どうぞ、主の神、私達の心の罪を御ゆるし下さい……」

七人の口からこうした言葉が低く唱《うた》うように洩れて来た。

お銀には何の事かわからなかった。

圧《お》しつけるような、陰惨な、唸り声のような歌の声が、労働歌と、讃美歌とつきまぜたような調子で、地の底から湧き起って来た。

五分間許りその物凄い祈りと歌とがつづいた。

それから深い沈黙が流れた。死のような沈黙である。

そしてただその沈黙の中から、細い細い絹糸のようなすすり泣きの声が絶えては続き続いては絶えた。

「では、最後の犠牲と、そして私達の仕事の最初のお祭りを致します」

女の声がはっきりと命令した。

「ヒーッ」

断末魔のような女の悲鳴が起った。

「泣いても駄目だよ。静かにし給え」

男の声だ。

「猿轡《さるぐつわ》をはめろ」と他の男。

お銀はまた穴から這い出した。そして扉の隙間から中の様子を覗き込んだ瞬間さすがのお銀の全身にブルッと身慄いが流れた。

室は八畳位。蛇のように流れた電線の先きに五燭の電燈が光って、その周囲に五人の男と一人の女とがこちらを背にして立っている。やがて、

「よしッ」と声がして地上にかがんでいたらしい男の黒い影がヌッと立ち上った。

彼等の足の間から、彼等に取りまかれている地上に横わっている黒い影を認める事が出来た。

女だ……縛られている若い女性だ。

電燈の光を動かした時、それがサッと彼女の顔へ流れた。

闇の中にくっきり白く——それは恐らく真青になっていたであろうが——浮き出した美しい少女の顔。年は十八九、凄い程の美しさと気品を持った少女である。流行の洋髪も今は無残にくずれて額へ覆いかぶさるようになり、派手な流行の着物も皺苦茶になり、悲しみと、怖れとにやつれて、痛《いたま》しい限りである。

両手を後ろに縛られたまま彼女は顔を仰向けて横に倒れていた。

「立たして御覧」と女士官が再び命令した。

男が弱々しい彼女を抱き上げた。涙は青ざめた頬をぬらして真赤に泣きはらした眼からは玉のような涙が止めどなく流れている。

「泣いてもこうなっては致し方がないのよ」と彼女がまたいった。

「では……この室で、洗礼をします。用意して下さい」

女はつと身を二三歩退《ひ》いた。電燈を持った男が彼女とならんだ。

二人の男が奥手の方へ行った。

「帯をといて、衣服を脱がせます」

少女の手の縛《いましめ》を解いた。そして二人の男が両方から彼女の手をとって押えている。他の一人が少女の背後《うしろ》から帯をとき初めた。

お銀はまるで拷問にも等しいこの場の有様に息をこらして窺っていた。

帯を解き終ると衣服《きもの》を脱がせようとした。少女は苦痛に顔をゆがめて力一杯身をもだえたが、何しろ荒くれ三人に押えられてはいかんともする事が出来ない。

一枚はがされた。二枚はがされた。長襦袢もとられた。張り切った肉につつまれた肩の丸み、盛り上った乳房。純真そのもののような少女の全裸が石像のように闇の中へ浮び上った。

男二人に両手をとられて、ただせわしい呼吸が苦しみと恥しめにふくよかな胸へ波を打たせた。涙も枯れたか少女は絶え入りそうな顔をふせて、今にも気絶しそうで

あったが、暫くしてキッと顔を上げると、決死の色にぶるぶるとふるえながら恨みにもえる血走った眼で、傍《そば》に立っている女士官を睨《ね》め据えたが、猿轡の悲しさ、少女の喉は激しくふるえても声一つ立てる事は出来なかった。

「用意はまだ?」

悪魔のような女士官は静かに少女を見据えていった。

「ハア」

奥の方で声がした。そして二人の男が西洋風呂を持出してきて真中に据えた。

そして長いゴム管を引ずって来た。

「用意は出来ました」

「そう? では……」残忍な女はきっと少女を見て、

「腰巻もとってしまいなさい」冷然といい放った。

◇水地獄◇

さすがに蛇の道も女である。お銀は思わず目をそらして太い息をついた。少女に対する同情と、余りの残忍さに対する戦慄と彼等に対する義憤とが全身に渦を巻いた。

彼女はブルブルッと身をふるわして歯を喰いしめた。

「鬼ッ! 畜生ッ! 人でなしッ! 悪魔ッ!」

お銀はピストルを握りしめて、中へ飛び込んで片ぱしから殺してしまおうと決心した。

「一生に一度だ。血を流してやれ!」

持って生れた俠気が身体中へ湧々《わくわく》と盛り上って来た。

右手にピストル。左手を扉にかけて、今一度中の様子を覗いて、「アッ」と叫ぼうとした。

見よ。全裸の少女は、丸味を帯びた純白の肩から背へ、漆黒の髪を乱して風呂桶の中に、両手を男に取られて立たせられたまま、冷い水道の水を頭から浴せられているではないか。

肌寒い春、冷え切った水を頭から浴せられていかで、堪えられよう。まして花はずかしい少女である。身に一糸をつけぬ全裸である……

「ウーム」

紅水仙の姐御は眼尻《まなじり》をつり上げて唸った。

人一倍に俠気を持って生れた紅水仙の姐御には、今同性の、しかも純潔無垢の少女が荒くれ男の前で、全裸にされて、忍び兼ねるリンチを受けているのを見ては、最早前後を考えている心の余裕が無くなってしまった。

張り込んでいる部下を呼ぶ? 唖の老人を助けて警察の手を借りる? そんな事を思案する暇がない。

カッとした紅水仙は、蛇の道お銀本来の無鉄砲さ、命を投げ出して顧みない冒険心、それで心が一杯だった。

ままよ！

と思うと彼女はいきなり扉へ手をかけて引いてみた、押してみた。動かばこそ。

「開けてッ！　紅手袋！　人殺しの悪魔！　開けろッ！　卑怯者ッ！　開けないかッ！　蛇の道お銀が相手になるんだ！　さあ、開けろ。犬畜生ッ！　人殺し！　紅手袋の奴等。蛇の道お銀が来たのを知らないか。このお銀を生かしておいて、お前達の秘密があると思うと大間違いだよ。開けないねッ！　よしッ！　これでもかッ！」

ドン！

と一発ピストルを扉に向って打ち放した。そして、お銀は全身を扉に向ってドーンと叩きつけた。

ミリミリと音がする。

お銀はピストルを握りしめて、全身を扉に叩きつけた。二度、三度。

室内《なか》からは何の騒ぎも起らない。四度、お銀は身体を扉に打ちつけた。

「お銀さんとやら、大それた真似はおしでないよ」

中から女の声がした。嘲笑《あざわらい》である。

「開けなきゃあ、蛇の道があけるぞ」

「蛇の道なら、穴からもぐっておいでよ」

「何ッ！　糞ッ！」

お銀は五度身体を扉に打ちつけた。ミリミリと扉が動き出した。

今一息である。

力を籠めてお銀が扉に最後の突撃をした瞬間。

「アッ！」

とお銀が叫んだ。と同時に、そこにはお銀の姿がフッと消えてしまった。と扉の前に人一人を呑んだ恐ろしい黒い魔の口がポッカリ開いている。

陥穽《おとしあな》だ！　巧妙な仕掛で土とばかり思っていた地上にポッカリと穴が開いて、お銀の姿はアッという間もなく一呑みに呑まれてしまった。

「お銀さん、どうしたね。蛇の巣へもぐり込んだかい？」と中から女の声がした。「蛇の道は蛇の穴、お銀さんにふさわしいわよ、そこでいいこで寝んねをおしなよ。ホホホホホホホホ」

悪魔の嘲笑はうつろになった洞穴に物凄くこだました。とあとは恐ろしい沈黙、静けさが地下全体を包んだ。ただ無気味な水の音がサラサラと聞えるばかり……

暫く恐ろしい沈黙の内に時が経った。

「ウーム……」

唸り声が魔の口のように開いた陥穽の中から細く聞えてきた。

生きているかお銀。

足下の大地がクラッと揺れるを感じた瞬間に、彼女はハッと思うたと同時に、間髪を入れず、身軽なお銀はツと身を浮かせて飛びのこうとしたが間に合わない。本能的に彼女の左の手が延びて、手に触った土を握《つか》んだ。

左の肩が抜けたように痛んでブラリと身体が宙に浮いた。

夢中である。夢中で彼女の左手は穴の口へ引かかったのだ。片手で身体を宙に釣りながら、お銀は、魔の女の嘲笑を聞いた。

聞くと同時に彼女の頭には第二の考えが浮んだ。

「人が来るな!」

奴等は扉を開けて陥穽の結果を覗きに来るに相違ない。そうしたら……

彼女は死に直面して咄嗟に考えた。激しく肩が痛む。左手で穴の口にぶら垂《さが》りながら、右手に放さなかったピストルを握りしめた。

覗きに来たら最後! 道づれである。右手のピストルで一発の下に一人でも二人でも仕止めてやれ! と彼女はじッと様子をうかがっていた。

がしかし彼等は来なかった。予期は裏切られた。

全身を宙に支えている左手はしびれるほど痛んで来た。出よう。

彼女は左手に力を入れて、右手を穴のふちにかけようとした時、

「痛い!」

左肩が猛烈な痛みを感じた。

落ちた瞬間に、全身の落下力を左肩で支えた際、ひどく肩の筋をいためたらしい。

左手に力を入れると猛烈な痛みを覚える許りではない。左手の自由がきかない。

「ウーム」

唸ったのはこの時である。

万事休す。下を見れば、底しれぬ井戸のような深い穴。水が流れているらしく、底は悪魔の眼のように光っている。

墜ちたら最後である。水地獄。身体は岩に当ってくだけるか、あるいは水におぼれて死ぬは必定。

死!

刻々に迫り来る死の影が目に見える。わずかに支えている片手。しかも痛んだ左手である。目前に迫る死の墜落は今は幾秒かの後である。

「ウーム」

お銀は歯をくいしばって唸った。

刻一刻、左手の痛みは激しくなる。もう駄目だ！　お銀は眼を閉《つむ》った。もう駄目だ。

生きたい。死にたくない。生の執着は左手の指先をこわばらせて土の中へ命をかけで喰い込んでいたが……しかしそれもいつまでこらえられるか。

魔の穴。暗闇がグッーッと眼の前に襲いかかって来た。

「ウーム」

唸ったのが最後、お銀のこわばった左手、その命の綱の左手の五指はズルズルと次第に土から辷って行った……

生娘の犠牲《いけにえ》

◇不思議な手紙◇

駄目！　と思う刹那に気がくじけた。気がくじけると同時に意識を失った。奈落の恐ろしく深い千丈《せんじょう》の穴の中へ蛇の道お銀の身体が一直線に落ちて行く……がその落ちるのも急転直下、加速度に加速度を加えて地獄の底に吸い込まれるような速さで落ちるのではなかった。神経衰弱の人が夢に見る如く、身心脱落し去って虚無《きょむ》放雲《ほううん》の宙間をフワリフワリとただようように、底なしの井戸へ木の葉を舞わしたように、お銀の身体が、いやお銀の無感覚の感覚が、そう意識させたに過ぎなかった。

しかもそれが中途でグッと引き戻されたように思った。摑まれた。大きな、大きな手に摑まれて、反対に上へ上へとお銀の身体は持ち上げられて行った。

死だ、死だ、死ぬなんてこんな気持のいいものかしら？　妾《あたし》は死んだんだ。殺されたんだ。苦しみもなく、痛みもなく、渦巻に捲き込まれて行く木の葉のように、死の渦巻に捲き込まれたんだ。目が廻る、目が廻る、目が廻る……

「お銀ッ！　御用だッ」

「ハッ！」

とした刹那、お銀の身体は、突きのめされたような痛みを感じた。

「御用ッ！」

「なにッ！」

もがくが身体の自由がきかぬ。

「ウーム」

お銀は唸った。耳が鳴る。耳が鳴る。四辺に恐ろしい騒音の響が渦を捲く！　昏迷だ、錯乱……

それから何時間経ったか解らない。

蛇の道お銀はふとうつろな眼を開いた。四辺は暗い。肩の痛みから全身の痛みが針で刺すように感じてきた。

「ウーム……」

お銀は正気づいた。

起きようとした。痛んで起きられない。力がなくなっていた。

お銀は兇悪な紅手袋の陥穽に落ちて、恐ろしい水地獄に、底なし井戸に落ちたんだ。それが……それが……

今の自分はどうだ？　依然として地下にいる。冷たい土の上に横わっている。四辺は暗黒《まっくら》だ。かび臭い土の臭《にお》いが、しみじみと鼻をつく。

あの恐ろしい井戸へ落ちなかったのか？　悪夢か？　死んだのか？　死ななかったのか？　死んだ後に見る幻か？　……いや、助かったのか？

生きている。お銀は死ななかったのだ。お銀は生きている。ここはどこだ？

死の中から紅手袋の手に捕えられてここに埋められたのか？　棄てられたのか？　それとも土牢《つちろう》の中へ入れられたのか？

奇蹟だ。お銀は生きている。お銀は生きていることだけしか解らなかった。

死ななかった！　生きている！

と彼女が自覚した時、お銀は本能的に力を出して身体を起こした。起き上ろうとした瞬間、

「ア痛《ち》ッ！」

いやという程彼女は頭を打って前へのめって倒れた。天井だ。お銀は手探りで四辺を撫でまわした。僅かに這ってあるける程の小さい横穴の中らしい事を意識した。

「ウーム」

三度唸った。そうして漸く彼女は意識を回復して来た。

じっと目を閉《つぶ》って考えた。

考えると死の直前の出来事が明瞭《はっきり》と頭の中へ、よみがえってきた。

恐ろしい紅手袋一味の裸体少女に対する拷問、死の陥穽、底なしの井戸。墜落……

がここはどこだろう？

お銀は無性に痛む左の肩をもんだ。そして僅かに薄暗い光の見える方向へ這い出した。

横穴を這い出して四辺を見ると、そこはどうも教会下の地下室らしかった。確かにそうだ。自分は井戸へ墜落

の瞬間に引き出されたに相違ない。しかしどうして引き出されたのか、どうして水地獄への墜落をまぬがれたか、彼女には一切解らない謎であった。

それでもお銀は横穴から首を出した時から、多年の習慣から来る一種の緊張が全身に流れた。瀕死の人とも思えぬような目の光り、九死に一生を得たばかりの女とは見えない全身の緊張振り、やはり侠女賊お銀の姿と心に完全に還《かえ》っていた。

こうなった時、ふとお銀は右の耳に激しい耳鳴りのしているのに気がついた。頭を二三度振ってみた。が耳鳴りは癒らない。何かしら耳に塞っているようだ。

お銀は右手の指を耳の穴に突込んだ。

「おやッ!」

耳の穴の中に紙が押し込んであった。彼女は、それを引き出した。

「何んだ、こんな紙を押し込んであったのか、……それにしても……」

不審に思ってその皺苦茶の紙をひろげて見た。文字が書いてある。鉛筆で……

「無茶な冒険をするな。我輩最後の活躍の時が来た。生気に還ったら地下室を早く出なさい。少女は僕が救い出す。紅手袋の正体もわかった。一味は僕の手で捕える。今夜……宿」

読んだお銀の顔にサッと紅《くれない》が散った。不思議な手紙の主は、

「宿島さんだ!」

宿島名探偵だ。行方不明を伝えられていた宿島名探偵が出現したんだ。思いもかけぬこの紅手袋の本拠の地下室に!

そうして、そうして蛇の道お銀を九死の中から救い出したのは、名探偵宿島佐六だ!

「命の親だわ、宿島の旦那は!」

その名探偵が今夜紅手袋一味を捕えようとしている。正気づいた侠女紅水仙の姐御、このまま黙って引込んではいられない。そうだ! お銀は決然として起き上った。

……

◇刹那の大喝◇

名探偵宿島現わる!

この言葉がどんなにかお銀に力をつけた。ここへ宿島が踏み込んで来るからには恐らく警察の手配が完全についているに相違ない。事によったら既に紅手袋一味は一

網打尽になってしまったかも知れない。

が……自分がこんな処に独りぼっちに気絶したまま寝かされていたのはどういう理由《わけ》だろう？　札つきの女賊なるが故にそれも紅手袋捜索に力を借したが故に、宿島警部一存の計いで自分を助けると共に、警察の手から目こぼしにしてくれたのかも知れない。

が……気絶したものを棄てておく宿島ではない。活を入れるなり、手当を加えるなりした上で、何とか処置をつけるのが宿島の気質だ。それを……してみると事情が非常に切迫していたのだとも解釈出来る。

が……秀はどうしたろう？　刑事の姿を見れば、妾の身を案じる。案じればぼんやりしているような男ではない。部下を集めに走ったか？　あるいはその間《ま》でふん縛《じば》られたか？　……

手紙をおいて行く時間があったのが不思議だ。

考えれば考える程狐につままれたように解らなくなる。ただ宿島名探偵がここに現われて、手紙を書いて、妾の耳につめ込んで行った事だけは事実である。

して見れば宿島が再びここへ来るかしら？　それにしても今は一体何時だろう？

お銀は腕時計を見た。が時計は何かに打《ぶ》つかったと見えて微塵に砕《こわ》れてしまっていた。


四辺は森閑として深夜のような静けさである。いつでも構わない。元気づいたお銀はもうじっとしてはいられなくなった。まだチクチク痛む左肩をもみながら彼女は身を起した。

身を起して第一に気になるのは最前、少女を水責《みずぜめ》にした室である。暗い地下を半ば手さぐりで捜し廻ったが、小半時して漸くに見覚えのある横穴を発見した。

入口の扉《ドア》は開いていた。中には誰れもいない。再び恐ろしい水地獄に陥《おち》ぬよう細心の用心をしながらお銀は室の中へ入った。床の上には水道のホースが魔の蛇のようにうねっていた。そしてその口からチョロチョロ水が流れている。水！　お銀は急に喉が引つるような灼熱的な痛みを覚えた。とその時には最早《もう》お銀の口はホースの水を受けて飲んでいた。

「ウーフ！」

暫くしてからお銀はためいきをついた。そして四辺を見廻すと左手の奥に扉がある。難なく開いて、その先は穴道。

「まるで蟻の巣みたいだわね」

呟きながら元気づいた彼女は奥の方へ這っていった。左に曲り右に折れる。

チラリ！　光が洩れる。かすかに人声がする。

今度はさすがの蛇の道も大事をとった。ジリジリと這いながら近よって半ば開けられた扉のすきから息をつめて内部を覗き込んだ。

「アッ！」思わず驚きの声を上げようとした程、何という素晴らしさ！

外国の名画にあるような神々しい祭壇。古くさびのある金色《こんじき》の十字架を正面に、左右にかざりつけた燭台の銀色、正面と左右にかけた異国風の壁掛の金襴《きんらん》。すべての器具には時代を経たふるめかしさと神々しい古色がある。十数本の蠟燭の光の下に十余人の男が跪まずいて何事か熱心に禱りをささげている。

その祭壇の前！　そこに怖ろしい犠《いけにえ》が横わっていた。お銀が驚駭《きょうがく》の声を挙げようとして僅に口を押えたのはそれを見たからであった。白蠟のように血の気もなく横えられた犠。水責に合った美しい少女だ。

何という残忍さ、人間の仕業ではない、悪魔だ、兇悪魔神を祭る蛮人の所業《しわざ》だ。生ける少女、それを全裸《まるはだか》にして十字の神前に皿に乗せて供えている！　殺したか？　死んだか？　少女の肌は蒼白に、顔は白布を覆って両手両足を縛してある。

「おのれッ！　兇魔ッ！」

と心中に叫びながら蛇の道お銀はじりじりと扉口へ肉迫して行った。

復讐だ。無辜にも悪魔輩《あくまばら》の犠牲となって惨殺された少女に代っての復讐だ。恐ろしい復讐の血が俠女賊の全身にみなぎった。

何んの！　決死だ。三人でも五人でもこの腕のつづくかぎり殺してやる。最前持っていたピストルは井戸に落したか失ってはいたが、万一の用意に隠した今一挺のピストルがある。胸に呑んだ短刀もある。武器は十分だ。

こうなれば血を見ねばこの胸、紅水仙の胸が収らぬ。お銀の眼は血に餓えた猛獣のような異様の輝きを見せて、鼠の群に近よる猫のように機会を狙って一歩一歩室に近づく。

時である。禱っていた男達の最前列からヌッと一人起き上った。女だ。紅手袋一味の首領とも覚える女である。それがツと前に進んだ。前に進んで犠になった少女の横わっている祭壇の前で十字を切った。男達は皆首を垂れて何か口の中でいいながら黙禱している。女はちょっと頭を下げて何かいっていたようだったが右の腕をサッと上げた。オヤッと思う瞬間、その右の手にキラリッと光る。短刀だ。

ハッとしてお銀がやにわに身をはね起した刹那。

「待てッ！」

大喝一声。耳を劈《つんざく》ような恐ろしい声が起った。と同時に女の振り上げた短刀がカチッと空に躍って床に落ちた。

ワッという叫び声。

お銀は突然とも突然、間髪を入れない間に起った事件に気を呑まれて本能的にツと身を伏せて第二の事件突発を待った。

「待てッ！　野郎共ッ！」

底力のある凄い一喝が再び起った。と見る正前の祭壇の蔭からサッと姿を現わした老人。

その老人を一目見てさすがのお銀も「ワッ」と驚いた。驚くも道理。その老人、恐ろしい声の老人こそは先が先までア、ァァ、ァと悲鳴を挙げていた唖の怪老爺《ろうや》！

◇腹背《ふくはい》の短銃◇

「驚いたか紅手袋！」

唖の老爺は落ちついた声でいった。その手にはピストルがユラユラと軽く動いて群《むら》がり立った紅手袋一味の誰れ彼れが無言のままじり押しに押して来ようという命をかけた恐ろしい団結力を押えながら、

「もう駄目だ。覚悟をきめて静かにしろ。手は廻ったぞ」

「う、うぬッ！　唖の……」

「爺《おやじ》の正体が今わかったか、さりとは遅い」

「誰れだッ！　貴様は？」男の一人が血をはくように叫んだ。

「解らぬか、この正体が、馬鹿」

老爺はじッと相手十余人を睨み据えながら、左手《ゆんで》を上げて、ツと頭の仮髪《かつら》をとる。下は漆黒の短い髪。

「俺だ。行方不明の宿島だ」

「宿島ッ！」

一味の口から驚異の言葉が洩れた。

「宿島だ。島原から種《ネタ》を洗って今日まで捜しに捜して突きとめた紅手袋の正体がこれだ。待っていたぞ。待っていて一網打尽だ。騒ぐな。動けば一発。命にかけた宿島が飛び込んで来たんだ。神妙にしろ」

「ホッホッホ……」

嬌声裂帛。不敵な紅手袋が笑った。

「まあ。大層だわ。偽唖《にせおし》のわからない位、このマリ子は盲目《めくら》ではなくてよ。……そりゃあ、宿島名探偵だ。網も張ったろうさ。だが、そんな虚勢には驚かない事よ。妾の方にだってその位の網は張っててよ。大正の御代《みよ》ですもの。電話も電線もあってよ。妾の部下がこの家の

周囲《まわり》にいるわよ。ヘン。人面白くもない。何の合図があるじゃなしさ……ね、宿島さん、地下室の縄を切って、ここまで来るのに何時間かかって？　外へ出れば部下が見張ってるわよ。それを抜けて外へ出て打ち合せをしてさ、それでまたここへ、でもまあ、よく忍び込めたのね。宿島さん。あんたのトリックは妾にちゃんと読めたわ。貴下《あんた》一人よ。一人でこの十一人を捕えようなんて、ヘン、そりゃあ胴慾だわ。さあ、部下の刑事《でか》がいるんならお呼びなさい。紅手袋のマリ子、逃げもかくれも致しません。が穏しくは出来ませんよ。撃つなら撃つさ。ね、宿島さん……」

それッという合図に命知らずの兇魔の一団はぐるりと女をかこんでジリジリと後退《あとず》さりをする。

「ウーム」

宿島は唸った。ヒラリと祭壇を出るとピストルを突き出したまま、彼宿島が第二の手段に出ようとした瞬間。

「お待ちよ、マリ子さん」

背後から声がかかった。蛇の道お銀である。

「宿島さんの部下はここに居るよ。どじな引込みはしないがいい！」

お銀は扉口からヌッと現われて同じくピストルを突出した。

マリ子はハッとした。底なし井戸、あの恐ろしい水地獄に陥ちて死んだと許り信じていたお銀、それが、所もあろうに、時もあろうに、背後《うしろ》から飛び出して来ようとは夢にも思わなかった。腹背に強敵を受けた形。

「ねえ。蛇の道のお銀は蛇の横穴からヌラリと抜けて出て来るよ。執念深いからさ。死んだって死にきれないよ。蛇だもの、蛇だもの、紅水仙の姐御だよ」

江戸前の啖呵がすらすらと口を突いて出て来た。

「女賊で有名《なうて》の蛇の道お銀だよ。パリパリの江戸ッ子だよ。お役人のように人殺しは出来ない人間とはちと人間の出来がやくざに出来てるんだ。チェッ！　人面白くもない。人を呪わば穴二つ、その穴は正面とこっちに二つ開いてるんだよ。え、マリ子さんとやら、大風《おおふう》な口をおききでない。お銀は夜叉だよ、人殺だよ。どうせ宿島さんの手にかかりゃあ、ただじゃあすまされない身体なんだよ。それがさ、紅手袋には再三恨みがある。その恨だけは晴らして死にたいからよ。さあ、野郎共、睾丸《きんたま》のある奴は動いてみろ、お銀さんのピストルは伊達《だて》じゃあないッ！　秀も来い、富も来い繁も出ろ。ねえ、マリ子さん、泥棒は泥棒だけの事はするからね、見張り？　ヘン、聞いた風の事ア、いいっこなしにしようぜ。宿島が何んだ。刑事《でか》の張り込みなんざあ、朝飯前のお銀だよ。

妾の部下はね、マリ子風情の素人の張込みがこわくて仕事が出来ないと思ってるのかい。笑わしやがる！　さあ来い。動いて御覧。お銀のピストルが玩具《おもちゃ》か、玩具でないか、代は見てのお戻りでよろしい、さあさあ、お立ちから一発だ……」

お銀は思うさま嘲笑した。三斗の流飲を一度に下げたようだ。ピストルをぐるぐるふり廻した。

と丁度この時、けたたましいベルの音が地下の密室へ響き渡った。

◇死の乱闘修羅◇

お銀が九死にもがいていた頃である。一人教会の外に見張りに残された秀公はお銀の姿が見えなくなったので、心配をし出した。

教会の廻りをぐるぐる回って見ても一向に様子が解らない。時間は経って行く許りだ。

「姐御、どこかへもぐり込んだな」と秀は一種の六感を働かした。万一の事があっては？　……

秀は早速青山の隠家へ電話をかけた。

「繁も、富も、留も五六人来てくれ。姐御が例の教会へもぐり込んで解らなくなっちまった」

秀としては悲鳴に近い鳴《ね》を挙げた。

それッというので、富が頭立《かしらだ》って五人、勝手な、それでも身軽な姿をして自動車で馳けつけて来た。

近所の牛屋《ぎゅうや》で首をそろえた。秀は大体の経過を話して相談したが、余り名案も浮ばない。時間は刻々に経って行く許りだ。

「こうしていたって仕様がないから教会へ忍《の》してみようじゃねえか」

と富がいい出した。

「よかろう」

話しは彼等仲間の仕事となれば早く片付く。

秀と富とが偵察に出かけた。教会へ出かけて見て秀も富もアッと驚いた。

教会の内外、恐ろしく厳重に張込みがついている。普通の人間には少しも解らないにしても、忍び、夜盗を商売にしている連中である。第六感どころか八感も十感も働く。多年の経験は恐ろしい程人間の心的観察を鋭敏にさせる。

暗の中に、相手の心の動きがひしひしと彼等の胸にある種の霊感を以て響いて来る。

「おい。中へ忍び込むなあ、駄目らしいぜ」

と富がいった。

「ウム。あの妙な物置な。俺ア、あいつが気になってたまらねえんだ。見ろ。物置の張り込みは四辺へ気を配らずに、物置へばかり目をつけてるじゃあねえか。俺ア、あすこが臭いと思う」

「ウーム」と富が唸った。「ちげえねえ。見ろ、あの野郎の注意はまるきし物置についてやあがる……」

「だから、どうだ、あの中へ飛び込んでみようか？」

秀と富とは裏手から廻って物置へ全力をそそいだ。

一人の青年が教会かげからジッと物置を見詰めている。

「あの野郎を絞めちまえ！」

暫くしてから秀が決心したようにいった。

「待て、連中を呼んで来《く》らあ」

六人の盗賊人《しょうばいにん》が闇の中で目を光らせているとは知るや知らずや教会の裏手、勝手口の所へ立った青年はじっと相変らず物置に目をつけている。

「ピシリ、ザ……ザ……ザ……」

物置の横から怪しげな音が起った。

ハッとした青年はツカツカと物置小屋へ進んで来た。

小屋を左手からぐるりと廻って、丁度真うしろへ来た時、前方に怪しげな黒い影がうずくまった。

ハッとした青年はツと物置の蔭に身をひそめてその怪しい人物の動静をうかがう。

相手も敵現わると見たかジリジリと油断なく地を這った。青年は忍び寄る男の様子に気をとられてこれまたジリジリと隙を窺っていた。とその時、青年の背後《うしろ》から音もなく忍び寄る人影があった。四歩、……三歩。パッとその男が飛びついて、青年の喉へぐッと太い腕を捲きつけた。

「ウ……ウ……ウーム」

さすがは青年も去るもの、捲きついた腕を両手で摑んでぐッと背負なげに身をひねろうとする刹那、前面の怪しい男がツと前からからみついた。

「ウ……ウ……」

絞められた上へ猛烈な当身を喰ってさすがの青年もぐったりとなる。

「占めたッ！　早くッ！」

バタバタバタバタッ、
彼等は音もなく物置の扉を開けると、倒れた青年をそのままにしてバタバタと中へ飛び込んだ。

暫くゴソゴソしていた。

「床を見ろ……穴がねえか」富が低声《こごえ》に叫んだ。

「あった。地下室だ」

「それ行けッ！　あとはどうなろうと構わねえ」

「いや待て。一人残れ。他から来やあがったら極力防ぐんだ。殿軍《しんがり》だ」

「俺がやる」留が引受けた。

「よし、留。頼んだぞ」

「引き受けた。行けっ！」

留を残した五人が、闇雲に地下室に崩《なだ》れ込んだ。全くの命知らず。

× × × × × × × × × ×

ビリビリリッ！

激しい危険信号が紅手袋一味十余人を宿島警部と蛇の道お銀のピストルで囲んだ地下の密室に、不気味な音を立てて鳴り響いた。

「お銀さん！」

甲高い声がマリ子の口を突いて出た。「宿島警部。気の毒だが命を貰うよ。今度こそは紅手袋決死の札を投げるんだ。さあ、ピストルなら撃って御覧！」

「何をッ！」とお銀。

「待て、お銀さん」と宿島が叫んだ。「殺しちゃあいけない。殺さないように撃ってくれッ！」

言葉の終るか終らぬ内、

「姐御ッ！　加勢だッ！」

扉を蹴開いてドッと飛び込んで来た紅水仙の部下五名。秀を先頭に立てて……

「姐御ッ！　大丈夫だ。任しておくんねえ！」

「ホ、ホ、ホ……来たね、盗賊《どろぼう》共が……」マリ子の凄い笑いが三度《みたび》響いた。

パッと散る火花一閃！　マリ子の手からピストルが轟然一発。

ワッという叫び声。

猛然と飛びかかった紅手袋の一味。

「何ッ！」と受けた蛇の道お銀が部下の命知らず。

乱闘である。恐ろしい乱闘の幕が切っておろされた。

……

都大路、しかも本郷の一角の地下で、血と血と肉と肉と必死の大猛闘が……恐ろしい流血の修羅が……。

兇魔四散

◇切支丹の秘法◇

地下の肉弾戦にはピストルはきかない、短刀を抜く隙《ひま》もない、咄嗟の肉弾戦である。宿島警部は紅手袋一味がワッという喚声をあげて蛇の道お銀の部下に襲いかかった刹那、

「頼んだぞ、お銀！」

と叫んだ。叫ぶとひとしく壇上におどり上って、死蠟のようになった少女を抱えた。

「おのれッ！」

紅手袋の荒くれ二人がそれを見て追って来た。

「エイッ」

敵の飛びかかるはずみを狙って足で蹴倒す。と今一人が背後から飛びつくのを少女を抱えたままサッと身をしずませて背負飛《しょいとび》の一手。

「逃がすな、宿島をッ！」

マリ子が叫んだ。心得てまた一人が追いかけると、いつの間にか乱闘裡をすりぬけたお銀が、

「宿島さん、お銀が引き受けた。女の子を頼みますよ。早く、逃げて！」

追いすがろうとする男を横合いからドンと一発、

「ア痛《チ》ッ！」

足をうたれたか男はもんどり打って倒れた。

「さあ来い！　命がいらなきゃあ、寄って来いッ！」

お銀は祭壇の十字架の下に身を潜めてジッと様子を窺った。

猛烈な紅手袋一団を引き受けた秀や繁や富は今必死に戦っている。

マリ子はさすが首領だけの貫目《かんめ》を見せて落ちついたものである。片隅にじっと身をかがめて男と男の火の出るような猛闘を見ていた。かつては谷中の一騎打ちに手練は知っている女賊お銀、マリ子は油断なくお銀の筒先を窺っている。

ツツ！　マリ子は倒れかかって来た格闘の群を縫って動いたかと思うと轟然一発。

パッと祭壇に火花が散った。

プスッ！　お銀も一発応酬した。

この時である。地下を薄暗く照らしていた電気がパッ

と消えた。

四辺四方は真の暗。

その暗の中に気合と唸きと、叫びとが物凄く渦を捲き起した。

パッと電気がついた。消えたと再び点いた、消えた。

……

「気をつけろ！」お銀は精一杯叫んだ。

「逃げるかッ！」

秀の声がした。敵は逃げるらしい。

「追ってはいけないッ！」

ピッ、ピッ、ピピピ。

お銀は叫ぶと同時に合図の呼笛を吹いた。引上げの合図だ。

「マリ子さん。今夜はこれでおさらばだよ。だが……」

「だが？　ホホホ……もう一生会えまいよ、お銀さん。おさらば、さらば、永劫にさよなら……地獄でも天国でも、どうぞ御勝手にね、ホホホ……」

大胆不敵な紅手袋マリ子の声がした。

と同時にグーッという底力のある響きが伝わって来た。

「水だよッ！　秀、富、留、繁、早く出ろッ！」

声の終らぬ内にお銀の身体は非常な圧力で横倒しになりそうになった。お銀はどこからともなく流れ出した恐ろしい水勢を僅かにこらえて、出口の扉の方へ走った。

「姐御ッ！」

秀が叫んだ。と同時にサッと懐中電燈が闇に流れた。秀も大胆だ。敵がどこにどういるか、皆目見えない闇の中、闇のつぶても何のその、大胆に懐中電燈を照したのだ。

電燈の光が室内をスーッと流して廻った。富の顔も、繁も、与三《よさ》も吉も奔流の中に這うようにして敵に構えている顔が次々に写し出された。が、不思議敵の姿は一人も見えなかった。まるで魔物だ。瞬間に消える悪魔だ。キリシタン、バテレンだ。

「ウワッ！　敵がいねえや！」

吉が頓狂な声を上げた。

「ブッ！　水はまだ冷ていや」繁が素呑気に鼻血と手傷を洗い始めた。

「愚図々々していると水雑炊をふんだんに食わされるよ。早く引き上げだよ」とお銀がいった。「足元を気をおつけ、恐ろしい陥穴《おとしあな》があるんだよ」

さすがのお銀も水地獄にはよくよくこりてしまったらしい。彼女は祭壇の板を一枚はがして先に立った。

そして扉口の処で、ジッと水の流れて行く方向を見定めた。が、水は室内に渦を捲いて刻々に量を増すばかりだ。

「よし、扉《ドア》をこわせ」

「合点《がってん》だ」

「だが、繁や、扉をこわしても外へ足を出してはいけないよ。穴があるから……」

「へエ⁉」

繁公少しも合点していない。

しかしその道かけての猛者《もさ》五人、扉一枚破壊するのに手間隙はいらない。

ドッと水が次の室へ流れ出す。その流れをじっと見守っていたお銀は何と思ったか、一枚の板を扉口から向うへ渡して、

「おい、この板の上を渡って行くんだよ」

「承知しました。足だめしは俺がやりましょう」

富が真先に渡った。

「大丈夫、姐御御出でなせい」

お銀はじめ蛇の道一同はかろうじて次の室へ出た。恐ろしい音を立てて流れる奔流に逐《お》われながら以前の物置にたどり付くまでにはさすがの命知らずもヘトヘトになり、骨の髄まで濡れていた。

「ブルッ！　冷めてい。畜生、俺達《こちとら》を鮒か金魚だと思ってやあがる」

富は身ぶるいをして呟いた。

が一同はそんな事に笑う程の元気がなかった。僅かに留公が飛んで行って、待たしておいた自動車を呼んだので一同はビショ濡れの身体を投《ほう》り込んだ。

「宿島の旦那はどうしたろうねえ？」

お銀は不安らしくいった。

「大丈夫。あの旦那がこちとら程間誤々していっこねえ」

「でも、何しろ死んでるのか生きてるのか解らない女の子を抱えているんだからねえ、心配だわ。……留や、お前御苦労だが、残っていて様子をさぐっておくれな」

「へえ。何んでも俺等《あっしら》が物置へもぐり込んだのを覚ってから、野郎共、凄い程暗《やみ》の中で動いていやあがったが、暫くすると皆んなふけちまやあがって、人ッ子一人いやあしません。逃げ足の早いってありゃしねえ」

「じゃあ、教会に誰れもいないんだね」

「ええ。いるなあ、ホラ、あそこに縛り上げてある奴一ツでさあ、こいつを一所に運びましょうかい？」

「探偵《でか》じゃああるまいし、引っ張ったって仕様がないから、ほっておおきよ。旦那方が来りゃあ、何んとかするわよ。じゃあ、留や、お前は跡始末という事にして、皆引き上げようよ」

自動車は一路青山指して走り出した。

◇分銅綱《づな》◇

数日間の内偵で案内は多少心得ている宿島佐六が少女を抱えて祭壇の背後から細い鉄梯子をよじ上って教会堂の奥手、祭壇裏の戸棚の中へ逃れ、戸棚を開けて一歩外へふみ出すと、そこには張番の青年がいた。

「あっ！　貴様は？　唖爺！」

「俺だ。宿島だ、邪魔するなッ！」

「宿島ッ」

叫ぶと等しく棒を持ってサッと打ち込んできた。

「ヤ！」

宿島は少女を抱えたままツと戸棚の中へ身をかわした。棒は戸棚に当って激しい音を立てた。

バラバラッと二人の青年が馳けつけて来た。

「宿島だ。宿島が来たッ！」

「逃すな、やっちまえ」

再び棒を振って打ち込んで来る奴をひっぱずしたと同時に、身をかがめて、少女を床の上へ寝かした。が寝かしたまま、その傍《かたわら》へ片膝をつき左手《ゆんで》を額にかざし、右手《めて》をやや前方に突き出し、身を斜にして敵を見上げた構え、拳法でいう捨身撃突の構えである。

「サア来い」

じっと三人の相手を睨めた。

左手と正面に向った二人の青年は棒を正眼に構えている。右手の青年は両手を背後に廻して突立ったまま。

「こいつピストルを持っているな」

宿島は考えた。愚図々々してはいられない。

と思うトタン左手からサッと風を切った打込み。

俄然、宿島の身体は斜横に流れて、

「エイッ！」

気合と同時に
「アッ！」という叫び声。

間髪を入れず、カチッと激しい木と木の激突した響。

宿島は一瞬に左手から打込んだ相手の棒を奪い、正面の青年が斬り込んで来たのをその棒で受けた。

「ヤッ！」

「ウンッ！」

宿島は受けて、払って、そのまま切り返して横に正面の敵を斬ろうとした。相手も強い。撃剣の名手宿島の横胴を危い所でかわしはしたが、それでも横腹を棒の先で殴られて、飛び退いた。

と左の青年がパッと目つぶしの卵を投げた。宿島が身をかわす。隙もなく右手の青年が声もかけず何物かを投げつけた。ハッとして身をひねったが遅い。グイッと右手に重みがついて「アッ」と思う間もなくギリギリ腕に巻きついた綱一条《すじ》。

「失敗《しま》った」

鎖鎌から思いついたらしく綱の先きに鉛玉をつけた新式の分銅綱だ。

「失敗った」と思うと右手をグイッと引かれた、引かれながら素早く棒を左手に持ちかえて、綱を引く相手の呼吸に乗ったままサッと身を泳がせて分銅綱を持った青年を殴りつけた。

「アッ！」

肩を激打された相手は思わず綱を放した。

三人は猛烈な勢いで迫って来る宿島に敵しかねてジリジリと後へ退り始めた。

とヂ、ヂ、ヂ、ヂと怪しいベルの音。青年三人はそれを聞くと等しくサッと身をひるがえし教会の奥へ逃げ込んで行った。

「待てッ！」

と思わず叫んだが、宿島は、今兇賊を追う訳には行かない、瀕死の少女の命が気にかかる。

再び少女を抱き上げると、一直線に教会から飛び出した。西片町の細い通りを一高前から白山へ通じる大通りへ飛び出して、

「オーイッ！」

一高前の交番へ向って叫んだ。交番の巡査は声に驚いて馳けつけて来た。

「僕は警視庁の宿島警部だ。大急ぎで医者の家へ……それから非常線の手配だ……」

「ど、どうしたんです？」

「例の紅手袋一味の巣をつき突めた。医者は？」

「そこです」

「よしッ！　この少女の手当は君に任せる。早くしてくれ。あ、それから呼笛を吹いてくれ……いや、俺が吹く」

ピ、ピリピリッ、ピ、ピ……

闇の静けさを破って鋭く笛の音が流れる。

巡査は少女を受取ると近所の医者の家へ走った。

宿島警部は交番へ飛び込んだ。

「僕は宿島警部です」と彼は交番の電話口で怒鳴った。

「え、誰れ？　峯田巡査？　署長は？　……ウン。元山刑事を殺した紅手袋の巣を突き止めた。区内全部に非常線を張ってくれ、それから、小石川も、神田も、巣鴨も

……警視庁へすぐ報告してくれ給え。署長以下刑事に出動してくれいってね。一高前の交番へ集合……では頼んだ」

非常の呼笛を聞いて馳け集って来た密行が三人。宿島は事件を話して、場所を教えた。

「あッ！　あの教会ですか？　へエ」

驚いたのは密行の刑事だ。直ぐ現場へ飛んだ。

待つほどもなく急を聞いた署長以下十余人の警官が二台の自動車に乗って急行して来た。

◇血染の壁◇

丁度その少し前に大学の方からヒョロヒョロした酔ぱらいの職人がやって来た。

「何人《なん》だ？　貴様は？」

交番の巡査が早速押えた。

「ウヘッ！　す、すみません、旦那、私《あっしあ》、小石川林町にいる左官の留ってんで……アッ！　そこにいなさるなあ、宿島の旦那じゃあ、御座いませんか」

「何ッ！」宿島は名を呼ばれてふり返った。

「へエ、左官の留でさあ。旦那、変装してますね、事件ですかい？」

ジロリと宿島を見た目の合図。

宿島も解った。お銀の部下だな。何か用があるに相違ない。早くも留の心を察した。無線電信を受け取ったのだ。

「やあ、留さんか。どうした今時分？」

「へへへ。切通の友達ン所で飲んでね……」

「……あ、留さん家《ち》へね、ちょっと言伝を頼みたいんだ。ちょっとこっちへ来てくれ……」

巡査も宿島の知ってる職人と解って安心した。彼は呼出しの来た電話を聞くために交番へ入った。

「旦那、姐御からの言伝《ことづけ》で……」

「どうした、お銀は？」

「ズブ濡れでさあ。皆、どこかへ逃《ず》らかりやあがったんです。姐御はじめ皆帰りました。で、姐御が大変心配《しんぺい》していました、旦那は御無事かってね……それから女の子とかいうなあ？」

「女の子も助け出して今医者へ連れて行ってある。お前の方に負傷人《けがにん》はなかったか？」

「へえ。大丈夫でした。俺《あっし》がその後の成行の見届け役なんでさあ……それから一味の若え奴《わけ》を一人ふん縛って物置にころがしておきやした。あの物置から穴があるんですぜ……」

といっている処へ自動車が来た。

宿島はその方へ行った。留公はボンヤリしながら物珍らしそうにそれを見ていた。

教会へ！

先発の密行刑事三名が間誤々々している処へ本郷署長以下宿島警部を先頭に怪教会へ乗り込んだ。

「署長ッ！」と密行刑事が恐ろしく緊張した顔をして叫んだ。「署長、殺られています」

「何ッ！　どこに？」と宿島。

「物置の傍《そば》に縛られたままで死んでいるんです」

物置の傍の死人！　サッと宿島の顔色が変った。たった今、留から耳話のあった唯一の生証拠《いきしょうこ》である。蛇の道が命がけの仕事をして残して行った紅手袋の一味の一人である。それが死んだ。いや殺されている。

署長や宿島や刑事達が物置へ馳けつけると両手両足を縛られたままままだうら若い青年がグッタリと突臥《つっぷ》していた。

「死んでいるんじゃない。何か飲まされたんだ。仮死の状態だ」と青年を抱き起して脈を見たり、瞳孔を見たりしていた宿島がいった。「今の処手がつけられない。自動車で署へ運んで手当をしておくより仕様がない」

仮死の青年の始末をしながらも宿島は刑事を督して教会内を捜索した。一隊は物置から地下室へ、一隊は教会内祭壇裏の戸棚から同じく地下室へ、また一隊は丸山福山町の方へ廻った。
迷宮その物のような地下室は、さして広くはなかった。しかし黒く塗った壁紙を利用して蟻の巣のように巧みに作られてあったが、何しろ深夜の事で、捜査が思うようにならない。
結局地下室の出口は丸山福山町になっている崖下の二階家の物置に抜けている事を発見し、二階家は美事に藻抜の殻であった事を発見したに過ぎない。
しかも秘密の二階家の二階の壁には、
我々は第一の隠家《かくれが》を棄て、第二の隠家へ移る。我々は最後の一人で失敗したが、我々の所期の目的は達せずにはおかない。そして最後に我々は宿島警部と蛇の道お銀の両名が我々の目的を障《さまた》げるものとして、対敵行動に出る事を決議した。
以上
と赤いインキで書いてあった。そしてその下に、真物《ほんもの》の血をベタベタ塗りつけた紅手袋がうやうやしく小机の上にのせ、小さな、十字架を重ねてあった。

◇湯殿の中で◇

「逃げた！」と宿島がいった。「家捜しは明朝でもいい、逃げた奴の足取りをしなければならない」

「自動車屋を調べろ」と署長の命を待つまでもなく刑事は白山下の自動車屋へ走った。

色町の自動車屋は二時三時までも起きている。

刑事の一人が一番手近かな指《さす》ケ谷《や》均一タクシーへ飛込だ。

「ええ、二十分許り前に御客が御座いました。四人さんで」

「どんな男だ」

「皆二十三四の御方ばかりで、それ程酔ってはいませんでしたが、皆酔醒めといったような御顔で……え？行先き？……おい、行先は何んだっけな」

主人らしいのが運転手に聞いた。

「須田町っていっていましたよ」

「いや、乗ってから、スタートをかけていた時に、『おい吉原へ繰込もうか……帰ったってしようがないよ』なんていっていましたよ」と他の助手が口を入れた。

「和服か洋服か？」と刑事。

「和服が三人、一人が洋服です」

「自動車番号は？」

「イの三八五です、一〇三八五なんです」

「どっちへ行った」

「水道橋の方へ参りましたが、春日町を上ったでしょう……吉原なら……それとも水道橋からお茶の水、かあるいは猿楽町《さるがくちょう》を抜けますね……須田町方面へ行くなら……」

刑事の一人は報告に走り、残った一人は人相、風態を聞いたりしながらそれぞれの署へ電話をかけた。

今一組の刑事は八千代タクシーで日本橋までという客を同じ時刻に二人送っていた事を知った。

今一組は支那蕎麦《そば》屋のおやじから、そんな時刻に男三人連《づれ》が白山方面から来た円タクを呼び止めて乗って行ったのを見たというのを聞き込んで来た。

「都合八人は自動車で散ったんだが、首領のマリ子はどこへ行ったか？」と宿島が考え込んだ。

「とにかく、この近所に万一の場合の家を借りてあって、そこへかくれたに相違ない」

とかくする内に警視庁からも瀬川部長以下が色を変えて飛んで来た。宿島、瀬川、その他の幹部が額を集めて刑事が思い思いの推定を立てている頃、紅手袋のマリ子はどこにどう隠れていたか？

説明をすれば至極簡単である。

丸山福山町の鼻の先、白山の色町は指ケ谷町、その奥まった小さな待合「くろねこ」の丁字《ちょうじ》風呂に長々と身体をのばして、「ああ、いいお湯《ぶ》だわねえ」とひとりごと。

二階の四畳半には大格闘に多少の傷を受けた四人の荒くれ青年がオキシフルを傷口につけて手当をしながらひそひそと話し合っていた。

が更に驚くべき事はその青年達の世話をやいている女将《おかみ》の顔である。姿から顔、言葉から表情、それが似たとも似た恐ろしい兇魔紅手袋の首領マリ子と瓜二つ。

「今頃、家は大騒ぎだろうなあ」

「宿島の奴、さすがに名探偵だけがとこはあるが、それにしても面喰って血眼になってるぜ」と他の青年。

「しかし、僕ア、蛇の道がもぐり込んで来たには驚いたぜ。どうして嗅ぎ出しゃあがったんだろう？」

「ありゃあ、吉川君や大山君などが悪いんだ。関西へマリア像を取りかえしに行ってお銀に尾行けられたのさ。何にしてもあいつは失敗だったよ」

「マリア像といえば、お銀の手にあるんだが、あの秘密がバレたら百年目だぜ」

「それよ。マリ子さんも谷中で落《おっ》ことしたが悪いが、悪い奴の手に入ったのがなお悪いや。……しかしマリア像の秘密だけはいかなお銀でも解るまい？」

「お銀は解らんにしてもよ、そいつが宿島の手に入ったら最後だぜ」

「宿島の手に渡らない内に何とか奪い返さなくては大事件だ」

「すると、お銀から先きに手をつけようか」

「ウン、まずその見当だな。しかしお銀を殺《ば》らすとしても、奴さん肌につけて持っていればいいが、神棚へでも上げて、お線香を立ててたんじゃあ困るぜ」

「子持観音は珍らしいなんてんで、後生大切にしている内は安全だが、紅手袋の秘密と感づかれたんじゃあ七里結敗《けっぱい》だ」

「紅手袋と関係のある事は知ってるさ。それだけに苦痛だから、いかにしても、お銀と宿島との交渉が始まらない内に、何とか処置しなければならない」

「じゃあ、明日にもお銀の方へ手を入れるか！」

「今夜はつかれているし二三日はこの近所物騒だが、マリ子さんに何か案があるだろうと思う。明日ゆっくり相談するさ……ウーム。いやに傷がいたむよ」

「一本つけましょうか？　そして寝たらいかが？」女

将がいった。

「ええ、有難う。でも今夜は油断出来ませんからね」

と青年が答えた。

「手が入るかしら？」

「宿島の事ですもの、事によると白山の待合をしらみつぶしにするかも知れませんぜ」

「そうね、では、とにかく例の処へ直ぐ飛び込めるようにしておきましょうね」

彼女は四辺を片付け始めた。

「四人一度にも飛び込めないから、そろそろ穴へ入っていようか」

「そうね。窮屈でも、その方がいいかも知れないわ。人臭くないようにしておかないと嗅ぎ出されると事ですからね」

そんな話をしてから十分余りも過た時、コツリコツリとおもての露路に足音が聞えた。

女将はジロリと目くばせをして立ち上った。

間もなくトントンと戸を叩く。

「ちょっと開けて下さい」

ジリジリッとベルが鳴る。

「ハイ」女将は答えた。

暫くしてから悠々女将は玄関口へ出て来た。長襦袢に伊達巻をしめて、濃艶な姿だ。

「どなた？」

「ちょっと開けて下さい。警察のものです」

「え？……」

女将は横手の格子窓の戸を細目に開けた。

外には正服巡査と刑事が一人立っていた。

「アラッ！　旦那方ですか……どうも失礼」

女将は愛想笑いをした。

玄関に出る。戸を開ける。

「おそくに起してすまんね。ちょっと急な事件が起ったので、迷惑でも調べさせてもらう」

「まあ、御苦労様、強盗でも？」

「ウン。ちょっとね、追い込みなんだよ。……で、今夜お客は？」

「しけで御座いますの。二組御座いましたが、御帰りになりましてね、私も寝ついたばかりでこんな風をしまして申訳が御座いません」

「泊りなしか？」

「ええ。ちょっと御案内致しましょう。……女中が風呂に入っていますので……」

「気の毒だが……」

刑事と巡査は玄関を上った。

風呂場にはマリ子がジッと耳を澄ましていた。

殺人宣戦

◇倒れるか、倒されるか？◇

紅手袋の首領マリ子がのうのうとして湯殿に豊満な肉体を延ばしているとは神ならぬ身の知る由もない刑事と警官はちょっと湯殿をのぞいて、彼女の後ろ姿を見ただけで階段を上って二階へ行った。

「戸棚を開けてみい！」

「どうも、乱雑にしておきまして」

女将はスルスルと戸棚を開けた。なまめかしい紅絹《べにぎぬ》の夜具がつんであった。

「こちらの戸袋には何も入れて御座いません」

「そうか」

刑事はちょっと腰をかがめただけであった。がこの刑事もしこの戸袋へ首を突込んで左手をよっく見たならば、恐らくそこの下隅が手垢でよごれているのに気がついただろう。気がついてなお調べたならば、抜け穴を発見したに相違ない。発見すれば紅手袋の副将格の連中と大格闘を演じたに相違ない。そして一網打尽に兇賊紅手袋一味を捕縛してしまい、宿島警部が死地に陥るような事件も起らずに済んでしまったはずである。

が「くろねこ」に来た刑事も警官もそこまでは気がつかなかった。客がいないという事に安心し過ぎていた。もしたまの会う瀬をしっぽり濡れてでもいたならば、あるいはまた深酔《ふかよい》をして待人来らずに膝を抱いてでもいたならば誠にあわれを止めなければならなかった。姓名は、住所は、勤先は、何時に来た、誰れをよんだ、どうした、等、等、等、……するどい訊問に幻滅の悲哀所か、間誤つけば、ちょっとそこまで同道せい！　いや応なしの首の座へ据えられる。

その事もなく、「くろねこ」の女将が顔なじみの刑事であったのも災してか、一廻り座敷から納戸まで見て玄関口へ引き返した。

「まあ、お茶を一つ……」

「いや、今夜は忙しいから……どうも失礼」

「いえ、御苦労様で御座いますわ……これ、千代や、いつまで湯に入っているんだねえ、仕様のない……」

「いや構わん構わん。お休み……」

「まあ、御帰りで御座いますか、お茶も差し上げませんで……ではまた御近い内に……」

「お近い内にそうそう夜、夜中来られても困るだろう。ハッハハハハ」

「ホ、ホ、ホ、ホ……つい口ぐせで……」

送り出した「くろねこ」の女将、戸緊りをすると、風呂場から顔を出したマリ子と顔見合せて、ニヤリと笑って、長い舌をペロリ……

自動車の方は指ケ谷町の一〇三八五号は水道橋と小川町と須田町で客を降して戻って来、八千代タクシー方でも神保町で引き返して来てしまった。それからの彼等は？　どこへ散ったかひそんだか皆目見当がつかなくなった。

燈台下暗しとはよくいった。白山の待合調べも徒《いたずら》に遊ぶ蕩客の夢を驚かして口論に悲喜劇に時間を空費したに過ぎなかった。

宿島警部が苦心して突きとめた大兇の巣は、思わぬ事件で突《つっ》ついたために、恐ろしい毒蜂は八方に飛び散ってしまった。

しかし宿島は白山から本郷へかけての非常線をとかなかった。

夜のあけるのを待って教会内の大捜索を開始した。発見し得る指紋は全部参考のためにとっておいた。

奇怪極まる地下室以外、そこから何等の手懸りは得られなかった。けれども、怪教会管理の経路は調べがついた。×××教派に属する川上進という牧師が責任管理者として、この教会を昨年の春に前管理者鈴木京太郎氏から譲り受けた。勿論当時地下室などはなかった。地下室は徳川時代の穴倉か、大きな麴室《むろ》に使っていたものらしく、丸山福山町から西片町へ上る崖へ掘り込んであったのを彼等一味が細工を加えたものだ。

宿島名探偵の苦心も流星光底《りゅうせいこうてい》に長蛇《ちょうだ》を逸した恨みはあるけれども、首領のマリ子以下の顔に見覚えをつけた事と、本名にしろ仮名にしろ彼等が教会関係で使用していた名前を知る事が出来た。人相がわかれば後は四散した彼等の足取りにかかるばかりである。警視庁としては迷路の一端を完全に摑んだ事になった。

一方西片町の医者の所へ担ぎ込んだ瀕死の少女はやや意識づくと共に非常な高熱を出し、肺炎に変化してきそうになってしまった、しかしそれはかねて紅手袋に誘拐されて行衛不明になっていた京都の山内教授の令嬢である事が直ぐに分明した。

そしてまた紅手袋の部下であった仮死の青年は未だに意識不明である。

こうして一日二日で犯人《ほし》を摑めずとも、山内教授の令嬢からその誘拐経過を知る事が出来、連類の青年から多少口を割らせる手段もある。

「いそぐ事はありません」と宿島警部は自信ありげにいった。

「でも、山内教授へ仇をする目的と本拠を割られて当分息を抜くためとで東京を逃《ず》らかられても困るが……」

と課長が心配した。

「山内教授の身辺は当分警戒をすれば大丈夫です。が、これがありますからねえ」

と探偵は血書の文字が黒ずんできた壁を指した。

「お銀も関係しているんだね」

「ええ、私が末次治平氏の宅を出て敵に砂嚢《すなぶくろ》を叩きつけられ、人事不省になったのを拾い上げたのがお銀だったのです。例のお俠《きゃん》からと商売気から末次氏を誘拐し、美事に紅手袋一味に裏をかかれて以来、お銀対マリ子、蛇の道対紅手袋の争闘になって、今度の教会事件もお銀が飛び込んで来て、一層事面倒にもなり命拾いもしたといった訳で、紅手袋にしてみれば、お銀と僕が目の敵《かたき》に相違ない訳です。……それに紅手袋一味の目的も、素性も僕には大体目星がついています。が何しろ逃げ足は素晴らしく早いし、また一味の奴等が手足のように動くので文字通りの神出鬼没です。彼等の第二の隠家が、恐らくこの教会以上の迷宮の隠れ家があるに違いない。そこを突止めなければ、紅手袋一味を捕縛する事は出来ますまい」

「じゃあ、その隠家に星がついたか?」

「まだです。……しかし僕なら乗り込める。……」

「何故?」

「壁に書いてあります」

「壁に?」

「早くいえば僕が餌になれば、命がけだが、その中へ飛び込める」

「そりゃあ危険だ。その隠れ家まで行かない内に殺されたらどうする?」

「途中ピストルで狙い撃にするなどという事は紅手袋はやらない。必ず巣へ引込んで食《くら》う習性を持っている、まるで鼠見たような奴です。そうだ……紅手袋はきっと魔手を延ばして来る。僕がマリ子を挙げるか、マリ子が僕を挙げるか、どっちかだ。そこまで行かなければけりがつきませんね」

宿島はじっと考えながら独語《ひとりごと》のように呟いた。

◇毒素と爆弾◇

「もしもし宿島さんですか……」

警視庁の強力犯係《ごうりきはん》の室、連日連夜に亘る紅手袋一味の探査に疲労し切った宿島警部の耳へなまめかしい嬌声の電話がかかって来た。丁度怪教会事件があってから一週間目の夕方である。

「僕は宿島ですが……あなたは?」

宿島は女の声を聞くと同時にハハア一件物だなと直覚した。

「おわかりになって?」

「……」

「マ……リ……子よ」

「それがどうした? また始めるのか!」

「御手《おて》の筋よ……でも、宿島さん、あんたは何をしていらっしゃるんです。もう一週間よ」

「そうだ。あと三日間たてば警視庁で御目にかかれるだろう」

「そう? 楽しみだわね。しかし、宿島さん。三日たたない内にあなたの命と蛇の道の命は貰うわ……」

「フーム」

「フームじゃあないのよ。その小手調べに明早朝、ちょっとした事件が起るわよ。二つよ。よくって? 二つの事件が起るわよ。あんたはどっちが好きなのか考えておいて頂戴ね」

「事件……また人殺しか?」

「え? それは明朝早く御知らせするわ。紅手袋の残った仕事の一つを片付けるから、残りは山内とあんたとお銀だわ。それがすめば、第二期仕事にかかるわ。それは大仕事よ」

「解ってるさ。がその二期の仕事は手も足も出せなくする」

「えらいわね。ではさよなら」

宿島は紅手袋の嘲笑的電話に腹立たしくもあり、馬鹿々々しくもあった。そうだ。一週間、彼の調査は殆ど紅手袋の正体を摑んだ。がしかし紅手袋一味の巣を摑む事が出来なかった。広くもない東京のどこの地下に潜んでいるのか。恐しい悪魔である。

宿島警部は「何かやるな」と思った。といって雲を摑むような話では警戒の仕様がない。取敢ず課長と相談をして彼は何思ったか全市に亘り目星しい社会主義者の行動を監視させる事にした。

と翌朝午前二時半頃、報知新聞社から突然警視庁へ宿島警部に電話がかかって来た。

「唯今紅手袋から私の社へ電話がありまして、午前三時頃隅田川筋に事件が起るから警戒するように……詳しい事は警視庁の宿島警部に聞けとの事でしたが何があるのですか」

と聞いてきた。

「僕の処へもそんなような意味の電話がかかったが、見当がつかない」と宿島はよい加減な返事をしておいた。そして隅田川の水上署はじめ沿岸の交番へそれぞれ警戒命令を出した。

丁度三時五分前頃であった。浅草署からのけたたましい電話がきた。

「ただ今駒形橋交番からの電話に依ると、駒形橋下附近の河中で一大爆発が突発したそうです。実験者の話によると流れてきた小舟の中で自然爆発したらしく、爆発力のすさまじさは非常な強力のもので河中《かちゅう》には右小舟の破片が浮んでいます。本署からも直刻《すぐ》出かけましたが、先刻御話しのあった紅手袋に関係のある事件ではないかと思うから、調査のため御出張を煩したい」

この報告を聞いた宿島の顔はさすがに変った。

無論水上署とも協力して浮流物の蒐集につとめ、爆発前後の様子も聞きただした。

深夜の怪爆音に夢を破られたのは附近に、もやっていた船頭ばかりではない。沿岸の住民も戸障子を揺り動かされまた地震かと思って戸外へ逃げ出したほどである。

種々の情報を綜合してみると、河上からボートが流れてきて、丁度駒形橋近くへ来た時、パッと一間余りも火が上る瞬間に耳を劈《つんざ》くような爆音が起り、水と烟とが丈余に飛び上ったという。

浮流物は多く右ボートの粉々になった破片のみであったが、その中に浮きに結《しば》りつけた手袋があった。いわずと知れた例の紅手袋。しかもその手袋の中に小さい紙片が入っていて、

「これは今度我々の第二期計画に使用する爆弾の試験です。非常に好結果を得ました。この爆弾一箇で優に警視庁のバラック建半分を破壊する事が出来ます。第一に宿島さんとお銀を人身爆発の実験に供しようと考えています。もしこの爆弾がお厭《きら》いならば……今早朝に発見される方法でもよろしい——いずれか二つの一つを、宿島さんに選んで頂きます……マリ子」

こうした脅迫状は宿島警部を脅《おびや》かすに足りなかったけれども、爆弾の強烈さには係りの専門家を完全に脅えさせてしまった。

隅田川から宿島警部が引き上げてきたのは六時頃であった。

彼は紅手袋の暴虐の前にこれを防止するいかなる手段もないのを切歯《せっし》して口惜しがった。が手も足も出せない。

丁度六時三十分、東京駅から急報が入った。

「ただ今六時二十五分東京駅着、下関発の急行列車の二等寝台で妙齢の婦人が死んでいますから、直刻御出を願いたい」

それッというと真先きに宿島警部が飛び出した。

下関発午前六時二十五分東京駅着列車、第二号寝台第八号室、そこに美しい婦人が死んでいた。

列車が到着した時はボーイが他の客に大荷物を持った人があったので、その始末で、つい人々を起して廻るのをうっかりしていた。人々が下車して車内を見廻った時、八号室にカーテンが下ったままなので何心なく覗いて見ると婦人が眠っている。

「もしもし、東京です。もしもし」

起してみたが起きなかった。そこへ車掌が来た。

「モシモシッ！」

力を入れてゆすってみた。起きない。様子が変である。ツと顔に手をやると冷たくなっている。

「アッ！　大変だッ！」

飛び出して駅長心得に急報した。まだ混雑していたので、列車をホームから離して、直刻警視庁へ急報し、構内巡査にも知らせた。

宿島警部一行が馳けつけた時には医者が来ていた。

ボーイはおどおどして蒼青《まっさお》な顔をしていた。

「この婦人は神戸から乗車されました。十時頃寝台へ入りました。名前は、大江さんと仰います」

婦人は二十位の断髪の令嬢風、小さいオペラ袋を枕元に置いてあった。調べていた警察医は、

「死後約三時間、毒物による死」と断定した。

「これが毒素です」と医者は被害者の枕元に落ちていた小さい脱脂綿をつまみ上げた。「これへ液をしめして婦人の鼻口へあてがったのでしょう。どんな毒物かは分析してみないと解りません」

所持のオペラパックには三百六十円余の金と化粧道具と名刺が入っていた。

大江美奈子。神戸、三宮、それに電話番号が三宮、二三四番。

その他に別に所持品とてはなかった。洋装のまま寝台に横になっていた。顔には苦悩の色は少しもなかった。

こうして身の廻りを調べている時、婦人の枕の下から果然現われた紅手袋！　しかもその中にはまたしても一通

の手紙が入っていた。

「宿島さん。

これが第二の方法です。この女は神戸の綿糸成金大江礼三の弟同姓篤の妻美奈子です。この間狙ってお銀のために失敗しました。

我々が苦心して発明した強烈な麻酔毒瓦斯で殺害しました。

爆弾か毒瓦斯か、宿島さんはどちらを選びます？

私は考える。宿島さんは男だから景気よく爆弾がいいでしょうし、お銀は女だからこの毒瓦斯がいいかもしれない。

一両日中に決行しますから、よく考えておいて下さい。お銀にもその旨御伝え下さい。

マリ子」

恐ろしい兇魔だ。恐ろしい兇魔が恐ろしい殺人武器を発明した。

並いる人々は余りの残忍無惨さに蒼青《まっさお》になった。しかし当の宿島警部はピクリと眉毛を動かして、

「フフン。一両日の命か。殺せるものなら殺してみるもいいさ。だが、この宿島は――」

彼は口をつぐんだ。そして列車ボーイを静かに呼んだ。

「この寝台にいた人々の様子を詳細に話してくれ給え」


宿島は落ちつき払っていた。宿島、……蛇の道お銀……紅手袋マリ子この三人が三つ巴《どもえ》の決戦は両三日に迫っているらしいにもかかわらず、宿島警部は平然としていつもの刑事事件に接したと同じように綿細な調査を始めた。

果して大江美奈子殺害から彼は何かの端緒を掴み得るだろうか。

女郎蜘蛛

◇髯の老人◇

列車ボーイは、

「第一号には神戸から乗られた方で大友と仰る五十七歳位の方、これは神戸郵船の方で存じていました」

「二号は？」

「神戸乗車、木下さん、神戸シネマの方です……三号はやはり郵船の方でした」

「四号は？」

「京都から、御婦人の方四十過ぎで、佐々木さん。六号はその娘さんの女優さんです、そして五号は佐々木さんの御女中でした。……六号は……」

列車ボーイは乗車地と行先きと寝台番号と記入した寝台表に依って各号の客を申立てた。

「その内で、大阪から乗ったのは殺された婦人と、七号寝台の川上という老人と十六号の畑田という青年と十九号の今泉と、この四人だね」と宿島がいった。

「ハア、この車ではそうです」

「今泉という男は？」

「和服を着た相場師風の四十がらみのです。この人は先月の初めに一度お目にかかりました、二ケ月に一度位は会う事がありますから、時々東京大阪の間を旅行しているらしいです」

「畑田は？」

「大阪朝日の記者です。襟にマークをつけていました」

「ウーム、川上というのは？」

「川上さんは長い髯のある六十余の老人でした。おとなしそうな方でした。十一時頃寝台へ上ったきりでした。え？　ええ洋服でしたが、妙な洋服でしたよ。カラーの処が黒いシャツと共襟で、背後《うしろ》でボタンで止めてあるんです。ネクタイをつけていません。牧師か何かのように……それから今朝起きてから顔を洗わなかったようでした……」

「何ッ……牧師？　……」

と宿島は聞き返した。そして川上という名をどこかで聞いたように思えた。

「川上……川上……川……上……」と考えていたが、

「七号寝台は？」

「八号の上です」

宿島は七号の寝台へ上って中をのぞき込んだ。上がけの毛布をちゃんと畳んで足の方へ重ねてある。

「ちょっと、電燈を貸してくれ」

部下の刑事から懐中電燈を借りて中を細かに調べ初めた。

「宿島君、何かあるか？」

調べがやや念入りなので課長がきいた。

「いや別に……」

それでも宿島はしきりに小さい窓の下をのぞき込んでいた。

それから考え込んだ顔をして下へおりた。その間にも刑事達はその車の寝台を一つ一つ細かに調べ廻っていた。

……が何も手懸りを摑めなかった。

課長以下はそれぞれの指紋をとれるだけ撮ったり、美奈子夫人の屍体の始末をつけたりして、検視及び捜査を一とまず終った。終って駅長室へ引き上げた。

「課長」と宿島警部がいった。「犯人が紅手袋一味である事は明瞭ですが、第七号寝台にいた川上という老人ですな……あれが怪しい」

「六十すぎの老人とかいうのがか?」

「ええ、あの寝台を調べると小窓の下の処に何か管様《くだよう》のものでこすった跡がある。上の寝台から下の寝台への隙があるが、その隙へ管様のものを差込んだ形跡があるんです。……思うに、彼れ川上が犯人で、上から管様のものを突き込んでそれからある種の特別な毒瓦斯を送り込んで女の熟睡中に殺したのではないかと考えられる……で、川上ですが……」

「川上というのは聞いた事のあるような名だね?」

「そうです、僕も漸々《ようよう》思い出したのですが、例の本郷の教会ですな、あれの責任管理者が川上進といったはずです」

「そうだ、確かにそうだ、五十過ぎの男だった」

「それに、今朝顔を洗わなかったという話です、恐らく川上の変装ではないかと思われます」

「なるほど、……で手配は?」

「僕は出口のタクシーを調べてみようと思いますから……川上の身柄を洗わせるように願いたいですな」

宿島は駅長室を出ると、すぐその足で出口の改札へ行った。

川上老人は駅を出ていた。宿島はまた赤帽や自動車屋の係員と運転手を調べてみた。

何しろ服装が変っていて、しかも老人だから直ぐわかった。川上は改札を出るとそのまま東京タクシーの自動車に乗った。

「運転手が戻ってきたら、直ぐ警視庁へ来るように……」

と宿島は念を押しておいて引き上げた。

二時間ばかりすると運転手が来た。

「ええ、六十過ぎた、牧師風の洋服を着た御客、上りの二十八号列車のお客ですか、そのお客は吾妻橋まで御送りしました」

「吾妻橋まで?」

「ええ、最初は南綾瀬村までと仰いましたが、暫くしてから……そうですね、須田町辺《へん》まで行った処で、急に吾妻橋までやってくれと仰いました……で私が綾瀬ですと白髯の方がよろしいでしょうと申上げましたが、いや、市内の吾妻橋の方がいいよと笑いながら仰いました……で私は吾妻橋のたもとまで御送り致しまして戻りました」

「で老人は橋を渡ったか？」

「いいえ、それから蒸汽の乗場の方へ行かれましたから、あれから蒸汽でいらしたのだろうと存じます……」

運転手はそれで用済になった。

宿島はじっと考え込んでいた。怪老人の行先きは南綾瀬村だ。隅田川の上流……綾瀬川……

彼は今朝の爆弾事件を想い出した。そしてまた紅水仙の一家で起った水神森事件即ち末次治平殺しを思い出した。

「よろしいッ！　紅手袋の巣は南綾瀬方面にあるに相違ない……が何はともあれ、川上進と覚しい老人の行先きだけは突きとめてみよう」

宿島警部はその旨を課長に相談した。

「なるほど、それはいい足取が出来た。が、暫く待ち給え、川上進の方を洗いに行った連中から何か報告が来るかも知れないから、それを聞いてから出かけた方がよくはないか、昼まで待ったらばどうだ」

と課長が云った。

一時間許りすると、川上進を洗いに×××教会へ出かけた刑事から報告が来た。

「川上進は本郷西片町の教会を責任管理して、教会に住んでいたはずであるが、目下居所はわからない。六十余《あまり》の老人であるが髯はない。教会での話では島原の出身、熱心なクリスチャンでもう四十年の余《よ》伝道に従事していたそうである。あの事件以来一度も教会へ姿を見せず、行衛が解っていない……という話だが、なおそれぞれの筋を問合せ中であるから、後刻、もっと詳細を御報告申上げる」

というのである。

「本人の年齢、経歴、友人関係、教徒関係を極力取調べてみよ」と課長は命令した。

宿島は早昼をすませ部下の腕きき二名を連れて南綾瀬村へ川上老人の足取りに出かけた。

◇魔手毒針《どくしん》◇

「川上老人髯を生して変装をしよったわい。ハッハハハハ、だから列車で朝起きても顔を洗いに出かけなかったんだ」

吾妻橋へ行く途中の自動車の中で宿島警部は笑っていた。

吾妻橋際の川蒸汽発着所で切符受取りの老爺《おやじ》に当って

みた。

「今朝七時頃に、六十位の髯をはやした老人で、洋服を着た……といってもその洋服が黒いワイシャツで、カラーなしのネクタイを着けていない、牧師風の様子をしたのが船に乗らなかったかい？」

「へえ、そうですなあ……」老船頭上りらしい爺《おやじ》は首をひねった。「どうも、よく覚えていませんが……おう、勘公よう……旦那がいらしたんだ、ちょっと来う」

勘公というのを呼んで聞いてみた。

「さあ……」と勘公も考えていた。「……見たような気もするがなあ……黒いワイシャツ？　……六十位の老人？　……旦那、髯があるんですかい？」

「髯があると思ったんだが……無いかも知れないな」と宿島がいった。

「確か髯のねえ老人でしたよ……それなら見たような覚えがありまさあ……」

「行く先は？」

「さあ、……そいつまじゃあ存じません」

宿島は切符場へ行って汐入《しおいり》行を買ったかどうかを調べてみた。切符は五枚ばかり出ていた。

それ以上摑めなかったが、とにかく汐入まで行ってみる事にした。

川蒸汽で汐入の渡しまで行ってそこの切符受取の船頭に訊ねてみた。

「へえ、六十過ぎの老人……洋服のね……ええ上りやしたよ……俥《くるま》で行ったらしいでさあ……」

俥の立場《たてば》だ。

俥やの藤公《とうこう》がその老人を知っていた。

「え？　そのお客ですかい、確かに私《あっし》がお伴しました、……南綾瀬の永石様へいらっしゃいました」

「永石ってどんな家だい？」

「大きな御邸です。大阪の金持の別荘だとかです。御隠居様はいい方で、大抵毎日畑の植木いじりをしていらっしゃいますよ。古い御家です」

「フーム」と宿島は考えた。「……では何か？　古い家って旧家なのかい？」

「ええ、この辺ではもう草創《くさわけ》でしょうね、二三十年以上にもなりましょうな」

「フーム」と宿島はまた考えさせられた。

「適切《てっきり》、一件物と見込をつけて来てみはしたものの、それが二三十年以上も住んでいて、庭つくりの御隠居……困ったな。……がまあいいや一応尋ねてみよう」

宿島は俥夫に、

「で永石さんへ行くにはどう行くかね」

「これから真直ぐに行くと綾瀬橋がありますから、それを御渡りになって右へズーッと御出でになり、鉄道の踏切を過ぎると四ツ角がありますからそれを左へとって真直ぐに二十丁位いらっしゃいますと左の方に大きい白壁土蔵の家がありますよ、その辺で御訊ねになれば解ります」

宿島と刑事二名はポクポク歩き出した。彼等の姿が見えなくなると共に俥夫藤公はニヤリと笑った。そして河畔《かわばた》へおりて行って堤外牛田《ていがいうしだ》の方に向って両手を挙げて大きな欠伸《あくび》をした。欠伸をした手を頭上で暫く組み合せていたが、対岸からボートが一艘出て来たのを見るとそのまま手を下した。そして右手の指が閉じたり、開いたり、屈《まが》ったり、……怪しげな合図を始めた。

ボートに乗っていた学生風の連中の一人がオールを高く挙げた。と見るボートは矢のように上流へ向って漕ぎ出された。……

宿島警部の一行は俥夫に教えられた通り南綾瀬村へ踏み込んだ。大凡《おおよそ》一時間もかかって漸くの事で永石の邸を発見した。

「土蔵が二棟《むね》に母家か、大きな家だな」と刑事がいった。

「広い庭だ。いろんなものを作っているじゃあないか……」

宿島はその建物をじっと見ていた。

「ねえ君」と彼は刑事にいった。「僕ア、何かしらこの家が紅手袋のように思える」

「あんたの六感ですな」

「そうかも知れない。どうもこの家へ飛び込んで行くのは危険なような気がしてならなくなった……」

「宿島さん、あんたからして爆弾におどかされては困りますね。……私が一つ当ってみましょうか?」

「いや」と宿島がいった。「とにかく永石老人に会ってみなくては話がわからない。僕が行って当ってみよう……が、桂君、君はこの辺で張り込んでいてもらいたい。僕と大道《だいどう》君とで当ってみる事にする。何しろ紅手袋は僕を狙っているんだから、万一の事があれば、僕なり大道君なり、何かしら応急の処置をとるから無残々々《むざむざ》敵の手に落る事もあるまいで、何か異変があったと見たら、君は僕等に構わず急を報じて直刻手配をつけるようにしてもらいたい。……僕は当ってみた都合で、大体永石老人を役所まで引張り出す積りだから……」

桂刑事を張り込みに万端の手筈を定《き》めて宿島警部は永石の邸へ進んだ。

入口には立派な門で、永石寓と書いた標札がある。

くぐりから中へ入ると前庭だ。敷石をひろって玄関へかかる。

女中が出てきた。

「永石さんは御在宅ですか」

「ハア。どなた様でいらっしゃいますか」

「大道良太郎と申します。ちょっと御老人に御目にかかりたいのですが……」

「大道様？　どちら様の？　……」

「実は警視庁のものですが……」

「ハイ、左様で……では少々御待ち下さいませ」

三ツ指をついた品のよい女中が奥へ引っ込んだ。宿島は四辺の様子に目をつけた。家の中は森閑として音もない。奥で咳をせいている声が聞えてきた。暫くすると女中が出て来て、

「どうぞ御上り下さいませ」

「いや、ここでちょっと御目にかかれば結構なんですから……」

「ハア、でも……」

「永石さんは今朝大阪から御帰りでいらっしゃいますね？」

「ハア、戻りましてから、風邪の気味で臥っていますので、恐入りますが、どうぞ御上り下さいませ」

「御手間はとらせませんから、ちょっとここで……」

宿島は用心して上へあがらない。

「では……その旨を申上げてみますから……」

女中は再び引き返してきた。

「あの……誠に申兼ねました事で御座いますが、主人が丁度発汗させておりますので……失礼では御座いますが御用の趣を申伝えますから……」

「いや、御老人に是非御目にかかりたいので……」

「それでは……恐入りますが、……大変失礼で申訳も御座いませんが……主人の室まで……どうぞ……」

頗る丁寧を極めている。病気とあれば致し方がない。

「では君はここで待っていてくれ給え……僕が御目にかかってくるから……」宿島は玄関に大道を残しておいて、

「では御病中恐入りますが……」

「どうぞ……こちらへ……あの御連様《おつれさま》も……」

「いや、ちょっと御目にかかればよろしいのですから、連はお玄関で待ってもらいます」

「それでは……あんまり……」

「いや構いません……」

宿島はずかずかと上った。ジロリと警戒の眼くばせを油断なく大道へ通わせる。

宿島は廊下づたいに奥の方へ案内された。外で見た割合に広い家だ。彼は四辺の様子をそれとなく注意するが、室々は奇麗に片付けられて人がいない。

「どうぞ……」

廊下を幾つか折《まが》りくねった突き当りの西洋間へ案内される。

「御免」

中へ入ると、八畳位の立派な西洋間だ。左寄りの南向の窓の傍《そば》の寝台に老人が寝ている。

室内はムッとする程温かだった。

「や、どうも大変失礼を……」

老人は半身を起した。

「どうぞそのまま……」

「いいえ、失礼しました。私が永石です。今朝大阪から戻りますとね、急に熱が出たものですから……発汗剤をやりまして……」

おだやかな老人だ。が眼だけが鋭く光る。列車ボーイに聞いた時には髯があったというが、今はそんなものはない。柔和な顔をしてニコニコ笑顔を見せていた。

「御病中を失礼させて頂きますが、私は警視庁の大道良太郎です。実はちょっとあの御乗りになった列車で事件が起りましたものですから……」

「あ、そうですか……それはそれは御苦労様……」と老人は笑いながら「……おい、キヨや、お茶を持っておいで……警視庁の御方ですか……刑事部の？ ……どうも中々御急しいでしょうな。何かと人心が悪化しまして、犯罪も巧妙と同時に辛辣《しんらつ》になりますからなあ……それで、何か起ったのですか……まあ、葉巻でも……」

老人一人で喋って葉巻を差し出した。

「いや有難う」

と宿島は辞退する。

「葉巻はおきらいですか……ではこちらの紙巻は？」

とウエストミンスターの箱を差し出す。

「いえ、どうぞ御構いなく……で、あなたは確か七号寝台にいらっしゃいましたね」

「ええ、七号でした……」

という所へ女中が紅茶を入れて持って来た。「あ、それから何かお菓子と……くだものでも……」

「あなたの下、つまり八号寝台の客に何か変った事は御座いませんでしたか？」

「そうですなあ？ ……十時頃寝台へもぐり込んだまま、寝てしまいまして……それに八号の方は乗車すると間もなく寝台へ入られたようじゃったから……」

「夜中《やちゅう》何か変った声……といったものは？」

「何も聞きませんな。……八号の方は美しい御婦人じゃったが……どうかなさいましたか？」

「殺されました！」

「エッ！　殺され？　……いつ？　どこで？」

老人目を丸くした。

「今晩、寝台の中で……」

「寝台の中？　……ほんとうですか？」

「それについて貴下《あなた》に御伺いに出たのです」

「へーエ！」と老人呆れたように考えていた。

と再び女中が菓子を運んできた。二人の話がちょっと途切れた。

「そう仰られると、そうですね……」と老人は考えるようにして「丁度夜中の三時頃でしたよ……何んだか、人の来たような気配がして、……間もなく、何か話し声のようなのが聞えて……暫くすると、唸り声とも、いびきともつかぬような声が……私も老人の事ですから、割合に耳ざとく、変だなあ……女のくせに妙ないびきなどをかいてといったような事を夢うつつで……」

と老人は静かにポツリポツリ話し出した。宿島はじっと老人の表情に注意しながら聞耳を立てた時、背後からまた女中の来る気配がした。

と背中を堅い棒でツト突いた。ハッとした瞬間、

「宿島さん……暫く」

と女の声、「来たなっ」と思ってふり向く顔の先へ、忘れもせぬ兇魔マリ子の凄い微笑。と同時に四方のカーテンの影からサッと、出たピストルの口、

「声を立てるなっ！」と叫ぶと等しく、老人の寝台の上には両手に握られたピストルがサッと突き出されている。

「逃げろッ！　大道ッ！」

声一杯怒鳴った。

「ホ、ホ、ホ、ホ……」とマリ子は笑った。ピストルを背中へ突きつけたままだ。「駄目よ、宿島さん。この室は声の洩れぬように出来ているんですもの……男らしく静かになさいな……」

「何ッ！」と彼はやにわにマリ子を捕えた。そしてマリ子の身体を敵のピストルの銃口《つつぐち》の方へ向けてジリジリと扉口の方へ退る。

「ホ、ホホホホ……そんな事をしても駄目よ。宿島さん。うしろを御覧なさいな」

「アッハハハハ、おい宿島君、君の来るのは俥屋の合図でチャーンと知っていたんだよ。だから老人は病人になる、この室の用意は出来る……一時《とき》かかってちゃんとセットを作っておいたんじゃからな……まあ、うしろを

御覧なさい」

ふりかえって見ると、いつの間に来たか、屈強な男が二人、ニヤニヤ笑いながら短剣を持って一尺の所に迫っている。

「よしッ！　殺せッ！　だが、マリ子の命も一緒に貰うぜ」

と彼はポケットへ手を入れた。と同時にアッと叫んだ。ピストルが無い。

「ピストルは妾が抱かれた時に貰っちまったわ……」

とマリ子は笑っている。

◇お銀の隠れ家◇

「姐御、大変な事件《こと》が起りやしたぜ」

ここは紅水仙は蛇の道お銀の隠れ家、青山の家である。目のさめるような長襦袢に伊達巻姿、縁側へ出て妻楊子《つまようじ》を銜《くわ》えながらお銀が、泉水の金魚を眺めていた処へ、乾分の鼻留が素頓驚《すとんきょう》な声を上げながら新聞をガサガサ振って飛んで来た。

「何んだい？」

「ヘエ、姐御、お早う御座います」

「馬鹿、大変な事件って何んなんだい、お早うも蜂の頭もどうでもいいんだよ」

「うヘッ。……よい御天気で、時々驟雨《しゅうう》の模様ありか……」

「何？」

「いえ、大事件なんで……」

「何をいってやんだい……鼻でもしっかり洗っておいでよ」

「顔でなくて有難仕合せでさあ……そりゃあそうと、この新聞を御覧下さい……紅手袋がまた出やあがったんです」

「紅手袋がかい？」

楊子を銜えながら、お銀は新聞をひろげて見た。「紅手袋再現」は駒形橋爆弾事件から東京駅における寝台車美奈子殺しと大見出しで書き立ててある外に宿島警部及蛇の道お銀に対する恐ろしい脅迫状まで載せてあった。

「姐御は女だから毒瓦斯がいいってやあがる。……テッ！　腕ずくじゃあ敵《かな》わねえからな……で、姐御、どうしましょう？」

「どうするとはどうするんだよ？」

「へえ、人殺しのマリ子に対する対策でさあ」

「きいた風の事アおいいでないッ！」

「へえ」

お銀は黙って立って、顔を洗って、衣服を着換えて、切火《きりび》を打って、燈明を神棚に上げて拝んで、お茶を入れて、食事を済ませて、朱の長煙管で煙草を三四服すって、トンと一つ力を入れて吸殻をはたくと、

「留公ッ」と呼んだ。

それまで一切無言の行であったのだ。

「へえ」

「来たかい?」

たったそれだけであるが、鼻留、愚図なりといえどもそこは育てられているだけに心得ている。

「秀さんと吉つぁんが来ています」

「少し人数《にんず》が足りないね」

「もう少しすれば揃うでしょう」

「姐御御早う」と秀。

「姐御、お早う」と吉。

「御苦労様」とお銀。

「始まりましたね」と秀。

「ちょいと宿島の旦那に電話をかけてみておくれな」

心得て秀が立って行った。……暫くすると室に戻って来て、

「宿島の旦那はいねえそうです……忙しいんでしょう」

そうこうしている内に繁も富もやって来た。外に三人ばかり。すべてこれ紅水仙の腕となり足となる部下である。

「秀と繁と留と外は東京駅を当ってみておくれ、……それから富と吉とは信次郎を通して警視庁の方を受持っておくれ。宿島の旦那に会えれば見込を聞いてみて知らせて欲しいね……それからの相談さ」

話は頗る早い。見込みだとか、理窟だとかいう事はこの社会では論じ合っている暇がない、各自の頭と腕でやる処までやって行くだけだ。目的さえ与えられれば、それでオーライ!

各自が受持を相談し、連絡を臨機に取って、応変の働きをする。この外に身内の連中をどう使おうと、何人動かそうと、それは命ぜられた兄貴株の勝手である。だから、当って来い、洗ってみろといわれればそれで委細承知の助、

「姐御、行って来ます」

とそれだけである。変装しようとしまいとそれは当人の事、お銀はただ特別の注意と注文をだすだけである。

昼頃になった。二時半。

自動車が家の前で止ると、ガラガラと格子の開く音がする。人の声。足音。それからお銀の室の唐紙が開いて、

「暫くだったよ」

と太いさびのある声がした。

「アラッ、まあ、八ツ橋の兄さん！　この間はどうも、いろいろありがとう」

「どうしたい？　昨日の一件は……残念なことに大江の若奥様も殺られてしまった。ひでえ事をしやあがる。……で大江の旦那と取るものも取りあえず馳けつけて来たんだがね……お前の方の首も危ねえってえじゃあないか……だからこっちへもちょっと御見舞に上ったんだ」

お銀の兄分、京都の顔役は八ツ橋の長親分が一いきに喋った。

「まあまあ、どうも有難う」

「美奈子様の方は明日でないと手がつけられねえから、……大学へ廻されちまったんでね……俺も四五日、東京にいざあなるめえと思うんだ……」

「じゃあ、大江さんの方で御伴なの？　……御気の毒だったわねえ、美奈子さんも……紅手袋何のためにあんなひでえ事をやるんでしょうね……ホラ、この間さ、本郷の巣へ殴り込んだんだがね、美事に逃亡《ずら》かられちまったのさ、……残念でたまりゃあしない……」

「でも山内さんの娘さんが助かっただけでもよかったよ……時に連中はどうしたい？」

「一件の当りに出したのよ。今度ア、お銀の手で絞まおうと思うのよ」

お銀は今朝部下を出した事を話した。

「でね、都合によったら、兄さんだけにちょっと手を貸してもらうかも知れなくってよ」

「ああ、いいとも」

余談を話しながら、お銚子が一本つく頃になって、吉と留とが帰ってきた。

「あ、これは八ツ橋の親分で……」

「や、御苦労々々、どうだった？」

吉と留の話しによると、警視庁では少しも手懸りを摑めなかった。がただ川上進という老人を被疑者として宿島、桂外一名が吾妻橋から、南綾瀬村へ出かけた。それから永石っていう家へ訪ねて行ったが、人違いだったとかで引き返した。

「が、それから先き、宿島がどこへ行ったかチッとも解らねえんです。警視庁じゃあ、宿島から報告がないはずがないといって騒いでいますがね。ただ昨日の夕方、両国駅からの電話で、『手掛りを摑んだから千葉へ行くので今夜は帰られぬ、汽車の発車間際だからこれだけの伝言を駅長に頼んでする』、という宿島警部の伝言があったきりで、今以て何の音沙汰もないんです。千葉駅へ問合せると、三人連の宿島警部らしい人達が下車したというんで、警視庁でも大分心配をして、各方面を当っているそうですがね……」

「……」

お銀はじっと考えながら聞いていた。

「で何んですよ……」と吉は言葉をついで、「繁と秀と富兄いは三人で相談をして、宿島さんの足取りをしてみようってんで出かけましたがね……」

「その南綾瀬のはどうなったんだい?」と八ツ橋の親分がいった。

「警視庁で列車ボーイとかを連れて調べに行ったってんですがね、どうも人相が合わねえんですし、老人は浅草の親類へ行って帰《けえ》ったんだといって病気で寝ているんです。だから警視庁じゃあ千葉の方面を極力当っていまさあ」

「両国へ行ったなあ確かなんか?」

「へえ、信次郎さんの話じゃあ、両国の駅長の話では服装も顔つきも宿島なんです。こいつア仕度一切が三人共解っているんだから確かだってえんで……」

「フーム……」八ツ橋の親分も黙って考えていた。

「でまあ、あとは三人が行ってますから、何とか便りがあるだろうと思います」

「そうか。御苦労、まあ、一杯やりねえ」

お銀は黙って考えていた。

三十分ばかりすると電話が来た。

「姐御、今、信次郎さんから電話でね、千葉から電報が入《へえ》ったんですとさ、それが紅手袋からの電報で、『宿島警部外二名は昨夜美事に捕えたから安心しろ』というんだそうだ。警視庁じゃあ大騒ぎで、千葉へ出かけて行ったってえんです」

「宿島が捕った? 千葉で? 紅手袋の奴等に? ウーム……どうする、お銀」と長親分が杯を持ったなりでジロリお銀を見た。

「そうねえ……」とお銀は初めて口を開いた。「妾アね、昨夜宿島さんを紅手袋が捕えてさ、それを今頃になって電報なんか打って来やあしまいと思うわ。細工でしょうよ。そんな気がするの」

お銀はまた黙って考えている。……

◇怪邸密図◇

九時頃に両国へ行ったという繁と富とが、何も摑めずに一とまず引き上げて来た。

「秀兄《あにい》は一人で南綾瀬へ行ってみるって出かけましたよ」と繋がいった。

丁度その頃お銀と長親分とは香炉園事件の話から例の子持観音を出していじっていた。

「何しろね、あの時紅手袋一味の奴はこの観音様も狙っていたらしいのよ。私の考えじゃあ谷中の墓地の一件で奴等の落したものじゃあないかと思うんですよ。紅手袋マリ子のお守りさね」とお銀がいった。

「小さいけれどもよく出来てるなあ……だが、お銀、こいつア、俺の考えじゃあ観音様じゃあねえ、……昔島原時代にキリシタンの連中が、ごまかして作ったマリアってんじゃあねえか?」

「そうかも知れないわね。でも、紅手袋のお守りなんだよ」

「珍らしいものじゃああるなあ。よく出来てやあがる!」

長親分は子持観音を指の先でつまんでひねり廻していた。

「ウハッハッハハ、見ろ、お銀、この赤ン坊の額の処にキューピー見たような毛があらあ……この時代にもキューピーなんてのがあったんかしら……」

「毛じゃあないよ。大仏様の額の処にある妙な玉みたいんなもんだわよ」

「玉の先がとがっているけえ……オヤッ!」

赤ン坊の額のポッチをいじっていた親分は頓驚に叫んだ。

と同時に、

「アラマア!」

とお銀も叫んだ。

どうした拍子か、赤ン坊の頭がポカッと口をあいた。

「からくりだ、お銀。このキューピーの頭の毛がボタンなんだ、見ろ、頭が額の毛の生え際からはずれた。……ウーム。仕掛《からくり》だ! 見ろ、中に何かある!」

「紅手袋の秘密だ!」とお銀が叫んだ。そして簪《かんざし》で中のものを掻き出して見た。一枚の紙片。一枚の紙片!

「図面みたいだ!」と長親分がいった。「拡げてみろ」

拡げられた一枚の紙片、そこには建築図面と地図見たようなものが描いてあった。

「紅手袋の隠れ家の秘密地図だわ!」

お銀はじっとその図面を見ていた。

「解ったわよ!」と暫く図面と地図とを睨んでいたお銀が叫んだ。

「これ……この左の方のは西片町の地下室だわ、……

これが水責にあった室らしい……抜け穴よ。これが、あの物置からズーッと一直線に……あそこで曲って、段々があって……確かにそうだわ。西片町の絵図面！……するると、こっちのは、第二の隠れ家だ……川があって……川があって……どこだろうね？　これは？……」

「この図面さえ解りゃあ、もう占めたものだ、この家の所在《ありか》だ！……それにしても……ブッ！　巧《うめ》え所へ隠しやあがったなあ！」

長親分は感心して再び子持観音を手にとりあげた。地図を持って来い！　ここでもない、いやここら辺らしいと評議に時を費していた。

「警視庁へ届けようか？」

と長親分がいった。

「ま、待って下さい。妾も蛇の道ですわ。紅手袋に向島の家を荒されて黙って引込んではいられないんですよ。ね、兄さん。警視庁へ渡すのが順当でしょうが、済まないが、私の手で紅手袋を叩きつけて、ヘイ、これが紅手袋のマリ子で御座いって警視庁に突き出したいわ。紅水仙と紅手袋との喧嘩《でいり》ですもの。私ア私の手で紅手袋を叩きのめさなきゃあ、気が済まないんですよ。だからさ、警視庁へ渡すなあ、ちょっと待って欲しいわ」

「ウン、それもそうだな。……だが宿島さんは捕っちまったわ……命があぶねえんだぜ……愚図々々していて、万一宿島の旦那が……」

「だからよ……今夜中に私ア、この地図を読んで見せるわ、おい留、富も、繁も吉もちょっと来ておくれ！」

乾分を集めて地図の評議になった。江戸市中、いや、東京市中股にかけて活躍しているモサ連中も、訳のわからない地図を読む事には屁古垂《へこた》れた。

小田原評定《ひょうじょう》で時は経つ。

十二時に近く、自動車が家の前で止まると秀が帰ってきた。

「どうだった秀？」

「ヘッ、親分ですか、暫く……ね、姐御、南綾瀬って聞いたんで、私ア、その方へ当ってみたんです。吾妻橋の船頭から聞き込んで汐入の渡しへ行ってね、切符切りのおやじに聞くってえと俥屋だっていやあがるんで、その俥屋を訪ねたが、今日は休みだってえんだ。で仲間の話をたどると、何んでも永石ってえお邸へ行ったらしい、山善……これが、その本人の俥屋なんで——が昨日旦那衆と話をしていたのをチラッと耳に入れたってんでさあ。……で、永石ってえ家へ行ってみたんですがね……どうも正面から切り込めねえから、家をぐるっと廻って川岸へ出る。近所じゃあ人ッ子一人いやあしねえ……困ったなあと考えて家の様子を見るてえと、外はそれほどでもねえが、素晴らしく用心に出来ていやあがる家なんで……とても足もふみ込めねえ邸なんです……で、私ア《あつし》、素人の家は、どんな事をしたってどこかに隙があらあね……それにこれっポッちの隙もねえ家なんだから、考えちゃったね……考えちゃったけれども、手も足も出せねえから、家を見ただけで引き上げちゃったんです……私ア、明日《あした》もう一遍、行って見て来まさあ……」

「御苦労だったわね。ところがね……宿島さんが千葉で紅手袋に捕ったって電報が入ったんだとさ！」

「千葉で、へえ？……」

「ところがね、ホラ例のこれね」とお銀は観音像を見せて「これの中から地図が出たんだよ。多分奴等の家らしいんだが皆して見当がつかねえで困っている始末さ！」

「へエ？　この観音様から……地図が？……どれ」

秀が地図を手にしてじっと見ていたが、その見ている首が次第に傾いてきた。

「ウーム……」唸り出した。「……川があると……二つに分れていると……垣根があると……母屋が五間に八間……曲って……土蔵……一ツ、一ツ……二ツ土蔵があってと川岸の方へあそこが出て……引込んで……ウーム……姐御ッ！」

秀が叫んだ。

「解ったッ！　姐御、この家の作り具合は、南綾瀬の永石の家にピッタリだ……綾瀬だ……川があって、家の外側《そとまわ》りの作りが同じだ！」

「何ッ！　南綾瀬っ？」

「そうです。忍び込もうかと思う位だったから、よっく外側《まわ》りは見てきましたが、相違ねえ……確かに相違ねえ！　姐御！　これを借しておくんなさえ！　もう一度行って当って来らあ！」

秀公頗る江戸子である。

「まあ、待ちな」と長親分が云った。「万一、この地図を失くされると大変だ。……何も今夜でなくてもいいだろう。明日でも……」

「いや、親分、どうも私共ア《こちとら》、昼日中にブラ付くなあ感心しねえんで……夜の方が仕事がずんと楽でさあ……」

「アッハハハ、それもそうかも知れねえな。だが、もう十二時過ぎているからなあ！」

「なあに、私共ア、宵の口でさあ、じゃあ、この地図をちょっとお借りして、よっく腹へ入れて、行って来まさあ！　ねえ姐御」

「そうねえ」と、お銀はじっと考えてばかりいたが
「似ているなあ面白い。妾も一所に行こう！」

「エッ！　姐御が？」

「兄さん、妾も夜の方が楽ですわ。ちょっと考えた事もあるから、妾も行って当って見て来ます」

「俺も行ってみようか？」

「なあに、兄さんに出てもらうなあまだ早いわよ」

という内にお銀は立ち上った。スルスルと帯をとく、

「秀と富の二人だけ……仕度をしておくれ。兄さん、ちょっと失礼……」

ニッと笑うとお銀は奥へ入った。

暫くすると髪をキリッと結んで、目立たない縞物の着物、田舎娘のような風をして、布呂敷包を提げて来た。

「親分どう？」とニッコリ笑った。

「巧《うめ》えこしらえだ」

「下着は忍びになっているのよ」

とチョイと腕をまくって見せた。なるほど黒のシャツをピッタリ着けて、丁度映画に出るプロテア張りの身仕度。

「さあ出かけよう！」

「オイ来た。じゃあ親分、行って参《めえ》ります」

「オー」

送られて出る門の外、自動車は待っている。それも仲間の助川が運転手。自用である。

エンヂンの音もなく辷り出して青山から一路十二時過ぎた夜を突いて目ざすは南綾瀬！

そこの怪邸、その奥に昨日から宿島警部と刑事の二人が美事に幽閉されている事だけは、いかに蛇の道でも、お銀、神ならぬ身の知る由もなかった。

「舟の仕度はいってあるだろうね」

「へえ。勿論、橋場の太一の処へ電話をかけておきましたから……」

自動車は四十哩《マイル》位の速力で、まだ宮城《きゅうじょう》前を走って行く……

呪の乱闘

◇妖魔の素性◇

「よいしょッ！　ゆっくり寝てろよ」

太いさびのある声が耳の傍でこう叫ぶと共に、下へ降

された、降されたと思ったらごろごろと身体が転がった。

「板の上を転げやがったか」

間もなく上から転落した余勢で畳の上らしい所を転げて漸々《ようよう》に止った。

手足を針金で止められた上に、全身に袋をかぶせられている。そのまま芋虫が投り出されたようにゴロリと仰向きになった。

「宿島さん、暫く待ってらっしゃい。縛ったのをほどいて上げますから……」

紅手袋の首領マリ子の声がした。

「また地下室へ引張り込んだのか。溝鼠みたような奴等だな」

ころがされたまま宿島警部がいった。

「地下室ではないわ、お倉の中よ」

「フム、久松か。お染がいないぞ」

「今連れて来て上げてよ」

マリ子が答えた。

待つ間もなく、ごろごろと板をころがされたものがいる。同じように畳の上へころがった。

「お銀もやられたかな」

と宿島が考えた。

とまた一人、ごろごろと転げ込んで来た。

「大分に網へかけやあがった……」と彼は腹の中でさすがに紅手袋の凄い腕に舌をまいた。

「おい、新米のお客は……お銀か？　誰れだ……」

と宿島が声をかけた。

「ウーム……」と一人が唸った。

「宿島君か！　残念ッ！」と他の一人がいった、大道刑事の声だ。

「やッ！　大道君か……すると今一人は？　……」

「桂だ！」

と唸るようにいった。

「二人共やられたか。ウーム……」

さすがの宿島も、外に残しておいた桂刑事に一縷《る》の望みをつないでおいたのに、それまで紅手袋の手に落ちてしまっては本署との連絡が切れてしまった訳だ。

「唸らなくてもいいじゃあないの！」

突然宿島の直ぐ近くでマリ子の声がした。

「いくら妾が馬鹿でもさ、宿島さんだけを捕えて、外の二人を返せば、どうなる位は解ってるじゃあないの。だからさ、宿島さんと一所に来た大道さんも桂さんも、旅は道連れですからね。みんな前世の因果よ。坊主はうまい事をいったものね……どら袋をとって上げましょう」

男二人の手が宿島を抱き上げた。そして足の針金を解いた。解き終るとガチャリと鉄鎖の音がして、右足へ鉄の環がはまった。

「フーム、動物園の象見たような扱《あつかい》をするのか?」

「天下の宿島を捕えておくんだから、こうでもしなければ、安心が出来ないわ。……結局、あんたが凄く、恐い人だからよ。二晩ばかりの辛抱だわ」

ガチャリ! ガチャリ! 大道も桂も鉄鎖につながれたらしい。

それから身体につけたすべての物をとり上げて、袋を取った。

宿島警部が見るとガランとした広い室である。隅の方に机と卓子が一脚ずつおいてあり、中央の天井に電燈がつけてあった。

四方の隅に鎖があってそれに動物園の象見たように三名がつながれていた。大道も桂も袋を取り除かれたが互に顔を見合せて一語も談《かた》らなかった。

「おいこうした上からには手の自由位与えてもよかりそうなものだね」

と宿島がいった。部下の男共が手の針金をとった。針金はまるめて卓子のある隅の方へ投げやった。

「この隅にはお銀をつなぐんですよ」とマリ子がいった。彼女は隅の椅子に腰をかけていた。

「しかし、ね、宿島さん、こうすらすらとあんたを摑めるとは思いませんでしたわ。実をいうと貴下《あんた》が東京駅の美奈子殺しからこうも早くこの南綾瀬の巣を突き止めて来ようとは思わなかったのよ。だから大間誤つきだったわ。幸い、張込ましておいた俥屋の藤公が知らせて来なかったら、飛んでもない事になる所だったのよ。さすがに宿島さんよ……」

「……」宿島はフフンと鼻で笑った。

「……でも、宿島さん。この紅手袋一味の腕は素晴らしいでしょう? ……これで、宿島警部さえいなくなればいよいよ我等の天下になるんだわ」

「フフン。がそうはいくまいね。西片町の地下室でお祈を上げたような調子に世の中は君達の天下にはならないぜ、我輩も宿島佐六、君達の今まで殺して来た人間の素性から、君達の素性まで、一通りも二通りも調べはつけてある。仮令《たとい》宿島佐六が元山庸一郎刑事のような目に会っても、君達の運命は一週間とは保てないだろう?」

「アラ? 何故?」

「俺は君達結社の成り立ちを知っている」

「知って? ……そう、どの位知っているの?」

「そうだね……くどくどいうまでもあるまい。早い所

『切支丹鮮血遺書』を一通り読めば十分だろう」

「切支丹鮮血遺書を?」

といったマリ子の声はやや慄えを帯びていた。

「も少しいってみようか。山内教授の夫人は長崎の旧家竹中の一人娘であった。竹中の祖先に竹中采女重次《うねめしげつぐ》がある。温泉《うんぜん》ケ嶽《だけ》上熱湯責として長崎切支丹宗徒六千余人を殺し、天下の聖徒を戦慄させた長崎奉行竹中采女重次、……ね、その子孫の一人娘が山内教授夫人……それから大阪の大江家の祖先には元和八年の大虐殺を敢行した長谷川権六《ごんろく》がいるはずだ……それから長谷川の部下に代官の背教者末次平蔵がいた……末次平蔵、解っているだろう。富豪末次治平氏の祖先である……と、これだけいえば俺が紅手袋に対してどの位の深さまで知っているかが御解りだろう」

「それが……どうしたんです?」

マリ子の声は、ますます慄えを帯びて、顔色は血の気も失せて真青になって来た。

「どうもしないさ……一切解っているというだけの事さ……それもね、末次治平の身元調べをやっている内にふと、元山刑事が殺された時、本郷署へ、君から電話がかかって来た事を思い出したので、その方面を少し洗ってみた……」

「電話を聞いて?」

「電話を聞いてだ……元山を弔うオルガンの音、讃美歌の声、署長の耳に伝わったのが宿島佐六の耳に残っていた。……それから鮮血遺書を調べる事になったまでさ」

「まあ!」

「で、今日ここへ来て聞いた永石老人……その名を聞いただけで僕には君の素性が一切解ってきたよ……」

「……」

マリ子は歯を喰いしばってじっと宿島を睨みつけた。嫌悪と呪詛の瞳? 血に餓えた呪の妖魔の眼で睨み据えた。

「永石マリ子……温泉ケ嶽の硫黄口に石を首へ吊されて直立した女性、確かにその名は鮮人イサベラ永石!……」

「お、お、お黙りッ!」

マリ子が蛇のような唇を破った裂帛の叫び!

「アッハハハハ」宿島は哄笑した。「黙れといえば黙りもしよう。……しかし、マリ子、警視庁は黙っていないよ。西片町教会へもぐり込んだ唖の老人が、無言の内に張った網は毒瓦斯や爆弾では破れない……第二の宿島も、第三の宿島もいるからな……アッハハハハハ」

宿島警部の哄笑を後にマリ子はつと立って無言のまま

室を出て行った。

◇モールス信号◇

夜更けて十二時を過ぎたかれこれ一時頃、千住大橋から荒川の流れを音もなく辷るように漕ぎ下って行く荷船があった。荷船といっても積荷をおろした空船である。船は第六天祠《てんし》を過ぎて堤外牛田《ていがいうしだ》へ差しかかるとグルリと廻って田沼製薬の方へ這入り込んで行った。

「姐御、そろそろ来やしたぜ」

と櫓《ろ》を握っていた船頭がいった。

「どこかへ、船がかりは出来ないかい」艫《とも》の家形《やかた》から忍びやかな女の声がした。蛇の道お銀である。

「お待ちなせえ。邸の前を通って大体の様子を見定めた上、この船は牛田の沼へかくし込む事にしやすから……」

船は南綾瀬村に副《そ》って綾瀬川の方へ向った。

「来やした！」と船頭、

「あいよ」とお銀。

お銀は家形の中から上瞼《うわまぶた》を細目にあけて対岸の邸の様子をじっと見詰めた。

船は静かにゆるやかに下って行った。そして鉄橋下まで来るとどこから現れたかツツーッと船べりへ横付けになった小舟一艘、

「親分！」

「由か。御苦労。長太、代ってくれ」

小舟からヒラリと飛び込んだ若い船頭が代って櫓を握る。

家形の中からお銀が出てきた。秀が出てきた。そして鉄橋の橋脚の影を利用して舟から三人、音も立てず小舟へ乗り移ってしまった。

「橋場の！　子供は何人来て？」

「八人許り伏せてありまさあ」

「橋場の！」

と呼ばれて最前までの船頭が答えた。

「橋場の」とは橋場の太一である。橋場の太一、彼はお銀の弟分ではあるが、荒川、隅田、大川一帯の船頭を押えている船方の大親分である。隅田大川筋からお濠へ通う荷足《にたり》、荷船、その水上生活者で、この橋場の親分の息のかからないものはない。ありとすれば、それはもぐりである。板子一枚地獄の底、三途川《さんずのかわ》の門番見たような荒くれ共を手足と使いこなす水上の主、それが橋場の太一親分である。

今夜はお銀からの飛報を得、親分自ら命知らずの腕ぷしを引具しての出陣であった。水底の石の数まで知り抜いている手合が、お銀の手足になって闇の水上へ配られてある以上、お銀の冒険には非常な強みである。

「長太は牛田の沼へ舟をもやって、外の連中と土手上へ散っていろ。そっちは富兄いが指図をするからな……」

「承知しました」

お銀に、秀に、太一親分を小舟に残して大きな荷船は綾瀬の闇に消えて行った。

鉄橋下の闇の中へ残された小舟で三人が相談をきめた。

「とにかく、この地図を頼りに忍び込んでみよう」とお銀がいった。

「で万一の事があったら?」と秀が心配した。「何しろ紅手袋の奴等は姐御をただの仇として狙ってやあがるからなあ、そこへ飛び込んじゃあ……今夜の処は、あっしが一人でやっつけてみましょう……」

「万一は万一さ」と太一がいった。「万一やられたら、その時さね、二三時間して帰らなけりゃあ、野郎共が暴れ込みまさあ」

さすがは荒くれの親分である。万一敵の手に落ちるような事があれば、命知らずの船頭に暴れ込ませるという。思い切った荒仕事だ。

「だからあっしも、一所に行くよ」と太一親分平気で嘯《うそぶ》いた。

で結局、三人が忍び込む事になった。時間は二時から三時半までの間に舟に帰る事。四時になって帰らなかったら、

「構わねえ、二三十人で殴り込んでくれ」と太一親分が由《よし》に云い含めた。

彼等は橋脚の形にひそんで時間を待った。

夜は更けて行く。恐ろしい音を立てて貨物列車が橋の上を過ぎた。虫の声も眠りに落ちて、川波も油のように静かになった。

「そろそろ這い出そうかな」と太一がいった。

丁度この時、かすかにどこからかモーターボートの音がした。

「オヤッ!」と太一は素早く耳を立てた。

小舟の中へ腹這いになった太一親分は由と共に頭を水につけんばかりにして水面と眼を平行にじっと闇の中を見据えた。こうすれば水明りでかなり遠くまで見える。

と間もなく、永石邸の附近と覚しい石垣の腹から突然、全く突然に黒いボートがポカリと水上に浮び出た。出たと思うと白い波を見せて非常な速力で殆ど音もなく川上

へ走って行った。

「フーム……」と橋場の親分が唸った。「畜生ッ！　あんな所へドックを作っておきあがった。なあ、由、あそこは石垣だ。石垣作りの水門が出来ていやあがるんだ、……畜生ッ！　……なるほどただの鼠じゃあねえはずだ……」

水上の主、橋場の親分は腕を組んで考えていたが、

「うん、巧え所を発見《みつ》けた。占め占め」と一人喜んでいた。

がやがてムックリ起き上ると、

「お銀さん。さあ出かけよう……」

三人は堤《つつみ》へ這い上った。

「由、あの水門に気をつけろ、外の連中にも四時になったらやる手筈をつけておけ……」

「ぬからず、おやんなせえ」

三人は堤《どて》の影を忍びやかに進んで永石邸へ向った。

彼等は堤に沿って生垣を乗り越えて邸内へ入った。三人は土蔵の方から裏庭へ廻った。そして土蔵へ通じる廊下の縁の下へもぐり込んだ。廊下の戸の隙間から細い燈火が洩れていた。三人はそこでじっと様子を覗《うかが》いながら、廊下を洩れる光で例の地図を拡げた。

暫く地図を研究していると、光がパッと消えた。オヤッと思うと、パッパッパッ！　廊下の燈火はついたり、消えたりする。

「チェッ！」とお銀が舌打をした。とこの時、太一の汗ばんだ手がお銀の手をギュッと摑んだ。そしてお銀の耳元に囁いた。

「信号だ！　モールス信号だ！」

太一の眼は異状に輝いて、消えたりついたりする光をじっと見つめながら……

「S・O・S……救けてくれ、……救けてくれ……ケイシチョウへ……シラセヨ、ベニテブクロ……ヤドシマ……ヤドシマ……救けてくれ……ケイシチョウヘシラセヨ……ヤドシマ……」

「姐御！」と太一がいった。「宿島警部は此邸《ここ》に捕っている。救けてくれといっている。解った、ここが紅手袋の本拠だ！」

「宿島さんが……この家に……占めたッ！」とお銀は唸り出した。

◇暗の小舟◇

倉の中へ投げ込まれた宿島警部はせめてもの腹いせに紅手袋マリ子の面皮をはいだものの、身体の自由がきかなかった。それと共に桂、大道の二刑事までが易々《やすやす》と敵の術中に陥ったのが心外だった。

大道刑事は玄関外に立って宿島の合図を待ってはいたものの、紅手袋がこうまで用意周到だとは考えていなかった。宿島が奥へ行って間もなく、女中が出て来て「宿島さんが御用があるからちょっと来てくれ」といったので大道は何の気もなく奥の方へ案内された。と突然物蔭から壮漢が三人パッと不意に飛びかかってアッという間に頭から袋をかぶせられてしまった。実に他愛もなくやられたものだ。桂刑事も同様の手段で、やはり女中が来て、「大道さんと宿島さんが呼んでいらっしゃいます」といわれたのを真に受けてのこのこ家の中へ入ると、これまた大道刑事同様の目に会ってしまった。

「しかし、三人の行衛が知れなければ、警視庁ではこの家へ足取って来る」

宿島はこう断言して警察の手入を待っていた。が敵はその上を行った。千葉方面からの偽電がそれである。

こうして第一日が暮れ第二日が暮れて来た。こうなると宿島もじっとしてはいられない。

愚図々々していれば紅手袋の手に斃れなければならなくなる。恐らく彼等は蛇の道お銀を捕えるべく苦心しているに違いない。お銀が捕えられる前に、どうしてもこの幽閉された倉の中から脱出しなければならない。さもなければ生命《いのち》が危い。無残々々《むざむざ》彼等如きの手にかかって死ぬのは、それこそ心外千万である。

「よしッ！　脱《に》げてやろう」

とはいうものの、この倉の中から、この足にからんだ鉄の鎖を切って、どうして脱出するか？

第一に足の鉄鎖をとらなければならない。がいろいろ苦心したけれども殆ど絶望であった。彼は四辺を見廻した。とふと室の一隅を這っている電線に目をつけた。

「この電線は外からの引込線だ。こいつを切って、俺は信号をする。この家の中の電燈が明滅すれば、どこか外部から異状が認められよう。まして一面は河だ。船関係のものが見れば恐らく信号を解るだろう」

この「だろう」を頼りに、窮余の策として針金を利用して電線を切った。そして一味の寝静まるのを待って

「S・O・S……助けてくれ……」の第一信を出した。

それが二日目の夜である。

丁度その頃、蛇の道お銀等が縁の下にもぐり込んでいた。そして船乗りで叩き上げた橋場の太一親分が、隙間洩る光の明滅でその危険信号を読んでしまった。

「占めた！　もうこっちのものだわ」とお銀は晴れ晴れしく太一の耳へ囁いた。

「だが、どこに幽閉されているだろう?」

「電燈がパチパチするんだから、引入《ひきいれ》スイッチのある近くか、電燈引込線の近所よ……どうせ地下室か、どこかへ投り込まれているんだから、その中での宿島さんの細工だわ。一廻りして引込線のある処を調べて見ましょうよ」

お銀中々頭がいい。三人は闇の中を這いながら裏手へ出ようとして土蔵に行き当った。

「土蔵だ、ここに地下室があるらしいね」

蛇の道は這いながら裏へ出て四辺を見て再び縁の下へ引き返して来た。

「土蔵へ電線が入っていてよ。宿島さんは土蔵の中よ」

「入《へ》えりましょうか」

と秀がいった。

「土蔵じゃあなあ……ちょっとむずかしかろうよ。戸前を切らなきゃあならねえからなあ……」

「今夜はよそう。……地理だけわかりゃあいいわよ。……明日の晩……ね」

「よかろう、引き上げだ……明日は土蔵師《むすめ》の捨吉を連れて来りゃあ訳あない……」

三人はこそこそと引き上げた。土手へおりて石を一つ河の中へ投り込むと、音もなく小舟が出て来た。

「首尾は?」と由、

「上首尾よ」

三人は舟に乗った。

◇死生の一縷◇

翌晩の十二時も過ぎて一時……

宿島はごろりと寝たまま例の電線を両手に持ってパチパチとスパークさせながら「S・O・S……」の信号を始めた。

と音もなく秘密の扉《ドア》が開いてヌッとマリ子が入って来た。

「宿島さん。……電気の修繕はもう沢山よ」

「何ッ！」

「家の中の電燈へ『救けてくれ』って信号したって駄目よ……それに今朝から変な連中が邸のまわりにたかって来たらしいから……お銀の来るのを待っていられないわ……最初に御約束したように今夜あなた方三人に例の爆弾の御馳走をして上げるのよ……道連れがあっていいでしょう?」

恐ろしい妖魔マリ子は顔色も変えずに宣告をした。

「フム……」と宿島は冷笑した。「どうも野郎共三人で死ぬなあ面白くないね。君も一所につき合いしないか?」

宿島警部実に落付いたものである。

「してもいいが、あんたと情死《しんじゅう》するとお銀に恨まれるからよすわ……でね、今夜これから舟に乗ってもらってさ、この間のように吾妻橋か駒形橋あたりでボカンとやるのよ……用意は出来ているから、貴方《あんた》の方の仕度よ……何か遺言はない?」

「遺言か……あるね、モダーン久松はお染のいないのが淋しい……とね。アハッハハハハ、おい、桂君……大道君……いよいよ三人が爆弾情死をする事になったんだそうだ……野郎三人で情死するのも十万億土の旅が淋しいから、マリ子さんにも御迷惑ながらつき合ってもらおうじゃあないか」

「賛成だね」と大道が元気な声をした。

「じゃあ、出かけようか」と桂が立ち上った。

「紅手袋のマリ子と情死なら、宿島一期《ご》の仕合せだ、さあ、マリ子さん、一所に行こうよ……地獄へなり……極楽へなり……」

いいながら立ち上った宿島は立ち上ると同時にツカツカとマリ子の傍へ来た。

「アッ!」とマリ子は思わず叫んだ。「鉄の鎖!」

「アッハハハ、鉄の鎖が足についていたんじゃあ動けない……手廻しよくはずしておいたよ。ハッハッハハハハ」

宿島は皮肉な冷笑を浮べながらマリ子の手を摑えたと同時に大道刑事も背後から、

「マリ子、俺も一所に行くよ」と腕を握った。

強いて笑った。「手廻しがいいのね、……だが、マリ子は情死は御免よ、妾にはいい人があるんだからさ……宿島さん……ここは警視庁じゃあないんですよ……妾の家よ……では御一所に参りましょう……」

「ホ、ホ、ホホホホ」マリ子は事の意外に蒼ざめたが、

マリ子は宿島等三人が鉄の鎖を切った所で、どうせ家の中には紅手袋の部下がいる、室の外には仲間がいるんだから平気だ。

「おい」とマリ子が呼んだ。「お出かけだよ。誰れか御案内に来ておくれ！」

「……」

返事もなく秘密の扉がスーッと開いた。

「御案内致します」

低いながら闇の中で声がした。しかも女の声が……

そしてヌッと入ってきた黒装束の女一人、マリ子を見てニッコリ笑った。

「あッ！　お銀ッ！」

とマリ子は思わず叫んだ。

「お染とやらを御待ち兼ね……漸く参上仕りました」

お銀だ！　紅水仙の姐御だ。蛇の道お銀だ。

「マリ子さん、暫くね！」とお銀の言葉がガラリと変った。「蛇の道お銀だよ。向島から荒川土手、昔から蛇の名所だよ。蛇の道お銀の住家《すみか》だよ。ホッホホホねえマリ子さん。待つまでもなくこっちから参上さ。宿島さんの押かけ女房……情死するなら御一所さ……何もそんなに蒼い顔をせずともいいよ、ね、物は理窟さ、宿島さんが家の中の電燈へ危急信号……誰れ知るめえと思っても、そこは蛇の道、ちゃんと読んで、倉の中までもぐり込んで来たのさ……今夜は西片町のようなドジは踏まないよ……お銀とマリ子、もうこの辺で勝負《わか》ろうじゃあないかい？　ね、マリ子さん」

「ホッホッホホホ渡り文句《ぜりふ》はそれだけなの？　えらく旧式だね……でも蛇の道だけあってよく来たわね、あんたの出る幕じゃあないといいたいけれども、もう春だからねえ、蛇も長虫もうろうろするわ……丁度待ってましたッていう所よ、宿島と情死したいなら、丁度いいわよ、宿島さんもモダーンな久松にお染がいなくて淋しいといっていたから、一所に死なさせて上げるわね……」

といいも終らぬ内に、パッと宿島の手をふり離すや否や、アッという間に大道を背負い投げてバッタリお銀に叩きつけて、間髪を入れず、猿《ましら》のように一間余りも飛び退《すさ》って手早く懐中から掴み出した爆弾一箇、

「死ぬなら一所だッ！　宿島ッ！　お銀ッ！　撃つなら撃ってみろッ！」

紅の唇、火を吐くばかりに恐ろしい声で絶叫したマリ子が決死の顔色。

右手に爆弾を握ったままジリジリと奥の壁際に左手で壁をなでていると、果然、最初宿島等が投げ込まれた窓から男の首が三つ四つ、各々ピストルを手にして室内をのぞき込んだ。

宿島警部も、大道、桂両刑事もお銀も、隠し持ったピストルの狙いをマリ子の胸と、男共の窓につけたまま、

これはまた秘密扉の方へジリジリと後退し始めた。

「動くな宿島ッ！　動くなお銀ッ！」

叫びながらマリ子は敢然と爆弾を持って迫って来る。

お銀等が秘密の扉へ手をかけて押し開くや否やいきなり外からお銀に組付いてきた奴がある。と同時に跳《おど》り込んできた紅手袋一味四人が宿島等へ飛びかかって来た。

「占めたッ！」

と宿島が叫んだ。そして猛烈な格闘を始めた。

がこの時マリ子はニッと笑った。そして上の窓から垂《さ》げてきた辷り板へ飛び乗った。板はギリギリと上へ上る。

とたんに邸内からワーッという喚声が起った。

◇大乱闘◇

蛇の道お銀の部下が殴り込んだのだ。今夜のお銀等の作戦はお銀は禿や富等を従えて家の中へ忍び込み、各自が地図に示してあるそれぞれの抜け道をかためる事に当り、正面からは紅手袋一味を攪乱し牽制するために八ツ橋の長親分が総大将で、彼等仲間で所謂正面からの殴り込みをやった。川の方と家の周囲は橋場の太一親分が乾分を率いて水陸共に第二段のかためをつけていた。

殴り込みの時間は午前一時と定めてあった。……がしかし宿島以下の幽閉されている所へ忍び込んで、今夜の打合せをしたお銀と秀とは警部が鉄の鎖につながれているのを見て、秀が早速得意の針金で鉄鎖の縛《いましめ》をはずした。それから宿島の注意で、お銀等は一旦引き返し、宿島が例の電燈信号でマリ子を誘き寄せそこで第一にマリ子を捕えてしまう。そしてそれをキッカケに正面から殴り込むという手はずにした。

が、それはマリ子の爆弾でおどかされて予定が狂ったと同時に、紅手袋一味が非常を聞いて各々警戒についてしまった。

宿島探偵とマリ子とをお銀に任せ地下室の抜け穴へ張り込みに行っていた秀は家の中のただならぬ様子に不審を起した。万一！……そう思って彼は戸外へ合図を送り、時間より早く八ツ橋の長親分の活躍を始めてもらったのであった。

八ツ橋の長親分は国粋会とか水平社とかの争闘に幾度か場数を踏んでいる喧嘩の名人だ。万一問題になってはうるさいと思ったから、首《かしら》立ったもの数名にピストル、副首《かしら》に鳶口《とびぐち》を持たせただけで、他の連中には手頃の棒を獲物にした。

それが命令一下、一斉に縁の下や植込みの中からあばれ出して玄関から、庭から、勝手から、家を包囲して雨戸を叩っこわし、引ぱずして家の中へ飛び込んだ。

大格闘だ。大猛闘だ。

座敷で、廊下で、茶の間で、二階で、恐ろしい肉弾戦が家中で初まった。猛烈な壮烈な肉と肉との迫撃だ。

ピストルの音がした。殴り込みの音が響く。叫び声、悲鳴、怒声、罵声、……それが静寂の夜の闇を破って突発した。……

「マリ子さん、早くッ！」

窓の処で、紅手袋の一部が叫んだ。マリ子を乗せた辷り板が宿島やお銀の格闘を見下しながら静かに上へ上って行く時、ワッという喚声が窓から起った。パン！　パン！　ピストルの音がした。

マリ子がふと上を見上げる時、窓から弾丸のように辷り台へころがり込んだ奴がある。

アッと思う間もあらばこそ、大胆か、無茶か、いきなりマリ子が摑んで振り上げていた爆弾に獅嚙みついた。二人は辷り台の上へ転がった。空間十尺、男と女とは激しく争った。

エイッ！　マリ子の口から恐ろしい気魄の籠った気合が洩れると組みついた男は足を踏みはずして板からドシンと辷り落ちた。

がそれと同時に、アッ！　恐ろしい爆弾はマリ子の手を離れて板の上をころころと転った。

危い！　……爆発！

一瞬時！　宿島もお銀も桂も、大道も思わずワーッと最後の叫びを上げた時、

ころころと板を転った爆弾が下へ落ちた。

大爆発！

と思いきや、落ちた爆弾は床の上で音もなく跳ね上った。ポン！　ポン！　ポン！　跳ねて、転がって跳ね上った。

「ホッホッホッホッホ……黒く塗ったゴムまりですよ！　ホッホッホホホホホ」

マリ子は嘲笑を残して、四人が呆気にとられている間に早くも窓から姿を消してしまった。

と見たお銀は、

「宿島さん、あとはどうぞ！」

叫んで相手の男を突き飛ばして秘密扉からこれもまた飛び出してしまった。

宿島も続いて出ようと思ったが、相手の奴等もそれぞれ相当な腕があるらしく中々ひるまなかった。

「面倒だ、のばしちまえッ！」

宿島が叫んだ。

それでも、四人の男を叩き倒すには五分位かかった。

「縛っておきやしょう、旦那ッ！」

マリ子に投げ落された男が用意の長い縄を懐中から出した。

「ヤッ！　留公か」

と宿島がいった。西片町の夜お銀からの使で来た男である。

「大勢でかためをつけて殴り込んだんだから、今夜は大丈夫でさあ」と留公がいった。

「桂君、縛ってだけおいてくれ！　……大道君、君は本署へ早く！　桂君も……、僕はマリ子を……」

いい棄てて宿島も同じく秘密の扉から飛び出した。

秘密の通路を走って、間もなく広い一室へ出た宿島は邸内の勝手を知らないので間誤ついた。邸の中はワー、ワーという騒ぎの真最中だった。

彼は廊下を走った。走って行く拍子に廊下に落ちていた棒に※って前へバッタリ倒れた。起き上った彼はその棒を拾い上げて廊下から戸外へ飛び出した。そして四辺の様を眺めた。と倉と倉との間へ逃げ込もうとしている怪しい男がいるのを認めた。

「待てッ！」

叫んで追いすがった。

「エイッ！」

追いすがるとたんに怪しい男の手から三尺の秋水《しゅうすい》がサッと跳《おど》った。

「アッ」

不意に斬りつけられて宿島は危い所で身体をかわした。

「エッ！」第二段に隙もなく斬り込んで来た。

「ヤッ！」宿島は僅かに持っていた棒で相手の刃《やいば》を払って身体を立て直して、相手を見た。

「アッ！　永石だな」

「オッ！　宿島か。今夜は、紅手袋、思わぬ不覚じゃ。じゃが、永石進、老後の思出に宿島警部の命は貰う。無念流じゃぞ」

汽車中の怪老人永石だ。この怪邸の主人、またいわずと知れた紅手袋の総帥《そうすい》。

剣を振って再度宿島に斬ってかかった。

「ウフッ！」と宿島は相手の鋭い剣を引ぱずしながら笑った。

「刀は大時代だな。……よしッ！　撃剣なら俺の得意だ。さあ来い」

棒を青眼に身構えた。そしてジリジリッと詰めよせた。

……

◇河中《かちゅう》の生死◇

橋場の太一親分の水軍はモーターボートを用意して万一を警戒した。殊に先夜秘密の水門から怪ボートの出た処は三艘の舟で監視していた。

果然、水門から一艘のボートが矢のように走り出した。

「出たッ！」

邸の騒ぎに昂奮していた連中は直ぐにそれを追っかけたが、敵はピストルを乱射した。

「構わねえ、やッつけろ！」

無茶だ。弾も平気でボートを敵艇にすれすれに近よせると同時に気早の奴が相手のボートへ飛び込んだ。ここでもせまいモーターボートの中で殴る叩くの大活闘が始まった。

その隙にまた一艘出てきた。

「それッ！　また出たぞ」

ピストルを乱射し合いながら一艘が追いかけて、ボートは上流へ全速力で逃げて行く。

ボーッ！　ボーッ！　ボーッ！　河では合図の非常汽笛を鳴らした。……

邸内では必死の乱闘がますます盛んに極度まで高潮している。河ではボートの追《おい》かけが始まっている。宿島と永石老人とが白刃下の生死を争っている。

この時、マリ子はどうした？　お銀は？

お銀はマリ子が窓を抜けたのを見ると逃《ず》らかるなと直覚した。逃らかれば水の上だ。逃がしてなるものか。決死の勢いでマリ子を追うべく秘密扉を飛び出した。それから秘密地図で案内知った倉の下の闇の通路を通って邸の一隅に小屋のように見せかけたボート置場の池の方へ走った。

見ると、池の中に一艘のモーターボートがある。マリ子がどこから脱けて来たか今、そのボートへ乗り込もうとしている時だ。

お銀は声が出せなかった。無言のまま最後のヘビーをかけて動き出したボートへ飛び込んでマリ子に獅噛みついた。

「邪魔ッ！」

ボートの胴の間ではお銀とマリ子が組み合った。組み合って争いながらもボートは一気に走り出した。

水門を出ると、そこには二三艘のモーターボートが猛烈な争闘をしていた。その以前に脱出した二艘のために気をとられて今肝心のマリ子の乗ったボートには気がつかなかったらしい。必死に争う妖魔と女俠を乗せたボートは下流へ向って全速力を出した。

二三丁走ってから始めて味方のボートが気がついたらしく、ボ、ボ、ボッ、ボッ、ボーッ非常汽笛を鳴らして追って来た。二艘だ。

血みどろになったお銀とマリ子は声も立て得ず争いつづけた。舟は綾瀬へ出た。汐入の渡しへかかった。

マリ子は短剣を抜いた。お銀はその手を摑んだ。上になった。下になった。

全速力と舟の上の格闘で、舟は恐ろしく左右へゆれた。殆ど転覆するばかりに左右へ揺れた。

お銀はマリ子の短剣を奪った、そして夢中でそれを振り上げた。マリ子がその手へ喰いついた。それでもお銀は力一杯に突いた。

「アッ！」

マリ子の肩からサッと血が出た。

「キッ、斬ったな」

とマリ子が叫んだ。そして恐ろしい力でお銀の再度上げた手へ飛びかかって来た。二人はまた倒れた。その勢いで短剣が二人の手を離れて舳《とも》の方へ飛んだ。マリ子はそれを拾おうとする。お銀もそれを奪おうとする。女二人は舳へ争いながら這った。そして激しく組打をした。

「姐御だ！」

追跡して来たボートでこう叫んだ。ボートは今二艇身の処まで迫って来た。

マリ子のボートは必死になって川波を蹴立てた。舟の揺れはますます激しい。

ゴーッと大揺に一揺れ！　アッと思う間に組打をした二人はザンブと川の中へ落ちた。

「それッ！　姐御が落ちた。マリ子も一所だッ！」

味方のボートは驚いてあわてた……

◇大団円◇

大道刑事と桂刑事の非常報知を待つまでもなく、恐ろしい水陸の騒ぎは近くの交番を驚駭させた。第一の飛報は向島署に伝わる。

「何事か！　またしても博徒の争いか」と向島署から巡査が繰り出そうとしている時に、交番へ飛び込んで来た大道刑事から第二の飛報！

「紅手袋だッ！」

向島署は一時に緊張した。電話は四方に飛んだ。附近各署から、巡査を満載した自動車が走り出した。水上署からはランチが出動する。

が……しかし警官隊が来た時には騒ぎは大体に静まりかけていた。紅水仙、蛇の道お銀の頭立《かしら》った秀や富やその他殊に警察から平素睨まれていた連中はどこかへ消《ふ》けてしまって、京都の顔役八ツ橋の長親分以下十余人がいたに過ぎなかった。

さしも兇悪な紅手袋一味は宿島に白刃を叩き落されて、縛り上げられた永石老人以下二十名余り、重軽傷者共々皆警官の手に収容された。……

「いや、お銀さん、こん度の事件は宿島……いえ警視庁として感謝します」

事件の数日後、お銀の青山の隠家へ八ツ橋の長親分に案内されて、宿島警部が礼に来た。

「まあ！　何んでもないんですよ」

お銀は顔を紅《あか》くして笑った。

「マリ子はどうしたんでしょうね？」と暫らくしてからお銀がいった。

「川をすっかり捜したけれども行衛が不明なんですよ。首魁が捕えられないので、実は残念です。がしかし傷を受けて川へ落ちたのですから多分死んだでしょう。目下川を捜しています」

「全体紅手袋って何んですの？」

「あれはいわば島原の残党ですな……」

「島原の？」とお銀は講談本で読んだ幾百年前の事件を今更らしくいわれて目を丸くした。

「ええ、つまりあの時代、非常に圧迫されて残酷な刑に処せられた……即ち温泉ケ嶽で硫黄地獄に落されたとか、切支丹で火刑や磔刑《はりつけ》になったものの幾十代の子孫が、当時の奉行なり目附なりの子孫へ当時の復讐をした……」

「まあ、今時分に？」

「というのは表面で、実は恐るべき社会主義の秘密結社なのです。マリ子は温泉ケ嶽で地獄責になった永石イサベラという鮮人の子孫ですが、そうした連中がマリ子及び永石進老人——マリ子の父——を首領とし、それに不逞鮮人を加えて恐ろしい秘密結社を作ったのです……つまり現代の社会に対する血の挑戦をした訳で、あの邸の倉の中には強烈な爆弾の外あらゆる科学を利用した危険物が山と積んでありました。僕も結社の大要は摑んでいましたから、あの日以来、党員の殆ど全部を挙げましたが、東京、大阪、京都、神戸、長崎、朝鮮と数百、いや千に余る党員があったのです……未然に防ぐ事が出来て国家の仕合せでした。もし、それが少し手入が遅くでもなって御覧なさい。要路の大官や富豪、その他は殆ど一日の内に大半殺されてしまい、国家的に大騒動が起る所でした……今考えると身の毛もよだちますよ」

宿島は感激の涙さえ浮べて事件の詳細を話し初めた。

「恐ろしい奴等だ……がまあ仕合せでしたね……お話はともかくも、御祝いに一杯やりましょう」長親分がいった。「そして、今日だけは宿島さんに御目こぼしを願って、宿島さんのブラック・リストに乗っている連中……この事件に骨を折った連中……と顔を合せて一杯やって頂きましょう。アッハハハハ」

哄笑しながら、

「おい、秀、富、留、繁、吉、皆来て、御挨拶をしろ」

「へえ……」

次の間から連中がゾロゾロ出てきた。

「アッハハハ、来た来た。大分平素《ふだん》つき合い悪《にく》い連中ばかりだ……アッハハハ」

宿島は愉快そうに笑った。

襲はれた龍伯

◇覆面の殺人鬼◇

「ああ疲れた。今夜という今夜は酷《ひど》い目に会ったわい」

丙午《へいご》クラブから麹町上二番町の別宅へ戻って自分の室へ入った龍伯は自分の身体を投げ出すように長椅子へどっかと腰を降した。疲れ切っているのと倶楽部《クラブ》で飲んだウイスキーの酔とで、彼は電気を点ける事すら懶《ものう》かった。

「ウーン」と一つ大きな伸びをした。「先週熱海ホテルで負け込んだより、今夜の負け込み方は意外だった。切る札も切る札も北村輩《きたむらはい》にしてやられて二時間の間小切手の書きづめなざあ、気に入らないね……どう考えても御気に召さぬ、龍伯甚だ御機嫌斜《ななめ》で御座るか、アッハハハ。……が、何時《なんどき》じゃ……暗うて時計もわからぬ……こらッ！　持田ッ……持田は居らぬか？　……仕様のない奴だ、どこへ行きおったか、無要心千万……」

独語《ひとりごと》をいいながら葉巻に火をつけた彼は立ち上ってスウィッチを捻った。パッと室内が明るくなった。と同時に、

「や！」と叫んで室の一隅にある卓子《テーブル》の前へ進んだ。

卓子の両袖にある四ツの抽斗《ひきだし》が皆開け放されて、中には抽抜《ひきぬ》いて、床の上に投げ出されてある。室内は取り散らされて落花狼藉《ろうぜき》！

「どうしたんだ、この体態《ざま》は……誰れか来たな……おい！　持田ッ！」

彼は留守番の持田を呼んだ。が返事がない。

ツと呼鈴の方へ手を延した時、

「そんなものを押すのはよせ」

突然、錆《さび》た声が起った。

「押しても、呼んでも、居ないものは来ないぞ」

ハッとして龍伯が顔を上げると、前面のカーテンの前にヌッと突立った一名の怪漢、ピストルの口をピタリと狙い付けていた。顔の上半は黒キャラコの覆面、凄い眼ばかりが光っている。

龍伯はハッとして本能的に背後《うしろ》をふり返ると、入口の扉《ドア》の所にも同様の覆面をした男が同じくピストルを持って身構えていた。

十秒、二十秒、両者に沈黙が続いた。

「何んだい、貴様達は？」龍伯は口を開いた。物に動ぜぬ怪盗龍伯も、不意に、全く不意に、自分の別荘……と、いっても表向は山崎達之助の変名で本宅としている家へ……相手もあろうに覆面の強盗が押入ったのには少からず驚かされた。

「何だい……といわずとも知れる盗人《ぬすっと》だ」

と正面の男がいった。

「なるほど、これは訊く方が野暮だった……」

「フン。落付いているな。なるほど、紳士盗賊《どろぼう》らしい。……が、そう落付いていた方が双方のためというものだ。貴様の方で慌てて騒ぎ立てられりゃあ、握ったピストルは伊達《だて》じゃあねえから……貴様も一つしかねえ命を失くさずにすむし、俺の方でも血を流さずに事がすむ……」

「というとまず命だけは助かるという訳だな」と龍伯が微笑しながらいった。「ところで、お前達は強勢《ごうせい》覆面をしているが、俺が知ってる顔だから、そうやって隠しているのか？」

龍伯は自分の本名、本職を知って襲った奴かどうかを素引《すび》いてみた。

「何をッ！　貴様はまだ俺達の顔は生れてから一度も拝んだ事はねえ」

「そうか。すると要心のためなんだな？……して用事はなんだ、金が欲しいのか？」

龍伯は安心した。相手はもぐりだ。天下の怪盗洪龍伯とは知らないで押込をやったのだ。面白い。相手の出様《でよう》一つでなぶってやろう。

「金？　ふざけんねえ、俺は貴様から訊ねられるために来たんじゃあねえ、貴様に訊ねる筋があって来たんだ」

「フム」

「貴様は先週、持田を連れて熱海ホテルへ行ったろう？」

「行ったよ」

「それから土曜から日曜へかけてトランプをやったが……」

「いやはや、美事に負けたよ」

「相手の北村にすっかり星をとられやあがったが、その時貴様の取られた高を言ってやろうか？」

「止してくれ、耳がいたい」

彼は相手の出様が変っているので、非常に興味を引かされた。今夜の負け越しの不愉快さはすっかり消し飛んでしまった。緊張とユーモア、彼の願っている生活の一端にふれてきたので頗る愉快になった。で彼は両足を卓子の上に乗せた。

「貴様が日曜日の晩山内伯爵達とやったが、勝目が出ないので、少し早めに中止《や》めてしまった。そうさな、十一時頃だったろう。そして山内夫妻始め二三の人々は各自の室へ戻ったが、後に残ったのは……残ったのは誰々だ？」

「誰だっていいじゃあないか」

「正直に白状しろ」

「おや、まるで刑事《でか》の訊問だな、時々やられていると見えて慣れてらあ」

「訊いた事に返事をしろッ」

龍伯はちょっと考えてから、

「残ったもの？　残った連中はと……小説を読んでいた大沢と……ピアノをがらがら引掻いて得意になっていた小村と……小村のピアノがやかましいと口小言をいいながらデティクチーヴ・マガヂンの暗号解読に夢中になっていた中里と……ホテルのボーイを捕えて猥談をしていた都築《つづき》……と広間に残っていたのはこれだけだ」

「貴様の名が抜けている」

「いや、俺が寝室へ引き上げた時にそれだけ残っていたんだ」

「そうだ。貴様は寝室へ引き上げたが、一時間も室内をブラブラ歩き廻っていやあがった」

「フーム……」

「それから二時頃だった、貴様はソッと寝室を抜け出して、バルコニーへ出た」

さすがの龍伯も相手があまり詳細に当夜の行動を知っているのには少からず驚かされた。薄気味の悪い野郎だ。

「寝そびれて、新鮮な海の空気を吸うためにバルコニーへ出ても差支えはないはずだね」

「が、そのバルコニーは」と相手は構わずに話をすすめた。「他の三つの室に続いている。貴様はその一番左端にある山内夫人の衣裳部屋まで歩いて行った。そうして丁度あの前に大きな松の樹があるんで、貴様の行動は見えなかったが、二三分してから、再び姿を現わして、自分の部屋へ帰って朝まで寝込んだ」

覆面の男はどうだといわん許りに語り終って龍伯の顔をジッと眺めた。龍伯は平気で葉巻をすっていた。

「面白くもない話だ」

「面白くあろうが、なかろうが構わねえ。俺達が貴様の一挙一動をどれだけ知っているかを教えてやったんだ。だが、その後からどんな話が出るか位は貴様に解ってるだろう」

「解った解った」と龍伯が相手の目的を察していった。

「で、今日の夕刊で見ると山内伯夫人の部屋へ何者かが忍び込んでダイヤと垂飾外首飾《たれかざりほか》をはじめ数点の宝石を盗んだとあるが、それだろう？　どうだ、お手の筋か？」

「当棒《あたぼう》だ、それから？　……」

「それから？」

「それから先を貴様の口から聞こうてんだ。それからあれをどうした？」

「あれって？　ダイヤか？　なあに、あれはさすが盗賊の目をつける品だけあって素晴らしい逸品だった。それも、ブラブラした飾をつけるというんではなく、ただ爪に握らせて細い白金の鎖でブラ下げてあったんだが、いいものだったね」

「白ばっくれるねえ！　野郎ッ！」と覆面の男が怒鳴りつけた。ピストルが龍伯の鼻の先へ迫ってきた。龍伯はじっと相手の顔を眺めていたが、

「ハハア、貴様達は、その宝石を俺が盗んだと思ってるんだな？」と落付き払っていった。

「当り前《めえ》よ」

「なるほどなあ、あの晩の俺の行動が怪しい、俺はトランプに散々負け込んでも、平気でいる」

「平気でいられらあ、あのダイヤ一つありゃあ倍の倍の倍も負け込んだって平気だあ」

「そりゃあ、そうだ。時価に見積れば大したものだからなあ、で何もかも解った。貴様達は宝石泥棒だな。なるほど最近名家を襲ったり土蔵破をする手合だろう。で前々から山内夫人の宝石《いし》に目をつけて熱海くんだりまで手を拡げて出張《のし》たんだが、肝心の瀬戸際に不意に他から盗《さら》われてしまった。盗ったなあ、てっきりこの俺だという星をつけた。面喰って俺の所へ押込をやったと、まあこうだろう。なるほど、だから俺の卓子の抽出を引掻き廻したんだね。つまりダイヤの奪《と》り戻しという段取か……だが、お生憎様だった。盗んだのは俺じゃあない。俺は知らんよ。山崎達之助、まだ人様のものには手をかける程堕落はしない。近頃、甚だ迷惑千万、我輩の名誉にも関することだ。俺は知らん。断然知らない、それは貴様達の見込違いだ」

「嘘を吐《つ》けッ！」

覆面が再び怒鳴りつけた。

「嘘はいわない。盗らないものは無い、無いものは出せない」

「冗《ふざ》けんねえ！　俺達は部屋をよく探したが、ダイヤは出てこなかった。が一昨晩《おととい》からずっと引続いて貴様の行動はちゃんと調べてあるが別段ダイヤを売払った様子もない。だからダイヤは貴様が持っているんだ。身につ

持ってて！　持ってていやあがるんだ」

「いや、持っていない」

「やいッ！　甘く出りゃあつけ上りゃあがって！　持っていねえ？　やいッ！　いい加減にしろよ。俺達は懸命だぞ。遊びや冗談で押込強盗をしてるんじゃあねえ。確かな筋があって来たんだ。来た以上は空手じゃあ帰《けえ》らねえ。さ、よく考えてみろ。十分間、十分間だけ待ってやる。十分間経ってもダイヤを出さなきゃあ仕方がねえ、ズドンと一発、見込違いでもなんでも、貴様の頭を叩っこわして帰る、ダイヤを出すか、頭を叩こわされたいか、二つに一つだ。さ、十分間！」

凄い勢いで覆面の強盗は脅迫した。脅迫ではない。その眼、その態度、非常な確信の下にやって来ているらしい。覚悟の下に来ているらしい。出さなかったら最後、人殺しは平気な奴等だ。強盗殺人の前科者に相違ない。

油断のない強盗の身の構え、眼のくばり方。龍伯の左右からジリジリとつめ寄せた。

◇生死の境◇

さすがの龍伯も命知らずの兇暴な相手には手の出しようがなかった。こんな連中の一人や二人、相手にして立廻りをやるのは何でもないが、しかし万一相手の飛道具で怪我をしても始まらないし、また下手をして命にかかわってもなおつまらない。のみならず自分の名前が出たり取調べられたりしたら却って迷惑である。どうしよう？

どうしようといった処で十分間の余命である。十分間に何とか処置をつけなければならない。といってもしダイヤを渡すなら自分は生きてこの部屋を出る事は出来るだろう、いやあるいはこんな臆病な兇悪な奴だからダイヤを奪ってから発覚を恐れて人殺しを敢行すまいでもない。また一面にダイヤを捜し出してやったにしろ、万一彼奴等《きゃつら》が警察の手に捕えられたら一層事免倒《めんどう》である。弱った。困った。どうしてこの進退両難を切り抜けようか。彼はジッと眼を閉じて考えていた。

「後五分」

無気味なしゃがれ声が部屋に響いた。

が龍伯は耳にもかけず無念無想。

「三分」

龍伯の唇には軽い微笑が浮んだが、口を開かなかった。

「二分」

「よしよし」と落付いた声が龍伯の口から出た。「ダイヤの所在《ありか》を知らせよう」

「一分！」

「まあ、騒がずとおけ」と冷静な口調で「ダイヤはお前達に引渡そう。といっても今直ぐではない、ダイヤを持っている人が解ったから、その人から受け取ってやる」

「馬鹿ッ！　そんな甘口で追返そうたって、そんな術《て》に乗るか、畜生ッ！」

「追い返すのではない。ダイヤは君達がこの部屋を出る前にちゃんと渡す。それならいいだろう。どうだ。それで悪ければ勝手だ。射つなら射て。だが、人殺しが商売ではあるまい。ダイヤを手に入れれば文句はないはずだ。な、まあ三分か五分の辛棒だ。俺の話を聞いてもらいたい。どうだ？」

覆面の強盗二人はチラと眼と眼とを見合わせた。

「な、盗みもしないものを盗んだといって……」と龍伯は委細構わず言葉を続けた。「俺を殺そうという。そいつは無理な話だ。俺の一挙一動、それを一切合切《いっさいがっさい》知っているからには、お前達は、あの晩、忍び込んで様子を窺っていたんだろう。だろうが、しかし、たった一つ見落した事がある。一つ見落した。それは俺がバルコニーを歩いて、丁度山内夫人の部屋の前でちょっとつまずいた。つまずいて拾いものをした。それだ。な、何を拾ったと思う。マドロスパイプだ。これだ」

いいながら彼はポケットから荆棘《けいきょく》製のパイプを取り出して、覆面の男の前に差し出した。

「このパイプだ。拾った時には雁頸《がんくび》に微かながら温味《ぬくもり》があった。お前達は、このパイプを俺のものと思うかも知れないが、そうじゃあない。俺は葉巻を吸うが、パイプは吸わない。決してパイプを使って煙草は吸わない。それが嘘だと思ったら、この部屋、この俺の家中を捜して見ろ。いや捜さんでも既に屋捜しをやったから、解っているだろうが、俺のパイプではない。で俺はこのパイプを拾うとそのまま引き返してきて、翌日になったら落し主に返そうと思っている内に、急に出発したりなんぞしたので、ついそのまま忘れていたんだ。が今ふとそれを思い出した。というのは、まだ温味《ぬくもり》のあるパイプが落ちていた以上、山内夫人の部屋へ行ったのは俺一人ではない。誰か俺より前に行った奴があるに相違ない。してみるとダイヤを盗んだ奴はそれではないか？　恐らくその奴《いつ》がダイヤを盗み出したに相違ない。では誰だ？　つまりこのパイプの持主は果して誰だ」

龍伯はチラと横目で覆面強盗の様子を眺めた。彼等は油断なくピストルを身構えながらも、彼の話を聞いていた。

「誰だ？　このパイプの持主を今、お前達の眼の前で捜し出して、そ奴から美事にダイヤを取戻してやる。……な、俺はこんなことをいって時間つぶしに胡麻化《ごまか》しているんじゃあねえ。胡麻化した処で一時間と持つものではなし、一時間持った処で、何の役にも立たない。な、そうだろう。で、さっきも話した通り、俺と一所に広間に残っていた連中は、小説を読んでいた大沢と、ピアノを引掻いていた小村と暗号解読に夢中になっていた中里と、猥談をしていた都築とボーイがいたが、ボーイはパイプを使わないから問題外として残るは大沢、中里、小村、都築の四人だ。この四人の内誰がこのパイプの所有《もち》主《ぬし》か？　パイプを調べてみれば、直きに見当がつくよ」

龍伯は極めて故意《わざ》とらしい落付を見せて椅子を引きよせながら、前曲《まえかが》みになって仔細らしくパイプを調べにかかった。乗るかそるか、千万に一番の芝居である。何しろ命がけで来ている相手が悪い。例の調子の歯切のいい啖呵を切って二人の強盗を烟《けむ》にまき、持前の腕力を振って叩きつけるのは朝飯前ではあるが、しかし、敵は既に彼に牙城に侵入して来ている。沢正《さわしょう》もどきの格闘は却って龍伯自身に不利である事は千万承知していた。承知していた許りではない。彼はむしろパイプ一つを説明材料に使って相手を感心させ、そこから剣道の極意にいう「おのずから洩る賤《しず》ケ家《がや》の月」、敵の破綻を誘致して、この危機を脱しようという興味にそそられていた。

だから龍伯としてもちょっとでも慌てたら最後である。自分よりより以上に慌てている敵は何の容赦なくピストルの引金を引く。引金を引かれたらおさらばだ。

「さて残りの四人の内では」と彼は静かに言葉を続けた。「このパイプは随分長い間使ったか、あるいは激しく使ったらしい所から見て、第一に小村のものでない事は直ぐ解る。小村はそれ程の煙草好でもなければ、体力からいってもこうした強い煙草は喫わない。強いやつを喫うと頭が痛くなると口癖のようにいっているから、まず四人の内から小村は無罪放免にする。残るは三人だ」

龍伯は言葉を切って敵の態度を窺った。敵はやや感心したらしい顔付だ、次第に彼の話術に引き込まれてきた。占めたぞ。

「三人の内から今度は大沢を放免してやる。見る通りパイプの吸口の処がこんなに噛み減らされているだろう。つまりこのパイプの持主が強い丈夫な歯を持っている証拠だ。ところが大沢は入歯だ。入歯をしている奴は、こんなにパイプの吸口を噛む事は出来ない。な、解ったろう……」

覆面強盗は釣り込まれて熱心に彼の言葉を聞いていた。

「残るは都築と中里だ」と龍伯はパイプをいじりながら推論を進めて行った。「いよいよ二人の内どれかがこのパイプの持主だ。どっちか？　二人共丈夫な歯を持っている。しかもこのパイプはロンドンのパーカー製ブリンク・バークの上等のやつだ。と二人共上等のパイプ位は平気で買える身分だから、この点は問題にならない」

龍伯は悠然として慌てず騒がず、指先でパイプをいじりながら、「けれどもなお詳細に吟味すると、このパイプの持主は上等なのを持っているくせに使い方は乱暴を極めている。雁頸の中にヤニがたまっているばかりでなく、雁頸の端の方が焼けている。焼けているのは恐らくこれを掃除するにアルコールで洗って火をつけたんだ。パイプを大切にして手入をよくする奴はアルコールで焼いたりなぞはしない。だからこのパイプの使用者は乱暴でずぼらだ。で今度は都築と中里の性格だが、都築はこれ程のパイプを乱暴に取扱うような男ではない。極く几帳面な、きむずかしやの、どっちかといえばお洒落だ。が中里はこれと反対だ。ずぼらで、乱暴で物臭やだ。とこう推理を進めて両者の性格まで比較研究して来ると、結論はこのパイプの持主が中里だという事になる。中里だ。確かに中里だ。あの晩、俺より前にあのバルコニーをうろついたのは中里だ。中里の仕業だった」

龍伯は断然と結論をいいきって顔もあげず、相変らずパイプをいじりながら、相手の出様いかんと待っていた。

暫くすると扉口《とぐち》に立っていた奴が、

「山内伯のかも知れねえ」と口を入れた。龍伯の待っていた機会だ。

「いや、山内伯は一本何円というシガーしか喫わない」

「じゃあ、召使のかも知れねえ」

「いや、召使が主人の宝石を盗むのに何もパイプを啣《くわ》えてなんか忍んで来やしない。この窃盗は前々から計画的に行《や》ったんじゃあない。咄嗟に思いついてふとした出来心だ。恐らくバルコニーをパイプを啣えながら散歩をしていた時、ふと夫人の部屋の開いているのを見て、フラフラと盗んだものに違いない」

暫くは龍伯も覆面の強盗も沈黙していた。長い沈黙の幾分かが過ぎた。龍伯は釣り込まれた敵の出様一つを待っていた。釣り上げた魚、躍るか跳ねるか。

「貴様のいう事ア珍らしかねえや」と一番最初に現れた凄い奴がいった。「よしんば中里って奴が山内のダイヤを持っていたにしろ、貴様がそれを自由に出来やしないじゃあねえか」

敵は跳ねた。いうべき言葉をいった。

「何の！　彼奴《あいつ》だって身分のある身体だ。自分の身が危《やば》いと知ったら、直ぐ手放すにきまっている」

「それにしても今夜の間に合いっこねえ」

「直ぐだよ。俺が手紙をつければ直ぐ渡すさ」

「手紙？」

「そうさ。貴様達のためにも、また俺のためにも、双方に迷惑のかからぬように手紙を書くんだ。そうしてここにいる一人がその手紙を持って行く。中里の家は平河町だから、ここからは円タクで五分とかからぬ。だから十分もすればダイヤが手に入るという寸法だ。どうだ。それでよければ、お前達の見ている前で手紙を書いてやろう」

龍伯は卓子の上の書翰箋《しょかんせん》を一枚抜き出して、暫く考えていたが、やがてペンを取って、それでも時々は考えながらスラスラと手紙を認《したた》めた。

「こう書いておけば差支ないだろう」と龍伯は初めて顔を上げた。「多少脅迫もしてある。中里だってちょっとした出来心からの仕業だから、この手紙を見れば、文句なしに直ぐダイヤを渡すに極っている。さ、この内の一人が手紙を持って行ってダイヤを受取るがいい」

手紙にはこう認めてあった。

今朝程は失礼。何事も御尋ねにならないで、山内伯の使である此者《この》に例の品早速御渡下さい。直ぐ御渡し下され且《か》つ何事も御尋ねなくば、結局貴兄の為平穏無事と存じます。　敬具

覆面の二人は二三歩近づいて何事か囁き合ったが、ピストルを持った手は五分《ぶ》の隙もなく龍伯の狙いをくずさなかった。がその時には既に宛名を書き終った龍伯が葉巻を喫っていた。

「おい、確かか？」と威嚇的口調。

「絶対だね」とうそぶく。

「よしッ。がしかし、俺はダイヤを手に入れるまではこの部屋を動かねえぞ」

「無論だ。だがダイヤは必《きっ》と持たせて帰してやる」

手紙を受取った一人が部屋を出て行った。

龍伯は暫くしてから葉巻の箱を指して、

「どうだ、一本取らねえか」

相手は無言のまま左手で一本取り上げて口に啣え、や

はり左手でマッチをつけて火を点けた。依然としてピストルの口は龍伯の胸板を狙っている。息苦しい沈黙の裡に時が過ぎた。

「おい、そんな玩具《おもちゃ》は引込めないか。薄気味のいいものじゃあないからな」

「……」

返事がない。

沈黙だ。

「もう十分経ったぞ」

「まだまだ」

「貴様は十分といったじゃあないか」

「凡そさ。中里の家を捜したり、円タクを拾ったりすれば、多少はかかる」

◇さては箝《は》めやがったなッ◇

再び死と生との恐ろしい沈黙が続いた。覆面の男は待ちくたびれてか次第に苛立ってきた。左手の腕時計をチラと見た。十五分過ぎている。

「やいッ！　はめやあがったなっ！」と怒鳴ると同時に、スックと立ち上った。

間髪を入ず、龍伯の凄味のある重々しい声がビリッと響いた。

「ようしッ！　ほら。約束通り、ダイヤはここにある！」

いいながら片手に摑《にぎ》っていたパイプをトンと一つ卓子で叩いて、中につまっていた煙草のかたまりを叩き出すと同時に、山内伯爵夫人が自慢のダイヤはコロリと彼の掌中にころがった。

「ムーッ！」と唸った。

「さ、これを持って帰れ」

龍伯から差し出されたダイヤを奪うように引手繰《ひったく》った覆面殺人鬼の手は怪しく慄えていた。

「それでよかろう」と龍伯は苦笑しながらいった。「人間なんて弱いものさ。命の瀬戸際寸のびに延ばしたんだ。実は最前パイプを調べている時にハッと気がついたんだ、それまでは知らなかった。こんな仕事に不慣の奴が、盗んで狼狽《あわ》てて、持っていたパイプの中に隠したが、俺の足音を聞いて逃げ出す時にポケットへ入れたつもりで落して行ったんだ。それを運よく俺が拾った。拾ったが、またそれを運よく貴様が手に入れたという訳だ」

「そうか、なるほど」と覆面の男がニヤリと笑った。

笑った瞬間、龍伯の待っていた機会だ。相手の油断だ。

敵の隙だ。サッと延びた龍伯の手は相手の右手を摑んだ。

ドンと一発！　ピストルが響いた。

アッ！　という叫び声。

一瞬間、敵はもんどり打って床の上へ転がった。パッと飛びついた龍伯、

「馬鹿者ッ」

大喝一声。腕の相違はみじめなものである。覆面の男は何の苦もなく鉄腕龍伯のために押えつけられてしまった。

「ウ……ウ……ウ……畜生ッ！　残念！」

覆面の男は苦しさと憤怒に唸った。

「アッハハハ」と龍伯は敵を縛り上げてから最前のダイヤを取り上げてポケットに蔵《しま》いながら哄笑した。「アッハハハ、馬鹿野郎。貴様達のような馳出《かけだし》野郎に脅かされてたまるかッ！　誰だと思ってやあがるんだ、兵六《ひょうろく》玉《だま》！　おい覆面の大将、間抜の親方。この位な芝居が解らないでどうする。俺の落付具合、また俺の言葉の端々、それで俺がただの鼠でない事が解らんか。愚物《どじ》。な、俺が使った言葉、危《やば》いというのを素人《しろうと》が使うか、え、刑事《でか》というのを紳士が使うか……アッハハハその辺に気がつかなかったは、大将一代の失策さ……」

龍伯は悠然として椅子に腰をかけた。

「このパイプは何んだと思う。手品さ。な、このパイプは今年の春、持田にやったものだ。持田がこの机の上に置きわすれたのを俺が拾ったんだ。拾ってそれを種にして一狂言をかいたんだ。中里は立派な紳士だ。貴様達のような大それた悪事はしねえ。まして友人の夫人のダイヤを盗むなぞという事は夢にも考えない。大学出の紳士だ。それへ持って行った手紙、あの手紙は何だと思う。え？　中里は最前も話した通り暗号解読に興味を持っている男だ。だから手紙を書いて、一つには貴様の仲間を一人片付け、今一つには貴様一人にしておいて俺が片付ける作戦だったんだ。

何ッ！　あの手紙？　あの手紙は暗号だ。中里は覚えもない事をいって来た手紙を見て怪しいと思う、怪しいと思えば得意の暗号解読であの手紙の謎を解く。謎っても頗る簡単だ。暗号の一年生だ。ね、あの手紙の第一行目から、各行の最初の仮名を拾えばいいんだ。「今朝程」の「け」二行目の最初にある「御尋ねにならないで」の「い」、三行目の最初は「早速」の「さ」、「且つ」の「つ」、「平穏」の「へ」、どうだ。「けいさつへ」となるじゃあないか。警察へ知らせろという事さ。だから今頃は貴様の相棒も刑事連に首を押えつけられているに相違ない……や、聞けよ、自動車だ。警察から御出張にな

ったんだ。アッハハハ」

門前で自動車の止る音がした人々の足音が玄関に聞える。

龍伯は悠然と立ち上って出迎に出て行った。……

黄《ホアン・ミュン・チュイ》面具

悪の温床

魔都上海《シャンハイ》！　あまりにもいい古された言葉ではあるが、この位ピッタリとくるゴロは絶無といっていい。新聞記者が画家が文士が続々と上海へ繰り込んで行ったし、また行きつつあるが、それ等のペンに筆に、未《ま》だ嘗《かつ》て上海の底を打《ぶ》ちまけたような、赤裸《せきらら》な姿を描き出してくれたものがない。それほど上海は悪魔の都でもあり、魔術の都でもあるのだ。

戦火の打ちひしがれた上海は今、日本人の手で復興の一途を営々と歩み始めてはいるものの、それは大上海の全部ではない。

一方に防空燈火管制下の黒一色に包まれた暗《やみ》の上海があるかと思えば、橋一つを境にして明煌《みょうこう》不断、不夜の上海が横《よこた》わっている。

その不夜の上海の灯の最も煌々《こうこう》と輝いているのが仏租《ふつそ》界《かい》だ。

抗日の爆弾も、暗殺の拳銃弾も、赤魔《せきま》の血みどろの手も、みんなここからヌッと光の暗《やみ》を貫いて突き出されて来る。

魔都上海の悪の温床フランス租界。黄浦江《こうほこう》一帯の凍てついた江上《こうじょう》をビューッと吹き渡った寒風が爆弾のような凄さで、メーン・ストリートの甍《いらか》の上を迅走《じんそう》して、枝ばかりに枯れ果てた街路柳が生物のようにゆらゆらと揺れた。

夜も十時を過ぎた。一台の洋車《ヤンチェー》が、往き交う自動車の間を縫うように、音もなく碼頭《まとう》の方から走って来た。公安局前も過ぎて、丁度街の真中あたりに来ると、

「到了《タネラ》！　站住《チアンチェー》！」

突然、車内で叫んだ。洋車がズズッと余力を押して停った。

舗道に降りた客は四十格好の中年の外人だった。ガッチリした五尺七八寸の体軀を厚い外套にくるんで、帽子を目深に下げていた。

黙って賃金を払い、去って行く洋車の姿が闇の中に消えるのを見済ますと、そこから二十米《メートル》許《ばか》し離れたホテ

ル・ドールの裏口に通じる露路へスタスタと入って行った。

露路の奥が少し広場になって、そこに鉄製の非常階段がある。

彼は猫のように足音を立てずに、階段を登り初めた。

一階……二階……三階……五階！　そこで怪漢の足はピッタリと停った。上下左右の様子を窺っているらしかったが、四辺《あたり》は黒い暗に包まれて、人の気配もないのを見定めると、ポケットから妙な機械を取り出した。

眼前にある暗い室《へや》の窓枠の中程にその機械を押しつけた。

ヂヂヂヂ、ギリギリッ、グッグッグッ！

微かではあるが金属的な鋭い音が三四回響いた。小型電動鑿掘機《さくくつき》を使っているのだ。

暫くするとスーッと音もなく外窓が開いた。内窓はそれよりも一層簡単に壊れた。

彼はノッソリと巨軀を室内に入れた。

懐中電燈が一閃、暗を貫いてサッと流れた。薄桃色の暗いスタンドに灯《ひ》がついて、ボーッと照し出された男の顔。太い眉に強靱《きょうじん》な意志を表現した白系露人特有の顔だった。ギラリと光る大きい眼。ニヤッ！　と笑うと左に靨《えくぼ》が出来る。彼は四辺を見廻した。

一面に敷き詰められた美しい支那絨氈《じゅうたん》、真赤な帽子、十数種の化粧水、消毒薬、ヨヒンビン、肉色ストッキングそうしたものが大型なトランクと雑居して、淫靡《いんび》な色彩と香気とが室一杯に満ちていた。

「フフン」と彼は鼻を鳴らして「高等内侍《バルザク》ニーナの借部屋《メラノ》らしいや」と呟いた。

がその瞬間、彼の身体が急に敏捷に動き出した。鏡付の箪笥《たんす》、トランク、ベッド、壁画、カーテン等、あらゆる器物、置物の隅々を、まるで殺人現場を検視する名探偵のような精密さで捜査し初めた。

何を？

彼は懸命だった。が中々目的物が発見されないらしく、次第に焦って来て、ムッとするスチイムの温気《うんき》と焦心とで額からタラタラと汗が流れた。

「フーム」と太く唸った。「無えはずはねえんだがなあ！」

彼は再び懸命な捜査を続けた。

ボーンボーンどこかの室からか十一時を報じる時計の音が睡そうに流れてきた。

「チェッ！」

舌打をして立上った瞬間である。

不意に廊下から騒がしい人声が聞えて来た。

「駄目よ、あんた。そっちじゃないわよ」

ピンと響く女の声、しかも日本語である。

怪漢はそれを聞くとぎょっとしたらしく素早く灯を消してカーテンの影へ隠れた。途端にグン！　と扉《ドア》が身体で押し開けられた。

パッと点けられた室の電燈。

肩を組み合ってよろけ込むように入って来た二人の男女。女はスラブ型、白蠟の素像のようなプロフィルを持った闇の妖花ニーナ・ペトロウナ。男は五十近い年輩の商人風の日本人だった。相当以上に泥酔していた。

「ニーナ！　乾杯祝你的健康《カンペイチューニーデチエンカン》！」

男は倒れそうに女の肩に摑まりながらもつれた舌で叫んだ。

「何、いってるのさ！　オーさん、確《しっ》かりなさいよ」

これはまた歯切れのいい、外人離れのした日本語で女がいった。

「ウィー。我酔了《ウォツイラ》！　ニーナ」

ニーナは男の腰を右手でグッと抱きかかえて相手をベッドに運んで行った。男は全く女のなすがままだった。

「ねえ、オーさん。ちょっと。駄目じゃないの。いつものあんたに似合わないわね。さ、確かりなさいよ。ここ私の家よ」

鼻がかった美しい東京語でいいながらニーナは相手を揺ったが、彼はもう長々とベッドに横になって、軽い鼾《いびき》をかき初めた。

女はベッドの傍《そば》に突立って、死灰のような冷たさでじっと泥酔のため熟睡に陥ちて行く男を眺めていた。

「さ、服を脱ぐんですよ」

彼女は男の外套を脱がせたが、男は全く正体もなく寝入っていた。

ギラリ！　突然女の瞳が光り出した。美しい闇の妖花の仮面を脱いだニーナ・ペトロウナ。彼女は医者のような熟練さで掌を鼻と口の上へ当てて呼吸を計っていたが、ニヤリと微笑する。

「他愛もないわねえ」

彼女は静かに日本人の内ポケットへ手を差し込んでボタンを外した。と同時に、数個の宝石に輝くニーナの指先に、厚い紙入がスルスルと絡みついて出て来た。

風もないのに微かに動くカーテンの影の怪外人の双の瞳がサッと異様の光を帯びた。とこの刹那！

アッ！

ニーナは軽い驚きの声を出した。

泥のように眠っていた日本人の右の腕がツツッと延びて、女の右腕をギュッと摑むとグイと手元へ手荒く引張った。

突作《とっさ》にニーナの顔から血の気がスーッと引いたと見る間に、彼女は引かれるままに男の上へのしかかるように倒れると、上半身を男の胸の上へグッと押しつけ、太い双手《りょうて》に満身の力を集中して、相手の咽喉《のど》をぐぐと締めつけた。

うう……ぐるるぐるるうう……

息詰る怪奇な苦悶の呻きと共に、男の腕が数回空にぐるぐると動いて、足をばたばたさせていたが、暫くすると、ぐったりと動かなくなってしまった。

ニーナははじかれたように男から身体を起したが、よろよろッとして傍の椅子の上に腰を降ろした。死人のような蒼白な顔だった。そして両手をぐっと延して、手の指は男の股《もも》を掴んだ時と同じ形をしたまま、放心したようだった。身体が細かく慄えている。彼女は懸命に右の腕を曲げて、鍵形になった左の指を一本ずつ伸した。そして左の手で、今度は右の指を延した。

「……」

やがて立ち上った彼女は、男から奪った紙入の中を調べて懐中に入れ、四辺の品物をそそくさと赤黄色のスーツケースに手早く詰め込むと、憑かれたものでもしたような足取りで裏の扉を開けて非常階段を逃げるように降りた。

ニーナは逃げるのが精一杯だった。

階段の真下に当る地下室の入口の凹《くぼ》みの所がヌッと黒い蔭が頭を持ち上げた。若い日本人だった。彼は降りて来たニーナの姿と顔色を窺って不審の眉をひそめ、ぐっと階上を仰いだ。

そして、暫く考えながら躊躇しているらしかったが、忽ち意を決したらしくニーナを追った。

丁度その時、五階のニーナの室から、例の怪漢が姿を現わした。そしてニーナを逐《お》う男の姿を認めると、タタタと階段を駆け降りた。

若い日本人はニーナに追いついて、突然《いきなり》ニーナを掴えようとした。

「アッ！」

ニーナは驚きの叫び声を挙げて、男の腕を摺り抜けたが、男は一躍してニーナの肩を捕えた。

「待てッ！」

素早く身体を捻ったニーナの右手には早くもピストルが握られていた。

「危いッ！」

男は瞬間、その腕を払った。ピストルが空に躍ってカチリと地に落ちた。その隙にニーナは早くも逃げようとしたが、駄目だ、男の手がぐっとニーナの腕を摑んでグッと引きずり寄せた。

「ナ、何をするんだい！」

ニーナが叫んだ。

「……」若い日本人は無言。

その時闇の中から男の背後に迫った怪露人が、日本人の背中にピストルを突きつけた。

「ハンドアップ！」

不意打ちを受けた若い日本人は一瞬ハッとしたらしかったが、ニーナの手を離して静かに手を挙げた。

「ニーナ、逃げろ！」

ロシア語で怪露人が叫んだ。ニーナは脱兎のように露路を走って行った。

「畜生ッ！」

と日本人が叫んだ。が怪露人のピストルの口がグイと彼の背を押した。

「静かにしろ。そのまま階段の下へ歩け」と露人が英語でいった。

非常階段下で怪露人は日本人の左のポケットに手を入れて、中を捜《さ》ぐった。何もない。彼の左の手は右のポケットを入って、中からピストルを抜き出した一刹那！

間一髪の隙に、日本人の身体がサッと沈んで地に這った瞬間、露人はウウッと唸ってよろめいた。

エイッ！ 激しい気合と同時にクルリと立ち直った若い日本人の拳が突き出された。

ウフ！

巨大な身体が当身《あてみ》を喰ってバッタリ地上に倒れると、同時に、日本人は露人の手からピストルを奪い返して、パッと露路から大通りへ突進した。

大通りへ飛び出した彼がニーナの姿を探すらしく人通りの絶えた路上を上と下を見廻した時、ヒューン！ どこからか消音ピストルの弾が彼の耳をかすめた。

パッと地に這った若い日本人の素早さ。続けて二発三発！ 鋪石に火花が散った。日本人は軒下に黒く動く人影へ向って、パン！ パン！ パン！ 打ち返した。

闇の人影は消えた。起ち上った日本人も反対側へ走って、これもまた闇に消えてしまった。

四辺は森閑として、凍てついた風が飃《ひょう》々《ひょう》と吹くばかり。

悪の温床、フランス租界の夜はこうして更けて行った。二月十八日の出来事である。

炎の浪

神戸市の海岸通り神港《しんこう》ビルの三階に堂々と構えた万国貿易商会《ワールドトレーディングコンパニー》の社長室には朝の七時半というのに社長カトビが肥った童顔を油切らせて頑張っていた。

「もしもし……」彼は電話に獅嚙《しが》みつくようにして「クラスキーか。至急の用事が出来たから直ぐ来てくれ」

彼は何かしら落付かなかった。

間もなく支配人のクラスキーが馳けつけて来た。まだ三十を少し出た許りのロシア人だが鋭敏な商売人らしい態度の青年だった。

「社長、何ですか」と彼は落付いていた。

「これを！」

カトビが差し出した一通の電報。

「香港《ホンコン》発ですね『特に南洋方面に輸出すべき日本雑貨、下《しも》の通り切合《きりあい》出来る。至急手配りの上御返事を乞う』なるほど、で、この内容《いみ》は？」

「こうなんだ」と、社長は声をひそめた。

「日本の重要人物暗殺の目的を持って蔣《しょう》より特派された決死隊八名、上海に密行したから、上海支店と打合せの上、内地上陸方《がた》至急手配を乞う。なお彼等の行動にあらゆる便宜を与え、その目的を達成するよう助力ありたし……とこういう電報なんだ」

「へえ。そりゃあ、困りますなあ。弗《ドル》買いと密輸なら何とか出来ますが、こんな物騒な暗殺団などに舞い込まれて、その上彼等の捲添を喰ったんじゃあ、身の破滅ですよ」と支配人がいった。

「そりゃあ、そうだけれども……」

「商売と政治は別です。お断り下さい」とクラスキーは冷然といい放った。

「じゃが、そうはいかんぞ。内地上陸報酬三十万元《げん》。手伝がいやだといえば租界の顔役《ギャング》すぐ漢奸《カンカン》じゃというに決ってる。何しろ青幇《チンパン》に睨まれたんじゃフランス租界で仕事は出来んからなあ」

「そりゃあそうですが、あちらだって今少し誠意を見せてくれてもいいと思うんです。ホテル・ドールで殺された速水健の犯人が挙らんようじゃ困るんです。彼奴《あいつ》は殺されたって構わんが持っていた書類を盗まれたのは痛手ですからなあ。それに黄面具《ホアンミュンチュイ》て怪しい男が我らに目をつけているらしいので……」

「いや」とカトビがいった。「今日まで書類について、何の手掛りもなし、音沙汰もないんだから、恐らく、金を目的《めあて》の仕事だと思われるからこの方は心配ないと思う。黄面具なんてのはどうせギャングの一派なんだから、これは、青幇の陳《ちん》親分にしかるべく頼んでおいたから大丈夫さ。それよりも当面の問題だが……」

「仕方ありません。三十万元で引受けましょう。丁度ベッチイに弗を持たせて上海までやりますから連絡を取らせましょう」

「方法は？」

「キャッセルの快速ヨットで例の物と一所に運ばせりゃあいいです」

クラスキーは事も無げにいった。

「じゃあ。その手配をしてくれ給え。香港へは儂《わし》から打電しておく」

クラスキーは支那人室に戻ると、支那人両替店泰安号《たいあんごう》へ電話をかけた。

「袁《えん》はいるかい……クラスキーだよ……やあ。弗をまた頼むよ……え？　二十万でいいや。今日中にこちらへ届けてくれ」

それからまたカナダ汽船へ電話をかけた。

「旅客電話を願います……やあ、キャロットさん？　ベッチイを明日出帆の船で上海へやりますから、室を取っておいてくれ給え、……何？　満員？　……困るなあ、何とか都合してくれ給え、至急なんだ今度は……え？　ああそう。じゃあスペシャル・ルームをね、頼んだよ」

社長と支配人で、これだけの手配の出来た頃、社員達が出勤してきた。

しかしさすがのカトビもクラスキーも神港ビルの電話交換台で交換嬢の一人山下美子が、この会話を小さいメモにちゃんと速記していた事は知る由もなかった。

その夕方だった。アラスカの食堂で山下美子は三十五六の青年と食事をしていた。青年は五尺六寸位、引緊《しま》ったスポーツマンらしい身体、鋭い眼を端正な美貌に包んで、特にその横顔に彫刻的な美しい線を持っていた。

「旭さんは、いつ御帰りになって？」と美子がいった。

「昨日《きのう》、上海から飛んで来たんですよ。美子さん、どうです、少しは仕事に慣れましたか？」

「ええ、もう一ケ月経ったんですから、大丈夫よ。それに、あの方ね」

「ええ」

「昨日の分は大道《おおみち》さんに渡しておきましたが……」

「今朝拝見しました。大変結構です。中々骨が折れるでしょうが、大いに頑張って下さい」

「ええ。これ今日の分よ」

彼女は小さいメモを旭青年に渡した。

「忙しい中でとるんですから、汚くてお解り難いかもしれませんが……」

旭は渡されたメモの速記々号にさっと眼を通して、

「いや、よく解ります。お蔭で彼等の動きが段々解ってきました。もう一二ケ月で、何とか始末が出来そうです」

「そう！　で上海の方は？」

「上海は中々面白いですよ、この仕事が片付いたら、是非一度は案内しましょう」

彼等は上海の話で恋人同志のような食事を済ませた。

「美子さん、僕はまた今夜の汽車で福岡へ行って、向うへ渡ります。後は大道君に頼んでおきますから……」

「中々忙しいのね」

二人は肩をならべて港の灯の町へ出て行った。


こうした事があってから二週間後、東支那海の荒浪を蹴って快速力で走っている豪華なヨットがあった。

マスト高くユニオンジャックを潮風一杯に颯爽と孕ませて、真白な船体、ホワイト・パールという船名を濃藍《のうらん》色で美しく書いてあった。

ホワイト・パールは香港に本店を持ち上海、神戸、横浜と東洋方面の支店を持つ豪商英人キャッセルの持ち船で有名な快速艇だった。

船上ではピナ・キャッセル夫人が素晴らしいセーラー服に美しい身を包んで、ウイリヤム船長と話をしていた。彼女の眼に当てた双眼鏡が洋上の一点に吸いつけられていた。

「何んだろうねえ、船長、あの船は？」

「さあ。日本の軍艦ではないし、型は伊太利《イタリー》海軍快速艇に似ているんです。素晴らしく速い船足ですよ」

「いつ頃から、この船について来ているんです？」

「日本海軍の封鎖線で取調べを受けてから間もなく、どこからとなく現われて、ずっとパールの跡を等距離で追って来ているんです。こちらで速力を出せば向うでも同じ速力を出して不即不離、ピタリと等間隔を保っているんです」

「今までに見た事のない船だわねえ。あの船とこちらとどっちが速いでしょう？」

「今までの計算では向うがずっと快足が出ます」

「ちょっと全速を出してみない？」

「ＯＫ」

快速ヨットは全速のエンジンの音も勇ましく両舷に白浪の飛沫を挙げた。

ここは渺茫《びょうぼう》たる東支那海の真只中。真赤に燃えて沈まんとする太陽を背景に、炎の浪を蹴って繰り展げられた壮快極まる二快速艇のスピードレースだった。

ホワイト・パール号を追う灰色の艇はぐんぐん追い迫ってきた。もう肉眼でも見える。艇上では人影が無い。マストにも旗がない。船にも船名がない。怪しい灰色の艇だ。

二隻は平行して走っていた。炎の浪は段々とその色を薄らいで来た。突然、怪艇のマストにするすると旗が上った。

「止れ！」

の信号である。

「糞ッ！　畜生っ！」とウイリヤム船長が怒鳴った。

「海賊！」とピナ夫人が青くなって叫んだ、バラバラっと乗組員達がピストルを持って甲板上に躍り出して来た。

ヌッ！　と灰色の怪艇から機関砲らしい砲身が突き出された。

「止れ！」

艇上に現れた船員が手旗を振った。

「駄目だ！」と船長が叫んだ。「ストップ！」

ピナ夫人は真青な顔をして船橋《せんきょう》に立ちすくんだ。艇は急にスピードを落して次第に停上し始めた。

怪艇も速力をゆるめると徐々にパール号に近づき初めて、巧みな操縦でピタリとパール号の舷側に密着させてしまった。

灰色の怪艇の甲板にヌッと一人の日本人が現れた。

ピナ夫人はホッと安心の溜息を洩した。

背の高いがっしりした体格の日本人は、黒い仕立のいい立派な背広服をピタリと身につけていた。冠《かぶ》っていた鳥打帽にちょっと手をかけて夫人に会釈を送ると、ヒラリとパール号に飛び乗って来た。

茫然とその有様を見ていた乗組員達の中からアッ！と叫んだものがある。

「黄面具《ホアンミユンチユイ》！」

見よ、怪艇から飛び乗って来た怪日本人の面上、黄色の覆面《マスク》をしている。

「黄面具！」ピナ夫人も思わず叫んだ。

「さよう、夫人《マダム》」と彼は流暢《りゅうちょう》な英語でいった。「僕はイエルー・マスクです」

彼には十数人の握りしめたピストルなど眼中にないようだ。平然として彼等の真中を通って夫人の傍に登って来た。

夫人は始めて黄面具の顔を見た。黄色のマスクの下から現れている鼻、引緊りながらも微笑を浮べている口、ことにその横顔は日本人というよりもギリシャの美男の彫刻を見るような美青年だった。

「黄面具《ホアンミユンチユイ》」の名は夫人には始めてではなかった。上海で事変勃発と同時に、活躍を始めた怪人物で、殊にフランス租界の青幇《チンパン》始め、不逞支那人、外人達、魔都上海に乱れ飛ぶスパイ達から魔神のように怖れられていた。

蔣政権の抗日に躍り、赤魔の手先になって、あるいはまた某々国のために計って、すべて日本に不利な、計画や抗日の陰謀等は幾度かこの神出鬼没の怪人物「黄面具」のために未然に打破されてきた。

「黄面具」といえば彼等にとって爆撃よりも機関銃《ミシンガン》よりも恐ろしい存在として、これ等不良群の戦慄であった。黄《き》覆面の日本人《ヤポンスキー》、イエルー・マスクのジャップ、黄面具の日本人《リーベンレン》。黄色い面《マスクジョーン》のジャポネ！　彼等は口から口へこの名を呪った。

その黄面具が忽然と東支那海の真只中に現れた。それだけでピナ夫人は起《た》っている事すら出来難い程身体が慄え出した。船長ウイリヤムも血の気の失せた顔をして黙っていた。

「ピナ・キャッセル夫人」と黄面具がいった。素晴らしく音楽的な響のある美声だった。「貴女方がこの英国々旗の下に陰から働いている反日的行動については、僕は十分に知っています。いずれかの機会に貴女の反省を促したいと思っていたのです。しかしながら、今回の行動を見るに及んで、どうにも放っておけないので、こうしてやって来たのです」

「……」夫人は黙っていた。唇が慄えている。

「夫人、僕は今、貴女方に対してどうしようとも考えていませんが、今日の用事は、貴女の船に乗せて来ている支那人八名をただ今直《すぐ》刻御引渡し願います」

「支那人八名？」

「さよう、香港から上海に渡って来た連中でキャッセル商会の社員と称してこの船に乗せた連中です。彼奴《あいつ》等を日本内地に上陸させる事は絶対に出来ない。抗日テロの密命を帯びた連中《ギャング》です。船底にいる八名。さ、素直に引渡して下さい」

「私は何も知りません」

「知る知らんは問題外です」

「もし私が拒絶すれば」

「貴女方全部を彼等一味と見なして彼等と運命を共にさせるだけです」

「という意味は？」

「ホワイト・パール号はこの浪の中に永久にその姿を消すでしょう」

「そんな、そんな無茶な、非人道な……」

「日本はあらゆる犠牲を忍んで、正義のために、世界平和のために戦っています」彼は断乎といい切った。

ピナ夫人はこれ以上頑張る事の無駄である事を知った。彼女は船長に目くばせをした。船長は黙って室を出て行った。

「ピナ・キャッセル夫人、最後に一言忠告します。今後は絶対にこの種の仕事をやめて頂きたい。またカトビ一味から手を引いて頂きたい。もし今後一度たりとこうした事をするならば、貴女もキャッセル商会も永久に総てを失うであろう事を黄面具の名において貴女に断言しておきます。解りましたか?」

「解りました」と夫人は細々《ほそぼそ》とした声でいった。

「よろしい。失礼しました、夫人」彼は船室を出て、甲板に降りて行った。

黄面具は甲板上、船内からの階段の上に立ち、両手をポケットに突込んで立っていた。暫くすると下から支那人が恐る恐る上って来た。平然とした面魂《つらだましい》でジロリと黄面具を睨んだ。一人、二人、三人……

丁度五人目の男が階段を上って来た。六尺近い偉丈夫だった。階段を登り切って甲板に出、黄面具の前を通る瞬間だった。

「斃《ピエ》れッ!」と叫んでダッと彼に身体ごと突《つっ》かって来た。

「……」

刹那、黄面具が黙ってヒョイと身体を捻った、と見えるか見えない間一髪、ドタリと六尺の巨軀が甲板上に倒れてウームと腹を押えて唸った。細身の短剣が甲板上に音を立てて飛んで海へ落ちた。

黄面具は依然両手をポケットに入れたまま、元の位置に平然と立っている。彼がどう動いて、突いて来た敵の短剣をはね飛ばして、なお身を打ったのか、実に目にも止まらぬ早業だった。

「起《た》てッ!」

彼は倒れている支那人に静かにいった。

甲板上の船員達はただアッ! といったきり、この一瞬の神技《しんぎ》に驚異と畏怖の目でまじまじと黄面具の覆面を見守るのみであった。

この気勢に呑まれた八名の支那人は、もう抵抗など思いもよらなかった。命ぜられるままに彼等は灰色の船に乗り移った。彼等の一人一人が艇内に吸い込まれるように入って行った。

「失礼、ボン・ボアイヤージュ・マダム。約束を忘れずに」

黄面具《ホアンミュンチュイ》はそういってヒラリと自船へ戻った。

「船長、面舵《おもかじ》一杯。上海へ戻ろう！」とピナ夫人が叫んだ。

ホワイト・パール号はグルリと針路を変えた。そして水平線に沈む太陽の最後の光に輝く炎の浪の彼方に、彼女の船は全速で消えて行った。四月二十一日の出来事である。

黄金虫《こがねむし》

「お互の成功を祝して」とカトビが杯を挙げた。

「浅見さんと大兼《おおかね》さんの健康を祝して」とクラスキーが続く。

「バンザイ！」

浅見と大兼とは同じように杯を挙げた。ここは神戸の花街《かがい》「みなと」の一室であった。

「今日は忙しい日でしたが、浅見さんの御尽力で、すっかり片付いて、大変嬉しいです」とカトビはニコニコしていた。

「何しろ千オンス近い白金やら百グロスの時計やら、金貨三百枚やら、金の花瓶というんですからね。いくら密輸の名人でも今日という今日は骨を折られましたよ」と浅見が得意そうにいった。

「カトビさんも支配人さんも安心して下さい、あれだけの手はずで船に積んでしまったんですから、あとは上海の埠頭の陸揚げだけです」

「上海は心配ないです。世界の貿易商キャッセル商会が控えています」とクラスキーがいった。

「では今一度杯を挙げて！」とカトビがいった。

チェリオ！　とこの時、

「あのオ……」と女中が敷居越しに顔を出した。

「何んだい」と浅見。

「カトビ様に御客様で御座います」

「客？」とカトビは眉をひそめた。「誰れだろう？」

「西洋の女の方で……名前を伺いますと、お眼にかかって申上げると仰って、どうしても仰って下はりませんへ」

「西洋の女？　で要件もいわないんか」

「ハイ、ただ至急大切な要件やからといやはります」

カトビはクラスキーの顔を見た。眼と眼とが話し合った。

「では、五分ばかり御目にかかると応接間へ案内しておけ」

不審の面持のカトビが応接間へズカズカと入って行った。応接間の長椅子に長々と脚を投げ出してしどけない風をして口唇《くちびる》を直していた女。

「ニーナ！」

「暫くでしたわね」と女が媚態を作っていった。

「どうしてここに俺がいる事が解った？　何の用事で」

カトビの声は威圧的だった。

「蛇《じゃ》の道は蛇《へび》って日本の諺にいってるわ。妾《わたし》ア神戸だって故郷みたようなものですからね。貴方と遊んだ事もあるわねえ」

「何の用事だ」

「ホホホ……性急《せっかち》ねえ……じゃザックバランにいうわ、買って頂きたいの」

と無雑作に卓《テーブル》の上へ出して見せた紙入れ。その紙入れからは書類が少し見える。カトビの顔色はサッと変った。

「いくらだ？」

「さあ、まあ三十万でしょうね」

「え？　三十万。ハッハッハ……冗談はやめておけ。まあ二三千ならせっかくだから買っておこう。船賃位にはなるからな。それにお前もあまり明るい身体じゃないんだから……」

「あ、上海のことをいってるの？　あんなこと位妾、別に珍らしいとは思っていないわよ。例えばこんな玩具《おもちゃ》にしても……」いいながらニーナはポケットから小型のピストルを出して、いじり廻しながら「これ、妾の仲よしよ……ホホホ……そんなつまらない話より商売が大切ですわ。妾は三十万が五円欠けても売らない積りよ。安売をする位なら、これを警察の前で棄ちまうわ。それあ、こんな紙片《かみきれ》二枚か三枚、高いと思召《おぼしめし》かもしれませんが、でも貴下方《あなたがた》が出していらっしゃるあの捜査費だけでも相当でしょう。それにこれで今まで二三百万円ももうけてこれから先幾百万もうかるかわからない仕事をフイにする事を考えたら、三十万でも廉《やす》すぎやしないかと、妾心配する位よ」

「……」

「それに、今日の船に積んだ品物も妾、知ってるわ、白金千オンス、時計百グロス、二十円金貨三百枚等々、……まあ、その口止料も含んでいるのよ。何故、こんな事妾、知ってるか？　と思うでしょうが、それ、その種《ねた》はその紙入の中よ。暗号帳よ。それに妾、こんな商売もしているのよ」

彼女は胸から小さい六角型の青い徽章《マーク》を出して見せた。カトビの目はその徽章に吸いつけられた。恐るべき世界的殺人の秘密結社章だった。

「……」

カトビは一言もいわなかった。

三〇〇〇〇という小切手が女のふっくりした胸の乳房の上あたりで生暖かそうなあくびをしている時、上海の闇の花ニーナ・ペトロウナは阪神国道の自動車の中でニッと無気味な微笑を洩していた。

それから五日後。ダラー汽船の船が呉淞《ウースン》沖へかかって来て、もう黄河《こうが》の水が海水に交って、海面が薄黄色く濁って見え初めた頃である。上陸者のために為《な》された晩餐を終って、船室で上陸の準備をしていたニーナは、不意にコツコツとドアが叩かれる音を聞いた。ボーイだろうと思って何気なくドアのハンドルを引くと、ヌッと入ってきたのは同国人だった。男は落付いた態度で室の中に入って強く扉を閉めた。

「ニーナ・ペトロウナさん、暫くでしたね」

と男が狎々《なれなれ》しく話しかけた。

しかし彼女には全然記憶のない男なのと、相手の態度が不審なので彼女は黙って相手を睨みつけるより外はなかった。

「そう僕の顔を睨んでいたって判りゃしませんよ。たしか去年の秋でしたよ。お前さんは上海の闇の花の町で酔ぱらって歩いていたモーニングの紳士から財布を抜いた事があるだろう。え？　よく覚えていない。そりゃあ財布を抜かれた間抜野郎の面《つら》は覚えてもいまいが、抜かれたその間抜野郎は抜いた姐御《あねご》の御面《おめん》を忘れっこねえ。というなあ、その間抜野郎が、かくいう俺なんだ。ところで、その財布の中にあ、お前さんがカトビを脅し上げたあの秘密結社のマークが入っていたんだ」

ジロッと見た男の大きい眼の凄さ。ニヤッと笑うと左に靨《えくぼ》が出来る。

「まあ、どなたか存じませんが、飛んだ人違いですわ。マークとかカトビとか、妾、何の事かちっとも存じませんわ」とニーナは白を切った。

「フフン。白を切ったたって駄目だよ。俺、カトビに会って種《ねた》を割って来ているんだ。それ許りじゃあねえ。上海のフランス租界ホテル・ドールで速水健って日本人《ヤポンスキー》を殺《ば》らしているじゃあねえか。お前は誰れも知るまいと思っててね、ニーナさん。日本人に引っぱられたまま双手《もろて》でギュッと喉を絞めて、あの紙入を手に入れただろう、それを俺ア忍び込んだあの室のカーテンの中から見ていたんだ。それ許りじゃあねえ、鉄の非常階段《ばしご》を降りると君、日本人に摑ったろう。あの時、ピストルを背後《うしろ》から突きつけてお前の危い所を救った男がいたろう。あの時の日本人を誰れだと思う。上海のギャング仲間で泣く児《こ》も黙るという黄面具《ホアンミユンチユイ》なんだったぜ、お蔭で俺《おら》ア、当身て奴を喰って一時間許り寒空に伸びていたんだ、と訳を話せばざっとこんな因縁さ。袖すり合うのも何とやら、何も俺ア訴えるの何んのとあ、いわねえ。商売人は商売人同志、俺も打ちあけていうが、稼ぎ高の三分の一だけ俺の方へ出しなよ」

　黙って聞いていた妖婦ニーナはニヤリと微笑した。

「ホホホ、お見それしたわねえ。であんたのお名前は？」

「レオン・チャムスキー」

「レオン・チャムスキー、昔ア赤の闘志のナンバー・ワン、血みどろレオンといわれた暴れん坊だね。いいわ、一度は助かった恩があるんだから、さ、持っておいで」

　ニーナは旅行鞄の中から十万円の札束を出して無雑作にポンと卓子《テーブル》の上へ投げ出した。

「済まねえ」

　彼はそれを両方のポケットにねじ込んで室を出て行った。

　上海入港の予告汽笛がポーッと鳴り響いた。魔都大上海がポッカリと巨船の前に浮び上った。

　身仕度をして室を出たトタンに、ポンと彼女の肩を叩くものがあった。

「誰れ！」

と振り返ったニーナはアッ！　と喉まで出た声を口を抑えてやっと喰い止めた。

　彼女の前に微笑して立っている黄面具！

「ニーナさん、大分儲たようだね。だが血みどろレオンに三分の一も奪《と》られちゃあ、御気の毒だから、僕が取り返して来てあげたよ」

　彼はそういいながら最前レオンに渡した許りの札束をニーナの手の中へ押しつけた。

「ど……ど……どうしてですの？」

　さすがの妖婦も怪俠黄面具に出会っては歯の根も合わなかった。

「その代りにね、あのマークと、それからカトビに渡した書類、ありゃあ贋物で、本物は君がまだ持っているはずだ。もう三十万両もの稼ぎをしたんだから、用もなかろう、あれを僕に呉れないか。まあ十万円で買うようなものだ」

　ニーナは口もきけなかった。兇暴血みどろレオンからどうして奪ったのか十万円の金を右から左に奪り上げてそれを返してくれる。恐ろしい黄面具の力に感服してしまった。

「上げるわ」

彼女は例の秘密結社のマークとカトビ等の密書とを渡した。

「有難うよ、ニーナさん。その代り今一ついい事を教えて上げよう。あのレオンは君が速水健を殺したといったが、ありゃあ嘘だよ。レオンが君の部屋のカーテンの蔭にいた。君が速水の首をしめて、書類を奪《と》って逃げる、その後でレオンがのこのこ出て来た時に、速水が息を吹き返して、いきなりレオンに獅噛みついたんだ、でレオンが再び速水の首を絞め、おまけにピストルを打って殺して逃げ出したんだ。人殺し専門のレオンにゃあ朝飯前の仕事さ。だから速水を殺したなあ、お前じゃあないんだから安心しろ」

「レオンは？」

「レオンか、彼奴《あいつ》はどうせこのままにゃあしておけない男だから、今僕の部下が奴の自由を奪って看視している。上陸と同時に僕の方で処分する積りだから、これまた、お前には安心さ。ね、ニーナ、お前もまとまった大金を握ったんだから、この辺で蛍稼ぎをやめて南洋へでも行って真面目に暮せよ」

「ありがとう御座います」

ニーナは何かしら熱いものが胸の底からこみ上げて来るような気がして、思わず目をふせて叮嚀な言葉でいった。

「それから、最後に、君に知らせておくがね、あの弗買いと密輸専門のカトビ一味だ。ありゃあ、すっかり種《ねた》を洗ったから、一切神戸の警察の手に渡して来たよ。一味百幾十人、警察の手が入っているはずだ。それについて必要なのが、この書類なんだ。それで実ア、お前が速水から奪ったこの書類を欲しいんで、お前の処へ来た訳なんだ。まあ、君の速水殺し未遂に始まったこの密輸、弗買事件もこれで大体けりがついたというものだ。や、もう上陸時間だ。じゃあ、失礼するよ。ありがとう、お前もたっしゃで暮せよ」

「さよなら」

うるんだ眼でニーナが顔を上げた時にはもう黄面具《ホアンミユンチユイ》の姿は見えなかった。埠頭は出迎の人々で賑っていた。

それから二週間後、上海のアスター・ホテルのサロンで楽し気に話し合っている美しい日本娘と立派な青年とがあった。

嘗ての神港ビルの交換嬢だった山下美子と旭青年である。

「ねえ、美子さん、今夜ドュ・モンドで大仮装舞踏会があるですが、出ませんか」

「ええ、連れて行って頂きますわ」

「君ア、何に仮装する?」

「さあ……何にしましょう?」と美子は笑って、「あなたは?」

「僕ア、このマスクをつけるよ」

と旭青年がポケットからチラリと見せた。

「アラッ！　黄面具！」

「ハッハッハッハ……似合いますか」と旭青年は朗らかに大笑した。


丁度この頃神戸警察署には戦時下稀代《きだい》の大弗買、大密輸入事件として元兇カトビ以下クラスキーその他日支人、外人等の黄金虫共百余名が、陸続と検挙されつつあった。七月二十六日の出来事である。

指紋

「ねえ、兄貴、安哥兄《あにい》、待ってくんねえ」

健公は、息を切らしながら、彼れの前方をぐんぐん足早に行く安太郎に呼びかけた。

「愚図々々《ぐずぐず》いわねえで、早く来い」

「だって、哥兄と俺とじゃあコンパスが違わア。何もそんなにせかなくたっていいじゃあねえか」

「健公、道具ア持って来たろうな」

彼は少し歩調をゆるめながらいった。

「ウム、持っちゃあ来たがね……」

「来たがどうしたてんだ?」

安がなじるように寄かかった。

健公はようよう追いついて、息をぜいぜいしながら、小さな道具袋を左手に持ち換えた。

天も地も凍てついたように冷い大寒の真夜中。空は真黒に曇って、高円寺の奥に入った屋敷町は漆黒《しっこく》の暗《やみ》に包まれていた。ゴム底の靴をはいた二人の足音は大地に吸い込まれて、ともすれば傍にいる相手の姿さえ見えない。暫くの間二人は黙々と歩いた。

「ねえ安さん、俺アどうも今夜は気がすすまねえ」と健公が低い声でいった。「実ア、俺アこんな仕事は大嫌《でえきれ》えなんだ。俺ア、昼の日中、太陽様《おてんとうさま》が光ってる下で人様のものを掏《す》るなあ平気だが、こんな暗《くれ》え夜々中に泥棒猫の真似をするなあ、性に合わねえ」

「何をッ! 泥棒猫たあ何んだ。そんなに嫌えな泥棒猫に何んだってくっついて来やがったんだ。嫌なら嫌でいい。帰《けえ》れッ! だが……」

と安は凄味のある声で怒鳴りつけた。

安太郎は元来がいかさま賭博専門で、時々は窃盗《のび》もやる小悪党だが、自分では一ッパし大悪《おおわる》の積りで仲間から哥兄と立てられていい気でいる男である。仇名は半鐘安。相手の健公は中学を出て専門学校中途で不良になったインテリくずれ、もっとも少年の頃から手先が器用な処から掏摸《すり》仲間に入って今ではサブ健またはタチ健(地下鉄《サブ》、人込み《タチ》)として一流の使い手であるが、元来がお人好しの善人肌である。

「そ……そりゃ、手伝うよ。俺だってフロリアのミミ公と一所になるにゃあ、まとまった金が欲しいんだ。……だが、こんな夜夜中……」

「黙ってろ、野郎ッ……」

安は大きな邸の横手で立ち停った。

「この邸だ」

この邸は富豪山村恭太郎氏の屋敷である。

「おやじは独りで二階に寝ているんだし、女中は離屋にいる。亡くなったかみさんの素晴らしい宝石類が階下の書斎の金庫の中に蔵《しま》ってある事を、俺アすっかり調べてあるんだ」

半鐘安はそれが目的である。彼はじっと四辺《あたり》の様子を窺った。邸の角を曲った大通りを覗うと邸の隣りに角張った建物があって電燈がついている。

「ありゃあなんだい?」と健。

「ウン、ありゃあ高円寺の分署《サツ》よ」

「エッ……警《サ》……警察《サツ》?」と健は声を慄わせた。

「心配するなよ。警察の鼻ッ先でまさか仕事をする奴もねえ、だから安心してらあな。戸締りも厳重じゃあねえ、そこがこちとらの付目さ」

健が何か云い出そうとするのを引張って裏口へ廻った。

「何んだか今夜は気がすすまねえ、危《ヤバ》いような気がしてならねえ」

「余計なことを云うねえ」

勝手口のくぐりは錠がなかった。彼等は裏口から庭へ廻った、客間から庭へ出る扉は閉っていたが窓が開いた。

二人はその窓から忍び込んだ。

客間から絨氈《じゅうたん》の敷いてある廊下を音もなく通って書斎といっても居間らしい洋室に入った。庭に面して窓がある。懐中電燈で難なく金庫を発見した。

「健、どうした」

暗い室《へや》の中に呆やり突立っている健、彼はふと金庫泥棒として捕った時のみじめさを考えていた。立派な掏摸としてならあきらめようもあるが、泥棒猫としてこのサブ健が……

「どうしたッ、健」

凄みのある安の声にハッと我に帰った。

「ここにいる、窓の傍で見張ってるよ」

「道具だ、早くッ、愚図々々するねえ、どじッ」

道具を受取った半鐘安は、健の差し出す懐中電燈の円い光の中で仕事を初めた。金庫の扉に耳をつけて音もなく文字盤を廻せば、

「哥兄、早くしてくれよ……なんだか危《ヤバ》い……」

といったとたんに
「何をするかッ！」

物凄い怒声が邸内の静寂を破った。バタンバタンという格闘の物音、椅子の倒れる音。

「いけねえ！」

健公は持っていた懐中電燈を床の上へ落した。冷いものが背筋に走ると膝頭がガクガクして、寒気がしたように慄えが来た。

「どうしたッ」

安も闇の中でスッと起《た》ち上った。

格闘の音、物の倒れる音、叫び声！

近くの室から起っている。物凄い格闘らしい。

狼狽した健につられて安も面喰った。二人は窓の所まで走った。

窓を開けようとしてふと見ると庭の方に警官らしいのが懐中電燈を持って走って来る。

「アッ！　警官《ポリ》だッ！」

二人の頭には隣の警察がサッと浮んで来た。物音を聞いて警官が馳けつけたのだ。

「いけねえ、健、裏だッ……どこからでも戸外《そと》へ逃げるんだッ！」

盗賊というものは窃び込む時は精一杯緊張して油断なく気を配るが、逃げるとなると怖わさが先に立って狼狽《あわ》てるものである。彼等はことにあわてた。窃盗というもの、夜の泥棒というものが初めての健はすっかり度を失ってしまった。

「哥兄ッ！　こっちだッ！」

彼は廊下へ飛び出した。暗い、方向も右か左か解らない。廊下を左に曲って奥へ、突き当りに室があった。夢中で扉を開けて一歩入るや否や、

「アッ！」

といって二人は棒立ちになってしまった。闇から急に明るい電燈のついた室へ入ったので、眼がくらんで立ちすくんだ。がそればかりではない。見よ！

室の一隅で若い男が老人を組み敷いて喉をしめ上げている。格闘のあった室へ飛び込んでしまったのだ。

不意の侵入者にハッとした青年は絞め上げていた手を離すと同時にキッと二人を睨んで身構えた。老人はグッタリとなって伸びている。死んだのだろう多分。

暫く二人対一人、互に無言のまま睨み合った。

「何んだ手前《てめえ》は？　強盗《タタキ》か？」

安は虚勢を張って怒鳴った。が真青い顔をした狂暴な眼をして無言のまま、二人を睨んで突立っている。安と健とは次第に怖ろしくなって一歩二歩後退し初めた。

「ここだッここだッ!」

廊下に足音が乱れて、警官と刑事とが飛び込んで来た。

「もう駄目だ」と健公と安とは太息《といき》をついた。

「やや……殺人《ころし》だッ」

と叫んで刑事は、倒れている老人に触れてみた。

「まだ温い、今やった許りだ、おいッ二人共動くなッ!」

半鐘安も健も経験から黙って素直に壁よりに立っていた。青年は興奮した口調で息を切らせながら、

「犯人はこの二人だッ」と叫んだ。「この二人が伯父を殺したんです。僕は二階にいて、伯父の叫び声を聞いたので驚いて馳け降りて来ると、此奴等《こいつら》が……」

「冗談いうなッ……俺達は……」

「黙ッとれッ!」と刑事が怒鳴りつけた。そして、

「君医者を呼んで来てくれ、それから署に連絡してくれ、その間に僕が調べておく……」

警官は急いで引返して行った。この間に落付を取りもどした健は室内を見廻した。

部屋はやや狭い書斎だが掃除は行き届いていないらしく書籍には塵が白く浮いていたし、相当の格闘をしたらしく丸卓子《テーブル》や椅子が乱れ飛んでいた。老人が肥った立派な体格で、立派なパジャマを着て倒れ青年は白い薄縞のワイシャツの上に襟の開いた毛のジャンパーを着、茶色のズボンをはいていた。

「誰れが殺したんだ。君は?」

と刑事が青年にいった。

「彼奴等《あいつら》です。僕は山村信男といいます。今夜伯父を訪ねてきて泊ったんです」

健の目から見ると、この山村青年は平静を装うのに懸命の努力をしているらしいが、酒の酔いから来た興奮と伯父を殺したという後悔と恐怖から言葉が慄えている。

そして十二時頃まで伯父とこの書斎で話をして、二階に上り、小説を読んで寝ようと思っていると、階下で伯父の争う物音を聞いたので馳け降りて来ると、伯父が二人の悪漢に襲撃されていたと申立てた。そして彼は安を指して、

「この男が伯父の咽喉《のど》を締めつけて、殺したのです」

「フーム」と刑事は、二人に向って、「お前達は何んだ? 何しに来たか?」

「自分は木下保であります。そしてこれは山下敬一です。自分達は……」

あがってしまった安に代って、刑事の不審訊問には事慣れた健公が落付いて答えた。

とこの時ドヤドヤと署長以下が馳けつけて来た。刑事

は大体の報告をした。

「医者は？」

「直ぐ来る」

刑事は二人に向って、

「それでどうした？」

「自分達は所要で遅くなり、町の自宅へ帰るためここを通りかかると、家の中で怪しい悲鳴が聞えたので、近頃物騒な強盗ではないかと思って、裏口から飛び込んで見ると……丁度この青年が老人の上に馬乗りになって咽喉を絞めていたのです」

「嘘です……大嘘です！」と青年が叫んだ。「僕が何んで伯父を……此奴等です」

「刑事さん」と健公が言葉を強めていった。

「自分は犯罪捜査に経験があります」

「何ッ？　経験がある？　警官をやった事があるのか？」と刑事は意外な顔をした。

「いえ、自分は復員軍人です。最近大陸から復員したのでありますが、軍隊で司令部の特務機関に勤務していました。従って自分は今、現在、自分達の嫌疑を晴らすために、この青年が犯人である事を、はっきり申上げる事が出来ると思います」

安は吃驚《びっくり》した。健公の野郎、飛んでもない事を言い出しゃあがった。どうする積りなんだろう。愚図々々していたら、危《ヤバ》い事になると気が気でない。暗闇で慄えていた健公は明るい電気の下でまるで別人のように確《しっ》かりしていた。

「フム。明白した証拠があるか？」

「あります」と健公が真面目くさって答えた。立派な復員軍人になり済ましている。「例えば一つの犯罪が行われる場合、指紋調査が行われます。それは大体において加害者の指紋を捜査するのが普通でありますが時に被害者の指紋に依って犯人を明確にする事が出来る場合があります」

「なるほど」と刑事も署長達も思わず吊り込まれた。

「で、今、ちょっと山村信男とかいう、この青年に訊ねたい事があります。訊ねていいでありますか？」

「よろしい」と刑事がいった。

健公は憲兵が不審訊問をするような態度で山村青年に向い、

「君は、今、ここにいる自分の友人山下敬一が、被害者、君の伯父さんを絞めたといったね」

青年は敵意のある眼で健公を睨めながら首肯《うなず》いた。

「しからば、君は伯父さんに少しも触れないと言い切る事が出来るかね？」

「無論……」

「すると、伯父さんも君に触れてないんだね」

「そうだ」

「自分達がこの室に飛び込んできた時、伯父さんが組み伏せられながら必死に君の咽喉を押えているのを見たんだが、君はそれを嘘だと云うのかい?」

山村青年はムッとした調子で、

「何をいやあがる。僕が二階から降りて来るとその男が咽喉を絞めていたんだ」

「オッと待った」

健は思わず地金を出した。占めたという気からつい木地が出るのを微笑にまぎらせて、

「刑事さん。ただ今、自分は被害者の指紋の事を申上げました。被害者はあの塵埃《ほこり》だらけの書棚から本を二三冊取り出しています。その手が汚れていたはずです」

健公にいわれて見るとなるほど、書棚の本が二三冊抜き出されて床の上にころがっている。丸い卓子の上で読んでいたらしい。

「被害者の指が汚れているその指で加害者の咽喉を摑んでいるのを自分は確かに見たのであります。ですから加害者の首にはどこかにその指紋があるはずであります」と彼は決然といい放った。そして山村青年を指して、

「御覧なさい、この山村青年のカラーの端にはっきりと指紋があります。伯父の指紋です、ですから……」

山村青年は蒼白な顔に眼を血走らせてタジタジと一二歩退いたが、

「何をッ! この野郎ッ」

といきなり健公に摑みかかって来た。

組みつかれた健公はよろよろとよろけた。

「こらッ! 何をするかッ!」

刑事は山村青年に飛びついてこれを押えつけた。

そこへ医師が馳けつけて来た。医師は倒れている被害者の傍へ寄って、その手を取った。

「いやあ!」と彼は頓驚《とんきょう》な声を上げた。「死んじゃあいませんよ。仮死です。生きてます」

医師は倒れていた山村恭太郎氏を抱き起した。医者に助け起された山村氏は苦しそうに立つと、

「極道者め! 信男ッ! 俺を、俺を殺そうとしくさったッ……」

山村信男は一言もなかった。犯人を正しく指摘した自称復員軍人木下保事《こと》健公の勝利であった。

恭太郎氏は金の無心からの兇行であった事を手短かに語った。

「そんな人でしたら、金庫にも手をつけてやしません

か？」

と健公がたきつけるようにいった。

「ウム、そうかもしれん。金庫はあちらじゃ」

信男青年をその場に刑事と共に残し、恭太郎氏や署長達がどやどやと例の書斎兼居間にいった。

「やはりそうじゃ。道具まで使いくさって立派な不良じゃ、泥棒じゃこりゃあ！」

安と健の仕事の道具が金庫の前に散っていた。

「ひどいですなあ」

健公は一っぱし刑事気取りで素早く道具を取りまとめて袋に入れた。誰れもそれを怪しいと注意するものはなかった。くどくどと信男の不良性を語る恭太郎氏に注意が集中されていた。

「署長さん」と健公がいった。「自分達は失礼して帰ってよいでありますか？」

「あ、そうか」と署長は気がついた。「いや、大変御苦労でした。いろいろ有難う」

「いえ、どうしまして……」

健はその言葉中ばで既に廊下へ出ていた。帰って室には入らず廊下に立って半鐘安の手をぐっと引いて、二人は大急ぎで戸外へ飛び出した。

門を出ると、

「走るんだッ」と健がいった。「逃《ず》らかるんだ」

二人は闇の中を二十分ばかり走った。

「ああ、辛度《しんど》」と健公が息を切らして立ち止った。

「おい健公。お前のいった通り今夜は不漁《しけ》どころか、全く危《や》ばかった。俺アもう駄目かと思ったが、健公、お前の弁《べん》説にゃア俺ア、全く驚いた……」と半鐘安がしみじみといった。「俺ア寿命をちぢめたよ。……それに道具はなくなるしさ……」

「オット、待ちな」と健公はほがらかにいった。

「商売《しょうべえ》道具なら心配ねえよ」

「エッ？」

「ちゃあァンと頂いて来てらあな」と彼は懐中から道具袋を引張り出した。

「アレッ！　いつの間に持って来たんだ」

と安の声は頓驚に高かった。健公は得意そうに、

「ちょいと、あの門燈の下まで来て見な……おい、哥兄、これだ」と時計と財布入を出して見せた。

「エッ！」

「この時計と紙入は恭太郎老人のさ、このシガレットケースは信男って奴のさ。それから、この時計は署長さんのだよ。なあ、哥兄、せっかく仕事に入《へ》えったんだ。手ぶらで帰ったんじゃあ、お太陽《てんとう》様に申訳がねえ……」

蠟人形の秘密

梅雨も二三日で明けるという蒸し暑い七月初めの夜。

旧服部《はっとり》時計店の時計台から澄んだ響をたてて鐘が三つ鳴った。午前三時、さすがの銀座も人ッ子一人通らぬ死の街の様相を呈していた。

丸銀装身具宝石店といえば銀座での新興商店の筆頭、表通りから裏通りまで抜けた堂々たる店構。その店の片隅から真暗い店内にサッと一條の光が流れた。小さいサーチライトのような光に白い布をかぶせた幾つかの商品ケースが浮ぶ。光の輪は壁面の大きな硝子《ガラス》戸の中に飾られた幾つかのマネキン蠟人形を照し出した。あるものは夜会服に、あるものはデコルテの舞踏服に、あるものは最近流行の訪問着、あるものは殆ど全裸の海水着に、様々の肢態、様々の媚態、美い女人像が今にもニッコリ笑って口をききそうである。

懐中電燈の火はそれ等の生ける如き人形を次々に光の中に浮び出させながら次第にそれに近づいて来る。黒い人影。

森閑とした夜気が四辺《あたり》を包んで、ただ人形の顔を射る光のみが、一つの生きもののように無気味な色彩を放っている。

一つ二つ三つ、人形の顔に次々に放射される光が四ツ目の人形に止った時、フッとその光が消えた。

コツコツ……と軽い足音がして階上から誰かが降りて来る。

「チェッ!」かすかな舌打一つ闇の中から聞えて来た。

「変だなあ、どうも店の中が明るいような気がしたがなあ……」独語しながら懐中電燈をブラ下げた夜番の老人が静かな足取りで店の中へやって来た。マネキン人形の前を通りすぎようとしてふと立止った。提げていた電燈を持ち上げてケースの蔭を一わたり照らす。

「アッ! 誰れだッ!」

と叫ぶと等しく、ケースの蔭から黒い影が老人に飛びかかッた。

「ウッ! 人……人殺し……」

懐中電燈が老人の手から床に落ちて音を立てた。燈火が消えて真の闇。

「ウーン」と唸ってバッタリ倒れる音、ヒーッという断末魔の叫び声。

暫くすると硝子戸の開く音がした。

荒い息づかいと足音が店の中から遠ざかって行った。

「たた大変ですッ！　女の片腕がッ――」血相をかえた闇屋風の若い男が尾張町の交番に飛び込んで来た。

「何ッ？　女の片腕？」

巡査が吃驚《びっくり》して問い返した。もう夜明けに間がなく、夜空もかすかに白んで来ていた。

「ええ、西銀座の、六々ビルの横手の塵箱の中に血みどろの女の腕が出ているんです……」

青年と巡査は走るようにして現場へ行った。

大きな塵箱の中から女の腕が、薄暗い夜目にもくっきりと白く覗いている。

巡査はその腕を覗き込んだ。マニキューアをした美しい指、丸みを帯びた手首、それから血らしいものが薄くこすれてついている。

「フーム」

暫く覗き込んでいた巡査は、

「何んだ、こりゃあ、人間の手じゃあないよ、人形だ、蠟細工のマネキン人形の腕じゃあないか」

彼は無造作にそれを引張り出した。

「チェッ！　おどかしやあがらあ！　なるほど人形の片腕だァな」

青年はきまり悪そうにそういって、

「ああ、吃驚した、アッハハハハ、怪物の正体見たり、人形の片腕か、ハッハハハハ」

「いたずらをしたんだよ、誰れかが。つまらないことをするよ、ハッハハハハ」

巡査も笑って、その腕をゴミ箱に投げ込むと再び交番へ戻って行った。

それから三時間後、同じ交番へ、丸銀装身具店内で夜番の老人が惨殺されているという急報があった。

夜番の老人が首を絞められた上、鋭利な双刃の短刀で頸動脈を切られて死んでいた。地検、警視庁から検事や刑事が来て調べて見たが手懸りになるようなものは一つも無い。被害品も宝石や貴金属は何一つ手をつけず、ただショーウィンドーの海水着を着た裸の蠟人形が一つ盗まれているに過ぎなかった。

「フーム。犯人は軍手をはめていたんだよ。指紋もとれやしない」と係員が嘆息した。

この時、尾張町交番の巡査がふと今晩の女の片腕を思い出した。「もしや……」といってその旨を申出ると、勢い込んだ刑事連が直ちに例の片腕を拾って来た。

確かに盗まれた海水着美人人形の片腕である。しかも腕についているのは完全な人血で老人の血潮に間違いない。

と八時頃になって、銀座から新大阪ビルに行く新幸橋のガード下の濠の中に首なし女の屍体があるとの急報が来た。

これが何んと盗まれた蠟人形の首無し、片腕なし屍体（？）だった。

丸銀殺人と謎の首無蠟人形窃盗事件、新聞は怪奇と猟奇味のある近来の怪事件として報道したが、犯人の手懸りは皆無であった。

丸銀装身具店の番人殺害事件と蠟人形紛失事件は謎のまま一ケ年過ぎた。否、謎のままではない、謎に謎を重ねて過ぎて行ったのである。即ちその後、新宿の尾張屋デパート、浅草の仲善美術品店、大井の丸井装身具店、その他数ケ所で店頭にかざってある等身大のマネキン蠟人形が壊されたり、首をもぎられたりした事件があった。

警視庁では一種の変態性欲者または変態的なマニアの仕業であると睨んでいたが、実質的な盗難事件でもないので、捜査にも余り熱意が無かった。

「おい、龍伯、君は自ら怪奇探偵と名乗り、日本ルパンを気取っているが、この蠟人形事件をどう見る？」

と、九月のある日、私は彼の銀座の事務所を訪問して水を向けてみた。

「フフン」と彼は鼻で笑った。「君ァ、新聞記者で、探偵小説家を以て任じているんだ。記者の六感と探偵小説家的筆法を以て推理してみた方が早く片付くぜ」

「俺はポーの才能も無ければ、リーブのような学者でもないし、クインのような推理的名探偵でも無い。たかがカストリ小説屋さ。というよりも新聞記者として、龍伯の意見を聞きに来たんだよ。どうだ、いいねたを出せよ」

「フフン」と彼は再び鼻を鳴らした。

そして抽斗《ひきだし》から黙って一枚の紙片というよりは手紙見たようなものを出して、

「おい、名新聞記者、これが解るか？」

といった。

私はその紙片を受取って見た。それは数字ばかりならべた紙片であった。

$$7\frac{2}{2}849 \quad \frac{7}{3}948 \quad \frac{7}{3}\frac{1}{2}38\frac{8}{2}3$$

$$69\frac{8}{2}9 \quad \frac{8}{2}\frac{1}{2}8\frac{3}{2}9 \quad 69\frac{8}{2}\frac{1}{2}\frac{6}{3}$$

$$\frac{6}{3}8\frac{8}{2}\frac{1}{2}8\frac{3}{2}\frac{1}{2}53 \quad \frac{7}{3}\frac{1}{2}\frac{6}{3}3\frac{8}{2}8\frac{6}{3}$$

$$5\frac{1}{2}\frac{2}{2}7\frac{8}{2}353$$

$$6\frac{1}{2}\frac{2}{2}78 \quad \frac{4}{2}7\frac{7}{3}8$$

「なんだい？　こりゃあ？　え？　まるで暗号だね」

「フフン。暗号？　まあ、そういえばそうらしい」

「どうしたんだ、一体こりゃあ」

「我輩も、どうしようかと迷っているんだ。実はこんな妙な手紙が二三日前舞い込んできたんだ。君も知っての通り、我輩、バルネ探偵局の故智にならって、各新聞へ、調査無料銀座私立探偵秋山達之輔事務所という広告を出しているのは君の知る通りだ。随って随分いろいろな依頼が来る。で我輩は善良なる依頼者からは一文も貰わないが、不良、不逞なる徒輩からは相当な事件料をブン奪ることにしている。ところが二三日前にこんな手紙が舞い込んで来たんで、さすがの我輩もちょっと面喰ったんだ。宛名は銀座秋山達之輔様――筆蹟は女文字だ、差出人は無い。郵便の消印ははっきり解らないが品川らしい……」

「フーム」私は考え込んだ。「これを貸してくれ、俺も、以前は多少暗号解読をやった事があるんだ。今夜一晩で、こんなもの、謎を解いて見せるよ」

「よかろう。それは君に任せるとして、どうだい君、今夜暇だったら、ちょっと我輩につき合わないか」

「どこへ？」

「どこでもいいさ。ちょっとした芝居を見せてやる。六時、夕飯をすませてここへ来いよ」

六時、龍伯、快足の自動車を馳って品川駅から右に荏《え》原《ばら》町から中延《なかのぶ》へ抜ける。

「どこへ行くんだい？」と私が訊いた。

彼は黙々として答えない。自動車は長原か千束《せんぞく》へ出て池の畔りを海舟《かいしゅう》の墓の近くの林の中へ突込んだ。自動車を降りると南千束町の方へブラブラと歩き出した。暫くすると、

「おい、君、今夜、あの家へ忍込《のび》を打つんだ」彼が指し示したのは池に面した二階建というよりは三階になっているらしい洋館建のちょっとした家だった。かなり広い庭は荒れ放題に荒れて、二階建の家もあまり手入は行

き届いていない。

「あの家へ忍び込む？」と、私は驚いて叫んだ。「泥棒かい、おい？」

「強盗だね」と彼は皮肉な微笑を浮べながらいった。「怪盗龍伯の強盗振りを、我が親愛なるカストリ記者君に、実演して御目にかけるんだ。どうだ、面白いだろう？」

私は呆気に取られた。怪盗紳士龍伯と知り合になって、その冒険怪奇な物語は幾度か聞いてはいるが、実地に、彼が忍び込んで、窃盗だか、強盗を働く現場を見た事が無かった。それを彼は平然として、今夜、私に見せようという。私は彼の真意を料り兼ねた。

「強盗って何を盗《と》るんだ？」

「女！」

「女？」

「ウン。年若い美しい娘さんだ。せっかく盗み出した娘に、君、惚れちゃあいけないぞ」

「女を盗み出して、どうするんだ？」

「盗み出して見りゃあ解る。さ……現場検証を済まして、君に土地鑑を与えておいたから、あとは夜になるのを待つ許りだ。それまで夕涼みながら、自動車の中で一杯やろう」

我々は池畔を散歩したり、自動車の中でウイスキーを飲んだりして時間を費した。その間龍伯は全然この不可解な問題には触れなかったし、私も敢て聞こうともしなかった。

四辺が暗くなった。龍伯は狙った家の偵察に向った。

「まだ奴等は戻って来ていないらしい。まあ十二時頃だな」

十一時、月のない真暗な夜だった。

「さあ、いよいよ出かける」と彼がいった。

「俺達は裏木戸から庭へ忍び込む。君は庭の叢の中に隠れていてくれ。万一の用意にこのピストルを渡しておく、弾丸《たま》は入っていない、案山子《かかし》だよ。それからライカを一台渡しておく。発火装置になっているから、これをそのまま持って来てくれ。質問無用、君の特種のための用意だ。大体の見込では、何しろ強盗なんだから、家人を縛り上げなければならない。大体格闘になると思う。格闘の場所はホラあの庭に面した書斎かサロンになっている室《へや》と思う。君の忍び込む便宜のため、我輩が室の一つを開けられるようにしておくし、カーテンをずらしておくから、俺と家の奴等との問答なり、格闘なり始まったら、その窓から覗いて見て、適当な行動をしてくれ。え？　家の奴等に声一つ立たせやしない。大丈夫だ。それに近所は離れているからな。泥棒には持って来いの邸さ。いいか、断っておくが、どんな事があっても声一つ立てるなよ。驚いちゃいかん。あとは張り込みに慣れている記者先生がよろしくやるさ」

私は強盗殺人の現場へは幾度も立ち合った経験があるが、自分が強盗になって、他人の家に忍び込むなんて事は初めてである。法律を破る恐るべき強盗犯人。しかも相棒は天下に名だたる怪盗龍伯である。

身の内が妙に引き緊《しま》って、身体が我れもあらず細かく慄え、心臓がカストリを五六杯飲んだ時のように高く鳴り出した。

「ええままよ。新聞記者じゃあないか」

私の頭の中にはちらッと十数年前、稀代《きたい》の殺人魔「鬼熊」と会見した新聞記者のことが思い出された。

龍伯は問題の二階建の家の裏口のくぐり戸を何の苦もなく開けた。我々は庭の叢の中に入った。

「あの二つ目の窓がよかろう。じゃあ、確《しっ》かり張り込みな。我輩はいよいよ本職に取り掛かる」

龍伯はそのまま音も無く闇の中に消えてしまった。それから一時間余り。

自動車の軽い音が聞えてきた。辷るような車輪の響き、速力が落ちると門の前で人の飛び降りる音がした。

門が開く。闇をすかして見ると二人の男の影が、何か包を抱えて静かに入口の扉の中へ消えた。

サロンの燈火がパッとついたらしく、二つ目の窓のカーテンの隙間から光が洩れた。私は地を這って窓の下へ忍び寄った。

「ああ！　ちょいと骨を折らせやあがった」

と太い声でいった。

「あんな阿魔《あま》ッ子が出て来よるとは思わんやったな」

と少し関西なまりの声。

「ウン。背に腹ァけえられねえ。可哀相だと思ったが、絞めちまった」

「手荒いなあ、あて、殺生《せっしょう》は嫌いや、あの女子《おなご》、死んだやろか？」

「馬鹿、泥棒が仏心を出してたまるけえ。人相は見られなかったから、絞め方に加減したから、死にゃあしねえ」

「ええ女子やなあ、俺ァ、あれ一丁《いっちょう》いきたかった」

「助平《すけべえ》ッ！　手前《てめえ》ァ、屋根裏の娘にちょっかいを出しゃあがった。女せえ見りゃあ、助平根性を出しゃあがる」

「いい娘《こ》やなあ、あの娘。あれ、俺にくれろ」

「馬鹿野郎ッ！　ありゃあ俺が攫《さら》った女だ。今夜この人形が最後だ。それで出なけりゃあ俺ァ、あの女を自由にして、女房にした上でゆっくり捜さあ」

「じゃあ、あて、どないなるんや？　哥兄《あにい》？」

「勝手にしやがれ。さ、早いとこ、調べよう」

私は少し首をのばすようにして目だけ窓枠につけて室内を覗いた。「アッ！」思わず叫ぼうとして喉まで出た声を両手で押えた。

卓子《テーブル》の上に乗せられた二つの女の首！　生ける人そのままルージュの唇、艶美な目！

「ウーム」

さすがの私も唸ったが、今一度目を据えて見直すと、何んだ！　人形だ！　蠟人形の首だ！

私はハッと一切を了解した。謎の怪事件、丸銀装身具店番人殺人事件に端を発したマネキン蠟人形窃盗事件！その犯人は此奴《こいつ》等か？　龍伯はどこから彼等の巣をつきとめたのか、今にして龍伯が私を連れてきた意味が解った。私は息をつめて、今後に現れるであろう龍伯を待ち構えた。

人形とはいえ、宝物さながらの美女の首、今にも笑い出しそうな女の首をじっと見つめる兇漢二人。一人は痩せ型の長身の凄い目をした三十五六の男、一人は丸々と肥った四十がらみの男。二人共一癖も二癖もありそうな顔をしている。

「やっちゃえ！」長身の男がいった。そうして手斧をとると生けるが如き女の首を脳天から発止《はっし》と打った。

カツン！　鈍い音を立てて首が二つに割れた。二人の男はその半面を摑んで中を調《あらた》める。

「無い！」

「おまへん！」

今一つの首。発止。二つに割れ。調める。

「無い！」

「おまへん！」

二人は呆然として顔を見合せた。

「これが、最後のものやろう？　あの時の人形十二体や。その行方を一つ一つつきとめて今日まで、集めて、あらためてん。でもこれが最後の十二番目の人形や。それもあらへん！　どないしよう！　あいつ、てんごう、こきよったかいな！」

「畜生ッ！　野郎、俺にボケナスを喰わせやあがった！　よしッ！　こうなりゃあ、俺ァ、せめてもの腹いせだ。俺ァ、あの娘を自由にして千万両の万分の一にでもしなきゃ、この俺の腹の虫が収らねえ」

「そや、そや！」

「俺ァ、小菅《べっそう》から娑婆《しゃば》に出る時、鉄の野郎がソッと俺に囁いたんだ。俺ァ二十年と喰っているから娑婆を見るなあ縁が遠い。だけど、いずれ近い内に出る。ついちゃあ、俺が入《へえ》る時、人形師の彫辰の家へ逃げ込んで、訳を話して彫辰に無理に人形の一つに奴の持っていた紅色ダイヤ六つと七色真珠六つとを塗り込ましたんだ。彫辰はそれを作りかけの人形十二ケ月の頭の中に塗り込んで、十二ケ月の人形には耳朶《みみたぶ》と右の靨《えくぼ》に紅を捺して目印としたんだ。そりゃあ宝石を一つ一つ入れたかまとめて入れたか解らねえ。翌日彫辰の家へ忍んで、彫辰が確かに入れたって首を見て夜通し仕上をしてよ。明け方の三時、仕事が終るのを見て、口をふさぐために鉄の野郎は無惨にも彫辰を殺《ば》らしてしまやあがったんだ……てな訳でよ、俺ァ出る時に鉄から頼まれて五分と五分の話し合いで俺ァ人形の行方を捜して、今日の仕儀だ。畜生ッ！　十二人の人形を捜すなあ汗水たらしたんだ。危《やば》い橋も渡ったし殺しもやった。だが、鉄の野郎が嘘をついたとも思えねえ。俺ァ、俺ァ彫辰が一晩の内に細工をしやあがったと思うんだ。どう細工をしやあがったか？　それを知ってるなああの娘だ。あいつに彫辰が遺言したんじゃあねえか？　彫辰だって、真正直《まっとう》な人間じゃあねえ。何をするか解ったもんじゃあねえんだ。だから俺ァ、あの娘を叩いて女にした上で、白状させてやる、さあ、手前も手伝え。女をいためるんだ」

血走った眼をした男が、半分に割った人形の頭を床に叩きつけて立ち上った刹那、

「斑猫《はんみょう》、血迷ったな」

涼しいながら底力のある声が室の一方で起った。

「何っ！」

「ハッハッハ……斑猫、俺だよ、何をうだうだ怒鳴ってるんだ。隣近所が無いじゃなし、声が高いぞ！」

悠然と奥の入口の扉《ドア》から現れた龍伯、颯爽たる登場である。

「アッ！　貴様ァ！　龍伯ッ」

「暫くだったな斑猫、どうしたい、え？　十二人の人形の頭を叩き割ったって塵一つ出やしねえじゃあないか、ハッハッハ……相変らず馬鹿だなあ！　お前は」

「何ッ！」

「せっかく娑婆へ出てくると、もう悪事を仕出かしよる。仕末の悪い毒虫だ」

「何をッ！　チッ！　何んだかだって、俺達の邪魔をしやあがる。何しに来やがった」

「貴様が、いためるといった娘を救い出しに来たんだ、安井芙美さんとかいったな。彫辰の娘よ」

「ウヌッ！」

と唸った斑猫の額にはむらむらと邪悪な蛇のように静脈が盛り上った。そして彼の手がポケットに動こうとした刹那。

「馬鹿ッ！」

一喝した龍伯の身体が飛鳥の如く一躍するとピシリと相手の右手を打ち、取り出しかけたピストルをサッと奪い取ってしまった。同時にポカンとしていた小柄の男が、無言のままガッと龍伯に突かかる。

「オッ！　危い」軽くそれを翻すと右足で男の横腹を蹴った。

「ウッ！」

といって、小柄の男は前のめりに床を嘗《な》めた。短刀がキラッと光って飛んだ。

「畜生ッ！」斑猫は左手で龍伯目がけて猛烈なスウィングを振った。

「トットット！」軽く飛びすさりながら、「駄目々々、そんな事じゃあ、子供と喧嘩するようなものだぞ」

斑猫は小柄の男が落した短刀を拾うと再度猛烈に突いて来たが、ヒラリと外して三度突っかかる出鼻をパッと拳法の猛烈な蹴上げを一発、斑猫は仰向けにひっくり返った。

「ホホホッ……」

左手の扉がサッと開くと嬌笑一番、

「龍伯さん、暫く！　飛んだお茶番ね」

悠然とシャナリシャナリ現れた艶麗な女、派手な洋装に口紅が真赤だ。手に小型のコルトを持って龍伯を狙いながら窓を背にして静かに進み出た。

「やあ、お芳か？」と龍伯が明るく笑った。

「どこにもぐり込んでいた。東京には居ないはずだが？」

「関西にいたのよ。二三日前に出て来たのさ……斑猫の、およしよ。お前さんが鯱鉾《しゃちほこ》立ちをしたって龍伯にゃあ敵《かな》っこないんだよ。さ、悪い事ァいわない。泊めてもらった礼心に、あたしが助ッ人だ。龍伯さんを押えている間に、早いとこ窓からでも消《ふ》けた方がいい事よ」

上海《シャンハイ》お芳、またの名は狼お芳、名うての女賊でもある。龍伯と一再ならず闇の闘争を重ねて来た強《したた》か者だ。

龍伯はニヤリと笑って無言のまま窓の方を見た。その眼！　それは私への合図である。

丁度女が私の覗いている窓の前に来た。私は最前渡されたピストルをグイと女の腰の辺に突きつけた。女はピクリとして立ち停った。

「ハッハハハお芳、飛んだ処に伏兵がいたね。さ、いい子だ。おもちゃを棄てて穏なしくしてろ。お前の出る幕じゃあないんだ。そっちの隅で今夜の処は見物していろ。お前はこの事件に関係のない事は解ってるし、一宿一飯の仁義も今の一言で済んでいる。ハッハハハハ」

「……」

お芳は無言のまま、龍伯のいわれる通りにした。私は窓からピストル片手に、片手にカメラを提げて入ってきた。

さすがの斑猫も相棒の男もこうなっては手も足も出なかった。

「君、さ、この犯人二人とプッ壊した人形の首を前において写真をとれよ、特種だぜ」

「アラマア！　この人新聞屋さん？」とお芳が叫んだ。

「我輩の友人で、名探訪記者だよ。ついでにお前のも取ってやろうか？」

「ブルブルッ！　おお怖《こ》わ」

上海お芳は隅の方に小さくなった。

「さ、写真が済んだら、俺は此奴等を仕末するから、君ァ、二階に檻禁されている安井芙美子さんを助け出して来てくれ。若い女の子は若い青年に助け出させるに限る。人殺しの仕事にローマンスのお色気がつくからな」

私は何の事かわからないままに、二階に上って、一室に檻禁されていた二十歳《はたち》許りの美しい女性を救出した。

丸銀装身具店夜番殺害犯人、エロとグロの怪奇な蠟人形窃盗バラバラ事件の犯人はその夜、現場で警視庁へ引渡された。

龍伯と安井芙美子と私とは自動車で深夜を一踏渋谷の龍伯の隠れ家へ引き上げた。

「僕にはさっぱり解らん。どうして犯人の巣をつきとめ、安井さんを救い出したんだ？」

「ありゃあ、君、あの数字ばかり並べた謎の手紙からよ」と龍伯が事も無げにいった。

「すると、君にはあの数字の暗号が読めたんだね？」

「暗号じゃあないよね、芙美子さん。あの手紙はどうやって出したんです？」

「実は私は丸ノ内の東海産業に英文タイピストをしていましたが、七月の初め、映画を見に行った帰りに、あの人達に自動車で誘拐されて、目隠しをされたまま、あの家へ連れ込まれ、父のことや蠟人形のことをいろいろ訊ねられた上檻禁されていましたの。怖ろしくて怖ろしくて……でも檻禁されているだけで、ひどい事はしませんでした。でも声を立てたり助けを呼べば殺すといっておどかされました。窓には鉄の棒がはめてあるので逃げる訳には行かず、ふと先生のことを新聞で見たのを思い出したので、幸いハンドバッグの中に紙や封筒や切手があったものですから、手紙を書いて、インクスタンドにくるんで、窓から通りへ投げたんですの、二度ほど失敗しましたが三度目にうまく道路にとどきました。誰れか拾って出してくれるのを神頼みに致しました。ええ、万一あの人達に見つかってもと思ってあんな数字の手紙にしましたの……探偵さんなら解って頂けると思いまして……でも先生、よくまああそこが……」

「あの手紙を見てね」と龍伯がいった。「手紙を出した動機を考えてみましたよ。で結局、檻禁されていて助けを求めていると睨んで、……市内のタイピスト、英文のね……の行方不明者を調べ、東海産業のあなたを突きとめ、それが彫辰の娘さんだと解ったので、あとはね、造作ない」

「彫辰の娘?」と私は思わず叫んだ。

「ほんとうは人形師安井六兵衛なんだ。彫辰は通称さ。で六兵衛の殺害から蠟人形に何か曰くがあると睨んだ。六兵衛が瀕死の重傷を負いながらも……芙美子……人形……と叫んだという。謎はここにあるんだ。で我輩、早速芙美子さんのアパートへ行って室を見ている内にハッとしたね、……これだ」

彼はポケットから素晴らしいダイヤと真珠を十二個出して見せた。

「アレッ! まあ……どこから?」

「あなたの室に飾ってあった人形からですよ。あれに細工がしてあったんです。蠟人形へ入れると見せて、あなたの姿を写した人形の中へカラクリを作って入れたんです……」

「ね、龍伯、それにしてもあの暗号は?」と私は長くなる話にたまり兼ねて叫んだ。

「そうそうあの手紙で、筆者が英文タイピストだと解ったんだ……とまで云えば大体、見当がつくだろうが、あの数字は分数が1/2 1/3とある。で皆分数にして見ると、1/1 1/2 1/3と三段構えだ。どうせ素人の書くもの、暗号などではなく、数字は文字を示しているに相違ないと考えて来ると、ホレ、英文タイプのABCは三段になっているだろう。7は7/1即ち一段目の七字目、3/2は二段目の三番目の文字、7/3は三段目の七番目とこう考えて、タイプライターの文字を拾うとUsiro mori mae ike……となって『後ろ森、前池、横街道、洋館二階建、マネキン、助けて、安井フミ』となるんだ。

このタイプの文字を使った所からタイピストと睨み、マネキンから蠟人形事件への糸を引いた……という訳さ」

こんな話をしながら我々は龍伯の隠家へ着いた。

呪はれた短剣《クリス》

鰐《わに》のクリス

「まあ、怖い……いやだわ……このクリス（短剣）生きているようよ！」

阿梨子《ありこ》は人々の手から手へ渡されてきた鰐の彫物のついたクリスを投げ出すように、傍の卓子《テーブル》の上にバタリと落した。

卓子の上に投げ出されたクリスは古代ジャワのモジョバイト王国の伝説に伝えられたと称する、両刃の鋭い短剣で、金銀宝石を彫りばめた柄、そして青白く光る刃《やいば》の一面には青銅色の一疋《ぴき》の鰐魚が浮き彫りになっていた。繊細巧緻を極めた彫物細工で、碧玉を埋めた眼、無気味な怪獣が今にも狙った獲物に飛びかかろうとしている生々しい姿である。

「お父様の蒐集品の中で、一番無気味なものですわ、このクリスは……」

阿梨子は新婚の夫隅田晴夫の腕にすがった。

この夜、阿梨子の父――といっても実は養父ではあるが――民間の考古民族学者として知られている寺田博氏が、その蒐集品を博物館に寄附するためのお別れの会に知人を招いたのであった。

エジプトに印度《インド》に、あるいは南方諸民族に、中部アジアに亘って多年研究の旅をつづけた彼の蒐集品といえば、凡そ古代民族の遺品で、千年の墓穴から現れたもの、幾世紀の風雨にさらされて残されたもの、幾千年以前の民族の生活を、信仰を、芸術を語る怪奇極まる遺物が多い。鼻の欠けた巨大なスヒンクスの頭、獅子頭《ししがしら》をした怖ろしい女神、あるいはレゴン舞踊の怪奇な扮装、バロン舞楽の獅子の面、妖しげな大洞の歓喜仏……等々古色蒼然とした異様な座掛や壁画の前に、所狭く陳列してあり、電燈の光が蒼白くただよって、室内には怪奇と妖気とが揺《よう》曳《えい》していた。

招かれた人々には大原教授、舞踊研究家、音楽家、政治家、学者、多種多様であったが、大体こうした方面に趣味を持っている人々で、夫人、令嬢を同伴の人々もあった。

「アッハッハ……。こりゃあ悪趣味の雄《ゆう》なるものだよ！」

一同の眼が円卓上《まるテーブル》に投げ出された怪奇なクリスにそそがれて、一座がしんとなった時、突然、無遠慮な笑い声が起った。

ハッとした人々の間からヌッと現れた蒼白い瘦せた顔の男、最近実話小説で売出している押田碧海《へきかい》氏、無雑作に卓上のクリスを取ると、鼻先でひねり廻した。

「まあ！」といった声が客の中から洩れた。

押田碧海といえば、実話小説といい條、実は暴露小説もので、有名人の私行、恋愛等をかなりに曲筆してあばき立て、時には相手の弱身を種に一種の脅迫的な行動が多かった。

彼は、煙草で茶褐色に汚れた骨ばった指先で細身両刃のクリスを摘《つま》み上げ、垂れ下った長髪の下から光る鼻眼鏡をくっつけるようにして見ていたが、ギロリと濁った眼を老学者に向けると、

「ねえ、寺田君、我輩はこの鰐ってのが大嫌いさ。俺はこの鰐って奴に恨があるんだ。もう二十年も前だが、……君とジャワで別れてから、俺ア、親友と二人でセレベスに渡ったんだ。……」

ある夜、友人と二人で酋長《しゅうちょう》の家で鰐のすき焼を喰い椰子《やし》酒を呑んで、帰る時、友人は鰐に襲われて死んだ。

「以来、俺は、それが信仰だろうが、伝説だろうが、芸術品だろうが、遺物だろうが、鰐というものに対しては絶対な嫌悪と恨みを持つようになったんだ……」

「なるほどなあ……」と寺田氏の鋭い眼が一瞬キラリと光ったが、また平素の温かな童顔に帰ると微笑しながら、「君の鰐に対する個人的な恨は解るが、それがために古代民族の信仰を非議するには当らないね。超自然的なもの、不可解なもの、すべて彼等はこれを神と考え、聖なるものとして怖れた。だが、その神の中から、聖なるものの中から、現代の科学の力は電気を、ラジュームを、X光線を……いや例の原子爆弾までを生み出したといえないだろうか。しかも現代科学の力を以てしても未だに解き得ない超自然的な力、不可解な現像というものが無いとは断言出来ない。理外の理、神秘の力、そうしたものが絶無だとはいえないと思うね、ハッハ……」

「ようし！」と押田碧海がいった。「ねえ皆さん、僕はこの呪うべき鰐のクリスに対して嘲罵と、嫌悪を表明する！　……もし、理外の理あらば、神秘の力あらば……このクリスにして、この鰐にして生あらば、僕にその怪奇の力を見せてくれ！　病気？　災難？　死？　……さあ、何人でも御座れだ……だが、千年の死物、何をか為《な》

さんやですよ、フフフフフ……」

彼は無雑作に、そして嫌悪に満ちた態度で、再びそのクリスを卓上に投げ出した。投げ出されたクリスは音もなく卓子に突刺って、ブルブルと鍔が身慄えをしたように見えたが、バタリとそのまま卓上に倒れた。

クリスの殺人

「先生、舞台の用意が出来ました」

寺田氏が印度から連れてきたという助手兼蒐集品整理係の亜森《あもり》がはいって来た。彼は印度で大道奇術師一座にいたのをふとした機会から寺田氏に救われて、彼の忠実な助手となっていた。

今夜の余興として印度古代音楽と映画による舞踊、ジャワのガメラン音楽。映画によるシラ舞踊、そして最後に歌姫水木寿美江《すみえ》のジャワ民謡がある事になっていた。

人々は怪奇なサロンのあちらこちらに座を占めて印度古代音楽を聴いていた。

その頃、スヒンクスの像の影の方で、寺田夫人と水木寿美江とが低い声で言い争っていた。

「……でも奥様、絶対に駄目よ。駄目だわ……あの人の前でなんて、声が喉につかえて出ないんですもの……あんな奴、殺してしまいたいのよ……一と思いに刺《つ》き殺して私も死んだら、ほんとうにさばさばすると思うわ……押田の奴、まるでありもしない私のことを『邪恋に狂う肉体の歌姫』なんて小説を書いて、私の一生を滅茶々々にしたのよ。あいつこそ邪恋なのよ、私に対して……私が彼奴《あいつ》の要求を拒絶《つっぱ》ねたら、『覚えてろ、貴様を葬ってやるから……』といってあんなもの書きなぐったんですのよ。そのために私、舞台に立てなくなったんですもの……ね、済みません、奥様、あたし、絶対に厭よ、あいつのいる前で唱《うた》うこと！……殺したいわ……押田の奴！……」

寺田氏も傍に来て夫人と共にいかになだめてもすかしても、彼女は頑として聞き入れなかった。悪徳文士押田の被害者として、ここに可憐の歌姫がいた。寺田氏も傍に来てすすめたが駄目であった。

寺田氏が自席に戻ると押田碧海がソッと寺田氏の傍へ近よって来て、

「おい寺田君、印度以来の例のモヒの……注射の時間が来たんで、ちょっと注射《さし》たい、……困った病気さ……済まないが、どこか静かな室《へや》はないかね、数分間ジッとしていたいんだ」

「ウン。困った病気だなあ。……だけど、押田、悪徳文学の大家押田もこいつにゃあ勝てないなあ」

「全く。天罰さ、フフフ印度で君に止められた時止しゃよかったんだが……後の祭りだよ……」

「時に押田、余り悪どい事ア書くなよ、水木が恨んでいるぜ」

「……あれか……ありゃあ、可愛さ余って悪《にく》さ百倍……俺が悪いて事ア百も承知だが……」

「お蔭で今夜はお前の前じゃア絶対に歌わないと頑張っているんで、儂《わし》も困ってる……」

「済まんなあ、……モヒ中毒から来る一種の異状精神だね。書く俺もよくないが、書かせる雑誌屋出版屋もいとはいえないよ。だが俺《おら》ア一種のジェーキルとハイドさ、現代日本の……まあ、こりゃあ浪花節《なにわぶし》の文句じゃないが死ななきゃ治らない。……病気だね、両方共……いい加減に俺も死んだ方がいいかもしれないよ」

話しながら寺田氏は碧海を案内して人々の間を縫いながら、古代文化の蒐集品の立ち並ぶ間を通って、サロンの奥に行った。そこの扉《ドア》を開け、中に入って電気をひねった。室は小さい書斎めいた作りで、薄暗い光の中に簡素な家具があった。嘗《かつ》ての養女阿梨子の室なのである。

「鍵を渡しておくよ。御ゆっくり」

「有難う」

押田は微笑して鍵を受取り、室の扉を閉めた。

ガメラン音楽のレコードも済んで、唐手術に似たシラク舞踊がスクリーンに踊っている寂とした暗いサロン。

「押田さんは遅いなあ。この映画を是非見たいといっていたんだが……」

と阿梨子の夫隅田氏がいった。

「あの人は時々、黙って帰えっちまう癖がありますよ」

と客の一人東大の川口教授がいった。

「でも、あの室は扉が一つしか無いので、ここを通らなければ出られないんですのよ」と阿梨子がいった。

暫くすると、押田の入った部屋の近くにいた伴《ばん》夫人とその他二三の人が何んだか唸り声が聞えたといい出した。

「どうかしたのじゃないでしょうか?」

寺田氏は席を立つと阿梨子の旧書斎の扉を叩いた。

返事が無い。

「押田君！　……碧海君！　……」

怒鳴ってみたがやはり返事が無い。少し心配になってきた。

押しても叩いても突いても、扉は中から堅く閉められていた……

モヒの注射といっても、平素ならば七八分間安静にしていて、元気な顔になって現れるのが常である彼……

サロンの人々がザワザワと立ち上った。

扉口《とぐち》には五六人の人々が集って来た。隅田博士がステッキを持って来て扉を叩いた。依然として返事が無い。薄暗い室内には無心の踊りが続行されている。

「扉をこわしてみましょう！」

決心したらしい寺田氏が不安な様子でいった。何か変事でも起ったかもしれない。

亜森に命じて持って来させた薪割りを振り上げると発止《はっし》と扉の鏡板を打った。

一撃また一撃。扉を破り鍵を破壊《こわ》した。扉が開いた。

室内は真暗だった。ドヤドヤと人々が雪崩《なだ》れ込んだ。

一分間ほど過ぎてパッと室内に電気がついた。

アッ！　という恐怖と驚愕の叫び！

押田碧海が敷物の上に突伏しになって、両腕を身体の下にして倒れている。そしてその喉元には呪われたあの鍔のクリスがプスリッと突き刺さって、白いカラーを血に染めていた……

隅田博士、川口教授、寺田氏等が集ってきた人々を室外に押し出した。

「何んでもないです……何んでも……」

来客の一人田頭医学博士が碧海氏の屍体を調べていたが、

「クリスが美事に頸動脈を切っている！」

といった……

密室の謎

人気小説家押田碧海氏の怪死事件に対しては地検はじめ警視庁からも係官が出張して調べた。

室は阿梨子の書斎であったが結婚後閉めたままになっていた。鉄格子をはめた小さな硝子《ガラス》窓が街路に面して一つあるきりで、室内は机、丸卓子、椅子三脚、書棚等で犯人の隠れるべき場所も無く、三方は壁で出入口といえばサロンに通じる扉一つ。それも内部から閉めて、鍵は被害者が卓子の上に置いてあったし、押田氏が入って以来、誰も出入しなかった。出入すればサロンにいた人々の誰かの目に触れるはずであり、扉近くには伴夫人始め二三の人がいた。

そしてまた奇怪なことには、サロン中央の卓子の上に投げ出されてあったあの無気味なクリスがどうして、押田の喉を突いていたのだろうか？

人々が怪しい呻《うな》り声に「ザワザワと立ち上った」時、

川口博士も慶大講師の加藤博士も何の気もなく卓上に眼をやったら、確かに卓上に問題のクリスがあったと確認した。

　呻り声は伴夫人、保科教授、等が一二度間を置いて確かに聴いたという。

　検事等の調査によると（一）何かしら恐怖に満ちた叫び声の聞えたのは碧海氏が室に入ってから十三四分後であり、（二）寺田氏が扉を叩いた直前、即ち扉を破った五分前に第二と最後の呻り声が聞えた……

　碧海氏が注射したモヒ薬は〇・〇二入りの注射液で、残りの注射液《アンプ》についても何等異状はなかったし、問題の短剣クリスの指紋は余りにも大勢の人々の手に触れたためと柄の複雑な彫刻の凹凸《おうとつ》がひどいため検出が全く出来なかった。

　厳密な現場調査に依っても、室内に人がいたりまた出入りした形跡は全然なく、それは全く不可能である事が解ったし、来客中にも何等被疑する人物が無い。

　ただ亜森は「それこそアラーの神の神罰である」といった。

　押田碧海に対して恨を持つと思われる人物、亜森にしろ水木寿美江にしろ、現場から離れていたアリバイが立派にある。

謎の密室殺人事件。

　しかも屍体解剖の結果は、頸動脈刺傷による出血量から見て、この時既にモヒ注射による心臓麻痺を起して死んでいたのではないか。少くとも死の直前にあったと検案され、クリスの刺傷による死が、モヒ中毒から惹起された自然死か、紙一重の判断に疑問符が打たれた。

　怪奇の謎のまま四日間、突如、新しい謎が再び突発した。

　中野打越《うちこし》にあった押田碧海氏のアパート独身無縁の彼の室は厳重に鍵をかけられたままアパート管理人にその保管を任されていたのが、

「大変です、押田さんの室へ昨夜泥棒が入りました！」

と顔色を変えて訴えて来た。

　室内は落花狼藉《ろうぜき》、椅子も卓子も、家具という家具も書棚も、本も、額も、投げ出され、転《ひっ》くり返されて、まるで大地震の後のように足の踏み場もない有様であった。

「占めた、これで犯人《ほし》が摑める」と勢い立った刑事連も調べるにつれて次第に失望の度を深くしてきた。

「押田の家には死ぬ三週間前に一二度空巣《あきす》に狙われた事があるので、癇癖《かんぺき》の強い押田は扉にも窓にも厳重な錠と鍵を仕掛けたのです。で今度の事件で調べるとこの錠にも鍵にも何等の異状が無い。無論指紋も足跡も何一つの手掛りもない。どうして忍び込んだか？　のみならず、あれだけの室内の重い家具や器物をひっくり返すには一人や二人の手では出来ない仕業だし、相当の物音がしなければならないはずだ。だが、アパートの中では誰一人怪しい物音を聞いたものが無いという。

室の中はまるで狂暴なゴリラか何かが暴れたような動物的な超人的な荒しようなんだ。解らん。押田の殺人事件と同じようにまるで神がかりの謎だよ」

と担当の名刑事が腕をこまねいて嘆いた。

畑村《はたむら》博士

事件は迷宮に入った。A新聞、国警本部詰記者の私はこの事件に興味を持って詳細な探偵捜査のデータを集めた。が帝銀事件や昭電事件やその他大小の事件の資料蒐集に追われて、世間と一所に忘れるともなく忘れてしまっていた所が、最近のある日、民間考古民族学の権威寺田博氏死亡という新聞の小さい記事を見て私は氏の告別式に出かけた。

丁度その時、犯罪科学の権威畑村教授に会った。博士が最近にこの事件に関係した事を知っていたので、

「先生、寺田さんも惜しい事でした。だが、寺田氏邸密室殺人クリス怪奇事件も謎のまま寺田氏の墓場へ持って行かれましたねえ」

といった。

「ウム。永劫神秘の謎として日本の犯罪史上に残る事になったわねえ」

と温厚な博士はその鋭い眼の影に一種の微笑を浮べながら答えた。私はその微笑の影に何かしらあるなと直感した。

「先生が関係されて解決出来なかった事件はないはずですよ。人智による犯罪は人智で解決出来ないはずがないというのが先生のモットーですからなあ。え？　博士？」

「まあ一度、遊びに来給え。人智による犯罪の話でもしようよ。ハッハ……」

数日後私は畑村博士を訪ねた。

「あの事件に手をつけたのは数ケ月も経ってからだった」と博士が静かにいった。

「私はまず寺田君を訪ねて現場を見せてもらった。室内を詳しく調べてから、私は鉄格子をはめた小さい窓から外を見た。細い町通りを越して窓と向い合せに二階家

がある。私はその家を訪ねてみた。戸倉という会社員でね。

『ああ、あの日ですか……丁度あの日に忰《せがれ》がラグビーで足の骨を痛めましてね、この二階でウンウン呻ってました。私と家内とは枕元についていました。窓は開けてありましたが、変った音楽や歌声が聞えて、ちょっと病人にはうるさい程でしたが、私共音楽が好きですから窓越にお向うの家を眺めながら聴いてました。……そうすると平素《ふだん》使っていない窓にポッと灯《あかり》がついて、それも数分間で消えました……それから暫くしてガタンガタンという音がしたと思っているとパッと灯がつく、ワーッというようなただならぬ人声が起ったのですが……翌日の新聞で見るとあの騒ぎ、いや驚きました。……でも、あの窓から人はおろか動物一疋出入りをしやあしませんよ、私と家内とがずっとここから見ていたのですから……』

別段変った事もない。私はそれから警視庁の捜査課へ行って、捜査内容を詳しく聞き、押収した参考品を見せてもらいました。

紙入、財布、鼻眼鏡、ネクタイピン、手巾《ハンカチ》、手帳、注射薬……等々。

私はそれ等の品物を丹念に調べました。問題の注射薬は薬方モヒの注射液で九本の内四本が空でした。もっとも一本は本人が使ったもの。他の三本は分析試験に使ったのだそうでした。こういう物は私の専門ですからね。鑑定の結果は、薬品は正規のもので何等異状はないとの事でした。

で私は最後に被害者押田のアパートを調べ、その怨恨のある、当夜の出席者で、その筋からも一応容疑者と睨まれたという水木寿美江。あれを訪ねました。美しい女ですね、それに能弁でしたよ。まあこんな具合です。

『当夜、あなたの位置は？』と聞く。

『スピンクスの石像の背後《うしろ》でした。……皆が騒いだので……私も何んだろうと思いまして……』

『室に入りましたか？』

『ええ……二歩許り入ると、入っちゃいかんと叫んでいました、そして寺田さんに突当りました』

『ホホオ、寺田さん、知ってるでしょうか』

『大変興奮していらしたので……さあ？……でも、覚えていらっしゃるわ……そうそう。寺田さん、その時敷物の上から鼻眼鏡を拾い上げて、それを眼にかけてから、私を室外に押しながら、私をじっと見ていらっしゃいましたから……』

『興奮していたと仰言《おっしゃ》る訳は？』

『だって、そんな様子よ……よろけたんですもの』

『よろけた？　ほんとうに？』

『ええ！　私や他の方を室外へ押出すにもとても変でしたわ、もっともあんな事になったんですから、興奮するのは当り前でしょう、誰でも……』

『無論そうですねえ』

私はその他の事は余り聞き出せなかったので、この辺で打ち切って帰りました。

水木寿美江の行動について一部では当夜一時姿を消したという説もあるので、数日後私は今一度寺田氏を訪ねました。寺田氏はそんな事は絶対にないと否定した。

『水木さんがどうしても唄わないというので、私は最後の懇請をあのスヒンクスの裡《うら》でしました。それから席に戻ると押田君が注射をしたいといってきたんですからね』

『水木さんは室の入口であなたに押出されたといっています。しかもあなたがじっと彼女の顔を見ながら押したというが……それからあなたが鼻眼鏡を拾い上げたとも……』

寺田氏は暫く考えていたが、

『そうそう押田君の体を調べて立ち上った時、鼻眼鏡がはずれて落ちたので、拾いました……だが水木さんを見た覚えがありませんなあ……』

『非常に興奮していらしたからねえ……』

『興奮はしていたかもしれませんが、皆と同じ程度で、前後をわきまえない程うろたえもしません……だが、水木さんを押し出したという記憶はありません……』

それから話は雑談になって引揚げました。が、その時、ホールで亜森がスヒンクスの石像の位置を独りで動かしていました。

『あんな事件があったので、延び延びになりましたが、近く博物館へ寄贈しますので、まとめています』と寺田氏がいった。

『だが、ありゃあ、重いでしょうな、石だから……』と私、

『ええ、でも亜森は三人力だと自慢していますが、アクロバット生活の間にいろいろの修練をしたんですね、重宝ですよ』と寺田氏は笑いながらいった。

亜森は汗一つかかず重いスヒンクスの像を易々《やすやす》と動かしているのを見て私は吃驚《びっくり》してしまいましたよ。

いや話が飛んだ脇道へ入ってしまったね。だが、君、これでおしまいなんだよ」

と畑村博士が笑いながらいった。

犯人は誰だ

「え？　お、し、ま、い？」と私も吃驚して叫んだ。

「もう犯人は御解りでしょう。私から蛇足《だそく》を加える必要はないからね。ハッハ……」

「でも、方法とか犯罪の動機とか……」

「そうだね、じゃ一応説明しようか……数日後、私は寺田氏を訪ねて、調査の完了した事を告げ、

『犯人はあんただ！　寺田さん！』と私はズバリといった。悲劇だったよ。あの時は……丁度娘の阿梨さんも居合せてね……阿梨さんの顔がサッと変ると、

『私です！　私がわるいんです……私です殺したのは！　……私……私が……』

『お坐り、阿梨子……静かに』

落着いた声で寺田氏がいった。そして泣き崩ずれる阿梨子を労《いたわ》った。あの慈愛の眼差し。私はこの老学者が犯人だ！　とはとても信じられなかった。が事実は厳として……

私は寺田氏にこう説明した。

私はまず警察で押収したアンプ（注射液筒）を見た時、私はその一つのアンプのガラスの厚みと色合、……素人《しろうと》は無論、玄人《くろうと》でも恐らく識別は困難だと思うが、残りの八本とは異っていることに気がついた。これは私の長い経験から来る感である。……でこれを見た瞬間、私はこう考えた。

一つ。誰かが人々の集っている隙をうかがって押田の外套から例のアンプを抜いて、モヒ量の多い、即ち麻痺状態の強くなる注射液とすり替えた。勿論この場合素人目には識別は困難である。

二つ。注射時間のきた押田は外套からアンプ及び注射器を取り出す。

これを知っている犯人は押田がアンプ一つを持って室内に入るのを見澄して、以前の残しのものを元に戻して再度取替をやる。

三つ。押田は安静を保つために燈火を消して強力モヒを注射してそのまま人事不省に陥る。あるいは死んでいたかも知れない。

ここにこの事件の鍵があるのです。

で第四に。不安になった人々が扉口に集る。この混乱を利用して犯人はソッと卓上のクリスを取ってポケットに忍ばせる。が人々の注意は扉の一点にそそがれているので誰もがそんな事に気がつかないのは当然である。

……で彼は扉を破って真先きに飛び込む。室内は真の暗《やみ》である。が犯人は勝手を知っている、椅子にくずおれている被害者の喉にクリスを突き刺して、床の上に倒すとスイッチを捜す振りをしながら電燈に火をつける。これは寺田か阿梨でなければ誰れもどこにスイッチがあるか解らないはずである。灯がつく、押田が倒れている。この間数秒もあれば充分である。

五つ。次に人々の耳に入った呻り声だがこれは実は前の家の戸倉の忰が足の怪我で、呻っていた。それである。誠に偶然の一致というより他はない。あの位置、あの窓からの距離から高い唸り声なら聞えたかもしれないと推定される……

が、事、ここに至る推理の動機《キイ》となったのは、実は現場で拾った鼻眼鏡です。

押田の倒れていた身体の下から出たという押田の鼻眼鏡、あれは近視用のものです。ところで押田はあの年で既に強度の遠視でした。これは押田のアパートにある他の眼鏡で解ります、が寺田さん、あんたは極度の近視だ。押田碧海は注射時に眼鏡を外して傍においた。ところが押田をクリスでグッと突き刺した時、あなたの鼻眼鏡がはずれて床上に落ちた。あなたはこれを拾う隙《ひま》がなく、押田の身体は床上に倒れる。生憎と落ちたあなたの鼻眼鏡は彼の身体の下になってしまった。あなたは、あわてて、傍にあった押田の遠視の眼鏡を拾いとった。

六つ。という証拠は、あなたは目の前に水木寿美江を見ながら、それが誰であるかが解らなかったのです。のみならず、近視が遠視をかけたのではよろよろとよろめいて足元がきまりません。そうした事から犯人はあんただと察しました。そして最後に、この犯罪は相当計画的なもので、押田の日常をよく知っており、モヒ中毒のことも、その時間のことも知っていて、ただ機会を待っていたか、あるいは特に機会を作るように仕向けたものと思う。

なおまた、押田のアパートの怪異これにはさすがの私も考えさせられましたが、現場を詳しく見せてもらっている内に、ふと、目についた赤い唾《つばき》、これは印度人やビルマ人の好んで嚙む檳榔樹《びんろうじゅ》の実の唾です。亜森は印度方面での永い生活から檳榔樹の実を嚙まずにはいられない習慣がある。現に彼の口は歯は血のように赤い。どこで手に入れるか知りませんが、時々は嚙んでいるに相違ない。そしてあの乱暴、警察は多人数でなければ出来ないと信じていますが、実はこの間スヒンクスの石像を動かしている亜森の力、三人力四人力、それなら出来ましょう。のみならず彼は大道香具師《やし》をやっていて素晴しい催眠術をやれる、丁度印度の鯉登りの奇術のように……あれも一つの催眠術です、そんな事から亜森ならあの位の怪異的芸当が演出出来ると思いました。

そして押田の室にいかにして入ったか。これは最前も云った通り犯行が計画的である証拠の一つであって、押田の室の鍵は押田との交遊の隙を狙って合鍵を作っていたと見なければならない。ただ何のために押田の室へ忍び込んだか、一つには事件を一層怪奇にするためと、また一つには他に何等かの理由がなければならないが、それは私には解らん。

寺田さん、これが今度の密室の殺人事件に対する私の調査です……いや推理です……ですが、ただ一つ、私に解らん事があります。それはこの犯罪の動機です。先ほどお嬢さんのお言葉で、あるヒントを得ましたが……問題はお嬢さんについての事でしょう?」

寺田老人は畑村博士の話を全面的に認めた。そして犯行の動機は全く阿梨子からだと語った。阿梨子は幼い時に誘拐されて印度の曲芸団に売られ、年頃になって魔窟に売られる直前、たまたま印度地方に巡って来た押田碧海に救われた。そして碧海は彼女を保護しながら、純真無垢な少女に裸ダンスをさせて独り楽しんでいたが、当時印度に居た寺田氏がこの話を聞いて、阿梨子を再度押田の手から救い出し、養女として育てたのである。ところが美しくなった阿梨の姿に惚れた碧海は阿梨に結婚を申込んだが、断わられたので、邪恋の押田はその本能を現し阿梨の半生を淫売婦に曲筆して発表するといい出した。寺田氏は再三押田碧海に交渉したが駄目なので、遂に最後の手段に訴え、事件に怪奇的色彩をつけるのと、その暴露原稿を取り戻すため、亜森の特技を利用してアパートに忍ばせたのであるという事であったが、亜森は平素の怨みからあの乱暴をして来たのでもあった。

「事件はこれで終ったのです……」と畑村博士がいった。

「で寺田氏の身柄は?」

「責任を感じて死んでしまったですからねえ……」

「じゃあ寺田氏の死は自殺?」

「自責の心臓麻痺でしょう。……気の毒なそして惜しい学者でした……」

血染めのメス

暖冬異変が寒春異変に変って冷い筑波颪《つくばおろし》が都大路《みやこおおじ》を通り魔のように吹きまくっていた。

「馬鹿な陽気じゃあねえか、追つけ桜《はな》も咲こうてえ春になって、冬より寒くなりやあがった。ウッ……寒い。懐中《ふところ》まで冷え切っちまやあがった……何時でえ?」

「さあ、暗くてよくわからねえが十二時は廻ったなあ……さあ、早く宿《どや》につかねえと、物騒だからなあ、この頃は……」

「何が物騒なんだ、こちとらあ、すっからかんの空財《から》布……でもルンペン呑気だねとくらあア……オヤッ! 見ねえ」

「何さ?」

「あれ、橋ン所に女が倒れてるじゃねえか……」

「違《ちげ》えねえ」

労働者風の男二人は足を早めた。

「どうかしたんですか? もしもしッ!」

若い方の男がかがみ込むようにして声をかけながら、ソッと女の手に触れた。

「ウアッ! つめてえ、死《ごね》てらッ!」

「何ッ?」

やや年とった男がポケットからマッチを出して二三本一所にシュッとつけた。

「アッ……血だ……いけねえ……触っちゃいけねえ、触っちゃア……」

二人は一二歩飛び退《さが》った。

「どうしよう?」と若い男、

「仕様がねえ、交番へ知らせよう。……ええ……とここは小田原橋だと……そうだ、あそこの角に交番があったはずだ……お前、走っていって来いよ、俺ア、ここで番をしていらあ……」

「死んだ奴の番なんているけえ、お前も一所に行けよ……」

「いいから、若い者ア馳《か》け出せ……」

若い労働者が馳け出した。

小田原町交番の森下巡査は急報を受けた時、習慣的に腕時計を見た。十二時十五分であった。

森下巡査が馳けつけて見ると、若い立派な身装《みなり》をした女が橋の手前の道路左側に突伏して倒れ、顔から胸にかけて血の海である。右手には鋭いメスを握っていた。

「自殺か？　他殺か？　……」

この附近、夜ともなれば全く人通りの稀れな淋しい場所である。川を距《へだ》てて築地市場《つきじ》、橋を渡れば、川副いに演舞場の方へ行く築地三丁目の一本道。

森下巡査は二人の労働者の身柄と発見の様子を訊ねると、引き返して本署に急報した。

女は立派な服装《みなり》をして、毛皮襟付の外套をつけ、髪は無雑作に束ててはあったが、何かしら品のある二十七八歳とも見える面長《おもなが》の美人であった。

右手に摑んでいるメス（解剖刀）で突いたらしく美事に頸動脈を切ってあった。

「夜会服を着てダンス靴をはいている……ダンサーかな？」

老練な刑事が外見調査でまず口を開いた。

「いや、何かしら薬品の匂いがする……病院へ行ったような……」

と今一人の刑事がいった。

検死の結果、死因は頸動脈切断による死、何等抵抗の跡が無い。死後十数分位しか経過していない。使用兇器は本人の右手に握っているメス。メスには本人以外の指紋が発見されない。もっともこれは後になって解った。

本人の身元は持物によって、近くの築地明石町中央病院の女医江波操《みさお》である事が知れた。

「あッ、そうだ。見た事のある女だと思ったが、産婦人科の女医さんで、評判がいい人だよ」と刑事の一人がいった。

勿論、病院に急報され、病院からは別棟に居住している院長木村浩一郎氏や当直医が看護婦等を連れて馳けつけて来、取り敢えず死体を病院に収容した。

女医江波操の怪死事件は、他殺と断ずべき何等の証拠も発見されなかったが、自殺と認めるにはこれまた何等自殺すべき理由も動機も見付からない。立派な女医で評判もよく、殊に美人の彼女、痴情関係も浮いた噂も殆どなく、勿論怨恨関係も見当らない。

「……が自殺するとしてもだ、何んだって、処もあろうに、あんな町通りの橋の袂《たもと》を選んだのか？　しかも夜会服を身につけて？　……」

謎である。謎である以上何とか解かねばならない。

警察では一応彼女の身辺に探査の歩を進めることになり、私――波川龍太郎刑事も命ぜられてこの事件の捜査に加わった。

中央病院は築地方面では相当繁昌《はんじょう》している大病院で、院長は外科の医学博士木村浩一郎と副院長内科の医博須田恭雄《やすお》、耳鼻科の阿部正太、そして産婦人科が女医の江波操その他レントゲン科主任川上久看護婦等である。

院長木村博士は四十五歳、先年妻君を亡くして独身でいるが、赤坂に二号、柳橋に三号を囲っている。病院の経理その他は副院長の須田博士が一手で切り廻していた。彼は港区葺手町《ふきてちょう》に立派な邸を構えている三十八の青年、これまた独身で、ダンス・パーティなど週一回位は催すという豪奢な生活をしていた。耳鼻の阿部医師は五十を越した妻帯者。病院内には死んだ江波女医が看護婦達と住んでいた。

「先週の金曜日でした、私が須田先生のお室《へや》の前を通りますと……」と中年を過ぎた婦長道川《みちかわ》マリ子がいった。「……江波先生が怒ったような声で、……『この事が、直ぐに木村先生のお耳に入るのは解り切った事じゃありませんか』……すると須田先生は何かしきりに低い声で話していらしたんですが、しまいには脅迫するような語調で話されるのが耳に入りました。私はハッとしてどうしようかと存じましたが、暫く立ち佇って中の様子を窺いますと、江波先生がお泣きになって、それを須田先生が優しくなだめておいででした。

『そりゃあ、君のいう事がもっともだろう。だが、ねえ、操さん、何んにも云わないでもう三四日待ってくれ。木村さんだって、この問題をどう扱うかって事は、君にも解るだろう……そして……』

とこの時江波先生が急に言葉を挟んで、

『このことを木村博士が、長いこと何んにも知らないでいらっしゃるのはよくありませんわ。泥棒が誰であろうとも、これを見付け出して、警察沙汰にする事があなたの責任ですし、あるいはまた私の責任です――』

これ以上立ち聴く事もいかがかと思いましたので私はその場を去りましたが、お二人は長いこと云い争っておいでの御様子でした」

「その泥棒というのは?」と私が訊ねた。

「それは何んですか解りません。別段病院内で盗難など御座いませんから……」

「フーム。江波さんが須田博士の責任、あるいはまた私の責任といったというが、あるいはまたか……どっちですか?」

「さあ……その点よく覚えていませんが……」

私は考えた。「また」といえば彼女は須田副院長と共同責任であるし、「あるいは」といえば彼が同意しなければ、自分だけでもやるという意味になる。どっちだろうか？……で泥棒といい、問題というのは？　その点どうしても明確《はっきり》出来なかったが、須田博士が会計を勝手にしていた事と、江波医師の治療上の資材の要求を聴いてやらない事が多い事を掴んだ。

といってそれだけでは自殺の理由にならないし、医師ならば何もわざわざメスを使わなくても、毒薬なり何なりもっと簡単な楽な自殺方法がいくらでも手近にあるはずである。

「江波さんは非常に確《しっ》かりした婦人で……別段煩悶というものが無かった」と彼女の友人や元の教授達が証明している。

当江波女医の弟江波譲《ゆずる》というのが、

「姉は最近大変元気でした。そして最近ある人から結婚を申込まれそうよと笑っていました」

「ではその相手を知ってますか？」

「ええ、同じ病院の須田博士です」

「ほう？　で江波さんは結婚する意志があったのですか？」

「さあ、どうですかね。前に木村博士からもそんな話が出たそうです。でも木村博士には赤坂や柳橋に二号さんがいるし、須田博士は尊敬すべき人だけれども、ダンサーやいろいろ芸人があるから……と笑っていました」

私は病院内部を洗ってみた。木村博士は二人の二号の外に栗原小夜子という看護婦と関係があるらしく、須田博士は銀座のダンスホール、ベラミのダンサー仲山春子の外に郡美那という美しい看護婦とも関係があることが解った。病院などというものは内部的に複雑しているのがあるらしい。

すると、ここに築地署の広川巡査から意外の申出があった。

「……当日の夜十二時頃、小田原町を巡視中立派な服装《みなり》の婦人と外套を着た紳士とが小田原橋の方へ歩いて行くのを認めた。追い越しながら振り返って見たが、何しろあの辺は暗いのでよく解らないが変死した江波は確かに服装からみてその婦人に相違ないと思う。

私はそれから橋を渡って右に折れて暫くすると服部《はっとり》の時計が十二時を打ちました」

すると屍体発見は十二時十五分だというからこの僅かの時間の間に殺されたか、自殺したかしたのである。では連れの紳士は誰か？　私は病院の内偵に全力を尽した。

そしてレントゲン科の川上久主任に当ってみると、

「実は、当夜仕事が手間取ったので、十一時半頃病院を出て、芝口のアパートへ帰る途中、小田原橋の近くで女の人が人待顔に立っているのを認めました。夜の女かなと思いながら近づくと、ふと横通りから男が現れて女と立話をしている。私が通りすがりながらヒョイと見ると……」

川上主任は口籠《くちごも》った。

「誰れだね？　知ってるんか？」

「ええ。須田博士と江波先生で……」

川上は身体をぶるぶる愕《ふる》わせながらいった。

「ほんとかね？　それは？」

「私もびっくりしましてね、や、須田先生と声をかけますと、先生は、やあ川上君か……とだけ仰いました。私は江波先生にちょっと目礼してそのまま別れたのですが、副院長は何か不機嫌の様子でした」

「その時間は？」

「橋を渡ってから暗室用の夜光腕時計を見た十二時十分前でした。こんな遅くに変だなあと思いながら家へ帰りました」

こうなると私の容疑の眼は当然須田副院長に向けざるを得ない。で私はまず院長木村博士に当ってみた。と院長は須田博士は立派な人物であり、経理一切を任してあるが、何等そこに不正はないと信じていると断言した。非常に信任しているらしい口吻である。

私は須田博士を呼んで調べた。

「飛んだ人違いです」と博士は川上の証言を頭から否定した。「私は江波さんとあの日の午後七時頃築地のダンスホールへ出かけて一時間許り踊って八時頃別れそれから私は銀座へ出てベラミへ行き十時のハネまで遊んでいました。……それからダンサーの一人を連れてある所で食事をしました……」

「しかし、君、川上主任は十二時十分前に小田原橋の袂で君と江波女医に会って、話をしたといっているが……」

「川上の出鱈目です。彼の神経病弱的幻覚かあるいは、僕に対する何等かの悪意としか考えられません。川上主任は、ただ僕に会ったというだけでしょう。悪意があれば何とでも云えます。証拠のない水掛論です」と須田博士は断乎として冷く云い切った。

「しかしですね」と、私は静かにいった。「築地署の広川巡査が十二時ホンの少し前に橋の袂で江波女医と外套を着た紳士とが立話をしていたのを認めている。巡査は橋を渡って右に折れて間もなく服部の時計の十二時の鐘をきいているんですよ。これは川上主任の話とも一致すると思うが……」

「それじゃあ、申上げますが……」と須田博士が多少色を為《な》していった。「実は服部の時計の十二時の鐘を私もきいています。それは巡査のいたという場所から五六百米《メートル》先き、市場通りです。ですから巡査が少し早かったら、私の姿を見たと思います。あるいは遠くから見たかもしれないが注意しなかったのでしょう」

「フーム、証言出来るかねえ」と私もいささか驚いた。

「出来ます」と須田博士が云った。「何しろ夜遅いことですし万一のことがあってはと思って、そのタクシーの自動車番号を覚えています。新橋までといって、途中で運転手に話をつけ港区の自宅まで送ってもらいました」

「番号さえ判っておれば直ぐ調べられるが、しかしですね、そんなに遅くまで何をしていたんですか、どこで?」

「それは私のプライベートの事ですから、申上げる必要はないと思います」

なるほど須田博士は確《しっ》かりしている。

私は早速タクシー番号で当夜の運転手を調べて、呼出し、須田博士と対決させた。運転手は相沢良助という実直な中年過ぎの男である。

「へえ。あの晩、遅くに久松町まで客を送りまして、帰る途中でした。確かにこの旦那です。市場通りから堀沿いに出ようとする所……小田原橋から六百米もありましょうか……あそこで旦那に呼び止められて、新橋までという事で、お乗せしたんですが、車内でくどかれて港区の御宅までお送りしました。……へえ、お乗せしてスタートすると十二時の時計の鐘を確かにききました」

広川巡査は右折して間もなく十二時の鐘をきいたが、あの通りは人影はなかったという。

すると時間的に大きなずれが出来て来る。巡査が橋を渡る一二分前までは江波女医は確かに生きていた。もし犯人がそれからメスで女医を殺《ころ》害して走ったとしても、小田原橋を渡れば、勿論広川巡査が気附かないはずはないし、迂回するとすれば市場を抜けるか、勝鬨橋《かちどきばし》に行く電車通りの橋を渡らなければならず、それが市場通りまで出るには数分以上を要する。

完全な不在証明《アリバイ》を須田博士は持っているのである。

しかし川上レントゲン主任は飽くまで十二時十分前頃橋の袂で須田博士と江波女医が会っているのを目撃し、言葉も交したと主張する。

それからまた広川巡査は江波女医は毛皮の襟巻に見覚えがあるが、相手の紳士は中折を冠《かぶ》って黒い外套を着ていたというだけで、それが須田博士であるか否かは明瞭でない。

道川婦長の盗みぎきの問題についても、須田博士は、「扉《ドア》の外で人の話を盗聴《ぬすみぎ》きするような場合、大体その人はただ言葉の端々を聞いて勝手に想像し、泣いていたとか、争ったとかいうのです。

実はあの時は江波女医と私とは、一部看護婦をやめさせるさせないで話し合ったのでした。私と関係のあるやに噂されている郡看護婦その外いろいろの素行上の噂のある看護婦を是非首にしてほしいと江波女医がいいますし、私はあらぬ噂の種をきき道川婦長を首にすると申しまして二人で論議した訳なのです」

筋の通った話である。

「……というのも私が江波女医に結婚の話をしたことがありますのでしてね……それについて、まあこんな口論も持ち上ったのでした」

「けれども『泥棒』とか警察へとかいう言葉があったそうじゃないですか?」

「そんな言葉は使った覚えもありません。看護婦の中にはバンドポンなどの一種の中毒症状のもいましてね、薬局から注射薬を持ち出すものもありますが、もし使ったとしても盗む位の言葉だったでしょう。警察などという言葉は覚えません。病院内部の人事ですから……」

「木村院長はその事を知っていますか?」

「さあ……どうですかね。何しろ道川婦長はお喋りでヒステリックですからなあ、あらぬ噂を振りまいて困っています」

「木村院長とあなたの御関係は?」

「学校の先輩でもあり、多少因戚関係もあります。尊敬すべき先輩として私は師事しているんです」

「川上君は何故あんな事をいうんでしょう?」

「少し変屈な変った男でしてね、連日の疲労から発作的に来る幻覚……神経疲労の一種ではないでしょうか。それに……」

須田博士の眉がちょっと曇る。

「それに? 何んです?」

「川上君は江波君に恋愛を感じているらしく、江波君も川上さんは色魔ねえと笑っていた事があります。私との仲を疑った結果ああした幻覚に襲われたのでしょう」

「川上は平常どんな服装をしていますか?」

「あれは今いった変人で、皮のジャンパーばかり着ています。外套は嫌いだといって着た事がないようです。変ってますよ」

波川刑事はここで一応の捜査を打ち切った。そして彼は一切の調書をまとめ、結論をつけて上司へ提出した。

彼の結論はどうであったか。血染のメスをめぐる女医怪死事件の……は？

波川刑事と共に捜査の経過をたどった読者諸君は既にこの謎を解かれた事と思いますが……

解決篇

女医怪死事件が一段落ついたある日、波川龍太郎刑事は、事件の経過を詳しく私に話してから、

「さあ、犯人とその方法ははっきりお解りでしょう」

と私にいった。

私は以下私と波川刑事との問答を記録することにする。

「大体解った。だが物的な証拠のない事件でね」

「そうなんだ。そこに非常な難点があるが、こうだとははっきりいえると思う。まず、君は川上レントゲン氏の証言をどう思う」と波川刑事がいった。

「僕ア初め川上が犯人で、それを隠すために須田博士に会ったと嘘をいったんではないかと疑った」

「川上は絶対に白で、しかも彼の供述は真実なんだ。第一彼は皮のジャンパー一点張りで、外套を着た事がない。広川巡査の見た紳士は外套を着ている……」

「すると須田博士は何だって、絶対に会わないと主張するんだ、あれだけ、アリバイがあるんだから、事実を隠す必要が無いじゃないか？」

「無いだろうか？」

「何故？」

「川上主任が会った江波女医と話をしていた紳士と広川巡査が見た女と話していた紳士とが異った人物だという事を警察に気取られないためには、須田先生、偽証せざるを得ないだろ」

「二人の異った紳士？」

「そうだよ、二人の共犯とでもいうかね。病院の経営を牛耳《ぎゅうじ》る男、そして身分不相応に豪奢な生活を続ける独身の男、一人二人三人と、女を持っている男、しかも江波女医の治療上の必要資材の給与を拒否する男、江波女医と『泥棒』『警察』といって争った男、彼の遊興と生活の大金はどこから流れるか？　会計を一手に握っている男は万能である。と同時に二号も三号も立派にかこって、看護婦にまで手をだす男、これに対する金はどこから流れる？　病院がいくらはやってもとてもこの二人の

男をこれ程までに養いきれるかしら？　しかもその会計を支配する男は今一人の男の親戚関係」

「木村院長の！」

「そうだ。病院を喰う二人の紳士、同じ女道楽、お互いっこで有無相通じる二人、巨額の浪費は必ず何等かの破綻《はたん》があり、何等かの悪がひそむ。……がそれはともかくとして二人がいつも異身同心でやってきた、即ち共犯関係が生じる」

「とだけでは首肯《しゅこう》し兼ねるね」

「女医の江波は頭もいいし、しっかりした女性だ。この女性が二人の『悪』を知らないではいない。で副院長須田に病院の改革と『悪』の根絶を進言する。それが道川婦長の盗聞いた『泥棒』という言葉であり、『警察沙汰』という言葉になった」

「何だね、その泥棒とは費《つか》い込みかい」

「それもある。がこれは後日物語になるが、物的証拠のない犯人に対して、僕は『警察沙汰』という言葉にヒントを得て別な方面から大掛りな捜査をやって、苦心惨《さん》憺《たん》やっと尻尾を摑んだよ」

「何だね？　それは？」

「麻薬の密買売さ、ま、それはそれとして彼等の悪を感づかれたと知った二人は何とかして江波女医の口を塞ごうとした。まず色仕掛だ。が御乱行を知っているので下手をすれば藪蛇《やぶへび》だ、殺すにしかずという結論に達したんだね。早くいえば……。

で須田が何とか口実を設けてあるいは例の件の仕末をつけるからとか何とかね……深夜、人通りの絶対にないと思われる小田原橋へ誘いだした。もっともそれにはいろいろ詳しい計画を立てたろうがね。で二人してバッサリ殺《や》るつもりで院長は物影の間に隠れて時機《とき》を窺っていた。

ところが偶然にも川上が通りかかって、須田と江波に話しかけた。

失敗《しま》ったと思った木村はさすがに第二の策を立て、川上が去ると蔭から現われて須田と江波に話しかける。その間に『遅くなる』とか何とか口実を作って須田を去らせた。須田は早くも木村院長の意を悟ってではいずれまたとか何とかお茶をにごして、後を院長に托して去る。

いよいよという時に今度は広川巡査の邪魔が入った。これが月光でもあったら、須田と木村の服装の相違位見分けただろうが、生憎の闇なのと、立派な服装をした中年の紳士と淑女なので、巡査もあまり気にも止めずそのままコツコツと橋を渡っていった。

木村院長はそれを見送ると、巧みに江波女医を誘い抱きこむように――なだれかかる。女医の方も院長のことでもあり安心と油断で寒いわねえ位云って寄《よ》りそったろうと思う。と間一髪、油断を見て手練の早業のプツリとメスで物の見事に頸動脈を切る。何しろ相手は外科の大家である。頸動脈を切る位雑作もないし、勿論声を立てさせるような下手な真似はしないさね。

それから女の手にメスを握らせて自殺らしく装うと、大急ぎで逃帰った。自宅は病院の隣で誰もいないのだから出入は自由だ。それに二号や三号を渡り歩いているのだから、院長の出入など誰も注意するものがない。とまあこう推理するのは無理だろうか」

「フーム、それにしても話が巧過ぎるじゃないか」

「じゃ、念のために時間的にアレンジしてみようか」

と波川刑事がいった。そうして彼は鉛筆で犯行の時間表を作った。

① 十二時十分前頃。川上レントゲン主任が須田副院長と江波女医に橋の袂、川添いの所で会った。

② 間もなく木村院長が現われる。須田は院長と江波女医と別れ、走るようにして橋を渡って演舞場の方へ行く。

③ 十二時二分前頃、広川巡査が巡視してきて木村と江波に会い、そのまま橋を渡って行ってしまう。

④ 木村院長は江波をメスで刺殺して逃げる。

⑤ 服部時計の十二時の鐘が鳴る。この時には須田は市場通り突当りの自動車の中に居る。完全なアリバイだ。広川巡査は橋を渡り、左折してコツコツと歩いている。巡査の後で誰も橋を渡った気配は無い。

⑥ 十二時十五分、通行人二人が江波の屍体を発見する。

「とまあこういった覚書になるんだ。

実に巧妙な犯罪じゃあないか。無論チャンスというものはあったかもしれない。自動車のような……だが万一それが無くても須田のような男はどこかでアリバイを作るよ。自動車の番号を覚えておくなんざあ考えようによっては却って不自然じゃないだろうか。何しろ外科医がメスを使って相手を切っているんだ。指紋どころか何一つ証拠が残るものかね。

しかもだよ。川上主任が須田と会うなんざあ、あるいは川上の帰る時間と道順を計って、故意に存在を明らかにし、同時にアリバイの確実性をつけるとの策略でないとは云い切れないじゃあないか。

けれどもここまで追いつめて、ただ一つの物的証拠も無いのは残念だが、まあ帝銀事件に極め手の皆無のような物だ」

と波川刑事は残念そうに云ったが、

「だが、麻薬密売で木村も須田もあげちまったから、まあ、後は地検と裁判所で結末を立派につけてくれるよ」

評論・随筆篇

仏国の探偵小説に就て

人間性の中にひそんでいるもっとも強い感情の一つは好奇心である。その好奇心に我々の意識しない一種の残忍性や冒険性が加わって、そこに神秘に対する憧憬と冒険に対する嘆美とを喚び起し、をれが探偵小説や冒険談や乃至《ないし》は神秘小説を愛好させるようになる。

近来探偵冒険小説に対する趣味がいちじるしく一般社会に喚起されて、従来一種の低級な赤本扱にされていたものが、立派な有識者階級から教養ある青年男女の間に拡がって来たのは、啻《ただ》に内在的人間性の一部の嗜好から許りではなく、現代生活の雰囲気から近代人の苛々した心理が在来の甘い、生ぬるい娯楽では満足出来なくて、もっと一時的な強烈な刺激による慰安を欲求する所から来たものであろうと観測される。従って近代生活の一面をよく談《かた》っているもので、活動写真の流行と相俟って必然的な現象であろう。

これは日本のみに止まらず欧米においても探偵冒険小説の流行は依然として熾烈《しれつ》で、米国辺から出版されるこの種の小説は汗牛充棟《かんぎゅうじゅうとう》も啻ならずと云う事が出来る。

こうした傾向からしてこの種小説に対して歴史的に種々と研究をする人々も出来て来、一般には探偵小説の始祖をエドガー・アラン・ポー（Edgar A. Poe 1809―1849）であるようにされているけれども、ポーの描いた有名なシャール・ヲーギュスト・ドュパンは今日の所謂探偵とは趣を異にしているが、犯罪を探索するために深い推理の力を働かせている所は今日の探偵小説の源をなしていると云い得る。がしかし、このドュパンはバルザック（Honoré de Balzac 1799―1850）の Une ténébreuse affaire（暗い事件）から暗示を得たのであると云われている。Le lys dans la vallée（谷間の白百合）などでもバルザックの作品の中に探偵と云うより警察関係の事件が取扱われている。さればバルザックを以て初めて探偵小説に筆を染めた人であると云う事が出来よう。

Vidocq が最初の私立探偵局を設立したり Vautrin が神出鬼没を演ずる物語を読めば、探偵小説を生み出したのは仏国であると結論し得ると信ずる。

と同時に、今日の所謂探偵小説、探偵が犯罪の真相を発見するのに苦心し、冒険する小説を書き初めた、即ち今日の探偵小説の始祖たる栄冠をやはり仏国文豪の頭上に冠せられなければならない。即ちルコック Lecoq 探偵を創作したエミール・ガボリオー（Émile Gaboriau 1832—1873）である。

彼の著書として有名なものは

La corde au cou.
Le dossier No 113.
Monsieur Lecoq.
L'affaire Lerouge.

などである。この外に Secret d'Orcival や Honneur du Nom などがある。当時通俗小説として名声を博したのであったが、その後ガボリオーに続く作家がなかったので仏国における探偵小説は寂寞《せきばく》を極めていた。

しかし一方文芸方面ではかなり冒険的興味の加わった大作が続々と出ていたのであって、科学的冒険小説として Jules Verne（1825—1905）の作品を見逃す事が出来ない。

Voyage au centre de la Terre.
De la Terre à la Lune.
Les Enfants du capitaine Gant.
Vingt mille lieues sous les mers.
Michel Strogoff.

などは幾度読んでも興味津々たるを覚えると同時に、その想像力の饒《ゆた》かなのに驚かざるを得ない。

この他、A. Dumas, père（1802—1870）の有名な Trois mousquetaires や Vingt ans après や Monte-Cristo などを初めとして V. Hugo の Les Misérables や Travailleurs de la mer や Quatrevingt-treize など皆絶好の文芸的冒険乃至探偵小説であると云うに憚からぬ。

ガボリオー以後二十年、英のコーナン・ドイル出でて、シャーロック・ホウムズの探偵に一時代を劃するまで、世界的にそれほどの興味を喚びさます探偵小説が無かった。

かくして社会に一度高級な探偵趣味を鼓吹されるや新旧の作家が続々と世人の注意を引くようになり、幾多の作品が相ついで市場に現れて来た。モリソン氏、ホーナング氏、オルツイ夫人、リーブ氏、フリーマン氏、フレッチャー氏、ハンショー氏、チェスタートン氏、ル・キュー氏、オップンハイム氏等英米の作家が我々の耳目にふれてくる頃仏国にもスーベストルやアレンやルルーやルブランが認められるようになった。

中でも長編の点で世界的大作と称せられるのは Pierre Souvestre 及び Marcel Allain 共著の兇賊 Fantômas 物

語三十二巻である。

兇悪無比の怪賊フヮントーマを主人公とし豪快な名探偵ヂューヴ（Juve）との大闘争を描いたもので、一巻約三百五十頁《ページ》から四百頁の大冊、総計一万二千頁以上に上るものである。

フヮントーマに引き続いて彼等は再び共同して Naz-en-l'air 叢書を書き出した。

Secret de Naz-en-l'air 以下私の読んだだけで十冊、十巻目の Espions de l'air というのが一九一三年七月出版されていて、なお十一巻目がその八月に出版される旨公告してある。ナザンレールと云う俠か兇か不明の怪人物があらゆる変装を以て神出鬼没欧洲大戦乱を背景にして大活躍をする筋で甚だしく奇怪なものである。

スーベストル及びアレン共著のこれ等の作品は内容はかなり奇怪であるけれども、筋の運び方が余りに錯雑していて、叙述が長く加うるに原書の印刷が汚く、ちょっと手にして読む気になれないのを欠点とする。

活動写真で有名な Zigomar を書いたのは Léon Sazie。同じくパテ会社の続々探偵物の作家でビー・セイズやベルンセイが居るが、フヮントーマに続いての大作では Gaston Leroux であろう。

彼は青年新聞記者ジョセフ・ルールタビイユ（Joseph Rouletabille）が幾多の冒険をして種々の犯罪や陰謀を探偵する事を書いたものを以て叢書としている。その主なものでは、

Le Mystère de la chambre jaune.
Le Parfum de la dame en noir.
Rouletabille chez le Tsar.
Le Château noir.
Les Étranges Noces de Rouletabille.
Rouletabille chez Krupp.

などであって、この外に

Le Fantôme de l'Opéra.
Le Fauteuil hanté.

などが面白く、なお最近（一九二一年）

Premières aventures de Chéri-Bibi.

を書き出した。私の手元にあるは二冊で、シェリ・ビビという怪人物の冒険である。

ルルーの作は概して冗長の嫌があって、キビキビした引き付ける力にとぼしいようであるが、中でも「黄色い部室の秘密」や「黒衣婦人の香」などは傑作と称すべきであろう。

最後にコーナン・ドイルに対抗して仏国のために万丈の気焔を吐いたのは Maurice Leblanc である。

ルブランはコーナン・ドイルに対して宣戦を布告した。シャーロック・ホウムズに対してアルセーヌ・ルパンを抗争させた。両者の勝敗を今比較論断する事は出来ないけれども、現代探偵小説界の第一人者として世界的名声を博した点から云えば決してドイルに劣ったと云えないであろう。

ルブランはgentleman cambrioleurたる怪人リュパェンを主人公としてその犯罪、その探偵、その冒険を描いたもので、行文の簡潔で明快な点とその筋の奇想的な点と、その人物の人間味ある点などで模範的な探偵小説と称せられている。

作品の表題は左の通り。

Arsène Lupin, gentleman-cambrioleur.
Arsène Lupin contre Herlock Sholmès.
L'aiguille creuse.
813.
Le Bouchon de cristal.
Les Confidences d'Arsène Lupin.
Le triangle d'or.
L'île aux trente cercueils.
Les dents du tigre.

この外にL'Éc d'obus, Les trois yeux, Formidable Évènement等という神秘的な冒険小説も有名である。

現代の仏国でルブランやルルーに続く作家は未だ見当らないようではあるけれどもJe sais toutやLecture pour tousなどに冒険小説の筆を取る人々、マタンやジュールナルやプチ・パリジァンに冒険的な小説を書く人々の間から遠からず、ルブランを凌ぐ作家が現われて来るだろうと思う。

とにかく、探偵小説の始祖を有し、現在においても斯《し》界《かい》の覇を握る仏国が今後いかなる作家と作品とを以てこの栄誉を把持して行くか。已《すで》にコーナン・ドイルは再び探偵小説に復活して「ソア橋事件」を発表し、フリーマンも再び斯界に筆を染めて来た。と同時に探偵小説を以て文芸的作品たらしむる事を得るという議論もある今日、この方面の研究も決して興味のない事ではないと信ずる。

欧米探偵作家に就いて

私は今夕欧米の有名な探偵小説の作家がその作品中に取扱っている名探偵あるいは稀代《きたい》の犯人についてお話をいたします。「見ちゃいけないよ」といえば見たくなる「実は内密なんだがね」といえば聞きたくなる、禁断の木の実は喰いたくなる、といったように人間には好奇心があります。この好奇心がある所に科学があり、哲学があり、宗教があり、文芸があり……それから探偵小説があるという訳合です。

探偵小説の範囲を犯罪とか捜索とか秘密、怪奇、不思議、怪異あるいはまた謎のような材料から作成するものとすれば、随分古い時代の文学中から発見されますが、近い例でもユーゴーの「レ・ミゼラブル」やデューマの「巌窟王」さてはシェークスピアの「ハムレット」やあるいは「マクベス」それ等にも探偵小説的趣味は多分に有《も》っています。しかし今日でいう探偵小説は大体においてエドガー・アラン・ポーから始まっている。が、フランスでもバルザックの作品中にも探偵小説に類するものがあります。けれども探偵小説で「探偵」という言葉を使い始めたのは仏国ガボリオーの「ルコック探偵」が最初であります。

爾来欧米の探偵小説作家はその作品の中へ各々独特の名探偵や大犯人を作出《つくりだ》すようになりました。例を挙げて申しますればエドガー・アラン・ポーは「デュパン」という理想的の名探偵を作りガボリオーは変装の上手なルコック探偵を作り、おなじみのコーナン・ドイルは世界的名探偵シャーロック・ホームズを抱えていますし、女流作家クリスチー女史には禿頭のおやじ「ポワロ」という白耳義《ベルギー》の探偵局長が後見役になっており、スエーデンの作家ドーゼは色気もあり、洒落気もあるカリング探偵がついて廻っています。

以上は謂わば職業的探偵ですが、素人探偵としては活動写真「拳骨」でおなじみのアーサー・ビー・リーブには科学者で大発明家のケネディー大学教授がいるし、ガストン・ルルーには新聞記者のルレタビイユが毎日特種を拾って来ます。フリーマンという作家には法医学者のソーンダイク博士が顕微鏡を抱えて事件あれかしと控えており、チェスタートンには肥った身体に黒い鍔広《つばひろ》の帽子を冠ってよちよち愛嬌をふりまいている牧師さん、師父ブラウンがノソリノソリとまかり出て来ますし、トーマス・ハンショーには四十変化のクリーク探偵があるという有様です。

犯人の方を見ますと、第一の兇悪無惨な奴は人殺し専門の大怪賊に

—◇活動写真で有名なファントマ◇—

が現われています。これはアレンとスーベストルの共著ファントマ物語数十篇の主人公になっているのです。次で俠怪の義賊めいたのは近頃売出しのモーリス・ルブランが作出した強盗紳士アルセーヌ・ルパン、マッカレーの作品に現われるのがスリの親分地下鉄のサム公、地下鉄道のラッシュアワーを利用してそこを唯一の稼ぎ場としクラドック探偵と火の出るような闘争をする江戸前の痛快な奴です。ポール・トライムが飼い殺しにしているハンセン婆さん、海千山千の梅ぼし婆ながら、欠けた歯の間で山人参の種をボリボリ嚙みながら薄暗い酒場の丁場でじろりじろりと凄い目が光る。毛色の変ったのではホーナング氏が銘を打って紹介している義賊ラッフルズ今一つは女流作家バロネス・ヲルツイ女史の記録に残されている、英国の貴族パーシイ卿の率いるスカーレット・ピンパーネルの一団、仏国革命の真最中マラー、ロベスピエールの血なまぐさい手に摑まれた貴族達を隼《はやぶさ》のようにさらって国外に救出《すくいだ》す神出鬼没の熱血俠客の一団であります。

以上が有名な探偵小説作家が捕え来った所の探偵と犯人とでありますが、この外に有名な小説家としてはヲップンハイムがあり、ルキーがあり、ビーストンがあり、フレッチャーなど、その他新進作家がありますが、それ等の大家は主として一事件毎に特殊の犯人と探偵とが現われて来て、前述のように一貫した特長のある探偵や犯人を取扱っていないようであります。でこれ等の諸作家について、その主な人々の作風なりあるいは探偵や犯人の特長なりをお話いたします。

お話の最初に探偵小説の開祖アラン・ポーより先に大泥棒であってかつ名探偵であったというフランソワ・ユージェン・ヴィドック（一七七五—一八五七）を御紹介いたします。彼は一八二八年に「ヴィドックの回想録」を著わしました。このヴィドックという人は探偵小説に出て来そうな変った生涯を送った男で、陸軍中尉の時に罪を犯して獄に入り、二回脱獄を計って失敗し、三回

目に成功して、巴里《パリ》の盗賊、悪漢団の仲間に入って、彼等の手段方法を研究し遂にパリ警視庁の探偵主任となって、前科者を部下に使って大犯罪を片っぱしから検挙した。その後金がたまって製紙事業をやって大失敗をやり、再び警察に雇われたが、元のように大成功をしたい一念から自ら盗難事件を起して、警察を散々に困らせ、結局自分で調べあげて手柄顔をしたが、作った大芝居がバレて遂に貧困のうちに哀れな死に方をしたということであります。この作は古くて、面白いものではないけれども、後年ヴィドックという実在の人物が幾多の探偵小説のモデルに使用されています。

その後一八四一年エドガー・ポーの傑作「モルグ街の殺人」が出版されてオーギュスト・デュパンという探偵が生れました。ポーの作品は全体に極めて、神秘的で読んでいて恐ろしくなるような感じがします。ポーが「モルグ街の殺人」においてデュパンを創造した時、彼は小説中の総ての探偵の型を創造したとヴァンス・タンプトンが評したが、彼は全く探偵に必要な条件を殆ど皆備えていた。コーナン・ドイルも「探偵小説家は必ずポーの足跡を踏んで行かねばならない」といっている程であるが、ホームズが「緋色の研究」の中で「デュパンって男は全く下等な奴さ《インフェリヤーフェロー》」といっているのは聊《いささ》か滑稽であります。ポーはデュパンを探偵とも何ともいっていませんが、観察力、推理、分析の力が非常に発達し変装にも相当巧みであって、所謂探偵としての資格は完全に備っています。このデュパンは夜でなくては散歩に出ず、家にいる時は

――◇窓に鎧戸《よろいど》を下して燈火をつけて沈思黙考する◇――

癖がありますが、この癖がまたシャーロック・ホームズにも明かに見得る事はドイルが既にポーの影響を受けている一の証明になります。デュパンの出る小説は「モルグ街の殺人」の外「マリー・ロウジェー事件」「盗まれた手紙」の三篇だけですがその探偵小説界に残した功績は偉大なものであります。ポーに次いで探偵小説界の恩人はガボリオー(仏国)であります。ガボリオーの小説は極めて古風な味があって、筋を巧みに運んでいるからキビキビした近代の探偵小説よりもローマンチックの面白味があり、事件の内容は大抵恋愛や人情にからんだ家庭悲劇といったものが多い、と同時にその創造した名探偵ルコックも、デュパンのように推理や直覚力は少ないにしても誠心と根気とで盛んに刑事探偵式の活躍を続けて行きます。ルコックの出ているのでは「ルルージュ

事件」「事実第百十二号」「ムシュー・ルコック」「オルシーバル事件」などが有名で、その中でも「名探偵ルコック」などは却々《なかなか》面白いものです。大体の筋は

千八百……年二月懺悔日曜日のことであった。夜も漸く更けわたろうとする十一時頃、物騒な巴里両端の区域を巡邏《じゅんら》していた警官隊が、評判の悪い胡椒《こしょう》軒という居酒屋で身許不明の三人の合客を殺した労働者風の男を現場において引捕えた。ところがこの男頑として身元を明さない、ただ自分は親をも知らぬメイという孤児で、幼少の時に曲芸師に拾われ、外国を方々巡業して歩いて、独逸《ドイツ》の方でその一座と別れて今日巴里へ帰って来たばかりだというだけで、どこの何者であるか全く見当がつかない、しかし居酒屋の裏庭の雪の中に貴婦人のらしい靴跡があって、貴婦人持ちの耳環が落ちていた所から察すると、この男は相当身分ある者の仮装姿で、何等か深い事情の下に人を殺したものではないかとも思われる。

この事件の検査を命ぜられたのが少壮探偵ルコックであった。ルコックはその時二十五六の血気盛んな時代で、野心に燃えていた矢先だから、この事件によって一躍名を成そうという非常な意気込みで、相棒には態《わざ》とアブサントと異名を取った飲んだくれの老刑事を選み、殆ど自ら一人で活動した。

しかるに囚人メイは弁舌爽やかでなかなか学問もあるらしく、判事やルコックを煙にまいて澄ましている、しかも外部から、この者の有力な手下が策応していて、事毎にルコックの行動を妨げようとしている、彼は一度監房において自殺しかけたけれども、その後は談笑常の如くで、種々なる外国の面白い話などを聞かせて監守達を喜ばせている、実に怪物だ。

―◇ルコックは監房の天井に潜んで様子を窺って◇―

いるけれど、別に変ったこともなく、ある時囚人の窓から投込んだ紙切の暗号を解いてみたが、さして重大なことでもなかった。囚人はこうしてルコックを翻弄しているのである。

そこでルコックは百計尽きて、判事に献言してメイを一まず釈放した。それは頑固な囚人を出してやると、彼はほっと安心して仲間の所へ転げ込む、そこをまた引捕えて身元を洗うというその頃の官憲が秘密に用いた手段である。しかるに釈放されたメイは一日市中を徘徊《はいかい》していたが、夜になってあるカフェーで一人の怪しい男と密談をした上、一緒に外へ出て、ある大きな邸の裏手へさしかかると、また何かひそひそ相談をしはじめ、やがて

メイはその男の肩へ上り、高塀からひらりと邸内へ跳びこんだ。伴れの怪しい男は外で見張番をしていた。そこへアブサントと共に後を尾《つ》けて来たルコックが格闘の末にその怪しい男を捕えてみると、其奴《そいつ》は泥棒で、今邸内へ忍込んだメイとは今夜初めて知合って相棒になったのだという。その邸というのは、有名なセルムーズ公爵邸であった、そこでルコックは早速公爵邸へこの事を警告し、邸内を隈なく探したけれど賊の影も見えなかった。メイは完全に消えてしまったのである。

ルコックは途方にくれて、タバレ先生の教えを乞うと、先生はそのメイと名乗った者はセルムーズ公爵自身であったに違いない。貴族中の貴族たる公爵が自分の邸宅へ逃込んだ以上は最早お前等微力な者がどうする事も出来ないから断念しろと諭される、ルコックは地団駄ふんで口惜しがり「俺が負けた、しかしこの復讐をせずには措かぬ」と叫んだ……

この話は丁度ルブランの「水晶の栓」でルパンとドーブレク代議士との争いのように智恵と根気で千変万化の戦いをやるので興味があります。

ガボリオー以後ルブランまで仏国では大した作家を生んではいませんが、その間にファントマ物語が純探偵的な読物として有名になっています。マルセル・アレンとピエール・スーベェストルの共著で十数冊に亘る大作でありまして、我国へも映画として輸入された事がある大怪賊、人殺しを平気でやる殺人魔ファントマとヂューブ大探偵の火の出るような戦いです。文章にやや冗漫の嫌いがあるのと、筋が複雑に過ぎて読むのにも根気が要るが、却々面白い。

ポーやガボリオー以後探偵小説中興の祖は何といってもコーナン・ドイルのシャーロック・ホームズが

――◇犯行現場に残された一本の巻煙草の吹殻から◇――

じりじりと詰め将棋のように攻込んで行くのに対し、ルブランのルパンが皮肉と機智で燕《つばめ》のようにスーッと春風を切るあたりは実によい対照をなしています。

「今日は雨が降ってるね」

とホームズがいう。

「室《へや》の中にいて、どうして、それが分りますか」

とワトソンが聞く。

「窓硝子《ガラス》に雨粒が浮んでるじゃないか」

といった意気です。「我輩年来の信條は不可能な事を除いて行く事で、そのあとに残った事はいかに有りそうにない事でも真理に相違ないんだ」と「コロネット事件」でホームズが喝破している。これがホームズの探偵方針です。ロンドン特有の濃霧に立て罩《こ》められたベーカーストリートの古びた部屋、図書館と博物館とを兼ねたような狭苦しい中に、青白い瓦斯《ガス》ランプを点けて、パイプをくわえて、苦味ばしった顔をして、がっしりした四十年輩の紳士がいる、これがホームズだ。事件が起ると、この書斎でムッツリと考え込む。考えてからブラリとワトソンを連れて出かける。

「どうです、先生、絶景ですね」

カッパー・ビーチスの怪事件を探偵に出かけたワトソンがホームズにいった。

「ワトソン君、君はこのバラバラに散在した家屋を見て美しいと感ずるが、僕は、家が一軒一軒孤立しているから、人知れず冠せられずに罪を犯す事が出来るという感じしか浮ばないよ。ねえ、ロンドンの最下等の露地より、こういう美しい片田舎に戦慄すべき犯罪の記録があるものだ」

これがホームズの性格です。

これと全く正反対なのがルパンの性格です。

「どうしてお前を見付け出そう、お前を見付け出すに越した事はないが、ルパンという奴は却々尻尾を摑ませる奴じゃあない、そうだ、引張り寄せるが一番だと考えたのさ、巧い処へ気がついたろう……お前の好奇心の強い事も困難というものを知らない事も、怪事奇事を探求する事の好きな事もまた盗みたがる事もちゃんと心得ているんだ、それればかりではない、お前が時々やる偽善から鬼の目にも涙で、災を受けた人のために泣く程感じやすい性質である事も知っているんだよ——妾に贈った五万法《フラン》むざむざと盗まれて、黙っているお前でないから、怪奇の香りに鼻をピコピコさせてやって来るに相違ない、虚栄と名誉心からでもやって来るに極っていると思ったのだ。すると案の定やって来たのさ」

と「地獄の罠」でダグリヴァルの細君がルパンに向って毒づいている。この細君すてきに頭がよく、ルパンの悪癖という悪癖をものの見事に喝破し尽しています。怪賊ルパンの逮捕に一生を粉にして、朝から夜半まで懸命に駆廻りつづけている我がガニマール探偵にして、この細君の半分がとこ頭があったならば、あれほど不眠症にならないで事がすんだものを、好漢うらむらくは忠実なれで愚鈍であったといいたい所であります。

何しろルパンという男は僅か六歳の時にスービーズ伯夫人が伝家の宝物としている稀代の名品「王妃の首飾」をマンマと盗出して、彼の母を養い、謎の怪事件として十数年間に碑にまで伝わった程度なのを、その後立派な強盗紳士になりまして、伯爵家へ堂々と乗込み、などと澄ましている、そしてその首飾を返送して「優しき怪盗の心事、侠気な近来の美談として、社交界を感動させた」と新聞に報じさせています。

――◇あれは孝行な子供が母のために拝借したんですよ◇――

図々しいのもこの位になると徹底します。若い時から手癖が悪く……というが、六ツの年からホームズでも探偵の出来ないような犯罪をやり、爾来医学を研究したり、自転車乗りになったり、柔術を研究したり、社会に対する挑戦のために十余年間準備して、アルセーヌ・ルパンと名乗り出した怪侠盗だから念が入っている。

ルパンは血を見る事が大嫌い、決して殺人はしない、彼は気まぐれな我儘な、いたずらなお坊ちゃん気質がある、自ら奇を衒《てら》い才を誇る「８１３」の謎を解く彼、「虎の牙」で謎の義歯を摑む彼、彼の犯罪と彼の冒険の中では最初から彼が犯人であり、彼が計画をしていると いう事が解り切っていながら彼に同情し、彼を声援してやりたい気になる。山気があって、涙もろく、お先きばしりで、冒険のための冒険をする、そこがルパンの身上であると共に、侠気のある性格はかなり日本人の心持で了解が出来るようです。皮肉で、ウイットに富んで、何でも大向うをやんやといわせ、世間をアッと驚かし、人の意表に出る、それが面白くてたまらないらしい。「真紅の肩掛」の事件なぞは初めから芝居がかりで、その上に宝石を扱って行く、短篇物として面白い作です。これは是非大体の筋を御話したいと思いましたが時間がありませんから遺憾ながら省略致します。

要するにドイルの筆法が記述的であるのに対して、ルブランは多く会話で筋を運ぶ筆法に出ています。小説の中に不自然な事やギャップがあっても読者はついつり込まれて、それに気がつかない程ルブランは筆の冴えを見せているようです。作者はドイルの向うを張る積りらしく「ヘルロック・ショルムス対アルセーヌ・ルパン」（怪人対巨人）などで、実に面白く両者の特長を描き出しておりますが、このルブランとドイルの比較、ルパンとホームズの腕くらべ等は時間がありませんから、他日の機会に譲っておきます。

ルパンに似て盗賊ながら愉快なのはマッカレーの「地下鉄サム」であります。「地下鉄サム」の紹介者坂本義雄氏が書いたサムの研究は実によくサムの面目を発揮していますから、大要を申上げておきます。

◇紐育《ニューヨーク》はマディソン広場の一隅、陽当りのいいロハ台に◇

腰を卸しながら、安煙草の煙をふんわりと輪に吹かして餌を漁る鳩の群をぼんやりと眺めている一人の男、会社員という柄ではなし、といって高館の番頭という風采でもない、好人物らしく、口元の締りこそないが、少し下った眼尻のかつ素敏《すばしっこ》そうな鋭い光がある。

これが地下鉄道専門の掏摸《すり》「地下鉄サム」という愛嬌者である。

と、やがて、三十貫もあろうという牛のような大男が太い葉巻を銜《くわ》えながら、誰かの姿を探し求めるような風で忙しそうにやって来る。

「イヨウ、どうだね、今日は」サムの姿を見つけた彼は威勢よく声を掛ける。

「ヘン、縁起でもねえ、こんな素晴らしい天気だてえのに朝っぱらから旦那の醜い面を拝まされちゃ遣り切れねえや」

サムは挨拶代りに鋭い皮肉の第一弾をぶっ放す。

こうした毒舌を皮切りに紐育警察本部の探偵クラドックと地下鉄サムの腕較べが毎日のように繰返されるのである。

彼はまた不正なもの、力を頼んで暴威を振う者に対する義憤を持っている。「サムの魚釣」や「サムの競馬見物」にはそれ等に対する復讐が痛快に描出《えがきだ》されています。サムの小気味のいい復讐物語も悪くはないがそれよりも彼の失敗談の方がもっと滑稽味があって面白い。

サム物語中の傑作「新弟子」は彼の失敗を描いた中で最も愉快な物語である。ある日一人の見知らぬ男が、サムの古友達の紹介状を持って掏摸になりたいといってやって来た。サムは掏摸という商売は生れながらの天才にして初めて成功するものだとまず気焰をあげ、その翌日からいよいよ教授に取掛る。しかしどうしたものか、手本を示す度に遣り損い、終いに現場をクラドック探偵に押えられてしまう。サムは観念の眼を閉じて身体中を調べられる、すると確に掏《す》ってポケットに入れておいた財布がいつの間にか失くなっている。それは彼の新弟子が親分危しと見て、際どい所で掏り取ってくれたものと分る、新弟子はサムを散々嘲弄した手紙を手渡したままどこかへ姿を隠してしまうというのが大体の筋である、これなどはサムの一人よがりな好人物さが遺憾なく躍動し、そのしょげ返る姿が眼に見えるように書かれている傑作である、と。

江戸ッ子肌のサムに対し、丁度維新時代の志士のような活躍をするものにバロネス・ヲルツイ―ヲルツイ夫人の「スカーレット・ピンパーネル」があります。ちょっと大仏《おさらぎ》氏の「くらま天狗」といった意味の頗る上品で奇才縦横の歴史小説であって、エンムスカ・ヲルツイ夫人はハンガリヤのタルナオルスに生れた人で、一九〇〇年に処女作を著わし、次でスカーレット・ピンパーネル叢書六冊、その他三十余篇の作品を発表し、婦人作家としての気焔をあげています。他に類の少ない歴史的探偵小説という点に甚しく我々の興味を引くと共に女とは思えぬ大胆な、しかも立派な文章と筋の運び方に引つけられます。

何しろ時代が時代ですから、極めて束縛された範囲で、冒険もし探偵をして、主人公の奇稽一つで美事な事件を解決する、という、そこにうれしい所があります。仏国大革命を背景に断頭台に送られる可哀そうな貴族達を英国の貴族サー・パーシイ・ブレークネーが

―◇水も漏らさぬ厳戒の巴里から
巧みに救い出すという◇―

義侠の活躍、それにどうして厳戒の目をくらますかという興味の中心を摑えている。しかもパーシイ卿が平凡な常識の活用とチャンスの利用とによって、九死の中にバッと一生を得て行く、少しも超自然的の力を借りずパーシイ卿とシャグラン探偵の智恵の戦いに「紅《るり》はこべ」の生命があります。

まず簡単に筋を述べてみるが、最初の一章には一七九二年の巴里の有様を描いてある、各関門には新政府の役人が控えていて、様々に変装して都落ちをしてゆく薄命な貴族の正体を片端から看破って引捕えてしまう、断頭台の周囲にはそれ等の貴族が処刑される光景を見物しようとする群集が犇《ひし》めき合っている、関所の役人ビボは前日西の関門を「紅はこべ」団が白昼公然と通過した事を群集に物語っている、何でも酒樽を積んだ荷車を通した後に、一隊の巡邏兵が馬を飛ばして来て、酒樽の中には貴族が潜んでいた旨を告げ、役人の不注意を叱咤して、直にその後を追跡してゆく、しかるにその追手こそ実は「紅はこべ」の一団及び貴族の変装したものであったという事が判ったのである。ビボが西の関門の役人の失策を盛に素破抜《すっぱぬ》いていると、朝から断頭台の傍に箱車を置いて編物をしている薄穢い老婆の孫が疱瘡に罹《かか》ったので、荷車の中に臥かせてあるという事実が彼の耳に入る、ビボは病毒を怖れて即刻老婆に退去を命じてしまう、ところがそれから間もなくその老婆は「紅はこべ」の変装したもので、箱車の中には死刑の宣告を下されたタアネ

エ子爵夫人とその令嬢及び令息が隠匿されていたと知れ、人々は唖然とする。

といった全く機智の応用であります。

同じ女流作家にアガサ・クリスチー女史があります。「ポワロ探偵」という十数篇の作がありますが、前白耳義《ベルギー》警察探偵部長エルキウル・ポワロが老齢で退職して、戦乱の巷《ちまた》を逃れてロンドンへ来て、そこで種々な事件を頼まれてポツリポツリと難事件を解決して行くのであります。ポワロは五尺の小柄、頭はツルリと禿げて、完全な卵形の生地を現わし、貧弱な口髭をチックでかためてピンと上へはねあげ小さい眼をクルクルさせている、実に生帳面なおやじで埃及《エジプト》の沙漠をモーニングにエナメルの靴を穿いて旅行し、ほこりを浴びたのに閉口して終日根気よくポケットブラシで服を払い通していたという変りもの、従ってその探偵ぶりも極めて常識的で、細かい所に注意して局外に立って冷静に利害を判断して、推理と帰納によって、与えられた材料を整理し、要不要を区別して、さて犯人は……という方法である。しかしそのクリスチーの作を読むと、常識的で、好々爺《こうこうや》で、時々ユーモアがあるので引込まれて行きます。

これに似たのに牧師さんのブラウン爺さんがあります。チェスタートンの作品に出て来る天地のひっくり返えるような奇抜な諧謔を連発する呑気至極の坊さんであります。お月様か、団子のように丸い顔、チンチクリンな身長、二重顎のダブダブに肥えた、眼の柔和な小粒な灰色をした極めて貧弱な平凡な、間のぬけた爺さんで、黒い僧服に、黒い帽子をポツンと冠って、どう踏んでも浮世ばなれのした田舎の納所《なっしょ》坊主といった格好です。これがまた素呑気な爺さんで、犯罪事件にぶっ付かると、ふらふらっとその事件へ引こまれて、いつの間にか天眼通のような直感で、突拍子もない事をいい出して、あっと驚いてる間に

――◇犯人はこの男ですい、ハイさようなら◇――

とやる。フランボーという欧洲きっての大盗賊がブラウンが青い宝石の十字架を持ってロンドンへ行く事を知って、同じく坊主に変装し、ブラウンを騙して寂しい所へ連れ出したはいいが、ブラウンを釣ろうと思った古狐が反対《あべこべ》にブラウンにまんまと釣られて、パリから来た探偵に引渡されてしまうというような遣り口であります。

今一例あげますればあるビルデングに住む男が正体不明の敵に殺される恐れがあるというので、階段の入口に門衛を立たせておく、といつの間にか殺されている、誰

も怪しい者は通らなかったと門番がいう、しかも玄関の石段の上にはたった今薄く積った雪に疑問の靴跡がある。「誰が来たのじゃろう」とブラウンが考える、心理的に見えぬ人間という原理を思い浮べ、毎日ここへ来る郵便配達夫が来た事を知って、この男が犯人だというつまり門番の眼の前を通っても、それが心理的には見えなかったのである。

こうした極めて平凡な常識的な作品で、目にもとまらぬ早業といったものがないながら、読んだら面白くてやめられないのに、今一つフリーマンの「ソーンダイク博士」があります。フリーマンの小説にはチェスタートンの皮肉もポーの神秘もルブランの軽快さもないが、探偵の推理がいかにも自然で無理がなくて科学的であるようです。しかし科学的といっても主役のソーンダイク博士が法医学者であるためで決してリーブのような不思議な機械や薬品を使いません。例えて見れば「青色ダイヤ」の「パンドーラの函」では河から拾上げた若い女の右腕の刺青を拡大鏡で覗いて見て、それが死後に施されたものだと断定し、それから死体の替玉である事を発見したり、犯人の鞄から出たごみの中に交じってるクローシリアという貝殻を見付け、それがある一地方の物産である事を調べて犯罪の行われた場所がテームズ右岸のハンマースミスだというたりするのであります。

同じ科学的な方法で探偵するので有名なのは何といってもアーサー・ビー・リーブのケネディ教授であります。ケネディ探偵は活動写真「拳骨」でおなじみであります。拳骨の訳は既に発表された通りエックスプロイト・オブ・エレンで、パールホワイトのエレン嬢、アーノルド・デーリーのケネディ探偵、クレイトン・ヘールの助手ジェームスン、シェルドン・ルイズの拳骨団長、これがデイタフォンだとか、殺人光線だとか、いろいろの新発明をして、科学の決戦をやります。面白い事は素敵に面白いものですが、科学とか、理屈とかが多すぎて、一般的の気がいたしません。

特長のある探偵小説の生んだ探偵なり、犯人なりの主なものは大体今までに述べた通りでありますが、その他にはホーナングの義賊ラッフルズ、ルルーのルレタビイユ、ハンショーのクリーク探偵、ポール・トライムのハンセン婆さん、デューゼのカリング探偵などが目立ちます。その中でも

―◇クリークは四十面相の男と呼ばれる程変装の名人◇―

それも色を塗ったり、髭をつけたりするのではなく、

顔の造作そのものに顔面筋肉の変動で自由に変えるのだから大したものです。クリークは立派な王子の生れながら数奇な運命のために、その特別の性能を利用して大賊となり全欧洲を震撼しますがある美しい女性のために心を変え、超人的の大探偵となるのだが、恋のために心をいれかえて美しい恋人から「許します」の一言を唯一の目的として恋人と戦って行くという所がかなり一般のものとは変っています。

ルルーのルレタビイユは探偵ではない、一社会部の記者であります。偶然の機会から犯人の襲撃を受けるようになりまして、その間に的確な証拠を摑むという、いわば消極的な探偵であります。ルルーの筆法はやはり事件が平面的に発展するのでなく、すべてが立体的に積み重なって行くという単調に失する傾きがあります。傑作としては「黄色の部屋」がある。

最後に毛色の変ったものでは余り有名ではありませんし、ひどく傑作という訳にも行くまいと思いますが、梅干婆さんの凄い犯人ぶりを発揮させたのにポール・トライムのハンセン婆さんがあります。長い顎、歯の間からこぼれかけた山人参の種子を巧みにかんでいる、貧民窟は犯罪バチルスの棲家の主ハンセン婆さんである、むすめ師だろうが、金庫破りだろうが、偽造紙幣使いだろうが、この土地へ来てはハンセン婆さんに頭が上らないという、大した婆さんである。それ等を手足のように使い、若い探偵など屁とも思わない奇稽と悪才に長《た》けた婆さん、これを主題として書き卸した悪漢の巣みたような場末から捲き起る事件の数々、毛色の変っている点では随一であります。

以上述べ来った外に探偵小説界の重鎮にはヲップンハイムあり、ルキューありビーストンあり、フレッチャーあり、モーリス・ルベルあり、その他大小作家は数十人の多きに達しています。これを一々紹介することは到底不可能事に属します。

要するに、従来のような犯罪の手段方法等を克明に描写した記録的の探偵小説よりも、ウイット、機智やユーモーアに富み、事件のエキサイチングな変化のあるものが、今後に喜ばれやしないかと思われます。ドイルもやや下火になりルブランも種切れになりかけた今日、雲のように群り起っている探偵小説家中から、第二のホルムズが生れ、第二のルパンが出現する事も遠くはあるまいと存じます。

以上は名探偵小説作家についてその作品を多く翻訳したり、またその道に造詣《ぞうけい》の深い井上先生や、長谷川先生や、小酒井博士やその他先輩諸子が発表された批評や紹介の中から集めこの各作家に関する御話をまとめたに過ぎないのであります。

スリのあの手この手

掏摸《すり》は「とうも」「ちぼ」「もさ」等といい「巾着切《きんちゃく》り」と一般にいわれるのは和服のこしに下げている巾着とか、印鑑、たばこ入等を掏《す》り取ることから徳川時代に巾着切りの言葉が出たようである。

大体彼等の稼ぎ場所の内で、電車やバスなどを専門にやるのを「箱師」といい、汽車は「長箱師」(あるいはむかで)ともいうが、箱師といえばこの両方の通称と見ていい。それから、劇場、映画館、寄席などの専門は「しごろ」エレベーターが「つるべ」、街頭や競馬場などの野天で雑踏する中でやるのを「平場」といい、縁日や夜店稼ぎを「ザブ」といっている。

まず、ひらば、しごろ、つるべ、ざぶ等で電光石火の早業をやるのを見ると――

◆「ぼた」または「ぼたはたき」

和服の袂《たもと》をはたいて取る手口でこれは袂をそっと持ち上げて、袖口の処から抜きとったり、袖の下の方の縫糸を抜いて落し取るのだが、どっちかといえば、現在ではあまりやらない、やっても駈出し位の奴の仕業である。

◆「胸ばらし」または「ばらし」（殺すこと）

物そうな手口だ。大体は職人や人夫の腹掛けのどんぶりに入れてある金品をねらう場合に、その丼《どんぶり》の底を切って、中味を落し掏る方法から、この言葉が出来たのだが、最近では洋服の左右のポケットや尻パーを切って掏る手もあり、あるいはまた洋服や外套の上から、安全カミソリなどを使って、サッと切って中味を抜いたり、落し込みをやる手口が盛んである。ことに冬場になると外套やジャンパーを切られることがあるから、御用心御用心。

それからハサミなどを使う場合には「カニ使い」といわれている。あまり上手な掏摸ではない。

◆ちがい（違い）

前方から来る人とすれ違う際に文字通り電光石火、手練の指先に物をいわせて掏りとる手口で、この辺になれば掏摸も一人前、あるいは猛者《もさ》となるわけである。

あるいはまた故意に突き当って「失礼」とか何とかいいながら、ちゃんと相手のふくらんだパー（パースの略、がま口、財布）を抜いている早業を「とんつう」と称する。

また故意に喧嘩をしかけたり、文句をつけてその隙きに仕事をする（もんどきり）という手口もあるが、これはちと悪どい。

◆並びづかい　だち

夜店やお祭などで人がぞろぞろ歩いている時、傍にすり寄って、早い所失敬してしまうのを、並びづかいの手口という。ボンヤリ立って看板を見ていたり、飾り窓を眺めていたりする人間から、御免を蒙るのを「だち」というし、通行人の背後から、腕の下や、背中越しにパッとやるのを「とはおす」とか、「後押し」とか称されている。「押すな、押すなってば……」なんていいながらチョロイ所仕事をするのである。

◆パア抜き　または　パア買い

洋服、外套、ジャンパア等のパア（ポケット）からすりとる手口を総称する。一般には財布、がまぐち、紙入が「パア」といわれているが、ポケットの事も紙入などを入れておくところから「パア」と呼んでいるのだ。

前のポケットが「前パア」脇またはズボンの尻のポケットが「尻パア」上着やチョッキのポケットが「内パア」。

尻パアをやるのがまず掏摸の初歩、内パアから自由に抜けるようになれば、これはその道の達人で完全な掏摸といえる。

◆吸いとり

二三人の仲間（ダチまたはレツ）と組んでいて一人がすり取ると直ぐそれを隣にいるレツに渡し、レツはそれを持ってにげる（フケル）かまた他の仲間にリレーしてしまう手口である。

この外に、近頃はあまりないが、昔にあった手で、芝居や角力《すもう》に夢中になったり、泥酔している人間のハオリをさらう「達磨外し」や、女の帯を解いたり、切ったりして盗む「なげしとき」、居ねむりをしたり、酔ったり、見とれたりしているのの指輪を抜く「輪抜き」などという手もある。

それから懐中時計を専門にするスリは「まん頭《じゅう》喰い」でこれは、時計（マンまたはマンジュー）をねらうから出た言葉で、金マン銀マン、そして鉄の時計が何と麦マンという。

ナス環のついた時計などの環をはずして抜くのを「捻り」、時計からくさりごとゴッソリ頂くのを「もろぬき」というなどはもっともではある。

最後が「箱師」の手口の主なものでまずよくやる手口では

◆バンカ買い。（バンカはカバンの転頭語）

大きい空鞄の底に仕掛けのあるのを持ち込んで、ねらった鞄の上にかぶせたり、仕掛で釣り込んだりしてとる手。

◆オイソレ

鋭利な刃物で鞄や手提を横から切って中味を失敬。

◆矢掛

合カギで鞄の口を開けてとる。

◆置き引

二つ似たような鞄を揃《なら》べておいて、自分のを置いて、目的の鞄を持って行く手で、これは今年の初めに電車内でチョイチョイやられた。

◆幕切り

電車の中や汽車でやる手口で、新聞を拡げて読む振りをしたり、オーバーをひろげたりして、人目をさけて、あるいは注意をそらせて早いとこその影で仕事をする。

この外に美人を仲間にしてフザケたり、色目を使わせたりして、相手の注意をそらせて、仕事をする手もある。

掏摸のあの手、この手はまだまだ沢山あるが、まあ、この辺で幕切れとする。

毒殺と毒薬

椎名町帝銀事件以来、急に毒殺とか毒薬のことが話題に上るようになったが、あの惨忍で、悲惨で、しかも最も卑怯な毒殺ということは人類史が始まって以来行われている非人間的蛮行である。

古くは八岐大蛇《やまたのおろち》退治の毒酒から、ギリシャ神話の毒矢、支那神農以来限りなくある。

シェークスピアのハムレットにも耳の中に毒薬を滴《たら》す話が書いてあるし、デューマの巌窟王では「プルシン」を使って毒殺している。

とにかく毒殺の本場といってはおかしいが、毒殺と、毒物を最も多く持っているのは、東洋では支那、西洋では伊太利《イタリー》だという人があるが、南洋土人の間にも猛毒が使われて、クラーレのような猛毒で毒矢を作っている位である。

私が西貢《サイゴン》にいた時、あの越南《ベトナム》独立運動で反仏戦を熾烈《しれつ》に展開していた際安南人《アンナン》の一人がこんなことをいった。

安南には古く支那から伝わった毒薬と南洋から伝えられた毒薬とで、実に無数の毒薬があるが、中でも最も激しいのに安南特有のものがあります。

それは無味無臭の粉末で、特殊の植物から採って作ったものですが、これを、ホンの一つまみ、食物スープでも何でも——の中へ投げ込めばいい。でこれを食べたものは一二日の内に激しい吐瀉と下痢と発熱を起し、丁度チブスと全く同じような容体となって死亡するのです。臨床的には殆ど猛烈なチブスと同じ症状で見わけがつきませんが、いかなる療法をしても絶対に死にます。この毒薬には現在解毒剤がありません。え？　名前？　それだけは云えません。

未開人はこうした毒薬を多く野生の毒草や、毒虫から採っている。

支那や我国の毒殺に最もおなじみのものに「斑猫《はんみょう》」がある。

「斑猫」というのは御承知の通り、夏期、山野にピョンピョンはね返っている小さい甲虫のような昆虫だ。本《ほん》草綱目《ぞうこうもく》には

斑猫は何来の山谷に生ず。八月取って陰乾す

この小さい斑猫は黒色甲翼虫で、翼は黒ずんだ色をして翼辺と中央に少し黄色の線があり、下腹部にも黄色の毛があって、四五條の輪模様がついている。

この毒はヤンタリジンだそうな。これを飲むと激烈な胃腸炎を起す、腐蝕薬で、勿論、嘔吐、下痢、血を吐く。

これから作った薬はカンタース剤で元来吸収されてから尿になって出るものであるため、泌尿生殖器の粘膜を刺戟する所から、一部には堕胎に使ったり催淫薬にも使われる。

毒力は非常に強く、ヤンタリジン〇・〇二が致死量なんだそうだ。ところが斑猫にはこの精分が約二％もあるんだから、こりゃあ、大した毒物に相違ない。

伊賀の月で池田侯が半井魯庵の手で飲まされるんだが、一刻も過ぎぬ内に死ぬのはどうかと思う。青酸じゃああるまいし、そんなに早くは毒が廻らない。

これと同種の毒虫に芫青《げんせい》というのがある。芫花の上に居りて、色青し故に芫青と名づく。

やはり〇・三から〇・五カンタリシンがあるというから斑猫よりは弱い。

◇　◇

支那の古書には附子というのがある。我国のアイヌが

毒矢に「トリカブト」の根汁を使うし、北海道には野生の烏頭が沢山あって、毒薬だ。

この植物は附子、烏頭《うず》、とりかぶと、かぶとばな、ふすいも、わかりぎくなどといわれるもので、この植物中にはアコニチンという毒素がある。これは非常な猛毒で、〇・〇〇三―〇・〇〇四瓦《グラム》が致死量とされているし、ジキタリスの薬三・五瓦の浸剤が粉末二・四瓦で死ぬといわれているから、昔から毒殺用に使われたのも無理がない。

昭和の初めに北海道で附子を入れた酒を飲まされた渡守《わたしもり》の親子があった。涎が流れ、腹、ことに胃が猛烈に疼み出したので、親父は早くも附子の毒と察して、吐くが第一だ。早速、手近の糞壺から糞を摑み出してグッと呑み、息子にも飲めといったが、息子は汚いといって苦しみながらも呑まなかった。結果は、親父は激しく嘔いて助かり、息子は死んでしまった。怨恨からの犯罪であった。

◇　◇

南亜土人の使う毒矢に使う猛毒はクラリンというのだそうな。これは飲んでは大した事はないが皮下からだと速効があって、呼吸筋の麻痺から窒息するんだといわれている。探偵小説などに、この種の猛毒が使われているが、縫針の先や、小さい注射針の先につけた位ではどうかと思う。

誰れやらの短篇に、紐育《ニューヨーク》の街頭で笛を吹いている乞食が、この中に仕込んだ毒矢で通行人を仆《たお》す。いかに探偵が必死になっても犯人がわからない。偶然その街頭スケッチをした画家のスケッチブックから犯人が発見され、その笛吹の乞食は自らの毒矢で死ぬが、彼れは殺人狂だったという筋があった。

毒の具合から見て探偵小説向きの神秘性と即効力を持っているといえよう。

同じ小説の中では欧米の作品中に印度《インド》から伝わった毒薬があって、いろいろの名称が付けてあるが、私は専門家ではないから、そんな毒があるか無いか、法医学の本には出ていないらしい。

モントリリスに使っているらしいのに印度大麻草のハッシッシュがあるが、これは阿片のようなもので、殺人にはなりそうにない。

同じ小説にプルシンを使っているが、これは東印度産のホミカという樹の実からとれる成分で、この実の中にはストリキニーネとプルシンがある。同じ系統の毒物だがプルシンの方が弱い。

ストリキニーネは御承知の通り無色無臭だが非常に苦いので、他殺には不向きだ。致死量〇・〇三以上飲めば数分間で中毒症状が起って、五分から数時間で死ぬといわれている程度のものだ。

現在、毒物といっているものは、無生物で人体に甚だしい有毒な化学作用を起すものをいっている。

そうした毒物で犯罪、毒殺に用いられるものを二三拾い上げてみる。

講談や芝居に出てくる「岩見銀山鼠取り」とゴロのいい毒薬。いわずと知れた実質毒の玉座「黄燐」だ。

「猫イラズ」は自殺の大部分を占めているし、他殺にもあの手この手で使われている。何しろ特有の臭気があるので他殺目的には未然に発見され易い。猫イラズについては余り知れ過ぎているから書く事もないが、致死量は〇・〇二から〇・〇五。

チューブに入っている量は十瓦という事になっているので、黄燐は八％と公称しているのだが、いろいろな試験を書いたものを見るとまあ四・三か五・〇位ではなかろうかと思う。

同じ系統の毒薬に「亜砒酸」がある。兇悪大槻伝蔵は砒霜を使った。岩見銀山鼠取りには亜砒酸が入れてあるし、都の衛生局から鼠退治に配布する亜砒酸団子も勿論この猛毒を使ってある。

亜砒酸は無味、無臭、白色の粉だから、殺人の目的を達するには都合がよく、古今東西、この毒薬による殺人は無数にある。

この結晶また粉末は水には溶け難いけれども、沸え立った湯の中へ入れると十五分位で溶けるし、アルカリ性の水にも溶ける。

この毒性は吸収によるもので、中毒症状には胃腸型と脳脊髄型とがある。

胃腸型の方は丁度コレラの症状と同じだが、これと反対に脳脊髄を早く冒して、神経症状が現れ数時間から十日間位で死ぬ場合が多い。

致死量は〇・一から〇・二。

この外、麻痺剤的なもので、犯罪や毒殺に使われるものには、花形はクロロホルムだ。澄明無色の水液、独特の臭いがある。鎮痙剤の抱水クルラールがあり、モルヒネがある。

モルヒネは例の阿片の中にある奴で、中毒患者を種にした探偵小説は少くない。

致死量は〇・二から〇・五、阿片だと一瓦から二瓦。五歳以下の子供だと〇・〇一で危険だ。しかし常用者になると一日に二〇瓦摂取しても平気である。こうした慢性中毒患者になると、注射費のために犯罪を敢てする者が少くなく、しかも中毒患者の数は決して少くないから大きな社会問題でもある。

同じ中毒者にはコカインがあるがこれは自殺や他殺に使うことは稀だが、犯罪の対象とはなり得る。

その他に猛毒マリアミルチンを持つ毒うつぎを初めとして毒物として取扱われるものの数量は極めて多いが、何といっても、近来毒殺、毒薬の王座を占めるものは、青酸・青酸加里である。

例の水天宮横、明治製菓喫茶店での青酸加里殺人事件が、この毒薬をクローズ・アップした最初であろう。

青酸は天然に存在しないが、苦扁桃、梅の実、杏梅、桃の核の中に含まれている。

子供が青い梅実を喰べて中毒死するのは、その核の中にあるアクミダリンが胃の中で分解して青酸を出すからである。

純青酸の致死量は〇・〇五、青酸加里は〇・一五―〇・三である。

この毒物は呼吸中枢を麻痺させ、血液中のヘモグロビンと結合してチアン・ヘモグロビンを作って酸素を運送困難にしてしまう。

急激な中毒の時は、ウーンと唸って倒れ、痙攣を起し、呼吸が止り、瞳孔が一杯にひろがって、僅か数秒で死亡する。

毒作用が遅い場合には、立っている事が出来なくなり、歩くとフラフラし、胸がひどく苦しくなり、頭痛や眩《めまい》がし、次いで発汗、痙攣、脈が細くなり呼吸が促迫して死んでしまう。二十分から四十分の間の出来事である。

ヘモクロビンを冒すために、血液は鮮紅色で、死斑も鮮紅色になって現れる。これはメチール・アルコールで死んだ場合も同じような死斑がある。

毒薬。我々の周囲には余り多くの毒物のある事を注意しなければならない。

秘密通信《アントル・ヌウ》

「じは北近身丈相く共我になさ、しう朝海く延島伴そに下こきさ、同社し鮮道は大とふのし村の一げ、郷じを遠満樺富島形が行た博は書る、をう同く洲太士八影如をる士かを」

これは昭和三年杉村楚人冠《そじんかん》先生の名著『湖畔吟』の開巻第一頁《ページ》に書いてある言葉である。

ここへこれを引合に出しては先生に対して甚だ相すまん事と思うけれども、どうです諸君、これが解読出来ますか？

彼氏と彼女、二人だけの間の手紙のやりとり、見られてはいや、読まれては困るといった場合の秘密通信のあの手この手の極くやさしい所を二つ三つ書けという御注文。

承って候といってはみたものの、さてブラック・チェンバーに出るような本格的な暗号では物々しいし、といって探偵小説に出て来る謎の言葉でも仰々しい。で思い出したのが楚先生の湖畔吟の一頁。

まずこの辺からスタートを切るか。

この一文はコンマの所で行替りとして原稿用紙に書いて御覧なさい。ただし第二行目からは一字ずつ多く書き込み最後の行だけは一字下げにして、さてこれを斜に読む。

じは北近身丈相く共我になさ
しう朝海く延島伴そに下こきさ
同社し鮮道は大とふのし村の一げ
郷じを遠満樺富島形が行た博は書る
　をう同く洲太士八影如をる士かを

となる。これを「郷を同じうし社を同じうし遠くは朝鮮満洲北海道樺太……」と読めばよろしい。ちょいと洒落ている。

では次の問題。

「色山一聞〻書終書〻聞終紙〻日ハ寸界野鼠」

というはがきを彼氏が受取りました。

彼氏早速、「東京中央電話局の電話番号簿」という部厚い一冊を持ち出して、最後の頁を展げながら、鉛筆でその葉書の隅へ書いたです。

ケフ一ジハン　バシンデ　アイマセウネ

「何んだ、あれか」

と賢明なる読者諸君は仰言る。正にその通り。

よく三等郵便局の電話口で、早口に電報の読み送りをやっていますね。

「朝日のア、新聞のシ、沼津のヌ、葉書のハ、蜜柑のミ、富士山のフ、上野のウ、子供のコ、平和のヘ……」

とね。

あれですよ。朝日のアの場合は朝と書かずに「日」と書き、ハの場合は葉書の「書」を書くといった手です。もっともこれは何も電話帳に頼らなくとも信濃のシでも秋田のアでもいいわけではある。

もし英文で書く手紙で、英文タイプライターを持っているならば、これと同巧異曲。

あの文字盤のアルハベットの排列のままのでいいから最初からそれをＡ・Ｂ・Ｃとして叩いて行けばいい。

ＡがＱとなり、ＢがＷとなり、ＣがＥとなり、ＤがＲとなるだけである。

イロハやＡＢＣの転置綴字を苦労して作るには当らない。もっとも極く簡単なのが欲しければ、イロハを逆にアサキユメミシヱヒモセスンとあるのをンをイにスをロにセをハに置き変えて書く方法もある。ＡＢＣまたしかり。

しかしこうした手数をかけずとも、英文で書くならこんな手はどうです。

677—12　1025—11

209,2　66,16　714—5　520,2

35,6　1044,10　684—1

これは第一次欧洲大戦の時ドイツの使ったランゲン・シャイド・コードの一方法に過ぎないのです。この時には、ドイツのスパイ共はこの数字を相場電報として打っていた。つまり、本日の相場は六七七ポンド一二シリングといった調子である。

エ？　鍵ですか。辞書です。

この数字に使ったのは三省堂発行のNEW CONCISEです。

つまりこの辞書の六七七頁二段目の十二字目、一〇二五頁二段目十一字目、二〇九頁の二字目といった具合である。

書いて送る方は辞書を調べなければならんので手数だが、受取った方は、数字のページを繰ればよいという仕掛け。

もし三省堂のコンサイスがあったら引いて御覧なさい。

さて、何と出るか。

こんなのは手数だ。もっと手間のかからないのが欲しい？

よろしい。

フヮウンテン・ペン・レターというのを伝授しよう。

まず、こよりを作る時のように紙を細く切って下さい。それを御手持ちの万年筆に丁寧に重なり合わぬよう捲いて頂きます。

そこでその紙の一番上の端から手紙を真直ぐに上から下へ書くのだが、この際、紙の変り目変り目に一字ずつ書く。

一行書き終えたらその横から、再度上から下へと書く。

こうして万年筆を一廻して、二行なり三行なり書いたら、それを展げて御覧なさい。

飛び飛びの文句になるでしょう。丁度最初に出た楚人冠先生の書いたのと同じような妙な取りとめのない文句になる。

でこれを彼女の元へ送る。

彼女はその細長い紙片を彼女の持つ万年筆（大体同じ位の太さが必要ですね）へ丁寧に捲きつけて、上から下へと読めば、ソレ、彼氏の綿々《めんめん》たる情熱を知る事が出来ようという仕掛けである。

これは細長い紙のまま送らなくとも、話し合いさえついていれば、普通のレターペーパーへ写し取って送ってもよろしい。彼女はそれ切って細長くしてグルグルと万年筆へ巻つけて読めば事たりる。

エ？　彼女の持っている万年筆が女持ちだから細い？　万年筆とは限りませんよ。心《しん》にする棒は何んでもよろしい。丸いのでも角なのでも……しかしだ、スリコギやメンボーなどはいけませんや。

エ？　もっと手数のかからなくて効果的なのが欲しい？

困ったなあ！……ではこれはいかが。

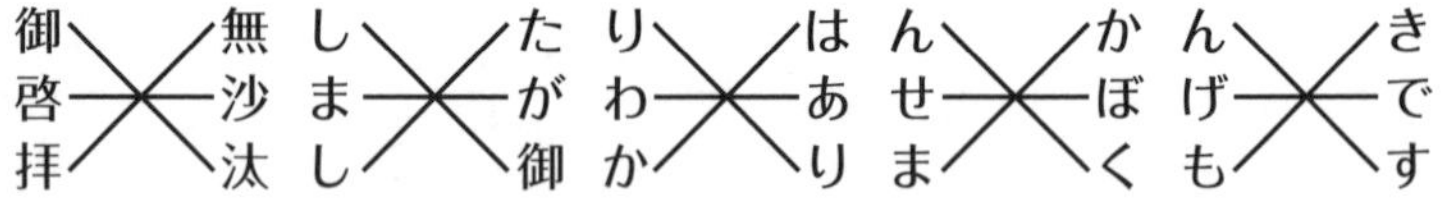

題してエックス・レターという方法。
最初から図解（上図）をしましょう。まず大きくXという字五つばかり書いて下さい。
これを次のように書きます。
「御無したりはんかんき、啓沙まがわあせぼげで、拝汰し御かりまくもす」

最初のコンマはXというのをいくつ書けばいいかを示してある。十字あるからXが五つだということが解る。あとは御覧の通りにすれば万事O・K。

この種の方法はいくらでも同巧異曲のがある。応用方法は賢明な読者諸君にお任せする。


最後に僕が最近新聞に書いた「紅水仙」という探偵小説の中にいたずらをしたのを一つ。

一目見てこれが何んだかわかりますか。ねたは極めてたわいもないものです。

即ち手旗信号の現字法によったまでです。もっともこの手旗信号というのは丁度仮名速記術の略し方とよく似ているので、子供でも直ぐ覚えられる。
御参考のために手旗通信の現字様式を次に書いてみる。
この手旗信号というのは極めて原始的な平易な表現で、御覧の通り誰にもすぐ覚えこめる。即ち「イ」はその形通り、／と─である。「ロ」は半分にわけて「と」としてあるし、「チ」は「ノ」「一」を」として「ノ」を／とし「タ」は〃を斜に二つ引いて点「、」を打つ。といった具合に仮名の形を二分して乃至は三分して表現したに過ぎない。

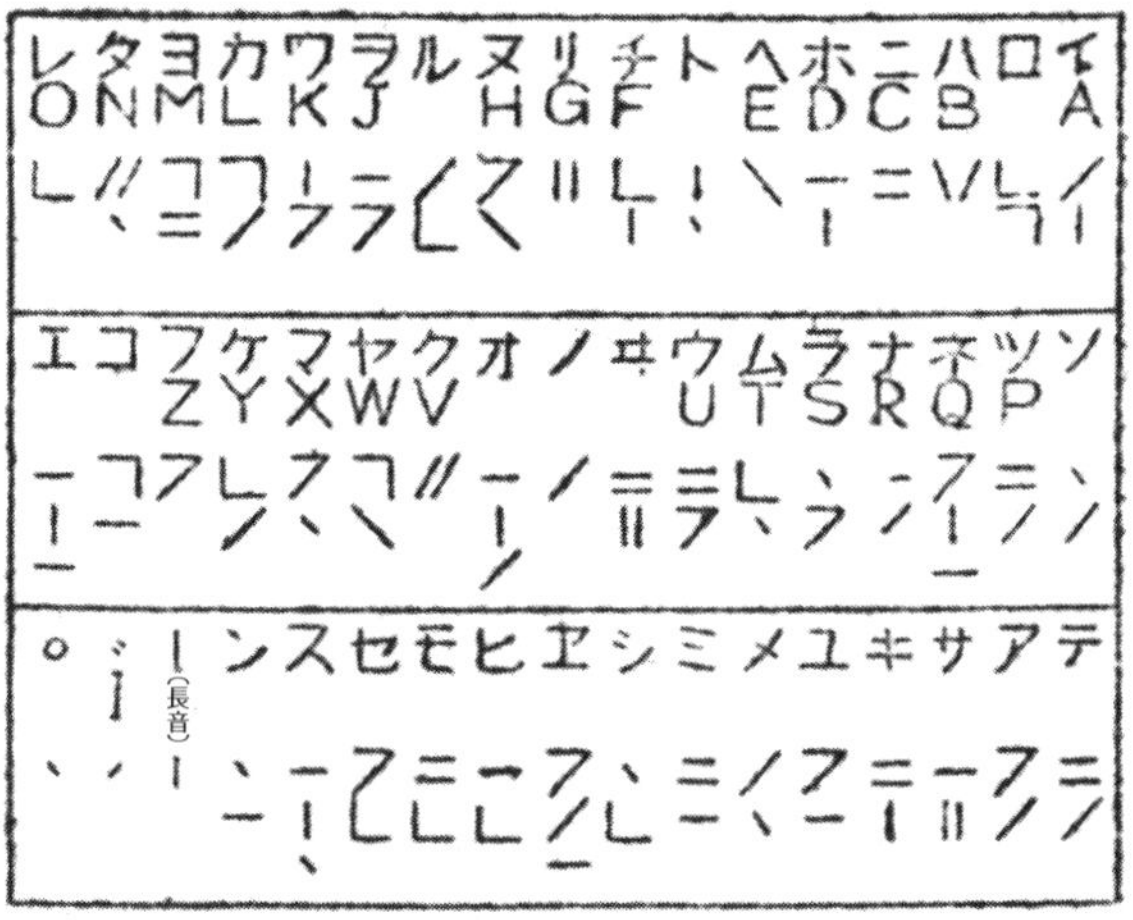

では、さて、前に書いた通信は何と書いてありますか。判読をして頂きましょう。

二人の仲のシークレット・レターならどんな打合せで

も出来ようというもので、イロハは四十七文字だが、アルハベットは二十六字。時計の文字盤でも鍵は出来る。鍵さえ作れば何んとでも出来るもの。以上はホンの見本です。

さて皆さんは、どんなのをお使いになりますか。セ・アントル・ヌウ・エル・エ・モア・ジュウ！

欧米の警察制度

世界の警察制度は、大体において二つに類別されているようである。

一つは国家警察的なもので、現在フランス、ドイツ、イタリーを中心とした制度で、戦前我国でもこれが行われていた。も一つは自治体警察制度で、イギリスやアメリカを中心として行われている。

つまり言葉を換えれば、警察作用は、すべてこれを国家作用と考えて、警察権を国家機関が行うことを原則として考えている。だから警察行為が権力的で中央集権的となり、全国的に統一組織となっている場合が多い。

これに反して、英米型類では、警察行政が、特殊なものの外は地方行政の一部と考えられて、地方自治体の責任において担当するもので、いわば警察行政が地方分権となって一般に民主主義的な色彩が強いのである。

ところで警察の任務にも二つあって、狭義の警察では、生命財産の保護とか治安の維持、犯罪の捜査を中心として、交通や風俗の取締などは、極めて最少限度にとどめて、諸行政の執行、警察官使用を抑えているもので、アメリカやイギリスなどが、こうしたやり方であり、わが国でも旧警察法当時の自治体警察制度はこれに相当する。

一面広義の警察となると、警察本来の目的の外に、凡そ国家の行政目的を達成するのに有利であり必要である限り広く警察権を行使するという立前から、営業、衛生、経済、工場に亘って、警察制度が活用されるのであって、フランスやイタリーではこれである。

だから、警察権が国家に帰属して、組織や人事、運営を直接政府が管理しているようものには、フランスでは憲兵、国家保安警察、パリ警視庁がこれに属し、イタリーには憲兵と都市警備隊があり、英国では、ロンドン警視庁、米国ではF・B・Iなどの連邦警察がある。

同時にまた警察権が自治体に帰属する自治体警察があり、イギリスの県警察都市警察、とか、アメリカの都市警察がこれに属するもので、アメリカの州警察は自治体と国家の中間的存在となっている。

無論、自治体警察といっても、その管理形態はいろいろで、米国の都市警察のようなのは警察権が全く自治体に属しているし、英国の県警察は、他の機関と合同管理になっているなど、中々複雑である。

イギリスの警察

イギリスの警察は永い歴史と伝統の上に発達をして来たものであるが、一言でいえば狭義の自治体警察で、フランスのように全国を統一した、整然とした国家警察とは、全然その趣を異にしている。

だから、英国ではロンドン警視庁を除いては、中央政府によって指揮監督を受ける統一的な組織はなく、すべて自治体で運営されている自治体警察だ。

一口にこれを大別すると、

㈠内務省警保局の管轄するロンドン警視庁

㈡人口七万五千以上を基準とする都市の都市警察（七十三単位になっている）

㈢その他を管轄する県警察（五十単位）

の三つに分けられる。

㈠のロンドン警視庁（所謂スコットランド・ヤードといわれるもの）は勿論国家警察であるが、㈡と㈢とはそれぞれ市及び県を単位とする自治体警察ということになる。しかしこれはイングランドとウェールスの両地方、つまり、英国内務省の管轄する区域の警察に関してであって、別に独立の省を持っているスコットランドとアイルランドとは別である。

とにかく警察行政についてはいろいろ詳しい法令が出ているけれども、何といっても、これの直接責任には内務省の警保局が当っている。

警保局はわが国の昔の内務省警保局の仕事と権限とほぼ同様であるが、これは、全国を統一しているのではなく、直接管掌しているのはロンドン警視庁だけで、その他の主たる事務は警察事務一般は無論のこと、国家の治安維持や外国人の取締までをやっているが、これはすべて行政面で、執行面はロンドン警視庁が担当することになっている。

ロンドン警視庁

そこで英国警察の総本山ロンドン警察庁(Metropolitan police depertment)は一八二九年創設されたもので、一九五一年現在の定員二万百十四人で、パリ、ニューヨーク及びわが国の警察庁とならんで世界の最大警察である。

ここの職務権限は、ロンドン都内は無論だが、その外に国家的な性質の事務や次のような場合には全国的な警察活動をやることになっている。

イ、王宮、議院などの警備、皇室、外国要人の身辺警護

ロ、思想犯罪の捜査には全国的に活動するし、事務上の連絡統制、情報の交換

ハ、重要な犯罪の発生の場合は、直ちに警視庁の刑事部員が直接捜査をする。その外鑑識や科学捜査の統一整理もやる。

ニ、地方での騒擾《そうじょう》、暴行などの事件に応援し、状況によっては、その発生地の自治体警察を指揮する。

といったような職務権限になっている。そこで、その警視庁の組織を見ると——

警視総監

スコットランド・ヤードの大将は内務大臣の奏請によって英国王から勅任されることになっている。だから大英帝国の閣員につぐ要職であるが、政党政治に関係はなく、内閣の更迭によって異動するようなことはない。

純然たる事務官で、停年退職以外には任期の定めがない。不適当と認めた時は、内務大臣が罷免を奏請することは出来るが、こんな大臣職権を濫用した例はなく、長期に亘ってその職に在任している。

本部の組織

警視庁は前記の警視総監（Commissioner of police of the metropolis）のもとに、副総監一名と各部の部長である総監補（Assistant commissioner）六名（内文官二名）がいる。

副総監（Vice commissioner）は通常警務部長を兼ねている。そして各部長には軍人出身者を任命することが多いようである。各部の職務は――

1、法律顧問

この部では長は文官で、法律的な一切の責任に任じ、総監を補佐する。

2、官房

全部文官で、内務省の事務官から任命されることが多い。部内事務と秘書的な仕事で、官房は三課に分けられている。

第一課　文官の組織、文書、記録、議会連絡、新聞係、営業免許などの庶務

第二課　統計事務

第三課　俸給給与に関する事務

3、警務部

部長は方面本部長以下の制服警官を指揮監督するし、上級職員の懲戒権を持っている。もっともこの懲戒権は科罰の軽重や職階によって、警務部長の外方面本部長も警察管区本部長ももっている。

この部では五課に分れていて、騎馬隊や警備に関する仕事の外警察電話とか福利厚生、特別巡査などや採用、身分についての事務も見るし、特に第四課では婦人警察官のことを掌《つかさど》っている。

4、交通部

わが国警視庁の交通部と殆ど同じで、交通警察を管掌しているが、方面本部に配属している自動車交通警邏《けいら》班はこの部が主管している。この部ではこの外に遺失物を取扱っている。

5、刑事部

スコットランド・ヤードの名を高からしめた部で、犯罪捜査の中枢をなしていて、特高部門も併置されているし、婦人警官も配置されている。婦人警官はその多数は各警察署に配置されている。犯罪捜査に大いに関係があるので、各課の仕事を記すと、

第一課　ここが犯罪捜査の全般を主管していて、地図作成室ももっている。

第二課　捜査関係の通信、記録をやっている。

第三課と第四課　これは鑑識と犯罪科学をやる課になっていて、指紋や手口、犯罪者名簿などから警察通

報などを扱い、全国的な中央機関として地方警察でも利用する仕掛けになっている。
第五課　外国人の犯罪捜査、風俗関係の仕事。
第六課　刑事隊員の人事の取扱。
特高課　アイルランドの独立運動が契機となって一八八六年に特設され、現在では全国的に活動をしている。
6、企画部
ここは警視庁の参謀本部的性格をもっているが、特に教養、施設の改善を担当していて、三課に分れている。

方面本部

警視庁の管内を四つの方面に分け、各々に方面本部長(District deputy assistant commissioner)をおいてある。部長は警視長。スタフとしては警視、防犯、刑事の三人の警視正がいる。本部長は総監から任命され、その下部組織としては五から六の警察区と十八から二十の警察署を持っている。

警察区本部
警察区(Division)はわが国にはないが、方面本部と警察署間の技術的な監督指導権を持っている。だから、一警察区は三または四の警察署を管轄し、少い区でも百名、多い区になると一千名からの警官が管下にいることになる。しかしこの警察区の部員は十名内外である。

警察署
署長は警部長で、その他に刑事を担当する署長ともいうべき、刑事警部長がいる。だから一つの署に二人の署長が居ることになるが、制服署長の警部長は刑事警部長を指揮する権能はなく、犯罪関係の捜査は刑事署長がやることになっている。

警察署の仕事は行政的なことは殆ど警視庁本部の方でやるので、極めて簡単な事務処理しかないが、主たるものは刑事関係、捜査関係の仕事になる。従って外勤の巡査が多いし、名刑事も配属されている。

その外には騎馬警官もいて交通整理とか国内大衆運動の整理取締などをしている外に、婦人警官も配属になって活躍している。

この外にスコットランド・ヤードには……というよりイギリスには、特別巡査というのがある。特別巡査というのは、第一部が退職警官から成っており、第二部というのは年齢二十歳から五十歳までの一般市民で組織されている。つまり警官予備隊といったもので、年数回所定の訓練を受けることになっている。

この外ロンドンには自治体警察としてロンドン市警察というのがある。その警備区域はロンドンの中心部で、東京でいえば千代田区位のところなのであるが、この地域にはスコットランド・ヤードの権限は及ばず、ロンドン市警察がその治安の責に任じている。

これは市警務委員会（Watch committee）が国王の裁可を得て警視総監（Commissioner city of London police）を任免する。

従って警視総監の名はロンドン警視庁とロンドン市警察だけに限られている。定員は僅かに千人足らずで、結局は長い伝統の遺産なのかもしれない。小さいながら、組織内容は、警務課と刑事課があって、四つの警察署をもっている。

都市警察

英国の都市では自治権の一部として自治警察を持っている。現在では人口十五万以上の都市に限られているが、その他の各地は県警察に依存している。

県警察

ロンドン以外の地方では県警察と市警察に分れているが、県警察は都市警察がない都市と村を管轄する自治体警察で、一九五二年の調べでは六十一県の内県警察のあるのが五十県になっている。これは二つまたは三つの県を包括して組合的な警察が出来ているからである。

仕事の範囲も村落を対象にしているので、都市警察よりはいくらか広く、治安の維持、犯罪の捜査、交通整理といったものから、村落に関係の深い獣医師の取締とか狩猟の取締から、度量衡、下宿屋の取締までやっている。

この県警察を管理するのは常設連合委員会（Standing joint committee）というのであって、これは内務大臣の承認を得て警察長を任免するだけで、任命された警察長は副警察長以下の職員に対する人事権を持っている。

面白いのはこの警察長の候補は、一般に公告して志願者を募集することがあるので、候補者にはロンドン警視庁の部長級とか、他の県や市の警察長や副警察長が立候補する場合もあり、別にむずかしい一定の資格はないようである。

それにイギリスの警官は交流異動が殆どないらしいの

で、その部署に配置されると、そこを唯一の職場と心得て、終生そこで勤務する覚悟が出来ている。だから同一場所での勤続年数が非常に長いことが統計上現れているのもイギリス警察の一つの特長という事が出来る。

県警察の組織は本部がまあ五百人位で、大体、文書、警務、刑事、教養、交通などの各課がおいてある。

無論、県内の所要の地には警察署がある。少いのは数署から多いのは二十の警察署のあるものもある。

フランスの警察

フランスの警察制度は中々複雑である。が一言にしていえば純然たる国家警察だ。

第一フランスは行政組織が県（Département）（九〇県）郡（arrondissement）（三一一郡）そしてカントン（canton）（三、〇二八）市町村（commune）（三七、九八三）となっているが、これを積み上げて国家は整然たる中央集権を行使している。

そのうち県と市町村は自治体にはなっているが、郡とカントンは行政区画に過ぎない。市町村はすべてコンミューンで、マルセイユのような大都市も住民が数十人という部落もコンミューンなのである。

しかしパリ市だけは例外で、ここには市長がなく、セーヌ県の知事と警視総監が市長の職務を執る事になっている。

警察の特徴

フランスで警察という言葉は広汎な意味に使われていて、人民の権利や自由を拘束する法律とか規則の制定権が「警察権」なのであって、これを持っている行政機関が「警察権の主体」ということになる。

現在、一九四一年からは人口一万以上の都市の警察はすべてが国家管理にうつされ、それ以下の町村では憲兵が警察事務をとっている。

そして警察は内務省の警保局（Direction générale de sûreté nationale）が管理しているが、結局それは内務大臣が握っている事になる。ただし憲兵は身分上は陸軍大臣に所属している。

組　織

中央で警察を終局的に統一管理するのは内務大臣でこれに直属する機関は警視総監（Préfet de police）と国家

保官警察本部で、この両者は対等で、警視庁はセーヌ県を、その他の府県は全国的に国家保官警察本部が管轄している。

それからパリはじめ全国十七カ所に管区司法警察隊（Services régionaux de la police judiciaire）があり、管区間の刑事事件の捜査の責任を持つが、捜査陣は弱体な都市警察部へも応援することがある。

地方の治安に憲兵（Gendarmerie）が当っているが、この憲兵は陸軍省に憲兵隊があり、軍管区《レジオン》に憲兵連隊（Légion）、各府県に憲兵中隊（Compagnie）、各郡に憲兵中隊（Section）がある。そして各治安裁判区（Canton）に憲兵分隊（Brigade）がおいてあるが、憲兵小隊以上は連絡・調査機関で、分隊が活動部隊である。

詳しい事は混乱する怖れがあるので、これを簡単に表示すると、大体次のようになる。

㈠　人口一万以上四万以下の都市

都市警察部（police urbaine）
- 制服隊＝制服の警察部長（officier de la paix）以下に制服巡査（gardien de la paix）がある。
- 私服部＝私服警部長（Secrétaire de police）以下県名の刑事（inspecteur）がいる。

㈡　人口四万以上の都市

本部……区警察署

区警察署―制服隊（中隊（一八〇）―小隊（五〇）―分隊（一四名位）

ここの階級は中隊長（commandant）
小隊長（officier de paix）
分隊長（brigadier）

といった具合である。

警視庁（Préfecture de police）

首都パリの治安に任ずる警視庁はセトヌ河畔のオルフェーブル埠頭（Quai des Orfèvres）にあるので、スコットランド・ヤードに対しオルフェーブルといえばパリ警視庁の代名詞になっている。

ここの警視総監（Préfet de police）はセーヌ県知事であると同時に巴里《パリ》市長の地方警察権を保有している。

警視庁の本部には官房と副総監があって行政管理事務をとっているが、運営部局としては、

警邏局＝警察署の制服警官の指揮、その他連絡、司令返信室等がある。また交通警邏隊本部には交通整理中隊とオートバイ中隊を有し、中央市場中隊、留置場《デポ》

看守中隊、音楽隊、医務室がある。
司法警察局＝記録保存係、刑事係、風紀犯係、少年係、予審判事代理部（経済事犯で予審判事からの委任を受けて強制捜査もする）、鑑識係（身体測定、写真、指紋、理化学、前科記録保存）など。
情報局＝政治情報係、労働係、経済情報係、外国人係、スパイ係、賭博係などがある。
経済警察部＝警察関係の取締
監察部＝監察と刑事警察学校
理化学研究所毒物研究所、消防隊など編成されている。

巴里市内の警察署

巴里市については警備警察（制服）の指揮と、捜査その他の行政警察の指揮とが別々の系統でなされている。
つまり各区役所（mairie）に警備警視（Commissaire de la vie publique）を長として制服が配置され、数カ所の巡査派出所に分散している。これを区警備警察署（Commissariat d'arrondissement）といい、一方七十一カ所の街警察署（Commissariat du quartier）と呼んで警察署長以下私服の警官で刑事や行警をやっている。しかしこの建物には制服の巡査派出所が附置されているから、必要に応じて利用活用することが出来る。
フランスの警察の組織は大体以上のようなものであるが、鑑識活動では、指紋法測定より数十年前にベルチョンが身体測定法（anthropométrie）を発明した関係から、いろいろの点から指紋と併行してこの身体測定法が行われている。そして一九四三年にフランス国民は指紋及び身体測定に応ずる法的義務があることを定めた。
中央機関は国家保安警察本部の鑑識局であって、捜査鑑識活動は管区司法警察鑑識部—都市警察部—私服部鑑識課の系統で統制されている。
理化学による鑑識は四三年に全国を五地区に分け（パリ、マルセイユ、リオン、ツールーズ、リイユに）科学警察研究所（Laboratoire de la police scientifique）を設けた。パリでは警視庁鑑識部内の研究所でやっている。
最後に警視庁の職員の階を級記しておく。
警視総監（préfet de police）
部長（Directeur）
所長（部長）（Chef des service）
局次長（Directeur adjoint）
警視長（Commissaire divisionnaire）

警視正（Commissaire principal）
警視（Commissaire police）
制服警視補（Officier de paix）
私服警視補（Officier de police）
警部長（inspecteur principal）
これから以下は制服と私服に分かれる。
制服系統では
警部（brigadier chef）
警部補（brigadier）
巡査部長（sous-brigadier）
巡査（gardien titulaire）
巡査見習（gardien stagiaire）
私服系統では
警部（inspecteur principal adjoint）
警部補（inspecteur chef）
部長巡査（inspecteur）

アメリカの警察

アメリカの警察制度は最も民主的だといわれ、敗戦後のわが国警察制度にも多分にこのアメリカの制度が施行されて、国警と自警というのが出来たが、その後現在の国警一本になった。

ところでアメリカの警察制度は極めて複雑で、そのためにはアメリカの行政制度、地方自治制度を知っておかなければならないのだが、一口にいえば大体次のようになっている。

連邦（Federal Republic）
つまりU・S・Aなのである。各州の委託する権限を行使している大アメリカなのだ。

州（State）
各州独自の主権を持っている。つまり連邦政府の権限に属しない、また特に禁止しない限りすべてが州の権限に属しているというわけである。

郡または県（County）
各州の最大の行政単位で、少い所では三郡、多い所ではテキサス州の二百五十三郡《カウンティー》まであり、全米の総数は約三千といわれている。しかもこれに立法権と行政権が認められており、その執行機関としてシェリフ(Sheriff)が任命されている。警察の犯罪捜査によく出てくるのがこのシェリフなのである。

市（City）
人口が二千五百人以上の都市
町村（Village）
東部のニュー・イングランド地方に発達していて人口は二千五百以下

こうした行政組織に即応した警察制度は大別すると連邦警察、州警察、県区警察、市警察、町村警察という五つに分けることが出来る。

こうした警察は組織上では上下の関係はなく、それぞれの管轄区域で独自の権能による独立的な存在となっている。

ただ一つ別にコロンビア特別区を管轄するワシントン警視庁がある。このワシントン警視庁は連邦議会の管理で州警察でもなく、連邦警察でもない独自の存在である。


連邦警察（Federal Police）

連邦警察は国家の管理する警察機関であるが、別に国家的な統一的なものではなく、各省で、それぞれ主管する事務中に警察的機能を持っているものだということが出来る。

本格的な警察機関としては、大蔵省に沿岸警備隊、秘密警察部、国税局、税関部、麻薬部があり、郵政省に検閲局、司法省に移民国境警備隊と、それに司法省に連邦捜査局（Federal Bureau of Investigation）がある。これが有名なF・B・Iなのだ。

そこで大蔵省などのは別として、本格的な捜査活動をやるF・B・Iについて調べてみる。

連邦捜査局（F・B・I）

F・B・Iは一九〇八年に創設されたもので、米国唯一の一般的な警察機関で、兇悪犯のみならず、国家的犯罪等に関して、連邦に対するオール・マイティの権限を持っている。

従って鑑識、教養、情報の中央機関として国内と国防上に多大の力となっている。そして司法長官に直属した強力な活動を続けているのである。

組織

F・B・Iの組織は詳しくはよく解っていない。一九四六年の資料によると、局長の下に局長補二名、部長として局長補佐官六人を主たる幹部としている。

本部は、第一部　鑑識指紋、第二部　訓練、査察、第三部　総務、第四部　通信、記録、手口、第五部　公安、第六部　一般調査、それに犯罪科学研究所という具合に六部一所からなっている。

地方に五十七の支所があって、一九四五年には総員千二百人と称しているが、実数はもっとずっと多いという話である。このF・B・Iの職員の中に特務官吏(Special agent)というのがあるが、これが五、六千人はいるらしい。

その外に社会の各層に本部へ情報を報告する、一種のスパイが相当数いる。

F・B・Iの特務員は年齢二十五歳から四十五歳まで、資格は相当にやかましく、特に学歴としては高等の法律学校を出て州法曹協会の会員でなければならない。また犯罪科学研究所の職員は大学で専門的なその道を学んだ卒業生で技術的な訓練と経験を持っているもので、年は二十五から三十五までとなっている。

採用後は猛烈な訓練と専門学科を教えられ、それぞれ一芸一能に秀でているのは勿論で、給与も非常によく、とにかく米国警察間中の最高水準である。

F・B・Iの教育訓練はF・B・I警察大学と国立警察大学の二つの機関がある。捜査方法とか鑑識とか報告様式、法律といったものの外に、火器訓練は相当高度のものだという。

F・B・Iの管轄権

このF・B・Iは全国の警察に対して、

一、F・B・I両警察大学の地方警察職員に対する教育訓練

二、指紋（約一億）の統一管理

三、犯罪物件の科学分析

四、犯罪捜査の統一に資する定期刊行物の発行

といったことをしている。

ことに鑑識とか科学捜査に関しては非常な研究と資料とを整理して、全国各警察からの問合せに対しては物の響に応ずるように敏速正確に返事を与えているのは、犯罪捜査の実際を調べてみると驚くべきものがある。それほどF・B・Iのあらゆる組織と設備と運用は完備しているという事が出来よう。

ワシントン警視庁

アメリカ各州に州警察はあるが、ワシントン警察はコロンビア特別区とはいえ、ここだけは連邦議会の直接管轄に属するもので、ここの警察長はコロンビア区公安委員が上院の同意を得て任命する特別扱の警視総監なのである。

だから、この警視庁の権限はコロンビア区内だけにしか及ばないが、その組織と運営は連邦政府であるという性格を持っている。

で、ここの組織は警察長（警視長）の下に副警察長的性格の執行監があり、第一線への命令は警察長の名において執行監が発令する。この下には警視格の部長がおり、この内三名は監察官がいて、これが二十四時間を三交替で、現場の指揮をする。そして四乃至六名の署長以下を担当しているが、別の部長は刑事部と防犯部（悪徳部といっている）を担当している。

ここには公衆防護部というのがある。これはわが国の予備隊に相当する。

その外刑事部が兇悪犯部の刑法犯の仕事をするのは勿論だが、この一課として、青少年課というのがあって、婦人警察局と連絡しているのが目につく。

この青少年課は警部を長として二人のサージャント刑事（部長刑事）、三十八人の刑事、一人の制服巡査などの外、婦人警察局から連絡が一人来ている。

文字通り十八歳以下の青少年の犯罪や不良化防止などを取扱っているが、女子に対しては婦人警察局が担当する。

ここは二十九人の婦人警官を持っていて、ヒーアリング（Hearing—聴問）によって、処理する権限が与えられている。

ワシントン警視庁の管内には十四の警察署と一つの港湾警察署がおかれている。

県（County）と県区（Town or Township）の警察

県《カウンティー》や県区《タウンシップ》の警察は、概念的には州警察の範囲内になるのだけれども、本来の州警察とは何等上下関係はなく、独自の警察行政を行っている特殊な制度であるばかりではなく、アメリカの犯罪捜査に大きな役割をしているので、まずこれから知っておく必要がある。

県及び県区警察はシェリフ（Sheriff）やコンスタープル（Constable）に依って警察機能が運営されている。

シェリフ・コンスターブル制度は元来が、イギリスの十人組制度がアメリカ植民地時代に出現したもので、西部劇などでは盛んにシェリフが活躍しているのは誰でも知っている。

シェリフ制度

大多数の州は三十から百の県に分れていて、県は県会（County Board）で運営され、県会は通常委員（Commissioner）または管理人（Supervisor）といって三人から七人で構成されて、行政を行っているが、公務員としてはシェリフ、検察官（Coroner）、検事、治安判事（Justice of Peace）、事務、統計、鑑定、衛生などの官吏がある。

警察事務をとるのがシェリフであるが、これは政治行政官なので、必ずしも警察経験者とは限っていず、いろいろな職業の人々が選ばれる。

シェリフの権限は一つには県の治安維持であり、今一つは裁判所の執行官でもある。警察的な職務としては治安維持と法律の執行をやるのだから、ストライキとかモッブといった場合には重要な役割を行うのだが、警察活動を行うための組織力を持っていないから、大きな犯罪の捜査などになると力が弱い。

しかし州によっては、シェリフの警察活動のために、これを中心として組織化されている所もある。例えば、シェリフの公道警邏隊とか、シェリフから独立して、鑑識施設や飛行機も持って州警察以上に活躍をしている県警察もある。またある県ではシェリフの警察活動が弱いので、検察官が犯罪捜査をやり、検察官付刑事隊を設けてある所もある。

特に大きな都市のある県では市警察の関係から大規模な組織を持っている。

コンスターブル制度

県区はすべて州の監督下におかれて、法人格のある行政区画ではない。従って自治体としての独立組織ではないが、実際には自治体として事務を処理している。

このコンスターブルは大部分公選によるものであるが、例外として県委員や州知事などによって任命されているのもある。

そして治安の維持、民事訴訟に関する司法事務を主たる職務としているが、県のシェリフがやる仕事とほぼ同じである。

コンスターブルは常任制ではなく、普通個人の職業を持っているものが公選によってその職についているのだから、刑事活動は極めて消極的である。

シェリフにしても、コンスターブルにしても将来には警察行政の立場からは、いずれ消滅するのであろうといわれている。

州警察（State police）

シェリフやコンスターブルが地方警察活動に積極的でないので、これを補足するために、州警察が生れて来た。

現在の州警察は一九〇五年ペンシルバニア州が警備隊を設けたことから始まって、四十八州全州で組織されるまでには四十年の年月がかかったという。

州警察の組織なども各州まちまちで、警察官の数も全部で一万人位なものである。

都市警察（Urban police）

アメリカの自治行政組織で、独立権限の最も強いものは都市である。都市は最も代表的な唯一の完全な地方自治体だということが出来る。

市は州立法で決定されるのであるが、市となるには大体人口二千五百人以上とされていて、日本の人口五万人以上というのと比べると大変な違いである。だからアメリカには大小無数の市があるのだが、各市に共通する市制といったものはなく、州によって組織の条件がいろいろ異っている。

市警察は州警察と全然異って、民間から選ばれた警察委員会（Board of police）が管理機関にもなっている。この委員会は公安委員会（Commission of public safety）とも呼ばれている。この点日本と同じである。警察長は委員会の命を受けて職務を執行し部下を監督する。

この警察長の選任方法は都市によっていろいろ違っている。

イ、市長が任命するもの（ニューヨーク、シカゴ、デトロイト等）三百五十市

ロ、市会が任命するもの（バーミンガム等）二百五十市

ハ、公安委員会が任命するもの（サンフランシスコ、セントルイス等）二百五十市

ニ、市長と市会（会議）が任命するもの（ダラス等）百六十市

ホ、公選によるもの（小都市）三十四市

へ、州知事が任命するもの（ボストン市等）二市ということになっている。

市警察の組織も市の大小によって、同一ではなく、小さい市では七、八人の警察官のいるところからニューヨーク市の一万九千人もいる所もあるが、警察の組織も活動も日本の都市警察と同様で、活溌な活躍をしている。

村落警察（Village police）

人口二千五百未満の地では州から法人格を認められたものは自治体として市と同様の権限があるが、県区（タウンシップ）と同じような形でコンスターブルがやっている所が多い。

以上のようなアメリカの警察制度では、イギリスのような中央、地方といった関係もなく、四万近い警察がそれぞれ箇別の機能をもって活躍しているので、種々複雑である。

一例としてロスアンゼルス市の警官の階級を記してみる。

Mayor

Board of Police Commissioners（5人）

これが公安委員であるが、署長以下は左の通り。

	定員
Chief of Police	1
Deputy Chief of Police	7
Inspector of Police	10
Captain of Police	39
Lieutenant of Police	159
Sergent of Police	576
Policewoman Sergent	10
Motorcycle Officer	2
Policeman	3584
Policewoman	105
City Mother	1
	4494

保篠龍緒（星野辰男）について

矢野　歩

一　保篠龍緒（星野辰男）とは誰

現在六十歳以上の人にとって、保篠龍緒のイメージは怪盗ルパンの翻訳者であろう。実際、大正後期から昭和三十年頃まで、ルパン翻訳のほとんどが保篠訳であった。一方、星野辰男はある人にとっては、例えば『アサヒグラフ』や『アサヒカメラ』の編集者であり、星野が保篠であることに気づいていないかもしれない。そう、保篠龍緒は星野辰男の字を（読みはそのままに）置き換えたものだ。

二　保篠龍緒（星野辰男）小伝

星野辰男は、明治二十五年十一月六日、長野県飯田に、星野三郎・よねの長男として生まれた。もちろん、辰年である。星野家は、能登鳳至（ふげし）郡諸岡村道下（とうげ、現輪島市門前）の出であり、元は総持寺（明治三十一年の大火の後、横浜に移ってからは総持寺祖院となる。現地名の門前はそれによる）の寺侍で、帰農して代々権右衛門（通称ゴンニヤ）を名乗った。三郎の兄長男はその九代目の三男に当たる。十代目は北海道に渡った。さらにさかのぼれば、星野家は源氏の御家人の流れをくみ、総持寺二祖峨山禅師の生地である瓜生（現津幡町瓜生、門前の六十キロ南の山中）から、十四世紀に禅師に従って門前に出たという。

三郎は立身出世を夢見て上京し明治十九年に結婚、信州出の政治家の影響で飯田に移り、新聞を発行すべく「星野活版所」を始めた。注文は繭の仲買をしていた長信社や役所からのものが主であったが、やがて飯田でも有数の印刷所となった。しかし店の経営は妻の弟に任せきりで、自らは政治にかかわり、『南信新聞』を引き受け、地元中学生矯正の「実行会館」を建設するなどした。そのせいか家業は悪化、大正二年に活版所を廃業し、翌年には家屋敷を売却して上京する。三郎は大正四年、よねは昭和二年に亡くなった。墓所は飯田の長久寺にある。

辰男は明治四十三年飯田中学（現・飯田高校）を卒業して上京後、東京外国語学校仏語科に入学。大正三年に卒業して文部省に入った。そこでは、民衆娯楽の調査を行い、都市の娯楽の王となりつつあった映画が青少年に及ぼす影響の調査、映画技術の研究、映画の規制等に従事し、論文を発表し始める。又、大正四年には語学を生かして、種々の文学作品のさわりを訳した翻訳文学集『セーヌの流』通俗図書中央販売所を処女出版した。

大正七年辰男は、後出ルパン叢書発行開始後に文部省を辞め、商事会社などに勤めるが、同省の嘱託として関係は続く。例えば、社会教育関係の委員を務めたり、八年には米国高等経済協会の求めに応じて日本紹介映画を五本作製、九年には文部省推選映画の選定に従事、十年には日本発の定期ニュース映画を作成し、十年以降映画説明者（いわゆる活弁。映画がトーキーとなるのは、昭和に入ってからである）教化のための講演を行うなどした。十一年には、官立七年制の東京高等学校（後に東京大学に吸収）設立時の書記となり、同校の菊の葉をモチーフとする徽章をデザインした。関東大震災発生時には、初の文部省映画「関東大震災大火実況」の製作にも従事した。他にも「磨き硝子に彩色模様を表はす方法」を考案したりした。

文部省時代に、神田でルパンものの原書を見かけて翻訳し、詩人西村陽吉の文芸出版社東雲堂に持ち込んだところ、西村は、今は探偵ものは売れないとして安値で引き取り、大正七年に金剛社名で「ルパン叢書」として発行したところ大いに評判となり、探偵小説中興の祖となったというのは有名な話である（なお、東雲堂店員で歌人の前田隆一（夏村）は宝石つながりの紅玉堂を興し、こちらも保篠訳ルパンを含む探偵ものを出したが、純文芸で名を残す）。当時の新聞記事でも、「読者が最も注意しなければならぬ現象は文学書のうちでも純文学の範囲を脱して一種特異な領分を持って居る探偵ものが殊の外読まれることである、かの仏蘭西のモリス・ルブランの「怪人対巨人」「怪紳士」「独探の妻」「二重眼鏡の紳士」（後二者は小田律訳で、最後者は「二重眼鏡の秘密」の誤記）の如きものが手垢で穢れる位読まれ〔 〕一時全盛を極めたコナンドイルものはズット廃れて来た」（『東京朝日新聞』大正七年十月三十日、〔 〕は引用者による）とある。この時、辰男は官吏であることをはばかって、筆名を保篠龍緒とした（以下本稿では、この名を用いる）。金剛社版叢書全九冊の内、七冊が保篠訳である。後の話であるが、保篠の筆名には、埋草的な随筆に用いたものとして、自らの音痴からくる「温知」や、辻堂にある旧地名から来る「勘久」がある。

いうまでもなく、怪盗ルパン譚は、フランスの作家モーリス・ルブラン（一八六四～一九四一）の創出した冒険探偵小説である。一九〇五年（明治三十八年）の「ルパンの逮捕」から近年話題を呼んだ没後出版「ルパン最後の恋」まで、短編三十七、中長編十八、戯曲五、計六十編が発表された（『戯曲アルセーヌ・ルパン』〔論創社、二〇〇六〕の住田忠久「アルセーヌ・ルパン・シリーズ出版目録」による）。ルパンは（とくに日本では）怪盗の代名詞になり、原作は現代でも生き残っている。

ルパンは明治末期から清風草堂主人や三津木春影らによって当時発表されていたほとんど全てが翻訳されており（『怪盗対名探偵初期翻案集』〔論創社、二〇一二〕参照）、金剛社版叢書と同時代にも小田律や佐佐木茂策らによって訳されていた。だから、保篠の功績は個人全訳であり、LUPINを日本人向きにルパンとし（発音に従えばリュパーン。保篠以前では、有田龍造、仙間龍賢などの和名が主であり、米国産映画の邦題は「アルセネ・ルーピン」といったところであった。ルパンという訳もあったが、保篠は意図的にこうした）、"L'AIGUILLE CREUSE"（空洞の針）を「奇巌城」とする（他の訳題を思いつかないほどぴたりとしている）などし、独特の講談調で、我が国に定着・普及させたことにある。

この金剛社版保篠訳は、新たに作られたルパン社に移されるが、金剛社からも改版で発行され続けたため、保篠とルパン社は制裁も辞さずと非難したが、その後も近代文芸社（昭和四年）、駸々堂書店（昭和十一年）、巧人社（昭和十三年）、東紅堂書店（昭和十六年）と使い回される。

ところで、ルパンとアナキストは相性がよい。プチ・ブルジョアのエキセントリックで、権力を手玉に取る姿に波長が合うのであろう。原作でもルパンが爆弾（らきしもの）を取り出したり、アナキストで強盗のマリウス・ジャコブのモデル説が唱えられたりした（ジャコブ伝については、アラン・ジャンセン『アナーキストの大泥棒』〔水声社、二〇一四〕参照）。邦訳・出版関係では、安成貞雄（清風草堂主人）、西村陽吉（金剛社）、関根喜太郎（荒川畔村、ルパン社）、古河三樹松（三木書房）等、程度の差はあれ、アナキズムになじんだ者の名前が挙げられる。権力に同調してきた保篠としては、彼らに関わることは、必ずしも本意でなかったかもしれない。『読売新聞』は、これ又アナキズムになじんだ松尾邦之助にルブランを訳させたことがあったが、それは同紙のパリ特派員であったからである（現象を生産関係から発生的にとらえる伝統的マルクス主義からの探偵小説・ルパン感は、一九三四年の第一回全ソ作家大会へのゴーリキーの報告「ソビエト文学の本質と任務」参照）。

大正十二年、保篠は文部省から離れ、すでに手伝いをしていた朝日新聞社に入った。以後、昭和十五年に至るまで、グラフ部長、出版編集部長、映画班班長を歴任し、『アサヒグラフ』、『アサヒカメラ』、『映画と演芸』、『JAPAN IN PICTURES』等を編集し、『日本映画年鑑』を発行した。とくに『アサヒカメラ』では多くの写真選評を行い座談会を催したが、この分野では『小型映画の構成』（朝日新聞社、〔昭和九年〕）が唯一の単行本である。

保篠は昭和四年四月に大野幸《みゆき》と結婚し一児和彦を得、六年、胸を患う夫人のために白砂青松の地神奈川県藤沢市辻堂にサンルームのある家を建てて、居を移し、そこから東京へ通う毎日であった。幸は結局一九九三年まで長寿を保った。

この頃、保篠はルパン関係の翻訳権をとり、平凡社から「ルパン全集」（昭和四～五年）として完成させた。もっとも、原著者モーリス・ルブランはまだ新作を発表し続けており、それに合わせて（改造社版〔昭和六～七年〕を経て）、昭和十年から翌十一年に増補新版を出した。これらによりルパンの名は、全国津々浦々に鳴り響いたのである。ただし、この翻訳権は昭和十年が期限であった。戦後保篠は期限切れを恐らくは知りながら、そのことに触れずにルパン全集を発行し続けていた。このことは、昭和三十一年に、新訳を企画する出版社からの要請に基づくフランス著作権事務所の調査で明らかとなったが、保篠のルパン普及の功績により、穏便な解決をみたという。

朝日新聞社時代こそは、保篠が最も活躍した時期である。多くの会社の仕事やルパン翻訳をこなす傍ら、ルパン譚に範を取った活劇的探偵小説を次々に発表した。中でも侠盗龍伯ものは有名である。侠盗龍伯こと黄龍伯

(洪龍伯ともいう)は馬賊の首領で、後に探偵となるなどした保篠探偵活劇のメイン・キャラクターであり、他の活劇も含め『保篠龍緒集』(改造社「日本探偵小説全集(8)」、昭和四年)、『七妖星』(平凡社、昭和五年)、『新選探偵小説集』(平凡社、「現代大衆小説全集(続18)」、昭和七年)、『密謀地獄』及び『白狼無宿』(ともに春陽堂「日本小説文庫」、昭和十一年)にまとめられる。戦後には、龍伯もの以外も、日本ルパン龍伯ものとして再編された。この時期には、毎日新聞社のスポーツ記者で翻訳家・探偵作家の星野龍猪(筆名・春日野緑)とよく間違われもし、未だに古書目録などにその気味が残る。

昭和十五年、新体制の叫び声の中、新聞社系ニュース映画四組織を統合した社団法人日本ニュース映画社が発足した。保篠は朝日から同社に移籍し、常務理事となり、ニュース映画局長、文化映画局長、海外局長を歴任した。同年九月から十二月には、映画機材購入と情報収集のため米国に渡った(往路はシアトル航路の氷川丸、復路はサンフランシスコ航路の龍田丸によった)。日本ニュース映画社は十六年に文化映画社数社を吸収して日本映画社となった。その後も保篠は、何度か海外へ出張し、現地での撮影や上映に従事し(東南アジア方面へは少なくとも四回を確認できる。内二度は陸軍の爆撃機に同乗している)、ベトナムのサイゴン(現・ホーチミン)で終戦を迎え、現地で抑留され、翌年帰国した。同年末には、自ら施主となり、築地本願寺で戦没社員の法要を営んだ。この出張・抑留時に採取し翻訳した民話は、『ベトナムの民話』(朝日新聞社、昭和四十四年)として、没後出版される。

保篠は、国策会社日本映画社の理事であったことから、悪名高きG項該当(追放対象の分類で、Aは戦争犯罪人、Bは陸海軍職員、等と続き、Gはその他の軍国主義者及び極端なる国家主義者であり、恣意的に解釈された)として、公職追放の対象となった。保篠は理事といっても名目的なものであり、自分は現場の技術者に過ぎないと反論したが、無駄であった。追放中も宣伝関係の会社の経営に携わったが、昭和二十五年の追放解除後は、年のせいもあり(世間では定年退職期にあたる)、どこの会社にも所属しなかった。又、酒好きであった保篠は胃潰瘍にかかり、二十八年に胃の三分の二を除去する手術を受けている。

その中にあっても、平凡社版紙型の流用を出発点に、ルパン訳の再編充実に努め、三木書房版(昭和二十三年)、青葉書房版(昭和二十五年)の全集等を経て、決定版とでもいうべき日本出版協同版全集(全二十五冊、昭和二十六～二十八年）として完成させた。保篠の『驚天動地』はこれでしか読めない。これらはさらに再編され、鱒書房版（昭和三十一年）、三笠書房版（昭和三十三年）となる。鱒書房版は、当時保篠が把握していた原作発行順の編集である。三笠書房版の紙型は、田園書房版（昭和四十二年）、日本文芸社版（昭和四十三～四十四年）に流用される。

戦後は又、国内外にわたる犯罪実話に新たな境地を拓き、多くの作品を発表した。それらの幾つかは、ルパン全集を出した鱒書房から『恐怖の街』（昭和三十一年）としてまとめられる。さらに、電通の嘱託、警視庁の嘱託、建設省の専門委員といったところをこなしており、電通関係では宣伝関係の論文をものし、警察関係では各地の警察署による多数の広報紙誌の批評を行なった。建設省関係ではこれといった成果を見ていない。

保篠は地域の長老・名士・文化人として、昭和二十年代後半から三十年代にかけて、自宅近くの駐留米軍演習場（旧海軍演習場）における騒音問題、米軍兵士の風紀問題、米軍向けサマーハウスの建設反対、演習地返還後の利用等の解決について、地元意見の取りまとめや要望活動、あるいは防犯についての講演等を行なっている。この頃の趣味の一つは園芸で、野菜や花作りに精を出した。孫のためにアンデルセン童話の翻訳を手がけたのが最後の仕事となった。保篠は昭和四十三年六月四日脳出血で死去した。享年七十五、戒名は翠峰院文道宗辰居士、墓所は川崎市の春秋苑にある。保篠自身がフランスへ行くことはなかったが、一九九五年子息和彦氏がセーヌ河に骨の一部を流した。

保篠が生涯に執筆し活字になったものは、ルパン全集の他、創作九〇編、実話六〇編、評論・随筆三〇〇編、ルブラン以外の邦訳二二編に上る（『保篠龍緒探偵小説選Ⅱ』掲載の「保篠龍緒著作目録」計上概数）。星野家には、保篠の蔵書や多くの書きかけの原稿が残されている。

三　保篠龍緒（星野辰男）の諸側面

保篠の伝記をベースに、その業績を保篠（星野）の諸側面からまとめておこう。

（一）ルパン訳者

「保篠龍緒」としては、やはり大正七年から昭和三十年代に及ぶルパン訳者であろう。ほとんど全ての作品の個人全訳という歴史的業績と、「ルパン」の名とともに、講談調の歯切れのいい翻訳は多くのファンを生み、粋でいなせな日本的ルパン像を定着させた。しかし、戦後期には古くなり、そもそもルパンはそんなにヤクザではない、シリーズ後半は端折り過ぎている、ルパンの登場しない作品にルパンを登場させた（『バルタザールのとっぴな生活』が原作の『刺青人生』、『赤い数珠』が原作の『赤い蜘蛛』、「プチグリの歯」。さらに、別人作の「鐘楼の鳩」、自作でルパン全集にも入れた「青色型録」及び「空の防禦」、等）、といった批判が起こったが、これも、新たな文化が生まれる際の摩擦的現象である。ルパンの恩人（今一人の恩人は、児童書版ルパン全集の南洋一郎である）であることと古典的翻訳の価値は消えない。保篠訳は、スーパー文庫『アルセーヌ・ルパン』（講談社、昭和六十二年）でまとまって読める。

（二）映像文化の先駆者

「星野辰男」としては、大正三年から終戦期に及んだ映像文化の先駆者であろう。職業人・会社人としての姿はこれであり、初期の映画・写真の開発・製作から、雑誌の編集、論文、選評に至るまで、映像文化の普及・啓発に努めた。その歴史的功績は再評価されるべきであろう。

（三）俗流探偵作家

これは、（一）から派生したともいえるが、もともと講談の侠客ものが好きで、俗流探偵譚への興味と素養があったのである。「山又山」のような本格暗号ものもあるが、その真骨頂は活劇ものにある。創作活動は大正十一年から昭和三十年代に及び、創作探偵小説（シリーズ化されたものとしては、戦前を主とする〈侠盗龍伯〉、戦前の女探偵〈芳井麗子〉、戦後の〈輪袈裟の男・龍介〉等がある）、ルパンものの翻案（舞台を日本にしただけのものから、場面や趣向を取り入れたものまである）、その他海外ものにネタを持つ翻案、探偵実話を量産した。ただし、そのほとんどは、筋を追うだけのもので、人物描写はステロタイプで深みはなく、後世に残るべきものは少ない。

（四）広報のアドバイザー

これは、（二）の素養を基にした、警察関係、電通関係、建設省関係等に及ぶ戦後期の余技といったものである。世も安定期に入り、自らも老成期に入った時代の生きがいでもあったのであろう。

謝辞と参考文献

星野和彦氏（保篠龍緒子息）には、所蔵する貴重な資料を利用させていただいた。又、ルパン同好会諸会員の研究に依存するところがある。感謝する。

保篠伝についてのまとまった資料としては、保篠十七回忌に夫人星野幸氏が編集発行した私家版『風蝶花　星野辰男遺稿集』（昭和五十九年）がある（題名は、保篠が好んだ花「クレオメ」の和名による）。保篠について書かれたものでは、本稿の他、星野和彦「セーヌへの旅路」（『怪盗ルパン4　ハートの7』（くもん出版、一九九八）参照のこと。保篠の没後再録では、既出を除くと、「モダーン、しんぶん・ざっし・えいが・まんだん」（『現代のエスプリ（188）』〔ぎょうせい、昭和五十八年〕、初出は昭和四年）、「アマチュアへ捧げる写真の座談会」（『美術評論家著作選集（12）板垣鷹穂』〔ゆまに書房、二〇一二〕、初出は昭和十年）がある。保篠編集の映像では、「東亜の鎮め」（初出は昭和十一年）が『戦時下のスクリーン』（クリエーションファイブ、二〇〇六）で見ることができる（星野辰男のクレジットあり）。探偵作家保篠に言及したものとしては、岡田貞三郎述・真鍋元之編『大衆文学夜話』（青蛙房、昭和四十六年）、長谷部史親『探偵小説談林』（六興出版、昭和六十三年）、末永昭二『貸本小説』（アスペクト、二〇〇一）、若狭邦雄『探偵作家発見１００』（日本古書通信社、二〇一三）がある。

解題

矢野 歩

『保篠龍緒探偵小説選』は、創作を中心に評論を加えた、初めての本格的な保篠龍緒探偵小説選集である。したがって、創作であっても、探偵味のない小説（怪奇・人情・滑稽小説）は除いている。又、翻案も基本的に除いている（長編ではモーリス・ルブランの『カリオストロ伯爵夫人』による『七妖星』（舞台をノルマンディーからうまく京都に移している）、『水晶の栓』による『密謀地獄』、単行本化されなかったため余り知られないが『特捜班ヴィクトール』による『紅真珠』、ヘルマン・ランドンの『灰色の幻』による『狂ふ毒針』（戦後に龍伯ものに改稿し『笑いの仮面』）といったところがある）。さらに、映像・実話・自伝関係も除いており、保篠の一面を伝えるに留まる。保篠著作の全体像については、第二巻掲載の「保篠龍緒著作目録」を参照されたい。

保篠探偵小説の特徴は、

①基本的に講談調の冒険活劇である、というより書き講談そのものであること。

②短いセンテンスと会話主体でテンポよく進められる。

③物語や人物は単純で深みがない（悪人はあくまで悪人であったり、簡単に改心したり、しばしばお涙頂戴式となる）。

④悪漢に思い入れがある（主人公は俠客風で、その他二つ名の悪漢やその世界のスラングが続出する）。

⑤龍伯というシリーズ・キャラクターを得て、魅力を増すことができた。そして講談とは少し異なるが、

⑥暗号に思い入れがある（思いつき程度のものだが、多出する）。

⑦心酔していたルブランからのプロットやトリックの

借用が多い（一々指摘しない。保篠はルパンに講談を見出したというべきであろう）。

といったところであろうか。

主人公は、右翼でも左翼でもないとされることがあるが、それはあたりさわりをなくすための方便であり、俠客的であればあるほど、愛国的・憂国的とならざるを得ない（ルパンも同じ）。その裏返しで、社会主義者・共産主義者はまずは犯罪者と見なされるが、それは当時の大衆的な感覚であろうし、著者は、統制・規制を業務とする官吏出身である。

第一巻では、最初期の長編二作、龍伯もの、探偵趣味の強い作品を、評論・随筆では、探偵小説全般にかかるものを収録した。

妖怪無電

初出は『講談倶楽部』大正十五年一月～十一月号連載。初の長編にして龍伯ものの第一作。黄龍伯は保篠随一のキャラクターであり（洪龍伯と表記される場合もある）、保篠の思い入れも深く、龍伯もの以外の物語も、後に主人公や敵対主が龍伯に変えられ、時代に応じた改変も行なわれている（例えば、戦後の利根屋書店版日本ルパンシリーズ）。名前は、講釈師神田伯龍をひっくり返したというよりは、ルパン＝リュパンの音を写したものであろう。その龍伯は、この時代の冒険王として馬賊の頭目である。当時の中国では、日本の大陸浪人が蠢動する中、各地に軍閥が割拠し、蔣介石が北伐に乗り出していた。馬賊というと、筆者なぞは小日向白朗（朽木寒三『馬賊戦記』に登場）を思い起こすが、その活躍が明らかになったのは戦後であり、参考にした訳ではない。『講談倶楽部』は、明治期の講談速記本の流行を背景に創刊されたが、大正期に入り浪花節を取り上げたことから講釈師の反発を食らい、代わって作家の書き講談を掲載して人気を博した。保篠の創作はこの『講談倶楽部』を初めとする書き講談の俗流誌に多いが、だから講談調になったというよりは、ほとんど全てがその調子であるので、そこに発表の場を見出したというべきであろう。本編は、探偵物で長編がほしい同誌が保篠に依頼し、第二巻収録の「山又山」の時とは違って快諾したもの。「探偵的な要素もあり、ドタンバタンの興味もあって読者にうけました」（岡田貞三郎述『大衆文学夜話』〔青蛙房、昭和四十六年〕）という。

本編は、大正十四年のラジオ本放送開始と、それによるラジオ・ブームを背景に書かれたことは間違いない。物語の背景となる中国双橋無電局は、北京郊外の双橋に実在した、東洋最大の長波送受信所である（当時は、波長が長いほど遠距離に届くと思われていた。しかし、大正十二年にアマチュア無線家が短波を用い電離層の反射によって大西洋横断通信に成功してからは、より小規模で効率的な短波通信の時代となる）。語られる事実関係は、時事ネタだけにほぼ正確である。中国における対外通信の独占を狙う日本は、中国当局とデンマーク人ラーセンとの契約を破棄させ、大正七年に三井物産を介して中国と独占契約を結び、翌年から無電局の工事に着手、十年に局舎や鉄塔が完成、十二年に機器の設置が終わった。出力五〇〇キロワット、周波数二万サイクル、波長一万五千メートル。その規模は巨大で、敷地十八万五千坪、鉄塔の高さ二一〇メートル、空中線の水平部六〇〇メートル、建設費六四九万円に及ぶ。しかし、門戸開放を主張するアメリカは、大正十年にフィラデルフィア電信会社を介し、中国当局と上海に無電局を建設する契約を結ばせた。日米中の争いは継続し、双橋無電局は試験送信こそしたものの（関東大震災や中国動乱に関する送信を行なったりした）、本格的運用はなされないまま、体制は縮小され、昭和七年に邦人引き上げとなった（『日本無線史第十一巻』〔電波監理委員会、昭和二十六年〕参照）。

物語中の「無線用の発電機」とは、電源の意味ではなく、高周波（すなわち電波）発生装置のことで、火花発振や電弧発振に次ぎ、真空管発振に至るまでの技術である。高周波用発電機は、通常の電源用発電機に比して高速で回転させなければならず、電鍵操作による負荷の急激な変化に対しても、回転数が変化しないようにしなければならないが、そのことは技術的に解決されており、双橋無電局ではアメリカ製の機器が導入された。一方、その駆動用電力を得られなかった双橋では、スチーム・タービンで直接駆動させることとしたが、これは初の試みであり、回転数の安定化に日本技術陣は成功したのである。

文中の用語を見ると、人名では、「張将軍」、「段総理」は張作霖、段祺瑞、「将軍カランザ」はメキシコ革命の立役者の一人で、反乱により首都を追われ暗殺された。「宗演老師」は海外に禅を紹介した臨済宗の僧釈宗演である。事項では、「フリークエンシイ」は周波数のことであり、それに続く数字の単位はサイクル（現在はヘルツ）、「ハイ・フリークエンシイ」は短波ではなく高周波、「低波長」は長派（ロー・フリークエンシイ）のことである。「二の橋放送局」は双橋無電局のしゃれであろう。なお、ルパンものの傑作『８１３』で、謎の発端となるヘルマン公の爵位の一つが、ツバイ・ブルッケン（仏名ドゥー・ポン、すなわち双橋）・フェルデンツ大公爵なのも不思議な因縁である。この妖怪無電のコールサイン「K・D・B」の意味は本文に譲るとして、戦後の利根屋書店版『妖怪無電』（昭和二十三年）では、中国臭を抜いたため、「YKM」（中黒なし）としており、これは妖怪無電のことであろう。昭和四年に日活太秦において、監督木村次郎、主演美濃部進、佐久間妙子で映画化された。

紅手袋

初出は『講談倶楽部』昭和二年一月号〜十二月号連載。金融恐慌発生の年、前者の好評を受けて執筆したもので、エロ・グロ味を増しており、紅手袋の正体は、他に増してとんでもないものである。頼りになるヤクザの親分は、労働争議や水平社争議になぐりこみ、犯罪結社はキリスト教徒や社会主義者の組織で、朝鮮人によって結成されたとする。任俠は結局体制側の立場に立つものであることを示すこととなった。探偵「宿島佐六」の名は、シャーロック・ホームズを写したものであろう。「原田重吉」は日清戦争で玄武門一番乗りを果した兵士で、それを基にした演劇で各地を巡業した。「広瀬中佐」こと広瀬武夫は日露戦争での旅順港閉塞時、沈む船内に部下杉野を探してもはやこれまでと離船した直後に敵弾に斃れ、軍神と讃えられた。「プロテア」は連続活劇映画の題名で主人公の女賊の名。「お染久松」は浄瑠璃・歌舞伎で有名な心中物語の主人公。『切支丹鮮血遺書（「ちしほのかきおき」とも）』は、江戸最末期に来日したフランス人宣教師ヴィリヨンによる殉教史の説教をまとめ明治二十年に出版されたものである。それに関して出る「竹中采女」は三代長崎奉行で、長谷川権六の告発により私腹を肥やしたとして詰め腹を切らされた。「長谷川権六」は初代長崎奉行、「末次平蔵」は長崎代官。地獄責めに限れば「六千余人を殺し」は多すぎる。名は出ないが二代長崎奉行水野守信は踏み絵の考案者で、地獄責めを発案した島原藩主松倉重政は、狂死する。昭和三年にマキノ名古屋において、監督川浪良太、主演玉木悦子、津村博で映画化された。

襲はれた龍伯

初出は『講談倶楽部』昭和三年十月号掲載。別題「襲はれた龍伯」。簡単な暗号が出てくる。龍伯ものの短編第一作ではないが（短編第一作は「斑猫鬼」）、活劇基調の多い龍伯ものから、より探偵味のあるものとして採った。発端はルパンものの「バカラの勝負」を彷彿とさせ、パイプの推理は、ホームズものの「黄色い顔」やソーンダイクものの「歌う白骨」並みである。本編以下、龍伯ものにたびたび出てくる「沢正〔新国劇の沢田正二郎〕張り」「沢正もどき」は、後に松村喜雄がルパン解説の中で「阪妻〔映画俳優の阪東妻三郎〕のような」〔以上、松村喜雄『――』より。〔 〕は筆者による〕と誤伝した元であろう。この龍伯をさらに俗化したものが、輪袈裟の男こと俠僧龍介である。

黄面具《ホアン・ミエン・チュイ》

初出は『新青年』昭和十三年十一月号掲載。活劇であるが、この時期としては力の入った作品である。旭青年が出るが、愛国魔人旭輝夫の復活と考えれば興味深い。黄色人種が黄面具とはおかしいが、黄龍伯を示唆するのかもしれない。何せ保篠は「ルパン」と「龍」と「黄」がよっぽど好きだったようだ」〔末永昭二『貸本小説』〔アスペクト、二〇〇一〕からだ。ヨットの「ホワイト・パール」は連続活劇映画の女王パール・ホワイトによっているのかもしれない。

指紋

初出は『黒猫』昭和二十二年四月号掲載。主人公「健」はインテリ崩れで学があり、強盗に対してスリ〔＝技術者〕としての自負があり、それが突然前面に出るのが面白い。今確認している、戦後初の創作である。

蠟人形の秘密

初出は『宝石』昭和二十四年三月号掲載。龍伯ものとなっているが、その必然性はない。暗号を主としたものとして採った。英文タイプの換字は、パソコンのキーボードで確認してもらおう。この頃でも『宝石』はまだ薄く〔本作掲載号は全一九六頁〕、恐らくは紙幅の加減で、慌ただしく終わってしまう。

呪はれた短剣

初出は『ロマンス』昭和二十四年六月号掲載。本編のトリックはルブランの『赤い数珠』を思い起こさせる。押田のアパート押し入りの今一つの理由が明らかにされないのは、紙幅のためかも知れぬが惜しい。いうまでもないが「モヒ」はモルヒネのことである。

血染めのメス

初出は『オール小説』昭和二十四年六月号掲載。アリバイ崩しというよりは、地道で理詰めな〔とくに戦後、新たな境地を開いた〕実話風の作品であり、それを謎解きとしている。

仏国の探偵小説に就て

『東京外国語学校創立二十五周年記念文集』(東京外国語学校校友会、大正十一年)収録。著者名は星野辰男。評論家長谷部史親『探偵小説談林』(六興出版、昭和六十三年)で、「保篠龍緒の学術論文」として紹介しているものの。「探偵小説を生み出したのは仏国であると結論し得ると信ずる」と誇らしげである。ルブランの主人公名をリユパェンとしているのは、ルパンが創作語であることを示しているが、それは第二巻収録の「ルブランの一考察」で暴露されている。

欧米探偵作家に就いて

『ラヂオ講演文芸講座(1)』(日本ラヂオ協会、昭和二年)収録。大正十五年五月十五日東京放送局からラジオ放送されたもの。新聞発表の表題は「欧米探偵小説家の作風について」。大正十四年三月二十二日の放送開始からまだ一年ほどしか経っておらず、一日中放送があったわけではない時代である。巻頭言に「悉く講演者の校閲を経て居りますが誤植がありましたなら偏に編纂者の責で御座います」とあるわりに、誤記誤植が目立つ。シャーロック・ホームズがことごとく「シャイロック・ホームズ」になっているのは、保篠の字に癖があるとはいえ、どうした訳であろう(本書では、他のものも含め訂正してある)。ルパンの性格を紹介するに、(探偵小説ファンには評判の悪い)「地獄の罠」を引くのは、ルパン好きならではである。ルブランの特徴を「会話で運ぶ筆法」とするが、それは保篠の好みに合ったものでもある。「「地下鉄サム」の紹介者坂本義雄氏が書いたサムの研究」とは、同氏訳「地下鉄サムとクラドック」(『新青年』大正十五年二月増刊号)を指す。又、「井上先生」、「長谷川先生」、「小酒井博士」とはそれぞれ、井上十吉、長谷川天渓、小酒井不木のことである。

スリのあの手この手

初出は『ナンバーワン』昭和二十二年十月号掲載。以下四編は、戦後に発表された、犯罪に関する論考である。保篠は警察機構や犯罪手口に興味を持ち研究しており、創作や実話に生かしている。保篠作品あるいは探偵小説を読む基礎知識を与えてくれるであろう。本編は、手口としてのあの手この手というより、隠語としてのあの名この名である。

毒殺と毒薬

初出は『ナンバーワン』昭和二十三年三月号掲載。致死量を示す無名数の単位は、いうまでもなくグラム（瓦）である。

秘密通信《アントル・ヌウ》

初出は『Gメン』昭和二十三年三月号掲載。ブラック・チェンバーは暗号解読等を行なう諜報機関のことで、アメリカでは一九二九年（昭和四年）閉鎖後、その主要人物が暴露本を出したことで有名となった。二つ目の暗号の「バシン」は新橋の隠語である。三つ目の暗号の「ランゲン・シャイド」はランゲンシャイトで、ドイツの辞書メーカー。だから三省堂の『コンサイス』が登場するわけであるが、解読には当時のものが必要となる。相場を使った暗号は、創作「山又山」やルパン譚偽書「青色型録」等に利用されている。手旗信号の答えは「アノコトワ（ハ）フタリダケノヒミツナノヨ」である。最後の仏語は、C' est entre nous elle et mon jeu.（ここだけの話、これは彼女と私の遊びだ）であろう。

欧米の警察制度

『恐怖の街』（鱒書房、昭和三十一年）収録。『恐怖の街』は『探偵倶楽部』等に掲載した犯罪実話を集めたもので、表題作はその付録として掲載されている。外国の役職、階級名の邦訳は訳者が苦労するところであるが、「フランスの警察」の保篠訳に対する、ルパン同好会長浜田知明氏による補訂を掲げておこう。

部長・所長・局次長→保安部長・保安部次長、警部長→警部、（制服系統）警部・警部補・巡査部長→警部補・巡査部長・巡査長、（私服系統）警部・警部補・巡査部長→警部補・部長刑事・刑事

［解題］**矢野 歩**（やの あゆみ）
1958年、大阪市に生まれる。81年、大阪大学経済学部卒業。主な著作に、「ハートの7／黒真珠」（1997、くもん出版『怪盗ルパン（4）』解説）、「ルブランのバーネットと南のルパン」（2000、ポプラ社『怪盗ルパン（10）』解説）、「ルパンと日本人」（2002、IVC『怪盗紳士アルセーヌ・ルパン　ロッテンブルクの踊り子ほか』［DVD］解説）、「ルパン邦訳史」（1）～（5）（2005、IVC『怪盗紳士アルセーヌ・ルパン（2）』～『同（6）』［DVD-BOX］解説）。現在、会社役員。ルパン同好会会員。

保篠龍緒探偵小説選《ほしのたつおたんていしょうせつせん》Ⅰ　〔論創ミステリ叢書 101〕

2016年10月20日　初版第1刷印刷
2016年10月30日　初版第1刷発行

著　者　保篠龍緒
装　訂　栗原裕孝
発行人　森下紀夫
発行所　論 創 社
〒101-0051 東京都千代田区神田神保町2-23 北井ビル
電話 03-3264-5254　振替口座 00160-1-155266
http://www.ronso.co.jp/

印刷・製本　中央精版印刷

ISBN978-4-8460-1558-9

論創ミステリ叢書

①平林初之輔Ⅰ
②平林初之輔Ⅱ
③甲賀三郎
④松本泰Ⅰ
⑤松本泰Ⅱ
⑥浜尾四郎
⑦松本恵子
⑧小酒井不木
⑨久山秀子Ⅰ
⑩久山秀子Ⅱ
⑪橋本五郎Ⅰ
⑫橋本五郎Ⅱ
⑬徳冨蘆花
⑭山本禾太郎Ⅰ
⑮山本禾太郎Ⅱ
⑯久山秀子Ⅲ
⑰久山秀子Ⅳ
⑱黒岩涙香Ⅰ
⑲黒岩涙香Ⅱ
⑳中村美与子
㉑大庭武年Ⅰ
㉒大庭武年Ⅱ
㉓西尾正Ⅰ
㉔西尾正Ⅱ
㉕戸田巽Ⅰ
㉖戸田巽Ⅱ
㉗山下利三郎Ⅰ
㉘山下利三郎Ⅱ
㉙林不忘
㉚牧逸馬
㉛風間光枝探偵日記
㉜延原謙
㉝森下雨村
㉞酒井嘉七
㉟横溝正史Ⅰ
㊱横溝正史Ⅱ
㊲横溝正史Ⅲ
㊳宮野村子Ⅰ
㊴宮野村子Ⅱ
㊵三遊亭円朝
㊶角田喜久雄
㊷瀬下耽
㊸高木彬光
㊹狩久
㊺大阪圭吉
㊻木々高太郎
㊼水谷準
㊽宮原龍雄
㊾大倉燁子
㊿戦前探偵小説四人集
(別)怪盗対名探偵初期翻案集
(51)守友恒
(52)大下宇陀児Ⅰ
(53)大下宇陀児Ⅱ
(54)蒼井雄
(55)妹尾アキ夫
(56)正木不如丘Ⅰ
(57)正木不如丘Ⅱ
(58)葛山二郎
(59)蘭郁二郎Ⅰ
(60)蘭郁二郎Ⅱ
(61)岡村雄輔Ⅰ
(62)岡村雄輔Ⅱ
(63)菊池幽芳
(64)水上幻一郎
(65)吉野賛十
(66)北洋
(67)光石介太郎
(68)坪田宏
(69)丘美丈二郎Ⅰ
(70)丘美丈二郎Ⅱ
(71)新羽精之Ⅰ
(72)新羽精之Ⅱ
(73)本田緒生Ⅰ
(74)本田緒生Ⅱ
(75)桜田十九郎
(76)金来成
(77)岡田鯱彦Ⅰ
(78)岡田鯱彦Ⅱ
(79)北町一郎Ⅰ
(80)北町一郎Ⅱ
(81)藤村正太Ⅰ
(82)藤村正太Ⅱ
(83)千葉淳平
(84)千代有三Ⅰ
(85)千代有三Ⅱ
(86)藤雪夫Ⅰ
(87)藤雪夫Ⅱ
(88)竹村直伸Ⅰ
(89)竹村直伸Ⅱ
(90)藤井礼子
(91)梅原北明
(92)赤沼三郎
(93)香住春吾Ⅰ
(94)香住春吾Ⅱ
(95)飛鳥高Ⅰ
(96)飛鳥高Ⅱ
(97)大河内常平Ⅰ
(98)大河内常平Ⅱ
(99)横溝正史Ⅳ
(100)横溝正史Ⅴ
(101)保篠龍緒Ⅰ

論創社